WINKLER
WELTLITERATUR
DÜNNDRUCK
AUSGABE

GEORGE GORDON LORD BYRON
SÄMTLICHE WERKE
BAND I

CHILDE HAROLDS PILGERFAHRT

und andere
Verserzählungen

WINKLER VERLAG MÜNCHEN

In den Übertragungen von Otto Gildemeister und
Alexander Neidhardt (Der Walzer), überarbeitet,
nach der historisch-kritischen Ausgabe ergänzt
und mit Anmerkungen herausgegeben
von Siegfried Schmitz.

ISBN Leinen 3 538 05274 3 Leder 3 538 05774 5

CHILDE HAROLDS PILGERFAHRT

L'univers est une espèce de livre, dont on n'a lu que la première page quand on n'a vu que son pays. J'en ai feuilleté un assez grand nombre, que j'ai trouvé également mauvaises. Cet examen ne m'a point été infructueux. Je haïssais ma patrie. Toutes les impertinances des peuples divers, parmi lesquels j'ai vécu, m'ont reconcilié avec elle. Quand je n'aurais tiré d'autre bénéfice de mes voyages que celui-là, je n'en regretterais ni les frais ni les fatigues.

LE COSMOPOLITE

VORWORT

Die folgende Dichtung wurde zum größten Teil inmitten der Umgebungen, welche sie zu schildern versucht, geschrieben. Sie wurde in Albanien angefangen, und die auf Spanien und Portugal bezüglichen Teile entstanden aus des Verfassers Beobachtungen in diesen beiden Ländern. Soviel mag hinsichtlich der Korrektheit der Schilderungen zu bemerken notwendig sein. Die Schauplätze, deren Skizzierung versucht wird, liegen in Spanien, Portugal, Epirus, Akarnanien und Griechenland. Hier macht die Dichtung fürs erste halt; die Aufnahme, welche sie findet, wird darüber entscheiden, ob der Verfasser es wagen darf, seine Leser durch Ionien und Phrygien in die Hauptstadt des Ostens einzuführen: diese beiden Gesänge sind lediglich ein Experiment.

Ein fingierter Charakter dient dazu, dem Ganzen, welches übrigens auf Regelmäßigkeit keinen Anspruch erhebt, einen gewissen Zusammenhang zu verleihen. Freunde, auf deren Meinung ich hohen Wert lege, haben mir vorgestellt, daß ich mich dem Verdacht aussetze, mit jenem fingierten Charakter des »Childe Harold« irgendeine wirkliche Persönlichkeit gemeint zu haben: dies erlaube ich mir ein für allemal in Abrede zu stellen; Harold ist das Kind der Phantasie, zu dem angegebenen Zweck erschaffen. In einzelnen sehr unbedeutenden und rein lokalen Besonderheiten könnte einiger Grund für eine solche Annahme liegen, in den Hauptpunkten aber, sollt ich hoffen, kein einziger.

Es ist fast überflüssig zu bemerken, daß die Bezeichnung »Childe«, genauso wie »Childe Waters«, »Childe Childers« etc., deshalb verwendet wird, weil sie eher zu der von mir gewählten alten Versform paßt. Das »Gute Nacht« am Anfang des ersten Gesanges wurde durch »Lord Maxwells Gute Nacht« in der von Mr. Scott herausgegebenen »Border Minstrelsy« angeregt.

Mit den verschiedenen, spanische Stoffe behandelnden Gedichten neuerer Zeit wird man vielleicht im ersten Teil einige flüchtige Ähnlichkeiten finden; allein diese können nur zufällig sein, da das ganze Werk, abgesehen von einigen Schlußstanzen, in der Levante geschrieben wurde.

Die Spenser-Stanze gestattet, einem unserer erfolgreichsten

Dichter zufolge, jede Mannigfaltigkeit. Doktor Beattie macht folgende Bemerkung: »Vor nicht langer Zeit fing ich ein Gedicht im Stil und in der Stanze Spensers an, in welchem ich meiner Neigung vollen Spielraum zu geben beabsichtige, spaßhaft zu sein oder pathetisch, schildernd oder sentimental, zärtlich oder satirisch, wie es die Laune mir eingibt; denn das von mir erwählte Versmaß läßt, wenn ich nicht irre, alle diese Stilarten gleichmäßig zu.« In meiner Meinung durch eine solche Autorität und durch das Vorbild einiger italienischer Dichter ersten Ranges bestärkt, enthalte ich mich jeder Entschuldigung für den Versuch ähnlicher Abwechslungen in der nachstehenden Dichtung; denn ich bin überzeugt, daß, wenn sie kein Glück machen, ihr Mißlingen mehr Schuld der Ausführung als des von Ariost, Thomson und Beattie sanktionierten Vorhabens sein muß.

London, im Februar 1812

ZUSATZ ZUM VORWORT

Ich habe jetzt gewartet, bis fast alle unsere Zeitschriften ihre übliche Portion Kritik ausgeteilt haben. Gegen die Gerechtigkeit ihrer Kritiken im allgemeinen habe ich nichts einzuwenden; es würde mir schlecht anstehen, über ihren sehr geringen Tadel zu zanken, da sie vielleicht durch weniger Milde mehr Aufrichtigkeit bekundet hätten. Indem ich daher allen und jedem für ihre Schonung meinen besten Dank sage, wage ich eine Bemerkung nur über einen einzigen Punkt. Außer vielen anderen mit Recht geltend gemachten Einwendungen gegen den höchst indifferenten Charakter des »umherirrenden Junkers« (dessen rein fiktive Persönlichkeit ich, manchen entgegenstehenden Anspielungen zum Trotze, nochmals behaupte) ist auch gesagt worden, daß er, von dem Anachronismus abgesehen, sehr *unritterlich* sei, da die Zeiten der Ritter Zeiten der Liebe, Ehre und so fort gewesen seien. Nun trifft es sich zufällig, daß die guten alten Zeiten, als noch »l'amour du bon vieux tems, l'amour antique« blühte, die sittenlosesten aller möglichen Jahrhunderte gewesen sind. Wer daran zweifelt, lese St. Palaye, *passim*, und namentlich Band II, S. 69, nach. Die ritterlichen Gelübde wurden nicht besser gehalten als andere Gelübde auch, und die Gedichte der Troubadours waren nicht anständiger, gewiß aber bei weitem nicht so fein wie die Gedichte Ovids. Die »Cours d'amour, parlemens d'amour ou de courtésie et de gentilesse« hatten viel mehr mit Liebe als mit Höflichkeit und edler Sitte zu schaffen. Was man auch sonst gegen die sehr unliebenswürdige Person des Childe Harold sagen mag, in diesem Punkte war er vollkommen ritterlich, »kein Aufwärter, sondern ein Tempelritter«. Apropos, ich fürchte, Herr Tristan und Herr Lancelot waren auch nicht übermäßig tugendhaft, wohl aber sehr poetische Figuren und echte Ritter »sans peur«, freilich nicht »sans reproche«. Wenn die Geschichte von der Stiftung des »Hosenbandes« keine Fabel ist, so haben die Ritter dieses Ordens viele Jahrhunderte hindurch das Strumpfband der Gräfin von Salisbury, zweifelhaften Andenkens, getragen. Soviel von Ritterlichkeit. Burke hätte nicht nötig gehabt zu bedauern, daß ihre Tage vorbei sind, obwohl Marie Antoinette wohl ebenso keusch war wie die meisten Damen, denen zu Ehren Lanzen zersplittert und Ritter aus dem Sattel gehoben wurden.

Vor den Tagen Bayards und herab bis auf die Tage von Sir Joseph Banks (die keuschesten und berühmtesten in alter und neuer Zeit) wird man wenige Ausnahmen von obiger Regel finden, und ich fürchte, eine kleine Untersuchung wird uns lehren, jene ungeheuerlichen Mummereien des Mittelalters nicht zurückzuwünschen.

Und jetzt lasse ich »Childe Harold« seinen Tag leben, so wie er ist. Es wäre angenehmer und sicherlich leichter gewesen, einen liebenswürdigen Charakter zu zeichnen. Es wäre leicht gewesen, seine Fehler zu übertünchen, ihn weniger reden und mehr handeln zu lassen, aber er war niemals als ein Muster angelegt; höchstens sollte er zeigen, daß frühe Verderbtheit des Geistes und der Sitten zur Übersättigung an den alten und zur Enttäuschung in neuen Genüssen führt und daß selbst die Schönheiten der Natur und der Stimulus des Reisens (nächst dem Ehrgeiz der mächtigste Reiz) an einer so organisierten oder vielmehr mißleiteten Seele verloren sind. Hätte ich das Gedicht fortgesetzt, so würde der Charakter am Ende sich vertieft haben, denn der Umriß, den ich früher einmal für ihn ausfüllen wollte, war, mit einigen Abweichungen, die Skizze eines modernen Timon, vielleicht eines poetischen Zeluco.

London, 1813

AN JANTHE

Nichts in den Landen, die ich jüngst gesehen,
Wo Schönheit sonst doch unvergleichlich schien,
Nichts in Visionen, die im Traum erstehen
Und dann, umsonst beseufzt, wie Traum entfliehn,
Gleicht dir, in Wirklichkeit und Phantasien!
Die Reize malen, nimmer mag ich's wagen,
Die stets mit neuem Glanz vorüberziehn:
Wer nie dich sah, dem kann mein Wort nichts sagen,
Und wer dich schaut, der wird nicht mehr nach Worten fragen.

Oh, wie du bist, so sollst du immer sein!
Erfülle, was dein Frühling uns verspricht!
So schön, so warm, und doch so herzensrein,
Ein Bild der Liebe, nur geflügelt nicht,
Wie Hoffnung kühn sie träumt, so still und schlicht!
Und sie, die deinen Lenz vor rauher Plage
Zärtlich beschirmt, sieht schon, o wachsend Licht,
In dir den Regenbogen künft'ger Tage,
Vor dessen Himmelsglanz verschwinden Gram und Klage.

Peri des Westens! Deiner Jahre Zahl
Erreicht, zum Glück für mich, erst halb die meinen;
Nun bleibt mein Auge frei von Liebesqual,
Wenn deine Reize vollerblüht erscheinen.
Wohl mir! ich werd ihr Welken nicht beweinen;
Manch jüngres Herz wird bluten – meines nicht;
Ich meid ein Schicksal, das dein Auge deinen
Beglückteren Bewunderern verspricht –
Den Schmerz, den Liebe selbst in höchstes Glück verflicht.

O dies Gazellenauge, dessen Glut,
Bald funkelnd kühn, bald lieblich im Verzagen,
Im Fliehen siegt und blendet, wo sie ruht,
Wird meinem Lied ein Lächeln nicht versagen,
Um das mein Herz vergebens würde schlagen,

Wenn ich versuchte mehr als Freund zu sein.
Dies mußt du mir gewähren und nicht fragen:
Wozu will er sein Lied dem Kinde weihn?
Nein, bind in meinen Kranz die eine Lilie ein!

In meine Verse deines Namens Zier!
Wenn Freundesaugen Harolds Bahn durchmessen,
Dann sollen sie Janthes Namen hier
Zuerst erblicken und zuletzt vergessen.
Einst, wenn ich schlummre unter den Zypressen,
Dann rührt vielleicht, gelockt durch dies Gedicht,
Dein Elfenfinger sacht die Harfe dessen,
Der Deinen Lenz besang – mehr wünsch ich nicht!
Sieh, Freundschaft fordert mehr, als Hoffnung ihr verspricht.

ERSTER GESANG

1

O Muse, Göttin einst in Hellas' Zeiten,
Geschöpf der Fabel und des Dichters Traum,
Bis jüngre Harfen vielmals dich entweihten –
Dich vom Parnaß zu rufen wag ich kaum.
Zwar schritt ich dort an deines Baches Saum
Und seufzte über Delphis öden Hain,
Wo nur dein Quell noch tönt im stummen Raum;
Doch mag ich nicht der Göttin Schlaf entweihn,
Um Schmuck so schlichter Mär wie dieser zu verleihn.

2

Es lebt' ein Jüngling einst in Albions Land,
Dem nicht der Pfad der Ehrbarkeit behagte,
Der seinen Tag verlor mit wüstem Tand,
Der Nächte schläfrig Ohr mit Jubel plagte.
Er war ein Wicht, der aller Scham entsagte,
Ein Freund unheil'ger Lust und Schwärmerei,
Der nichts nach andern Erdendingen fragte
Als lockren Frauen, üpp'ger Kumpanei
Und flotter Brüderschaft, wie niedrig sie auch sei.

3

Childe Harold hieß er; aber sein Geschlecht
Und Ahnenreihe darf ich euch nicht sagen;
Euch mag genügen, daß vielleicht mit Recht
Sein Haus berühmt war in vergangnen Tagen.
Doch welchen Glanz ein Nam auch einst getragen,
Ein schlechter Sproß verdunkelt all sein Licht;
Kein Wappenschmuck noch Staub in Sarkophagen,
Kein Redeschwulst und honigsüß Gedicht
Adelt die böse Tat und wendet das Gericht.

4

Childe Harold spielt' im Strahl der Mittagssonnen,
Wie jede andre Fliege, froh und frei.
Er wußte nicht, daß, eh der Tag verronnen,
Ein Frost vernichten kann den ganzen Mai.
Doch lang bevor sein Morgen war vorbei,
Befiel ein Schlimmeres als Unglück ihn:
Er fühlte satt sich von dem Einerlei!
Da trieb der Ekel ihn, sein Land zu fliehn,
Das nun ihm öder als des Klausners Zelle schien.

5

Denn durch der Sünde langes Labyrinth
War er gewandert, aller Reue bar;
Geseufzt um viele hatt er, doch geminnt
Die eine nur, die ihm verloren war.
Wohl ihr, daß sie entronnen der Gefahr!
Sein Kuß hätt ihren keuschen Reiz entweiht;
Geopfert hätt er sie der feilen Schar,
Ihr Gut verpraßt, und nie hätt ihn die Zeit
Gewöhnt an den Genuß der stillen Häuslichkeit.

6

Und nun war Harolds Seele Grames voll;
Die Zecher mied er und die Buhlerinnen;
Man sagt, daß manchmal seine Träne quoll,
Stolz aber ließ den Tau zu Eis gerinnen.
Er schloß sich ab in freudlos düstrem Sinnen,
Und endlich war zu flüchten seine Wahl,
Aufs Meer, in heiße Zonen – nur von hinnen!
Von Lust vergiftet, lechzt' er fast nach Qual;
Verändrung sucht' er, wär es auch im Schattental.

7

Er zog hinweg aus seiner Väter Hallen;
Es war ein stolzes Schloß und altersgrau,
Von Jahren so gebeugt, als müßt es fallen;

Doch Turm und Pfeiler trug noch Kraft zur Schau.
Palast der Mönche, vielentweihter Bau!
Wo Pfaffentrug gelauert hat auf Beute,
Sang nun und lachte manche schöne Frau,
Als ob die Zeit der Mönche sich erneute –
Wenn nicht die Sage lügt und kränkt die frommen Leute.

8

Oft aber, wenn die Lust am tollsten stieg,
Flog seltsam Schmerz hin über seine Brauen,
Wie ein Gedank an tödlich grimmen Krieg
Oder der Leidenschaft enttäuschtes Grauen.
Doch keiner sah es oder mocht es schauen;
Das kindlich offne Herz war niemals sein,
Das seinen Kummer ausströmt in Vertrauen;
Nie sucht' er Freundes Trost in tiefster Pein;
Den Schmerz, dem er erlag, er trug ihn ganz allein.

9

Und niemand liebt' ihn! – wohl in Hall und Saal
Lud er zu Gast die lust'ge Tafelrunde;
Doch kannt er sie: Schmarotzer beim Pokal,
Herzlose Schmeichler in der Festesstunde.
Sie logen Liebe mit verbuhltem Munde –
Der Weiber Sinn liebt Pomp und Macht allein:
Wo die sind, kommt dem Eros mancher Kunde;
Die Mädchen, wie die Motten, fängt der Schein,
Und wo ein Seraph seufzt, zieht Mammon siegend ein.

10

Und Harolds Mutter? – nicht vergaß er sie,
Doch ihr Lebwohl zu sagen fiel ihm schwer.
Er liebte seine Schwester, doch auch sie
Sah er vor seiner Pilgerfahrt nicht mehr.
Hatt er noch Freunde, keinen grüßte er.
Wähnt aber nicht, sein Busen sei von Erz:
Für wen'ge teure Wesen glühen – wer
Dies Glühn kennt, der fühlt mit stillem Schmerz,
Solch Abschiednehmen bricht, und heilet nie, das Herz!

11

Und Haus und Hof und Erb und holde Dirnen,
Einst sein Entzücken, deren weiße Hand
Und großes blaues Aug und blonde Stirnen
Selbst einen Klausner hätten übermannt,
Für die sein junges Herz so lang gebrannt,
Die Becher, die von edlen Weinen bluten,
Das Köstlichste, was Üppigkeit erfand,
Vertauscht' er seufzerlos mit salz'gen Fluten,
Mit heidnischem Gestad und des Äquators Gluten.

12

Die Segel schwollen, günstig blies der Wind,
Als wollt er gern ihn in die Ferne tragen;
Die weiße Küst entschwand dem Blick geschwind,
Bis Riff und Strand im Schaum begraben lagen.
Und nun vielleicht bereut' er schon sein Wagen;
Doch der verschwiegne Gram im Busen schlief:
Aus seinem Mund ertönten keine Klagen,
Indes manch andrer saß und seufzte tief
Und weibisch sein Geächz in taube Lüfte rief.

13

Als aber tief die Sonn im Westen schien,
Griff er zur Harfe, die er wohl zuzeiten
Anschlug zu kunstlos schlichten Melodien,
Wenn fremdes Ohr nicht lauschte. Durch die Saiten
Ließ rauschend nun er seine Finger gleiten
Und sang im Dämmerlichte sein Ade!
Dem Aug entflohen ferne Uferweiten,
Hinflog das Schiff auf Fittichen von Schnee;
Da klang sein »Gute Nacht« hinaus in Wind und See:

»Ade, ade! Der Heimat Saum
Versinkt in blauer Flut;
Der Nachtwind seufzt, auf Wogenschaum
Kreischt wilde Möwenbrut.
Der fliehnden Sonne folgen wir,
Die fern im Westen lacht:

Ein Lebewohl noch ihr und dir,
   O Heimat! – gute Nacht!

In wenig Stunden taucht sie neu
   Empor mit goldnem Licht;
Dann grüß ich Meer und Himmelsbläu,
   Doch Mutter Erde nicht.
Mein Schloß ist öd, an seiner Wand
   Rankt wildes Kraut empor;
Verlöscht ist meines Herdes Brand,
   Mein Hund heult vor dem Tor.

›Mein kleiner Page, komm hierher:
   Was weinest du und klagst?
Ist es der Sturm? ist es das Meer,
   Vor denen du verzagst?
Die Trän aus deinem Auge wisch;
   Mein Schiff ist stark und gut;
Mein schnellster Falk fliegt nicht so frisch
   Über die weite Flut.‹

›Laßt Wogen dräun und Winde wehn!
   Nicht fürcht ich Wog und Wind;
Doch dürft Ihr mich, o Herr, nicht schmähn,
   Daß meine Träne rinnt.
Vom Vater und vom Mütterlein
   Muß ich nun wandern fern;
Hab keinen Freund als sie allein
   Und Gott und meinen Herrn.

Mein Vater sprach ein heiß Gebet,
   Doch klagt' er nicht so sehr;
Die Mutter jammert früh und spät,
   Bis daß ich wiederkehr.‹ –
›Genug, genug, mein Page klein;
   Dein Auge ziert der Schmerz;
Meins würde jetzt nicht trocken sein,
   Hätt ich dein kindlich Herz.

Mein treuer Knappe, komm hierher:
   Was blickst du bleich hinaus?

Schreckt dich der Frankenfeind so sehr?
  Bebst du im Sturmesbraus?‹ –
›Ich zittre nicht vor Sturm und Schlacht;
  Mein Herz ist nicht so weich;
Ans ferne Weib zu denken macht
  Ein treues Antlitz bleich.

Die Söhne mit ihr am Weiher sind,
  Wo Euer Schloßturm ragt;
Was soll sie sagen, wenn ein Kind
  Nach seinem Vater fragt?‹ –
›Genug, genug, mein Knappe gut,
  Dein Gram sei dir verziehn;
Ich aber bin von leichtrem Mut
  Und lache, daß wir fliehn.

Denn wer mag Frauenseufzern traun?
  Ein Buhle trocknet schnell
Die Augen, die von Tränen taun,
  Die Augen blau und hell.
Nicht Freuden, die ich vormals pries,
  Nicht kommende Gefahr,
Mein Gram ist, daß ich nichts verließ,
  Was Tränen würdig war.

Nun bin ich in der Welt allein,
  Auf weiter, weiter See:
Was seufz ich viel um fremde Pein?
  Wer seufzt um all mein Weh?
Mein Hund vielleicht wehklagt nach mir,
  Bis fremde Hand ihn speist;
Wer weiß, ob nicht das treue Tier
  Beim Wiedersehn mich beißt.

Mit dir, mein Schifflein, will ich ziehn
  Durch schäumend Flutgebraus;
Was kümmert's mich, wohin wir fliehn,
  Fliehn wir nur nicht nach Haus!
Sei mir gegrüßt, du blaue See!
  Und wenn die Fahrt vollbracht,
Willkommen, Wüst und Alpenschnee!
  O Heimat – gute Nacht!‹«

14

Weit, weiter fliegt das Schiff, das Land versinkt,
Und schlaflos wogt im Sturm Biscayas Flut;
Vier Tage fliehn, am fünften aber winkt
Ein neu Gestad und macht den Duldern Mut.
Schon grüßt sie Cintras hohe Bergeshut,
Schon rauscht der Tajo und ergießt ins Meer
Der Wogen märchenhaften Goldtribut;
Der Lotse springt an Bord; von Halmen schwer
Dehnt sich das Ufer aus, doch, ach, von Schnittern leer.

15

O Christus! welch ein Anblick! welcher Segen
Des Himmels schmückt dies wonnige Gefild!
Welch duft'ge Früchte glühen uns entgegen!
Über die Hügel hin welch holdes Bild,
Des Menschen Hand verpfuscht es rauh und wild;
Wenn aber Gott mit grimmsten Donnerkeilen
Den trifft, dem sein Gebot nicht heilig gilt,
Dann wird dreifacher Zorn mit Feuerpfeilen
Frankreichs Heuschreckenschwarm, die Pest der Welt, ereilen.

16

Lisboa! welche Reiz entfaltet sie!
Wie schwimmt ihr Bild in jener stolzen Flut,
Der einst die Sag ein goldnes Bett verlieh!
Jetzt aber dort, mit tausend Kielen, ruht
Die Stärke Albions, die Schutz und Hut
Dem Volk der Lusitanier gewährt.
Ein Volk, gebläht von blindem Übermut;
Es leckt und haßt die Hand, die seinen Herd
Vor Galliens grimm'gem Herrn errettet mit dem Schwert.

17

Wenn aber einer diese Stadt betritt,
Die in der Ferne prangt, unirdisch fast,
Dann folgt Entsetzen seinem Wanderschritt;
Denn mancher arge Blick empfängt den Gast.

Den gleichen Schmutz trägt Hütte wie Palast;
Das räudige Geschlecht wächst auf im Kot;
Mit Sorg um saubres Kleid und Hemd befaßt
Nicht arm noch reich sich, ob Ägyptens Not
Den Ungewaschnen auch und Ungekämmten droht.

18

Armsel'ge Knecht', umringt von Götterpracht!
Natur schenkt ihre Wunder ohne Wahl!
Seht! Cintras Eden, wie es prangt und lacht,
Ein glorreich Labyrinth von Berg und Tal!
Wer führt mir Kiel und Pinsel, um die Zahl
Der Wunder halb zu fassen? – Paradies,
Du machst sogar die Farbenzauber fahl,
Die der erstaunten Welt der Dichter wies,
Als er Elysiums Tor vor ihr sich öffnen ließ.

19

Der Klosterhof, von Klippen schroff umzäunt,
Der graue Korkwald längs der strupp'gen Schlucht,
Der Berge Moos, vom Himmelsbrand gebräunt,
Das zarte Blau der wellenlosen Bucht,
Im grünsten Laub der goldne Hauch der Frucht,
Die Kluft, die ewig weint um Sonnenschein,
Von Fels zu Tal des Gießbachs jähe Flucht,
Am Fuß die Weide, um das Haupt den Wein –
Das schließt in bunter Pracht e i n ries'ger Rahmen ein.

20

Langsam erklimm die vielgewundnen Wege,
Und wo du freien Blick vom Felsen hast,
Da zögre oft und neuer Umschau pflege.
Beim »Haus der Schmerzensmutter« mache Rast;
Dort zeigen strenge Mönche gern dem Gast
Ihr heilig Schatzkästlein. Lausch ihrer Sage:
Hier hat den Sünder Gottes Zorn gefaßt,
Dort saß im Loch Honorius lange Tage
Und litt um Himmelslohn auf Erden Höllenplage.

21

Und hier und dort, wie du den Fels erklimmst,
Siehst du viel Kreuze rohgeschnitzt am Pfad,
Die du für Spenden frommer Büßer nimmst –
Sie sind die Zeichen mörderischer Tat:
Wo schreinde Angst ihr Blut vergossen hat
Unter des Meuchlers Stahl, da raget schlicht
Ein Kreuz von morschen Brettern. Solche Saat
Bedeckt dies Purpurland nur allzu dicht,
In Schlucht und Wald; hier schützt Gesetz das Leben nicht.

22

An sanften Hügeln und im Tale stehen
Paläste, wo einst Kön'ge Rast gemacht,
Wo jetzt nur Düfte wilder Blumen wehn;
Doch weilt hier noch der Schatten alter Pracht.
Und drüben hält das Schloß des Prinzen Wacht;
Dort schufst du, Vathek, Englands reichster Sohn,
Dein Paradies und hattest nicht bedacht,
Daß, wenn auch Reichtum herrscht auf mächt'gem Thron,
Die Friedensengel stets der Wollust Lockung flohn.

23

Hier, unter dieses Bergs holdsel'gen Brauen,
Sannst du auf neue Lust und üpp'ge Ruh;
Jetzt aber, wie ein Ort voll Angst und Grauen,
Ist deine Elfenburg einsam wie du.
Gigantisch Unkraut sperrt die Pfade zu
Geborstnen Türen, Sälen öd und weit –
Ein mahnend Merkmal, wie in einem Nu
Genuß verschwindet, den die Welt verleiht,
Ein Wrack, hinweggespült vom wilden Strom der Zeit.

24

Sieh da, das Schloß, wo Feldherrn jüngst getagt!
Anblick, bei dem des Briten Wange brennt!
Von löschpapierner Krone überragt,
Sitzt dort im Staatstalar von Pergament

Ein kleiner Teufel, welcher grinst und flennt,
An seinem Gurt hängt Siegel und Papier,
Und mancher Name, den die Ehre kennt,
Manch Wappenschild ist dieses Briefes Zier:
Der Teufel zeigt drauf hin und birst vor Lachen schier.

25

»Vertrag«, so nennt sich dieser Kobold dort,
Der in Marialvas Schloß die Ritter narrte;
Ihr Hirn (wenn Hirn sie hatten) stahl er fort,
Daß Englands seichte Freud in Schreck erstarrte.
Torheit zerfetzte hier des Siegs Standarte;
Das Schwert verlor, die Politik gewann;
Was frommt der Lorbeer nun, der unser harrte?
»Wehe dem Sieger«, heißet es fortan,
Seit so in Portugal Triumph in nichts zerrann.

26

Seit dies Konzil des Kriegs zusammenkam,
Hat Cintras Name Englands Herz vergällt;
Die Herrn im Amte wurden rot vor Scham
(Wenn sie es könnten), wo das Wort nur fällt.
Hohnlachen wird das Volk, wird alle Welt,
Die Zukunft staunt, wie diese Tat gelang:
Ein tapfres Heer, um seinen Ruhm geprellt
Von Feinden, die es in der Schlacht bezwang!
Nun zeigt auf uns der Spott mit Fingern jahrelang.

27

So dachte Harold, als durch Tal und Schlucht
Er einsam weiterzog. Voll holder Zier
War rings das Land, doch sann er bald auf Flucht,
Rastloser als die Schwalb im Luftrevier;
Doch manchmal selbst sich prüfen lernt' er hier;
Tief war der Ernst, der auf ihn niedersank;
Dann flüsterte die Reue: Wehe dir!
All deine Jugend war ein wüster Schwank!
Dann vor dem Lichte ward sein Auge trüb und krank.

28

Zu Pferd! zu Pferd! Er flieht, er flieht für immer
Dies Friedenstal, das doch so tröstlich schien;
Die finstren Grillen scheucht er fort, doch nimmer
Zu Dirnen und Pokalen lockt es ihn.
Hinweg! hinweg! wohin soll er entfliehn?
Wo wird ihm Rast auf seiner Wallfahrt werden?
Manch wechselnd Bild muß noch vorüberziehn,
Eh Wanderdurst sich sättigt an Beschwerden,
Eh er den Busen kühlt und Weisheit lernt auf Erden.

29

Nur Mafra heischt noch flüchtigen Verzug,
Wo Portugals unsel'ge Fürstin saß,
Wo Kirch und Hof vermischt den Purpur trug
Und wechselnd Feste gab und Messe las.
Und Schranz und Pfaff an einem Tische aß.
Die Hure Babels baute hier ein Schloß,
So glorreich prunkend, daß die Welt vergaß,
Wie viele Ströme Blutes sie vergoß,
Und kniete vor dem Pomp, der ihre Sünd umfloß.

30

Durch üpp'ge Täler, wilde Hügelpracht
(Ach, könnt ihr Wall ein freies Volk umhegen!),
Auf die zu schaun das Auge fröhlich macht,
Zieht Harold mancher holden Stätt entgegen.
Zwar, tolle Hetze nennen es die Trägen,
Wenn aus dem Armstuhl sich ein Mann erhebt
Und Schweiß vergießt auf meilenlangen Wegen –
Doch süßer Balsam in der Bergluft webt,
Ein Leben, wie es nie die faule Ruh erlebt.

31

Zuletzt verflacht das bleiche Hügelland
Zu minder üpp'gen, glattren Talesbreiten;
Die Ebne folgt, vom Horizont umspannt,
Und Spanien liegt in ungemeßnen Weiten,

Wo seine Schäfer woll'ge Herden leiten,
Die reichen Vliese, die der Kaufmann schätzt;
Jetzt muß der Hirt für seine Lämmer streiten;
Von wilden Feinden ist das Reich besetzt,
Und Knechtschaft oder Kampf um alles gilt es jetzt.

32

Wo Lusitania ihre Schwester grüßt,
Was glaubt ihr, trennt die Nebenbuhlerinnen?
Sind finstre Sierras, felsenstolz und wüst,
Die Mark der eifersücht'gen Königinnen?
Muß zwischen ihnen Tajos Stromflut rinnen?
Trennt sie ein Bau wie Chinas Riesendamm?
Kein breiter, tiefer Strom, nicht Mauerzinnen,
Nicht graus'ge Schlucht noch dunkler Bergeskamm,
Wie er Hispanien schied von Galliens Völkerstamm:

33

Nein, bloß ein silbern Bächlein fließt dazwischen,
Und seine Fluten ehrt ein Name kaum,
Wo sich die Grenzen zweier Kön'ge mischen.
Hier lehnt der Hirt und schaut in wachem Traum
Den trägen Wellen zu vom Ufersaum,
Die zwischen zwei Todfeinden ruhig schlafen:
Denn selbst der span'sche Knecht weiß, welcher Raum
Ihn, der so stolz ist wie der Sohn des Grafen,
Vom Lusitanier trennt, dem niedrigsten der Sklaven.

34

Eh aber du die Grenze lang verlassen,
Rauscht Guadianas finstre Herrlichkeit
Mächtig und dumpf in stolzen Wogenmassen,
Berühmt in manchen Liedern alter Zeit.
Einst haben sich im blanken Panzerkleid
Ritter und Mohr an seinem Strand gedrängt;
Der Starke fiel, der Schnelle brach im Streit,
Und Christenhelm und Turban trug vermengt
Der blut'ge Strom dahin, von Leichen eingeengt.

35

O Spanien, das den Ruhm der Väter erbte!
Wo blieb das Banner, das Pelagio trug,
Als Gotenblut all deine Ströme färbte
Und Cavas Vater übte seinen Trug?
Wo sind die blut'gen Fahnen, deren Flug
Dein Volk umwallte, bis der Sturm bestanden,
Bis übers Meer das Schwert den Räuber schlug?
Rot glomm das Kreuz, des Halbmonds Strahlen schwanden,
Der Weiber Wehgeschrei erscholl in Heidenlanden.

36

Schwillt jedes Lied von diesen Siegen nicht?
Ja, das ist eines Helden höchstes Los!
Wenn Bücher schweigen, wenn Granit zerbricht,
Lebt seine Tat in Hirtenliedern bloß.
Stolz! blick herab aus deinem Wolkenschoß!
Sieh, wie sich Ruhm verflüchtigt zum Gedichte;
Schrift, Säule, Dom erhalten dich nicht groß;
In Sagen lebst du fort, im Volksberichte,
Wenn tot die Schmeichler sind und treulos die Geschichte.

37

Auf, Söhne Spaniens! Eure Göttin ruft,
Die Ritterehre! – Flattert auch nicht mehr,
Wie einst, ihr roter Helmbusch durch die Luft,
Schwingt sie auch nicht, wie sonst, den durst'gen Speer:
Im Dampf der Glutgeschosse fliegt sie her
Und spricht im Donner durch des Rohrs Gedröhn;
In jedem Krache ruft sie: »Auf, zur Wehr!«
Sagt, ist ihr Ruf heut minder stark und schön
Als einst ihr Kriegsgesang auf Andalusiens Höhn?

38

Horch! tönt nicht das Geklirr der Schlacht im Tal?
Hört ihr der Hufe schreckliches Gestampf?
Raucht nicht vom Blut Erschlagener der Stahl?
Und helft ihr nicht den Brüdern, die im Kampf

Mit Schergen fallen? Ringsum loht der Dampf
Mordender Feuer, eure Reihn zersplittern,
Und jeder Schuß bedeutet Todeskrampf;
Herfliegt der Tod auf schwefligen Gewittern;
Der rote Schlachtgott stampft, und Nationen zittern.

39

Seht, wie der Riese steht am Bergesrand!
Die blut'gen Locken glühn im Morgenrot,
Und Mordgeschoß blitzt in der Flammenhand.
Sein Blick versengt, wie er so steht und droht;
Wild rollt das Aug und stiert, und wieder loht
Es weit ins Feld. Zu seinen ehrnen Füßen,
Das Würgen zu betrachten, sitzt der Tod;
Denn heut drei mächt'ge Feinde sich begrüßen,
Um mit willkommnem Blut sein Fest ihm zu versüßen.

40

Ein prächtig Schauspiel ist es, ja, beim Himmel
(Wenn man nicht Freunde hat in jenen Reihn),
Vielfält'ger Waffen blitzendes Gewimmel,
Dreifacher Schärpen bunte Stickerein!
Mit Zähnefletschen und Geheul feldein
Treibt sie zur Jagd die tapfre Kriegesmeute;
Jagd wird's für alle, Sieg für wen'ge sein;
Das Grab erhält zuletzt die reichste Beute;
Kaum zählt der Tod den Fang – so lustig ist er heute.

41

Drei Heere sammeln sich zur Opfermesse;
Drei Sprachen flehn in wundersamem Chor;
Drei Fahnen höhnen bunt des Himmels Blässe,
Und Frankreich! Spanien! Albion! schallt's empor:
Feind, Opfer, Helfer (der verstockte Tor,
Der alle schützt, die sich nicht selber wehren),
Anstatt daheim zu sterben, ziehn sie vor,
Die Raben Talaveras zu ernähren,
Das Feld zu düngen, das sie jeder jetzt begehren.

42

Da modern sie – des Ruhms geehrte Narren!
Was? ihren Staub umstrahlt doch Ehre licht!
O Wahn! Werkzeuge seht ihr hier verscharren,
Wie ein Tyrann sie tausendfach zerbricht,
Wenn über Schädel er den Weg erficht,
Den Weg wohin? – zu leerem Traum allein.
Den Gruß der Lieb erzwingt der Sieger nicht,
Und keine Spanne Erd ist wahrhaft sein
Als die, wo einst in Staub zerbröckelt sein Gebein.

43

O Albuera, stolzes Feld der Trauer!
Als Harolds Hengste durch die Ebne flohn,
Wer ahnte da, daß nach so kurzer Dauer
Hier wilde Feldschlacht toben werd und drohn?
Friede den Gefallnen! ihren Lohn
Mag Sieges Trän und Krieges Pomp verlängern!
Bis neues Blut einst fließt in neuer Fron,
Kreist wohl dein Nam im Schwarm von Müßiggängern
Und glänzt im Jahrmarktslied, ein Stoff den Bänkelsängern.

44

Genug von Kriegsvasallen! Mögt ihr spielen
Das blut'ge Spiel! tauscht Ruhm um Odem ein!
Ruhm? – wenn auch Tausende für einen fielen,
Lebendig macht er niemals ihr Gebein.
Gleichwohl, des Mietlings Ziel ist schön und rein:
Viel besser ist's, fürs Vaterland zu sterben,
Als lebend für sein Land ein Schandfleck sein,
Als in gemeiner Rauferei verderben
Und auf beschränktem Feld sein Brot durch Raub erwerben.

45

Schnell fürbaß seine Straße zieht der Pilger,
Wo stolz und unbesiegt Sevilla ruht.
Noch ist es frei – doch lauert der Vertilger!
Bald bricht herein mit glühndem Fuß die Wut

Und schwärzt die holden Dom' im Rauch der Glut.
Das Schicksal will's! da hilft nicht Kampf und Flehen,
Wo Unheil brütet seine Hungerbrut;
Sonst würden Tyrus noch und Troja stehen
Und Tugend siegen und der Mord nicht straflos gehen.

46

Noch ahnt man nicht das kommende Gericht!
Ringsum Gelag, Musik und Pomp und Flitter!
Seltsame Kurzweil jagt den Tag, und nicht
Von Spaniens Wunden bluten diese Ritter:
Hier tönt nicht die Trompete, nur die Zither;
Hier thront die Torheit noch in alter Macht;
Die Wollust schleicht um mitternächt'ge Gitter;
Umringt von stummen Sünden Babels, lacht
Das lust'ge Laster noch, indes die Mauer kracht.

47

Nicht so der Bauer – mit den bangen Frauen
Sitzt er daheim und starrt auf seinen Herd,
Um seinen öden Weinberg nicht zu schauen,
Den schwarz und heiß der Hauch des Kriegs verzehrt.
Nicht wirbelt mehr, vom Abendstern verklärt,
Fandango seine muntre Kastagnette. –
O Fürsten, kenntet ihr, was ihr verheert,
Ihr quältet nie euch mehr um Ruhm! Dann hätte
Die dumpfe Trommel Ruh, das Glück fänd eine Stätte.

48

Was singt der lust'ge Maultiertreiber heut?
Von Andacht, Ritterschaft und Liebesweh?
So sang er sonst zum muntren Schellgeläut,
Damit die lange Stunde schnell vergeh;
Nein, wie er trabt, jauchzt er: »Viva el Rey!«
Oder er flucht, Godoy zu verdammen,
Den Hahnrei Karl, die Kön'gin . . . daß sie je
Den Knaben sah mit schwarzen Augenflammen!
Und blutiger Verrat sollt ihrer Sünd entstammen.

49

Die weite Ebne dort, an deren Rand
Die Türme ragen mancher Mohrenveste –
Von Hufen aufgerissen ist das Land
Und zeigt durch seines Rasens schwarze Reste,
Die Feinde waren Andalusiens Gäste;
Hier war das Lager und die Feuer dort;
Hier stieg der Bauer kühn zum Drachenneste;
Noch weist er triumphierend dir den Ort,
Und wie um jene Höhn gewütet hat der Mord.

50

Und alle tragen, die des Weges ziehn,
An ihrem Hut die Schleife scharlachrot;
Das lehrt dich, wen du grüßen mußt und fliehn.
Wer dieses Pfand trägt, ist ein Patriot;
Weh dem, der es verschmäht! es ist sein Tod:
Der Stoß ist sicher und das Messer spitz,
Und traun, der Franke wär in bittrer Not,
Wenn feiner Dolch, versteckt im Busenschlitz,
Den Säbel lähmen könnt und den Kanonenblitz.

51

Morenas dunkle Höh, an jeder Ecke
Trägt sie der Batterien metallne Wucht;
So weit ein Menschenblick beherrscht die Strecke,
Nur Berghaubitzen und verschanzte Schlucht
Und Grabenweg und Palisadenflucht,
Das Feldpikett, die Posten auf dem Wall,
Das Magazin, versteckt in fels'ger Bucht,
Das Roß gesattelt, rohrgedeckt der Stall,
Die Kugelpyramiden, Lunten überall!

52

Das deutet Kampf. Er aber, der nur nickt,
Und schwächre Zwingherrn taumeln flugs vom Thron,
Hier zaubert er, eh er die Rächer schickt.
Er zögert noch, doch seine Legion

Durchbricht vielleicht dies alles morgen schon:
Der Westen soll vor Gottes Geißel knien.
O Spanien! was für Rechnungstage drohn,
Wenn Frankreichs Geier durch die Wolken ziehn
Und du in Scharen siehst dein Volk zum Hades fliehn!

53

Und muß es sein? Soll tapfre Jugend sterben
Für eines Feldherrn aufgeblähte Macht?
Kein Ausweg zwischen Knechtschaft und Verderben,
Dem Sieg des Raubs und Spaniens Todesnacht?
Und Gott, zu dem wir flehn, er lenkt die Schlacht
Und achtet nicht den Schrei von tausend Zungen?
Umsonst ist alles, was der Mut vollbracht,
Und weiser Rat und Volks Begeisterungen,
Die Kunst der Alten und das Eisenherz der Jungen?

54

Darum hat Spaniens Jungfrau ihre Zither
Entfaltet an den Weiden aufgehängt
Und, ganz entweibt, sich mit dem Schwert der Ritter
Und lautem Schlachtgesang zum Kampf gedrängt?
Sie, die ein Nadelstich mit Schreck befängt,
Die kalt vor Angst wird, wenn ein Käuzchen plaudert,
Sieht jetzt vom Bajonett die Reihn zersprengt,
Und über Leichen, ohne daß sie zaudert,
Wie Pallas schreitet sie, wo Mars zu wandeln schaudert.

55

Ihr hörtet nur von ihr und seid entflammt;
Oh, säht ihr sie in ihrer sanftren Stunde –
Ihr Auge schwarz wie der Mantilla Samt,
Den leichten, losen Scherz auf ihrem Munde,
Den Elfenwuchs mit Grazien im Bunde,
Dies Haar, das Malers Kunst zuschanden macht –,
Ihr glaubtet kaum an Saragossas Kunde,
Daß, lächelnd vor dem Gorgo-Haupt der Schlacht,
Sie kämpfend hat geführt des Ruhms furchtbare Jagd.

56

Ihr Freier stürzt – sie hat nicht Zeit zu klagen;
Ihr Hauptmann fällt – sie fliegt zur Vorderhut;
Die Ihren fliehn – sie treibt zurück die Zagen;
Der Franke weicht – sie führt den Ausfall gut.
Wer sühnt wie sie des toten Freiers Blut?
Wer rächt des Hauptmanns Fall, wie sie es wagt?
Wo macht ein Weib verzagten Männern Mut?
Wer hat so grimm den flücht'gen Feind gejagt,
Als vor zerschoßnem Wall er wich vor einer Magd?

57

Doch Spaniens Töchter sind nicht Amazonen,
Nein, ganz geformt für holde Zärtlichkeit;
Zwar schreiten sie mit trotz'gen Legionen,
Wetteifernd mit dem Mann im Waffenstreit;
Es ist der Taube sanfte Tapferkeit,
Wenn pickend sie den Feind des Taubers beißt;
An Kraft und Sanftmut stehn sie höher weit
Als fremde Fraun, die ihr gebildet preist,
An Schönheit ihnen gleich, und edler ist ihr Geist.

58

Gott Amor selbst mit Schelmenfingern tüpft
Sein Siegel in ihr Kinn; die Lippe blüht,
Der Kuß, der schmollend nur vom Neste schlüpft,
Gehört dem Tapfern bloß. Wie leuchtend sprüht
Ihr wilder schöner Blick! Wie buhlt und müht
Sich Phöbus, um ihr Antlitz zu verderben,
Das zarter nur von seinem Kosen glüht.
Wer mag um bleiche Fraun im Norden werben?
Wie arm erscheint ihr Reiz, ihr Schmachten und Ersterben!

59

Vergleicht, ihr Lande, die der Dichter liebt,
Wo jetzt mein Lied tönt und die Schönheit laut
Lobpreist, vor der sich selbst der Spott ergibt,
Vergleicht mir eurer Harems schönste Braut,

Die Huris, die ihr kaum der Luft vertraut,
Damit nicht Lieb auf allen Winden fahre,
Mit Spaniens dunkelglühnden Fraun! – Da schaut
Der Himmelstöchter schwarze Augenpaare,
Da euer Paradies, das lächelnde, das wahre!

60

O du Parnaß, auf den mein Blick sich richtet,
Nicht wie ein Wahnbild, das den Träumer neckt,
Nicht wie die Landschaft, die das Lied erdichtet,
Nein wirklich, wild erhaben, schneebedeckt,
In griechisches Gewölk emporgestreckt –
Was Wunder, wenn ich wage, so zu singen?
Der letzte Pilger, der dich heimsucht, weckt
Dein Echo ja und läßt sein Lied erklingen,
Obwohl die Musen hier die Flügel nimmer schwingen.

61

Ich träumte oft von dir, glorreicher Berg,
Wo Menschenwort am göttlichsten erklang.
Nun ich dich sah, steh ich beschämt, ein Zwerg,
Dem, ach, ein schwacher Hymnus kaum gelang.
Wenn ich der Priester denke, die so lang
Dich ehrten, kann auch ich nur zitternd knien,
Und aufzusteigen scheut sich mein Gesang;
Stumm unter deinem Wolkenbaldachin
Genieß ich das Gefühl: Er ist's! du schautest ihn!

62

Beglückter ich als jene größren Meister,
Die ihr Geschick an ferne Heimat band,
Sollt kalt ich stehn vor diesem Thron der Geister,
Dem andre glühen, die ihn nie gekannt?
Zwar, wo zuvor der Sitz der Musen stand,
Ist nun ihr Grab; Apoll floh seine Quellen;
Doch blieb ein holder Geist hier festgebannt,
Schweigt in der Grotte, seufzt im Windesschwellen,
Streift mit kristallnem Fuß melodisch diese Wellen.

63

Von dir hernach. – Inmitten andrer Töne
Wend ich zur Seite mich und huld'ge hier,
Vergesse Spaniens Jungfraun, Spaniens Söhne
Und sein der Freiheit heiliges Panier,
Und bringe Gruß, vielleicht auch Tränen, dir.
Nun lebe wohl! und gib für meine Reise
Ein Zeichen und ein Angedenken mir,
Ein Blatt von Daphnes nimmerwelkem Reise,
Ein Pfand, daß nicht als Wahn mein Hoffen sich erweise.

64

Als Hellas jung war, als die Pythia
In Delphi sang, vom Sehergeist verklärt,
Holdsel'ge Mädchenchöre wallten da,
O schöner Berg, um deinen Opferherd,
Und lieblich so wie sie, des Liedes wert,
Des Lieds der Liebe, sind Hispaniens Frauen,
Im glühnden Schoße süßer Lust genährt:
Ach, könnten sie so stille Schatten schauen,
Wie Hellas beut, wenn auch der Ruhm verließ die Auen.

65

Schön ist Sevilla! ihre Heimat brüste
Mit altem Ruhme sich und Macht und Gold;
Dir, Cadiz, wie du thronst auf ferner Küste,
Wird süßres, wenn auch schnödes Lob gezollt.
O Wollust, wie sind ihre Pfade hold!
Wer mag entfliehn vor ihres Blicks Magie,
Solang das Blut der Jugend feurig rollt?
Hydra von Cherubsköpfen, wandelt sie
Die liebe Truggestalt für jede Phantasie.

66

Als Paphos durch die Zeit fiel – (Zeit, verfluchte!
Dir weicht die Allbeherrscherin sogar!) –
Und nun die Freude sonn'ge Zuflucht suchte,
Da baute sie, die treu noch niemals war,

Venus, dem Meere treu, das sie gebar,
In diesen weißen Mauern ihre Veste;
Doch ihrem Dienst genügt nicht ein Altar;
Es prangen hier, geweiht für ihre Feste,
Tausend Altär und glühn für stete Opfergäste.

67

Von früh bis spät, von spät bis mit Erröten
Der Morgen sich ins lust'ge Lärmen wagt,
Wehn Blumenkränze, schallt Gesang und Flöten,
Wird Scherz von immer neuem Scherz verjagt.
Ein lang Ade sittsamen Freuden sagt,
Wer hier verweilt; denn keine Pause trennt
Das Fest vom Fest, und keine Reue plagt,
Obwohl, statt Andacht, Pfaffenweihrauch brennt;
Lieb und Gebet sind hier vereint im Regiment.

68

Der Sabbat kommt, die hehre Ruhezeit –
O ja, auch dieses Volk von Christen ruht:
Der Tag ist einem großen Fest geweiht.
Doch horch! der Fürst des Waldes brüllt vor Wut!
Den Speer zerknickend, wittert er das Blut
Von Roß und Reiter, die sein Horn zerfleischt:
Der Zirkus bebt vom Jubelrufe »Gut!«
Die Menge heult und neue Opfer heischt;
Kein Frauenauge zuckt, und kein Entsetzen kreischt.

69

Den Tag des Herrn, den großen Weltbezähmer,
Den heil'gen Tag – wohl, London, kennst du ihn:
Gewaschner Handwerksmann, geputzter Krämer
Und flotter Lehrling deinem Staub entfliehn;
Mietkutsche, Droschke, Einspann rasselnd ziehn,
Und schlichte Gigs, durch lange Vorstadtstraßen
Nach Hampstead, Brentford oder Harrow hin.
Neidische Pflastertreter sehn's und spaßen,
Wenn müde Gäul einmal die Last zu ziehn vergaßen.

70

Auf deiner Themse rudern bunte Mädchen;
Auf jedem Heerweg lustiges Gesumm;
Die einen ziehn nach Ware, dem nahen Städtchen,
Die andern schaun auf Highgates Höh sich um.
Fragt ihr, Böotiens Schatten, mich: warum?
Dies ist das Fest des Horns, des wundersamen,
Ein feierlich und hehr Mysterium:
Männer und Mädchen schwören auf den Namen
Und weihn den Schwur mit Schnaps und tanzen ohn Erlahmen.

71

Narrheit treibt jeder – keiner so wie du,
Cadiz am dunkelblauen Meeresstrand!
Kaum ruft die Morgenglocke »Neun« dir zu,
So rinnt der Rosenkranz durch jede Hand,
Die JUNGFRAU wird um Ablaß fast berannt
(Die einz'ge Jungfrau, glaub ich, ist sie dort),
Denn Sünden gibt es da wie Meeressand;
Dann zum gedrängten Zirkus geht es fort;
Jung und alt und reich und arm lockt all ein einz'ger Ort.

72

Da liegt der weite Platz; emporgestuft
Tausend auf Tausend, sitzt das Volk umher;
Schon eh die erste der Trompeten ruft,
Blieb für den Säumigen kein Plätzchen leer:
Viel Dons, viel Granden, aber Fraun noch mehr,
Geübt im schelmenhaften Augenspiel,
Doch ihre Wunden heilen nicht gar schwer;
Noch keiner starb, dem Schützengott ein Ziel,
Durch ihr Verschmähn – das ist nur fader Dichterstil.

73

Nun wird es still – mit leicht gewägtem Speer,
Milchweißem Federbusch und goldnem Sporn
Ziehn hoch zu Roß vier Kavalier einher,

Und tief sich neigend reiten sie nach vorn;
Die Schärpen wehn, es schnaubt der Hengste Zorn.
Heut winkt der besten Tat der höchste Preis,
Wenn rühmlich sie bestehn des Feindes Horn –
Lächeln der Damen, Sturm des Siegsgeschreis,
Alles, was Feldherrn lohnt für den vergoßnen Schweiß.

74

Im Zentrum steht, allein, auf ebner Erde,
Der schlanke Matador in reichster Tracht;
Er brennt, den Herrscher der gehörnten Herde
Zu treffen, doch vorsicht'gen Schrittes macht
Er erst die Runde, daß unvorbedacht
Kein Hindernis ihn störe. Ihn beschützt
Die Klinge bloß, doch mehr als er vollbracht
Hat keiner, den das Roß nicht unterstützt –
Das Roß, das schuldlos oft sein Blut für uns verspritzt.

75

Dreimal Trompetenstoß! Das Zeichen fällt,
Der Zwinger öffnet sich, und stumme Gier
Den weiten Platz lautlos gefangenhält.
Ausbricht in wildem Satz das ries'ge Tier;
Sein Huf zerstampft den Sand, sein Aug ist stier;
Nicht stürzt es auf den Feind in blindem Mut;
Es zückt die drohnde Stirn nun dort, nun hier
Zum ersten Angriff, und gesträubt von Wut,
Schlägt wild der Schweif, rot rollt des Augs gedunsne Glut.

76

Nun steht es still; es starrt dich an: Zurück!
Zurück, verwegner Knabe! Speer zur Hand!
Nun ist es Zeit für dich! Stirb oder zück
Den sichren Stahl, der seinen Grimm noch bannt.
Das flinke Roß schwenkt, eh es umgerannt;
Der Stier schäumt vorwärts, doch nicht unverletzt;
Der Purpur seiner Flanken färbt den Sand;
Er flieht, er taumelt, von dem Schmerz entsetzt;
Nun regnen Stich und Stoß; vor Qualen brüllt er jetzt.

77

Er kommt zurück – Pfeil hilft und Lanze nicht;
Wie das gequälte Roß sich bäumt und wehrt,
Wie Mann und Mannes Rächerarm auch ficht,
Hier nützt die Stärke nicht und nicht das Schwert.
Zerfleischt am Boden liegt ein edles Pferd;
Die Brust des zweiten (graus'ger Anblick!) klafft
Und zeigt des Lebens krampfdurchzuckten Herd;
Zum Tod getroffen, doch emporgerafft,
Errettet es den Herrn mit seiner letzten Kraft.

78

Blind, blutend, atemlos, von Wut verwirrt,
Im Mittelpunkt, zur letzten Wehr gehetzt,
Steht nun der Stier, von Lanz und Pfeil umklirrt,
Umringt von Feinden, die sein Horn zerfetzt.
Der Matador beginnt sein Plänkeln jetzt
Mit blankem Stahl und scharlachnem Gewand:
Der Stier bricht donnernd durch – es ist zuletzt!
Den Mantel wirft die wohlgeübte Hand
Ums Aug ihm – es ist aus – hin sinkt er in den Sand.

79

Genau, wo Rückgrat und Genick verschmolz,
Traf ihn des Degens scharfgezielter Stoß.
Er stutzt, fährt hoch, zu straucheln noch zu stolz,
Und fällt dann langsam, unter Siegsgetos,
Und stirbt – ohn einen Laut und regungslos.
Der bunte Wagen kommt; hoch stapelt man
Die Leiche drauf – des Pöbels Freud ist groß –,
Ein wildes, ungezähmtes Viergespann
Rollt fort den dunklen Rumpf, rasch, eh man zusehn kann.

80

Das ist das Spiel, das Spaniens Töchter lockt
Und Spaniens Söhn erfreut. An Blut einmal
Von Kindesbein gewöhnt, schwelgt und frohlockt
Ihr Herz in Rache, jauchzt bei fremder Qual.

Das Dorf zerfleischen Fehden ohne Zahl,
Und jetzt, wo zu den Waffen ruft das Reich,
Wetzt mancher noch am niedern Herd den Stahl,
Plant wider Freunde meuchlerischen Streich;
Um leichte Kränkung fließt das warme Herzblut gleich.

81

Nur Eifersucht entfloh, mit Riegeln, Gittern
Und dürren Dueñas. Alles, was die Glut
Hochherz'ger Seelen vormals mocht erbittern,
Des finstren Graukopfs strenge Wacht und Hut,
Jetzt mit begrabner Zeit begraben ruht.
Die Mädchen Spaniens saht ihr, frei wie keine
(Eh sich des Kriegs vulkan'scher Grimm entlud),
Tanzend mit schöngeflochtnem Haar im Haine,
Wenn sie der Mond beschien mit liebeholdem Scheine.

82

Auch Harold hatte viel geliebt und oft,
Oder davon geträumt; denn Wonn ist Traum:
Hier aber hat er seufzend nie gehofft.
Noch hatt er nicht geschöpft an Lethes Saum
Und hatt erst jüngst gelernt, daß Liebe kaum
Wertvollre Gabe hat als ihre Schwingen:
Wie jung und hold sie scheine, aus dem Schaum
Des vollsten Freudenquelles, ach, entspringen
Doch bittre Gifte, die den Blumenflor durchdringen.

83

Er war nicht blind für Schönheit, aber meist
Sah er sie an, wie sie ein Weiser sieht;
Denn wenn die Weisheit auch solch einem Geist
Die keusche Hoheit ihres Blicks entzieht,
Rast Wollust doch in Schlaf sich – oder flieht.
Wollust, die selbst ihr üppig Grab sich gräbt,
Begrub sein Hoffen all, das längst verschied;
Der Sattheit Opfer! Graun, das knirschend lebt,
Wie Kains unsteter Fluch die welke Stirn umschwebt.

84

Er schaute zu und blieb der Menge fern,
Doch nicht als Menschenfeind sah er sie an;
Gesang und Tänze teilen würd er gern,
Doch wen ein Fluch zu Boden drückt, wie kann
Der lächeln? Nichts erlöst' ihn von dem Bann;
Nur einmal rang er mit des Dämons Macht,
Als er im Saal der Schönheit saß und sann;
Da sang er dieses Lied unvorbedacht
An Reize, schön wie sie, die einst ihm Glück gelacht.

An Inez

Nein, lächle nicht mir Finstrem zu;
Ich kann nicht lächeln, wie du wolltest:
Gott aber gebe nicht, daß du
Je weinen, fruchtlos weinen solltest!

Und fragst du, welch verborgnes Graun
Mir Jugendglück und Kraft erdrückte?
Und willst umsonst das Wehe schaun,
Das dir zu lindern selbst mißglückte?

Es ist nicht Lieb, es ist nicht Haß,
Nicht um verlornen Ruhm die Reue,
Wenn lebenssatt ich alles, was
Ich köstlich fand, nun flieh und scheue.

Es ist der volle Überdruß,
Den ich aus allen Dingen sauge:
Mich lockt nicht Schönheit zum Genuß,
Und kaum bezaubert mich dein Auge.

Es ist das tiefe ew'ge Graun,
Das Judas Flüchtling einst getroffen,
Das übers Grab nicht wagt zu schaun
Und kann doch hier nicht Ruhe hoffen.

Kann vor sich selbst der Flüchtling fliehn?
Ob er von Land zu Lande wanke,

Des Daseins Fluch begleitet ihn,
Der finstre Dämon, der Gedanke!

Und doch in Freuden, die ich floh,
Wie viele schwelgen noch und lachen!
Oh, laß sie träumen, laß sie so,
Wie ich erwacht bin, nie erwachen!

Mit der Erinnrung schwerem Joch
Muß ich nun pilgern bis zum Grabe,
Und all mein Trost ist, daß ich doch
Das Ärgste schon erfahren habe.

Was ist das Ärgste? – Frag es nie!
Bewahr dein Lächeln und dein Scherzen.
Entschleire nicht und nimmer sieh
Die Höll in einem Menschenherzen!

85

Leb wohl, mein schönes Cadiz, lebe wohl!
Dir sei's gedacht, wie deine Mauern standen,
Wie fest du warst, als alles morsch und hohl,
Als erste frei und doch zuletzt in Banden.
Und hat einmal in solchen Aufruhrs Branden
Einheimisch Blut gerötet deine Flur,
So war es Blut verräterischer Granden:
Unadlig war in dir der Adel nur;
Nur Ritter küßten feig des Fremdlings Eisenschnur.

86

So ist dies Spanien – seltsam ist sein Pfad!
Für Freiheit kämpft es, das stets unfrei schien,
Ein königloses Volk für morschen Staat.
Vasallen fechten, deren Lehnsherrn fliehn,
Das Land, das ihnen kaum ihr Brot verliehn,
Verteidigend für Vögte und Erpresser.
Doch wird der Stolz zur Freiheit sie erziehn;
Zurück zum Kampf! die Feinde fechten besser –
Gleichviel, das Feldgeschrei ist Krieg, »Krieg bis aufs Messer!«

87

Wenn gern ihr mehr von Land und Leuten wüßtet,
Geht, in das Buch des grimmsten Kampfes schaut!
Was Rache je gewagt, zur Wut entrüstet,
Des hat sie sich in diesem Volk getraut.
Das Messer mordet, und der Säbel haut,
Der Krieg schwingt jede Waff in seinen Nöten,
Um nur zu schützen Schwester oder Braut,
Um nur das Land mit Feindesblut zu röten,
Um jene Räuber nur erbarmungslos zu töten.

88

Fließt keine Trän um die Gefallnen dort?
Seht auf verheerter Flur die Flammenzeichen,
Blickt auf die Hände, rot vom Weibermord,
Und gönnt den Hunden die grablosen Leichen;
Die Geier laßt um die Erschlagnen streichen!
Verdienten sie auch nicht des Raubtiers Zahn;
Ihr Blut laßt dunkeln, ihre Knochen bleichen,
Ein grausig Denkmal, auf dem Schlachtenplan –
Sonst glaubt die Nachwelt nicht die Dinge, die wir sahn.

89

Ach, noch ist nicht das schwere Ziel gewonnen!
Aus Gallien strömt ein frisches Heer zum Streit;
Noch dunkler wird's; das Werk hat kaum begonnen;
Wer ist, der schon das Ende prophezeit?
Die Völker schaun auf Spanien: frei, befreit
Es mehr als das, was die Pizarros banden.
Seltsam Geschick! Columbias Friedlichkeit
Heilt nun das Weh, das Quitos Volk bestanden,
Und zuchtlos tobt der Mord in ihren Mutterlanden.

90

Nicht alles Blut auf Talaveras Boden,
Nicht alle Wunder der Barossa-Schlacht,
Albuera nicht, verschwenderisch mit Toden,
Hat Spaniens gutes Recht zurückgebracht.

Wann wird sein Ölzweig blühn in alter Pracht?
Wann ruht es aus vom blutigen Geschäfte?
Wie mancher bange Tag sinkt noch in Nacht,
Eh Frankreichs Faust sich trennen wird vom Hefte,
Eh hier der Freiheit Baum gedeiht durch heim'sche Säfte?

91

Und du, mein Freund! – mich drängt's, um dich zu klagen,
Wenngleich der Trauer Wort vergebens tönt:
Lägst mit den Helden du vom Schwert erschlagen,
So hätte Stolz der Freundschaft Gram verpönt;
So aber, lorbeerlos und unversöhnt,
Allein vom Freund beweint, hinabzusteigen,
Indes der Ruhm gemeinre Stirnen krönt,
Blutlos den großen Toten dich zu zeigen –
Womit verdientest du ein Grab in Ruh und Schweigen?

92

O du, mein frühster Freund, vor allen wert,
Trost eines Herzens, dem kein Trost mehr lacht!
Wenn nun mein Tag auf ewig dich entbehrt,
So gönne mir dein Bild im Traum der Nacht!
Und wenn, zu neuem Leben dann entfacht,
Der Morgen die geheimen Tränen weckt,
Dann hält an deiner Gruft die Sehnsucht Wacht,
Bis Staub auch meinen armen Staub bedeckt
Und zum Beweinten still der Weinende sich streckt.

93

Dies ist ein Stück von Harolds Pilgerfahrt,
Und wenn ihr weiter fragt nach Weg und Ziel,
Für künft'ge Blätter bleib es aufgespart,
Wofern mein Reim erneuern darf sein Spiel.
Sagt nicht, gestrenge Richter: Schon zu viel!
Geduld, und ihr sollt hören, was er fand
In Landen, wo zu pilgern ihm gefiel,
Wo manches Denkmal alter Zeit erstand,
Eh Hellas ward erwürgt von der Barbaren Hand.

ZWEITER GESANG

1

Blauäugige Himmelstochter, komm! – doch nein,
Du hast nie irdischen Gesang entfacht,
Göttin der Weisheit! Deines Tempels Schrein
Stand hier und steht, trotz Feuer, Zeit und Schlacht,
Vor denen einst dein Dienst versank in Nacht:
Doch Unheil mehr als Flamm und Stahl vollführt
Das Schreckenszepter und die finstre Macht
Der Menschen, welche heil'ge Glut nicht rührt,
Die dein Gedächtnis noch in edlen Herzen schürt.

2

Wo sind die Edlen und Gewalt'gen, wo?
Die dein Athen geschmückt mit hehrem Glanze?
Traumbilder einer Zeit, die längst entfloh!
Die ersten auf der Bahn zum Lorbeerkranze,
Sie siegten – und sind Staub! Ist dies das Ganze?
Thema für Schüler und Touristenschau?
Des Redners Stola und des Kriegers Lanze
Sucht ihr umsonst: um jeden Trümmerbau
Ziehn Schatten alter Macht, vom Duft der Jahre grau.

3

Erheb dich, Sohn des Morgens! wandle hier!
Komm – aber laß die Urne unversehrt!
Sieh da, ein Völkergrab ist dies Revier,
Ein Sitz der Götter mit erloschnem Herd.
Auch Götter fallen; nichts, was ewig währt:
Erst Zeus, dann Allah, und ein künft'ger Chor
Preist neue Namen, bis der Mensch erfährt,
Daß nutzlos all sein Weihrauch steigt empor –
Des Todes blindes Kind, das Hoffnung stützt auf Rohr.

4

Ein Wurm, hebt er zum Himmel seinen Blick:
Tor, ist es nicht genug schon, daß du lebst?
Ist Dasein solch ein freundliches Geschick,
Daß, weil du bist, du fortzudauern strebst?
Daß du den Flug, gleichviel wohin, erhebst,
Nur fort von Erden, nur hinauf zum Äther,
Und künft'ger Wonn und Qual entgegenbebst?
Sieh diese Asche, wäge sie! – beredter
Ist diese kleine Urn als hundert Kirchenväter.

5

Oder erbrich das Grab, das einsam ragt:
Ein Halbgott schlummert dort am öden Meer.
Er fiel, ein fallend Volk hat ihn beklagt,
Jetzt weint von den Betrübten keiner mehr.
Kein Wächter kniet in kriegerischer Wehr
Und trauert um den göttergleichen Mann.
Nimm jenen Schädel aus dem Schutt – ist er
Ein Tempel, den ein Gott bewohnen kann?
Jetzt widert selbst den Wurm die morsche Kammer an.

6

Schau, seine Wänd und Bogen sind zerfallen;
Gemach und Pforte modern geisterhaft:
Dies waren einst der Ehrfurcht luft'ge Hallen,
Die Burg der Seele, der Palast der Kraft.
Durch seine augenlosen Fenster klafft
Der Weisheit und des Witzes Lustgezelt,
Das Haus der ungezähmten Leidenschaft.
Kein Heil'ger, kein Sophist, kein Weiser stellt
Die öde Veste her zum Wohnsitz einer Welt.

7

Wohl sprachst du wahr, o Weiser von Athen:
»Der Mensch weiß nur, daß er nichts wissen kann.«
Wozu das Sträuben, wo doch kein Entgehn?

Sein Kreuz trägt jeder; doch der schwache Mann
Quält sich mit Träumen, die sein Hirn ersann.
Was Glück und Zufall anpreist, das erfaßt!
Denn erst am Styx trefft ihr den Frieden an:
Da zwingt man nicht zum Mahl den satten Gast,
Da bettet Schweigen uns zu stets willkommner Rast.

8

Wenn aber doch, wie heil'ge Männer glaubten,
Jenseits der schwarzen Küst ein Morgen scheint;
Wenn Torheit ist, was Zweifler hier behaupten,
Und Wahnsinn, was der Sadduzäer meint,
Wie lieblich dann, mit allen neuvereint,
Die uns die Welt leicht machten, anzubeten!
Stimmen zu hören, die wir schon beweint!
Vor all die großen Schatten hinzutreten,
Vor Samos' Weisen und den baktrischen Propheten!

9

Doch du! – du, deren Lieb und Leben wich
Und Leben mir und Liebe ziellos macht –
Du solltest tot sein, während emsiglich
Erinnerung mein fiebernd Hirn entfacht?
Wohl – ich will träumen, daß ein Jenseits lacht,
Ins öde Herz lock ich die Vision;
Wenn dort mein jung Gedächtnis miterwacht,
So ist's für mich genug des Segens schon,
Dich als verklärten Geist zu schaun an Gottes Thron.

10

Hier laßt mich sitzen auf dem mächt'gen Stein,
Dem unverrückten Fuß des Säulenbaus;
Hier war, o Sohn Saturns, ein Tempel dein,
Geliebt vor vielen; hier, vom Sockel aus
Such ich im Trümmerschutt dein hehres Haus –
Umsonst! Das Auge selbst der Phantasie
Baut es nicht wieder auf aus Wust und Graus.
Doch ehrt ein Seufzer diese Pfeiler nie;
Stumpf sitzt der Moslem da, der Griech umträllert sie.

11

Von allen Plündrern jenes Heiligtums,
Wo Pallas, eh sie floh, am längsten blieb,
Im letzten Überbleibsel alten Ruhms,
Wer war der letzte, ärgste, rohste Dieb?
Schottland, erröt! – Dein Sohn, der solches trieb!
England, mich freut's, du nanntest nie ihn dein.
Ein freies Volk hat sonst, was frei war, lieb,
Und du kannst trauernde Altär entweihn
Und übers zorn'ge Meer heimschleppen ihr Gestein?

12

Der neue Pikte mag mit Raub sich brüsten,
Den Zeit und Got' und Türke nie vollführt;
Kalt wie die Felsen seiner Heimatküsten,
Und gleiches Lob der Wildheit ihm gebührt,
Des Hirn ersann, des Hand sich hat gerührt,
Zu freveln an Athenes letztem Schmucke.
Ihr Volk, zu schwach zur Wehr, hat doch gespürt,
Wie tiefes Weh der Göttin Herz durchzucke:
Jetzt fühlt' es sich erst recht erdrückt vom Kettendrucke.

13

Wie? soll die Welt aus Britenmund es wissen,
Daß Albion froh ward durch Athenes Gram,
Daß eure Sklaven ihre Brust zerrissen?
Still! daß Europa nicht erröt vor Scham!
Die Königin des Meers, Britannia, nahm
Den letzten armen Raub dem wunden Land!
Sie, die als Helferin gesegnet kam,
Zerschlug dies Denkmal mit Harpyienhand,
Das allen Grimm der Zeit und Feinde überstand!

14

Wo, Pallas, war die Ägis, die den Goten
Mit Gram erfüllt hat und sein Würgerheer?
Wo blieb Achill, der aus dem Reich der Toten

An jenem Schreckenstage flog daher,
Blitzend ans Licht in fürchterlicher Wehr?
Weshalb hat Pluto diesmal nicht gelitten,
Daß er die neuen Räuber jag ins Meer?
Den Styx entlang ging er mit müß'gen Schritten
Und schirmte nicht die Burg, für die er einst gestritten.

15

Kalt ist das Herz, das dich, mein Hellas, schaut
Und das nicht Gram der tiefsten Liebe schwellt;
Stumpf ist das Auge, das nicht schmilzt und taut
Beim Anblick alter Tempel, roh entstellt
Von Briten – Briten, die vor aller Welt
Beschützen sollten diesen heil'gen Hort!
Verflucht der Tag, wo Schottlands Räuberheld
In deinem wunden Herzen wühlt' und dort
Dein schaudernd Götterheer wegriß zum kalten Nord!

16

Doch wo ist Harold? Wollt ich ihn nicht führen,
Den finstren Pilger, weit das Meer entlang?
Was Menschen lieben, mocht ihn wenig rühren;
Kein Liebchen heuchlerisch die Hände rang,
Kein Freund gab ihm die Hand, als seinen Gang
Der kühle Gast zu andern Küsten lenkte.
Das Herz ist hart, das Schönheit nie bezwang;
Er aber, der sein Hoffen längst versenkte,
Verließ nun seufzerlos das Land, das blutgetränkte.

17

Wer je befuhr die dunkelblaue See,
Der sah zuzeiten wohl ein herrlich Bild,
Wenn frisch die Brise weht und weiß wie Schnee
Der stattlichen Fregatte Segel schwillt.
Hinschwinden Türme, Masten, Strandgefild;
Endlos und hehr dehnt sich der Meeresraum;
Die Schiffe fliegen hin wie Schwäne wild;
Der trägste Segler weicht dem schnellsten kaum:
So lustig rauscht am Kiel der Wellen krauser Schaum.

18

Und oh, die kleine Kriegeswelt an Bord!
Das saubere Geschütz, das Netz gebreitet,
Das ems'ge Schwirren, das Kommandowort,
Wenn plötzlich auf den Rahn die Mannschaft reitet;
Horcht, wie von muntrem Taktgesang begleitet,
Die Takel läuft durch der Matrosen Griff;
Seht da, wie der Kadett, der Milchbart, schreitet
Und aus der Pfeife stößt den schrillen Pfiff:
Gar wohl regiert der Schelm das flinke Volk im Schiff.

19

Weiß ist des Deckes spiegelblanke Flur,
Wo ernst der Leutnant auf und ab spaziert;
Dort hinten ist das Heiligtum, wo nur
Des Schiffs Gebieter feierlich stolziert,
Stumm und gefürchtet; selten nur verliert
Ein Wort er an Geringre; denn er weiß,
Daß nur die strenge Zucht den Sieg gebiert,
Und selten bricht der Brite das Geheiß
Der Disziplin, denn sie erhöht der Stärke Preis.

20

Wehe nur, Wind! den Flug braucht nichts zu hindern,
Bis zu verglühn der Sonnenball beginnt;
Dann muß das Flaggschiff seine Segel mindern,
Damit die trägre Flotte Zeit gewinnt.
O bittrer Aufschub! So weht guter Wind
Umsonst für plumpe Kähne. Weite Strecken
Verlieren wir, indes die Nacht verrinnt;
Die Segel flattern müßig auf den Decken,
Zögernd auf günst'ger See, zuliebe solchen Schnecken.

21

Der Mond geht auf! wie lieblich ist die Nacht!
Über dem Wellentanz ein Strom von Licht!
Am Ufer seufzt die Liebe jetzt und lacht,

Und wenn wir landen, meide sie uns nicht!
Horch, ein Arion weckt jetzt rauh und schlicht
Lust'ge Musik zum alten Seemannsspaße;
Ein muntrer Hörerkreis umschließt ihn dicht
Oder umhüpft ihn nach bekanntem Maße,
Sorglos, als zögen sie im Hafen durch die Straße.

22

Durch Calpes Paß erspäht den hohen Strand;
Europa kann hier Afrika erschaun.
Die bleiche Hekate bestrahlt das Land
Der dunklen Mohren und der span'schen Fraun.
Wie lieblich spielt ihr Licht um Spaniens Aun!
Von ihrer schmalen Sichel sanft erhellt
Taucht Fels und Tal empor und Waldes Braun;
Nur Mauretaniens Riesenschatten fällt
Vom Bergesriffe schwarz und drohend übers Feld.

23

Nacht ist es, und ihr fühlt mit tiefrem Schmerz;
Ihr liebtet, und die Lieb ist nun bestattet!
Das Herz, das seine Glut beweint, das Herz
Träumt, wenn auch freundlos, daß ihr Freunde hattet.
Wer lebte gern, bis Alter ihn ermattet,
Wenn Jugend schon ihr junges Glück begräbt?
Ach, wo sich Seel und Seele nicht mehr gattet,
Da ist der Tod, wenn auch der Leib noch lebt:
O sel'ge Knabenzeit! wie schnell bist du entschwebt!

24

Und wenn du lehnst am Schiffsbord und das Horn
Dianens schaust im Wasser spiegelklar,
Vergißt die Seele ihren Stolz und Zorn
Und schwebt im Traum zurück durch manches Jahr.
So arm ist niemand, eins ist oder war
Ihm teuer, teurer als das eigne Sein,
Und diesem bringt er seine Tränen dar;
Ein zuckend Weh! vergebens von der Pein
Möchte die müde Brust ihr schweres Herz befrein.

25

Auf Felsen sitzen, über Wellen träumen,
Lustwandeln unter schatt'gem Waldesgraun,
Wo freies Leben wohnt in freien Räumen,
Wohin sich Menschenschritte nie getraun;
Auf Berge klettern ohne Pfad und Zaun,
Mit wilden Herden, die der Hürd entbehren;
Allein in Schlucht und Gießbach niederschaun –
Das ist nicht Einsamkeit, das heißt verkehren
Mit Reizen der Natur und ihre Wunder ehren.

26

Dagegen im Gewühl und Lärm mit andern
Sehn, hören, fühlen, sorgen, ohne Rast,
Als müder Pilger durch das Leben wandern,
Wo nichts dich liebt, du nichts zu lieben hast,
Schoßkind des Prunks, das vor der Not erblaßt,
Wo niemand mit verwandter Freundlichkeit,
Kein Schmeichler, kein Gespiele, Freund und Gast
Einst wen'ger lächelt, wann ihr nicht mehr seid –
Das heißt allein sein, das, o das ist Einsamkeit!

27

Beglückter lebt der fromme Eremit,
Der hoch auf Athos' ries'ger Felsenbrau
Am Abend wacht und nichts da droben sieht
Als klare Himmel und des Meeres Blau.
Wer je vor dieser zauberhaften Schau
In solcher Stunde dort gefesselt saß,
Der seufzt gewiß, daß jenen Klosterbau
Das Schicksal ihm zur Ruhstatt nicht erlas,
Und haßt die Welt noch mehr, die er beinah vergaß.

28

Denkt euch die lange, wechsellose Bahn,
Den Heerweg, dessen Spuren gleich verschwinden;
Denkt euch das stille Meer und den Orkan,

Den wohlbekannten Kampf mit Well und Winden;
Denkt Lust und Leid euch, wie es Schiffer finden,
Die ihr geflügelt Meerkastell umschließt,
Die rauhen, finstren Tag und die gelinden,
Je wie die Winde wehn, die Strömung fließt –
Bis eines frohen Tags – ho! Land! und nun genießt!

29

Erst aber grüßt Kalypsos Inselriffe,
Das schwesterliche Paar im Mittelmeer;
Noch lächelt da ein Port dem müden Schiffe,
Die schöne Göttin aber weint nicht mehr,
Vom Felsen spähend, um den Helden, der
Um eines Weibes willen ihr entsagte.
Hier war's, wo Telemach auf dein Begehr,
Mentor, den graus'gen Sprung zur Tiefe wagte,
Indes, zwiefach beraubt, die Inselnymphe klagte.

30

Ihr Reich versank, und ihre Zauber flohn;
Trotzdem, ihr Knaben, hütet euch vor Weh!
Ein sterblich Weib erbt' ihren Unheilsthron,
Und leicht bezwäng euch eine neue Fee.
Florentia! könnt in neuer Liebe je
Dies störr'ge Herz erglühn, es wäre dein;
Ich aber, der ich schon gefesselt geh,
Mag dir dies Opfer ohne Wert nicht weihn,
Nicht quälen ein so teures Herz mit meiner Pein.

31

So dachte Harold und so schaut' er ihr
Ins schöne Aug und blieb verschont von Leid;
Bewunderung ergriff ihn, nicht Begier.
Der Gott der Liebe kam, doch stand beiseit;
Er sah ihn oft im Joch und oft befreit
Und sah ihn jetzt aus seinem Dienst entfliehn.
Nie mehr für ihn hielt er den Pfeil bereit;
Als er umsonst ihn drängte, hier zu knien,
Da ließ der kleine Gott ihn seiner Wege ziehn.

32

Verwundert sah die holde Fremde den,
Der, wie es hieß, für jede Schönheit brannte,
Dem Feuer ihres Auges widerstehn,
Dem Zauber, den der Schmeichler, der Gebannte,
Sein Schicksal, seinen Fluch, sein Hoffen nannte,
Alles, was Schönheit fordert als Tribut.
Und dieser Jüngling fühlte nicht, bekannte
Selbst nicht zum Schein die vielbesungne Glut,
Die nie ein Weib erzürnt, auch wenn sie zornig tut!

33

Sie ahnte nicht, daß diese Marmorbrust,
Verhüllt in Stolz, vermummt in Schweigsamkeit,
Einst weit die Netze spannte ihrer Lust,
In alle Kunst des Räubers eingeweiht,
Und ihr so schnöde Jagd nie wurde leid,
Solang noch etwas Jagens würdig war.
Jetzt war er wider solchen Hang gefeit,
Und liebt' er auch dies blaue Augenpaar,
Er hätte nie geseufzt mit der verliebten Schar.

34

Wer meint, daß Seufzen Weibergunst erringe,
Hat Weibersinn nur wenig ausgespäht:
Ein Herz, das sie besitzt, hält sie geringe.
Preist eurer Göttin Augen früh und spät,
Nur nicht zu sklavisch, oder sie verschmäht
Euch, euer Flehn und eur beredtes Feuer.
Wer klug ist, keine Zärtlichkeit verrät.
Keckheit gewinnt die meisten Abenteuer;
Abwechselnd kost und stecht, und der Triumph ist euer.

35

Es ist ein alter Satz, erprobt im Leben
Und vielbeweint von jedem, der's erfährt:
Wenn alles ist erlangt, was all' erstreben,

So ist der dürft'ge Lohn den Preis nicht wert.
Jugend vergeudet, Geist und Kraft verzehrt,
Das ist die Frucht, wo Lieb erfolgreich ist,
Und wird ihr frühstes Hoffen schon verheert,
So wird's ein tödlich Gift, das weiter frißt,
Unheilbar noch, wenn Lieb ihr Schmeicheln längst vergißt.

36

Hinweg! – nicht zögern laßt mich im Gesang:
Wir werden manchen Bergpfad noch beschreiten,
Und manche Küste segeln wir entlang.
Nicht Dichtung, ernste Wehmut soll uns leiten
Durch Länder, schöner als die prophezeiten
Utopien, welche Menschenwitz ersann,
Um durch erklügelte Vollkommenheiten
Die Welt zu lehren, was sie soll und kann –
Nur nimmt die arge Welt die Lehre niemals an.

37

Die beste Mutter bleibt doch die Natur,
Sie lächelt immer neu und immer lind;
Oh, tränk ich stets an ihren Brüsten nur,
Ihr nie entwöhntes, nie verzognes Kind!
Wie lieblich ihre wilden Züge sind,
Bevor Kultur besudelt ihren Pfad!
Mir lacht sie stets, ob Tag, ob Nacht verrinnt,
Obwohl ich sie belauscht, wie keiner tat,
Und ihr in ihrem Zorn am liebsten bin genaht.

38

Albanien! wo Iskander einst gethront,
Leuchtturm der Weisen, Held der Kindersagen!
Und du, Gleichnamiger, der siegsgewohnt
So oft den Feind im Ritterkampf geschlagen!
Albanien! laß zu dir den Blick mich tragen,
Du, wilder Männer trotz'ge Sängerin!
Das Kreuz versinkt, die Minarette ragen,
Bleich glänzt der Halbmond durch die Schluchten hin,
Überm Zypressenhain von jedem Burggezinn.

39

Wo Harold segelt, hat Penelope
Einst übers Meer gespäht vom nackten Kap;
Seht, unvergessen, dort Gebirg und See,
Der Liebe Zuflucht und der Sappho Grab!
Auch solch ein Herz bezwang des Todes Stab,
Wo einst unsterblich Feuer hat gebebt?
Sie lebt nicht mehr, die ew'ges Leben gab?
Wenn je Gesang ein ew'ges Leben lebt –
Der einz'ge Himmel, den der Sohn der Erd erstrebt.

40

Am griech'schen Herbstesabend grüßt von fern
Den Pilger jetzt Leukadias Felsenpaar;
Den Ort ersehnt' er, hier verweilt' er gern.
Oft nahm er Stätten alter Kriege wahr,
Lepanto, Aktium, blut'ges Trafalgar,
Und sah sie ungerührt, denn seine Welt
Regiert' ein Stern, der klein und ruhmlos war;
Ihm deuchte schal Gespräch von Kampf und Feld,
Des Bravos Kunst ein Graus, ein Spott der Säbelheld.

41

Nun aber, als Leukadias Felsen dort
Hoch stieg empor, vom Abendstern bewacht,
Fruchtloser Liebe letzter Zufluchtsort,
Fühlt' oder ahnt' er neue Glut entfacht.
Und wie sein Schiff dahinglitt stolz und sacht
Im Schatten jener alten Bergbastei
Und Wellen rauschten traurig durch die Nacht,
Da schien, wenn auch versenkt in Träumerei,
Sein Auge stiller, und die bleiche Stirn war frei.

42

Der Morgen tagt, Albaniens Felsenzinnen,
Das Horn des Pindus, Sulis Klippenbau,
In Dunst gehüllt, betaut von Gletscherrinnen,

Gestreift mit Purpur und mit dunklem Blau,
Tauchen empor. Nun birst der Wolken Grau,
Die Dörfer des Gebirgs erscheinen klar;
Hier streift der Wolf, der Adler wetzt die Klau,
Hier hausen Männer, wild wie Wolf und Aar,
Und Sturmgewölk umzuckt das bald entschwundne Jahr.

43

Jetzt endlich fühlte Harold sich allein,
Christlichen Zungen fern, doch ohne Reu;
In unbekanntes Land zog er nun ein,
Das mancher preist und meidet doch voll Scheu.
Sein Herz war schicksalsfest, genügsam, treu;
Kampf sucht' er nicht, doch er bestand ihn kühn.
Wild war die Szene, aber sie war neu;
Das machte süß des Wegs endlose Mühn,
Harmlos des Winters Frost, willkommen Sommers Glühn.

44

Das rote Kreuz – denn noch das Kreuz ist hier,
Wenngleich von den Beschnittnen arg entweiht –
Vergißt der priesterlichen Herrschbegier;
In gleicher Schmach lebt Mönch und Geistlichkeit.
Fluchwürd'ger Aberglaub, in jedem Kleid,
Was für Symbole man dir auch gesellt,
Kreuz, Halbmond, Jungfrau, Götze, alle Zeit
Gewinn der Priester und Verlust der Welt,
Wie hat dein taubes Erz der Andacht Gold entstellt!

45

Ambracias Golf! – Ein alter Römer gab
Hier für ein holdes Weib ein Weltreich fort.
Manch röm'scher Held und asischer Satrap
Trieb seine Schiff in diesem stillen Port
Zu zweifelhaftem Kampf und sichrem Mord.
Seht hier des zweiten Cäsars Siegstrophän.
Mit ihres Schöpfers Hand sind sie verdorrt!
O Gott, läßt du den Erdenball sich drehn,
Daß sich mit solchem Spiel gekrönte Spieler blähn?

46

Von diesem wilden finstren Klippenstrande
Ins Herz Illyriens wollte Harold gehn,
Wohl über manch erhabnen Berg durch Lande,
Wo große Dinge freilich nie geschehn;
So holde Täler aber kennt Athen,
Die Stolze, kaum, nicht Tempe mag sich brüsten
Mit solchem Reiz; Parnaß kann nicht bestehn
(Wenn wir die Weihe seines Ruhms nicht wüßten)
Vor manch verborgnem Fleck an diesen rauhen Küsten.

47

Am kahlen Pindus, Acherusias See
Vorbei und durch des Landes Hauptstadt wand
Er seinen Weg, daß er den Herrscher seh,
Den Herrn Albaniens, dessen Wort im Land
Rechtloses Recht ist; denn mit blut'ger Hand
Hält er ein stürmisch Volk sich treu und hold.
Nur einzeln hält ein Bergstamm ihm noch stand,
Der hoch im Felsenneste trotzt und grollt
Und seinen Zorn verlacht, durch nichts gezähmt als Gold.

48

Von Zitzas schattenreichem Klosterbau,
Im Tale drunten, über uns, feldein,
Welch reicher Zauber zeigt sich unsrer Schau!
O Regenbogenpracht! o Sonnenschein!
Fels, Fluß, Gebirg und Wälder im Verein,
Vom reinsten Blau harmonisch überspannt!
Des Gießbachs fernes Rauschen tönt darein,
Wo schäumend zwischen schroffer Klippenwand
Der Katarakt die Seel in Wonn und Grausen bannt.

49

Auf busch'gem Hügel, aus dem Hain hervor
(Der wohl erhaben schien' an seiner Stelle,
Wenn rings nicht hoch und höher noch empor

Die Berge türmten ihre Riesenwälle),
Blinkt weiß ins Land die klösterliche Zelle
Des Kaloyer: getrost begrüßet ihn;
Er labt den Wandrer gern an seiner Schwelle,
Und auch der Wandrer wird nicht mürrisch fliehn,
Wenn Reize der Natur ihm je Genuß verliehn.

50

Hier mag er rasten in des Sommers Schwüle;
Frisch ist das Grün in diesem alten Hain;
Hier fächelt ihn der Fittich sanfter Kühle,
Vom Himmel selbst saugt er den Atem ein.
Weit unten liegt die Ebne – voll und rein
Genießt, solang ihr könnt! Zu diesen Bäumen
Dringt nie der seuchenschwangre Mittagsschein;
Hier mag ins Gras gestreckt der Pilger säumen
Und Tag und Abendzeit in süßem Schaun verträumen.

51

Dämmrig und hoch und schwellend, der Natur
Vulkanischer Amphitheaterbau,
Umschließt Chimäras Alpenzug die Flur.
Dort unten ist's, als lebten Tal und Au
Von Herden, Wald und Strom; darüber grau
Bergtannen nicken. Schwarz hinflutend, sieh,
Der Acheron im grabgeweihten Gau!
Pluto! ist deine Hölle so wie die,
Dann schließ Elysiums Tor – mein Schatten sucht es nie.

52

Nicht Stadt und Turm entstellt den schönen Raum;
Jannina, wenn auch nahe, liegt verdeckt
Vom Wall der Hügel; Menschen siehst du kaum,
Nur selten Hütt und Dorf, im Busch versteckt;
Die Berggeiß aber graset hochgereckt
Am Abgrund; über seiner Herde liegt,
In weißer Kapotte schläfrig ausgestreckt,
Der Hirtenbube, oder kauernd schmiegt
Er in die Kluft sich, bis der Sturm vorüberfliegt.

53

Wo ist Dodonas alter Eichenwald,
Der Seherquell und des Orakels Hain?
Wo hat im Tale Jovis Wort gehallt?
Wo blieb vom Sitz des Donnrers Spur und Stein?
Dahin ist alles! Mensch, und dir macht's Pein,
Daß deines Daseins lockres Band sich löst?
Schweig, Tor! ist nicht das Los der Götter dein?
Marmor und Eiche bricht, und du entflöhst
Dem Stoß, der Sprachen, Völker, Welten niederstößt?

54

Die Berge schwinden an Epirus' Grenze;
Das Auge ruht von des Emporschauns Mühn
Im sanftesten Gefilde, das die Lenze
Mit Rasenschmelz geziert. Schönheiten blühn
Auch in der Ebne, wenn sich breit und kühn
Ein Strom durch weitgedehnte Flächen schmiegt,
Und hoch vom Ufer nickt das Waldesgrün,
Des Schatten sich im klaren Wasser wiegt
Und mit dem Mondenstrahl in nächt'gem Schlummer liegt.

55

Hinter dem ungeheuren Tomerit
Versinkt die Sonne, Nacht beginnt zu grauen;
Der Laos tobt und schäumt durch sein Gebiet.
Nun folgt ins Tal der Pilger seinem rauhen
Bergpfad und sieht, wie Meteor' im Blauen,
Die weißen Minaretts in Tepalen,
Des Mauern in den Strom herniederschauen;
Ein Schall von Waffen tönt von den Moscheen,
Wann seufzend durch das Tal die Abendlüfte wehn.

56

Am stillen Turm des heil'gen Harems zieht er
Vorbei zum weitgewölbten Tor hinan;
Und nun den Sitz des mächt'gen Herrschers sieht er,

Und alles kündigt Stolz und Hoheit an.
In nicht gemeinem Pomp thront der Tyrann,
Indes Eunuchen, Sklaven, Krieger, Gäste
Der lärmdurchhallte Hof kaum fassen kann –
Palast im Innern, draußen Burg und Veste,
Die Volk aus jeder Zon in ihren Kriegsdienst preßte.

57

Stolz aufgezäumt, mit Waffen reich geziert,
Stehn Pferde, Kriegsgerät und Feuerrohr
Im weiten Hof, und drüberhin stolziert
Fremdart'ges Volk im offnen Korridor.
Und manchmal durch des Vorhofs hallend Tor
Spornt ein hochmütziger Tatar sein Roß,
Und Türke, Grieche, Albanese, Mohr
Vermischen sich zu farbenbuntem Troß,
Wenn dumpf die Trommel mahnt, daß sich der Tag beschloß.

58

Der wilde Albanes' im langen Hemd,
Den Schal ums Haupt, mit goldgesticktem Kleide,
Die reichverzierte Flint aufs Knie gestemmt;
Mazedons Volk mit Schärpen roter Seide;
Der Deli mit der Schreckensmütz und Schneide
Gekrümmten Stahls; der Grieche, schlau und fein,
Und Nubiens entmannter schwarzer Heide;
Der bärt'ge Türke, Herrscher er allein,
Zu stolz, um sehr beredt, zu stark, um sanft zu sein,

59

Sind hier vermischt. In Gruppen kauern viele
Und schaun der Szenen bunten Wechsel an;
Die einen rauchen, andre sind beim Spiele;
Andächtig kniet ein ernster Muselman;
Hier schreitet ein Albanier stolz heran;
Der Grieche plaudert, aber flüsternd bloß;
Und feierlich vom Minarette dann
Des Muezzins Nachtgesang wie Windesstoß:
»Es ist kein Gott als Gott! – Zur Andacht! – Gott ist groß!«

60

Die Zeit war eben, da der Ramadan
Dem langen Tag Kasteiung streng gebeut;
Erst wenn die dunklen Stunden zögernd nahn,
Der Kreis der Lust und Freuden sich erneut;
Dann regt sich alles emsig und erfreut;
Die Diener rüsten schon den reichen Schmaus;
Die leere Galerie scheint zwecklos heut,
Doch aus den Kammern schallt das Festgebraus,
Wenn Sklav und Page dort hineineilt und heraus.

61

Hier wird der Frauen Stimme nie gehört;
Nur selten zeigt sie sich mit Wach und Schleier;
Sie gibt ihr Herz dem Mann, dem sie gehört;
Gezähmt im Käfig, wünscht sie kaum sich freier.
Zufrieden mit dem einen Herrn und Freier
Und süßer Mutterpflicht sich froh bewußt
(O heil'ge Pflicht! o höchste Herzensfeier!),
Nährt sie ihr Kind an ihrer eignen Brust,
Und nie verläßt sie es, verlockt von niedrer Lust.

62

Im marmornen Gemach, in dessen Nische
Ein Sprudel von lebend'gem Wasser quillt
Und alles überhaucht mit holder Frische,
Wo weiches Polster, Ruhe atmend, schwillt,
Sitzt Ali, Mann des Kriegs, grausam und wild;
Doch weder Blick noch Mienenspiel verrät
(Wenn Sanftmut dies ehrwürd'ge Greisenbild
Anstrahlt mit ihrer mildren Majestät)
Den Grimm, der drinnen kocht und ihn mit Schmach belädt.

63

Nicht, daß der lange weiße Bart sich schlecht
Mit Jugendlüsten reimt; denn Liebesglut
(Wie Hafis singt, und singt mit vollem Recht)

Besiegt das Alter auch – nein, Frevelmut,
Der taub ist für das sanfte Wort der Ruth,
Der Jung' und Alte schändet – dieser hat
Ihn mit des Tigers Zahn gebrandmarkt. Blut
Zeugt wieder Blut: der ersten roten Saat
Folgt schlimmre Blutschuld nach, gleichviel wie kurz der Pfad.

64

Hier, unter neuen Tönen, neuem Glanz
Gönnt Harold seinen müden Füßen Rast
Und schaut die Üppigkeit des Morgenlands,
Bis ihm zum Ekel wurde der Palast,
Wo satte Hoheit einsam prunkt und praßt,
Wo nie der Staub und Lärm der Stadt erschien.
Ein schlichtes Obdach hätt er nicht gehaßt,
Doch Friede pflegt des Schwelgers Kunst zu fliehn,
Und Lust, mit Pomp vermählt, entzaubert sich und ihn.

65

Rauh sind Albaniens Söhne, dennoch schmücken
Auch Tugenden dies wilde Berggeschlecht.
Wo sahn die Feinde jemals ihren Rücken?
Wer trägt die Last des Kriegs so ungeschwächt?
Fest wie die Berge stehn sie im Gefecht
Und in der ungewissen Zeit der Not:
Ihr Zorn ist tödlich, ihre Freundschaft echt;
Treibt Ehr und Dankbarkeit sie in den Tod,
Stürzen sie blind zum Kampf auf ihres Herrn Gebot.

66

So sah sie Harold in des Herrschers Turm,
Zum Krieg sich drängend, in Triumph und Pracht;
Er sah sie später, als, ereilt vom Sturm,
Er selbst in Not war und in ihrer Macht,
In dunkler Stund, die Schlechte frecher macht.
Sie aber schützten ihn an ihrem Herd,

Wo minder Wild' ihn minder zart bewacht
Und Briten hätten ihm ihr Haus verwehrt:
Wo man die Herzen prüft, kaum einer sich bewährt!

67

Es fügte sich, daß heft'ger Wind sein Schiff,
Als alles öd und finster war umher,
Hintrieb auf Sulis wildes Küstenriff;
Das Land war drohend und die See noch mehr.
Doch zögerten die Schiffer auf dem Meer
Zu landen, wo Verräter mochten dräun;
Sie wagten's endlich, aber sorgten sehr,
Daß dort das Volk, das Türk und Franke scheun,
Sein altes Mordhandwerk noch einmal werd erneun.

68

Nein! grüßend reicht der Suliot die Hand,
Gibt ihnen über Riff und Sumpf Geleit,
Weit herzlicher als Höfling und Trabant,
Und schürt den Herd und wärmt ihr feuchtes Kleid
Und füllt den Krug und hält das Mahl bereit,
So gut er's hat, und steckt die Lampe an.
Das trägt den Stempel seltner Menschlichkeit!
Wer Müde laben, Arme trösten kann,
Belehrt den Glücklichen, beschämt den schlechten Mann.

69

Es traf sich, als er diesem Felsenlande
Am Ende seinen Abschiedsgruß entbot,
Da war von einer räuberischen Bande
Weithin der Weg mit Schwert und Brand bedroht;
Ihm aber folgt' ein treues Aufgebot
Durch Akarnaniens waldbedeckten Raum,
Im Krieg gestählt, gehärtet von der Not,
Bis er des Acheloos weißen Schaum
Begrüßt' und dämmern sah Ätoliens wald'gen Saum.

70

Wo in Uträkis abgeschiedner Bucht
Schimmernde Flut der trägen Ruhe pflegt,
Wie braun das Laub der grünen Hügelschlucht
Nachts überm Schoß der Wasser still sich regt,
Wenn flüsternd es der leise West bewegt
Und küßt die blaue Tiefe sanft und sacht!
Hier ward er als willkommner Gast gehegt,
Und fühllos nicht ließ ihn die milde Pracht;
Denn Freuden pflückt' er noch vom holden Reiz der Nacht.

71

Die Feuer loderten auf glattem Kies;
Rot floß der Wein, der Abendschmaus war gar;
Wer plötzlich jetzt auf diese Gruppe stieß,
Stand wohl verdutzt vor so seltsamer Schar;
Denn eh die tiefste Nacht vorüber war,
Fing sein Gefolg den Tanz der Heimat an;
Weg warf den Säbel jeder Palikar,
Und Hand in Hand sich schwingend, Mann an Mann,
Heulte sein wildes Lied der Albanesen-Clan.

72

Childe Harold schaute zu und stand beiseit,
Nicht unvergnügt; denn war sie noch so schlicht,
Er haßte nie harmlose Fröhlichkeit.
Ein seltnes Bild bot seinem Angesicht
Dies Fest, barbarisch, aber zuchtlos nicht:
Der stürm'sche Reigen, der sich flink verschlang,
Der Augen Blitz im roten Flammenlicht,
Die wehnden Locken, bis zum Gürtel lang,
Indes der Chor dies Lied halb kreischte, halb es sang:

Tamburgi! Tamburgi! dein Rasseln entfacht
Die Sehnsucht der Tapfren, die Hoffnung der Schlacht;
Die Söhne der Berge ruft dein Gebot,
Der Illyrier kommt und der dunkle Suliot!

Oh, wer ist so kühn wie der dunkle Suliot
Im schneeigen Hemd und in zott'ger Kapotte?
Gern läßt er den Wölfen die Herde zum Mahl
Und stürmt wie der Strom von dem Felsen ins Tal.

Von den Söhnen Chimaris wird nimmer verziehn
Des Freundes Vergehn, und der Feind soll entfliehn?
Der Rache vergäße sein sichres Gewehr?
Ins Herz des Verhaßten, da zielt sich's nicht schwer.

Mazedonien sendet sein Siegergeschlecht;
Sie vertauschen die Jagd mit dem ernsten Gefecht,
Und die scharlachnen Schärpen sind röter gefleckt,
Lang eh wir das Schwert in die Scheide gesteckt.

Und Pargas Pirat, der die Wogen durchkreist
Und die Franken belehrt, was Sklave sein heißt,
Heut läßt er Galeere und Ruder am Strand
Und schleppt in sein Nest den Gefangnen an Land.

Nicht frag ich nach Freuden, die Reichtum beschert;
Was der Schwächling erkauft, das erobert mein Schwert;
Es erobert die Jungfrau mit flatterndem Haar
Und reißt die errötende Braut vom Altar.

Das Antlitz der Jungfrau, es sei mir gegrüßt,
Die in Schlummer mich singt und die Ruhe versüßt!
Sie hol aus der Kammer die Zither zum Spiel
Und sing uns ein Lied, wie ihr Väterchen fiel!

Wer hat in Previsa erstürmt die Bastei,
Beim Geheul der Besiegten und Siegers Geschrei,
Und die Dächer verbrannt und mit Raub sich gelohnt
Und die Reichen erwürgt und die Schönen verschont?

Ich habe nicht Furcht noch Erbarmen gekannt;
Wer dem Ali gehorcht, hat beides verbannt.
Seit der Zeit des Propheten sah nie das Panier
Des Halbmonds solch glorreichen Wesir.

Zur Donau zog Muchtar, sein finsterer Sohn,
Gelbhaarigen Giaurs mit dem Roßschweif zu drohn;

Wie werden sie stieben, wann schäumend in Blut
Die Delis sich stürzen aufs Ufer der Flut!

Seliktar! entblöße den Säbel des Herrn!
Tamburgi! du rufest zur Schlacht uns von fern!
Ihr Berge, wir steigen hinunter zum Meer:
Bald sehn wir als Sieger euch – oder nie mehr!

73

Mein Hellas! Trümmerstätt entschwundner Schöne!
Tot, doch unsterblich; groß, obwohl entweiht!
Wer sammelt deine weitzerstreuten Söhne
Und heilt der Knechtschaft altgewohntes Leid?
Wie anders deine Söhn in alter Zeit,
Als in Thermopyläs geweihtem Passe
Sie willig stritten hoffnungslosen Streit!
Ist keiner, den der alte Geist erfasse,
Daß er aus deiner Gruft dir bahnen mag die Gasse?

74

Als einst, umringt von Thrasybulos' Heer,
Die Freiheit saß auf Phyles Stirn – wer hätte
Die düstre Nacht geahnt, die nun so schwer
Herniedersank auf ihre heil'ge Stätte?
Nicht dreißig Zwingherrn schmieden heut die Kette;
Nein, jeder Scherg ist Fürst, und ach, das Land
Hält still – und murrt, als ob das Murren rette,
Zuckt unterm Peitschenhieb der Türkenhand,
Geknechtet bis zum Grab, in Wort und Tat entmannt.

75

An Schönheit nicht, doch sonst wie tief gesunken!
Noch blitzt in jedem Aug ein Feuerstrahl,
Als glüh im Volk dein unverlöschter Funken,
Verlorne Freiheit, neu zum zweitenmal.
Wohl träumt das Volk vom Ende seiner Qual,
Das ihm der Väter Erbe neu verleih;

Es seufzt nach fremder Hilf und fremdem Stahl,
Statt selbst zu ringen mit der Tyrannei:
So bleibt sein Nam entehrt im Buch der Sklaverei.

76

Ihr eingefleischten Knechte! wißt ihr's nicht?
Wer frei sein will, der schlage selbst die Schlacht!
Sein rechter Arm ist's, der den Sieg erficht.
Hofft ihr auf Galliens oder Moskaus Macht?
Sie beugt vielleicht des Räubers Trotz, doch facht
Sie nie der Freiheit Herd zu neuem Brande.
Ihr Schatten der Heloten! höhnt und lacht!
Die Herrschaft wechselt, nicht die Schmach im Lande;
Ein Tag gehört dem Ruhm, Jahrhunderte der Schande.

77

Die Stadt der Giaurs, die Allahs Heer gewann,
Entreißt vielleicht der Giaur einst den Osmanen,
Und des Serails unnahbar Schloß mag dann
Zum zweiten Male schaun die Frankenfahnen.
Vielleicht daß Wahabs Räuberkarawanen,
Die Schar, die des Propheten Grab bestahl,
Gen Westen folgen ihren blut'gen Bahnen:
Nie aber grüßt die Freiheit dieses Tal,
Und Sklav auf Sklave folgt durch Jahre schwerer Qual.

78

Und doch, wie lustig sind sie! – Eh die Fasten
Beginnen, wo sich alle Welt kasteit,
Um sich von schwerer Sünde zu entlasten,
Nachts durch Gebet, tags durch Enthaltsamkeit –
Bevor die Reue trägt ihr härnes Kleid,
Vergönnt die Kirche allen überall
Die Frist zu toller Ausgelassenheit,
Zum bunten Reigen und zum Maskenball,
Dem Possenspiel des lust'gen Prinzen Karneval.

79

Und aller Feste fröhlichstes ist dein,
Stambul, einst Kaiserin der Griechenwelt!
Obwohl Sophias Dom Turban' entweihn
Und selbst sein Hochaltar dem Feind verfällt
(Ach, Gram um dich hat stets mein Herz geschwellt!):
Frei war das Volk einst, froh dein Harfenchor,
Die Freude herzlich, die sich jetzt verstellt;
Und doch, am Bosporus lockt Aug und Ohr
Solcher Gesang und solch Schauspiel wie nie zuvor.

80

Laut war am Ufer Jubel und Gelag;
Musik erscholl, und nimmer schlief sie ein;
Gemessen klang der ferne Ruderschlag,
Die Wellen seufzten wie in süßer Pein,
Die Königin der Flut sah lächelnd drein,
Und wenn ein Lufthauch spielte auf der Welle,
Dann war's, als blitze hellrer Widerschein,
Als ob des Mondes Bild im Wasser schwelle
Und Wogenfunkeln rings den Küstensaum erhelle.

81

Manch leichtes Boot flog durch den Schaum dahin;
Des Landes Töchter tanzten auf dem Strand;
Nicht Maid noch Jüngling hatte Ruh im Sinn;
Manch schmachtend Aug und manche glühnde Hand
Tauschte den Blick, der Herzen übermannt,
Und leisen Gruß, den ihr die Liebe bot.
O Liebe! junge Liebe! ros'ges Band!
Stunden wie d i e – trotz Spötter und Zelot –
Vergüten, sie allein, die Jahre unsrer Not.

82

Inmitten dieser lust'gen Faschingsfeier
Schlägt nirgends hier ein Herz in stillem Gram,
Sich halb verratend unterm dichten Schleier?

Solch einem tönt die Meerflut wundersam
Wie Klag um alles, was das Schicksal nahm;
Solch einem sind des Haufens Schwänk und Scherze
Ein Quell des bittren Grolls und stolzer Scham;
Wie widrig dünkt der Jubel solchem Schmerze!
Er sehnt vom Festgewand sich zu des Grabes Schwärze.

83

So müßten Hellas echte Söhne trauern;
Was aber nützen Patrioten, die
Vom Kampfe plappern und im Frieden kauern?
Die zahmen Knecht', um Freiheit seufzen sie
Und beugen lächelnd vor dem Herrn das Knie,
Die Sklavensichel schwingend, nicht das Schwert.
O stumpfes Volk, dem Gott so viel verlieh,
Dies Land, dies Blut, der Väter Heldenwert,
Der dein entartetes Geschlecht zwiefach entehrt!

84

Wenn Lazedämons Kühnheit wird erstehn,
Wenn Theben wappnet seinen Heeresbann,
Wenn wieder Herzen schlagen in Athen
Wenn jeder Säugling reifen wird zum Mann,
Dann magst du auferstehen – ja erst dann.
Kaum ein Jahrtausend bildet Staatenmacht,
Ein Tag oft legt sie in den Staub – und kann
Der Mensch erneuern die zerschlagne Pracht,
Aufwecken tote Kraft, besiegen Grab und Nacht?

85

Und doch, wie bist du schön in deinem Weh!
Heimat der Götter und der Göttergleichen!
Der Täler ewig Grün, der Berge Schnee
Trägt noch der alten Anmut Adelszeichen.
Langsam, vermischt mit Staub der Heldenleichen,
Beugt sich der Tempel auf dein Angesicht,
Vom Pflug zerbröckelt mit stumpfsinn'gen Streichen.
So brechen Menschenwerke, so zerbricht
Alles – nur eins, der Ruhm der wahren Größe nicht.

86

Nur eine Säule steht wohl noch und klagt
Um die gestürzten Schwestern aus der Kluft;
Nur noch Tritonias luft'ger Tempel ragt
Vom Kap Colonna in die blaue Luft;
Nur eines Kriegers halbverschollne Gruft
Trotzt (dem Vergessen nicht) der Zeit noch schwach
Mit grauem Stein und grünem Rasenduft;
Der Wandrer geht vorbei, er schaut danach
Und steht wohl still, wie ich, und seufzt ein leises Ach!

87

Blau sind die Himmel und die Klippen wild,
Hold sind die Haine, die Gefilde grün,
Als lächle Pallas noch; die Ölfrucht schwillt;
Die Biene, wo Hymettos' Kräuter blühn,
Baut noch ihr duftig Schloß mit ems'gem Mühn,
Die freie Seglerin der Bergeshöhn;
Vom Gold Apolls die Marmorbrüche glühn,
Als ob die langen Sommer nie entflöhn;
Kunst, Freiheit, Ruhm verwelkt – Natur ist ewig schön.

88

Geweihter Grund ist hier, wo ihr auch schreitet,
Staub, der gemeine Formen nie gebar;
Ein weites Wunderreich liegt ausgebreitet,
Und alles, was die Muse sang, ist wahr,
Bis unsre Augen fiebern, die so klar
Die Szenen unsrer frühsten Träume sehn.
Die Zeit zermalmte Tempel und Altar,
Fels aber, Tal und Waldschlucht widerstehn;
Das graue Marathon, es überlebt Athen!

89

Nichts hier ist neu, nichts als das Sklaventum;
Dieselbe Sonne noch, derselbe Ort;
Die alte Grenz und grenzenlosen Ruhm

Bewahrt das Schlachtfeld, wo einst Persiens Hort
Dahinsank vor des Griechenschwertes Mord,
Wie an dem Tag, an welchem für die Welt
Marathons Name ward ein Zauberwort;
Bei seinem Klang steigt Heer und Kriegsgezelt
Und Kampf und Sieg empor, und wieder lebt das Feld!

90

Der fliehnde Meder, sein zerbrochner Bogen;
Des Griechen Zorn, sein roter Würgerspeer;
Die Berge droben, unten Erd und Wogen,
Tod hinter ihm, Verderben vor ihm her!
So war die Szene – und was blieb von der?
Wo melden hier Trophän und Opferherde
Von Asiens Trän und Hellas stolzer Wehr?
Entweihte Krüg, entehrte Grabeserde,
Der Staub, du rauher Frank, am Hufe deiner Pferde.

91

Doch zu den Trümmern deiner alten Pracht
Ziehn unermüdlich ernste Pilgerheere;
Lang noch, du Land der Lieder und der Schlacht,
Grüßt dich der Fremdling von Ioniens Meere;
Lang noch erfüllt mit deines Namens Ehre
Der Sprachen herrlichste den fernen Nord,
Der Stolz des Greises und des Jünglings Lehre,
Der Dichtung Kleinod und der Weisheit Hort,
Wenn Pallas und die Muse spricht ihr hehres Wort.

92

Zur Heimat strebt die Seel und trennt sich schwer,
Die am ersehnten Herd nur Liebe fand;
Wer einsam ist, der flüchte sich hierher;
Hier ist die Erde seiner Brust verwandt.
Hellas ist kein gesellig heitres Land;
Wen aber Schwermut beugt, der fragt nicht viel
Und sehnt sich kaum nach seinem Heimatstrand;
Der wandelt gern im delphischen Asyl
Und schaut hinab ins Feld, wo Griech und Perser fiel.

93

Ein solcher komm in dies geweihte Land,
Durchwandle still die tote Zauberwelt,
Und laß in Ruh die Trümmer! – Gier'ge Hand
Entstelle nicht, was schon die Zeit entstellt!
Nicht dazu schmückten Tempel Berg und Feld:
Den heil'gen Schutt, den Völker ehrten, schont!
Auf daß sich Englands Nam in Ehren hält,
Auf daß gesegnet ihr im Lande wohnt
Und Lieb und Leben euch mit reinen Freuden lohnt!

94

Du aber, der du nun schon allzu lang
Ruhmlosem Lied die Muße hast geweiht,
Bald wird verhallen deiner Stimme Klang
Vor lautren Sängern dieser Spätlingszeit.
Gönn ihnen um den eitlen Kranz den Streit;
Nur wenig rührt der Wettkampf ein Gemüt,
Das Ruhm nicht achtet, Tadel gern verzeiht;
Denn seit kein freundlich Herz mehr für dich glüht,
Ist mit der Liebe dir die Freud am Lob verblüht.

95

Auch du bist tot! – so lieblich und geliebt!
Durch Jugend und durch Jugendliebe mein!
Du gabst mir, was mir keine andre gibt;
Unwürdig deiner, war ich dennoch dein.
Was soll ich hier? – du hörtest auf zu sein!
Du ließest mich umsonst zur Heimat ziehn
Und wandeltest mein Glück in bittre Pein.
Oh, hätt es mir der Himmel nie verliehn!
Nun find ich nichts daheim als neuen Grund zu fliehn.

96

O allzeit liebend, lieblich und geliebt!
Wie selbstisch Gram sich am Verlornen letzt
Und Träumen, die man fliehn soll, sich ergibt,

Dein Bild raubt mir die Zeit zu allerletzt.
Der Tod nahm alles, was ich mein geschätzt,
Mutter und Freund und mehr als Freund – auch sie!
Nie flogen seine Pfeile dicht wie jetzt;
Für mich, so scheint es, endet Trauer nie
Und raubt das bißchen Glück, das flüchtig mir gedieh.

97

Und muß ich in den Lärm der Welt zurück
Und allem folgen, was der Friede meidet?
Wo Taumel lockt und lügnerisches Glück
Hohlwangig lustige Grimassen schneidet
Und dann erschöpft und stumpf von hinnen scheidet?
Wo jedes Lächeln nur erzwungen lebt,
Nur Frohsinn heuchelt oder Haß verkleidet,
Nur den Kanal für künft'ge Tränen gräbt
Oder mit kaltem Hohn auf krauser Lippe bebt?

98

Was ist des Alters allerschwerster Fluch?
Weshalb mit Furchen streift die Stirne sich?
Weil alle Liebsten löscht das Lebensbuch –
Allein auf Erden sein, allein wie ich!
Dem Züchtiger in Demut beug ich mich,
Der Herzen trennt und Hoffnungen entlaubt:
Flieht, eitle Tage! Herz, verhärte dich!
Die Zeit hat alle Freuden dir geraubt,
Und greisenhaftes Weh traf schon mein junges Haupt.

DRITTER GESANG

»Afin que cette application vous forçât à penser
à autre chose; il n'y a en vérité de remède que
celui-là et le temps.«
Lettre du roi de Prusse à D'Alembert, Sept. 7. 1776

1

Gleichst du der Mutter, Ada, holdes Kind,
Du einz'ge Tochter für mein Herz und Haus?
Die blauen Augen lachten sanft und lind,
Als ich zuletzt sie sah; da zog ich aus
Voll Hoffnung. –
Ich erwache, und Gebraus
Von Wassern wogt um mich, und mächtig drüber
Erhebt der Wind sein Lied: Ich fahr hinaus,
Weiß nicht, wohin; die Zeiten sind vorüber,
Wo Albions Strand mein Aug hell machen konnt und trüber.

2

Noch einmal auf den Wassern! Unter mir
Bäumt sich die Woge wie ein Roß empor,
Das seinen Reiter kennt! Willkommen ihr,
O Fluten, tragt hinweg mich wie zuvor!
Ob auch der Mastbaum zittert wie ein Rohr
Und in den Sturm sein flatternd Segel streut,
Fort muß ich; wie ein Schilf, das sich verlor
Im weiten Weltmeer, muß ich segeln heut,
Wohin der Strom mich jagt, wohin der Sturm gebeut.

3

Im Jugendlenz sang ich von einem Mann,
Der vor der eignen dunklen Seele flieht;
Jetzt nehm ich auf das Werk, das ich begann,
Und mit mir zieht es, wie die Wolke zieht

Im Windeswehn. Ich find in jenem Lied
Des Tiefsinns Furchen, alter Tränen Spur,
Die ebbend nur ein wüstes Sandgebiet
Mir lassen, eine blumenlose Flur,
Und drüber schleppen sich trostlose Jahre nur.

4

Seit meine Jugend schwand – Lust oder Pein –,
Verloren Herz und Harfe manchen Strang
Und sind verstimmt: vergeblich würd es sein,
Wenn ich noch singen wollte, wie ich sang;
Doch klammr ich mich an diesen trüben Klang!
Erlöst er nur die Brust vom müden Traum
Selbstsücht'gen Leids und Glücks, hüllt mein Gesang
Nur in Vergessenheit den Weltenraum,
Dann wird er mir ein Trost, wenn auch den andern kaum.

5

Wer alt in dieser Welt des Jammers ward,
Alt an Erkenntnis, wenn auch nicht an Zeit,
So daß Erstaunen seiner nicht mehr harrt,
So daß nicht Liebe, Ruhm, Gram, Ehrsucht, Streit
Ihr scharfes Messer, stumm ertragnes Leid,
Ins Herz ihm bohrt, der kann den Geist verstehn,
Weshalb er flieht zur Grotteneinsamkeit,
Wo lust'ge Bilder ihn und Träum umwehn,
Gesichte, ewig jung, die nur die Seelen sehn.

6

Zu schaffen und im Schaffen tiefres Leben
Zu finden, darum dichten, formen wir
Den Traum der Seel und ernten, was wir geben,
Dasein der Phantasie – so wie ich hier.
Was bin ich? Nichts. Ein andres ist's mit dir,
Geist meiner Dichtung, der durch alle Welt
Unsichtbar, aber schauend zieht mit mir:
Durchglüht von dir, von deinem Hauch geschwellt,
Fühlt noch mein Herz mit dir, das schon in Asche fällt.

7

Ich darf so wild nicht denken. Lang und düster
Hab ich gedacht, und meine Schläfe pocht;
Des Hirnes Strudel wirbeln wüst und wüster,
Ein Abgrund, der von Flammen überkocht.
Mein Herz hat nie sich selber unterjocht,
Und das vergiftet mich. Es ist zu spät;
Nicht mehr vermag ich, was ich sonst vermocht.
Das Schicksal aber hab ich nie geschmäht:
Ich aß die bittre Frucht, so wie ich sie gesät.

8

Zuviel davon! Beendet ist das Stück;
In Schweigen liegt versiegelt, was entschwunden.
Der lang entfernte Harold kehrt zurück,
Er, der sich sehnt, er hätte nie empfunden!
Nicht tödlich, doch unheilbar seine Wunden.
Doch hat auch ihn die Zeit mit mächt'ger Hand
An Seel und Leib verwandelt. Von den Stunden
Wird Seelenglut wie Leibeskraft entwandt;
Des Lebens Zauberkelch schäumt oben nur am Rand.

9

Einst schlürft' er ihn und fand, der Bodensatz
War Wermut; dennoch schenkt' er wieder ein,
An reinrem Born, an einem heil'gen Platz,
Und hielt den Quell für ewig – aber nein!
Stets schleppt' er seine Kette hinterdrein,
Die unsichtbar und nagend ihn umfing,
Schwer, ob sie gleich nicht klirrte, scharfe Pein,
Obwohl sie niemals sprach, die ihren Ring
Eingrub mit jedem Schritt, wohin sein Weg auch ging.

10

Geschirmt von kühler Vorsicht, naht' er sich
Den Menschen in erträumter Sicherheit;
Ihm schien sein Herz so unerschütterlich,

Sein Busen so gepanzert und gefeit,
Daß er unnahbar sei für Lust und Leid.
So kam es, daß er unbeachtet stand
Im Weltgewühl und für Beschaulichkeit
Stoff suchte, den er sonst in fernem Land,
In Wundern der Natur und Gottes Werken fand.

11

Wer aber sieht die volle Rose prangen
Und trüge sie nicht gern im eignen Kranz?
Wer prüft den Schmelz und Schimmer schöner Wangen
Und fühlte nicht, das Herz welkt niemals ganz?
Wer kann den Ruhm sehn, dessen Sternenglanz
Durch Wolken winkt, und klömme nicht empor?
Noch einmal hat der lust'ge Wirbeltanz
Ihn fortgerissen; aber er erkor
Ein edler Ziel als einst in seiner Jugend Flor.

12

Doch sah er bald, er paßte nicht, zu wandern
Mit Menschen, welche nichts mit ihm verband;
Er lernte nie sein eignes Denken andern
Aufopfern, wenn es auch wie Flammenbrand
Die Seel erstickt', eh seine Jugend schwand.
Sein Geist erkannte nie als seine Herrn
Die Geister, wider die er trotzend stand;
Stolz, wenn auch freudlos – er beschied sich gern,
Allein zu sein mit sich, vom Hauch der Menschen fern.

13

Wo das Gebirg emporstieg, war sein Freund;
Wo Meere rollten, fühlt' er sich zu Haus;
Wo Himmel blauen und die Sonne bräunt,
Da trieb zu wandern ihn sein Herz hinaus;
Wald, Wüste, Grotte, Brandung und Gebraus
War ihm Gesellschaft; mächt'ger sprachen nicht
Die Sänger seines Volks das Tiefste aus,
Und *sie* vertauscht' er oft mit dem Gedicht,
Das die Natur schreibt – auf den See mit Sonnenlicht.

14

Gleich dem Chaldäer schaut' er zu den Sternen,
Bis licht von Geistern schien das goldne Zelt,
Bis Erd und Erdennot in tiefe Fernen
Versunken war. Hätt er zu jener Welt
Ausdauernd seiner Seele Flug geschwellt,
Wie wär ihm wohl! – Ach, daß mit neid'schem Grolle
Der Staub zurück den ew'gen Funken hält,
Der aufwärts strebt, als ob er von der Scholle
Zum Himmel flüchten und die Kette sprengen wolle!

15

Wo aber Menschen seines Weges gingen,
Da war er unstet, müd und finster meist,
Ein wilder Falke mit gestutzten Schwingen,
Der eben noch im Äther frei gekreist;
Und dann kam über ihn der düstre Geist,
Und wie des Vogels eingesperrte Wut
Sich Brust und Schnabel wund am Gitter reißt,
Bis sein Gefieder trieft von rotem Blut,
So fraß durch seine Brust gehemmte Seelenglut.

16

Der selbstverbrannte Harold griff zum Stabe,
Jetzt hoffnungsloser, aber düstrer nicht;
Er hatt umsonst gelebt, und bis zum Grabe
War alles aus: Verzweiflung und Verzicht
Zeigt' ihm beinah ein lächelndes Gesicht;
Gleichwie im Schiffbruch, in der letzten Not,
Wenn das Verdeck sinkt und der Mast zerbricht,
Der Schiffer zechend wartet auf den Tod,
So war der Trost, den ihm dies wilde Lächeln bot.

17

Halt ein! du trittst auf eines Weltreichs Staub!
Erdbebenopfer modern unter dir!
Schmückt keine Säule mit Trophän und Laub,

Kein kolossales Standbild dies Revier?
Nein – aber die Moral braucht keine Zier;
Laßt nur die Stätte wie von Anbeginn.
Wie trieb der rote Tau die Saaten hier!
Und das ist alles? Das ist dein Gewinn,
Du erst und letzte Schlacht, du Königsschöpferin?

18

Und Harold steht auf dieser Schädelstatt,
Auf Frankreichs Grab, dem blut'gen Waterloo:
Dieselbe Macht, die Ruhm verliehen hat,
Nahm ihn hinweg, bevor ein Tag entfloh.
Im »Stolz des Raums« der Aar flog kampfesfroh;
Durchbohrt vom Pfeil verschworner Völker dann,
Schlug er die Flur mit blut'ger Krall, und so
Zerstob der Ehrfurcht Traum, der Herrschaft Bann;
Entkettet legte ihm die Welt die Ketten an.

19

Gerechter Lohn! – Frankreich knirsch ins Gebiß!
Doch ist die Welt denn freier? Fochten hier
Die Völker bloß mit einem Mann? – Gewiß,
Die Lehre galt den Königen wie dir.
Was? soll der Tyrannei geflickt Panier
In Tagen wehn, die man erleuchtet heißt?
Wir, die den Löwen schlugen, sollen wir
Dem Wolfe dienen? sollen Knie und Geist
Vor Thronen beugen? – Nein, erst prüft, bevor ihr preist!

20

Wo nicht, so feiert nicht des einen Fall!
Vergebens wurden Wangen, jung und zart,
Versengt von Tränen um die Blumen all,
Die ausgerissen wurden und verscharrt;
Durch blut'ge Jahr umsonst ertragen ward
Angst, Druck und Tod, umsonst das Joch zerstückt
Von wütenden Millionen: echter Art
Ist Ruhm, wenn er sein Schwert mit Myrten schmückt
Und wie Harmodius auf Athens Tyrannen zückt.

21

Es scholl ein Klang des Jubels durch die Nacht;
In Belgiens Hauptstadt war zum Fest erschienen
Schönheit und Ritterschaft; der Kerzen Pracht
Glänzt' über holden Fraun und Paladinen;
Die Herzen hüpften, und als über ihnen
Musik in Wollustwogen schwoll empor,
Da sprach und schaute Lieb aus Aug und Mienen,
Und lustig ging's wie Hochzeitsglockenchor –
Doch horch – dumpf tönt ein Schall wie Grabgeläut ans Ohr!

22

Hörtet ihr's nicht? – Ach nein, es war der Wind,
Vielleicht auf stein'gem Damm der Lärm der Wagen;
Stört nicht die Freude! Schnell den Tanz beginnt!
Kein Schlaf, wo Lust und Jugend voll Behagen
Mit flücht'gem Fuß die glüh'nde Stunde jagen –
Doch still! – von neuem dröhnt der dumpfe Ton,
Als wollten ihn die Wolken weitertragen,
Und näher, stärker, mörderischer schon!
Auf! Zu den Waffen! das ist der Kanonen Drohn!

23

In hoher Fensternisch im Prunkgemach
Saß Braunschweigs todgeweihter Fürst. Im Chor
Der Tänze hört' er längst den fernen Krach
Mit todesahnendem Prophetenohr
Und ward darob belächelt wie ein Tor.
Sein Herz verstand den Donner nur zu gut,
Der seinen Vater traf aus ehrnem Rohr
Und nun zur Rache aufrief, Blut um Blut!
Er sprengt' ins Feld und fiel in Englands Vorderhut.

24

Und überall war Rennen und Tumult
Und bange Hast und Tränen, herb und heiß,
Und Wangen, die vom Lob der eignen Huld

Noch eben glühten, plötzlich leichenweiß,
Und jäher Abschied, der das Blut zu Eis
In junger Brust erstarrt, und Klagelaut,
Vielleicht die letzte Klage; denn wer weiß,
Ob Aug und Auge je sich wieder schaut,
Wenn auf so holde Nacht so ernster Morgen graut?

25

Und nun des Aufbruchs heiße Hast: das Roß,
Der Wagenlärm, die wogende Schwadron;
Mit Sturmeseile drängt hinaus der Troß
Und formt in kriegerische Reihn sich schon;
Und fern der tiefen Donnerschläge Drohn,
Und nah Alarmschlag, der die Stadt durchhallt,
Den Krieger weckend, eh die Nacht entflohn;
Die Bürger stehn, zu Knäueln dicht geballt,
Und bleiche Lippe raunt: »Der Feind! nun kommt er bald!«

26

Und wild ertönt der »Marsch von Cameron«,
Die Kriegsmusik Lochiels – auf Albyns Feld
Sind einst vor ihr die Sachsenfeind entflohn.
Wie durch die Mitternacht der Pibroch gellt,
So schrill und wild! und wie der Atem schwellt
Die Hochlandspfeife, schwillt im Schotten-Korps
Der alte Volkstrotz, eine ganze Welt
Begeisternder Erinnrung steigt empor,
Evans und Donalds Ruhm ertönt von Mund zu Ohr.

27

Ardennenlaub umrauscht den Heeresbann,
Von Tränen der Natur so traurig-naß,
Trauernd, wenn Unbelebtes trauern kann,
Um diese Tapfren. Ach, sie liegen blaß
Vor Abend noch, zertreten wie das Gras,
Das unter ihnen ist, und nächstens wallt
Es über ihnen, wann ihr glüh'nder Haß
Und tapfres Feur, das jetzt mit Sturmgewalt
Sich auf den Feind entlädt, begraben liegt und kalt.

28

Der letzte Tag sah strotzend sie von Leben,
Der Abend sah sie strahlend beim Gelag,
Die Nacht hat das Signal zum Kampf gegeben,
Der Morgen bringt die Heerschau und der Tag
Die ernste, prächt'ge Schlacht. Stillbrütend lag
Die Donnerwolk, und wenn sie birst und träuft,
Dann liegt auf Erden, dicht wie Hagelschlag,
Der Staub im Staub, gedrängt und aufgehäuft,
Reiter und Roß, Freund, Feind, in rotem Blut ersäuft.

29

Ihr Lobgesang von stolzren Harfen brause;
Nur einen dieser Tapfren nenn ich hier,
Teils weil man mich verknüpft mit seinem Hause,
Teils weil sein Vater Kränkung litt von mir,
Teils weil ein edler Name Liedes Zier.
Und nie um einen Bessern ward getrauert:
Wo Todespfeile sausten durchs Revier,
Wo Schlachtensturm am tödlichsten geschauert,
Wer war so brav wie du, mein junger, tapfrer Howard?

30

Herzblut und Tränen sind um dich geflossen,
Und meine Tränen wären nichts für dich;
Doch als ich stand und sah die Bäume sprossen
Von grünem Leben, wo dein Leben wich,
Und sah, wie rings umher die Felder sich
Mit Frucht und Hoffnung schmückten, wie der Mai
Sein fröhlich Werk besorgt' und wonniglich
Die Vögel flogen, aller Sorgen frei,
Da dacht ich nur an sie, für die der Lenz vorbei.

31

An dich, an Tausende, die so wie du
Die finstre Lück im Freundeskreise machten –
Vergessen können wäre Trost und Ruh!

Posaunenschall der Engel, nicht der Schlachten,
Wird sie, nach denen unsre Seelen schmachten,
Einst wecken aus dem Schlaf. Auf kurze Zeit
Betäubt der Rausch des Ruhms der Sehnsucht Trachten,
Doch stillt es nicht; und wenn die Ehr ihn weiht,
Weckt jeder Name nur ein desto tiefres Leid.

32

Sie trauern, doch sie lernen lächelnd trauern:
Lang eh er niederstürzt, verwelkt der Ast;
Der Balken fault, doch tragen noch die Mauern
Die morsche Masse seiner Eichenlast;
Das Wrack schwimmt weiter mit zerbrochnem Mast;
Die Brücke steht mit unterwühlten Jochen;
Der Kerker überlebt des Kerkers Gast;
Der Tag schleicht auch durch sonnenlose Wochen;
Und also bricht das Herz und lebt, obwohl gebrochen.

33

Wie ein zerbrochner Spiegel, der sich ja
Im Bruch vervielfacht, wie ihr selber wißt;
Statt eines Bildes sind nun tausend da,
Je mehr, je mehr er selbst zerbrochen ist.
So macht es auch das Herz, das nicht vergißt:
Es lebt in Trümmern, schweigend, ganz erstarrt,
Blutlos, in ew'gem Gram, der an ihm frißt,
Und welkt, bis draußen alles Winter ward,
Und keiner merkt's ihm an; denn stumm ist solche Art.

34

Verzweiflung selbst hat ihre Lebenskraft,
Nahrhaftes Gift; die tödlichen Zypressen
Speist ein lebend'ger Keim mit frischem Saft.
Zu sterben wäre nichts! Der Mensch statt dessen
Lernt jede Greuelfrucht des Jammers essen,
Die gleich den Äpfeln an der Toten See
Ganz Asche ist. Wollt er sein Dasein messen
Nach Freuden, strich er Jahre voller Weh
Von solchen Stunden ab – wer käm auf sechzig je?

35

Des Menschen Jahre zählte der Psalmist;
Sie sind genug, und wär dein Ausspruch wahr,
O Waterloo, das ihre kurze Frist
Noch kürzt, so wären sie zuviel sogar.
Millionen nennen dich, und manches Jahr
Erzählt den Enkeln noch, was hier geschehn:
»Hier, wo entblößt das Schwert der Völker war,
Sah man auch Englands Söhn im Kampfe stehn!«
Und das ist viel, und das allein wird nicht vergehn.

36

Hier fiel der größte – nicht der schlimmste – Mann,
Er, dessen Geist, gemischt aus Antithesen,
Bald das gewaltigste und wieder dann
Mit gleicher Kraft das kleinste Ziel erlesen,
Maßlos in allem. Wärst du's nicht gewesen,
Nie oder noch besäßest du den Thron;
Denn Wagen hob und warf dich, mächt'ges Wesen!
Selbst noch versuchst du, wie des Donnrers Sohn,
Die Welt zu schrecken durch dein kaiserliches Drohn.

37

Erobrer und Gefangener der Welt!
Noch zittert sie vor deines Namens Schall,
Und mehr denn je bist du der Menschen Held,
Jetzt, da du nichts bist als ein Federball
Und Spiel des Ruhms. Der Ruhm war dein Vasall
Und Schmeichler deines Grimms, und du erkanntest
Dich selbst als Gott; und auch die Fürsten all,
Die du betäubtest und in Staunen banntest,
Glaubten, du seiest das, was du dich selber nanntest.

38

O mehr, o weniger als Mensch! – ein Mann,
Der Völker schlug und um sein Leben bat;
Der über Königsstirnen schritt und dann

Mehr nachgab als sein niedrigster Soldat;
Der Reiche schuf und Reiche niedertrat
Und fand in jeder Laune seinen Herrn;
Der tiefste Blick' ins Herz der Menschen tat,
Nur nicht in seins, und blieb der Einsicht fern:
Mißbrauchtes Glück verläßt den allerhöchsten Stern.

39

Und doch, du trugst es, als die Macht zerschmolz,
Mit jener ruhigen Philosophie,
Die, sei sie Weisheit, Kälte oder Stolz,
Wermut und Galle für den Feind ist. Wie
Des Hasses ganze Rotte dich umschrie,
Da lächelt', ungerührt von ihrem Hohn,
Dein allerduldend Aug und zuckte nie.
Das Glück mied den verwegnen Lieblingssohn,
Und er stand ungebeugt und ließ die Stürme drohn.

40

Im Unglück weise. Als das Glück noch lachte,
Verbarg dein stolzes Herz es nie genug,
Daß es der Menschen Tun und Sinn verachte.
Der Stolz war weise, nur war es nicht klug,
Daß Stirn und Lippe stets zur Schau ihn trug,
Dein Werkzeug höhnend, bis dein eignes Schwert
Sich kehrte wider dich und dich erschlug.
Wer um die Welt spielt, spielt um niedren Wert;
Das hast auch du erprobt – wie jeder, der's begehrt.

41

Wärst du gewesen wie ein hoher Turm,
Der auf dem Felsen einsam steht und fällt,
Dann war dir solcher Stolz ein Schild im Sturm;
Dein Thron war aber auf den Wahn gestellt,
Dein Harnisch war Bewunderung der Welt,
Dein wahres Vorbild war des Philipps Sohn
(Wofern du nicht wegwarfst dein Purpurzelt)
Und nicht Diogenes mit seinem Hohn;
Ein Zyniker bedarf zum Ruhsitz keinen Thron.

42

Doch hitzigen Gemütern wird die Ruh zur Hölle;
Das war dein Fluch. Ein Streben, eine Glut
Der Seele gibt es, die gern höher schwölle,
Als Menschenlos erlaubt, der mäß'ges Gut
Der goldnen Mitte kein Genüge tut,
Die, einmal brennend, nie erlöschen kann
Und lebt von Kampf und stirbt nur, wenn sie ruht;
Dies Fieber greift das Mark des Lebens an,
Und jeder, den es trifft und traf, der stirbt daran.

43

Dies macht die Tollen, die der Menschen Kinder
Toll machen, Welterobrer, mächt'ge Herrn,
Propheten, Sektenstifter, und nicht minder
Sophisten, Dichter – alle, die zu gern
Aufrühern der Seele tiefsten Born und Kern,
Sie selbst die Toren derer, die sie tören,
Glücklich gepriesen und dem Glück so fern!
Oh, könntet ihr die stillen Seufzer hören,
Ihr würdet alle Sucht nach Glanz und Macht verschwören.

44

Ihr Atem ist Tumult, ihr Leben Krampf,
Ein Sturm, der sie dahinträgt in den Tod,
Und doch so brennend und genährt von Kampf,
Daß, wenn einmal verschont von Erdennot,
Ihr Tag vergeht in stillem Abendrot,
Dann Gram und Überdruß ihr Mark verheert,
Wie Feuer, welchem niemand Nahrung bot,
Im eignen Flackern auslischt, wie ein Schwert
In tatenlosen Rost sich in sich selbst verzehrt.

45

Wer sich empor zu Bergesgipfeln wagt,
Der sieht die Spitz umhüllt von Schnee und Grauen;
Wer Menschen unterjocht und überragt,

Muß auf den Haß dort unten niederschauen.
Wenn auch tief unten Meer und Erde blauen
Und droben hoch erglänzt des Ruhms Gestirn,
Um ihn sind eis'ge Felsen, und es brauen
Die Stürm und peitschen seine nackte Stirn
Und lohnen ihm die Müh, die ihn geführt zum Firn.

46

Hinweg mit diesen! – wahrer Weisheit ist
Ihr selbstgeschaffnes Reich genug und deins,
Mutter Natur! Wie überreich du bist
Am Ufer deines königlichen Rheins!
All deine Wunder fließen hier in eins,
Umglänzt von Schönheit: Strom und Felsenmauer,
Frucht, Laub und Kornfeld, Wald und Grün des Weins,
Der ernste Gruß herrnloser Burg von grauer
Und doch umlaubter Höh, dem grünen Sitz der Trauer.

47

Da steht sie, wie ein Held im Unglück steht,
Morsch, aber aufrecht über niedrem Troß,
Ihr öder Turm vom Abendwind umweht,
Der Wetterwolke finsterer Genoß.
Einst prangte stolz und jung das alte Schloß,
Die Banner droben und im Tal die Schlacht;
Nun deckt die Gruft den Ritter und das Roß,
In Moder längst zerfiel der Fahnen Pracht,
Und an das alte Tor nie mehr der Sturmbock kracht.

48

Einst hinter diesen Zinnen, diesem Walle
Saß ungezähmte Macht; trotzig und dreist
Hielt jeder Räuber seine Waffenhalle,
Berühmtren Helden gleich an Stolz und Geist.
Was fehlt' ihm denn, daß er nur Räuber heißt?
Was fehlt' ihm zum Erobrer? Eines bloß:
Die feile Chronik, die sein Leben preist,
Ein weitrer Raum, ein Sarg im Marmorschoß.
Sein Herz war ganz so kühn, sein Ziel war ganz so groß.

49

In Ritterfehde und Duell, was starben
Für kühne Taten in Vergessenheit!
Und Liebe, die den Schild mit ihren Farben
Zum Wappen stolzer Minne hat geweiht,
Sie drang ins Eisenherz durchs Eisenkleid.
Wild freilich war ihr Werben und ihr Minnen,
Zerstörung folgt' ihm nach und scharfer Streit;
Erstürmte Burgen schöner Sünderinnen
Sahn unter ihrem Schutt blutrot den Rheinstrom rinnen.

50

Du aber, jauchzender, glücksel'ger Fluß,
Du Strom des Segens für dein schönes Land!
Wie unvergänglich wäre dein Genuß,
Wenn nur der Mensch verschonte deinen Strand!
Die hoffnungsreichen Gaben deiner Hand,
Mit scharfer Sichel mäht sie Haß und Zwist;
Sonst wär Elysium an deinem Rand.
Elysium wär es mir, auch wie es ist –
Nur eines fehlt': daß du, o Rhein, nicht Lethe bist.

51

Dein Bett hat tausendmal der Krieg gestürmt;
Vergessen sind die Krieg und ihre Qual.
Die Schlacht hat ihre Leichen hier getürmt;
Wo sind sie jetzt? wo ist ihr Totenmal?
Dein Wasser wusch das Blut hinweg; dein Tal
Lag wieder fleckenlos; kristallnen Raum
Durchblitzte tanzend hell der Sonnenstrahl;
Doch nagende Erinnrung, schwarzen Traum
Spült auch der Rhein nicht fort mit seinem Wogenschaum.

52

So dachte Harold, und er zog entlang,
Doch nicht gefühllos, als der Freude Trieb
Die Vögel weckte rings zum Frühgesang;

Dies Land gewinnt selbst der Verbannte lieb.
Auf seine Stirn die strengen Furchen schrieb
Ein stiller Ernst, der seine wildre Qual
Verdrängt hat, doch bei solchen Szenen blieb
Genuß ihm nicht ganz fern, und öfter stahl
Über sein Antlitz sich ein flücht'ger Sonnenstrahl.

53

Selbst Liebe floh ihn nicht so ganz wie sonst,
Obwohl sein stürmisch Feuer längst verglühte;
Wer angelächelt wird, zwingt sich umsonst
Zu strengem Blick; begütigt hüpft der Güte
Das Herz entgegen, wenn auch im Gemüte
Schon Ekel wohnt. Des ward er sich bewußt;
Denn sanfte Treue, süßes Zutraun blühte
Für ihn in einer liebevollen Brust. –
Da ruht' er aus, da schmolz des Trotzes bittre Lust.

54

Auch liebt' er jetzt (weswegen, weiß ich nicht,
Und seltsam schien's bei seiner Eigenheit)
Hilfloser Kindheit ros'ges Angesicht,
Selbst in des Säuglings Knospe. Was so weit
Verändern konnt ein mit der Welt entzweit
Und trotzig Herz? – es liegt nicht viel daran;
Genug, so war's. Obwohl in Einsamkeit
Das Herz nur wenig Blüten treiben kann,
Als alle Glut erlosch, dies Glühn in ihm begann.

55

Und eine sanfte Brust, wie ich erzählt,
War ihm verbunden durch ein stärkres Band,
Als es die Kirche schürzt. Zwar unvermählt,
Doch rein war diese Liebe: Sie bestand
Die Prüfung tiefsten Hasses Hand in Hand,
Gestählt in tödlichster Gefahr, die mehr
Als alles Frauenherzen übermannt.
Ihr Herz blieb fest, und wohl war seines schwer,
Als diesen Gruß er ihr heimsandte übers Meer:

Weit droht ins offne Rheingefild
Der turmbezinnte Drachenstein;
Die breite Brust der Wasser schwillt
An Ufern hin, bekränzt vom Wein,
Und Hügeln, reich an Blüt und Frucht
Und Aun, wo Traub und Korn gedeihn,
Und Städten, die an jeder Bucht
Schimmern im hellen Sonnenschein:
Ein Zauberbild! – doch fänd ich hier
Zwiefache Lust, wärst du bei mir!

Und manche blonde Bäuerin
Mit Frühlingsblumen in der Hand
Geht lächelnd durch dies Eden hin;
Hoch oben blickt vom Felsenrand
Durch grünes Laub das Räubernest,
Und manches Riff mit schroffer Wand
Und kühnen Bogens stolzer Rest
Schaun weit hinaus ins Rebenland;
Nur eines fehlt dem schönen Rhein:
Dein Händedruck – ich bin allein!

Die Lilien, welche ich empfing,
Send ich zum Gruße dir ins Haus;
Wenn auch ihr Duft und Schmelz verging,
Verschmähe nicht den welken Strauß!
Ich hielt ihn hoch, ich weiß es ja,
Wenn deine Augen bald ihn sehn,
Dann ist mir deine Seele nah:
Gesenkten Hauptes wird er stehn
Und sprechen: Von dem Tal des Rheins
Schickt diesen Gruß sein Herz an deins.

Der stolze Strom erbraust und fließt,
Der Schmuck in diesem Zaubergrund;
In tausend Windungen erschließt
Sich neue Schönheit, reich und bunt.
Wer wünschte nicht mit Herz und Mund
Ein Leben lang zu rasten hier?
Kein Raum wär auf dem Erdenrund
So teuer der Natur und mir,

Wenn deine lieben Augen nur
Noch holder machten Strom und Flur.

56

Bei Koblenz über eines Hügels Laub
Ragt schlicht und niedrig eine Pyramide;
Darunter liegt bestattet Heldenstaub,
Staub unsres Feindes – aber Ehr und Friede
Sei Marceau nicht versagt! Vom Augenlide
Der harten Krieger tropften Tränen viel
Aufs frühe Grab, als ob ein Bruder schiede;
Beneidet und beweint ward dessen Ziel,
Der für sein Vaterland, für Frankreichs Rechte fiel.

57

Kurz, kühn und glorreich war sein Lebenstag;
Zwei Heere klagten, Feind und Freund, um ihn,
Und für die Ruh der tapfren Seele mag
Der Wandrer wohl an dieser Stätte knien;
Denn Marceau war der Freiheit Paladin,
Der wen'gen einer, die das Amt zu strafen,
Das Freiheit ihren Kämpfern hat verliehn,
Nie überschritten: rein ist er entschlafen,
Und darum trauerte die Welt um diesen Braven.

58

Seht, Ehrenbreitstein mit gesprengter Mauer,
Von Rauch geschwärzt! Noch zeigt es jene Macht,
An welcher Bomben einst und Kugelschauer
Ohnmächtig abgeprallt sind und zerkracht.
Ein Turm des Siegs, der oft von hoher Wacht
Die Feinde sah in wilder Flucht ergossen;
Doch Friede stürzte, was getrotzt der Schlacht:
Dem Regen steht das stolze Dach erschlossen,
Das nie sich öffnete den feindlichen Geschossen.

59

Leb wohl, du schöner Rhein! Nur ungern flieht
Der Wandrer deinen holden Talesgrund;
Mit gleicher Lust durch deine Fluren zieht
Einsamer Traum und süßer Herzensbund;
Und könnte je der Selbstqual Geierschlund
Ausruhn vom Fraß, hier würd er es fürwahr,
Wo die Natur, zu ernst nicht noch zu bunt,
Wild, doch nicht rauh, groß, aber freundlich klar,
Das für die Erd ist, was der goldne Herbst dem Jahr.

60

Leb wohl! leb wohl! Doch ach, es ist umsonst:
Abschied von dir wird immer nichtig sein,
Der du das Herz mit deiner Pracht durchsonnst!
Und wenn das Auge zögernd auch auf dein
Geliebtes Bild verzichtet, holder Rhein,
So ist's der Scheideblick der Dankbarkeit.
Manch andres Land nennt stolzre Szenen sein,
Du trägst, auf eine Wunderschnur gereiht,
Schönheit, Pracht und Milde, die Glorien alter Zeit,

61

Bescheidne Größe, Blüte künft'ger Frucht,
Schimmernder Städte weißen Widerschein,
Flutenden Strom und finstre Bergesschlucht,
Hochwald und drin die gotischen Abtein,
Gezackten Felsen, der die Burgbastein
Der Menschen nachäfft – und in dieser Welt
Ein fröhlich Völkchen, glücklich wie der Rhein,
Der seine Gaben keinem vorenthält
Und Segen strömt, wenn unfern auch ein Weltreich fällt.

62

All dies entschwindet. Droben sind die Alpen,
Die Dome der Natur, emporgereckt
Bis ins Gewölk mit schneeverhüllten Skalpen.

Da thront in kalter Hoheit, eisbedeckt,
Die Ewigkeit; vom leichten Hauch geweckt,
Stürzt die Lawin, ein Donnerstrahl von Schnee!
Was unsre Seele weitet und erschreckt,
Dort oben wohnt's. Du eitler Mensch, versteh:
Zum Himmel ragt die Erd empor – kannst du es je?

63

Doch eh wir diese ew'gen Höhn durchspähn,
Bleib unbeachtet nicht der Wallfahrtsort,
Schlachtfeld der Freiheit, Murten! Die Trophän
Erschlagner sehn wir, ohne daß wir dort
Erröten müssen über Völkermord.
Hier hinterließ Burgund sein grablos Heer,
Den Knochenhaufen, bleichend und verdorrt,
Sie selbst ihr Monument; und ruheleer
Irrt unbestattet nun der Schwarm am Styx umher.

64

Mit Cannä preist das Blutbad Waterloos,
Murten mit Marathon – ein Zwillingspaar,
Zwei Siege echten Ruhms, ganz fleckenlos,
Erkämpft von einer brüderlichen Schar,
Vom Bürgerschwert, das rein von Herrschsucht war,
Nicht feil für Fürstenkrieg und Sold und Lohn.
Das war ein Ruhm, der keinen Fluch gebar;
Kein Volk wehklagte, kein verruchter Hohn
Erhob ein »göttlich Recht« auf einen Henkersthron.

65

Ein Pfeiler, einsam in der Einsamkeit,
Ragt an der Mauer, grau und gramentstellt,
Der letzte Rest aus längst vergangner Zeit.
Traumhaft und trauernd schaut er übers Feld,
Als wär er ein zu Stein erstarrter Held,
Der noch Bewußtsein hat. Aufrecht und stumm
Steht er – ein Rätsel, daß er nicht zerfällt,
Indes der Vorzeit Stolz, Aventicum,
Sein untergebnes Land mit Trümmern deckt ringsum.

66

Und hier – o heilig sei ihr süßer Name! –
Hat Julia ihre Jugend Gott geweiht;
Hier brach ihr Herz im frommen Liebesgrame
Um eines Vaters Grab. Des Richters Eid
Kämpft wider Tränen, all ihr Jammer schreit
Umsonst um Gnade, das Gericht ist taub,
Und nun zu sterben ist auch sie bereit.
Der beiden Grab, schmucklos, ohn Erz und Laub,
Umschloß in einer Urn ein Herz und einen Staub.

67

Nicht welken sollten Namen oder Taten,
Wie diese sind! Mit Recht verdammt die Zeit
Geburt und Untergang der Thron und Staaten,
Die Knecht und Knechter zur Vergessenheit;
Der Tugend Bergeshoheit rage weit
Und unvergänglich überm Erdenweh
Und blicke, thronend in Unsterblichkeit,
Der Sonn ins Antlitz, wie der Alpenschnee,
Den ich in ew'gem Glanz gen Himmel leuchten seh.

68

Es winkt mir zu des Genfer Sees Kristall,
Der Spiegel, darin Sterne, Berg und Au
Ihr stilles Bild mit ihren Farben all
Auftauchen sehn aus tiefem, klarem Blau.
Noch ist der Mensch zu nah, und diese Schau
Ganz zu genießen darf ich noch nicht wagen;
Bald aber weckt der stillre Alpengau
Die lieben Träume, die verborgen lagen,
Seit mit der Herde ich der Hürde Zwang ertragen.

69

Wer vor der Welt flieht, haßt noch nicht die Welt;
Ihr Lärm und Ringen schickt sich nicht für alle;
Noch ist es Trotz, wenn still der Geist sich hält

Im eignen Quell, daß er nicht überwalle
Im heißen Weltdrang und zum Opfer falle
Menschlichem Siechtum. Allzu lang, zu spät
Knirschen wir dann und zerren an der Falle,
Wo jeder Unrecht erntet, Unrecht sät,
Wo jeder kämpft und doch kein einz'ger Kraft verrät.

70

Da kann ein Nu all unser Glück verheeren,
Bis unsre Seel erliegt der eignen Wucht;
All unser Blut verwandelt sich in Zähren,
Die Zukunft färbt sich schwarz wie eine Schlucht.
Des Lebens Wettlauf ist trostlose Flucht
Dem, der im Finstern wandelt; auf dem Meer
Schifft auch der Kühnste nur zur Hafenbucht,
Doch auf dem Strom der Ewigkeit daher
Treibt manches Schiff und treibt, und ankert nimmermehr.

71

Ist's da nicht besser, daß ich einsam wohne,
Nur ird'scher Lieb auf Erden mir bewußt,
Am blauen Strom der pfeilgeschwinden Rhone,
Wo sie der See ernährt an seiner Brust,
Gleich einer Mutter, die mit süßer Lust
Ein holdes, trotz'ges Kind auf ihrem Schoß
Mit Küssen stillt? Ist's besser nicht, du mußt
Hier ausruhn, als du teilst in Drang und Stoß
Der Welt des Frevlers Schuld oder des Dulders Los?

72

Nicht in mir selber leb ich; nein, ich werde
Ein Teil der Welt umher. Gebirg und Flur
Sind mir Gefühl, die Städte dieser Erde
Sind Folter mir. Ich find in der Natur
Nichts, was mir widrig ist, als eines nur,
Des Fleisches Kette, die auch mich umflicht,
Indes die Seele fliehn kann zum Azur,
Zum Berg, zum Ozean, zum Sternenlicht,
Und sich versenkt ins All – und oh, vergebens nicht!

73

Und so versinkt das Ich, und das ist Leben:
Die Wüste, die einst so bevölkert schien,
Liegt hinter mir, ein Haus voll Angst und Beben,
Das wir zur Büßung unsrer Schuld beziehn,
Zu leiden, aber endlich zu entfliehn
Auf neuem Flügel, den ich sprießen fühle;
Schon regt er sich, schon lockt der Sturmwind ihn,
Emporzurauschen aus der staub'gen Schwüle,
Die unser Sein umfängt, zu sel'ger Ätherkühle.

74

Wenn dann der Geist, erlöst von aller Pein
Gemeiner Formen, die ihn hier umgeben,
Frei wird vom Fleische, das zu beßrem Sein
In Wurm und Fliege neu sich mag beleben;
Wenn Licht zum Licht und Staub zum Staube streben,
Werd ich nicht alles, was ich sehe, dann
Viel tiefer fühlen, nicht den Flug erheben
Zum reinen Geiste, der das All ersann,
Und des unsterblich Wehn ich hier schon ahnen kann?

75

Sind Berge, Wogen, Himmel nicht ein Stück
Von meiner Seele, wie von ihnen ich?
Ist sie zu lieben nicht mein reinstes Glück?
Und alles, was ich ihnen je verglich,
Sollt ich es nicht verachten? Soll ich mich
Aus Furcht vor Schmerzen dieser Lieb entschlagen?
Soll dieses Herz in stummes Phlegma sich
Weltlich versenken, wie die Feigen, Zagen,
Die stets zu Boden schaun und nicht zu glühen wagen?

76

Doch dies ist nicht mein Thema. Wenn du meinst,
Daß Aschenurnen Stoff zum Grübeln sind,
So blick auf einen, dessen Staub dereinst

Ganz Feuer war. Er war des Landes Kind,
Wo ich, ein flücht'ger Gast, den reinen Wind
Der Alpen atme, wo sein Geist erwachte,
Des ganzes Sehnen Ruhm war. Er war blind,
Daß er sein Herz an solchem Wunsch entfachte
Und alles übrige für dies zum Opfer brachte.

77

Rousseau, der Grübler mit dem wilden Herzen,
Des Grams Apostel, dessen Zaubermacht
Stolze Beredsamkeit abrang den Schmerzen,
Sah hier das Licht, das ihm nur Fluch gebracht;
Und doch, er hat den Wahnsinn schön gemacht;
Die sünd'gen Taten und des Irrtums Wähnen
Hüllt' er in Worte voller Himmelspracht,
Die gleich der Sonne blenden, und vor denen
Das Auge wehmutvoll sich füllt mit heißen Tränen.

78

Sein Lieben war wie Sturm – wie Blitz den Baum,
Traf und versengte ihn der Ätherstrahl,
Und minder tödlich lieben konnt er kaum.
Nicht Liebe zu Lebend'gen, nicht die Qual
Um die Gestorbnen, die im Traume fahl
Vor uns erstehn – nein, seine Leidenschaft
War ein erhabnes Schönheitsideal,
Das wirklich ward in ihm: dies webt und schafft
In seinem Feuerwort, wenn auch zu fieberhaft.

79

In Julie atmet' dieser Gluterguß,
Der sie mit jener wilden Anmut schmückte;
Dies heiligte den unvergeßnen Kuß,
Den täglich er auf ihre Lippe drückte,
Fiebernd, obgleich nur Freundschaft ihn beglückte,
Ein flücht'ger Kuß, der doch durch Hirn und Brust
Liebeverzehrnde Glut der Seele zückte;
Ein Seufzer nur, sich selber kaum bewußt,
Doch seliger vielleicht als Taumel üpp'ger Lust.

80

Sein Leben war ein eigenwill'ger Haß,
Der Feinde suchte, Freunde von sich stieß;
Sein Herz des Argwohns Heiligtum, für das
Die Menschheit er als Opfer bluten ließ,
Voll seltsam blinden Ingrimms. Aber dies
War Wahnsinn: Niemand weiß, woher er kam;
Ursachen gibt's, die noch kein Arzt bewies,
Doch Wahnsinn war es, Krankheit oder Gram,
Und jener ärgste, der Vernunft zur Maske nahm.

81

Und dann war er begeistert! Von ihm stammten,
Wie von der Pythia dunklem Felsenthron,
Orakel, welche eine Welt entflammten,
Bis Königreiche sanken in den Loh'n.
Tat er es nicht für Frankreich? Lange schon
Kniete das Land vor alter Tyrannei,
Gebrochen, zitternd in ererbter Fron,
Bis sein und seiner Helfer Racheschrei
Zuviel des Grimms aufrief – die Frucht der Sklaverei.

82

Ein schrecklich Denkmal türmten sie, Ruinen
Uralter Meinungen, die beim Entstehn
Der Zeit gelebt. Der Vorhang riß vor ihnen,
Und alles Volk durft ins Verborgne sehn.
Sie ließen Gut- und Böses untergehn,
Bis nichts als Schutt blieb, Schutt, aus welchem jetzt
Gefängnisse und Throne neu erstehn,
In einer Stunde ganz wie sonst besetzt,
Denn alles Ringen war nur Eigennutz zuletzt.

83

Das aber wird nicht dauern! Ihre Stärke
Hat endlich doch die Menschen wohl erkannt;
Sie nutzte sie nicht gleich zum besten Werke;

Verführt vom Rausch der Macht, hat ihre Hand
Grausam gerast, des Mitleids Milde schwand.
Ja, aber sie, die früher immerdar
Geschmachtet hinter dunkler Kerkerwand,
Sie glichen nicht dem lichtgetränkten Aar;
Kein Wunder, wenn ihr Fang nicht gleich der rechte war.

84

Doch heilen Wunden ohne Narben je?
So heilt das Herz nur langsam; ein häßlich Mal
Entstellt es. Wer um höchstes Wohl und Weh
Gekämpft hat und erliegt, verbeißt die Qual,
Doch beugt sich nicht; der Groll hält seinen Stahl
Lautlos gezückt, bis jene Stunde schlägt,
Die Jahre sühnt. Sie kam noch jedesmal,
Sie, die im Schoß die Macht zu strafen trägt
Und zu verzeihn – ihr wißt, wie das zu enden pflegt.

85

Friedlicher See, wie bist du klar und still
Nach allem Lärm der Welt! Dir will ich lauschen,
Die wilden Wasser dieser Erde will
Ich nun mit einem reinren Quell vertauschen.
Wie über mir die Segel sanft sich bauschen,
Wird's in mir still; einst hätt ich mich gestählt
Im Meeresbranden, doch dein sanftes Rauschen
Tönt süß wie Schwesterstimme, die mich schmält,
Daß ich mit wilder Lust mich je so tief gequält.

86

Die Nacht ist still, und zwischen deinem Rand
Und den Gebirgen liegt in Dämmerflor
Verschleiert, aber deutlich alles Land.
Fern ragt des Jura finstrer Kamm hervor,
Und aus den nahen Tälern quillt empor
Lebend'ger Duft von Blumen, welche all
In frischer Kindheit blühn; bald dringt ins Ohr
Des trägen Ruders leiser Tropfenfall,
Bald zirpt ihr »gute Nacht« der Grille süßer Schall.

87

Sie ist ein Abendschwärmer und verbringt
Ihr kindlich Leben fröhlich mit Gesang.
Manchmal aus dunklem Busch verloren dringt
Ein Vogelschrei mit träumerischem Klang.
Ein Flüstern, dünkt mich, schwebt am Felsenhang,
Doch das ist Phantasie; der Sternentau
Weint leise, wie in stummem Liebesdrang,
Und stirbt in Tränen, bis er Flur und Au
Getränkt hat mit dem Geist, der droben thront im Blau.

88

Ihr Sterne, Poesie des Himmels! – Ja,
Daß wir der Menschen und der Völker Los
In eurer Goldschrift lesen, liegt so nah:
In unserm Drange, stark zu sein und groß,
Reißt unser Schicksal sich vom Staube los
Und heischt mit euch Verwandtschaft. Denn ihr tragt
Schönheit und Ewigkeit in eurem Schoß,
Danach so mächtig unsre Sehnsucht ragt,
Daß Glück, Ruhm, Leben, Macht sich »Stern« zu nennen wagt.

89

Himmel und Erd sind still, doch schlafend nicht,
Nur atemlos wie tiefste Lust und Qual,
Wenn allzu voll das Herz nicht seufzt noch spricht.
Himmel und Erd sind still, – der Sterne Zahl,
Der eingelullte See, Gebirg und Tal,
All in ein einzig lebend Eins verfließt,
Darinnen jedes Lüftchen, Blatt und Strahl
Anteil am Dasein hat und mitgenießt,
Was schaffend alles zeugt und schirmend fest umschließt.

90

In Einsamkeit am wenigsten allein,
Ahnt dann die Seel unendlich Leben schon,
Wie eine Wahrheit, die dann euer Sein

Reinglüht vom Ich: es ist, als wär ein Ton,
Die Seele der Musik, zu euch entflohn,
Damit ihr ew'ge Harmonie empfindet,
Ein Zauber, welcher Erd und Himmelsthron,
Cytheres Gürtel gleich, in Schönheit bindet,
Der dem Gespenst des Tods die stumpfe Waff entwindet.

91

Die alten Perser bauten den Altar
Nicht ohne Ursach auf die höchste Wacht
Weltüberschaunder Berge; passend war
Ihr Tempel ungemauert, unbedacht,
Den Geist zu suchen, dessen Ehr und Macht
Ein Menschenbau nicht faßt. Vergleiche nur
Der Griechen Säulen und der Dome Pracht
Mit Erd und Luft, den Kirchen der Natur,
Und heft an Mauern nicht dein Flehn und deinen Schwur.

92

Der Himmel ist verwandelt! Sturm und Nacht
Und Dunkel, furchtbar seid ihr von Gewalt,
Doch schon in eurer Stärke, wie die Pracht
Des dunklen Frauenaugs. Von Spalt zu Spalt
Springt über krachendes Gefels und hallt
Der Donner – nicht aus einer Wolke bloß,
Nein, das Gebirg von tausend Stimmen schallt,
Die Alpen jauchzen, und auf ihr Getos
Antwortend, bricht von fern des Jura Donner los.

93

Und das ist in der Nacht! – Erhabne Nacht!
Du bist zum Schlummer viel zu groß und hehr:
Laß mich genießen deiner Wetter Schlacht,
Ein Teil vom Sturm und dir! Ein Phosphormeer
Leuchtet der See, und nun fällt dicht und schwer
Der Regen tanzend auf die Erde nieder,
Und nun ist alles schwarz, und ringsumher
Hallen die Höhn von Bergesjubel wider,
Als säng er für ein jung Erdbeben Wiegenlieder.

94

Dort, wo die Rhone spaltet eine Gasse
Durch Felsen, welche dastehn wie ein Paar,
Das einst sich liebt' und dann in tiefstem Hasse
Sich unversöhnlich trennte. Wunderbar!
Die Herzen brachen, aber Liebe war
Die Quelle jener Wut, die ihren Mai
In Frost verwandelt hat, und so gebar
Der Tod der Lieb ein Leben für die zwei,
Das nun ein Winter ist, ein ew'ger Jammerschrei.

95

Dort, wo die Rhone sich die Gasse spaltet,
Da nahm das stärkste Wetter seinen Stand;
Denn eine Wetterschar ist's, die hier schaltet
Und ihre Donner wirft von Hand zu Hand;
Der Stürme stärkster schleudert seinen Brand
Auf jene Höhn, durch die der Bergstrom rollte
Und schied die zwei; der Sturm hat wohl erkannt,
Daß heißer Pfeil die Kluft zerschmettern sollte,
Die Haß gerissen hat, und alles, was drin grollte.

96

Himmel, Gebirge, Strom, See, Blitz und Winde
Und Nacht und Donner und der Wolken Schwall!
Dazu ein Geist, der alles dies empfinde –
Wohl mag ich wachen! Euer ferner Hall
Im Scheiden tönt mir wie Sturmglockenschall
Dessen, was schlaflos ist in meiner Rast.
Und du, o Sturm, wo ist dein Ziel im All?
Gleichst du dem Sturm im Herzen? oder hast
Du Adlern gleich ein Nest im hohen Bergpalast?

97

Könnt ich verkörpern und enthüllen, was
Am stärksten ist in mir, könnt ich es wagen,
Mein Innres auszusprechen, Liebe, Haß,

Herz, Leidenschaften, Hoffen und Verzagen,
Alles, was ich erjagt und möcht erjagen,
Weiß, fühl und dennoch leb, in einem Wort,
Und dies Wort wäre Blitz – ich würd es sagen!
Jetzt wandl ich ungehört des Weges fort;
Wie in der Scheid ein Schwert, ruht mein Gedankenhort.

98

Der Morgen tagt, der Morgen kühl von Tau,
Sein Antlitz Blütenglanz, sein Atem Duft;
Verächtlich lacht er weg das Wolkengrau
Und lebt, als wär auf Erden keine Gruft,
Zum Tag erglühend: über Berg und Kluft
Geht wieder vorwärts unsre Lebensreise. –
Lieblicher See! in deiner Alpenluft
Find ich wohl heute auch auf meine Weise
Für mein beschauliches Gemüt die rechte Speise.

99

Holdsel'ges Clarens! Heimat tiefster Liebe!
Dein Wind ist junger Odem süßer Glut;
Dein Wald erblüht in Lieb, und das Geschiebe
Der Gletscher selbst schmückt ihre Rosenflut,
Wenn liebend Abendsonn auf ihnen ruht.
Von Liebe redet selbst der Felsenschacht,
Der ein Asyl ihr bot und sichre Hut,
Fern von der Welt, die erst das Herz entfacht
Mit süßen Hoffnungen und lockt und dann verlacht.

100

Clarens! ein Gott durchwandelt deine Flur,
Der Gott allmächt'ger Lieb – ein Thron ist sein,
Des Stufen Berge sind! Rings die Natur
Durchdringt sein Licht und Leben; nicht allein
Auf jenen Höhn, nicht bloß in Grott und Hain;
Sein Auge blitzt auf jedem Blütenstrauch,
Sein Mund weht ihm den süßen Atem ein,
Den sanften Sommeratem, welcher auch
Die Wut des grimmsten Sturms bezwingt mit zartem Hauch.

101

Ihm dient hier alles: Dort der Fichtenhang
Wölbt ihm ein Schattendach; des Bergstroms Tosen
Macht ihm Musik; der grüne Laubengang
Schmückt seinen Weg zum See mit Wein und Rosen;
Die Wellen grüßen ihn, und murmelnd kosen
Sie seine Füße, und der alte Wald,
Ein Dickicht ries'ger Stämme, grau von Moosen,
Doch jung von lust'gen Blättern überwallt,
Beut ihm und seinem Volk einsamen Aufenthalt.

102

Einsam belebt von Bien und Nachtigall
Und tausend elfenhaften bunten Dingen,
Und lieblicher als Worte tönt ihr Schall;
Unschuldig öffnen sie die lust'gen Schwingen,
Voll Lebens, ohne Furcht; die Brunnen springen,
Der Gießbach stürzt, es schwankt der Zweige Spiel,
Und Knospen blühn, die uns die Ahnung bringen,
Ahnung der Schönheit – dies und andres viel
Schafft hier die Liebe für ein einzig mächtig Ziel.

103

Wer nie geliebt, hier lernt er ihre Lehren
Und macht sein Herz zum Geist; wer eingeweiht
In ihr Geheimnis, wird sie inn'ger ehren;
Denn hier ist ihr Asyl; in Einsamkeit
Flieht sie der Welt Verschleiß, der Menschheit Leid;
Denn wachsen oder sterben ist ihr Los:
Sie steht nicht still; wenn sie nicht welkt, gedeiht
Zu einem Segen sie, so grenzenlos,
Wie die unsterblichen Gestirn in Äthers Schoß.

104

Nicht Rousseaus Laune hat die Flur erlesen
Und sie beseelt mit Glut: er fand in ihr
Die Bühne für die Lieb erhabner Wesen.

Der jugendliche Eros löste hier
Den Gürtel seiner Psyche, und die Zier
Der Anmut blieb dem Tal zum ew'gen Lohne.
Still, wunderbar und tief ist das Revier
Und klingt und atmet Schönheit, und die Rhone
Hat hier ihr Ruhebett, die Alpen ihre Throne.

105

Lausanne und Ferney! einst behaustet ihr
Namen, die einen Namen euch verliehn!
Auf schwindlig kühnen Wegen suchten hier
Zwei Männer ew'gen Ruhm und fanden ihn;
Giganten, die des Zweifels Theorien
Titanenhaft zum Himmel türmen wollten;
Wie kam es, daß der Himmel es verziehn?
Daß nicht die Donner strafend niederrollten?
Der Himmel lächelte und ließ es unvergolten.

106

Der eine war ganz Unbestand und Feuer,
In seinen Launen wie ein Kind gesinnt,
Doch auch sein Geist und Witz ein ewig neuer,
Ernst, lustig, brausend und gelind,
Chronist, Gelehrter, aller Musen Kind,
Ein Proteus der Talente dieser Welt,
Im Spott am größten, welcher wie der Wind
Weht, wo er will, die höchsten Gipfel fällt,
Bald einen Narren peitscht, bald einen Thron zerschellt.

107

Der andre zäh und tief, im Zweifel trotzend,
Mühselig Weisheit sammelnd bis zuletzt,
Versenkt in Grübelei, von Wissen strotzend,
Hat seiner Waffen Schneide scharf gewetzt
Und ernsten Glauben ernsten Hohns zerfetzt,
Ein Fürst der Ironie! – mit Zauberwaffen
Hat er die Feind in Angst und Wut gehetzt,
Und ward verdammt zur Hölle jener Pfaffen,
Die sich bequemen Sieg durch einen Fluch verschaffen.

108

Doch Frieden ihrer Gruft! Sie haben jetzt,
Wenn Strafe schuldig war, die Straf entrichtet;
Wir sind zu ihren Richtern nicht gesetzt.
Einst kommt der Tag, wo sich das Dunkel lichtet.
Oder wo Furcht und Hoffnungen beschwichtet
Auf einem Pfühl zu ew'ger Ruhe gehn.
Das eine wissen wir, Staub wird vernichtet,
Und soll er, wie wir hoffen, auferstehn,
So wird Vergebung ihm – oder sein Recht geschehn.

109

Genug von Menschenwerken! Laßt mich die
Des Schöpfers lesen, die sich um mich breiten!
Still auch, mein Lied, Kind meiner Phantasie,
Das ohne Ende scheint dahinzugleiten!
Die Wolken sollen mich zum Firn geleiten;
Dort will ich sehn, so weit sich sehen läßt,
Und hoch empor zu Regionen schreiten,
Zu Gipfeln, wo die Erde stark und fest
Die Genien der Luft an ihren Busen preßt.

110

Italien! du, Italien, strahlst mich an
Mit allen Glorien der Vergangenheit,
Seit dich der wilde Punier fast gewann
Bis auf die Herrlichen der spätren Zeit,
Die deine goldnen Chroniken geweiht.
Du warest Thron und Grab der Macht, doch helle
Strömt heute noch in alter Heiligkeit
Die geisterquickende, die hehre Quelle
Vom Kaiserhügel Roms mit unversiegter Welle.

111

So weit von neuem führt ich mein Gedicht,
Nicht unter günst'gen Sternen: denn zu finden,
Daß wir nicht sind, was wir gewesen, nicht

Was wir sein sollten; Zorn und Groll verwinden,
Mit stolzer Vorsicht einen Schleier binden
Um jede Leidenschaft, um Lieb und Haß,
Um Gram und Eifer, Streben und Empfinden,
Damit es nicht zu wild die Seel erfaß –
Es ist ein schweres Werk! Jedoch, ich lernt auch das.

112

Und diese zum Gesang verwobnen Worte,
Sie sind vielleicht harmloser Selbstbetrug;
Den Farbenglanz vorüberfliehnder Orte
Hab ich erhascht auf meinem Pilgerzug,
Mein Herz zu täuschen, das zu rastlos schlug.
Ruhm ist der Durst der Jugend, und ich bin
Zu alt, um eines Lächelns flücht'gen Lug
Für Glück zu achten, herrlichsten Gewinn;
Mit oder ohne Ruhm, ich fahr allein dahin.

113

Ich liebte nicht die Welt, noch liebt sie mich;
Ich schmeichelt ihrem geilen Atem nie,
Log ihr kein Lächeln vor, noch beugte sich
Vor ihren Götzen mein geduldig Knie;
Ich war kein Echo, wenn die Menge schrie;
Umringt von ihr, blieb ich ein Fremdling doch,
Verschleiert in Gedanken, welche sie
Nicht denken kann. So leben könnt ich noch,
Hätt ich mein Herz gewahrt und nicht entweiht im Joch.

114

Ich liebte nicht die Welt, die mich nicht liebt,
Doch will ich scheiden wie ein offner Feind.
Ich glaub – obwohl ich sie nicht fand –, es gibt
Hoffnung, die Wort hält, Wort, das Wahrheit meint,
Und Tugend, deren Mitleid nicht versteint,
Die keine Netze für die Schwachen spinnt;
Vielleicht gibt's einen, der um andre weint,
Zwei oder drei, die, was sie scheinen, sind,
Vielleicht ist Tugend mehr als Schall, Glück mehr als Wind.

115

Dein Name, meine Tochter, schmückt dies Lied –
Ada, mein Kind! mit ihm soll es verhallen.
Obwohl dich Aug und Ohr nicht hört und sieht,
Ich leb in dir, du bist der Freund vor allen,
Auf den die Schatten ferner Jahre fallen.
Du wirst vielleicht mein Antlitz nimmer sehn,
Doch soll im Traum dir meine Stimm erschallen;
Aus deines Vaters Gruft wird sie erstehn,
Ein Zeichen und ein Ton, und dir zu Herzen gehn.

116

Das Reifen deiner Seele zu bewachen,
Das Dämmern deiner kleinen Kindeslust,
Der Glieder Wachstum und das erste Lachen,
Die Kenntnis, die du staunend lernen mußt;
Dich leise wiegen an der Vaterbrust,
Dir Küsse drücken auf der Wangen Flaum –
All dieses Glücks werd ich mir nie bewußt!
Doch lag's in meiner Art. Jetzt weiß ich kaum,
Was in ihr liegt – und doch, etwas wie dieser Traum.

117

Doch wenn sie starren Haß als Pflicht dich lehren,
Du wirst mich lieben! Wenn sie auch von dir
Wie einen Fluch selbst meinen Namen wehren,
Wie ein verwirktes Anrecht, würden wir
Auch durch das Grab getrennt, du bliebest mir,
Du wirst mich lieben! Und trotz allen Strebens,
Ob man mein Blut mit eifersücht'ger Gier
Aus deinem Herzen sög – es ist vergebens,
Du wirst mich lieben, treu dem Heiligsten des Lebens.

118

Das Kind der Lieb und doch in Sturm gesäugt
Und Bitterkeit. Das war der Lebenssaft,
Der deinen Vater und auch dich gezeugt

Und noch dich nährt. Doch deine Leidenschaft
Wird reiner glühn und milder deine Kraft.
Sanft sei dein Wiegenschlummer! Über Meere,
Von Bergen, welche mich der Welt entrafft,
Send ich dir diese Grüße, seufzerschwere,
Und all den Segen, den ich nun in dir entbehre.

VIERTER GESANG

Visto ho Toscana, Lombardia, Romagna
Quel monte ehe divide, e quel' che serra
Italia, e un mare e l'altro, ehe la bagna.
Ariosto, Satira III

An John Hobhouse, Esq., A. M. F. R. S. etc., etc., etc.

Venedig, 2. Januar 1818

Mein lieber Hobhouse,

Nachdem ein Zeitraum von acht Jahren zwischen der Abfassung der ersten und der letzten Gesänge des »Childe Harold« verflossen ist, soll jetzt der Schluß des Gedichtes dem Publikum vorgelegt werden. Es ist nichts Ungewöhnliches, daß ich beim Abschied von einem so alten Freunde einen noch älteren und besseren Freund wieder aufsuche, denjenigen, welcher des andern Geburt und Tod miterlebt hat und dem ich für die Genüsse einer erleuchteten Freundschaft weit erkenntlicher bin, als ich es, obwohl nicht undankbar, meinem Harold für alle öffentliche Gunst, welche das Gedicht auf den Dichter zurückstrahlte, sein kann oder sein könnte – denjenigen, den ich lange gekannt und weit begleitet, den ich wachsam am Krankenbett und herzlich in der Trauer, fröhlich bei meinem Glück und fest in meiner Not, treu im Rate und verläßlich in der Gefahr gefunden habe – einen Freund, der oft erprobt und niemals als zu leicht befunden ward – mit einem Worte: Sie.

Hierin gehe ich von der Dichtung zurück zur Wahrheit, und wenn ich Ihnen, nach seiner Vollendung, oder wenigstens nach seinem Abschluß, ein poetisches Werk widme, das die längste, gedankenvollste und umfassendste meiner Schriften ist, so will ich mich selbst ehren durch eine Bezeugung des vieljährigen vertrauten Umgangs mit einem Manne von Gelehrsamkeit, Talent, Beharrlichkeit und Ehre. Ihre und meine Sache ist es nicht, Schmeicheleien auszutauschen, aber das Lob der Aufrichtigkeit hat man der Stimme der Freundschaft von jeher gestattet. Auch geschieht es nicht für Sie oder für andere, sondern zur Erleichterung eines Herzens, das in letzter Zeit und anderswo weniger dem Wohlwollen zu begegnen als dem Stoße fest zu widerstehen gewohnt gewesen ist, wenn ich es in dieser Weise versuche, Ihren guten Eigenschaften, oder vielmehr den Vorteilen, welche ich von ihnen genossen habe, ein Denkmal zu setzen. Selbst das Datum dieses Briefes, die Wiederkehr des unglücklichsten Tages meiner Vergangenheit, der aber, solange mir der Trost Ihrer Freundschaft und meiner Geisteskräfte bleibt, meine Zukunft nicht zu vergiften vermag, wird fortan für beide eine angenehmere Erinnerung mit sich bringen, wenn es uns diesen meinen Versuch zurückruft, Ihnen für eine unermüdliche Teilnahme zu danken, wie sie nur wenigen Menschen zuteil geworden ist und die keiner an sich selbst erfahren konnte, ohne von seinem Geschlecht und von sich selber besser zu denken.

Es ist unser Los gewesen, gemeinschaftlich, zu verschiedenen Zeiten, die Lande des Rittertums, der Geschichte und der Sage – Spanien, Griechenland, Kleinasien und Italien – zu durchwandern; was uns vor einigen Jahren Athen und Konstantinopel waren, das sind uns vor kurzem Venedig und Rom gewesen. Auch das Gedicht oder der Pilger oder beide haben mich von Anfang bis zu Ende begleitet, und es ist vielleicht eine verzeihliche Eitelkeit, wenn ich mit einiger Selbstgefälligkeit mich über ein Werk verbreite, das bis zu einem gewissen Grade mich mit dem Ort seiner Entstehung und mit den Gegenständen seiner Schilderungen verbindet. So unwürdig jener magischen, denkwürdigen Stätten man es finden, so weit es hinter unseren fernen Erinnerungen und frischen Eindrücken zurückbleiben mag, mir ist es während des Schaffens eine Quelle des Genusses gewesen, und ich nehme Abschied von ihm mit einer Art von Bedauern, welches ich nach dem Erlebten für Gegenstände der Phantasie kaum empfinden zu können glaubte.

Was den Inhalt des letzten Gesanges betrifft, so wird man in ihm von dem Pilger weniger finden als in den vorhergehenden, und dies wenige nur unmerklich, wenn überhaupt, von demjenigen getrennt, was der Dichter in eigner Person sagt. Die Wahrheit ist, ich war es müde geworden, eine Trennungslinie zu ziehen, welche nicht zu bemerken jedermann entschlossen schien. Wie dem Chinesen in Goldsmiths »Weltbürger«, dem kein Mensch glauben wollte, daß er ein Chinese sei, half es mir nichts, daß ich beteuerte und mir einbildete, einen Unterschied zwischen dem Verfasser und dem Pilger gemacht zu haben. Eben das ängstliche Bestreben, diesen Unterschied durchzuführen, und der Verdruß, meine Mühe fruchtlos zu finden, lähmte mich beim Schreiben dergestalt, daß ich ganz davon abzustehen beschloß, und das hab ich getan. Die Ansichten, die man über diesen Punkt sich gebildet haben oder künftig bilden mag, sind fortan gleichgültig; das Werk soll alles sich selbst und nichts dem Verfasser verdanken, und derjenige Schriftsteller, welcher in seinem eigenen Geiste keine anderen Hilfsquellen besitzt als den (vergänglichen oder dauernden) Ruf, den er von seinen literarischen Arbeiten erwartet, verdient das Schicksal der Schriftsteller.

Anfangs hatte ich die Absicht, im Verlauf des folgenden Gesanges entweder im Text oder in den Anmerkungen den gegenwärtigen Zustand der italienischen Literatur und vielleicht des italienischen Lebens zu berühren. Ich fand aber, daß der Text, innerhalb der vorgesetzten Grenzen, für das Labyrinth äußerer Gegenstände und die sich daran schließenden Betrachtungen kaum ausreiche, und die Anmerkungen, welche ich, mit Ausnahme einiger ganz kurzer, Ihnen verdanke, mußten notwendigerweise auf die Erläuterung des Textes beschränkt bleiben.

Zudem ist es eine heikle und nicht sehr dankbare Aufgabe, die Literatur und die Sitten einer so fremdartigen Nation zu besprechen. Das erheischt eine Aufmerksamkeit und Unparteilichkeit, welche uns, auch wenn wir vielleicht nicht unaufmerksame Beobachter und mit Sprache und Gewohnheiten des Volks nicht unbekannt sein mögen, wahrscheinlich dahin führen wird, unserem Urteil zu mißtrauen oder doch es auszusetzen und unsere Kenntnisse schärfer zu prüfen. Sowohl das literarische wie das politische Parteileben scheint so stürmisch zu sein oder gewesen zu sein, daß es für einen Fremden nahezu unmöglich ist, unparteiisch hindurch zu steuern. Für meine Zwecke sei es darum mit einem Zitat aus der eigenen schönen Sprache des Landes genug: »Mi pare che in un paese tutto poetico, che vanta la lingua la più nobile ed insieme la più dolce, tutte le vie diverse si possono tentare, e che sinche la patria di Alfieri e di Monti non ha perduto l'antico valore, in tutte essa dovrebbe essere la prima.« Italien hat noch große Namen – Canova, Monti, Ugo Foscolo, Pindemonte, Visconti, Morelli, Cicognara, Albrizzi, Mezzofanti, Mai, Mustoridi, Aglietti und Vacca werden der heutigen Generation einen ehrenvollen Platz in den meisten Zweigen der Kunst, der Wissenschaft und der Literatur sichern, in einigen sogar den höchsten: Europa, die Welt hat nur einen Canova.

Alfieri sagt irgendwo: »La pianta uomo nasce più robusta in Italia che in qualunque altra terra – e gli stessi atroci delitti che vi si commettono ne sono una prova.« Ohne die letztere Hälfte des Satzes zu unterschreiben, der eine gefährliche Lehre enthält und dessen Wahrheit mit der Gegenbehauptung bestritten werden kann, daß die Italiener in keiner Beziehung unbändiger als ihre Nachbarn sind, muß gleichwohl derjenige eigensinnig blind oder von unwissender Achtlosigkeit sein, den die außerordentliche Begabung dieses Volkes, seine leichte Aneignungsgabe, seine rasche Auffassung, das Feuer seines Genies, sein Schönheitssinn, und inmitten aller Nachteile wiederholter Umwälzungen, inmitten der Verwüstung der Schlachten und der Verzweiflung vieler Menschenalter, sein noch immer ungestilltes »Sehnen nach Unsterblichkeit«, nach der Unsterblichkeit der Freiheit, nicht überrascht. Als wir beide um die Mauern Roms ritten und die einfache Klage des Gesanges der Feldarbeiter hörten: »Roma! Roma! Roma! Roma non è come era prima!«, mußten wir unwillkürlich diesen schwermütigen Seufzer mit dem bacchantischen Gebrüll der Jubellieder vergleichen, welche in den Londoner Kneipen geheult werden, um die Metzelei von Mont St. Jean und den Verrat Genuas, Italiens, Frankreichs und der Welt zu feiern, das Werk von Männern, deren Handlungen Sie selbst in einer, der besseren Tage unserer Geschichtsschreibung würdigen Schrift bloßgestellt haben. Was mich betrifft,

»Non movero mai corda
Ove la turba di sue ciance assorda.«

Was Italien durch den letzten Völkertauschhandel gewonnen habe, das zu untersuchen wäre für einen Engländer überflüssig, bis ermittelt sein wird, daß England selbst etwas mehr erworben hat als ein stehendes Heer und eine aufgehobene Habeas-Corpus-Akte. Wir brauchen nur daheim uns umzusehen. Für das, was die Engländer im Ausland, zumal im Süden, getan haben, werden sie wahrlich ihren Lohn erhalten, und zwar in nicht ferner Zeit.

Indem ich Ihnen, mein lieber Hobhouse, eine wohlbehaltene und angenehme Rückreise nach dem Lande wünsche, dessen wahres Wohl niemandem mehr als Ihnen teuer ist, widme ich Ihnen dieses Gedicht in seinem fertigen Zustand und wiederhole Ihnen noch einmal, wie aufrichtig ich bin und bleibe

Ihr dankbarer und treuer Freund
Byron

1

Ich weilte auf Venedigs Seufzerbogen,
Ein Kerker, ein Palast zu jeder Hand;
Ich sah die Bauten steigen aus den Wogen
Wie Zaubrers Blendwerk; ein Jahrtausend stand
Vor mir, die dunklen Flügel ausgespannt;
Sterbender Glanz umfloß die sieggewohnte
Versunkne Zeit, da manch bezwungnes Land
Dem Marmorsitz des Flügellöwen fronte,
Wo stolz Venezia auf hundert Inseln thronte.

2

Sie steigt empor, des Meeres Kybele,
Bediademt mit Türmen, aus der Flut,
Gebietend, eine Herrscherin der See;
Einst war sie's: ihrer Töchter Heiratsgut
War unterjochter Könige Tribut,
Und Indien goß aus Minen, nie geleert,
In ihren Schoß der Edelsteine Glut;
Purpur war ihr Talar, an ihrem Herd
Saß mancher Fürst als Gast und deuchte sich geehrt.

3

Verstummt sind in Venedig Tassos Lieder;
Still rudert, ohne Sang, der Gondelier;
Paläste bröckeln auf das Ufer nieder,
Und selten tönt Musik durch das Revier.
Die Zeit ist hin, doch weilt noch Schönheit hier.
Staaten vergehn, die Kunst sinkt in Verfall,
Nur die Natur ist ewig, und vor ihr
Ist noch Venedig für die Völker all
Der Tummelplatz der Lust, Italiens Karneval.

4

Eins aber ist, was größren Zauber hat
Als all ihr Ruhm, von dem die Chronik spricht,
Als, trauernd ob der dogenlosen Stadt;

Der Heldenschatten Zug im Mondenlicht.
Unsre Trophäe modert nicht noch bricht
Mit dem Rialto: Shylock und der Mohr
Und auch Pierre, sie alle stürzen nicht,
Die Schlußstein im Portal! Ob auch zuvor
Venedig stirbt, dies steigt noch aus dem Grab empor.

5

Denn was der Geist schuf, ist von Staube nicht,
Es ist unsterblich und erweckt und mehrt
Ein schönres Sein in uns, ein reinres Licht;
Und was das Schicksal neidisch uns verwehrt
Im Zustand unsrer Knechtschaft, das beschert
Die Welt der Geister uns; vor ihrem Worte
Flieht das Verhaßte, neu bewässert kehrt
Des Herzens Mai zurück, der schon verdorrte,
Und frische Saat erfüllt die kahl gewordnen Orte.

6

Dies ist für alt und jung die Zufluchtstatt
Aus Gram und Öde. Müdes Seelenleid
Belebt mit Poesie manch weißes Blatt,
Vielleicht auch meins; jedoch zu aller Zeit
Gibt's Dinge, deren mächt'ge Wirklichkeit
Viel heller strahlt als unser Elfenland,
An Form und Farbe hehrer, schöner weit
Als jener Wunderhimmel, den die Hand
Der Muse seltsam kühn um Zauberwelten spannt.

7

Ich sah, ich träumte solche – laß sie fahren!
Wie Wahrheit kamen sie und flohn wie Traum,
Und sind jetzt das, was sie auch früher waren.
Ersetzen könnt ich sie, doch möcht es kaum;
Mein Geist hat noch für manche Schöpfung Raum,
Die den verlornen ähnlich würde gelten;
Auch sie laß fahren! Solchen wilden Schaum
Der Phantasie muß Weisheit krankhaft schelten;
Jetzt hör ich andre Kläng und leb in andren Welten.

8

Ich lernte Fremde Zung und ward ein Mann,
Nicht fremd für fremde Augen. Frei ist der,
Den Neuheit nicht mehr überraschen kann:
Sich eine Heimat gründen ist nicht schwer,
Ob reich an Menschen oder menschenleer.
In einem Reiche stolzer Männer stand
Mein Vaterhaus – weshalb kam ich hierher?
Der Freiheit und der Weisheit Inselland,
Weshalb vertauscht ich es mit diesem fernen Strand?

9

Ich hatt es lieb vielleicht; und soll im Schoß
Der fremden Erd ich ruhn, wohlan, so schwebe
Mein Geist zur Heimat, falls er körperlos
Die Wallfahrt wählen darf; denn ich verwebe
Die Hoffnung, daß mein Nam auf Erden lebe,
Mit meines Landes Sprach, und wenn zu weit,
Zu hoch ich meiner Wünsche Ziel erhebe,
Wenn mir mein Ruhm so wie mein Glück gedeiht,
Rasch blühend, rasch verdorrt – wenn die Vergessenheit

10

Den Tempel mir verschließt, wo Nationen
Die Toten ehren, sei es gern verziehn;
Drückt auf ein stolzres Haupt die Lorberkronen.
Des Sparters Grabschrift werde mir verliehn:
»Sparta hat manchen bessern Sohn als ihn.«
Ich suche Mitleid nicht; die Dornenrute,
Die ich geerntet, ist am Baum gediehn,
Den ich gepflanzt – sie sticht mich, und ich blute;
Ich kannte ja den Keim, der in dem Samen ruhte.

11

Die Witwe Adria klagt um ihren Gatten;
Ihr jährlich Brautfest nimmer wieder naht;
Der Buzentaur verfault in trägem Schatten,

Der Witwenschaft vergeßner Hochzeitsstaat.
Sankt Markus' Leu, wo er gestanden hat,
Steht er, doch nur vergangner Macht zum Hohne,
Am stolzen Platze, wo ein Kaiser bat,
Als noch, bestaunt von manchem Königssohne,
Venedig Fürstin war mit Schätzen jeder Zone.

12

Jetzt stampft ein Kaiser, wo ein Kaiser kniete,
Östreich regiert, wo Schwaben flehend stand;
Zerstückelt sind die fürstlichen Gebiete,
Gekrönte Städt umklirrt das Eisenband.
Kaum hat ein Volk den Mittagsschein gekannt,
So schmilzt es von den Höhn des Siegs und fällt
Wie die Lawine von der Alpenwand.
Nur eine Stunde leb, o greiser Held,
Du blinder Dandolo, der einst Byzanz gefällt.

13

Noch mögt ihr seine ehrnen Rosse sehn;
Es blitzt ihr Goldgeschirr im Licht der Sonnen;
Was Doria drohte, das ist nun geschehn:
Sie sind gezäumt! Verloren und gewonnen,
Sinkt jetzt Venedig, wie es einst begonnen –
Jahrhunderte des Ruhms im Schlamm ersäuft!
O hätte sie, dem fremden Feind entronnen,
Des Meeres Fluten auf ihr Haupt gehäuft,
Statt daß sie kriechend sich ehrlose Ruh erkäuft!

14

Dies neue Tyrus, einst dem Ruhm so teuer –
Sogar ihr Spottnam ist vom Sieg entliehn:
»Die Pflanzerin des Leun« – durch Blut und Feuer
Durch Land und über Meere trug sie ihn,
Knechtend, doch selbst der Knechtschaft nie geziehn,
Europas Bollwerk wider Türkenmacht –
Bezeug es, Kandia, das ein Troja schien!
Bezeug's, unsterbliche Lepantoschlacht!
Ihr Namen, die nicht Zeit noch Schmach zuschanden macht.

15

Glasbildern gleich, zerschellt – so sank die Reihe
Der vielen toten Dogen in das Grab,
Doch ihr Palast verkündet noch die Weihe
Des Pompes, der ihr hohes Amt umgab.
Ihr rost'ges Schwert und ihr zerbrochner Stab
Erlag dem Fremdling; schweigende Paläste,
Erstorbne Gassen, Straßen auf und ab
Der bittre Anblick übermüt'ger Gäste –
All dies umwölkt mit Gram die holde Meeresveste.

16

Das Heer Athens sank in Sizilien hin,
Und als ihr Volk das Joch des Krieges trug,
Da ward die Mus' Athens die Retterin,
Ihr ferner Gruß war Lösegeld genug.
Ihr tragisch Lied sang der Gefangnen Zug,
Da hemmt' erweicht der Sieger sein Gespann,
Der Zaum entsank ihm, und sein Schwert zerschlug
Der Überwundnen Kette: Frei fortan
Kehrt heim und danket ihm, der dieses Lied ersann!

17

So auch, Venedig, wäre dein Vermächtnis
Ruhmwürdiger Geschichten längst verweht,
Doch sollte dein melodisches Gedächtnis,
Dein Herz für Tasso siegreich und beredt
Vom Joch dich lösen. Dein Geschick belädt
Die Welt mit Schmach – dich, Albion, vor allen:
Die Königin des Ozeans verrät
Das Kind der See! – ob Wogen dich umwallen,
Dich mahnt Venedigs Fall: Du auch dereinst wirst fallen!

18

Als Kind schon liebt ich es: Venedig lebte
In meiner Brust wie eine Feenstadt,
Die, Wassersäulen gleich, dem Meer entschwebte,

Ein Markt des Reichtums und der Freude Pfad!
Durch Otway, Radcliffe, Schiller, Shakespeare tat
Sich mir ihr Bildnis auf, und in mir tragen
Will ich's, wieviel sich auch verändert hat;
Mir teurer ist sie in des Unglücks Tagen
Als in der einst'gen Pracht, die sie zur Schau getragen.

19

Bevölkern kann ich sie mit alter Zeit,
Und auch die Gegenwart – mir ist, als gebe
Sie Stoff dem Aug und der Beschaulichkeit
Mehr, als ich hoffte, mehr, als ich erstrebe.
Manch schöne Stunde, die sich ins Gewebe
Des Daseins einwob, färbt ein Widerschein,
Als ob Venedigs Glanz sie noch umschwebe:
Gefühle gibt's, die weder Zeit noch Pein
Erstickt – sonst würde meins wohl stumm und steinern sein.

20

Nach ihrem Wesen wächst die Edeltanne
Auf höchster Klipp am höchsten, obdachlos,
In Nacktheit wurzelnd, wo nicht eine Spanne
Erdreich sie stützt im wirbelnden Getos
Der Alpenwetter; dennoch wird sie groß
Und höhnt den Sturm, bis sie sich wert erweist,
Durch Höh und Bau, des Berges, dessen Schoß
Von grauem Urgranit ihr Leben speist:
So wächst der Riesenbaum, so wächst auch wohl der Geist.

21

Ertragen lassen sich des Daseins Schmerzen;
Des Leidens und des Lebens Wurzel faßt
Am tiefsten Halt in öden, wüsten Herzen.
Stumm schleppt sich das Kamel mit schwerster Last,
Der Wolf stirbt schweigend; solch ein Beispiel laßt
Uns nicht umsonst gegeben sein! Vermag
Ein niedrig oder wild Geschöpf gefaßt
Zu dulden – können wir, von höhrem Schlag,
Auch tragen, was uns quält – es währt nur einen Tag!

22

Leiden vernichtet oder wird vernichtet
Vom Dulder selbst, und enden muß der Gram.
Der eine, leicht von Hoffnung aufgerichtet,
Kehrt keck dahin zurück, woher er kam,
Und webt sein alt Geweb. Ergraut und lahm
Vor seiner Zeit, schleicht jener an sein Ziel,
Morsch wie das Rohr, das er zur Stütze nahm;
Ein dritter sucht Gebet, Krieg, Arbeit, Spiel,
Steigt oder sinkt, so wie es seinem Stern gefiel.

23

Doch hin und wieder zeigt verwundnes Leid,
Wie Skorpionenbiß, ein Wundenmal,
Kaum sichtbar, doch voll frischer Bitterkeit;
Oft wälzt ein bloßes Nichts mit einemmal
Zurück aufs Herz die Last vergessner Qual:
Es ist vielleicht ein Ton, der plötzlich klingt,
Ein altes Lied, der Lenz, der Abendstrahl,
Der Wind, das Meer, was durch die Kette dringt,
Die uns elektrisch und geheimnisvoll umschlingt.

24

Wie und warum? – Kein Menschenauge mag
Zur Wolke dieser Seelenblitze reichen;
Wir fühlen nur den neuen Wetterschlag,
Und seine schwarze Spur wird nimmer bleichen.
Aus Alltagsdingen, ohne Plan und Zeichen,
Weckt er Gespenster, die kein Zauberschwur
Verscheucht – Vergeßne, Fremdgewordne, Leichen
Und alle, die man lieb und treu erfuhr
Und nun beweint – zu viel' – und doch wie wen'ge nur!

25

Doch meine Seele schweift. Ich rufe sie
Zurück zu Trümmern; wo sie grübelnd stand,
Ruine vor Ruinen, suche sie

Vergangne Staaten, Größe, die entschwand:
Der Länder mächtigstes war dieses Land
Und ist das lieblichste, voll hehrer Weihe,
Die Meisterform, wo eine Götterhand
Heroen formte, Schöne, Tapfre, Freie,
Die Herrn von Land und Meer, die stolze Heldenreihe.

26

Die Männer Roms, die Königsrepublik!
Und eins, Italien, bleibst du allezeit:
Der Erde Garten, Heimat der Musik,
Der Liebling der Natur, der Kunst geweiht,
In deiner Öde noch der Völker Neid.
Dein Unkraut selbst ist schön, dein wüstes Feld
Reicher als andrer Zonen Fruchtbarkeit;
Dein Schutt ist Pracht, und deine Trümmerwelt
Schmückt fleckenloser Reiz, den keine Zeit entstellt.

27

Der Mond geht auf, und doch ist es nicht Nacht;
Das Spätrot teilt das Blau mit ihr – ein Meer
Von Glorie überströmt die Alpenwacht
Der blauen Höhn Friauls; von Wolken leer,
In allen Farben glüht der Himmel, der
Wie eine einz'ge mächt'ge Iris glimmt,
Indes der Tag hinsinkt ins Grab und hehr
Dianens Silberhorn den Ost erklimmt
Und durch azurne Luft, ein selig Eiland, schwimmt.

28

Ein einz'ger Stern ist neben ihr, und beide
Beherrschen halb die holde Himmelsflur;
Noch aber wogt um Rätiens Alpenscheide
Das Sonnenmeer und weichet zögernd nur,
Als kämpften Tag und Nacht, bis die Natur
Ihr Recht erzwingt. Tiefblau und leise fließt
Die dunkle Brenta. Schau, wie ihr Azur
Das duft'ge Rot der jungen Ros umschließt,
Die, flutend in der Flut, du doppelt glühen siehst.

29

Des Himmels Antlitz aber neigt von ferne
Sich auf die Wasser; all sein Farbenschein,
Vom tiefsten Purpur bis zum bleichsten Sterne,
Spielt zauberhaft – nun tritt ein Wandel ein!
Ein fahler Schatten hüllt Gebirg und Hain
In seinen Mantel; scheidend stirbt im Tau
Der Tag, wie der Delphin, den Todespein
Mit neuen Farben schmückt und prächt'ger Schau,
Am herrlichsten zuletzt – und dann wird alles grau.

30

In Arqua ist ein Grab; hoch in der Luft
Im Säulensarkophag ruht das Gebein
Des Laura-Sängers. Pilger ziehn zur Gruft,
Vertraute seiner holdbesungnen Pein.
Sein Volk vom Joch des Fremdlings zu befrein,
Die Sprache schaffend, stieg empor sein Flug;
Der Kranz des Ruhmes aber wurde sein,
Weil mit melod'schen Tränen, nie genug,
Er jenen Baum begoß, der Lauras Namen trug.

31

Sein Staub verwest in Arquas Heiligtum,
Im kleinen Bergdorf, wo sein spätres Leben
Hinsank ins Tal der Zeit; es ist ihr Ruhm,
Ihr echter Ruhm, und mag ihr Ansehn heben,
Daß sie sein Haus und Grab zum Besten geben
Dem flücht'gen Blick des Fremdlings; Grab und Haus
Ehrwürdig einfach, und die Schlichtheit eben
Drückt, was er selbst gesungen, besser aus,
Als ragte hier der Prunk des Pyramidenbaus.

32

Die stillen Fluren, die ihm Obdach gaben,
Sind recht geschaffen, Herzen anzuziehn,
Die ihre Sterblichkeit empfunden haben,

Die gern vor ihrer welken Hoffnung fliehn
Zu schatt'ger Hügel grünem Baldachin:
Da sieht der Flüchtling fern am Himmelssaum
Den Dunst belebter Städte, aber ihn
Lockt nicht ihr Lärm; im wolkenlosen Raum
Ist ihm die Sonn ein Fest, und andre braucht er kaum.

33

Wenn sich ihr Strahl auf Berg und Laub ergießt,
Wenn golden sich des Baches Wellen färben,
Wenn klar wie sein Kristall die Stunde fließt
In träger Wollust, heißt das Zeit verderben?
Wir können überall um Weisheit werben,
Und mag die Welt des Lebens Schule sein,
So lernt man in der Einsamkeit das Sterben.
Da ist kein Schmeichler, hilft kein hohler Schein
Der Eitelkeit; da ringt der Mensch mit Gott – allein!

34

Vielleicht auch mit Dämonen, die den Sinn
Zum Guten töten und nach Beute jagen
In finstren Herzen, welche vom Beginn
Der Schwermut Keim in ihren Fasern tragen
Und Gram und Nacht aufsuchen mit Behagen
Und wähnen, daß für sie im Schicksalsbuch
Qual steht, die nicht vergeht wie andre Plagen.
Die Sonn ist Blut, die Erd ein Leichentuch,
Das Grab ist Höll, und selbst die Höll ein schwärzrer Fluch.

35

Ferraras breite, grasbewachsne Straßen,
Der Einsamkeit geräum'ger Aufenthalt!
Es scheint, als wär ein Fluch hier hinterlassen,
Seit Estes Fürstenbrut, glanzreich und alt,
In diesen Mauern übte die Gewalt:
Abwechselnd ehrten sie und unterjochten
(Die Launen kleiner Herren wechseln bald)
Die Männer, die den Lorbeer tragen mochten,
Den Lorbeer, der zuvor nur Dantes Stirn umflochten.

36

Und Tasso ist ihr Ruhm und ihre Scham:
Lauscht seinem Lied und blickt in sein Verlies!
Und seht, wie teuer er zu Ehren kam,
Seht, wo Alfons den Dichter wohnen hieß!
Umsonst! der klägliche Despot verstieß
In eine Hölle den gekränkten Geist;
Im Tollhaus, wo er ihn verschmachten ließ,
Sollt er ersticken – doch die Nacht zerreißt
Endloser Glorienschein, und Tassos Namen preist

37

Der Nachwelt Trän und Jubel, während deiner
Verrotten würd in seiner Nichtigkeit,
Wie dein erlauchter Stamm, im Staub gemeiner
Verwesung. Nur weil uns des Dichters Leid
Zu denken zwingt an deinen kleinen Neid,
Wird noch dein Nam erinnert und gehaßt.
Alfons! wie schrumpft dein herzogliches Kleid
Von deinen Gliedern! du, unwürdig fast,
Des Mannes Knecht zu sein, den du gefoltert hast!

38

Den Tieren gleich, die hingehn und verderben,
Freilich mit schönrem Stall und Trog als sie,
Hast du gelebt, zu essen und zu sterben;
Er! Eine Glorie wob die Poesie
Um sein gefurchtes Haupt, die schwindet nie,
Trotz aller Feinde, trotz Cruscaner-Schrift,
Trotz Boileau, des Neid die Kunst verschrie,
Die Frankreichs heisre Muse übertrifft,
Dies monotone Blech, einschläfernd wie ein Gift.

39

Ruh aus, gequälter Geist! Im Tode noch
Wollte die Feindschaft nicht dein Haupt verschonen
Und schoß den gift'gen Pfeil, und fehlte doch.

Du trägst der neuren Dichtkunst Siegeskronen.
Ein jedes Jahr zeugt seine Millionen,
Wann aber wird ein einzig Haupt wie deins
Aus all den Scharen, die auf Erden wohnen,
Auftauchen? Sammelt ihr auch all in eins
Die kleineren Gestirn, ein Sonnenlicht wird keins.

40

So groß du bist, zu gleicher Höhe schwangen
Zwei andre sich und leuchteten dir vor,
Sie, die von Höll und Rittertaten sangen:
Die Göttliche Komödie stieg empor,
Und dann, der zweit im welschen Dichterchor,
Der Scott des Südens, dessen Zauberstanze
Neu eine Schöpfung aus dem Nichts beschwor,
Er, der wie Schottlands Ariost, vom Glanze
Der alten Zeiten sang, von Minne, Schwert und Lanze.

41

Einst riß der Blitz die nachgeahmten Blätter
Des ehrnen Lorbeers von Ariostos Bild,
Und tiefer Sinn lag wohl in diesem Wetter;
Denn echtes Lorbeergrün des Ruhmes schwillt
Aus einem Baum, dem nie der Donner gilt;
Durch falsches Abbild ward die Stirn entweiht,
Und wer gleichwohl das Omen töricht schilt,
Der wisse, was der Blitz traf, ist gefeit,
Und doppelt heilig ist sein Haupt seit jener Zeit.

42

Italien! o Italien! ach, der Reiz
Unsel'ger Schönheit wurde deinem Lande
Zur Mitgift künft'gen und vergangnen Leids,
Auf deine holde Stirne hat die Schande
Gram eingeglüht mit ihrem scharfen Brande.
Oh, wärest du in deiner Nacktheit jetzt
Reizloser oder stärker, daß die Bande
Der Plünderer erschräke, die dich hetzt
Und deine Tränen trinkt, an deinem Blut sich letzt!

43

Dann wärst du furchtbar; oder minder schön,
Hättest du Frieden; keiner suchte mehr
Dein tödlich Brautgemach; nicht von den Höhn
Der Alpen braust' ein Waffenstrom daher,
Der nie versiegt; kein räuberisches Heer
Vermischter Völker tränk aus deinem Po
Wasser und Blut! Jetzt hast du keine Wehr
Als nur des Fremdlings Schwert und wurdest so
Sklavin von Freund und Feind und selbst des Siegs nicht froh.

44

Da, wo der Freund des Weisesten in Rom,
Der Freund des Tullius, fuhr gen Griechenland,
Da fuhr auch ich auf blauem Meeresstrom
Im leichten Wind: Korinth zur linken Hand,
Piräus rechts, und hinter mir der Strand
Äginas, aber vor mir Megara
Auftauchend; hingestreckt am Schiffesrand,
Sah ich beisammen all die Orte da
In Trümmern, ebenso wie sie der Römer sah.

45

Denn nicht erneute sie die Zeit; sie setzte
Barbarenhütten auf verfallne Pracht,
Und ernster, heil'ger wird dadurch der letzte
Lichtschimmer in der allgemeinen Nacht,
Die morschen Reste hingeschwundner Macht.
Dies weite Grab, das ganze Städt umschließt,
Hat jenen Römer traurig schon gemacht;
Sein Brief enthält, den noch die Nachwelt liest,
Die ernste Lehre, die aus solcher Wallfahrt fließt.

46

Sein Blatt liegt vor mir, und mein Blatt vereinte
Die Trümmer *seines* Landes mit der Schar
Verwelkter Staaten, welche er beweinte

Und die nun tot sind. Was ihm Wüste war,
Das ist es noch, und jetzt beugt Rom sogar,
Das ew'ge Rom, sich vor des Sturms Gewalt
In gleichen Staub und Moder: Wunderbar
Liegt das Skelett der riesigen Gestalt,
Der Bauschutt einer Welt – die Asche noch nicht kalt.

47

Dein Schmerz, Italien, sollte jedes Land
Durchhallen, und er soll's von Süd zu Nord,
Mutter der Kunst und Waffen! Deine Hand
Ist unser Führer, war einst unser Hort;
Heimat der Kirch, an deren Gnadenport
Der Erdkreis kniet, daß er gesegnet sei!
Einst sühnt Europa seinen Muttermord,
Treibt einst zurück die Flut der Barbarei
Und fleht, daß du verzeihst, und macht dich wieder frei!

48

Uns aber winkt des Arno Marmorveste;
Etruriens Athen heischt und erzwingt
Ein sanft Gefühl für seine Feenpaläste.
Sie erntet froh, vom Hügelkranz umringt,
Ihr Korn und Öl und Wein; der Reichtum springt
Mit seinem Füllhorn in die Welt und lacht;
Wo lächelnd sich durch Aun der Arno schlingt,
Gebar der Handel seine junge Pracht,
Und aus dem Grab ist dort die Wissenschaft erwacht.

49

Hier liebt die Göttin noch im Stein; die Lust
Erfüllt ihr Liebreiz, und wir atmen ein
Den Wunderanblick wie Ambrosiaduft
Und dünken uns Unsterbliche zu sein.
Halb sinkt der Schleier – strahlt des Himmels Schein?
Wir stehn und schaun in diesem Leib und Haupte
Schönheit, die nie auf Erden mag gedeihn,
Und neiden jene Welt, die Götzen glaubte
Und doch voll Schöpferglut dies Bild dem Himmel raubte.

50

Du staunst und trittst zurück und kannst nicht fort,
Blind und berauscht von Schönheit, und alsdann
Taumelt das trunkne Herz. Dort – ewig fort –
Gekettet an der Kunst Triumphgespann,
Stehst du und zögerst, ein gefangner Mann.
Hinweg! hier braucht's Kritik und Worte nicht,
Die Phrasen, die der Marmormarkt ersann,
Zum Köder für die Toren; Sinn, Gesicht,
Puls, Blut und Herz bestät'gen Paris' Schiedsgericht.

51

Bist du dem Schäfer Paris so erschienen?
Sah dich Anchises so in sel'ger Nacht?
Oder als Göttin mit den Siegermienen,
Vor der bezwungen kniet der Herr der Schlacht?
Er staunt dein Antlitz an wie Sternenpracht,
Auf deinen Schoß gestützt; sein Auge ruht
Auf deinen Wangen; deine Lipp entfacht
Der Lavaküsse schmelzend süße Glut,
Die strömt auf Mund und Aug und Stirn wie Urnenflut.

52

Glühend verwirrt und sprachlos vor Entzücken,
In ihrer vollen Göttlichkeit zu schwach,
Dies Glück zu steigern oder auszudrücken –
Dies eine fühlt der Mensch den Göttern nach!
Auch er hat solche Stunden, aber ach,
Er wird vom Druck der Erde festgehalten.
Gleichviel! Erinnrung bleibt doch ewig wach
Und schafft, was war und sein kann, zu Gestalten,
Die sich zu Statuenpracht, göttlich wie du, entfalten.

53

Der Künstler und sein Affe, der Pedant –
Wer solch Geschäft betreiben mag, betreib es –,
Erörtern mit gelehrtem Sachverstand

Die holde Beugung und die Pracht des Leibes;
Das Unbeschreibliche, ihr Wort beschreib es,
Nur trüb ihr ekler Hauch die Fluten nicht,
Darin das Ebenbild des schönsten Weibes
Mir ewig wohnt – ein lieblich Traumgesicht,
Aus tiefster Seele strahlt zurück dein himmlisch Licht.

54

Staub liegt in Santa Croces Heiligtum,
Der es noch heil'ger macht, Staub, der allein
Unsterblichkeit bedeuten würd und Ruhm,
Möcht alles andre auch vernichtet sein,
Bis auf die Vorzeit und auf diesen Schrein
Voll toter Größe. Seine Ruhstatt nahm
Alfieri dort und Angelos Gebein
Und Galileis sternenheller Gram;
Dort kehrte Machiavell zum Staub, von dem er kam.

55

Vier Geister sind's, die wie die Elemente
Ein Weltall schaffen könnten. Wenn die Zeit
Dein Kaiserkleid in tausend Fetzen trennte,
Du bist, Italien, doch gebenedeit
Vor andren Ländern; selbst in tiefstem Leid
Gebierst du Geister, die zum Höchsten streben.
Erfüllt ist dein Verfall von Göttlichkeit,
Von goldnem Auferstehungslicht umgeben;
Wo jene Großen ruhn, darf ein Canova leben.

56

Wo aber ruhn die drei, Toskanas Kinder,
Dante, Petrark und neben diesen zwein
Der holde Prosadichter, der Erfinder
Der hundert Liebesmärchen? Ihr Gebein,
Getrennt von niedrem Staub, im Tod allein
Wie einst im Leben – sagt, wo mag es liegen?
Was? keine Büste, nicht ein Marmorstein
Ist aus Toskanas Felsen aufgestiegen?
Die Mutter durfte nicht die Söhn in Schlummer wiegen?

57

O Stadt des Undanks! Fern wie Scipio
Schläft Dante, an der zorn'gen See begraben;
Parteiwut stieß ihn fort, der Sänger floh,
Den deine Enkel, deiner Enkel Knaben
Mit hunderjähr'ger Reu vergöttert haben;
Und jene Kronen, die Petrarcas Haupt
Mit königlichem Marmorschmuck umgaben,
Ein fremdes, fernes Land hat sie belaubt;
Du hattest nichts von ihm, als was du ihm geraubt.

58

Boccaccio ließ dir seinen Staub, doch liegt
Er neben deinen Größten? Hast du ihn
Mit feierlichem Requiem gewiegt,
Der die Sirenensprache dir verliehn,
Die Worte, welche sind wie Melodien,
Wie Poesie der Rede? – Nein, auch den
Hat pfäffische Hyänenwut umschrien;
Sein Grab durft nicht bei schlechtren Toten stehn,
Weil es ein flüchtig Ach erfleht und sagt, für wen!

59

Ihr mächt'ger Staub fehlt, wo er ruhen müßte,
Nur desto mehr bemerkt, weil so verbannt,
Wie Rom an Brutus dacht, als es die Büste
Des Edlen nicht im Kaiserzuge fand.
Sei stolz, Ravenna! Dort, am öden Strand,
Du Burg des spätren Reiches, schläft geehrt
Der große Flüchtling; noch mit stolzer Hand
Schirmt Arqua ihres Sängers Grab und Herd,
Indes Florenz umsonst die Toten heimbegehrt.

60

Und ihre Pyramid aus edlen Steinen,
Porphyr, Achat, Jaspis und Gemmenpracht,
Was ist der reiche Schrein mit den Gebeinen

Der Kaufmannsfürsten? Flücht'ger Tau der Nacht,
Der, wenn der Abendstern am Himmel lacht,
Ein grünes Sängergrab mit Perlen schmückt,
Ein Musen-Mausoleum, leis und sacht,
Mit ehrfurchtsvollrem Schritt wird er gedrückt
Als Marmor, der die Gruft der Fürsten überbrückt.

61

Viel Schönes ist, was Aug und Herz bezwingt,
In Arnos hehrem Kunstdom, wo Skulptur
Mit ihrer Regenbogenschwester ringt;
Viel Wunder, nur für mich nicht. Die Natur
Lockt meine Seele mehr in Wald und Flur
Als Kunst in Galerien. Auch mich bewegt
Ein Meisterwerk von göttlicher Natur
Zur Huldigung; doch mehr zu fühlen pflegt
Mein Geist, als was er gibt; die Waffe, die er trägt,

62

Sie ist von andrer Art: Ich schweif hinaus
Zum Trasimener See; am Felsenspalt,
Dem Grabe röm'scher Hast, bin ich zu Haus.
Im Geiste seh ich, wie zum Hinterhalt
Karthagos Kriegslist zwischen See und Wald
Den Feind verlockt, wo rettungslos der Mut
Im eignen Netze fällt, und dampfend wallt
Der Bach, zum Strom geschwellt vom Römerblut,
Durchs schwüle Blachfeld, wo erwürgt die Heerschar ruht,

63

Gleich wie ein Wald, gefällt vom Bergeswind.
So furchtbar war den Tag der Kampf entfacht,
Die Wut für alles außer Mord so blind,
Daß unbeachtet unter ihrer Schlacht
Erdbeben schwankten! Keiner hatt es acht,
Als unter ihnen wankte das Gefild
Und gähnend die verschlang in finstrem Schacht,
Die statt im Grabtuch lagen auf dem Schild –
So blind ist Völkerhaß, wenn er den Blutdurst stillt!

64

Die Erde war für sie ein schlingernd Boot,
Das in die Ewigkeit mit ihnen fuhr;
Sie aber merkten nicht des Schiffes Not;
Für sie erlosch die Satzung der Natur,
Daß Schrecken fühlen soll die Kreatur,
Wenn Berge zittern, schreiend Herd und Hirt
Hintaumeln auf der wogengleichen Flur,
Schutzsuchend im Gewölk der Adler irrt
Und namenlose Angst des Menschen sprachlos wird.

65

Ein andres Bild zeigt Trasimene jetzt:
Ihr See ein Schild von Silber und ihr Tal
Nur von dem Erz des frommen Pflugs verletzt;
Ihr alter Wald steht dicht, wie einst die Zahl
Der Leichen, wo er wurzelt; nur ein schmal
Und spärlich Bächlein mahnt mit blut'gem Wort
An jene Purpurflut, verströmt vom Stahl,
Der Sanguinetto! Von Erschlagnen dort
War naß die Erd und rot die zorn'ge Flut vom Mord.

66

Du aber, o Clitumnus! holde Welle
Flüss'gen Kristalls, wo gern die Nymphe haust
Und ihren Leib bestaunt in deiner Helle,
Die nichts verbirgt – mit klarer Flut betaust
Du deine Ufer, die du sanft erbaust,
Wo still im Grün milchweiße Stiere grasen;
Holdsel'ger Stromgott, wie du friedlich schaust!
Nie wohl entweihte dich des Krieges Rasen,
Du Bad und Spiegel, den sich Mädchenchör erlasen!

67

Ein Tempel noch, von Formen klein und zart,
Steht, wo des Hügels Abhang sanft verfließt,
An deinem sel'gen Ufer und bewahrt

Dein Angedenken; unter ihm ergießt
Dein leiser Strom sich; aus der Welle schießt
Der Silberleib der schuppigen Forelle,
Die tief im kühlen Grund ihr Spiel genießt;
Die Wasserlilie schwimmt zur seichtren Stelle,
Und alte Märchen raunt die plauderhafte Welle.

68

Der Genius dieser Stätte sei gesegnet!
Wenn hier ein reinrer West der Stirne Glühn
Umfächelt, ihm verdankt ihr's! und begegnet
An seinem Rand euch ein beredtres Grün,
Ein Hauch der Frische, der zu neuem Blühn
Das Herz erquickt und es für kurze Zeit
Rein wäscht vom trocknen Staub der Lebensmühn,
Am Taufstein der Natur – ihn benedeit!
Ihn preist für diese Paus in Ekel, Last und Leid!

69

Gebrüll von Wassern! Hoch vom Felsensitz
Kommt der Velino durch die Schlucht gesaust;
Ein Sturz von Wassern! Nieder schäumt wie Blitz
Die weiße Masse, die den Abgrund zaust;
Hölle von Wassern! drinnen heult und braust
Und kocht die Flut, von ew'ger Qual gehetzt;
Der Angstschweiß ihrer großen Folter kraust
Sich um die schwarzen Klippen, die benetzt
Den Schlund umstarren, ohn Erbarmen, doch entsetzt,

70

Und steigt gen Himmel, und vom Himmel rinnt
Er wieder abwärts wie ein Wolkenschoß,
Und seine sanften Regenschauer sind
Ein ewiger April für Laub und Moos,
Die sind wie ein Smaragd. Wie bodenlos
Der Schlund! wie rasend springt die Riesenkraft
Von Block zu Block, und ihres Fußes Stoß
Zermalmt die Felsen, die sie mit sich rafft,
Bis dann in graus'gem Spalt der Grund entgegenklafft

71

Dem breiten Strahl. Und der ist anzusehen,
Als ob ein junges, neugebornes Meer
Aus Berges Eingeweiden in den Wehen
Des Chaos plötzlich losgerissen wär,
Nicht wie der Vater eines Flusses, der
Sich sanft durch Täler schlängelt: Schau zurück!
Er kommt wie eine Ewigkeit daher,
Als ob er alles vor sich her erdrückt –
Das Aug erschrickt und schwelgt vor diesem Meisterstück.

72

Schauerlich schön! Dicht aber an dem Saum
Von Rand zu Rand, durchblitzt von Morgenglut,
Sitzt eine Iris recht im Höllenschaum,
Wie Hoffnung auf dem Totenbett, und ruht
Leuchtend und fest, indes der Wasser Wut
Alles umher zerreißt, in aller Pracht
Der Farben lächelnd ob der wilden Flut,
Und gleicht im Toben dieser Wasserschlacht
Der Liebe, wenn sie still des Wahnsinns Qual bewacht.

73

Noch einmal zu den wald'gen Apenninen,
Den Alpenkindern! Hätt ich nicht vorher
Die Eltern selbst geschaut, wo von Lawinen
Die Felsen donnern und die Tanne hehr
Vom wildren Berg nickt, ehrt ich sie wohl mehr.
Ich aber sah der Riesenjungfrau Thron
Von niebetretnem Schnee, sah wie ein Meer
Die Gletscher des Montblanc unheimlich drohn,
Und in Chimari hört ich euren Donnerton,

74

Akrokeraunier des Altertums!
Und am Parnaß sah ich die Adler fliegen,
Als wären sie die Geister seines Ruhms;

Denn bis zum Himmel war ihr Flug gestiegen.
Mit Troeraug sah ich den Ida liegen,
Athos, Olympus, Ätna, Atlas, die weit
Die Würde dieser Hügel überwiegen;
Soractes Höh allein, jetzt unbeschneit,
Trotzt dank des Römers Lied noch der Vergessenheit.

75

Sie schwillt empor, wie eine Welle ragt,
Die lang sich streckt und, eh sie niederfällt,
Gekräuselt stillsteht. Stöbre, wem's behagt,
In den Erinnerungen alter Welt,
Schwelg in Zitaten, weck auf ödem Feld
Das Echo Latiums – mir hat den Genuß
Die dumpfe Fron der Schule früh vergällt,
Die Wort um Wort dem jungen Überdruß
Eindrillt'. Ich liebe nichts, was daran mahnen muß.

76

Ein Schlaftrunk täglich, der mein Hirn verheerte!
Und weckte später auch die Zeit den Trieb,
Das zu erwägen, was die Schule lehrte,
Doch allzu tief verwachsen war und blieb
Der Abscheu, der im Knaben Wurzeln trieb;
Des Geistes Frische war vernutzt, bevor
Er schätzen konnte, was er sonst wohl lieb
Gewonnen hätte. Der gesunde Flor
Ist nun verscherzt, und nur der alte Groll hält vor.

77

Leb wohl, Horaz! Daß ich dich hassen muß,
Ist meine Schuld: es ist mein Fluch geblieben,
Daß deiner Oden lyrischen Erguß
Ich wohl verstehn kann, aber nimmer lieben.
Kein Meister hat wie du die Kunst beschrieben,
Kein Moralist des Lebens Possenspiel,
Und kein Satiriker mit feinren Hieben
Das Herz erweckt und nie verletzt – gleichviel,
Hier auf Soractes Höh leb wohl! Ich bin am Ziel.

78

O Rom! du meine Heimat! Stadt der Seele!
Verwaistes Herz, es kehre ein bei dir,
Einsame Mutter toter Reich, und hehle
Beschämt sein Zwergenweh! – Was murren wir?
Kommt, sehet die Zypresse, höret hier
Die Eule schrein, Schutt vom zerbrochnen Thron
Betretet, steigt durch Tempelscherben, ihr,
Mit eurer Qual, die morgen schon entflohn!
Vor uns liegt eine Welt, so morsch wie unser Ton.

79

Die Niobe der Völker! festgebannt
In stummem Weh, entthront und kinderlos,
Den leeren Aschenkrug in welker Hand,
Des heil'ger Staub verflog im Windesstoß.
Wo blieb die Asch im Grabe Scipios?
Ach, selbst die Grüft entbehren das Gebein
Der großen Toten, und du flutest bloß,
O Tiberstrom, durch Marmorwüstenein.
Steig auf, du gelbe Flut, und hüll ihr Elend ein!

80

Der Christ, der Gote, Zeit, Krieg, Flut und Brand
Beugten den Stolz der Siebenhügelstadt,
Und Stern um Stern aus ihrer Glorie schwand.
Wo einst zum Kapitol des Siegers Rad
Emporklomm, ritt der Feind, vom Raube satt,
Und keiner kennt die Stätten ihrer Pracht.
Chaos von Schutt! Wer liest das leere Blatt?
Was hilft ein Mondlicht in dem finstern Schacht?
Wer sagt: So war es einst? – Hier herrscht zwiefache Nacht.

81

Die Nacht der Zeiten und ihr blödes Kind,
Unwissenheit! Wir tappen unsre Bahn
Und finden nur, daß wir verschlagen sind.

Des Meeres Karte, der Gestirne Plan
Liegt auf dem Schoß der Forschung aufgetan;
Rom gleicht der Wüste; strauchelnd ziehn wir da
Verwehten Spuren nach, und unser Wahn
Ruft oftmals: »Heureka! das Ziel ist nah!«
Wenn er ein Dunstphantom von Trümmern schweben sah.

82

Weh um die hehre Stadt! um die dreihundert
Triumphe! weh um jenen Tag und Ort,
Wo, mehr als des Erobrers Schwert bewundert,
Des Brutus Dolch vollzog den großen Mord!
Weh um das Lied Virgils, um Tullius' Wort
Und Livius' farb'ge Chronik! Aber die
Blühn ewig – alles andre liegt verdorrt.
Weh um die Erde! stolzer blickte sie,
Als Rom noch frei war – so erblicken wir sie nie.

83

Du, dem Fortuna lenkte sein Gespann,
Siegreicher Sulla! Du, der erst ins Joch
Roms Feinde schlug, bevor er sich besann
Auf eignen Groll, und seine Rache noch
Aufschob, bis Asien im Staube kroch
Vor seinen Adlern, der von ihrem Throne
Senate wegblies, und ein Römer doch
Trotz seiner Laster: mit erhabnem Hohne
Schobst lächelnd du zurück die mehr als ird'sche Krone,

84

Den Kranz der Diktatur! Hast du gedacht,
Wie wenig eines Tags das werde wiegen,
Was dich zum Gott erhob? daß Römermacht
Vor andern als vor Römern werd erliegen?
Sie, die »die Ew'ge« hieß, die nur zu Siegen
Ihr Volk gewappnet, deren Adlerflug
Des Himmels letzte Grenze wollt erfliegen,
Für deren Schatten einst nicht weit genug
Die Erde war – sie, die den Namen »Allmacht« trug?

85

Sulla der größte Sieger, Englands Sohn
Der klügste Usurpator: Cromwell! Er
Stieß auch Senate weg und hieb den Thron
Zum Block – unsterblicher Rebell! So schwer
Und mit Verbrechen muß bezahlen, wer
Ein Weilchen frei sein will und Ruhm vererben.
Doch seines Schicksals Lehre lehrt noch mehr:
Derselbe Tag sah ihn zwei Reich erwerben,
Ihn zweimal siegen und – noch glücklicher – ihn sterben.

86

Derselbe dritte Tag im Mondeslauf,
Der fast mit Königsehren ihn geehrt,
Hob sanft vom Throne seiner Macht ihn auf;
So ist sein Staub zum Erdenstaub gekehrt.
Und hat Fortuna hierdurch nicht gelehrt,
Daß alles, was uns köstlich dünkt und groß,
Wonach sich unsre Seel in Durst verzehrt,
Geringres Glück schenkt als des Grabes Schoß?
Begriff es nur der Mensch, wie anders wär sein Los!

87

Und du, furchtbares Standbild, das noch heute
In nackter Majestät herniederdroht,
Du sahest Cäsar knien, des Mörders Beute,
Von seinem Blute war dein Sockel rot,
Als er sein Haupt verhüllt dem Streiche bot:
Ihn opferte die Mächt'ge dir zur Sühne,
Die große Nemesis: ist Cäsar tot?
Und bist du Staub, Pompejus? wart ihr kühne
Weltherrscher oder bloß die Puppen einer Bühne?

88

Und du, die blitzgetroffne Amme Roms,
Wölfin, dein ehrnes Euter beut den Saft
Des Sieges noch, im Raum des hohen Doms,

Wo als ein Denkmal alter Meisterschaft
Du stehst. Der große Gründer sog die Kraft
Aus deinen wilden Brüsten, die in Glut
Geschwärzt hat Jovis mächt'ger Flammenschaft.
Hältst du sie immer noch in treuer Hut,
Die du zuvor gesäugt, die göttergleiche Brut?

89

Ach, deine Pflegekinder sind begraben,
Die Eisenmänner, und die Nachwelt gräbt
Aus ihren Grüften Städte; Menschen haben
(Nachahmend das, wovor sie einst gebebt)
Gekämpft, erobert, allem nachgestrebt
In äffender Entfernung; doch sie trafen
Niemals das Vorbild, dem sie nachgelebt;
Ein eitler Mann bloß, der noch nicht entschlafen,
Der aber fiel durch sich, ein Sklav der eignen Sklaven,

90

Ein Narr des Scheins der Macht, ein Bastardsohn
Des alten Cäsar, kleiner von Gestalt;
Der Geist des Römers war in feinrem Ton
Geknetet, minder irdisch, heiß durchwallt
Von Leidenschaften, doch im Urteil kalt,
Und ein unsterblicher Instinkt, der reich
Des kühnen, sanften Herzens Schuld vergalt:
Gleich Alcid am Rocken ruht' er weich
Im Schoß Kleopatras, und dann, sich selber gleich,

91

Kam er und sah und siegte. – Doch der Mann,
Der seine Adler kühn hieß niederschweben,
Jagdfalken gleich, vor Frankreichs Heeresbann,
Den er so lang mit Siegesglanz umgeben:
Er lauschte tauben Herzens nie im Leben
Dem innern Ruf. Trotz seltner Gaben plagt
Die schwächste Schwäch ihn: Eitelkeit! Sein Streben,
Ehrgeizig tändelnd, suchte – was? Er sagt
Uns schmerzlich selbst, wonach so eifrig er gejagt:

92

Nichts oder alles! Konnt er nicht den Jahren,
Der sichren Gruft nicht seinen Ruhm vertraun?
Die hätten ihn erhöht zu den Cäsaren,
Auf die wir treten! Dafür also baun
Erobrer Siegespforten? Blut und Graun
Ziehn übers Erdreich, wie sie immer zogen,
Gleich einer Sintflut? Aber nirgends schaun
Wir eine Rettungsarche auf den Wogen
Und keine Ebb. – Erneu, Gott, deinen Regenbogen!

93

Wißt ihr, was uns dies dürre Dasein gibt?
Gebrechliche Vernunft, ein stumpf Gesicht,
Wahrheit ein Kleinod, das die Tiefe liebt,
Wert abgeschätzt nach falschem Marktgewicht;
Die Meinung ist die Allmacht, die uns dicht
Einhüllt, bis Recht und Unrecht Zufall werden
Und Menschen zittern, daß zu hell das Licht
Hienieden werd, und ängstlich sich gebärden,
Als wär es Sünde, frei zu denken hier auf Erden.

94

Und so in Elend stolpern sie und erben
Von Kind zu Kindern stolz und wohlgemut
Ihr faul, zertreten Dasein – bis sie sterben,
Bis eine neugeborne Sklavenbrut
Aufwächst in angestammter Wurgerwut,
Die – nicht für Freiheit, nein für Kett und Zaum –
Gladiatorengleich verspritzt ihr Blut,
In eben der Arena, deren Raum
Die Väter fallen sah, wie Laub vom selben Baum.

95

Nicht von des Menschen Glauben red ich hier –
Der Glaub ist Gottes –, nein, von ausgemachten
Allbekannten Dingen, welche täglich wir

Und stündlich sehn, vom Joch, darin wir schmachten,
Von der Tyrannen eingestandnem Trachten,
Den Affen jenes Mannes, dessen Drohn
Die Stolzen zähmte, die vom Schlaf erwachten
Und zitterten vor ihm auf ihrem Thron –
Hätt er nur dies getan, zu herrlich wär sein Lohn!

96

Kann denn nur ein Tyrann Tyrannen werfen?
Weiht denn kein Held der Freiheit seinen Schwur,
Wie ihn Columbia sah, als gleich Minerven
Sie unentweiht empor und klirrend fuhr?
Gedeihn in Wüsten solche Geister nur,
Im tiefen Wald, am donnernden Getos
Des Kataraktes? Dort säugte die Natur
Den kleinen Washington einst lächelnd groß; –
Trägt keine Saat wie die Europas Mutterschoß?

97

Frankreich trank Blut, um Greuel auszuspein,
Und tödlich sollt ihr wüstes Saturnal
Der Freiheit aller Land' und Zeiten sein;
Was wir erlebten, Morde ohne Zahl
Und schnöden Ehrgeiz, der die Wand von Stahl
Schob zwischen uns und unsern liebsten Traum,
Und jenes letzte Possenspiel zumal,
Das gab der alten Knechtschaft wieder Raum,
Die nun zum zweitenmal zerknickt den Lebensbaum.

98

Doch, Freiheit! dein zerrißnes Banner wallt
Wie Donnerwolken gegen alle Winde;
Und dein Trompetenruf ersterbend schallt,
Als ob sein Echo niemals wieder schwinde.
Dein Baum verlor die Blüten, und die Rinde,
Vom Beil zerhackt, scheint rauh und welk zu sein;
Jedoch der Saft lebt, und den Samen finde
Ich tief gesät bis in die Wüstenein,
Und minder bittre Frucht bringt neuer Lenz dir ein.

99

Ein ernster runder Turm aus alten Tagen,
Fest wie ein Schloß mit seinem Zaun von Stein,
Vor welchem grollend wohl die Feinde lagen,
Steht mit verfallnen Zinnen ganz allein,
Und tausendjähr'ger Efeu hüllt ihn ein,
Der Kranz der Ewigkeit; denn was der Stab
Der Zeit berührt, umwogt sein grüner Schein.
Was war der Turm? welch reichen Schatz umgab
Des Kellers dicke Wand? – Nur eines Weibes Grab.

100

Wer war die Tote dieser hohen Stätte?
War sie so schön und keusch, zu ruhen wert
In eines Königs, eines Römers Bette?
Hat ihre Brust nur Heldensöhn ernährt
Und Töchter, die der Schönheit Glanz verklärt?
Wie lebt' und liebt' und starb sie? Stolz und groß
Ward ein Palast zum Grabmal ihr gewährt;
Verwest gemeiner Staub in solchem Schoß?
Verkündet nicht der Bau ein mehr als irdisch Los?

101

Glich sie den Fraun, die ihre Gatten lieben,
Oder den andern? Solche gab es in
Den alten Zeiten Roms, es steht geschrieben.
War sie Cornelia gleich an strengem Sinn?
Glich sie Ägyptens holder Königin,
Üppig in Freuden, oder unbeugsam
In Tugend? Gab sie süßer Schuld sich hin?
Wie? oder war sie weiser und entkam
Dem Schmerz der Liebe? – denn die Liebe auch ist Gram.

102

Vielleicht entschlief sie jung, von Weh ermattet,
Das schwerer lastet' als der mächt'ge Stein,
Den Staub nun drückt; vielleicht war längst umschattet

Ihr dunkles Aug, und Wolken hüllten ein
Das schöne Haupt, das Los zu prophezein,
Das stets die Götter den Geliebten boten,
Den frühen Tod: ein zauberhafter Schein,
Ein Abendglühn, der Hesperus der Toten,
Haucht' ihre Wangen an, die Herbstlaub gleichen, roten.

103

Sie starb vielleicht alt, alles überlebend,
Schönheit und Freund' und Kinder – silberweiß
Ihr Lockenhaar, auch so noch Zeugnis gebend
Von jener Zeit, wo es, gestrählt mit Fleiß,
Um holde Glieder floß, der Neid und Preis
Und Augenweide Roms . . . So schweift ins Blau
Die Phantasie! Nur eins ist, was man weiß:
Metella starb, des reichsten Römers Frau;
Lieb oder Stolz des Manns erblick in diesem Bau.

104

Seltsam! wie ich so stehe neben dir,
Ist mir's, als kennt ich deine Tote schon,
Du Grab! Die alte Zeit taucht auf in mir,
Wie ein verklungnes Lied – nur ist der Ton
Verwandelt, ernster, wie das dumpfe Drohn
Der Donner, die im fernen Wind ersterben;
Hier könnt ich sitzen vor dem Efeuthron,
Um meines Schiffbruchs hinterlaßne Scherben
Zu Bildern heißen Grams zu formen und zu färben

105

Und aus den Planken, die der Sturm zerschlagen,
Ein Hoffnungsschifflein mir zu baun, um so
Noch einmal mit dem Meer den Kampf zu wagen
Und mit der Brandung, welche schadenfroh
Hindonnert an die öde Küste, wo
Gescheitert liegen all die Lieben, Teuern;
Wenn ich mein Boot nun aber schlicht und roh
Aus Trümmern zimmre, wohin soll ich steuern?
Kann Heimat, Hoffnung, Glück sich je für mich erneuern?

106

So laß die Winde brausen, und ihr Heulen
Soll mir Musik sein, nächtlicher Gesang,
Begleitet von dem Wechselruf der Eulen,
Der eben jetzt den Palatin entlang
Durch abendliches Grau herüberklang;
Mit großen, glühnden Augen segeln sie
Auf leisem Fittich um den Felsenhang.
Was soll in einer solchen Szenerie
Ein kleines Menschenweh? – Auch meins verstumme hie!

107

Zypresse, Efeu, Gras und Nesselblatt,
Zerbrochne Säulen, eingesunknes Dach,
Erdhaufen, wo der Saal gestanden hat,
Fresken, verschlammt im feuchten Erdgemach,
Wo euch der Uhu anblinzt – er ist wach
Und glaubt, daß Nacht sei –, Tempel, Bäder, Saal?
Wer kann, erklär es! Fragt den Mann vom Fach:
Er weiß, dies waren Mauern und ein Wall.
Das ist der Kaiserberg! – So kommt die Macht zu Fall.

108

Das ist die Lehre menschlicher Geschichte;
Es war und ist ein ewig Einerlei,
Erst Freiheit, darauf Ruhm; ward der zunichte,
Reichtum, Entartung, schließlich Barbarei.
Der Welthistorie lange Bücherreih
Hat nur ein Blatt – ihr lest es besser hier,
Wo allen Reichtum üpp'ge Tyrannei
Und alle Wollust häufte, was Begier,
Ohr, Aug und Herz nur wünscht. Was red ich? kommt mit mir,

109

Staunt, jauchzt – verachtet – lacht, weint –, denn es wäre
Hier Stoff für alles dies: Du Menschenkind,
Du Pendel zwischen Lustigkeit und Zähre,

Schau hier, wie Zeit und Macht zusammenrinnt!
Der Berg hier, dessen Trümmerlabyrinth
Des Weltreichs Pyramid einst überragte,
Wo Ruhm und Pomp so hell gewesen sind,
Daß leuchtender durch ihn die Sonne tagte –
Wo blieb sein goldnes Haus und der's zu bauen wagte?

110

Nicht Cicero war so beredt wie ihr,
O Säulen mit versunknem Piedestal!
Wo blieb auf Cäsars Haupt die Lorbeerzier?
Bekränzt mit Efeu mich aus seinem Saal!
Wes ist der Pfeiler dort und dies Portal?
Des Titus? des Trajan? – Nein, nur der Zeit:
Sie wirft zu Boden Sieg und Siegesmal,
Und des Apostels Statue drängt beiseit
Die Urn, wo Kaiserstaub schlief in Erhabenheit,

111

Bestattet in Roms dunkelblauer Luft
Und zu den Sternen blickend: würdig fand
In ihrer Nähe solch ein Geist die Gruft,
Der letzte Herrscher über alles Land,
Den röm'schen Erdkreis; denn nach ihm verschwand,
Was er erobert hatte. Er war mehr
Als Alexander: Rein blieb sein Gewand
Von Freundesblut und Wein; in Tugend hehr
Strahlt noch der Ruhm Trajans aus alten Zeiten her.

112

Wo ist der Hügel des Triumphs, der Pfad,
Wo Rom die Helden küßte? wo bedräute
Tarpejas Fels den Vaterlandsverrat,
Der alle Schuld im jähen Sprung bereute?
Ist's hier, wo die Erobrer ihre Beute
Auftürmten? Ja – und in dem Felde dort
Schläft der Parteiwut stumm gewordne Meute,
Das Forum! Die beredten Lüfte dort
Atmen und flammen noch von Ciceros Zauberwort.

113

Der Freiheit Feld, des Haders, Blutes, Ruhms!
Hier hat ein stolzes Volk die Kraft verschnaubt,
Vom ersten Keim aufblühnden Herrschertums,
Bis es der Welt die ganze Welt geraubt.
Die Freiheit aber barg schon längst ihr Haupt,
Und Anarchie ward groß, bis ein Soldat
Das Recht zerriß, an das er nie geglaubt,
Bald zitternde Senate niedertrat,
Bald um die feile Gunst des Pöbelhaufens bat.

114

Von ihren tausend Zwingherrn blicken wir
Zum letzten Volkstribunen dieser Stadt,
Petrarcas Freund, Italiens Hort, zu dir,
Der Säcula der Schmach gesühnet hat,
Rienzi, letzter Römer! Jedes Blatt,
Das noch am welken Freiheitsbaum gediehn,
Sei wie ein Kranz für deine Ruhestatt,
Du Hirt des Volks, des Forums Paladin,
Der zweite Numa Roms! Zu bald verlor es ihn.

115

Egeria, holdes Bild! dich schuf ein Geist,
Der keine Ruhestatt so lieblich fand
Wie deine makellose Brust; und seist
Du selbst ein Trugbild, das im Rausch entstand,
Ein Kind Auroras, das in Luft verschwand;
Seist du ein schönes Weib von dieser Erde,
Vor dem ein König, allzu heiß entbrannt,
Gekniet hat – wie dein Los gedeutet werde,
Du bist der schönste Traum mit menschlicher Gebärde.

116

Elysisch noch im Moose deines Quells
Sprühn deine Wassertropfen; aus dem Glase
Des ewig jungen Bornes im Gefels

Schaut sanften Augs der Genius der Oase;
Kein künstlich Werk verengt dem wilden Grase
Den Raum, und nicht von Marmorzwang umringt
Schläft deine zarte Flut; frei von der Base
Der durchgespaltnen Statue plaudernd springt
Der Bach, und Farnkraut, Liane und Efeu schlingt

117

Phantastisch sich umher; die grünen Höhn
Prangen im Blütenschmelz; durch Gras und Rohr
Huscht flinken Augs die Eidechs, und Getön
Von Sommervögeln grüßt des Wandrers Ohr.
Buntfarb'ge Blumen zahllos flehn empor
Um leisern Schritt, und in den Lüften lau
Tanzt ihrer Farben Spiel wie Elfenchor;
Des Himmels Odem küßt wie frischer Tau
Das dunkle Veilchenaug und borgt ihm tiefstes Blau.

118

Hier wohntest du in zaubrischen Gehegen,
Egeria! Dein unsterblich Herz, es flog
Dem fernen Schritt des Sterblichen entgegen,
Und über eures Busens Sturmgewog
Purpurne Nacht den Sternenmantel zog.
Und was geschah, wenn dich sein Kuß begrüßte?
Die Schlucht, wo stiller Minn Egeria pflog,
War wohl ein Sitz für Götter, und das frühste
Orakel schuf die Lieb in dieser laub'gen Wüste.

119

Und Liebe, die sonst kommt und stirbt in Schmerzen,
Nahm sie nicht teil an ew'ger Seligkeit,
Als Götterherz verschmolz mit Menschenherzen?
Ward sie nicht selbst unsterblich und gefeit?
Hat nicht Egerias Kunst für alle Zeit
Mit Himmelsreinheit Erdenlust verklärt,
Den Pfeil – nicht abgestumpft – vom Gift befreit,
Das Kraut entwurzelt, das im Busen schwärt,
Die ekle Sattheit, die all unser Glück verheert?

120

Ach, unsre junge Liebe wird verpraßt
Oder bewässert Wüsten; draus entstehn
Unkraut der Üppigkeit, Schierling der Hast,
Kernfaul, wenn auch verlockend anzusehn,
Sumpfblumen, die den Duft des Todes wehn,
Und Bäume gift'gen Harzes. Solche Zucht
Muß unterm Fuß der Leidenschaft erstehn,
Wenn sie in öder Welt auf heißer Flucht
Vergebens schmachtet nach verbotner Himmelsfrucht.

121

O Liebe! sie hat nie gewohnt auf Erden;
Sie ist ein Seraph, und man glaubt an sie,
Und Märtyrer für diesen Glauben werden
Gebrochne Herzen; so sie schauen, wie
Sie wirklich ist, wird unser Auge nie.
Der Geist, der auch im Himmel liebt zu schalten,
Schuf sie aus eigner brünst'ger Phantasie
Und gab der Sehnsucht Formen und Gestalten,
Danach die Seele lechzt – heiß, krank, versengt, zerspalten.

122

An seiner eignen Schönheit krankt der Geist,
Und fiebernd schafft er Schemen. Wo sind, wo,
Die Formen, die der Bildner atmen heißt?
Allein in ihm. Natur schuf nimmer so.
Wo sind der Reiz, die Tugenden, die froh
Der Knabe träumt und die der Mann begehrt,
Das Paradies, das immer wieder floh,
Das Kiel und Pinsel allzu tief belehrt
Und in Gebild und Schrift allmächtig wiederkehrt?

123

Die Lieb ist Jugendwahnsinn, doch noch schlimmer
Ist ihre Heilung. Reiz und Reiz zerrinnt,
Der unsre Götzen hüllt in falschen Schimmer;

Dann sehn wir, innrer Wert und Schönheit sind
Nur in der Welt des Geistes. Doch umspinnt
Der Zauber uns und lockt mit feiner List;
Wir ernten Sturm vom oftgesäten Wind;
Das eigensinn'ge Herz, der Alchimist,
Hofft immer neu und jauchzt – wenn es betrogen ist.

124

Wir welken früh und keuchen hin durchs Leben,
Krank – krank, kein Durst gelöscht, kein Lohn gebucht,
Bis ganz zuletzt, am Rand des Grabes eben,
Ein Trugbild winkt, wie wir es stets gesucht,
Zu spät! – und doppelt sind wir so verflucht.
Lieb, Ehrsucht, Habgier – alles einerlei,
Gleich eitel alles, alles gleich verrucht,
Sternschnuppen bloß, was auch ihr Name sei,
Und mit dem schwarzen Rauch des Todes ist's vorbei.

125

Kaum einer, niemand findet, was er liebt.
Wenn Zufall, Umgang und der Drang zum Glücke
Antipathien auch aus dem Wege schiebt,
Vergiftet kehren sie gar bald zurücke;
Der Gott der Umständ aber, Gott der Tücke,
Geistloser Gott und Pfuscher, webt und spinnt
Und hilft dem Unheil nach mit seiner Krücke,
Von der berührt, Hoffnung in Staub zerrinnt,
In schlechten Staub, auf dem wir all gewandelt sind.

126

O Menschenleben, im Akkord des Alls
Bist du ein falscher Ton, bist schwere Last,
Ein unvertilgbar Mal des Sündenfalls,
Ein ries'ger Upasbaum, der Wurzel faßt
Auf Erden, während Laub und Zweig und Ast
Die Himmel sind, die Unheil niedertauen,
Pest, Knechtschaft, Tod – was du vor Augen hast –
Und schlimmres Unheil noch, das wir nicht schauen,
Das die gequälte Brust durchbohrt mit ew'gem Grauen.

127

Doch lasset kühn uns forschen, ohne Wanken!
Es wär ein feiger, schmählicher Verzicht,
Die letzte Burg, die Rechte der Gedanken
Zu opfern. Diesem Recht entsag ich nicht!
Ob man die Götterkraft, die in uns spricht,
Auch kette, foltre, beuge, banne, binde
Und schul in Dunkelheit, auf daß vom Licht
Der Geist nicht plötzlich sich geblendet finde –
Der Strahl bricht durch! denn Zeit und Kunst heilt ja auch [Blinde.

128

Bogen auf Bogen! so als wollte Rom,
Ansammelnd die Trophäen seiner Macht,
All seine Sieg aufbaun zu einem Dom:
Das Kolosseum, nur vom Mond bewacht,
Dem Ampellicht, das die Natur entfacht!
Denn göttlich sei das Licht für solchen Bau,
Den lang durchforschten, nie erschöpften Schacht
Des ernsten Sinnens; und azurnes Blau
Der röm'schen Sommernacht, wo Farbe, Stern und Tau

129

Zur Sprache wird und von den Himmeln zeugt,
Schwimmt über diesem ries'gen Wundersaal.
Alles auf Erden, was die Zeit gebeugt,
Hat eines Geistes Wehn; wo sie einmal
Die Hand gestützt hat, aber dann den Stahl
Der Sichel abbrach, da weilt eine Art
Von Zauber im verwitterten Portal,
Vor welchem der Palast der Gegenwart
Den Glanz verliert und auf den Schmuck der Jahre harrt.

130

O Zeit! Verschönerin des Todesschlummers,
Verklärerin der Trümmer, Trösterin

Und einz'ger Arzt des blut'gen Herzenskummers!
Zeit, die zurechtweist den verirrten Sinn,
Prüfstein der Lieb und Wahrheit, Königin
Der wahren Weisheit, deren Gut und Habe
Niemals verliert, doch langsam im Gewinn –
Zeit! Rächerin! zu dir erhoben habe
Ich Auge, Hand und Herz und fleh um eine Gabe!

131

Hier, unter Trümmern, vor dem Hochaltare
Göttlichster Öde, nimm auch meinen Zoll
Zu stolzren Opfern – Trümmer meiner Jahre;
Nur wen'ge sind es, aber schicksalsvoll.
Wenn je mein Herz zu übermütig schwoll,
So hör mich nicht! Doch wenn in guten Tagen
Ich still blieb, stolz nur wider Haß und Groll,
Dann sei dies Eisen nicht umsonst getragen
In meiner Seele – laß auch jene andern klagen!

132

Und du, die in der Waage ungewogen
Kein Unrecht läßt, erhabne Nemesis!
Hier, wo die Alten deines Dienstes pflogen,
Du, die die Furien aus der Finsternis
Rief und Orest preisgab dem Schlangenbiß,
Weil er an einer allzu nahen Brust
Vergeltung übt' und die Natur zerriß –
Hier ruf ich dich aus altem Schutt und Dust!
Hörst du mein Herz nicht schrein? – Wach auf! du sollst und [mußt!

133

Vielleicht durch Schuld der Ahnen oder meine
Hab ich verdient der Wunde bittre Glut,
Und wäre sie mir beigebracht durch reine,
Gerechte Waffen, alles wäre gut.
Nun aber sinke nicht ins Grab mein Blut:
Dir weih ich es, nimm du für mich die Rache!

Gefunden werden soll sie! Wenn sie ruht,
So ruht sie deshalb nur, weil meine Sache . . .
Doch still, genug davon! – Ich schlaf, und du erwache!

134

Und wenn mein Schrei ausbricht, glaubt darum nicht,
Daß ich dem Schmerz erliege: wer die Schwäche
Je zucken sah auf meinem Angesicht,
Die Spuren der zerfleischten Brust, der spreche!
Nein, dieses schreib ich, daß mein Lied mich räche –
Lied, das die Asche meines Leichentuchs
Lang überleben wird. – Das Siegel breche!
Erfülle dich, Weissagung dieses Buchs,
Und häuf auf ihre Stirn die Berge meines Fluchs!

135

Mein Fluch, er sei Vergebung! Hab ich nicht –
Hör mich, o Mutter Erd und Himmel du! –
Hab ich nicht Grund zu flehn um ein Gericht?
Und zu verzeihen, käm es mir nicht zu?
Ward nicht mein Herz durchbohrt, vergällt die Ruh,
Die Ehr erwürgt und unterwühlt mein Hoffen?
Nur deshalb ward ich nicht zermalmt im Nu,
Weil ich nicht ganz aus so verfaulten Stoffen
Geschaffen bin, wie sie, die mich ins Herz getroffen.

136

Vom schwersten Unrecht bis zum feigsten Hohn,
Litt ich nicht alles? Schmähung laut und leis,
Der schäumenden Verleumdung frechsten Ton,
Das flüsternde Gezisch im engen Kreis,
Und jener Nattern feinres Giftgeschmeiß,
Das mit bedeutungsvollen Janusblicken
Wahr scheinen möcht und stumm zu lügen weiß –
Sie, die mit Seufzern, Achselzucken, Nicken
Und ungesprochnem Schmähn der Narren Herz erquicken.

137

Ich habe doch gelebt, und nicht vergebens:
Ob dieser Geist erlahmt, dies Herz versiegt,
Ob dieser Leib zerbricht im Kampf des Lebens,
Eins ist in mir, was Zeit und Qual besiegt,
Was atmen wird, wenn dieser Hauch verfliegt;
Ein Etwas, das ihr Ohr noch nie vernahm,
Wie Nachhall der verstummten Harfe, wiegt
Einst ihren Groll in Schlaf, und wundersam
Weckt es in fels'ger Brust der Liebe späten Gram.

138

So ist's besiegelt. Nun sei mir willkommen,
Du namenlose, finstre Zaubermacht!
Mit heil'gem Graun, doch nicht von Angst beklommen,
Seh ich dich wandeln durch die Mitternacht;
Du hältst auf toten Efeumauern Wacht
Und hauchest einen Sinn, so tief und klar,
In diese Szene feierlicher Pracht,
Als wären wir ein Teil von dem, was war,
Verwachsen mit dem Ort, allsehend, unsichtbar.

139

Hier scholl einst gier'ger Völker dumpf Gesumm,
Flüsterndes Mitleid, donnernder Applaus,
Wenn Mensch den Menschen würgte – und warum?
Weshalb das Würgen? Nun, weil Kampf und Strauß
Des Kaisers Wunsch und dieses blut'gen Baus
Gesetz war. Und warum nicht? Wo man fällt,
Zum Fraße dem Gewürm, was macht es aus?
Am Ende sind der Zirkus und das Feld
Nur Bühnen; hier wie dort verwest des Stückes Held.

140

Den Gladiator seh ich vor mir liegen,
Auf seiner Hand; sein männlich Aug erschrickt
Im Tode nicht und wird die Qual besiegen,
Indes die Stirne matt zu Boden nickt;

Wie erste Tropfen, die ein Wetter schickt,
Durch seine Rippen quellen dick und schwer
Die letzten Tropfen Bluts, und wie er blickt,
Verschwimmt der Zirkus – und er ist nicht mehr,
Und ohn Erbarmen jauchzt der Siegesruf umher.

141

Er hört es, aber achtet's nicht; sein Ohr
Ist, wo sein Herz ist, weit im fernen Nord.
Ihm liegt am Leben nichts, das er verlor;
Er sieht sein Strohdach an der Donau Bord,
Sein dazisch Weib und seine junge Hord,
Die sich beim Knabenspiele gütlich tut,
Indes er Rom ergötzt beim Festtagsmord!
Das alles rauscht dahin mit seinem Blut.
Lebt ihm kein Rächer? Auf! zum Sturme, Gotenwut!

142

Hier, wo der Mord den Blutdampf eingesogen,
Wo durch verstopfte Gassen das Gebraus
Der Völker flutete wie Bergeswogen
In vielgewundnen Gängen dieses Baus;
Hier, wo des Pöbels Tadel und Applaus
Tod oder Leben war, ein Spiel der Menge –
Wie schallt mein Wort, wie öde liegt der Graus
Gebeugter Mauern und zerfallner Gänge,
Durch welche seltsam laut verwehn des Fußtritts Klänge!

143

Nur Trümmer, aber was für Trümmer! Brücke,
Palast, Quartier baun sie aus ihrem Schoß,
Und doch bemerkt ihr kaum des Raubes Lücke,
Wenn das Skelett so daliegt riesengroß;
Geplündert scheint es nicht, gesäubert bloß.
Ach, wenn die mächt'gen Mauern näher ragen,
Dann seht ihr wohl, Verwesung ist ihr Los:
Sie können nicht des Tages Glanz ertragen,
Der allzu grell bescheint, was Zeit und Mensch zerschlagen.

144

Doch wenn der Mond beginnt emporzuklimmen
Zum Bogensims und leise stillesteht,
Wenn Sterne durch die alten Risse glimmen
Und sanft der Nachtwind durch den Waldkranz geht,
Der diese grauen Mauern grün umweht,
Wie Lorbeern Cäsars kahles Haupt umgaben,
Dann, in dem klaren Dämmerlichte, seht,
Erstehn die Toten, die sie einst begraben,
Die Helden, deren Staub wir hier betreten haben.

145

»Rom steht, solang das Kolosseum steht,
Rom fällt, sobald das Kolosseum fällt,
Mit Rom die Welt!« So sprach einst ein Prophet
Aus unsrem Land, ein alter Sachsenheld,
In einer Zeit, die unsrer jungen Welt
Uralt scheint. Und die Dreiheit – wunderbar –
Steht noch, wo sie der Gründer hingestellt,
Rom und sein Rundbau ein verlornes Paar,
Die Welt dasselbe Nest für Diebe – ist's nicht wahr?

146

Einfach und aufrecht, ernst, erhaben, hehr,
Sitz aller Heil'gen, aller Götter Thron
Von Zeus bis Christus – während um dich her
Paläst und Staaten bröckeln, und der Sohn
Der Erde sich durch Dornen nach dem Lohn
Des Grabes drängt, hat dich der Zeiten Gunst
Verschont, gesegnet; machtlos dich bedrohn
Der Jahre Sichel und der Flammen Brunst –
Roms Krone! Pantheon! Dom der Andacht und der Kunst!

147

Denkmal der stolzen Kunst und großer Zeiten,
Beraubt, doch ohne Fehl! Dein Dom umschließt
Für alle Herzen alle Heiligkeiten:

Vorbild der Kunst; und wenn du Rom durchziehst
Um seiner Vorzeit willen, Ruhm ergießt
Sein Licht durch jene Kuppel; willst du beten,
Hier sind Altäre, wo du einsam kniest;
Und glühst du für des Genius Majestäten,
So magst du vor den Kreis geehrter Büsten treten.

148

Da ist ein Kerker – in dem trüben Licht
Was seh ich? Nichts. Blick nochmals hin! Halt!
Zwei Schatten steigen wie ein Traumgesicht
Im Dunkel auf – des Hirnes Truggestalt;
Doch nein, nun seh ich deutlich. Er ist alt,
Und sie ist schön, in ihrer Jugend Flor,
Frisch wie ein säugend Weib, und Nektar wallt
In diesen Adern. Hals und Brust verlor
Die Hüll und schimmert weiß und nackt . . . was hat sie vor?

149

O tiefer, reiner Born der Mutterbrust!
Am Herzen und vom Herzen lauter quillt
Des Lebens erster Trank! O Weibes Lust!
Wenn ihr der Lippen leises Wimmern stillt,
Die keinen Aufschub dulden, wenn das Bild
Der Unschuld lächelt, lohnt euch süßer Lohn,
Den kein Mann kennt; wenn die Knospe schwillt
Im Wiegennest und Blättchen sprießen schon –
Wie wird die Frucht? – Wer weiß? – Kain war Evas Sohn.

150

Hier aber reicht die Jugend ihren Trank
Dem Alter dar und zahlt zurück ein Gut,
Das ihr der Vater gab: Milch trägt den Dank
Des Blutes ab. Er leb und fasse Mut!
Solang der Liebe und Gesundheit Glut
Ausströmt den heil'gen Nilstrom der Natur,
Der mächt'ger anschwillt als Ägyptens Flut,
Trink, trink, und lebe, Greis! Des Himmels Flur
Hat keinen Strom wie den im leuchtenden Azur.

151

Der Milchstraß alte Sternensage ward
So lieblich nicht wie diese Tat ersonnen,
Und die Natur, als ihr Gesetz so zart
Umgangen ward, hat größern Ruhm gewonnen
Als durch den lichten Abgrund ferner Sonnen.
Heiligste Amme! jeder Tropfen fließt
Des lautren Stroms zurück zum eignen Bronnen,
Ins Vaterherz, in das er Leben gießt,
So strömt auch unsre Seel ins All, dem sie entsprießt.

152

Dort türmte Hadrian sein plumpes Haus,
Nachäffer der begrabnen Pharaonen,
Nachahmer mißgestalten Riesenbaus.
Nach ungeheuren Mustern ferner Zonen
Ließ der gereiste Fürst den Künstler fronen,
Damit sein eitler Staub, sein Zwerggebein,
In Hallen für Giganten möge wohnen;
Nun muß die Burg ein Spott der Weisen sein:
Wie mächtig der Entwurf, und wie der Zweck so klein!

153

Doch schau! ein Wunderdom ragt in die Luft,
Vor dem Dianas Pracht in Nichts verschwand –
Des Heilands Tempel über Petri Gruft!
Ich sah, wo Ephesus, die Stolze, stand,
Von Säulenschutt bedeckt den Wüstensand;
Schakal, Hyäne ruhn in ihren Schatten;
Ich sah Sophias Kuppeln hoch gespannt,
Die sich im Sonnenblitz vergoldet hatten,
Und sah den Moslem knien auf ihren heil'gen Platten;

154

Doch von den Tempeln, welche sind und waren,
Stehst du allein, und nichts gleicht dir; du bist,
Des Gottes würdig, des erhabnen, wahren.

Seit Zion fiel und Gottes Thron vermißt,
Wo jemals wurde bis zu dieser Frist
Ein Bau von Menschen, daß er Ihm gefalle,
So stolz getürmt? Schau hier, was Hoheit ist!
Und Pracht und Macht und Schönheit, sie sind alle
Emporgewölbt in dir, du hehre, ew'ge Halle!

155

Tritt ein: Die Größe wird dich nicht erdrücken.
Warum? Sie wird nicht kleiner – nein, der Geist
Wächst riesengroß in staunendem Entzücken;
Dir ist, als ob du in dem Tempel seist,
Wo alles Ewige, davon du weißt,
Sichtbar erscheint. Und wirst du einst bestehn,
So sollst du, so bestimmt und fest umkreist,
Mit Augen deines Gottes Antlitz sehn,
Wie jetzt sein Heiligtum, und nicht vor Ihm vergehn.

156

Ihr schreitet vor und wachst, indem ihr schreitet,
Wie Alpenhöhe steigt, je mehr man klimmt,
Weil euch die ries'ge Anmut irreleitet,
Raum, der sich dehnt und doch harmonisch stimmt,
Unendlichkeit, die wie Musik verschwimmt,
Marmorner Schimmer, prächt'ge Farbenschau,
Licht goldner Lampen, das in Nischen glimmt,
Und trotz'ge Kuppel, die sich mit dem Bau
Massivster Dämme mißt und schwebt doch frei im Blau.

157

Du siehst nicht alles; einzeln und in Stücken
Will das gewalt'ge Werk erwogen sein;
Wie auf dem Meer dich Golf und Bucht entzücken,
So hier in jedes Nächste tauch hinein
Und sammle dich und zieh die Zügel ein,
Bis du den Einklang der beredten Massen
Auswendig weißt. So magst du ein bei ein
In mächt'gen Stufungen sie schwellen lassen
Zur Glorie, die im Nu du nimmer wirst erfassen.

158

Die Schuld ist dein. Der äußre Sinn besiegt
Schrittweise nur den Stoff. Von weitem nur,
Wenn das Gefühl in uns am höchsten fliegt,
Folgt unser schwacher Ausdruck seiner Spur;
So dieser Riesendom und Wunderflur,
Erst tört er dein betroffnes Aug und schließt
Sich trotzig ab vor deiner Zwergnatur,
Bis mit dem Großen groß dein Geist verfließt
Und wächst zu der Statur der Dinge, die du siehst.

159

Dann rast und werd erleuchtet; solches Schauen
Ist besser, als wenn Neugier fieberheiß
Nach Wundern hascht, ist besser als das Grauen
Der frommen Ehrfurcht, als bloß Lob und Preis
Der Kunst und ihrer Meister, deren Fleiß
Schuf, was die Kunst bislang noch nie ersann.
Der Quell der Hoheit rauscht in diesem Kreis,
Und drinnen schöpft der Menschengeist fortan
Sein edles Gold und lernt, was Künstlergröße kann.

160

Oder im Vatikan sieh, wie dem Schmerz
Laokoons Qual erhabne Weihe schafft –
Des Menschen Todeskampf, des Vaters Herz
Und göttliche Geduld! Nutzlos die Kraft!
Nutzlos in ringelnder und zäher Haft
Die Schlange, die ihn eng und fest umstrickt,
Ballt sich die Faust; die lange Giftschnur strafft
Lebend'ge Ring um ihn, der Lindwurm schickt
Ihm Biß um Biß ins Fleisch, und Schrei um Schrei erstickt.

161

Den Herrn des unfehlbaren Bogens schaue,
Den Gott des Lichtes und der Poesie,
Die Sonn in Jünglingsschönheit, seine Braue

Noch strahlend von Triumph; erst eben, sieh,
Flog ihm der Pfeil vom Bogen, funkelnd wie
Der Zorn Unsterblicher; ein schöner Hohn
In Aug und Nüstern, Hoheit, Energie,
Die wetterleuchtend in die Ferne drohn,
Und in dem einen Blick enthüllt der Gott sich schon.

162

Sein zarter Leib – ein Traum der Liebesglut,
Den einsam eine Nymph in Sehnsuchtsqual
Nach einem Götterjüngling träumt, und Wut
Folgt solchem Traum – er ist das Ideal
Der höchsten Schönheit, welche je einmal
Der Seel im sel'gen Rausch sich mag erschließen,
Wenn Visionen, jede wie ein Strahl
Und Gast vom Himmel, aus dem Haupte sprießen,
Gleich Sternen, bis sie all in einen Gott verfließen.

163

Prometheus hat den Blitzstrahl unterschlagen,
Den wir erdulden; ist die Sage wahr,
So ward die Schuld von jenem abgetragen,
Der dies Marmorgedicht für immerdar
Verklärt hat. Wenn die Hand auch menschlich war,
Die ihn geformt, die Seele war es nicht.
Und selbst die Zeit beschirmt ihn: von dem Haar
Liegt keine Lock im Staub, lebendig bricht
Die Flamme, die ihn schuf, aus seinem Angesicht.

164

Wo aber weilt dein Pilger, mein Gesang,
Das Wesen, das dich trug von Ort zu Ort?
Mich dünkt, er komme spät und zögre lang.
Er ist nicht mehr – dies ist sein letztes Wort.
Die Fahrt ist aus, die Träume schwimmen fort,
Er selbst ist wie ein Nichts; und war sein Tun

Mehr als Erdichtung, suchtet ihr ihn dort,
Wo die Lebend'gen leiden, laßt es ruhn –
Sein Schatten sinkt ins Meer des Unterganges nun,

165

Wo Schatten, Wesen, Leben, alle Habe,
Die uns des Lebens Nessushemd vermacht,
Versammelt wird in einem weiten Grabe
Und nur noch Schemen sind. Da trennt uns Nacht
Von allem, was geglänzt hat und gelacht,
Und selbst der Ruhm wird Dämmerung und Traum.
Ein matter Abglanz sitzt er noch und wacht
Am Grabesrand, ein trübes Licht, wie kaum
Die trübste Nacht: Es tört den Blick, daß er am Saum

166

Des Abgrunds forscht, was aus dem Menschen werde,
Wenn sich sein Leib mit Schlechtrem noch vermischt,
Er, der von Ruhm träumt und den Staub der Erde
Sorgsam von seinem eitlen Namen wischt,
Den er nie wieder hört! – Nie aber frischt
Die Zeit uns selber auf, und das ist gut.
O Trost, daß unser Dasein ganz erlischt!
Genug, daß einmal sich das Herz belud
Mit dieser Last – das Herz, des Schweiß ist schwarzes Blut.

167

Horch! eine Stimme schallt aus jenem Schlunde,
Ein fernes Wimmern, leise, wunderbar,
Als ob ein Volk verblut an tiefer Wunde.
Die Erde gähnt, welch Schauspiel beut sich dar?
Durch Nacht und Sturm wogt eine Geisterschar,
Und eine Fürstin wandelt in dem Schwarm;
Bleich ist ihr Antlitz, kronenlos ihr Haar,
Doch lieblich, und mit mütterlichem Harm
Preßt sie ein Kind ans Herz und hält's doch nimmer warm.

168

Wo bist du, Königstochter, Heldensproß?
Hoffnung der Völker, ist dein Stamm entlaubt?
Vergaß der Tod dich nicht? fand sein Geschoß
Kein minder hehres, minder teures Haupt?
Die Mutterwonne war dir kaum erlaubt,
Noch blutete dein Herz – da mit dem Knaben
In banger Nacht hat dich der Tod geraubt,
Und Glück und Hoffnung liegen nun begraben,
Die fast zu volles Maß der stolzen Insel gaben.

169

Die Bäuerin säugt fröhlich ihre Kleinen,
Und du, die jede Lieb und Lust genoß . . .
Wer nie um Fürsten weint, wird dich beweinen,
Und jede Träne, die der Freiheit floß,
Fließt nun um dich, denn ihr Gebet ergoß
Sich oft für dich, und Iris' Strahlen lohten
Um deine Stirn . . . Und er, im Trauerschloß,
Weshalb zum Hochzeitsfest ward er entboten,
Der Gatte eines Jahrs, der Vater eines Toten?

170

Zu Sacktuch ward der Schmuck des Brautgewandes,
Des Brautmahls Frucht zu Staub; im engen Schrein
Liegt, ach, die blonde Tochter unsres Landes,
Die Liebe der Millionen! Mocht es sein,
Daß ihre Zukunft unserm Grabesstein
Erst leuchte – doch, wir stellten gern uns vor,
Ihr Kind werd unsern Kindern Ruhm verleihn,
Und segneten sein Nahn; es stieg empor,
Wie Hirten ein Gestirn – es war ein Meteor.

171

Weh uns, nicht ihr! Sie schläft ja sanft und gut:
Die Zunge hohlen Rats, das schwanke Rohr
Der Volksgunst und die alte Lügenbrut,

Die, seit es Throne gibt, ins Fürstenohr
Ihr Unheil zischt, bis wutgepeitscht empor
Die Völker bäumen – jenes dunkle Los,
Durch das manch stolzer Fürst den Thron verlor,
Das blinde Allmacht mit gewalt'gem Stoß

172

Dies hätt auch sie . . . Nein! unser Herz verneint;
Dies konnte sie nicht treffen. Jung und rein,
Gut ohne Kampf und Zwang, groß ohne Feind,
Braut, Gattin, Mutter – und nun dort zu sein!
Wie viele Bande sollt ein Tag entzwein!
Vom Thron zur letzten Hütte pflanzte sich
Elektrisch fort die Kette dieser Pein,
Erdbebengleich; denn England liebte dich,
Daß keiner sagen konnt: »Am meisten liebe ich.«

173

Sieh, Nemi! – wie ein Nabel eingedrückt
Ins wald'ge Tal, so tief, daß der Orkan,
Wenn er die Eiche sich vom Felsen pflückt
Und in die Wolken peitscht den Ozean,
Den Weiher schonen muß auf seiner Bahn,
Des glatten Sees ovales Spiegelglas;
Und reglos, kalt und tief im schatt'gen Plan
Liegt seine Flut, still wie verhaltner Haß,
Rund in sich selbst geschmiegt – so schläft die Schlang im Gras.

174

Albanos kaum getrennte Wogen glänzen
Aus einem Schwestertal, und fern am Rand
Der Tiber fließt, und Meer umrauscht die Grenzen
Von Latium, wo das Heldenlied erstand,
»Die Waffen und den Mann«, der hier verbannt
Roms Urahn ward; und dort zur Rechten ruhte
Tullius von Rom aus; hinter jener Wand
Von Bergen pflügt' auf dem Sabinergute
Ein müder Dichter einst sein Land mit frohem Mute.

175

Genug! – Mein Pilger ist am Ziel der Bahn;
Wir müssen scheiden. Wohl denn, es gescheh;
Sein Werk und meines sind beinah getan.
Noch einmal aber blick ich auf die See;
Hier, vom Albanerberge, wo ich steh,
Laßt meinen alten Jugendfreund mich schauen,
Den Ozean der Mitte – nun Ade!
Wir folgten ihm von Calpes Felsenbrauen
Bis zum Euxinus, wo die schwarze Flut den blauen

176

Symplegaden-Inseln entgegendräut.
Seitdem hat Jahr um Jahr sich abgesponnen,
Um ein'ge Tränen reicher stehn wir heut
Beinahe wieder da, wo wir begonnen.
Und doch ist fruchtlos nicht die Zeit verronnen;
Wir haben unsern Lohn, und der ist hier:
Wir können uns noch freun an goldnen Sonnen,
Und Freud an Erd und Meeren ernten wir,
Als hätte nie der Mensch getrübt die reine Zier.

177

O daß mit einer einz'gen holden Fee
Ich wohnen dürft in tiefen Wüstenein;
Vergessen würd ich alles Menschenweh,
Und keinen hassend, liebt ich sie allein.
Ihr Elemente, deren Wehen mein
Aufatmendes Gefühl so stolz durchbebt,
Könnt ihr ein solches Glück mir nicht verleihn?
Ist's Wahn, daß solch Geschlecht hienieden lebt,
Wenngleich der Mensch zu ihm nur selten sich erhebt?

178

Es wohnt Genuß im dunklen Waldesgrüne,
Gesellschaft ist, wo alles menschenleer,
Entzücken weilt auf unbetretner Düne,

Musik im Wellenschlag am ew'gen Meer.
Die Menschen lieb ich, doch Natur noch mehr;
Denn allem, was ich war und bin, entrann
Ich oft in solchem heimlichen Verkehr,
Um aufzugehn im All, und fühlte dann
Mehr, als ich sagen, mehr, als ich verschweigen kann.

179

Ja, brause, tiefe, dunkelblaue See!
Zehntausend Flotten ziehn umsonst hinaus!
Der Mensch brandmarkt die Erdenflur mit Weh –
Am Strand erlischt sein Reich; im Wogenbraus
Brichst du sein Schiff; von all dem Menschengraus
Bleibt keine Spur als seine eigne bloß,
Wenn, nur Sekunden, wie ein Tropfen Taus
Er gurgelnd sinkt in deiner Wasser Schoß,
Ohn Ehr und Grabgeläut, sarglos und namenlos.

180

Auf deinen Pfaden ist für seine Werke
Kein Bleiben; du erhebst dich aus der Ruh
Und schüttelst ihn hinweg; der Zwergenstärke,
Die rings die Welt verwüstet, spottest du;
Du schleuderst zu den Wolken ihn im Nu,
Wirfst wie im Spiel ihn mit des Schaumes Fliegen
Zitternd und heulend seinen Göttern zu,
Wo Bucht und Damm sein enges Glück umschmiegen,
Und schmetterst ihn zurück ans Land – da mag er liegen.

181

Das Kriegsgeschwader, das mit Sturmgewittern
Graniterbaute Städte niederkracht,
Vor dem in ihrer Hofburg Kön'ge zittern,
Der Leviathan, dessen Eichenpracht
So eitel seine kleinen Schöpfer macht,
Daß sie als Herrscher deines Reichs sich blähen –
Dein Spielzeug ist's! Wie Schnee schmilzt ihre Macht

In deinem Wogengischt; vor ihm verwehen
Armaden Spaniens und Trafalgars Trophäen.

182

Weltreiche hat dereinst dein Schaum benetzt,
Du ohne Wandel, sie verwandelt all;
Karthago, Hellas, Rom, wo sind sie jetzt?
Dir wechselt nichts als deiner Fluten Schwall,
Sie sind ein Raub des Plündrers; ihr Verfall
Hat Reiche wüst gemacht: der Zeiten Spur
Schrieb keine Furch in deiner Stirn Kristall;
Wie dich am Schöpfungsmorgen die Natur
Gesehn, so wogst du noch in ewigem Azur.

183

Glorreicher Spiegel, der der Allmacht Nahn
Im Sturm verkündet, ob er schlummernd ruht,
Ob fiebernd rast, im Zephyr, im Orkan,
Frosthell am Pol, tiefblau in Tropenglut,
Endlose, ewige, erhabne Flut!
Thron des Verborgnen, Weltalls Widerschein,
In deinem Schlamm sogar keimt Riesenbrut
Von Ungeheuern; jede Zon ist dein;
Du wandelst deinen Weg ernst, bodenlos, allein!

184

Ich liebte dich, o Meer! O Knabenlust,
Sich wie die Schaumesblas auf deinem Rücken
Hinschaukeln lassen und mit junger Brust
Die Brandung teilen! Dies war mein Entzücken,
Und wollte mich die wildre Well erdrücken,
So ward die Furcht zu neuer Lust in mir;
Ich war dein Kind; vor Wogenzorn und Tücken
Empfand ich niemals Angst; ich legte dir
Die Hand aufs Mähnenhaupt und tu es wieder hier.

185

Mein Lied ist aus, mein Tagewerk vollbracht,
Mein Thema stirbt wie Echo. Nun vergehe

Der Zauber, der den Traum so lang gemacht,
Und meiner nächt'gen Lampe Licht verwehe.
Was aber hier geschrieben steht, das stehe.
Ich wollt, es wäre würd'ger, doch ich bin
Nicht, was ich war; die Visionen sehe
Ich minder klar; die Glut, die Herz und Sinn
Erfüllte, flackert schon und stirbt allmählich hin.

186

Leb wohl! ein Wort, das einmal kommen muß,
Ein Ton, der uns zu zögern lockt. Wohlan,
Leb wohl, der du dem Pilger bis zum Schluß
Gefolgt bist. Wenn von allem, was er sann,
Nur ein Gedank in dir fortleben kann,
Ein Echo nur, dann tat er Sandelschuh
Und Muschelzeichen nicht vergebens an.
Leb wohl! Der Schmerz fall ihm alleine zu,
Wenn Schmerz gewesen ist – die Lehre ernte du!

DER FLUCH DER MINERVA

– Pallas te hoc vulnere, Pallas
Immolat et poenam scelerato ex sanguine sumit.
Aeneid. lib. XII.

Athen, Kapuzinerkloster, 17. März 1811

Langsam versinkt, im Scheiden doppelt schön,
Die Sonne westlich von Moreas Höhn,
Nicht, wie im Norden, fahlen Angesichts,
Ein wolkenloser Brand lebend'gen Lichts!
Auf stiller See die gelben Strahlen glühn,
Wie zitternd Gold auf dunklem Wogengrün:
Auf Idra und Äginas Felsen lacht
Der Gott der Freud ein letztes »Gute Nacht!«
Hier, wenn auch seiner Tempel Pracht verschwand,
Verweilt er gern und grüßt sein Heimatland.
Schon küßt der Bergesschatten Finsternis
Dein glorreich Meer, unsterblich Salamis!
Um blaue Höhn ein tiefrer Purpur glimmt,
Der sanft mit weichem Abendlicht verschwimmt,
Bis leiser Farbenduft der Gipfel zeigt,
Wie sich zum Ziel die Bahn des Gottes neigt,
Bis, Erd und Meer verdunkelnd, er im Nu
Fern hinter Delphis Riff versinkt zur Ruh.

An solchem Abend hat dereinst, Athen,
Dein weißer Sohn zuletzt ihn sinken sehn;
Bang sahn die Schüler, wie das Licht verfloß,
Das ihres Lehrers letzten Tag beschloß:
Noch nicht! noch nicht! Sol hemmt der Rosse Joch,
Die teure Abschiedsstunde zögert noch;
Doch traurig ist den Weinenden sein Strahl,
Und des Gebirges Farb ist trüb und fahl,
Als gieß er auf die Flur das Graun der Nacht,
Die holde Flur, wo Phöbus sonst nur lacht.
Doch eh sein Flammenball versank, war schon
Der Schmerzenskelch geleert, der Geist entflohn,
Die Seele dessen, der nicht floh und bebte,
Der lebt' und starb, wie keiner starb und lebte.

Doch sieh, hoch vom Hymettus überwacht
Ihr stilles Reich die Königin der Nacht;

Kein schwarzer Dunst, Herold der Stürme, flicht
Den Schleier um ihr lieblich Angesicht;
Im Mondlicht schimmernd, grüßt der Marmorkranz
Der weißen Säule ihren milden Glanz,
Und silbern funkelt wie ein Diadem
Vom Minarett ihr zitterndes Emblem.
Der weite, dämmrige Olivenwald,
Wo des Cephissus dürft'ge Woge wallt,
Die trauernden Zypressen der Moschee,
Der Turm des heitern Kiosks, weiß wie Schnee,
Und dunkel, ernst im heilig stillen Blau
Die eine Palme neben Theseus' Bau,
All dies, in mannigfalt'gem Farbenhauch,
Es fesselt wohl den Blick des Stumpfsten auch.

Und die Ägäis, jüngst vom Sturm bekriegt,
Hat ihre wilde Brust in Schlaf gewiegt,
Und über ihre Wogen sanft und hold
Strömt wieder weit und breit Saphir und Gold;
Dazwischen dunkle Inseln, daß man meint,
Sie zürnen, wo das Meer zu lächeln scheint.

Wie so vom Berg der Pallas ich umher
Die Wunderlande sah, Gestad und Meer,
Sie, deren Künst und Waffenruhm hinfort
Nur leben werden in des Dichters Wort,
Den unerreichten Tempel, einst bewohnt
Von Göttern und von Menschen nicht verschont –
Da taucht' empor die Vorzeit, wo der Ruhm
In Hellas fand sein einzig Heiligtum.

Dianens Scheib erklomm die Mitte schon
Des sanften Himmels, und die Stunden flohn;
Noch aber wandelt ich rastlosen Schritts
Durch der vertriebnen Götter öden Sitz:
Hekates Glanz, gehemmt von Säulenschatten,
Fiel traurig schön auf kalte Marmorplatten,
Und schauerlich, wie Grabes Widerhall,
Klang in mein einsam Herz der Schritte Schall.
Lang hatt ich so geträumt, und jeder Rest
Der alten Herrlichkeit ward mir zum Fest –

Da, sieh! ein riesig Bild, das vor mir wallt:
Pallas in ihrem eignen Aufenthalt!

Minerva war's, doch ach, wie tief entstellt,
Seit sie gewappnet stand auf Trojas Feld!
Nicht so, wie sie auf ihren heil'gen Ruf
Die Meisterhand des Phidias erschuf;
Nicht Schrecken thront' auf den erhabnen Brauen,
Nicht auf der Ägis mehr der Gorgo Grauen;
Ihr Helm voll Beulen, ihre Lanze war
Geknickt und schwach, für Menschenblick sogar;
Der Ölzweig, den sie noch umfaßte, schwand
Verschrumpft und welk in ihrer Götterhand,
Und, ach, ihr Auge, das dem Himmel glich,
Umwölkte mit kristallnen Tränen sich:
Um ihr gepanzert Haupt flog leis und sacht
Der Göttin Eule klagend durch die Nacht.

»Sterblicher!« sprach sie, »dein Erröten lehrt,
Daß du ein Brite bist. Einst hoch geehrt,
War dieser Name freier Männer Zier;
Jetzt ward er ehrlos, und am meisten hier:
Sucht mich hinfort in eurer Feinde Heer!
Fragst du, weshalb der Abscheu? – Blick umher!
Trotz Krieg und Flammen mußten, wo wir stehn,
Vielfache Tyrannein zugrunde gehn,
Osman und Gote, bis dein Vaterland
Den schlimmsten aller Räuber hat gesandt.
Schau dieses Heiligtum, entweiht und leer;
Zähl die herabgerißnen Rest umher:
Das baute Kekrops, Hadrian schuf dies,
Dort schmückte Perikles den Marmorfries;
Und fragst du, wer noch mehr getan für mich?
Elgin war's und vor ihm Alarich.
Daß jeder seh, woher die Plündrer kamen,
Trägt die beschimpfte Wand des Frevlers Namen;
Für Elgins Ruhm sorgt Pallas' Burg hinfort, –
Sieh, hier sein Nam, und seine Taten dort!
Geehrt mit gleichem Gruße wird fortan
Der Goten Fürst und Schottlands Edelmann;
Er war der größere Barbar: er stahl,

Was andere gewannen mit dem Stahl;
So wie, wenn Löw und Wolf gesättigt sind,
Der schmutzige Schakal den Fraß beginnt;
Die erstren nehmen Blut und Fleisch und Fett,
Der Schakal nagt gefahrlos am Skelett.
Jedoch die Götter strafen – blick empor:
Sieh da, was er gewann und was verlor!
Sein Nam entweiht mein Haus, ihn selbst befleckt
Ein andrer, der den keuschen Mond erschreckt:
Noch darf ich hoffen auf ein sühnend Recht,
Wenn Venus halb Minervas Schande rächt!«

Sie schwieg, und zu erwidern fand ich Mut,
Um zu besänft'gen ihres Zornes Glut:
»Zeus' Tochter! wider deines Vorwurfs Schwere
Verwahr ich meines Volks gekränkte Ehre.
England verleugnet ihn und seine Rotte:
Athene, nein! dein Plündrer war ein Schotte.
Und fragst du nach dem Unterschied? Erfahr,
Schottland ist uns, was dir Böotien war,
Und niemals ward in jenem Bastardland
Der Weisheit Göttin und ihr Reich bekannt;
Ein dürrer Boden, wo des Geistes Kraft
Unfruchtbar vegetiert und krüppelhaft;
Die Distel, die den kargen Acker ziert,
Ist Sinnbild dessen, was das Land gebiert;
Abhold dem edlen Reiz der Kunst,
Ein Land voll Schmutz, Schulwitz und Nebeldunst,
Wo jeder Wind um Sümpf und Dünen streicht
Und triefend das Gehirn zu Brei erweicht,
Bis endlich alle Wasserköpf ein See
Voll fauler Fluten sind, kalt wie ihr Schnee.
Zehntausend Ränke, Geiz und Übermut
Treibt durch die Welt die ränkevolle Brut;
Nach Ost und West und nur nach Norden nicht
Ziehn sie, auf ungerechtes Brot erpicht;
Und so hat auch – die Stunde sei verflucht! –
Ein Gauner dieses Volks dich heimgesucht.
Zwar, Schottland hat auch etwas eignen Glanz
(Böotien besaß ja Pindars Kranz),
Doch diese wen'gen, Dichter oder Krieger,

Von Heimatbanden frei, des Grabs Besieger,
Sie schütteln ab den schmutz'gen Staub des Landes
Und leuchten wie die Söhne deines Strandes;
Wie einst zehn Namen Sodoms Strafgericht
Abwenden sollten – doch man fand sie nicht.«

»Sterblicher«, fuhr die holde Göttin fort,
»In deine Heimat trag zurück mein Wort.
So tief ich fiel, die Rach ist mir verliehn,
Der Weisheit Rat den Staaten zu entziehn.
Schweigend vernimm, was Pallas prophezeit;
Vernimm und glaub – den Rest enthüllt die Zeit.

Erst dessen Haupt, der sich der Tat erfrecht,
Treffe mein Fluch – ihn selbst und sein Geschlecht!
Des kleinsten Funkens geist'gen Lichtes bar
Soll stumpf der Sohn sein, wie der Vater war;
Entehrt er je durch Witz des Vaters Brut,
So nennt ihn Bastard nur aus feinrem Blut.
Ob er mit seinen Mietlingskünstlern prahlt
Und Narrenlob für Haß der Weisheit zahlt,
Ob ihn die Schmeichelei Liebhaber tauft,
Er liebt als echter Schotte – er verkauft:
Verkauft und macht – verbuche, Schmach, die Tat! –
Zum Hehler des gestohlnen Guts den Staat!
Seht, West, der alte kindische Hofierer,
Europas letzter, Englands erster Schmierer,
Befühlt den Raub mit gichtgelähmter Hand,
Ein achtzigjähr'ger Knab, wie er gestand.
Sämtliche Stümper aus St. Giles' Quartier
Vergleichen kritisch Kunststil und Manier,
Und grobe Lümmel glotzen ganz erstarrt
Und fragen, ob Mylord Steinhändler ward.
Am dichtgedrängten Tor seht junge Laffen
Schöntun und schlendern, gähnen oder gaffen,
Indes die zarte Maid mit sanftem Glühen
Neugierig schielt nach riesigen ›Statüen‹.
Gleichgültig scheint ihr Blick, doch merkt genau
Den mächt'gen Nacken und den schlanken Bau.
Beklagt den Abstand zwischen einst und heute,
›Die Griechen‹, seufzt sie, ›waren hübsche Leute‹,

Beneidet mit verstohlnem Augenmaß
Lais um alle Stutzer Attikas
Und träumt von Götterjünglingen – indes,
Was hilft's? Sir Harry ist kein Herkules.
Dann aber in dem Gafferkreis erscheint
Ein Mann, mit dessen Zorn sich Scham vereint,
Der schweigend einen Platz zum Sehen sucht,
Den Raub bewundert und den Dieb verflucht.
Verhaßt im Leben sei, im Grab verdammt
Die Tempelschänderbrunst, die ihn entflammt!
Geschmiedet an den Narren, dessen Hand
Den Wunderbau von Ephesus verbrannt.
Elgin und Eratostratus – noch lang
Wird glühnde Schrift und ätzender Gesang
Die beiden Namen der Verdammnis weihn,
Und Elgins Name wird der schlimmste sein.

So sei er ungebornen Zeiten jetzt
Ein Denkmal, welches die Verachtung setzt!
Nicht aber ihn allein ereilt der Lohn,
Die Rache trifft auch deine Nation:
Ihr Beispiel war's, das ihn ermutigt hat
Zu tun, was oft Britannien selber tat.
Blick hin zur Ostsee – fern im Glutendampf
Flucht euer alter Freund treulosem Kampf;
Nicht Pallas' Rat hat solchen Sieg erdacht,
Sie bricht den Pakt nicht, den sie selbst gemacht;
Sie floh den Kriegsrat und das Mordgefild,
Doch hinterließ sie den Gorgonenschild,
Der eure Freunde hat erstarrt zu Stein,
Bis Albion dastand, allverhaßt, allein!

Blick nach dem Ganges, dessen Sklavenherden
Den Grundbau eures Reichs erschüttern werden;
Sieh da! die Rache für Erschlagne schnaubt,
Der Aufruhr hebt sein geisterbleiches Haupt,
Der Indus wälzt scharlachne dunkle Flut
Und heischt als Schuldrückstand Europas Blut.
So mögt ihr untergehn! Mit stolzen Rechten
Hat Pallas euch geschmückt, nicht um zu knechten!

Sieh euer Spanien an! Es reicht zum Gruß
Die Hand und stieß' euch lieber mit dem Fuß;
Bezeug es, glänzendes Barosa! melde,
Wer focht und fiel glorreich auf deinem Felde?
Die teuren Lusitanier aber ziehn
Nur sparsam aus zum Fechten (oder Fliehn).
O stolzer Sieg, durch Hungersnot erreicht!
Ihr jubelt, weil der Franke einmal weicht;
Der eine Rückzug tröstet euch für drei
Olympiaden blut'ger Stümperei!

Blick auch nach England – zwar, das liebt ihr nicht;
Da starrt euch Elend grimmig ins Gesicht;
Die Hauptstadt trauert; beim Gebrüll der Zecher
Ächzt hier der Hunger, streift dort der Verbrecher;
Verarmt sind alle, minder oder mehr;
Kein Geizhals zittert, denn die Truh ist leer.
Wer wagt es noch, ›Heil, Bankkredit!‹ zu singen?
Er hängt wie Blei an der Bestechung Schwingen.
Umsonst zupft Pallas die Premiers beim Ohr;
Ob Erd und Himmel predigt, Tor bleibt Tor;
Nur einen trieb die Geldnot zum Gebet,
Er rief zu Pallas – aber rief zu spät;
Zum Mentor hat er jetzt N. N. erlesen,
Der niemals noch Minervas Freund gewesen:
Ihm, der verächtlich war und noch absurd,
Lauscht der Senat, der sonst ihn ausgemurrt.
So schworen kluge Frösch in alter Zeit
Dem König Klotz den Untertaneneid;
Ägypten war auf Zwiebelgötter stolz;
Ihr ehret ein patrizisches Stück Holz.

Geht hin! genießt die Stunden bis zur Nacht;
Packt fest den Schatten eurer fliehnden Macht;
Vertuschet Niederlagen und Bankrott,
Daß Reichtum Traum ward und die Stärke Spott.
Das Gold ist weg, das einst der Erdkreis pries,
Piraten schachern fort, was man euch ließ.
Die Mietlinge, gekauft in allen Landen,
Verschmähn den Dienst in euren Söldnerbanden;
Am öden Kai der Kaufmann sitzt, umringt

Von Ballen, die kein Schiff von hinnen bringt,
Die Ware aber, die er ausgesandt,
Kehrt heim und fault auf überfülltem Strand.
Der Weber, der den rost'gen Stuhl zerbricht,
Blickt stumpf dem Hungertod ins Angesicht,
Und im Senate deines morschen Staats
Zeig mir den Mann des allbefolgten Rats.
Die Stimme, die einst mächtig war, verhallt;
Parteikampf selbst läßt die Parteien kalt:
Die Sekten auf der Schwesterinsel raufen,
Wo sie entzünden ihre Scheiterhaufen.

Es ist geschehn! umsonst, daß Pallas dräut;
Das alte Reich der Furien wird erneut;
Schon lodert ihre Fackel weit durchs Land,
Schon zuckt sein Herz in ihrer heißen Hand.
Noch einen Todeskampf besteht ihr, einen, –
Eh England Ketten trägt, wird Frankreich weinen.
Des Krieges Fahnenpomp und Waffentrotz,
Der bunte Schmuck des finstren Schlachtengotts,
Der ehernen Trompete stolzer Ton,
Die Trommeln, die dem Feind von ferne drohn,
Der Ruf des Vaterlandes und der Held,
Der in den Kampf eilt und gepriesen fällt,
Dies schwellt mit Sehnsucht wohl die junge Brust,
Die schon im voraus schwelgt in Waffenlust.
Wißt aber dies, was England noch nicht weiß:
Für Ruhm ist Tod allein ein niedrer Preis.
Wähnt nicht, daß Kampf der Furie Freude macht:
Ihr Tag der Gnade ist der Tag der Schlacht.
Erst wann die Schlacht geschlagen ist, erst dann,
Ganz rot von Blut, fängt sie zu wüten an:
Ihr kennt von Namen nur ihr tiefstes Graun,
Erwürgte Bauern und entehrte Fraun,
Das Korn vom Feind gemäht, beraubt das Haus –
Der Trotz daheim, wie hielt er solches aus?
Mit welchem Auge sähn vom Dünenstrand
Die fliehnden Bürger ihrer Städte Brand?
Die Flammensäule, wenn sie kraus und wild
Über die Themse würf ihr rotes Bild?
Murr, Albion, nicht! denn jener Brand war dein,

Der sich vom Tagus wälzte bis zum Rhein;
Wenn jetzt vor ihm dein Reich zusammenbricht,
Greif in dein Herz: verdientest du es nicht?
Vor Gott und Menschen gilt ja: Blut um Blut!
Wer sie entfacht, bereut umsonst die Glut.«

DER WALZER

Eine apostrophische Hymne

»Qualis in Eurotae ripis aut per juga Cynthi
Exercet Diana choro« *Vergil*

AN DEN VERLEGER

Mein Herr!

Ich bin ein Landjunker in einer Midland-Grafschaft. Ich wäre vielleicht Parlamentsmitglied geworden für einen gewissen Flekken, da mir so viele Stimmen angeboten waren wie dem General T. bei der allgemeinen Wahl von 1812. Aber ich war zu sehr für häusliches Glück eingenommen, da ich vor 15 Jahren bei einem Besuch in London ein ehrbares Fräulein mittleren Alters geheiratet hatte. Wir lebten glücklich in Hornem Hall bis letzten Winter, da meine Frau und ich zur Gräfin Walzfort (einer entfernten Verwandten meiner besseren Hälfte) eingeladen wurden, den Winter in der Stadt zu verbringen. An nichts Arges denkend, und da unsere Töchter ins heiratsfähige (oder, wie es auch genannt wird, ins marktbare) Alter gekommen waren, ich auch einen hartnäckigen Prozeß über meinen Familienbesitz hatte, kamen wir in unsrem alten Wagen, dessen sich, nebenbei bemerkt, meine Frau in weniger als einer Woche so sehr schämte, daß ich eine gebrauchte Kalesche kaufen mußte, auf der ich, wie meine Frau sagt, den Bocksitz einnehmen könnte, falls ich das Fahren verstünde, in die ich aber nie hineinschauen dürfe, da dieser Platz stets für den ehrenwerten Augustus Zehtritt, ihren Opernritter und ständigen Gesellschafter, reserviert bleiben müsse. – Da ich Großes von dem Tanzen meiner Frau hörte (sie war am Ende des vorigen Jahrhunderts berühmt für ihre Geburtsnachtsmenuette), so entstiefelte ich mich und ging zu einem Ball der Gräfin in der Erwartung, einen ländlichen Tanz oder höchstens Cotillons, Dreher und all die alten Tänze nach den neuesten Melodien zu sehen. Aber denkt euch mein Erstaunen, als ich beim Eintritt meine liebe, arme Frau mit ihren Armen halbwegs um die Weichen eines großen, husarenartigen Herrn, den ich noch nie gesehen hatte, die seinigen aber mehr als halbwegs, die Wahrheit zu sagen, um ihre Taille geschlungen, herumwirbeln sah nach einer verdammten auf und ab schaukelnden Melodie, die mich an den »Black Joke« erinnerte, nur mehr *affettuoso*, bis es mir ganz schwindlig ward vor Verwunderung, daß es ihnen nicht schwindlig wurde. Nach und nach hielten sie ein wenig an, und ich dachte, sie würden hinsitzen oder niederfallen; aber nein: Mrs. Hornems Hand auf seiner Schulter *quam familiariter* (wie Terenz sagte, als ich noch auf der Schule war), wandelten sie etwa eine Minute auf und ab, und dann legten sie wieder los wie zwei gebratne Hähne an einem Spieß. Ich fragte, was dies alles bedeute, als mir ein Kind, nicht älter als unsere Wilhelmina (ein Name, den ich nie außer im »Landprediger von Wakefield« gehört habe, obgleich ihre Mutter sie nach der Prinzessin von Swappenbach benennen wollte) mit lautem Lachen sagte: »Gott, Mr. Hornem, sehen Sie denn nicht, daß sie falzen« oder walzen (ich weiß nicht mehr, was von beiden); und dann schoß das Mädchen fort mit Mutter und Schwester, und sie rundherumten bis zum Abendessen. Nun ich weiß, was es ist, gefällt es mir ausnehmend, genauso meiner Frau (obgleich ich mir die Schienbeine zerstoßen und viermal an einem Morgen das Dienstmädchen meiner Frau umgerannt habe, als ich die Elementarschritte einübte). Ich mag es in der Tat so wohl leiden, daß ich, da ich eine poetische Ader besitze, die sich bereits geschmackvoll kundgegeben hat in einigen Wahlballaden und Oden auf all unsere Siege (obgleich ich bis in letzter Zeit mich wenig darin geübt), mich hinsetzte und mit Hilfe von William Fitzgerald und einigen Anregungen von Dr. Busby (dessen Vorlesungen ich besuche und von dessen Vortrag des gelungenen Drury-Lane-Prologes seines Vaters ich ungeheuer eingenommen bin) die folgende Hymne dichtete, wodurch ich meine Gefühle dem Publikum, welches ich übrigens, wie auch die Herren Rezensenten, von Herzen verachte, bekanntmachen wollte.

Ich bin etc.

Horace Hornem

DER WALZER

Des »flücht'gen Fußes« Muse, deren Reiz
Vom Bein sich bis zum Arm erstreckt bereits,
Terpsichore, zu lange Jungfrau schon
Mißnannt, betitelt also bloß zum Hohn,
Fortan sollst du im grellsten Flitter scheinen,
Du wenigst Jungfräuliche von den Neunen.
Fern sei der Name »Spröde« stets den Deinen
Und dir – verlacht, doch siegreich mit den Beinen,
Wenn du dich schwingst so flink und flügelleicht
Und nur der Rock zu weit herab nicht reicht;
Die Brust, entblößt genug, braucht keinen Schild –
Tanz nur – du siegst ohn Waffen, wo es gilt,
Und anerkenn als deinen Sprößling, falls er
Auch nicht ganz legitim vielleicht, den Walzer.

Heil, Nymphe dir! der junge Offizier,
Des Kriegs und Walzers bärt'ger Priester hier,
Weiht dir trotz Sporn und Säbel seine Nacht –
Wer sah so was seit Orpheus' Zaubermacht?
Heil, Walzer, unter dessen Fahn gestritten
Ein neuer Held für nagelneue Sitten,
Als er, mit Wellesleys Ruhm auf Hounslow-Plan
Wetteifernd, zielend, feuernd, seinen Mann
Zwar fehlte, doch dabei sein Ziel gewann;
Heil, flücht'ge Muse! sieh, der Schönen Brust
Gibt, was sie kann, und reizt die heiße Lust,
Noch mehr zu nehmen, ja! – O daß des Fitz
Und Busby Redestrom und feiner Witz
»Kraft meinem Thema liehen« jetzt, derweil
Ich Belial geb und seinem Tanz ihr Teil.

Fürstlicher Walzer! importiert vom Rhein
(Stammbäume wachsen üppig dort und Wein),
Von allem Zoll sei dein Import befreit;
Der Rheinwein selbst uns weniger erfreut.

In manchem seid ihr gleich: wie unsre Keller
Der Wein verschönt, machst du die Säle heller;
Den Kopf braucht der feurig heiße Wein,
Doch deine feinre Kunst das Herz allein;
Dein sanftes Gift durch volle Adern fließt
Und Wollust in die willigen Glieder gießt.

Wieviel verdanken wir, o Deutschland, dir –
Der himmelgeborne Pitt bezeug es mir:
Eh dich der Rheinbund noch an Frankreich schloß
Und deine Schulden, deine Tänze bloß
Uns ließ – Hannovers jetzo zwar beraubt –,
Blieb doch uns – heil dir! – ein so teures Haupt,
Georg der Dritte, reich an Fürstenzierden
Und gnädig, denn er zeugte Georg den Vierten.
O Deutschland und deine Herren, die uns schulden
Millionen, danken wir nicht ihren Hulden
Die Königin? und liehn sie uns bis heute
So oft nicht Kriegessöldlinge wie Bräute,
Bezahlend mit dem Fürstenblut, das voll
Und rein aus jedem deutschen Stamme quoll?
Herzöge liehn sie uns, und gar nicht wenige,
Ein Dutzend sicher, und verschiedne Könige
Und – jeder preise sie so sehr drum, als er
Vermag – selbst eine Königin und den Walzer.

Doch Friede sei dem Kaiser und Parlamente,
Wo nur Napoleons Fiat gilt; ich wende
Zurück mich – Muse der Bewegung, sprich,
Wie fand der Walzer wohl nach England sich?

Auf einem frischen Nordwind übers Meer
Von Hamburg, das nicht mehr blockiert, daher,
Eh noch der Ruhm, vor Gothenburg erstarrt,
Zu dumpfem Winterschlaf gezwungen ward,
Bis er erwachend wiederum erstand,
Deinen Markt mit Lügen spickend, Helgoland,
Als Moskau noch viel Neues hören ließ,
Eh's unser Freund den Flammen überwies,
Da kam der Walzer, ja, und eine Reih
Wahrhaftiger Depeschen auch dabei.
Aufflammte hoch die Mär von Austerlitz,

Beschämend aller Morgenblätter Witz –
Und welche Ruhmesposten all! dazu
An vierzig Dramen auch von Kotzebue,
Berichte fast von den Gesandten allen,
Aus Frankfurt, Leipzig ganze Bücherballen,
Vier Bände Meiners von den Fraun sodann
(Gleich Zaubern, wie man Stürme bannen kann),
Bruncks Werke als Ballast auch, und so viel
Von Heyne, als nur tragen will der Kiel!

Beladen so und mit der schönsten Fracht,
Dem Walzer, der auf Tänzer gleich bedacht,
Erreichte das willkommne Schiff den Strand,
Umdrängt von allen Töchtern in dem Land.
Nicht Davids zücht'ger *grand pas seul*, als er
Getanzt einst vor der Bundeslade her,
Nicht der verliebte Don Quijote, als Sancho
Selbst meinte, allzu toll sei sein Fandango,
Herodias nicht, als sie, mit flinkem Tritt
Abtanzend eines andern Kopf, hinglitt,
Selbst nicht Kleopatra auf dem Verdeck
Wies je so viel vom Bein und Nacken keck,
Wie dieser Himmelswalzer uns gezeigt,
Als er nach deutschem Takte ward gegeigt!

Zehn-Jahres-Gatten, die ihr fühlt zu gut
Am Kopf der Gattin jährlichen Tribut,
Und ihr um neun Jahr jüngre Ehgenossen,
Die vor der Hand ihr nur noch mit den Sprossen
Von dem, was zu vermeiden nicht, beschenkt,
Woran den Flitterschmuck die Gattin hängt,
Matronen, die ihr immer auf der Wache,
Wie man Partien für die Töchter mache,
Ihr Kinder der – wer kann es immer raten? –
Der Frauen stets und manchmal auch der Gatten,
Ihr ledigen Herrn, die ihr fürs Leben Plage
Noch suchet oder Lust für kurze Tage
Und, wenn euch Hymen oder Amor rührt,
Die eigne oder fremde Braut entführt –
Es kam der holde Fremdling zu euch allen,
Von dessen Lob die Säle widerhallen.

O teurer Walzer! dessen flinkem Fuß
Selbst Irlands rascher Hopser weichen muß,
Schottischer Tanz, ländlicher Reigen – weicht,
Wo jener sich phantastisch springend zeigt!
Der Walzer nur gebraucht, und er allein,
Ganz ohne Scheu und Rücksicht Arm und Bein.
Die Hände schalten frei vor aller Welt,
Wo nie . . . doch »löscht die Lichter!« Denn es fällt
Zu weit hinaus der Kerzen Schein, ja, ja,
So dünkt mir, oder ich bin viel zu nah!
Und – seltsam! – scheint der Walzer nicht zu munkeln:
»Mein schlüpfriger Tritt wird sichrer nur im Dunkeln«?
Doch schweigt die Muse hier in Sittigkeit,
Die ihren längsten Rock dem Walzer leiht.

Ihr Reisenden aus jedem Reich und Stand,
Ihr Folianten über jedes Land,
Sagt, kann man der Romaika schweren Reigen
Und den Fandango, schmiegsam ohnegleichen,
Der Almas so verführerischen Schritt,
Columbias Gauklertanz vergleichen mit
Dem Walzer? oder sonst etwas vom Pol
Bis zum Äquator noch ertragen wohl?
O nein! Schreibt jeglicher Tourist doch, falls er
Die Welt sah, ein Kapitel auch vom Walzer.

Der Schönen Schatten, deren Reich im Schwang
Mit Georg dem Dritten, jetzt dahin schon lang,
Obwohl ihr noch in Töchterstöchtern lebt:
Sprengt euren Sarg und kommt herangeschwebt
Zum Ballsaal in gespenst'schen Reihn zumal:
Vor ihm ist's Paradies der Narren schal.
Kein Puder mehr wird zum Verräter jetzt;
Kein Fischbein, das die kecke Hand verletzt
(All das ist nur der Zwitterwesen Art,
Mit Weibertaille und mit Ziegenbart);
Kein Mädchen fällt in Ohnmacht, wenn man's drückt –
Je mehr man drückt, je mehr ist sie entzückt;
Fort jetzt mit Riechflasch und mit flücht'gen Salzen. –
Als wahre Stärkung heutzutag gilt Walzen.

Dann die Natur das Herz bestürmen sehn –
Wer, so versucht, kann für das Weitre stehn?

Doch ihr, die nie entfernt ihr noch bedacht,
Was Zucht bedeute, sagt, warum denn macht
Ihr jene Reize, die ihr wünscht zu pflücken,
Vorher schon so gemein vor aller Blicken?
Warm von den Händen noch, die ihr umschlangen
Den schlanken Leib, der Hüfte Rund umfangen,
Wo bleibt das Glück, zu halten die im Arm,
Die noch von üppiger Berührung warm?
Entsagt der Lust, wie tief sie auch beglückt,
Die Hand zu drücken, die noch nie gedrückt;
Zu schaun ins Aug, das nie noch ohne Bangen
In einem Blick gesehn solch heiß Verlangen, –
Zu nahn der Lippe, die gekommen nie
So nah, um wenn auch nicht zu küssen sie,
Doch zu entweihen sie – dies ist vorbei,
Denn dutzendweis umarmt man sich jetzt frei,
Verweht der keusche, süße Duft, bis so,
Was des Besitzes jemals wert, entfloh.

Wollüst'ger Walzer! wag ich dich sogar
Zu schmähn, da doch dein Lob mein Thema war?
Terpsichore, vergib! auf jedem Ball
Walzt jetzt mein Weib, dereinst die Töchter all.
Mein Sohn (doch still! wer möchte so verbreiten,
Was nur Familienangelegenheiten –
In einem Säkulum wächst auch für ihn
Ein Zweig an unserm Stammbaum frisch und grün),
Erzieht einst Enkel mir, mich zu entschuld'gen,
Und walzend allen Freundinnen zu huld'gen.

DER GIAUR

Fragment einer türkischen Erzählung

Ein tödlich Gedächtnis, ein Gram in der Brust,
Wie ein Schatten verfinsternd das Weh und die Lust,
Dem das Leben nichts Hellres und Dunkleres schickt,
Den der Schmerz nicht verwundet, das Glück nicht erquickt!

Moore

VORBEMERKUNG

Die Erzählung, die in diesen unzusammenhängenden Bruchstücken enthalten ist, gründet sich auf Zustände, die heutzutage im Orient weniger häufig sind als früher, entweder weil die Damen vorsichtiger geworden sind als in den »alten Zeiten« oder weil die Christen mehr Glück oder weniger Unternehmungsgeist haben. Die vollständige Geschichte umfaßte die Abenteuer einer Sklavin, die wegen ihrer Untreue nach Sitte der Muselmanen ins Meer geworfen und von einem jungen Venezianer, ihrem Geliebten, gerächt wurde, zu der Zeit, als die Republik Venedig die Sieben Inseln in Besitz hatte, und bald nach der Vertreibung der Arnauten aus Morea, das sie nach der russischen Invasion eine Zeitlang verheert hatten. Der Abfall der Mainoten, denen man die Plünderung von Misithra nicht gestatten wollte, führte zur Aufgabe dieses Unternehmens und zur Verwüstung von Morea, bei der auf allen Seiten Grausamkeiten verübt wurden, die selbst in den Annalen der Rechtgläubigen ohne Beispiel sind.

Kein Hauch der Lüfte! Lautlos ruht
Um des Atheners Grab die Flut,
Das Grab, das hell vom hohen Riff
Zuerst begrüßt das ferne Schiff –
Über die Lande ragt es weit,
Die er vergebens hat befreit!

* * * * * * * * * * *

O Land, wo jede Jahreszeit
Den sel'gen Inseln freundlich lacht!
Oh, von Colonnas hoher Wacht
Auf sie hinabzuschauen macht
Die Seele fröhlich und verleiht
Süßen Genuß der Einsamkeit!
Des Ozeans Wange lächelt mild
Und spiegelt duft'ger Berge Bild,
Und jauchzend badet Wogenschnee
Die Paradies in Ägeus' See;
Und wenn den blaukristallnen Raum
Ein flücht'ger Westwind streift mit Schaum
Und Blüten pflückt von Busch und Baum,
Wie wonnig dann die laue Luft,
Wie weckt und weht sie rings den Duft!
Denn sieh, in Tal und Felsenkluft
Erblüht dic Rose überall,
Die Sultanin der Nachtigall:
Die Braut, für die der Bülbül singt,
Des Lied hier tausendfach erklingt,
Glüht tief errötend seinem Schall;
Sie, seine Fürstin, seine Fee,
Nie krank vom Sturm, nie kalt vom Schnee,
Von Westens Winternot verschont,
Liebkost von jedem Wind und Mond,
Gibt all des Himmels Glanz und Glück
In sanftem Weihrauch ihm zurück,

Und dankbar gönnt der Himmel ihr
Der Seufzer Duft, des Purpurs Zier.
Und manche Sommerblum ist dort,
Und manch verschwiegner schatt'ger Ort,
Und manche Schlucht, bequem zur Rast,
Birgt den Piraten nur als Gast,
Der unterm Felsenvorsprung kauert,
Und auf ein friedlich Segel lauert,
Bis er des Schiffers Zither fern
Vernimmt und schaut den Abendstern;
Dann mit umhülltem Rudergriff
Schleicht er, versteckt vom schatt'gen Riff,
Und stürzt sich wild auf seinen Fang –
Dann wird zum Röcheln der Gesang.
Seltsam, wo liebend die Natur
Zum Sitz für Götter schuf die Flur,
Wo sie in ihrem Paradies
Anmut und Zauber blühen ließ,
Daß da der Mensch, verliebt in Qual,
In Wüsten wandelt Flur und Tal,
Und stampft die Blume, gleich dem Vieh,
Die eine Arbeitsstunde nie,
Die weder Pflege heischt noch Mühn,
Um in dem Zauberland zu blühn,
Die, seiner Sorgfalt ungewohnt,
Um eins nur fleht – daß er sie schont!
Seltsam, wo tiefster Friede ruht,
Schwelgt Leidenschaft in ihrer Wut;
Wollust und Raub beherrschen wild
Mit düstrem Graun das Lustgefild.
Es ist, als ob der Teufel Grimm
Erstürmt den Sitz der Seraphim,
Als säß auf jedem Himmelsthron
Ein losgelaßner Höllensohn.
Holdselig Land, zum Glück verklärt!
Fluch dir, Tyrann, der es verheert!

Wer je am Bett von Toten stand,
Eh noch der Tag des Sterbens schwand,
Der erste dunkle Tag des Nichts,
Der letzte Tag qualvollen Lichts,

Eh, von des Würgers Hand verwischt,
Der Schönheit Spur langsam erlischt,
Und wer den Engelsfrieden da,
Die Seligkeit der Ruhe sah,
Den festen Zug, doch weichgeschmiegt,
Der auf den müden Wangen liegt,
Und – wär dies dunkle Auge nicht,
Das nie mehr lächelt, weint und spricht,
Wär nicht die kalte, starre Stirn,
Die eis'ge Stockung im Gehirn,
Die bei dem trauervollen Schaun
Uns anweht wie ein Todesgraun –
Ja, gäb uns dies nicht sichre Kunde,
Wir zweifelten für kurze Frist,
Für eine trügerische Stunde,
An des Tyrannen Macht und List;
So schön, so still, so sanftgewiegt
Der erste Schlaf des Todes liegt!
So liegt auch Hellas still und hehr,
Noch Hellas, doch es lebt nicht mehr!
So grabesschön, so lieblich kalt,
Doch seelenlos – dich schaudert bald.
Liebreiz' im Tod sind ihr verliehn,
Die nicht mit fliehndem Leben fliehn,
Unheimlich schöner Farbenduft,
Der ahnungsvolle Schmuck der Gruft,
Des Lebens Dämmrung bleich und fahl,
Ein Glorienschimmer um ein Totenmal,
Der sterbenden Empfindung Abschiedstrahl,
Funk einer Glut, die himmlisch wohl entstand –
Sie glimmt, doch wärmt nie mehr ihr Lieblingsland!

Heimat der unvergeßnen Helden!
Du warst, von Flur zum Felsenkap,
Der Freiheit Thron, des Ruhmes Grab.
Altar gewalt'ger Geister, dies
Ist alles, was die Zeit dir ließ?
Gekrümmter, feiger Sklav, tritt her,
Sprich, sind nicht dort die Thermopylen?
Du Knecht aus freiem Blut, das Meer,
Des blaue Wogen dich umspülen,

Sag, welches Meer und Land ist dies?
Der Golf und Fels von Salamis!
Wohl kennt ihr dieser Stätten Ruhm,
Auf! kämpft um euer Eigentum!
Aus eurer Väter Asche reißt
Das letzte Fünkchen Heldengeist,
Und wer im Kampfe fällt, den preist
Die Nachwelt, und sein Nam allein
Wird der Tyrannen Schrecken sein,
Ein Trost, ein Stolz für sein Geschlecht,
Ein Mahnruf: lieber tot als Knecht!
Wenn erst die Freiheitsschlacht beginnt,
Erbt sie sich fort zu Kindeskind,
Und wie sie schwanke, sie gewinnt.
Bezeug es, Hellas, ruf es du
Unsterblich allen Völkern zu!
Wenn Kön'ge modern, namenlos,
In staub'ger Pyramiden Schoß,
Für deine Helden – mag auch allen
Die Säul auf ihrer Gruft zerfallen –
Ein stolzres Monument erstand,
Die Berg in ihrem Vaterland!
Die Muse zeigt dem Fremdling nun,
Wo sie, die nimmer sterben, ruhn!
Traurig zu sagen wär's und lang,
Von Glanz zu Schmach den bittren Gang;
Kein Feind hat deine Seel erdrückt,
Bis sie sich selbst ins Joch gebückt:
Selbstschändung ließ die Straße frei
Für Knechtesfron und Tyrannei.

Was soll der fremde Dichter sagen,
Der deines Ufers Saum betrat?
Kein Lied von deinen Heldensagen,
Kein Thema, wie in alten Tagen
Es deine Mus emporgetragen,
Eh Sklaverei der Flur genaht!
Die Herzen deiner Felsenküsten,
Die Seelen, welche lodern müßten
Zu hehrer Kampfestat,
Sie kriechen bis ins Grab, sie schlafen,

Leibeigne, Sklaven eines Sklaven,
Stumpf, außer für Verrat;
Von jedem Laster angesteckt,
Das ein versunknes Volk befleckt,
Selbst ohne Tugend wilder Kraft,
Ohn eine tapfre Leidenschaft;
Nur auf den Märkten übt sich klug
Die alte List, ererbter Trug;
Darin, und einzig darin preist
Man noch des Griechen feinen Geist.
Der Freiheit Ruf vergebens tönt,
Ihr Nacken ist ans Joch gewöhnt,
Und liebt die Peitsche, der er frönt.
Ihr Jammer soll mich nicht mehr quälen,
Ich muß von andrem Weh erzählen,
Und glaubt mir, der's zuerst vernahm,
Der hatte guten Grund zum Gram.

* * * * * * * * * * *

Fern über blaues Meeresfunkeln
Die schwarzen Felsenschatten dunkeln,
Den Fischer schreckend, wie im Boot
Ein Strandpirat und Berg-Mainot,
Und weit umkreist sein leichtes Schiff
Den kürzern Weg am drohnden Riff.
So matt er ist von Müh und Hast,
So schwer im Kahn die schüpp'ge Last,
Er rudert langsam, aber stark,
Bis Port Leones Hafenmark
Ihn aufnimmt bei dem holden Glanz
Der Mondennacht des Morgenlands.

* * * * * * * * * * *

Wer kommt auf schwarzem Hengst gebraust,
Den losen Zügel in der Faust?
Des klirrenden Eisens Donnerschall
Weckt rings der Grotten Widerhall,
Hufschlag um Hufschlag, Knall um Knall.
Der Schaum, der Bug und Flanken fleckt,
Scheint Brandung, die ein Riff umleckt.
Zur Ruhe sinkt die Meerflut nun,

Die Brust des Reiters kann nicht ruhn,
Und sanfter ist der Donnerschaur
Als deine Seele, junger Giaur!
Dich kenn ich nicht, dein Volk verschmäh ich,
In deinen Zügen aber späh ich
Ein Etwas, was die Zeit fortan
Nur dunkler färbt, nie tilgen kann.
Die junge Stirn trägt, bleich und fahl,
Der Leidenschaften brennend Mal:
Du schlugst den bösen Blick zur Erde
Und flogst wie Sturm auf deinem Pferde,
Doch sah ich dich: Du bist ein Mann,
Den jeder gläubige Osman
Nur meiden oder töten kann.

Er flog dahin, und wie gebannt
Folgt' ihm mein Blick, bis er verschwand.
Obwohl er wie ein Geist der Nacht
Entflohn war, eh ich's recht bedacht,
Sein Anblick prägte spukhaft wild
In mein Gehirn ein stürmisch Bild;
In mein erschrocken Ohr noch lang
Des Rappen fliehnder Hufschlag klang.
Er spornt sein Roß, er naht der Schlucht,
Die dunkel abstürzt in die Bucht;
Er schwenkt vorbei, die Felsenmauer
Schirmt ihn vor meines Auges Lauer;
Denn unwillkommen im Genick
Des Fliehnden ist des Spähers Blick;
Der kleinste Stern schaut noch zu klar
Für eine Flucht, wie diese war.
Er schwenkt' ums Riff – doch erst ins Tal
Schaut' er, als wär's zum letztenmal;
Ein Weilchen hemmt' er seinen Lauf,
Ein Weilchen schnob sein Renner auf,
Ein Weilchen hob er sich im Bügel –
Was späht er zum Olivenhügel?
Der Halbmond schimmert durch das Grün;
Vom Minarett die Lampen glühn;
Obwohl zu fern, als daß ihr Knall
Herübertönt' im Widerhall,

Zeigt der Tophaiken Blitz und Rauch
Des Islams heitren Festesbrauch.
Heut abend schloß der Ramadan,
Das Bairamsfest hob heute an;
Heut . . . was ist dir die heil'ge Nacht?
Dein Blick ist scheu, fremd deine Tracht:
Was hat ein Giaur dabei zu sehen,
Zu flüchten oder still zu stehen?

Er stand – auf seiner Stirne blaß
Zuckt' es wie Furcht und dann wie Haß,
Haß – nicht die rote, flücht'ge Glut,
Der jähe Scharlach kurzer Wut,
Nein, einem Leichenmarmor gleich,
Düster und doch gespenstisch bleich.
Sein Aug ist gläsern, Haupt gesenkt,
Er hebt den Arm, und grimmig schwenkt
Die Hand er, als ob sein Gedanke
Noch zwischen Flucht und Rückkehr schwanke.
Des Zauderns überdrüssig längst,
Wiehert sein rabenschwarzer Hengst;
Da blitzend fährt die Hand ans Schwert;
Vor jenem Schall sein Traum entfleucht,
Wie Eulenschrei den Schlaf verscheucht.
Vom Sporn des Renners Flanken beben,
Fort – fort – er reitet um sein Leben;
Wie eines Dscherids Wurfgeschoß
Fliegt vor dem Stoß dahin das Roß.
Er schwenkt ums Kap; der Sand am Meer
Dröhnt unterm Hufschlag nun nicht mehr;
Hinter dem Riff verschwunden ist
Der drohnde Helm, der stolze Christ.
Es waren Augenblicke kaum,
Daß er gehemmt des Rappen Zaum;
Nur Augenblicke hielt er Rast,
Dann floh er, wie vom Tod erfaßt;
Doch wogten in dem Nu durchs Herz
Winter von unvergeßnem Schmerz,
Gesammelt in dies Tröpfchen Zeit,
Jahre voll Schuld und Herzeleid.
Wer fürchtet oder liebt und haßt,

Fühlt in Sekunden Jahres Last:
Was mußt er fühlen, dessen Geist
Furcht, Lieb und Haß zugleich zerreißt?
Dies kurze Grübeln, wer ermißt,
Wie lang in seiner Qual es ist?
Es war ein Nichts im Buch der Zeit,
Für den Gedanken Ewigkeit!
Denn wie das Weltall ohne Schranke,
So ist unendlich der Gedanke,
Der in sich selbst Weh ohne Rast
Und ohne Trost und End umfaßt.

Die Stund ist um, der Giaur ist fort;
Entkam er, oder fiel er dort?
Verflucht sein Kommen und sein Gehn!
Um Hassans Sünd ist dies geschehn,
Ward sein Palast zur Gruft gemacht.
Er kam, er ging, wie des Simums Macht,
Der Bote des Todes, der Herold der Nacht,
Vor dessen Pesthauch selbst das Laub
Der Grabzypresse schrumpft zu Staub,
Des dunklen Baums, der ewig traurig ist,
Des einz'gen, der die Toten nicht vergißt.

Fort ist der Renner aus dem Stalle;
Kein Sklave weilt in Hassans Halle;
Das dünne, graue Netz der Spinne
Webt langsam sich um Wand und Zinne;
Im Harem haust die Fledermaus;
Auf hohem Turm des stolzen Baus
Hält nun die Eule trotzig Haus;
Der wilde Hund umschleicht den Quell
Mit grimmem, durstigem Gebell,
Denn im marmornen Bette versiegte der Born;
Dort modert der Schutt und wuchert der Dorn.
Wie lieblich einst war seine Kühle,
Sein plätschernd Spiel in Sommers Schwüle,
Wenn hoch die Silberfunken flogen
In immer neu geschwungnem Bogen,
Die Luft in wonn'ge Frische tauchend

Und grünen Schmelz aufs Erdreich hauchend!
Süß war es, wenn in Mondespracht
Die Wellen flüß'gen Lichtes sacht
Rauschten in wolkenloser Nacht.
Oft hat am Rande dieser Wogen
Hassan als Kind des Spiels gepflogen,
Und oft auf seiner Mutter Schoß
Sang ihn in Schlaf der Flut Gekos.
Oft auch dem Jüngling schmeichelnd klang
An ihrem Saum der Schönheit Sang,
Bis mit den weichen Melodien
Des Quells Musik verschmolzen schien.
Doch nie wird Hassans Alter nun
Am Rand im Dämmerlichte ruhn;
Verschrumpft ist seines Brunnens Flut,
Versiegt ist seines Herzens Blut,
Und hier wird nie mehr Menschenstimme
Gehört in Freude, Leid und Grimme,
Seit schwellend wild im Wind und bang
Der Weiber Leichenklage klang.
Nun schweigt auch die; stumm liegt das Haus;
Nur die Fenster klappern im Windesgebraus;
Ob Sturmwind rast, ob Regen fließt,
Niemand, der ihre Riegel schließt.
Glück scheint es, in der Wüste Graun
Die schwächste Menschenspur zu schaun:
So riefe hier das bängste Ach
Ein Echo, wie Erlösung, wach;
Es spräche doch: »Nicht alles starb!
Ein Leben blieb, das nicht verdarb!«
Denn mancher goldne Saal ist drinnen
Wohl wert, der Öde zu entrinnen,
Und des Verfalles Krebsgeschwür
Fraß langsam erst durch Wand und Tür.
Doch Grauen hängt um Dach und Tor;
Kein Fakir wartet mehr davor;
Kein Derwisch hält dort fürder Rast;
Denn keine Mild erquickt den Gast;
Dort mag kein müder Fremdling weilen,
Um segnend Salz und Brot zu teilen;
Achtlos und unbeachtet gleich

Vorüberziehen arm und reich.
Denn edle Sitt und frommer Sinn
Starben mit Hassans Leben hin.
Sein Dach, das allen Zuflucht bot,
Ist nun ein Hungerturm der Not;
Die Gäste zerstieben, es flohn die Vasallen,
Als sein Haupt durch den Säbel des Christen gefallen.

* * * * * * * * * * * * * * *

Ich hör den Schall von nahnden Füßen,
Doch nicht ein Wort, mein Ohr zu grüßen;
Turbane kann ich unterscheiden,
Ataghane in Silberscheiden.
Vorn geht ein Mann, den grüne Tracht
Als Emir allen kenntlich macht.
»Wer bist du? he!« – »Mein Salam lehrt,
Daß euer Knecht den Koran ehrt.
Die Last, die ihr so sänftlich tragt,
Die euch, so scheint's, mit Sorgen plagt,
Sie birgt wohl einen reichen Schatz?
Mein armes Boot ist gleich am Platz.«

»Du redest wahr: dein Schifflein rüste,
Bring weg uns von der stillen Küste;
Nein, laß das Segel ungespannt,
Das nächste Ruder nimm zur Hand,
Und zwischen hier und jenen Klippen,
Wo unter dunklen Felsenrippen
Finster und tief das Wasser ruht.
Dort mache Rast. – So, das ist gut,
Die Fahrt ging rasch – und doch, sie war
Die längste Reise, die fürwahr
Je ein – –«

* * * * * * * * * *

Es klatschte dumpf, dann sank es leise,
Die stille Flut zog ihre Kreise.
Ich spähte, wie es sank; mir schien,
Als reg es sich im Niederziehn
Der Strömung – nein, es war der Glanz,
Der zitternd spielt' im Wogentanz.

Ich sah es schwach und schwächer blinken,
Wie Kieselsteine, die versinken,
Ein weißes Fleckchen, langsam schwindend,
Erst perlenhell und dann erblindend.
Und niemand kennt sein Rätsel je,
Als nur die Genien der See,
Die, zitternd in korallner Zelle,
Kaum flüsternd es vertraun der Welle.

* * * * * * * * * * *

Gleichwie auf ihrer Purpurschwinge
Die Königin der Schmetterlinge
Kaschmirs smaragdne Aun durchschwirrt,
Den jungen Jäger lockt und kirrt,
Von Kelch zu Kelch, von Ast zu Ast
Ihn weiter führt in müder Hast,
Und fliegt dann auf; er schaut ihr nach
Mit glühnder Brust und bangem Ach:
So lockt der Schönheit holdes Bild
Die großen Kinder durchs Gefild,
So farbenschön und flügelwild,
Zu eitler Jagd der Wünsch und Sorgen,
Voll Torheit heut, voll Tränen morgen.
Und wird erhascht das arme Ding,
Sei's Mädchen oder Schmetterling,
Droht ihm das gleiche schlimme Ziel
Durch Mannes Laun und Kindes Spiel.
Die Hände, die so schmeichelnd warben,
Verwischen seine hellsten Farben,
Bis Reiz und Glanz im Staube liegen;
Dann läßt man's fallen oder fliegen,
Mit wundem Flügel, blut'ger Brust –
Dahin die Ruh, dahin die Lust!
Kann jener noch mit kranken Schwingen
Von Rosen sich zu Tulpen schwingen?
Kann Schönheit lächeln, wenn die Schmach
Die Lauben ihres Glücks zerbrach?
Nein, weiter schwirrt der Brüder Spiel,
Kein Flügel naht sich ihm, der fiel,
Und sanfte Fraun mag Gnad erweichen,
Nur nicht für Fehler ihresgleichen;

Das Unglück findet Trost und Huld,
Nur eins nicht: einer Schwester Schuld.

* * * * * * * * * * * *

Ein Herz, von Schuld und Leid bedrängt,
Ist wie im Feur ein Skorpion:
Die Flamme, die ihn rings umfängt,
Im Kreise langsam sich verengt,
Bis, tausendfach von Glut versengt,
Rasend in trotz'gem Hohn,
Er nur ein einzig traurig Heil
Im Stachel findet, dessen Pfeil
Den Feinden sollte drohn.
Ihn, dessen Gift umsonst nie quillt,
Der schmerzend alle Schmerzen stillt,
Bohrt er ins Hirn verzweiflungswild.
So lebt, so stirbt der finstre Geist,
Ein Skorpion, von Glut umkreist;
So schrumpft das sünd'ge Herz zusammen,
Vor Gott und Welt in Bann und Acht,
Drunten Verzweiflung, droben Nacht,
Drinnen der Tod, ringsum die Flammen!

* * * * * * * * * * * *

Der schwarze Hassan flieht voll Graun
Den Harem und die schönen Fraun;
Dem ungewohnten Weidwerk weiht
Er ohne Jagdlust alle Zeit.
So pflegte Hassan nicht zu fliehn,
Als Leilas Stern im Harem schien.
Weilt Leila heute nicht mehr dort?
Nur Hassan kennt des Rätsels Wort;
In unsrer Stadt geht dunkle Sage,
Sie sei geflohn am letzten Tage
Des Ramadan, wenn die Moscheen
Hell von Millionen Lampen stehn,
Des Bairamsfestes Feierglanz
Durchs weite Reich des Morgenlands.
Da ging sie aus, man meint' ins Bad,
Doch leer fand Hassan ihren Pfad;
Sie war vor seines Zornes Drohn

In eines Pagen Tracht entflohn
Und hatte, seiner Macht entrückt,
Statt ihres Herrn den Giaur beglückt.
Von Argwohn frei war Hassan nie,
Doch schien so hold, so zärtlich sie,
Daß er der Sklavin noch vertraute,
Als sie Verrat und Unheil braute.
Er ging am Abend zur Moschee
Und schmaust' im Kiosk an der See.
Sein schwarz Gesind erzählte dies,
Das seinen Schatz entschlüpfen ließ;
Doch andre sagen: Jene Nacht,
Als eben Phingari erwacht,
Sah man den Giaur, doch ihn allein,
Auf schwarzem Hengst am Meeresrain
Mit blut'gem Sporn in flücht'gem Lauf,
Nicht Weib noch Page hintenauf.

* * * * * * * * * * * *

Den dunklen Zauber ihrer Augen
Kein Menschenwort beschreiben kann;
Schau der Gazelle Augen an,
Sie mögen dir als Gleichnis taugen,
So träumerisch, so dunkel-klar:
Doch Seel in jedem Funken glühte,
Der blitzend durch die Wimpern sprühte,
Wie der Rubin von Istakar.
Ja, Seele! – wenn der Koran spricht,
Nur atmender Ton sei dies Gesicht,
Bei Allah, nein, ich glaubt es nicht,
Und stünd ich auf Al-Sirats Bogen,
Der schwanken Brücke glühnder Wogen,
Vor mir des Paradieses Tor
Und aller Huris Willkommschor!
Wer ist, der je sein Auge sonnte
In Leilas Blick und glauben konnte,
Das Weib sei seelenloser Staub,
Nur schnöder Wollust Spiel und Raub?
Der Mufti, der ihr Antlitz sähe,
Geständ entzückt des Ew'gen Nähe.
Auf ihrer Wangen frischen Flaum

Streut der Granate junger Baum
Der Blüten immer neue Glut;
Des Haares hyazinthne Flut
In fessellosem Niederfalle,
Wenn mit den Mägden in der Halle
Sie dasteht, höher als sie alle,
Berührt den Marmor, wo so weiß
Ihr Fuß glänzt wie des Berges Eis,
Eh es der Erde Staub entstellt.
Stolz wallt der Schwan den Pfad der Wasser;
So schwebt die Tochter der Zirkasser,
Der schönste Vogel Frangistans.
Hoch wie das Haupt des zorn'gen Schwans,
Wenn er, durch Menschennäh, gereizt,
Dahinschießt und die Flügel spreizt,
Auf Wogen schäumenden Kristalls,
So hob sich Leilas weißrer Hals;
So schlug sie mit der Schönheit Waffen
Der Neugier Blick, der Torheit Gaffen,
Bis selbst der Schmeichler, übermannt
Von ihren Reizen, lautlos stand.
So stolz und schön war ihre Art,
So ihre Liebe treu und zart.
Liebe? für wen? wen liebte sie?
Dir, Hassan, galt ihr Eidschwur nie!

* * * * * * * * * * * *

Zur Reise Hassan sich entschloß,
Zwanzig Vasallen sind sein Troß,
Bewaffnet alle, Mann für Mann,
Mit Flinte und mit Ataghan.
Der Herr voran: er trägt im Gurt
Den Säbel, der an Parnes Furt
Rot ward vom besten Arnautenblut
(Er traf im Paß die Räuberbrut,
Und wen'ge kehrten von dem Strauß
Mit ihrer Trauerpost nach Haus).
Pistolen, die vor ihm einmal
Ein Pascha führte, trägt sein Schal,
Mit Gold und Steinen reich gefaßt
Und doch dem scheuen Dieb verhaßt.

Man sagt, er geh ein Weib zu frein,
Treuer als sie, die nicht mehr sein,
Die Falsche, welche seinen Herd –
O mehr als falsch! – für einen Giaur entehrt.

* * * * * * * * * * * * *

Die Abendsonn am Hügel ruht
Und funkelt in der Quellenflut,
Die mit willkommnem kühlem Trank
Den Bergbewohner rührt zum Dank.
Der griech'sche Kaufmann findet hier
Mehr Frieden als im Stadtquartier,
Wo er vor seinem Herrn erbebt
Und zitternd seinen Schatz vergräbt.
Wo niemand wacht, sucht er den Schlaf,
In Wüsten frei, in Städten Sklav;
Hier füllt mit Wein er ungescheut
Den Kelch; den der Prophet verbeut.

* * * * * * * * * * *

In gelber Mütze der Tatar
Sprengt durch den Paß, voran der Schar,
Indes die andern durch die Schlucht
Langsam sich ziehn um manche Bucht.
Hoch oben ragt der Firn im Nebel;
Dort wetzen Geier ihre Schnäbel;
Vielleicht lockt heute nacht ein Mahl
Vor Sonnenaufgang sie zu Tal.
Abwärts ein Strom, des Winterflut
Geschrumpft ist vor der Sommerglut,
Ein ödes Bett voll Felsenscherben,
Wo Unkraut sprießt, nur um zu sterben.
Mitten hindurch die Straße zieht
Um graue Blöcke von Granit;
Die hat die Zeit, die hat der Blitz
Gestürzt vom dunstverhüllten Sitz;
Denn Liakuris hoher Firn
Entschleiert niemals seine Stirn.

* * * * * * * * *

Den Fichtenhain erreicht die Schar:
»Bismillah! aus ist die Gefahr!
Da seht, die Ebne tut sich auf;
Dort spornen wir der Rosse Lauf!«
Der Tschiaus spricht's; eh er verstummt,
Um seinen Kopf die Kugel summt.
Der erste Reiter beißt die Erde,
Die andern halten rasch; entsetzt
Wirft jeder sich von seinem Pferde;
Drei aber ritten heut zuletzt.
Ihr Feind ist unsichtbar, die Lache
Des Blutes schreit umsonst nach Rache.
Den Hahn gespannt, den Stahl gezückt,
Stehn ein'ge, hinters Roß gebückt,
Vom Pferde halb geschützt;
Und andre, hinterm Felsenwall,
Erwarten dort der Gegner Prall;
Kein zahm Verbluten nützt
Vor Blei des Feindes, der verzagt
Nicht aus dem Dickicht vor sich wagt.
Hassan allein bleibt stolz im Sitz
Und reitet vor, bis Pulverblitz
Auch vorn verkündet die Gefahr:
Nun sieht er, daß die Räuberschar
Den einz'gen Weg nicht offenließ,
Der ihren Opfern Flucht verhieß.
Da sträubt sein Bart sich schier vor Wut,
Da flammt sein Aug in tiefrer Glut:
»Ob Kugeln pfeifen fern und nah,
Schon ärgre Not mein Auge sah!«
Jetzt bricht der Feind aus den Verstecken
Und heischt, daß sie die Waffen strecken,
Doch Hassans Runzeln und Gebot
Schreckt seine Diener mehr als Tod.
Von seinem kleinen Heeresbann
Streckt keiner Flint und Ataghan
Und ruft den Memmenruf »Aman!«
Aus seinem Hinterhalt erscheint
In voller Näh und Macht der Feind,
Und aus dem Haine kommt ein Troß
Dahergesprengt auf hohem Roß.

Wer führt ihn an? Weit blitzend saust
Sein fremdes Schwert in roter Faust.
»Er ist's, er ist's! Ich kenn ihn wohl;
Ich kenn die Wangen bleich und hohl;
Ich kenn sein böses Augenpaar,
Das seines Frevels Helfer war;
Ich kenn den Rappen, schwarz wie Nacht:
Vermumm dich in Arnautentracht,
Falsch gegen deinen falschen Glauben,
Nichts soll dich meiner Rache rauben!
Willkommen mir zu jeder Frist,
Leilas Galan, verdammter Christ!«

Gleichwie der Strom in seinen dunkeln
Gewässern wild ins Weltmeer stürmt,
Wie ihm das Meer entgegentürmt
Azurner Säulen stolzes Funkeln
Und wirft zurück des Flusses Wut
Mit krausem Schaum vermengter Flut,
Indes vom Wintersturm zerzaust,
Strudel und Brandung heult und braust;
Durch sprühnden Gischt, im Donnerchor
Zucken die Blitze der Wasser empor,
Schneeweiß und schrecklich – rings umher
Zittert der Strand und brüllt das Meer:
So wie sich Strom und Ozean
Mit rasenden Wogen einander nahn,
So treffen sich die Haufen jetzt,
Von Schicksal, Rach und Wut gehetzt.
Der Säbel plänkelndes Geklirr
Und nah und fern durch Wald und Höhn
Der Todesschüsse dumpf Gedröhn,
Der Kugeln zischendes Geschwirr,
Kampfschrei und Hufschlag und Gestöhn
Hallt rings umher das Tal entlang
Wo sonst des Hirten Lied erklang,
So klein die Schar – sie kämpft ergrimmt,
Und keiner Gnade gibt und nimmt.
Oh, zärtlich drängt sich Brust an Brust,
Wo Jugend glüht in holder Lust,
Doch Liebe selbst lechzt nie so heiß

Nach aller Wonnen höchstem Preis,
Wie Haß glüht, wenn sich Feind und Feind
In tödlicher Umarmung eint,
Wenn ringend Arm um Arm sich preßt,
Der seinen Griff nie wieder läßt:
Freundschaft und Liebe bricht die Not,
Den echten Haß eint noch der Tod.

* * * * * * * * * * *

Sein Schwert, zersplittert bis ans Heft
Und triefend noch vom Blutgeschäft;
Den falschen Stahl noch fest umspannt
Im Krampf die abgehaune Hand;
Weit weggerollt des Turbans Falten,
Das feste Tuch vom Hieb zerspalten;
Zerschlitzt sein wallendes Gewand
Und blutig wie die Wolkenwand,
Die morgens mit gestreiftem Rot
Dem Tag ein stürmisch Ende droht;
Mit Flecken jeder Busch besprengt,
An dem sein Palampor jetzt hängt;
Die Brust durchbohrt von tausend Toden;
Die Stirn gen Himmel, das Haupt am Boden,
Liegt Hassan da. Sein Auge scheint,
Als groll es noch auf seinen Feind,
Als ob der Tod sogar dem Hasse
Ein überlebend Feuer lasse.
Und vor ihm steht, der ihn besiegt,
Düster die Stirn, gleich, die vor ihm liegt.

* * * * * * * * * * * *

»Ja, Leila schläft in tiefer Flut,
Ihm aber ward ein Grab voll Blut;
Ihr Geist hat gut den Stahl geführt,
Der dies Verbrecherherz gerührt.
Vergebens rief er zum Propheten;
Der Zorn des Giaur hat ihn zertreten.
Zu Allah rief er, doch sein Wort
Flog ungehört im Winde fort:
Du türkischer Narr! – der s i e verschmäht,
Erhören sollt er dein Gebet?

Ich harrte lang, der Räuber Gast,
Bis ich des Frevlers Haupt gefaßt;
Mein Zorn ist satt, mein Werk geschehn,
Ich geh – doch einsam muß ich gehn.«

* * * * * * * * * * * *
* * * * * * * * * * * *

Die Glöckchen der Kamele klingen;
Vom Söller Hassans Mutter schaut;
Sie sieht die Aun, die sie umringen,
Vom Hauch der Dämmerung betaut;
Sie sieht durchs Blau die Sterne dringen:
»Sein Zug muß nahn, der Abend graut!«
Sie konnte nicht ruhn in dem Gartengemach,
Sie schaute vom Turm, vom obersten Dach:
»Was zögert er? Sein Roß ist gut
Und schwankt nicht unter Sommers Glut.
Des Bräutigams Gaben erwarten wir längst:
Ist kalt sein Herz? ist lahm sein Hengst?
Grundlose Furcht! Dort ein Tatar
Auf nahem Berg! ich seh ihn klar;
Vorsichtig reitet er herab
Und schwenkt ins Tal mit raschrem Trab;
Er trägt die Gab am Sattelgurt,
Und über ihn hab ich gemurrt!
Reich lohn ich ihm des Weges Last
Und seines Gauls willkommne Hast.«

Der Reiter steigt am Schloßtor nieder,
Fast brechen die erschöpften Glieder.
Sein braunes Antlitz kündet Leid –
Vielleicht ist's nur die Müdigkeit.
Sein Kleid ist fleckig wie von Blute –
Vielleicht ist's nur vom Bauch der Stute.
Der Reiter lüftet sein Gewand
Und zieht hervor sein Botenpfand:
Der Kalpak klafft, der Schal ist rot –
Engel des Tods, ist Hassan tot?
»Herrin, dein Sohn ward heut getraut
Mit einer fürchterlichen Braut.
Mich ließ man – nicht aus Mitleid – leben,

Um dir dies blut'ge Pfand zu geben.
Friede dem Tapfren, des Blut geflossen!
Wehe dem Giaur! er hat es vergossen!«

* * * * * * * * * * *

Ein Stein mit rohem Turbanknauf,
Ein Pfeiler, von Unkraut überragt,
Kaum leserlich die Schrift darauf,
Der Vers, der um die Toten klagt,
Bezeichnen den Ort, wo Hassan fiel,
Im öden Tal, des Rächers Ziel.
Da schläft der bravste Osmanli,
Der je in Mekka bog sein Knie,
Der je verbotnen Wein verschmähte,
Der je in brünstigem Gebete,
Das Antlitz dem Osten zugekehrt,
Das feierliche »Alla hu!« geehrt.
Doch starb er von des Fremdlings Hand
Im eignen, nicht im fremden Land;
Doch starb er, blutend vom Gefecht
Und nicht in Feindesblut gerächt.
Ihm aber winkt, ein Glanzgewimmel,
Der Himmelsjungfraun holde Schar,
Und ihn umleuchtet ewig klar
Der Huri-Augen dunkler Himmel.
Sie nahn, die grünen Tücher wehn;
Ihr Kuß begrüßt sein Auferstehn!
In ew'gen Lauben ruht der Held,
Der wider Giaurs im Kampfe fällt!

* * * * * * * * * * *

Du aber, Giaur, wirst dann in Qual
Zucken vor Monkirs Rächerstrahl
Und, wenn du seiner Pein entflohn,
Wandern um Eblis' finstren Thron.
Dann füllt dein Herz, dein Herz umzischt
Ein Feuer, welches nie erlischt;
Kein Ohr erträgt, kein Mund erzählt,
Wie diese Höll im Innern quält.
Erst aber soll dein Leib auf Erden,
Der Gruft geraubt, zum Vampir werden

Und in gespensterhafter Wut
Aussaugen all der Deinen Blut.
Bei Weib und Kind, ein Nachtphantom,
Schlürfst du des Lebens warmen Strom,
Und ob dich ekeln mag, du mußt;
Dein Leichnam trinkt an ihrer Brust.
Die Opfer werden, eh sie sterben,
Wissen, daß sie durch dich verderben;
Dir fluchend und verflucht von dir,
Vom Stamm welkt deiner Blumen Zier.
Nur eine, die du würgen mußt,
Die jüngste, deiner Augen Lust,
Wird segnend dich noch Vater nennen –
Dein Herz wird bei dem Wort verbrennen!
Du mußt es tun, du mußt es schaun,
Des Blicks Verglühn, der Stirne Graun,
Das Auge, das so gläsern stiert,
Sein leblos Blau, wie es gefriert.
Ich seh, wie deine wilde Faust
Ihr blondes Haar dann wütend zaust,
Die Locken, deren Schur im Leben
Dir manches Liebespfand gegeben;
Nun werden sie mit einemmal
Zum Zeichen deiner Höllenqual.
Wie fletscht dein Zahn, dein Mund wie blaß,
Von deinem besten Herzblut naß!
Dann wank ins öde Grab und buhl
In Grüften mit Afrit und Ghul.
Voll Graun vor dir entfliehn selbst die,
Scheusal, entsetzlicher als sie!

* * * * * * * * *

»Wie wird der Kaloyer da genannt?
Ich sah dies Antlitz schon vorher,
Vor manchem Jahr, in meinem Land,
Als wütend er am öden Meer
Das schnellste Roß, das je das Heil
Des Reiters war, antrieb zur Eil.
Ich sah dies Antlitz nur im Flug,
Tief aber prägte sich der Zug
Der innren Qual ein, den es trug;

Und noch auf jener Stirne droht
Der finstre Geist, bleich wie der Tod.

Zweimal drei Sommer sind es nun,
Seit unsrem Kloster es genaht,
Um hier, so scheint es, auszuruhn
Von irgendeiner dunklen Tat.
Doch nimmer sehn wir andern ihn
Zur Vesper und im Beichtstuhl knien;
Nicht rührt es ihn, wenn hoch im Chor
Hymnus und Weihrauch steigt empor;
Für sich allein beugt er sein Haupt;
Kein Mensch weiß, was er ist und glaubt.
Aus Heidenlanden übers Meer
Kam von der Küste er hierher.
Von Osmans Stamme scheint er nicht,
Und Christ doch nur von Angesicht,
Vielleicht ein flücht'ger Renegat,
Der Reue fühlt für seine Tat;
Nur flieht er vor dem heil'gen Schrein
Und vor geweihtem Brot und Wein.
Dem Kloster bracht er Gold in Haufen,
Um unsrers Priors Gunst zu kaufen,
Doch wär ich Abt, ein solcher Gast
Fänd hier nicht eines Tages Rast,
Oder ich schlöss' ihn auf der Stelle
Für immer in die Büßerzelle.
In seinen Träumen murmelt er
Von einer Frau im tiefen Meer,
Von Säbelklirren, fliehnden Horden,
Gestillter Rach und Türkenmorden.
Oft steht er an der Klippe Rand
Und spricht zu einer blut'gen Hand,
Die sich vom eignen Arme schied,
Die außer ihm kein andrer sieht;
Sie winkt ihm fort zu seiner Gruft,
Lockt ihn zu springen in die Kluft.«

* * * * * * * * * * *
* * * * * * * * * * *

Das Antlitz grinst wie Spuk und Fluch
Unter der Kutte finstrem Tuch;
Dies weite, starre Aug enthüllt
Zu viel der Qual, die ihn erfüllt,
Unstet von Farb und wandelbar –
Doch wer es ansieht, läuft Gefahr:
Sprechend, doch unaussprechlich ruht
Ein Zauber in des Auges Glut,
Ein stolzer, ungezähmter Geist,
Der Macht und Herrschaft an sich reißt;
Und wie des Vogels bang Geflatter
Nicht fliehn kann vor dem Blick der Natter,
So krümmt sich, wer ihn angesehn,
Und kann nicht fliehn noch widerstehn.
Der halberschrockne Mönch, der ihn
Allein trifft, möchte gern entfliehn,
Als ob dies Aug und diese Brauen
Mitteilen könnten Schuld und Grauen.
Er lächelt selten, aber dann
Sieht sich sein Lächeln traurig an,
Wie er mit Jammer spielen kann.
Die bleiche Lippe zuckt und droht,
Dann wieder wird sie starr wie Tod,
Als ob ihm Stolz und Gram die Gabe
Des Lächelns ganz genommen habe.
Ja, wär's nur so! – so gift'gen Scherz
Gebar noch nie ein fröhlich Herz.
Noch bittrer, wenn dies Antlitz gar
Das zeigt, was einst Empfindung war!
Noch sind die Züge nicht versteint,
Noch manches Licht mit Nacht vereint,
Und flücht'ge Blitze noch verraten,
Daß nie ihn ganz entehrt die Taten,
Durch deren Blut er mochte waten.
Der Pöbel freilich sieht allein
Die Schuld und die verdiente Pein;
Der schärfre Blick erkennt im Fehle
Das edle Blut, die stolze Seele.
Ach, wenn auch fruchtlos ihm beschert,
Befleckt durch Schuld, durch Gram verheert,
Doch teilt' an kein gemeines Haus

Das Schicksal solche Gaben aus;
Und stets an solchen, fast mit Bangen,
Pflegt selbstgebannt der Blick zu hangen:
Die Hütte mit geborstner Wand
Hält nie des Wandrers Fuß gebannt,
Indes, gebeugt von Krieg und Sturm,
Die letzte Zinn am alten Turm
Den Fremdling lockt und übermannt:
Der Säulenstumpf, das Efeukleid
Zeugt stolz von alter Herrlichkeit.

»Umwallt von des Gewandes Falten,
Schleicht er das Seitenschiff hinan,
Scheu angestarrt, und starrt die alten
Festbräuche finstren Blickes an.
Doch wie vom Chor das Hochamt schallt
Und alles kniet, entweicht er bald.
Bei jener Fackel schwankem Licht
Im Torgang stiert sein bleich Gesicht;
Da weilt er bis zum Schlußgebet,
Das er mit anhört, doch verschmäht.
Sieh da – die Wand ist halb erhellt –,
Sein Kopftuch sinkt, sein Haupthaar fällt;
Wild um die Stirn die Locken flattern,
Als flöchte Gorgo ihm ums Haupt
Die schwärzeste vom Kranz der Nattern,
Der schrecklich ihre Schläf umschnaubt.
Denn er verwirft den Ordensschwur;
Obwohl uns gleich in Tracht und Hülle,
Gönnt er den Locken sünd'ge Fülle.
Aus Reue nicht, aus Hoffart nur
Verschenkt er Gold an Mauern, wo
Kein frommes Wort ihm je entfloh.
Sieh! – merkst du's? Wenn ein vollrer Chor
Loblieder jauchzt zu Gott empor,
Versteint sein Blick, die Wang wird fahl,
Ein Bild des Trotzes und der Qual.
Sankt Paul! laß vom Altar ihn weichen!
Sonst wird in fürchterlichen Zeichen
Der Zorn des Himmels uns erreichen.
Wenn Satan ging' als Mensch umher,

Er säh nicht anders aus als der:
So wahr mir einst vergeben werde,
Dies stammt vom Himmel nicht noch Erde.«

Auch weichste Herzen Lieb entfacht,
Nie aber Lieb in voller Macht;
Sie sind zu scheu, ihr Leid zu tragen,
Zu zahm, den Todeskampf zu wagen.
Das starke Herz allein ereilt
Die Wunde, die die Zeit nicht heilt.
Das rauhe Erz aus tiefem Schacht
Muß brennen, eh es glänzt in Pracht;
Getaucht in Ofens Flammenschwall,
Biegt sich's und schmilzt – doch bleibt's Metall.
Alsdann gehärtet nach Begehr,
Dient's dir zur Waffe oder Wehr,
Ein Panzer für den Tag der Nöte,
Ein Schwert, das deinen Gegner töte,
Vielleicht ein Dolch – doch wer zum Stich
Die Waffe formt, der hüte sich!
So schmiedet Weibes Kunst, wie Erz,
Im Feur der Lieb ein starkes Herz;
Da nimmt es Form und Schärfe an,
Wie sie es macht, so bleibt's fortan;
Es bricht, eh es sich biegen kann.

* * * * * * * * * * *

Wo Einsamkeit nachfolgt der Pein,
Da hilft's nicht viel, den Schmerz zu lindern;
Das öde Herz mag dankbar sein,
Wenn Foltern seine Leere mindern.
Was niemand mit uns teilen kann,
Und wär's der Himmel, widert an.
Ein Herz, von aller Welt verlassen,
Muß, um nur Ruh zu finden – hassen.
Es ist, als wenn ein Toter fühlt,
Wie ihn der eis'ge Wurm zerwühlt,
Wie über seines Moders Rast
Kriechendes Ungeziefer praßt,
Machtlos, zu wehren ihrem Raub,
Der schaurig zehrt an seinem Staub.

Es ist, als wenn der Pelikan,
Der seine treue Brust zerfleischt,
Weil seine Brut nach Nahrung kreischt,
Betört von mütterlichem Wahn,
Sein Blut voreilig fließen läßt
Und findet plötzlich leer sein Nest.
Selbst Folter ist der Wonnen süßste,
Verglichen mit dem graus'gen Leer,
Des Geistes blätterloser Wüste,
Zielloser Sehnsucht ödem Meer.
Wer sähe wohl den Himmel gern
Stets ohne Wolk und ohne Stern?
Viel minder schlimm des Sturmes Wut
Als nimmer kämpfen mit der Flut,
Als nach Orkan und Wogenbranden
Einsam am Riff des Schicksals stranden,
In schwüler Still, an toten Seen
Langsam verderben, ungesehn;
Viel besser sinken mit dem Schiff,
Als stückweis modern auf dem Riff!

* * * * * * * * * * * *

»Vater, du lebtest fromm und rein,
Unzähl'ge Rosenkränze zählend!
Von Sünden andre zu befrein,
Du selber frei von Schuld und Pein,
Mit flücht'gem Schmerz dich höchstens quälend,
Dies Los von Jugend an war dein.
Du wirst dich oft bekreuzigt haben
Vor Leidenschaft und grimmer Wut,
Wenn Büßer die geheime Glut
Der Sünden und der Tränen Flut
In deiner keuschen Brust begraben.
Mir war in meiner kurzen Zeit
Viel Glück verliehn, doch mehr noch Leid,
Und als in Lieb und Kampf ich noch
Vergaß des Lebens bleiern Joch.
In Feindeskampf, in Freundesglück
Stieß ich die träge Ruh zurück.
Jetzt, wo mir nichts verhaßt noch lieb,
Wo mir nicht Stolz noch Hoffnung blieb,

Wär lieber ich der ekle Wurm,
Der giftig kriecht im Kerkerturm,
Als öd und stumpf dahinzugehn,
Verdammt, zu denken und zu sehn.
Wohl quält ein Wunsch mich immerzu:
Nach Ruh – doch wunschlos sein ist Ruh.
Dies Ziel ist nah: In Schlaf gelullt,
Träum ich dann nichts von allem mehr,
Was ich einst war und gern noch wär,
So schwarz dir vorkommt meine Schuld.
Erinnrung ist ein Grab mir schon,
Grab toten Glücks – der Wunsch mein Lohn:
Tot mit dem toten Glück zu sein,
Statt hinzuschleppen meine Pein.
Mein Mut erschrak nicht vor der Last
Wühlender Schmerzen ohne Rast;
Nicht kürzt ich selbst die Lebensfrist,
Wie röm'scher Tor und feiger Christ;
Doch nie dem Tode wich ich aus;
Schön deucht er mir im blut'gen Strauß;
Wenn ich im Kampf und Sturme bliebe,
Ein Sklav des Ruhmes, nicht der Liebe.
Ich trotzt ihm – nicht um Ehrenglanz;
Ich lächle über Schimpf und Kranz,
Ich lasse andren solche Fron
Um Ehren oder Mietlings Lohn;
Doch zeige meinem Aug ein Ziel,
Das kampfeswert mir scheint – gleichviel,
Sie, die ich lieb, ihn, den ich hasse,
Und ich erstürm des Schicksals Gasse,
Zum Mord, zur Rettung, wie es sei,
Durch blitzenden Stahl und sausend Blei.
Glaub nicht, ich prahl in eitlem Wahn:
Was gern ich tät, ich hab's getan.
Tod ist nicht mehr, als Mut besteht,
Schwachheit erduldet, Not erfleht;
Laß fahren denn, was doch vergeht!
Sein Antlitz hat mich nie entsetzt –
Im Stolz des Glücks – wie sollt es jetzt?

* * * * * * * * * * * *

Ich liebte, Mönch, ich betet' an!
Doch das sind Worte ohne Wert,
Die alle Welt gebrauchen kann.
Ich hab es durch die Tat bewährt:
Blut klebt an diesem schart'gen Schwert,
Der Fleck verläßt die Klinge nie;
Sie starb für mich – dies floß für sie!
Blut eines Herzens, das verflucht . . .
Nein, schaudre nicht, beug nicht das Knie,
Die Tat wird nicht als Schuld gebucht;
Du sprichst mich frei von dieser Last,
Denn Kirch und Kreuz war ihm verhaßt;
Der Name Nazarener schon
War Wermut seinem Heidenhohn.
Der undankbare Tor! die blanken
Und schweren Klingen tapfrer Franken,
Der Galiläer Schwert und Spieß
Verhalfen ihm zum Paradies;
Sonst würden ihn im Himmelsgarten
Die Huris heute noch erwarten.
Ich liebte sie, und Liebe wagt
Mehr als der Wolf, der hungernd jagt;
Wagt sie genug, so wär's am Ende
Hart, wenn sie ihren Lohn nicht fände.
Gleichviel, warum und wo und wie,
Ich seufzte nicht umsonst um sie;
Jetzt aber manchmal wünsch ich fast,
Sie hätte lieber mich gehaßt.
Sie starb – ich mag nicht sagen, wie;
Auf meiner Stirn, da steht es, sieh!
Dort lies in untilgbarer Schrift
Den Fluch des Kain, der mich trifft.
Doch eh du mich verdammst, halt ein:
Die Ursach, nicht die Tat, war mein.
Zwar hätt ich es gemacht wie er,
Wenn zwein sie falsch gewesen wär;
Ihm war sie falsch – er rächte sich;
Mir war sie treu – er fiel durch mich.
Ob sie verdiente, was er tat,
Für mich war Treue ihr Verrat.
Sie gab ihr Herz mir, jene Welt,

Die niemals Zwang in Ketten hält;
Und ich, zu spät zu retten, gab,
Was ich noch geben konnt – ich gab
(Es war mein Trost) dem Feind ein Grab.
Sein Blut wiegt leicht; ihr Schicksal brachte
Zu dem mich, was dich schauern machte.
Sein Tod stand fest; er wußt es wohl;
Ihn warnte Tahirs finstres Wort,
Des ahnend Ohr den nahen Mord
Wie fernes Krachen hörte dort,
In jener Felsschlucht eng und hohl.
Er starb dazu in Kampfes Wut,
Wo Schmerz und Last nicht wehe tut;
Ein Ruf zu Mohammed, ein Schrei
Zu Allah – und es war vorbei.
Er kannte mich und griff mich an;
Ich sah am Boden ihn, und dann
Bewacht ich, wie sein Blut verrann.
Dem Panther gleich durchbohrt vom Stahl,
Fühlt' er doch halb nicht meine Qual;
Vergebens sucht ich eine Spur
Von Seelenwunden und Tortur;
Des Toten starres Angesicht
Verriet wohl Grimm, doch Reue nicht.
Wie lechzt ich, der Verzweiflung Graun
Auf seiner bleichen Stirn zu schaun,
Die späte Reu am Grabestor,
Als Buße jede Macht verlor,
Wenn sie in Todes Zwang und Bann
Nicht trösten will, nicht retten kann!

* * * * * * * * * * *

Ein kaltes Land, ein kaltes Blut,
Das kaum den Namen Liebe kennt –
Die meine war, wie Lavaflut
In Ätnas Flammenbusen brennt.
Ich plappre nicht, wie mancher tut,
Von holder Minne, süßer Glut;
Wenn glühnde Wang und siedend Blut,
Wenn stumme Lipp in Angst und Wut,
Wenn tobend Hirn und springend Herz

Und kühne Tat und rächend Erz,
Wenn alles, was ich fühlt an Schmerz,
Liebe bezeugt, dann war sie mein,
Der Liebe narbenvolle Pein.
Nicht wimmern konnt ich, flehn und werben,
Ich mußt erringen oder sterben.
Ich sterbe, ja – doch noch am Grabe
Weiß ich, daß ich genossen habe!
Sollt ich das Schicksal meiner Wahl
Verwünschen? Nein! trotz Kampf und Not,
Wär nicht der Schmerz um Leilas Tod,
Gib mir die Wonne samt der Qual,
Ich lebt und liebte noch einmal!
Nicht mich, den Sterbenden, beklag ich,
Nur Leid um die Gestorbne trag ich,
Um deren Gruft die Brandung schnaubt.
Wenn sie ein Grab auf Erden hätte,
Mein brechend Herz und fiebernd Haupt,
Ach, teilte längst ihr enges Bette.
Ganz Leben war sie und ganz Licht –
Wer sie gesehn, vergaß sie nicht.
Sie strahlte mir, ob nah, ob fern,
Meiner Erinnrung Morgenstern.
Ja, Lieb ist Licht, vom Himmel stammend,
Aus jenem ew'gen Feuer flammend,
Das Gott uns gab, um niedre Lust
Zu heben über Erdendust.
Die Andacht hebt zu Gott uns wieder,
Die Liebe senkt den Himmel nieder,
Abglanz der Gottheit, uns vom Frönen
Schmutziger Selbstsucht zu entwöhnen,
Ein Strahl vom Urquell aller Sonnen,
Ein Glorienschein um Erdenwonnen!
Mein Lieben war, ich glaub es gern,
Von himmlischer Vollendung fern;
Verdamm es denn – ich bin geduldig –,
Nur sprich, o sprich, *sie* war nicht schuldig!
Sie war der Leitstern meines Lebens,
Nun tast ich durch die Nacht vergebens;
Wie gerne folgt ich seinem Strahl,
Sei's auch zu Tod und Todesqual!

Weswegen blickt ihr so betroffen,
Wenn einer, dem man alles nahm,
Der Stunde Glück, der Zukunft Hoffen,
Nicht milde ringt mit seinem Gram,
Wenn er von Flüchen überflutet,
Wenn er zu finstrer Tat sich kehrt,
Die Jammer nur mit Schuld vermehrt?
Ach, eine Brust, die drinnen blutet,
Schreckt nichts, was nur den Leib versehrt;
Wer stürzt vom höchsten Glück herab,
Der fragt nicht viel, in welches Grab.
Wild wie des Geiers finstres Hausen,
Scheint dir mein Tun, du alter Mann;
Ich les auf deiner Stirn das Grausen –
Auch das ertrag ich, wie ich kann.
Ja, gleich dem Flug des Geiers hat
Unheil bezeichnet meinen Pfad;
Eins von der Taub' ist mir geblieben:
Zu sterben und nur einmal lieben –
Die Lehre, die der Mensch nicht ehrt,
Weil ein verachtet Tier sie lehrt.
Die Nachtigall in wald'ger Flur,
Der Schwan auf klarem Flutazur
Wählt eine Gattin, eine nur.
Und ob der Tor der Neuheit frönt
Und jeden, der nicht wechselt, höhnt,
Mit prahlnden Knaben Späße tauscht,
Mich lockt kein Glück, das bunt verrauscht.
Mir scheint der flatternde Galan
Herzloser als der treue Schwan,
Viel niedriger als die Betörte,
Die sein meineidig Flehn erhörte.
Solch eine Schmach war niemals mein;
Leila, mein ganzes Herz war dein,
Mit Ehr und Schuld, mit Lust und Leid,
Mein all jetzt und in Ewigkeit!
Kein Zweites gleicht auf Erden dir,
Und wär es auch, was hülf es mir?
Graunvoll, ein Weib zu finden, die
Ihr ähnlich wär und doch nicht sie!
Dies Sterbebett, all meine Schmach

Bezeugt, daß ich die Wahrheit sprach:
Es ist zu spät – du warst, du bist
Der teure Wahnsinn, der mein Herz zerfrißt.

Sie war dahin, ich lebte noch,
Kein menschlich Leben wie zuvor;
Dicht um mein Herz die Schlange kroch
Und stach zum Kampf die Seel empor.
Verwischt der Zeit, des Raumes Spur,
Ein Graun der Anblick der Natur,
Und jede Farb, einst meine Lust,
Trug nun die Schwärze meiner Brust.
Den Rest dein Ohr bereits vernahm,
All meine Schuld, halb meinen Gram,
Doch nicht von Büßen rede mir!
Du siehst, ich scheide bald von hier,
Und deine Lehr und frommes Flehn
Macht nie Geschehnes ungeschehn.
Ich bin nicht undankbar: dies Weh
Heilt keines Priester Beistand je.
Heimlich errat mein tiefstes Ich;
Je mehr du fühlst, je wen'ger sprich.
Wenn du sie wecken kannst zum Leben,
Dann will ich flehn um dein Vergeben,
Dann sprich für mich am Throne dessen,
Von dem man Gnade kauft mit Messen.
Wenn Jägers Faust aus wald'ger Schlucht
Forttrug die junge Löwenzucht,
Geh, sprich der Löwenmutter zu,
Doch meinen Jammer laß in Ruh.

In sanftern Stunden, frühern Tagen,
Wo Herz am Herzen liebt zu schlagen,
Im Heimattal, von Wald umzäunt,
Hatt ich – ach, hatt ich? – einen Freund.
Ihm, bitt ich dich, dies Zeichen sende,
Andenken an des Knaben Schwur;
Ich möcht ihn mahnen an mein Ende.
Zwar flüchtig denkt der Freunde nur
Ein Herz wie meins, verheert von Grame,
Doch blieb ihm wert mein finstrer Name.

Seltsam! er hat's geweissagt; doch
Ich lachte – damals lacht ich noch –,
Wenn Weisheit seine Stimme lieh
Und warnte – und ich hörte nie.
Nun summt Erinnrung meinem Ohr
Das Halbgehörte wieder vor.
Sag ihm, sein Ahnen sei nun wahr,
Und wenn er das vernimmt, so wird
Er wünschen, daß er sich geirrt.
Sag ihm, in Taumel und Gefahr
Dacht ich zu wenig wohl zurück
An unsrer Jugend goldnes Glück,
Doch hätt ich ihn mit lallendem Munde
Gesegnet in der Sterbestunde,
Nur daß der Himmel, fürcht ich, grollte,
Wenn Schuld für Unschuld beten wollte.
Nicht heisch ich, daß er mich nicht schilt;
Mein Grab zu schmähn ist er zu mild;
Der Ruf der Welt mir wenig gilt.
Auch Trauer heisch ich nicht; es wäre
Wie Hohn solch frostiges Begehr;
Nichts schmückt den Sarg des Mannes mehr
Als eines Freundes ernste Zähre.
Sein alter Ring hier, bring ihm den,
Und sag ihm dann, was du gesehn:
Verdorrten Leib, zerstörte Kraft,
Die Trümmerstatt der Leidenschaft,
Zerknittert Buch, verwehtes Laub,
Des Wintersturms trostlosen Raub.

* * * * * * * * * * *

Schweig mir von Fiebers Truggesicht!
Nein, Vater, nein – Traum war es nicht!
Der Traum kann nur im Schlaf erscheinen.
Ich wacht und wünschte nur zu weinen
Und konnte nicht – die heiße Stirn
Pochte wie jetzt, bis tief ins Hirn.
Nur Tränen wünscht ich, als ob Zähren
Was Liebes, Neues, Teures wären.
Ich wünscht es erst, ich wünsch es noch,
Verzweiflung lähmt den Willen doch.

Die Predigt spar! – Verzweiflung steht
Viel mächt'ger da als dein Gebet;
Um Rettung ist mir's nicht zu tun,
Nicht selig sein, ich will nur ruhn.
Vorher, ich schwör es, Vater, ja,
Daß ich sie sah, lebendig sah
Im weißen Symar leuchtend fern,
Wie durch die Wolken jenen Stern.
Ich seh den Stern, wie sie vorher,
Nur war sie lieblicher als er.
Matt seh ich seinen Zitterschein;
Die nächste Nacht wird dunkler sein
Und ich, eh sich sein Strahl erneut,
Lebloser Staub, den Leben scheut.
Ich fliege, Mönch, die Seele fließt
Dem Ziele zu, das alles schließt.
Ich sah sie, Mönch, ich sprang empor;
All unser Jammer war vergessen;
Vom Lager spring ich, stürze vor,
Sie an mein rasend Herz zu pressen;
Ich preß – und halte was umfaßt?
Nicht atmenden Leibes süße Last,
Kein Herzschlag stimmt in meinen ein –
Doch, Leila, doch! der Leib ist dein!
Ist sie verwandelt, daß sie so
Das Auge traf, der Hand entfloh?
Du bist so kalt – was kümmert's mich?
Wenn nur mein Arm sich schlingt um dich,
Sein alles, was er wünscht für sich!
Ach, nur ein Schatten war dies Glück,
Leer sinkt der Arm aufs Herz zurück.
Da ist es noch! Wie stumm es steht
Und mit den Händen winkt und fleht!
Das Auge schwarz, gestrählt das Haar;
Ich wußte, daß es Lüge war!
Sie lebt – nur er ist tot. Ich sah
Sein Grab im Tal, wo es geschah.
Er kommt nicht; denn sein Grabgemach
Ist fest; warum bist du denn wach?
Sie sagten, wilde Brandung rollt
Über dem Antlitz lieb und hold;

Sie sagten . . . Greuel sagten sie;
Ich weiß, doch wiederhol es nie.
Wenn's wahr ist, wenn du aus dem Meer
Zu stillrem Grabe kamst hierher,
O laß auf meine glühnden Brauen
Die kühlen Finger Labsal tauen,
Oder auf mein Herz voll Grauen!
Was du auch seist, Seel oder Leib,
Erbarm dich! geh nicht von mir! bleib!
Oder laß beid uns weiter fliehn,
Als Winde wehn und Wolken ziehn!

* * * * * * * * * * *

Dies ist mein Nam und Lebenslauf:
Du hebst, mein Vater, all mein Wehe
In treuer Brust verschwiegen auf.
Dank für die Träne, die ich sehe!
Mein gläsern Aug bleibt unbenetzt.
Zu niedern Toten legt mich jetzt,
Nichts als ein Kreuz zu Häupten mir,
Sonst Name nicht noch Wappenzier,
Nichts, was des Fremdlings Neugier lockt,
Wovor der Schritt des Pilgers stockt.«

* * * * * * * * * * *

Er starb – von Namen oder Stand
Ließ er uns weder Spur noch Pfand;
Nur unser Abt vernahm die Kunde,
Die Beichte seiner Sterbestunde;
Ich weiß nur, was dies Bruchstück gibt,
Wie er gehaßt und wie geliebt.

DIE BRAUT VON ABYDOS

Eine türkische Erzählung

Hätten wir uns nicht so herzlich,
Nicht so blind geliebt und schmerzlich,
Hätten wir uns nie gesprochen,
Unser Herz wär nicht gebrochen.

Burns

ERSTER GESANG

I

Kennt ihr das Land, das Zypressen und Myrten,
Sinnbilder des Glücks und des Todes, umgürten?
Wo die Liebe der Taube, des Geiers Wut
Bald schmilzt in Trauer, bald schwelgt in Blut?
Kennt ihr das Land der Zedern und Reben,
Wo die Blume nie welkt und das Licht nie erbleicht,
Wo von Düften erdrückt und von Rosen umgeben,
Leiser der Flügel der Zephyre streicht?
Wo die Ölfrucht schwillt in dunklem Gewimmel,
Wo die Nachtigall nimmer verstummt in der Nacht,
Wo die Farben der Erd und das Leuchten der Himmel,
Verschieden an Glanz, wetteifern an Pracht,
Und der Purpur des Ozeans dunkeler lacht?
Wo die Jungfraun blühn wie Blumen der Wonne,
Wo nur eins nicht göttlich – das menschliche Herz?
Kennt ihr den Osten, die Heimat der Sonne?
Sie lächelt zu Freveln und blutigem Schmerz!
Oh, wild wie das Schluchzen geschiedener Liebe
Sind die Sagen im Land und im Herzen die Triebe!

2

Die tapfren Sklaven um ihn her,
Wie's Kriegern ziemt, in voller Wehr,
Zu schützen des Gebieters Pfad,
Zu wachen, wenn ihm Schlummer naht,
Saß Jaffir auf des Diwans Pfühl,
Gedankenvoll die greisen Brauen.
Des Moslems Antlitz läßt Gefühl
Nicht oft in Blick und Miene schauen;
Geschickt verbirgt es jede Glut,
Nur nicht des Stolzes Übermut;
Doch mehr als sonst gab heute kund
Sein sinnend Haupt, sein strenger Mund.

3

»Räumet die Halle!« – Verschwunden sind alle.
»Nun rufe den Haremsvogt in den Saal!«
Vor des Paschas Thron stehn sein einziger Sohn
Und der nubische Sklav, wie der Herr es befahl.
»Harun, sobald durchs äußre Tor
Das Volk im Hofe sich verlor
(Weh jedem Kopf, der Augen hat,
Wenn schleierlos Suleika naht!),
Holst du mein Kind aus ihrem Schloß:
Ihr Schicksal sei, wie ich's beschloß.
Doch was ich sprach, verschweigst du ihr;
Gehorsam lehren ziemt nur mir.«

»Pascha, dein Wort ist mir Gebot.«
Mehr Antwort duldet kein Despot.
Und schon sein Fuß dem Wort entspricht,
Als Selims Mund das Schweigen bricht.
Erst neigt er Aug und Stirn zum Gruß,
Dann redet er mit sanftem Ton
Und stehend neben Jaffirs Fuß;
Denn niemals darf des Moslems Sohn
Sich setzen vor des Vaters Thron.

»Nicht meine Schwester wolle strafen,
Mein Vater, noch den schwarzen Sklaven;
Die Schuld war, wenn es Schuld war, mein;
So treffe mich dein Zorn allein.
So lieblich war des Morgens Schein,
Die Greis und Müden mochten schlafen,
Ich konnt es nicht: doch einsam schaun
Die hehre See, die holden Aun,
Ohn einen Freund, der spricht und lauscht,
Wenn mir durchs Herz die Wonne rauscht,
Verdroß mich; denn zu keiner Zeit
Bin ich ein Freund der Einsamkeit.
So stört ich denn Suleikas Schlaf,
Und da, wie dir bekannt ist, leicht
Des Harems knarrend Schloß mir weicht,
So eilten wir, eh noch ein Sklav

Erwacht war, zum Zypressenhain,
Zu Erde, Meer und Sonnenschein.
Dort saßen wir, getäuscht zu lang
Von Medschnuns Mär und Sadis Sang,
Bis mich der Tambour dumpf und tief
Zur nahen Diwanstunde rief,
Und ich entfloh, getreu der Pflicht,
Zum Gruße vor dein Angesicht.
Suleika weilt noch dort allein . . .
Nein, zürne nicht; kein Mann dringt ein
In jenen abgeschloßnen Garten,
Nur sie, die deines Harems warten.«

4

Der Pascha drauf: »Sohn einer Magd!
Von einem Frankenweib geboren!
Die Vaterhoffnung ist verloren,
Daß Manneswerk dir je behagt.
Statt daß dein Arm den Wurfspieß schwingt,
Den Bogen krümmt, das Roß bezwingt,
Du Griech an Geist, wenn nicht an Glauben,
Begaffst du blühnde Rosenlauben
Und träumst, wo Quellen plaudernd sprühn.
Oh, hätte dich das Morgenglühn,
Für das dein kindisch Auge schwärmt,
Etwas mit seinem Feur erwärmt!
Du sähest diese Bastionen
Zersprengt von christlichen Kanonen,
Ja, sähest Stambuls alte Hallen
Vor Moskaus Hunden niederfallen
Und höbest doch den Säbel nie
Wider das Nazarenervieh.
Geh, weniger als Weib! und schwinge
Die Kunkel lieber als die Klinge! –
Auf, Harun, meine Tochter hol,
Und deinen Kopf behüte wohl!
Flieht einmal noch Suleika nur,
Der Bogen dort – hat eine Schnur!«

5

Von Selims Lippen dringt kein Ton,
Wenigstens nicht zu Jaffirs Ohren,
Doch fühlt' er jedes Wort und Drohn
Schärfer als Christenschwerter bohren.
»Sohn einer Magd! als feig begrüßt!
Das hätt ein andrer schwer gebüßt.
Sohn einer Magd! und wer mein Vater?«
So kocht's in seines Busens Krater,
Und mehr als Zornes Blicke sprühn,
Flammen, die langsam dann verglühn.
Der Pascha blickt auf seinen Sohn
Und stutzt; denn in dem Auge dort
Liest er, wieviel sein Zorn versehn,
Sieht er den Aufruhr im Entstehn.
»Tritt näher, Knabe! – wie? kein Wort?
Ich maß dich längst und kenn dich auch,
Doch kühne Tat ist nicht dein Brauch.
Ja, wär dein Bart nur männlich stark
Und deine Faust voll Kraft und Mark,
Gern eine Lanze säh ich dich
Einlegen, wär's auch gegen mich.«
Und so, mit Worten gift'gen Hohns,
Blickt er ins Auge seines Sohns;
Doch stolz hebt Selim das Genick
Und gibt ihm wieder Blick um Blick,
Bis Jaffirs Stirn sich senkt – warum?
Er fühlt es wohl, doch bleibt er stumm.
»Ich fürcht, ich soll noch Ärger haben
Von diesem eigensinn'gen Knaben.
Ich liebt' ihn nie von Kindesbein;
Doch seines Armes Wert ist klein.
Beim Weidwerk maß er kaum sich je
Mit Antilop und scheuem Reh;
Er wird nicht leicht sein Schwert erheben,
Mann gegen Mann, um Ruhm und Leben.
Sein Blick und Ton ist feindlich, ja,
Und auch sein Blut, mir selbst so nah,
Das Blut . . . er ahnt es nicht: schon gut,
Er soll mir unter schärfre Hut.

Ein Araber mir lieber ist,
Oder ein bleicher, feiger Christ.
Doch still! das ist Suleikas Ton:
O Huri-Sang, der Leid versüßt!
Kind meiner Wahl, mir teurer schon,
Als ihre Mutter vor ihr war,
An Hoffnung reich, an Sorgen bar,
O meine Peri, sei gegrüßt!
Süß wie des Wüstenquelles Flut
Die Lippen kühlt in Todesglut,
Ist meiner Sehnsucht dein Begegnen;
So viel Gebete wallten nie
Gen Mekka, wie die meinen, die
Dich dankbar segneten und segnen.«

6

Schön wie das erste Weib, als sie frohlockend
Ihr Aug am Reiz der holden Schlange hegte,
Die da ihr Bild ins Herz des Weibes prägte,
Durch die Verlockte immer neu verlockend;
Blendend wie, ach, die flücht'gen Traumgesichte,
Die dem phantombelebten Schlaf der Trauer
Vorgaukeln Wiedersehn und Wonneschauer,
Die Toten neubelebt zu ew'gem Lichte;
Sanft wie begrabner Lieb Erinnerungen,
Rein wie Gebet von frommen Kinderzungen
War sie, des finstren, alten Häuptlings Kind,
Der sie umarmt und dessen Träne rinnt.

Wie schwach sind Worte, von den Himmelsstrahlen
Der Schönheit einen Funken nur zu malen!
Wer fühlte nie, wenn, staunend und verwirrt,
Das Aug im Rausch der Wonne dunkel wird,
Das Herz erbeben und die Wangen brennen
Und den Triumph der Lieblichkeit bekennen!
So war Suleika, so ihr immer nah
Holdsel'ger Zauber, den nur sie nicht sah:
Das Licht der Liebe, Reinheit spiegelklar,
Musik und Geist von ihrem Antlitz hauchend,
Das Herz in Harmonie das Ganze tauchend,
Und ach, ein Auge, das selbst Seele war!

Sanft ihre schlanken Arme schmiegend
Über des Busens Knospenpaar,
Beim ersten Gruß die Arme fliegend
Um dessen Hals, der auf ihr Haar
Segen und Küsse haucht – so war
Suleikas Nahn, und halb zerschmolz
In Jaffirs Brust Entschluß und Stolz.
Nicht so, als ob je ihren Schmerz
Sein trotz'ger Sinn beschlossen hätte:
Die Liebe band sie ihm ans Herz,
Der Ehrgeiz sprengte diese Kette.

7

»Suleika, Tochter süßer Huld,
Heut lerne meiner Liebe Maß,
Wo ich, mich zwingend in Geduld,
Das eigne Opfer gern vergaß
Und dir den andren Herrn erlas.
Ein andrer! Und ein beßrer Mann
Ging niemals in der Schlacht voran.
Ein Moslem hält nicht viel auf Blut,
Doch das Geschlecht des Karasman
War stets das größt an Macht und Gut,
Von echter Timarioten-Art,
Die stark ihr Land gewinnt und wahrt.
Was sag ich viel zu seinem Preis?
Er ist der Vetter Oglu-Beys.
Nach seinen Jahren frag ich nicht;
Dein Gatte sei kein junger Wicht.
Glorreiche Mitgift geb ich dir,
Und seine Macht, vereint mit mir,
Spottet des Todesfermans, den
Die andern nur mit Zittern sehn;
Wer ihn auch bringt, wir zahlen schon
Ihm den verdienten Botenlohn.
Nun kennst du deines Vaters Wahl;
Mehr braucht ein Weib nicht zu erfahren;
Mein des Gehorsams Lehren waren,
Die Liebe lehre dein Gemahl.«

8

Der Jungfrau Haupt sich schweigend neigt,
Und wenn die Trän ins Auge steigt
Und starr vor Schreck nicht niederrauscht,
Wenn ihre Wange wechselnd tauscht
Nun Rot mit Blaß, um Blaß mit Rot,
Als Pfeilen gleich die Flügelworte
Flogen durch ihres Ohres Pforte,
Was ist es? – mädchenhafte Not.
Der Schönheit Tränen sind so hold,
Daß fast der Kuß, sie trocknend, schmollt;
So schön die Glut verschämter Liebe,
Daß selbst das Mitleid wünscht, sie bliebe!
Was es auch sei, Jaffirs Gesicht
Bemerkt es oder achtet's nicht.
Er klatscht dreimal: »Mein Berberrapp!«
Er setzt den prächt'gen Tschibuk ab
Und dann in kriegerischem Schmuck,
Mit Mograbi und Mameluck,
Von seinen Delis dicht umdrängt,
Zum Wiesenplan der Pascha sprengt,
Um den Mannern zuzuschaun
Beim Dscheridwurf und Säbelhaun.
Der Kislar nur mit seinen Mohren
Wacht vor des Harems schweren Toren.

9

Er stützt das Haupt auf seine Hand,
Sein Auge folgt dem Strom der Wellen
Durch die gewundnen Dardanellen
Weit über dunkelnden Azur;
Doch sieht er weder See noch Strand,
Sieht nicht, vom Kampfesspiel entbrannt,
Die Turbanträger auf der Flur;
Sieht nicht, wie im Galopp ihr Stahl
Mit sichrem Hiebe schlitzt den Schal;
Sieht nicht die Lanzenschwinger schwärmen,
Hört nicht ihr wildes »Allah« lärmen;
Er denkt an Jaffirs Tochter nur.

10

Aus Selims Brust ringt sich kein Laut;
Suleika seufzt, wie sie ihn schaut.
Noch starrt er in die weite See,
Bleich, stumm, gefaßt in seinem Weh.
Suleikas Auge forscht und späht,
Doch wenig nur sein Blick verrät:
Gleich tief, gleichartig nicht ihr Schmerz,
Ein mildres Feuer barg ihr Herz;
Doch seltsam ist's, was ficht sie an,
Daß heut ihr Herz nicht sprechen kann?
Und sprechen muß sie. Aber hier?
»Seltsam! er wendet sich von mir;
So haben wir uns nie gesehn;
So will ich auch nicht von ihm gehn.«
Dreimal durchwandelt sie den Saal
Und fragt sein Aug – es schweift von hinnen;
Sie nimmt den Krug – es duftet drinnen
Das Atar-Gul von Schiras Tal. –
Und sprengt mit seiner würz'gen Spende
Die Marmorflur und farb'gen Wände.
Die Tropfen, die in schelmischer Lust
Sie zielt auf seinen seidnen Rock,
Sie gleiten ab von seiner Brust.
Als wär auch die ein Marmorblock.
»Wie, grollst du noch? und grollst mit mir?
Mein sanfter Selim, dies von dir?«
Sie sah in wundersamem Strauß
Des Ostens schönste Blumen prangen –
»Einst liebt' er sie; er wird sie aus
Suleikas Händen gern empfangen.«
Und eh ihr noch das Wort entflohn,
Brach sie und flocht die Rosen schon,
Und dann saß ihre Feengestalt
Zu Selims Füßen auch alsbald.
»Die Rose hier von Bülbül kam
Und bringt Arznei für Selims Gram;
Sie sagt, er fing in Selims Ohr
Heut nacht ein Lied wie nie zuvor,
Und ist sein Schall auch traurig oft,

Heut will er jubeln, weil er hofft,
Daß sein verändert Lied vielleicht
Die Schwermut wegfing, bis sie weicht. –

11

Wie, du verschmähst den armen Strauß?
Oh, daß es solchen Jammer gibt!
Für mich ziehst du die Stirne kraus
Und weißt doch, wer zumeist dich liebt?
O du, mein Selim, meine Lust!
Bin ich dein Haß? bin ich dein Kummer?
Komm, birg dein Haupt an meiner Brust,
Und küssen will ich dich in Schlummer,
Da Wort und Lied und selbst der Schlag
Der Nachtigall nichts mehr vermag.
Der Vater, weiß ich, manchmal dräut;
Daß du ihm gleichst, seh ich erst heut.
Ich weiß, er liebt dich nicht so sehr,
Doch liebt Suleika dich nicht mehr?
Errat ich recht des Paschas Plan. –
Der Vetter jenes Karasman
Könnt einer deiner Feinde sein!
Dann schwör ich hier bei Mekkas Schrein
(Wenn Tempel, die des Weibes Nahn
Verbieten, meinen Schwur empfahn),
Wenn du nicht zustimmst, wirbt – nun sprich! –
Der Sultan selbst umsonst um mich.
Könnt ich von dir geschieden weilen?
Lernt ich wohl je mein Herzblut teilen?
Getrennt von deiner Brust, wo bliebe
Für mich der Rat, für dich die Liebe?
Nie sah, nie sieht die Zeit den Tag,
Der dir dies Herz entreißen mag!
Selbst Azrael, wenn einst der rasche,
Tödliche Pfeil vom Bogen schwirrt,
Der alles andre trennt, er wird
Nie trennen unsrer Herzen Asche!«

12

Er lebt, er atmet, er fühlt, er sieht;
Er hebt empor sie, wo sie kniet.
Die Starre schmolz, sein Auge stolz
Blitzt von Gedanken, die dunkel geruht,
Flammengedanken, schmelzender Glut.
Wie der Strom, den der Saum
Die Weiden verdunkelt,
Mit leuchtendem Schaum
Sich enthüllet und funkelt;
Wie der Blitz durch die Nacht,
Von Wolken umhangen,
Strahlt Glück nun und lacht
Durch die Wimpern, die langen.
Kein Schlachtroß beim Trompetenton,
Kein Löwe bei der Hunde Drohn,
Kein Fürst, der plötzlich in der Nacht
Beim Klirren eines Dolchs erwacht,
Braust auf in solcher Lebensmacht,
Wie er, von diesem Schwur erweckt,
Und alles, was er tief versteckt,
Ward nun entdeckt:
»Nun bist du mein, auf immer mein!
Ich bis zum Tod und noch im Tode dein!
Nun bist du mein! Mit jenem heil'gen Eide,
Den du geschworen, bindest du uns beide.
Ja, klug und zärtlich hast du mich gekettet!
Dein Schwur hat mehr als einen Kopf gerettet.
Erblasse nicht! ein Haar von dir
Heischt mehr als Zärtlichkeit von mir;
Die kleinste Locke krümmt' ich nicht,
Die deine weiße Stirn umflicht,
Um alle Schätze, die in Truhen
In Istakar begraben ruhen.
Heut morgen Wolken um mich grollten,
Vorwürf auf meinen Scheitel rollten,
Jaffir hat fast mich feig gescholten!
Jetzt hab ich Ursach kühn zu sein:
Der Sohn der niedren Sklavin – nein,
Fahr nicht so auf; dies Wort war sein –

Zeigt noch ein Herz, das zwar nicht prahlt,
Doch all sein Drohn mit Trotz bezahlt.
Sein Sohn, fürwahr! – doch ja, hinfort
Werd ich es sein, dank deinem Wort.
Doch unsres Schwures heimlich Pfand
Sei keinem außer uns bekannt.
Ich weiß, wer jener Freche ist,
Der sich um dich zu frein vermißt:
Kein Muslim, der es gleich ihm tut
An schmutz'gem Sinn, gestohlnem Gut!
Stammt nicht sein Haus von Egripo?
Nicht Judas Volk veracht ich so!
Genug, verschwiegen sei der Eid;
Das Weitre offenbart die Zeit.
Laß Osman-Bey mir und den Meinen;
Glaub mir, wir sind nicht, was wir scheinen;
Zur Stunde, die ich mir ersah,
Sind Waffen, Freud und Rache nah.«

13

»O nein! Du bist nicht, was du scheinst;
Das sind nicht meines Selims Züge.
Du, einst so lieb, so freundlich einst,
Nun wirst du an dir selbst zur Lüge.
Du weißt, ich liebte dich vorher,
Nie weniger und niemals mehr;
Dich sehn, dich hören, bei dir weilen,
Den Abend hassen, nur weil wir
Den Tag bloß miteinander teilen –
Ein Leben und ein Tod mit dir –
Die Hoffnung, wer entreißt sie mir?
Dir Auge, Wang und Lippe küssen . . .
So – so! Ich werd aufhören müssen;
Denn, Allah! deine Lipp ist Glut!
Welch Fieber wallt in deinem Blut?
Fast hat es meines auch bedroht,
So heiß brennt meiner Wangen Rot.
In Wohl und Wehe sorgen, lindern,
Dein Erbgut teilen, nicht vermindern,
Oder auch lächelnd, ohne Klagen,

Die Hälfte deiner Armut tragen. –
Alles, nur nicht die letzte Pflicht!
Dein Auge schließen könnt ich nicht.
Nur dies, nur dies ist mein Begehr;
Vermag ich, forderst du noch mehr?
Auf eins nur, Selim, gib Bescheid:
Wozu bedarf's der Heimlichkeit?
Vergebens frag ich mich, warum?
Indes du willst – so sei es drum.
Doch was dein Mund von Waffen spricht
Und Freunden, das versteh ich nicht.
Jaffir gerade, meint ich, sollte
Den Schwur vernehmen, der mich band;
Ich bliebe fest, sosehr er grollte –
Doch nein, er zwingt nie meine Hand.
Ist denn mein Wunsch so wunderbar,
Zu bleiben, was ich immer war?
Wen anders hab ich je gesehn,
Seit meiner Kindheit Traum verflossen?
Wen stets zu schauen werd ich flehn
Als meiner Gärten Spielgenossen?
Darf ich die Triebe nicht gestehn,
Die mit dem Leben sich erschlossen?
Sprich, welcher Wandel ist geschehn,
Der mich die Wahrheit meiden lehrt,
Die ich und du von je geehrt?
Gesetz und Gott verbieten mir
Vor fremde Schaulust hinzutreten,
Und nie hat schweifende Begier
Verwünscht die Satzung des Propheten;
Nein, sein Gebot beglückte mich;
Es ließ mir alles, ließ mir dich.
Tief war die Qual, mich dessen Braut
Zu wissen, den ich nie geschaut;
Und warum sollt ich das nicht zeigen?
Weswegen drängst du mich zu schweigen?
Ich weiß, des Paschas Heftigkeit
Hat Gutes nie dir prophezeit,
Er tobt um nichts: Gott mag verhüten,
Daß er je Ursach hat zu wüten!
Ich weiß nicht wie, mich drückt die Last

Der Heimlichkeit wie Sünde fast.
Oh, wäre Schweigen ein Verbrechen
(Und drinnen fühl ich fast, so sei's),
Dann, Selim, sprich, dann mußt du sprechen!
Gib mich so banger Angst nicht preis!
Der Tschokadar kommt! Das Turnier
Ist aus, mein Vater ist gleich hier:
Jetzt macht sein Blick mich scheu und stumm,
Sag, Selim, sage mir, warum.«

14

»Suleika, fort in dein Gemach!
Ich grüße Jaffir hier; hernach
Wird lang und breit geschwatzt im Rat
Von Steuern, Heerbann, Krieg und Staat.
Am Donau-Ufer steht es schlecht,
Der Giaur frohlockt, weil im Gefecht
Der Großwesir sich glorreich schwächt.
Für Sieg' um solchen Preis verwahrt
Der Sultan Lohn ganz eigner Art.
Doch hör, wenn heut im Dämmerschein
Die Trommel ruft zu Mahl und Ruh,
Werd ich vor deiner Zelle sein;
Dann aus dem Harem schlüpfe du,
Dann wandeln wir am Meeresrain;
Steil sind am Garten die Bastein,
Die klimmt ein Späher nicht hinan,
Der horchen oder stören kann,
Und wenn – im Gurt ein Schwert mir klirrt,
Das manchen traf und treffen wird.
Dann sag ich dir von Selim mehr,
Als jemals du geahnt vorher.
Mut! fürchte mich nicht: Ich verlor
Den Schlüssel nicht zum Haremstor.«

»Dich fürchten, Selim! Solch ein Wort
Hat niemals . . .«
»Sei nur du am Ort.
Mein Schlüssel hilft; die Wach ist schon
Erkauft und hofft auf fernren Lohn.

Heut nacht, Suleika, wird dir Licht,
Mein Schicksal, meine Plän und Pflicht ...
Herz, was ich scheine, bin ich nicht.«

ZWEITER GESANG

1

Die Winde peitschen Helles Flut,
Wie einst in jener Nacht empörter Wellen,
Als, ach, der Liebesgöttin Glut
Der jungen Hero einzig Gut,
Das schöne, tapfre, junge Blut
An Sestos Mauern ließ zerschellen.
Ach, als ihr Fackellicht vom Turm
Hoch flammte durch den finstren Sturm,
Ob Windeszorn und Wogenbraus
Und Möwenschrei ihm winkt nach Haus,
Ob Nachtgewölk und Brandung heut
Das Auge warnt, das Ohr bedräut,
Sein Ohr ist taub, sein Aug ist blind
Für Ton und Zeichen, Wog und Wind;
Sein Auge sieht nur einen Stern,
Das Licht der Liebe, hoch und fern;
Sein Ohr hört nur den Turmgesang:
»Ihr Wellen, trennt uns nicht zu lang!«
Die Mär ist alt, doch Lieb aufs neue
Lehrt junge Herzen gleiche Treue.

2

Der Wind erbraust, und Helles Flut
Wälzt sich ins Meer in finstrer Pracht;
Und niedersinkend deckt die Nacht
Das Feld, umsonst betaut von Blut,
Wo Priams Stolz begraben ruht.
Von Trojas Macht blieb nur ein Grab,
Ein Grab und ein unsterblich Traumgesicht,
Das ihn getröstet hat mit ew'gem Licht,
Den blinden Greis auf Skios Felsenkap!

3

O möge lang das Glück mir dauern,
Auf heil'ger Flur, die ich betrat,
Am Meer, das mich gebadet hat,
Mit dir, o Sängerfürst, zu trauern!
Den alten Stätten nachzugehn,
In jedem Mal ein Grab zu sehn,
Das echten Heldenstaub umschließt;
Gläubig auf deinem Feld zu stehn,
Das noch dein Hellespont umfließt
Mit breitem Strom! Stumpf wär der Mann,
Der dich selbst hier verleugnen kann!

4

Auf Helles Strom liegt dichte Nacht;
Noch nicht auf Idas Gipfel schien
Der Mond, der Troja einst bewacht;
Sein friedlich Licht stört keine Schlacht,
Doch kund'ge Hirten segnen ihn;
Sie weiden auf dem Grab die Herde,
In welchem einst Achilles schlief;
Dies mächt'ge Rund gehäufter Erde,
Wo Ammons Sohn den Wettlauf lief,
Dies Völkermal, so hehr und groß,
Ist jetzt nur Schutt und namenlos!
Darin – dein Wohnsitz, o wie klein!
Davor – der Fremdling, der allein
Den Namen dessen seufzen mag,
Der einst in dieser Erde lag!
Staub dauert, wenn Granit vergeht,
Doch du – dein Staub selbst ist verweht!

5

Spät wird heut nacht Dianens Schein
Des Fährmanns Herz von Furcht befrein;
Kein Leuchtturm zeigt vom Felsenriff
Die Bahn dem sturmbedrängten Schiff;
Die Lichter rings am Meeresstrand

Sind bis auf eines ausgebrannt.
Die einz'ge Lamp im finstren Sturm
Steht schimmernd in Suleikas Turm.
Ja, noch ist Licht in jenem Zwinger,
Und auf den Polstern liegt noch, sieh,
Die duft'ge Bernsteinkette, die
Hinglitt durch ihre Elfenfinger.
Und auf demselben Ruhebett
Liegt, in smaragdnen Glanz gefaßt,
Vergessen in der bangen Hast,
Der Mutter heilig Amulett
Mit eingegrabnem Kuhrsi-Text,
Aus dem hier Trost, dort Heil erwächst.
Und neben dem Komboloio strahlt
Ein Koran, prächtig ausgemalt,
Und mancher Vers, in Farben zart
Von Persiens Schreibern aufbewahrt.
Und auf den Schriften lehnt die traute,
Die nun vergeßne, stumme Laute.
Die Lamp in goldner Schale glüht;
Die Ros in Chinas Vasen blüht;
Von Irans Webstuhl reichstes Gut,
Von Schiras duftigster Tribut:
Was Aug und Sinn erfreut mit Pracht,
Ist in dem Feengemach vereint,
Das doch so leer und traurig scheint.
Die Peri dieser Kammer fehlt – was macht
Sie draußen und in solcher wilden Nacht?

6

Gehüllt in schwarzes Zobelrauch,
Des Moslems köstlichsten Talar,
Zu schirmen vor des Himmels Hauch
Die Brust, die Selims Himmel war,
Vorsichtig durch die Büsche gleitend
Und schaudernd, wenn im Laubengang
Des Windes hohles Ächzen klang,
Bis dann, auf glattrem Pfade schreitend,
Ihr furchtsam Herz befreiter schlug –
So folgt der Jungfrau leiser Schritt

Des stummen Führers raschrem Tritt,
Und ob die Angst auch oft genug
Ihr rät, den Heimweg einzuschlagen –
Wie kann sie Selim je entsagen;
Wie kann so süße Lippe klagen?

7

Zur Grotte fliehn sie, wo die Kunst
Erweitert hat des Zufalls Gunst,
Wo oft sie lautespielend saß
Und einsam ihren Koran las
Und träumt' in stiller Schwärmerei,
Wie's wohl im Paradiese sei.
Wohin der Frauen Seele geht,
Darüber schweiget der Prophet.
Des Selims harrt der Himmel zwar,
Doch könnt er, meint sie, offenbar
Dort ohne sie nicht glücklich werden,
Die er allein geliebt auf Erden.
Nein, keiner Huri schöner Arm
Umfing ihn halb so weich und warm!

8

Seit sie zuletzt besucht den Ort,
Schien mancherlei verändert dort:
Vielleicht, daß nur die Nacht versteckt,
Was man bei beßrem Licht entdeckt;
Die ehrne Lampe scheint so fahl,
Ganz anders als des Himmels Strahl.
Doch nein, der Grotte letztes Ende
Zeigt ihr seltsame Gegenstände:
Gehäufte Waffen – solche nicht,
Womit der Turbanträger ficht,
Nein, Frankenschwerter blitzen dort,
Und eins ist rot, vielleicht von Mord
(Ziemt denn, wo Blut fließt, andres Wort?),
Und auf dem Tisch ein Becher steht,
Der Trank darin scheint nicht Sorbet;
»Was heißt dies?« und sie forscht umher
Nach Selim – »Allah! ist es der?«

9

Sein Prunkgewand ist abgestreift,
Der hohe Turban ist verschwunden;
Statt dessen hält nun, leicht geschweift,
Ein roter Schal die Schläf umwunden.
Der Dolchgriff, dessen Edelstein
Mehr wert als Kronen würde sein,
Blitzt heut in seinem Gürtel nicht,
Nur zwei Pistolen, ernst und schlicht.
Ein Säbel hängt daran geschnallt,
Und lose von der Schulter wallt
Das dünne, schneeige Kapot,
Der Mantel, den der Kandiot
Umwirft, wenn Sturm und Kälte droht.
Das Goldblech seiner Jacke liegt
Fest wie ein Panzer angeschmiegt;
Die Schienen unter seinem Knie,
Von Silberschuppen rasseln sie.
Ja, spräch aus seinem Angesicht,
Aus Ton und Wink der Herrscher nicht:
Es hielt' ihn jeder sonst als sie
Für einen jungen Galiondschi.

10

»Ich sprach, ich sei nicht, was ich scheine;
Nun siehst du wohl, ich hatte recht:
Wenn das Geheimnis, das ich meine,
Wahr ist – es werde jetzt gerächt!
Vorbei ist nun des Schweigens Zeit;
Ich will nicht, daß dich Osman freit,
Und doch, verrietst du selber nicht,
Wie laut dein Herz für Selim spricht,
Ich hätte nimmermehr enthüllt
Den dunklen Fluch, der meins erfüllt.
Nicht Liebe mein ich jetzt – die mag
Gefahr erproben, Jahr und Tag –,
Nur dies – o halt dein Herz noch fester! –
Suleika ist nicht Selims Schwester!«

11

»Du nicht mein Bruder? – widerruf!
O Gott, der einsam mich erschuf!
Wehklagen soll ich oder gar
Fluchen dem Tag, der mich gebar?
Selim! du willst mich nicht mehr lieben!
Mein ahnend Herz war schwer von Pein –
Ich bin doch, was ich war, geblieben,
Suleika, Schwester, Freundin, dein!
Willst du mich töten? – mag es sein!
Oh, wenn du Grund zur Rache hast,
Sieh meine Brust! – erbarm dich mein!
Viel besser ist des Grabes Rast
Als ohne dich des Lebens Last!
Viel besser? – nein! denn nun ist klar,
Weshalb dein Feind mein Vater war;
Und dieses Vaters Kind bin ich!
Mich zu erhöhn, beschimpft' er dich.
Wenn Schwester nicht – doch schone mein,
Laß mich als Sklavin um dich sein!«

12

»Du Sklavin? – nie! Ich bleibe dein.
Still deinen Schrecken, süßes Herz.
Vereint soll unser Schicksal sein,
Ich schwör es dir bei Mekkas Schrein;
Der Schwur sei Balsam deinem Schmerz.
So mag in bittrer Not einmal
Der Koranvers auf diesem Stahl
Zum Schutz für uns die Klinge lenken,
Wie ich des Eides will gedenken.
Der Name, der dich sonst beglückt,
Erlischt; doch wisse, neu geeint ist
Das Band der Seelen, nicht zerstückt,
Ob Jaffir gleich mein Todfeind ist.
Mein Vater war für Jaffir das,
Was Selim dir, wie jeder glaubt;
Der Bruder fiel durch Bruders Haß,
Verschont ward nur mein kindlich Haupt.

Durch Blendwerk sucht' er mich zu äffen
(Und Blendwerk zahl ich ihm als Lohn),
Er zog mich groß, doch nicht als Sohn,
Vielmehr wie einen von Kains Neffen,
Mißtrauisch wie den jungen Leun,
Der einst den Wärter kann bedräun,
Wild kocht in mir des Vaters Blut,
Und nur um deiner Liebe willen
Mag ich die Rache jetzt nicht stillen
Und flüchte mich vor seiner Wut.
Erst aber, teures Herz, vernimm,
Was Jaffir tat in seinem Grimm.

13

Wie ihre Feindschaft erst begann,
Ob Neid, ob Liebe sie entzweite,
Das weiß ich nicht; den zorn'gen Mann
reizt schon geringe Kränkung an,
Die ohne Absicht war, zum Streite.
Stark war im Krieg Abdallahs Schwert,
In Bosniens Liedern noch geehrt;
Paswans Rebellenhorden sahn
Solch einen Gast nur ungern nahn.
Sein Tod ist, was ich melden soll,
Die bittre Frucht von Jaffirs Groll,
Und wie mich meine Abkunft, seit
Sie mir verraten ward, befreit.

14

Als Paswan, lang von Kampf gehetzt,
In Notwehr erst, um Macht zuletzt,
Saß trotzig hinter Widdins Wall,
Da rief der Staat die Paschas all,
Und auch die Brüder führten an,
Ein jeder seinen Heeresbann.
Sie ließen ihren Roßschweif wehn;
Schon auf Sofias Ebne war
Das Zelt gepflanzt, verteilt die Schar,
Da war die dunkle Tat geschehn.

Erschöpft und fieberisch im Bade,
Nach heißem Weidwerk, ahnt' er kaum,
Daß Bruderhaß den durst'gen Gaum
Zu einem solchen Trunke lade.
Den Kelch ein feiler Diener trug;
Ein hast'ger Schluck – das war genug.
Verzweifelst du, was ich berichte?
Ruf Harun, der kennt die Geschichte.

15

Der Lohn der Tat, als Widdins Schar
Teilweis, auf einen Augenblick,
Gebändigt, nicht vernichtet war,
War meines Vaters Paschalik;
Denn unser Diwan ist um Gold
Auch dem entmenschten Frevler hold;
Abdallahs Ehrenmantel deckte
Den Mann, den Brudermord befleckte!
Zwar ging beinah mit diesem Kauf
Sein schlimm erworbner Schatz darauf,
Doch der war bald ersetzt; woher?
Blick auf die Wüste rings umher
Und frag den Bauer, wenn er front,
Wie man die glühnde Stirn ihm lohnt.
Weshalb der Räuber mich verschonte,
Dasselbe Schloß mit mir bewohnte,
Ich weiß nicht. Scham, Gewissen, Reu,
Vor schwacher Kindheit wenig Scheu,
Dazu die Wahl an Kindesstatt
durch ihn, der keine Söhne hat,
Ein Einfall, Laune, Ränkeschmieden,
Kurz, ich wuchs auf – doch nicht in Frieden:
Er beugt nicht seinen Übermut,
Ich trag ihm nach des Vaters Blut.

16

Es wohnen Feind in Jaffirs Haus;
Treu ist nicht jeder, der sein Brot ißt;
Erführen die, was Selims Not ist,

So wär's mit Jaffirs Tagen aus.
Sie brauchen nur ein Herz, das schürt,
Die Hand nur, die zur Tat sie führt.
Doch Harun bloß kennt den Verlauf
Der Tat, die du vernahmst von mir;
Er wuchs im Schloß Abdallahs auf,
Des Harems Wächter dort wie hier.
Er sah des Vaters letzten Schlaf,
Doch was vermocht ein einz'ger Sklav?
Den Toten rächen, ach, zu spät,
Den Säugling retten durch Gebet?
Dies zog er vor. Als stolz gebläht
Durch manchen Sieg und durch Verrat,
Der Pascha saß in seinem Tor,
Da trug zu ihm ein Kind der Mohr,
Und nicht umsonst war er genaht:
Der Knabe lebt, für den er bat.
Doch meine Abkunft blieb verborgen
Vor aller Welt und mir zumal;
So brauchte Jaffir nicht zu sorgen.
Auch zog er fort vom Donautal,
Wo sonst wir wohnten, übers Meer
Aufs Ufer Asiens hierher;
Mit ihm bloß Harun, der des Toten
Gedachte, aber wohl empfand,
Daß Heimlichkeiten der Despoten
Wie Ketten sind, die gern die Hand
Abstreift; er hat mir dies bekannt.
So schickt dem Frevler Allah immer
Werkzeuge, Sklaven – Freunde nimmer!

17

Wohl herb, Suleika, klingt die Kunde,
Doch enden muß sie noch.
Wie auch mein Wort dein Herz verwunde,
Dir schuld ich volle Wahrheit doch.
Dich schreckt die Tracht? Oft trug ich sie
Und werd sie tragen lange Zeit;
Suleika, dieser Galiondschi,
Dem sich verschwor dein teurer Eid,

Führt jenen Trupp Piraten an,
Der Brot und Recht durchs Schwert gewann,
Und bleicher wär dein blaß Gesicht,
Gäb ich von deren Tun Bericht.
Dies hier sind meines Volkes Klingen
Und nah die Hände, die sie schwingen.
Für diese Schar ist auch der Becher
Gefüllt – er schläfert Reue ein –,
Und der Prophet verzeiht's: die Schächer
Sind Ketzer nur bei ihrem Wein.

18

Was konnt ich tun? Verfemt daheim,
Durch Hohn gedrängt, zu fliehn aufs Meer,
Wenn Jaffirs Mißtraun insgeheim
Mir vorenthielt den Hengst und Speer,
Obwohl mich oft – wie oft, mein Gott! –
Im vollen Diwan traf sein Spott,
Daß meine Faust, weich und erschlafft,
Ablehne Zaum und Lanzenschaft!
Er zog allein zu Fehden aus
Und ließ mich unerprobt zu Haus,
In Haruns Zucht, zu Fraun gesellt,
Des Ruhms beraubt, tot für die Welt.
Du hattest mich mit zartem Trost
Verweichlicht, doch zu sanft liebkost,
Bis du, nach Brussas Burg gebracht,
Abwartetest das Glück der Schlacht.
Harun, der nun mich welken sah
Im Joche tatenloser Fronde,
Brach meine Ketten; es geschah
Mit Zittern nur auf ein'ge Monde,
Nachdem ich erst gelobt, ich sei
Zurück, eh Jaffirs Zug vorbei.
Nein, Worte geben nicht Bescheid
Von meines Herzens Trunkenheit,
Wie mein befreites Auge da
Meer, Erde, Sonn und Himmel sah,
Als ob mein Geist die Elemente
Durchdräng und ihre Rätsel kennte!

Ein Wort nur sagt, was ich dabei
Mehr als gefühlt hab – ich war frei!
Selbst dich entbehren schien nicht Pein:
Die Welt, der Himmel selbst war mein!

19

Die Ruder treuer Neger brachten
Mich fort von diesem faulen Strand,
Fort zu den Inseln, den Smaragden
In Vater Ozeans Purpurband.
Ich kreuzt umher, ich sah sie alle,
Doch wann und wo die Schar ich fand,
Mit der hinfort ich steh und falle,
Das werd erzählt, wenn diese Hand,
Was nach dem Plan zu tun ist, tat
Und die Geschicht ein Ende hat.

20

Wahr ist's, sie sind 'ne wilde Brut,
Von Sitte rauh, nicht fromm von Mut,
Und jeder Glaube, Volk, Geschlecht
War ihnen stets, ist ihnen recht.
Doch offne Rede, flinke Hand,
Gehorsam, fest und unverwandt,
Ein Herz, zu jeder Tat geschickt,
Das nie mit Feiglingsaugen blickt,
Freundschaft für alle in der Not,
Der Rache Pflicht für jeden Tod,
Dies alles macht Werkzeug aus ihnen,
Um Größren auch als mir zu dienen.
Ich hab ergründet aller Geist,
Die sich erheben aus der Masse,
Obwohl in meinem Rat ich meist
Die klugen Franken reden lasse;
Und mancher strebt nach höhrem Ziel;
Von Lambros Schar der Überrest
Träumt dort ein künftig Freiheitsfest:
Am Höhlenfeuer wird schon viel
Geifert, wie in künft'ger Zeit

Man heilen will der Rajahs Leid.
Sie mögen von der goldnen Zeit
Gern schwatzen, die es doch nicht gibt;
Die Freiheit hab auch ich geliebt.
Frei durch die Flut wie Noah laßt mich fahren;
Gebt mir am Land die Heimat des Tataren;
Mein Zelt am Ufer, meine Bark im Meer,
Nicht Stadt noch Harems Prunk ist mein Begehr.
Wehe mich, Segel! trag mich, Rosseslauf!
Durch Wüsten bald und bald dem Sturm vorauf;
Gleichviel wohin, mein Kiel, mein Roß, lauf zu,
Des Flüchtlings Leitstern aber seiest du!
Suleika, segne du und teil mein Boot,
Du Taube der Verheißung in der Not!
Sei mindestens, wenn dieser Wunsch vergebens,
Mein Regenbogen in dem Sturm des Lebens,
Der Abendstrahl, der lächelnd schon die Nacht
Prophetisch färbt mit künft'ger Morgenpracht!
Gesegnet, wie der Muezzins Feierchor
Dem Pilger, wenn er kniet in Mekkas Tor;
Sanft, wie die Harf ein Lied der Jugend spielt,
Das Tränen uns sprachlosen Lobes stiehlt;
Süß, wie ein Heimatlaut den Flüchtling grüßt,
Soll jedes Wort sein, das dein Ton versüßt!
Ein Schloß ward dir erbaut im Inselhag,
Blühend, wie Aden war am ersten Tag;
Mein Arm und Herz und tausend Schwerter dort
Harren, verteid'gen, töten auf dein Wort;
Dort, neben dir, im Kreise meiner Leute,
Bedeck ich meine Braut mit Völkerbeute;
Des Harems träge Jahre üpp'ger Rast
Entbehrt man leicht in solcher Lust und Last.
Ich bin nicht blind, ich seh im Weltgetriebe
Tausend Gefahren, doch nur eine Liebe,
Und deine treue Brust wär reichster Lohn,
Mag Freundschaft wanken, mag das Schicksal drohn.
Wie süß der Traum, wenn alle Helfer schwinden,
In Stunden tiefster Not dich treu zu finden!
Zeigt nur Suleikas Herz sich fest wie meins,
Wird Selims Herz so zärtlich sein wie deins,
Im Gram ein Trost und ein Genoß im Glück,

Dir ganz vermählt – o weis es nicht zurück!
Bin ich erst frei, so steht um mich vereint
Ein Volk, sich selber treu, sonst allen feind;
Es folgt dem angebornen Hang doch nur –
Zum Kriege zwingt den Menschen die Natur:
Wann hört er auf mit Raub und Metzelei?
Er macht ein Grab und sagt, daß Friede sei!
Doch wenn mein Kampf dem aller andern gleicht,
Er heischt nur Land, so weit mein Säbel reicht.
Macht herrscht durch Teilung nur: ihr Mittel ist,
O wundervolle Wahl, Zwang oder List;
Wir wählten Zwang; die List kommt später doch,
Wenn Städt uns schnüren in ein häuslich Joch.
Dort könntest du selbst fehlgehn: oft beschleicht
Fäulnis ein Herz, das der Gewalt nie weicht.
Das Weib, mehr als der Mann, wenn Leid und Tod,
Ja, wenn nur Schande dem Geliebten droht,
Erschlafft im Schoß der Wollust, schändet sie –
Hinweg, Verdacht! – Suleikas Namen nie!
Gleichviel, das Leben ist ein Spiel, und hier
Winkt kein Gewinn, nur Furcht und Unheil mir.
Ja, Furcht! – die Angst, daß dein Verlust mir droht
Durch Osmans Macht und Jaffirs streng Gebot!
Die Angst soll schwinden mit dem günst'gen West,
Den heute nacht die Liebe wehen läßt:
Nichts fürchtet, wen ihr Lächeln segnen will,
Sein Fuß mag straucheln, doch sein Herz ist still.
Was Meer und Land? was Mühsal, Frost und Glut,
Wenn unsre Welt in unsern Armen ruht?
Ja, laß den Sturmwind heulen um den Mast,
Wenn dieser Arm nur meinen Hals umfaßt!
Der Lippen tiefstes Flehn soll nie um mich
Ein Seufzer sein, nur ein Gebet für dich.
Der Elemente Krieg schreckt Liebe nie,
Der schlimmste Fluch ist Menschenwitz für sie;
Da liegt die einz'ge Klipp in unsrer See;
Hier Stunden nur, dort Jahre voller Weh!
Doch fort mit diesen düstren Phantasien!
Jetzt oder niemals ist es Zeit zu fliehn.
Nur wenig Worte hab ich noch zu sagen,
Du eins nur, um vom Feind uns fortzutragen . . .

Ja, Feind! – Verlernt wohl Jaffir seinen Groll?
Liebst du den Osman, der uns scheiden soll?

21

Ich kehrte heim; vor Tod und Schmach
Blieb Haruns Kopf und Amt bewahrt;
Nur wen'ge wußten, keiner sprach
Von meiner Flucht und Inselfahrt.
Und ob ich gleich seitdem vom Lande
Nur selten stieß zu meiner Bande,
Doch tat und tut sie keine Tat,
Eh sie mein Wort gebilligt hat.
Es ziemt sich schlecht, daß müßig weilt,
Wer Kämpf ersinnt und Raub verteilt.
Doch nun genug von meiner Not!
Die Stunde drängt, es naht mein Boot,
Und hinter uns liegt Haß und Tod.
Der Bräutigam zieht morgen ein,
Nur diese Nacht kann dich befrein.
Wenn du ihn retten willst – vielleicht
Selbst den, dem du das Leben dankst –,
Dann fort, o fort, die Zeit verstreicht!
Doch wenn du zauderst oder schwankst,
Den Eid verleugnend, den du schwurst,
Entsetzt vor dem, was du erfuhrst,
Dann bleib ich, mag, was will, geschehn,
Doch nicht, um dich vermählt zu sehn!«

22

Suleika stand, reglos und bleich,
Dem Marmorbild des Jammers gleich,
Als, in Verzweiflung ganz erstarrt,
Der Mutter Herz zu Steine ward;
Die Jungfrau stand in ihrem Weh
Wie eine jüngre Niobe.
Doch eh ihr Mund das Schweigen bricht,
Eh selbst ihr Aug antwortend spricht,
Da, von des Gartens Gittertor
Flammt hoch ein Fackelbrand empor!

Und dort – und dort – ringsum ist Feuer!
»Flieh, Bruder! mehr als Bruder teuer!«
Weit durch der Büsche dunkles Grün
Die roten Lichter schrecklich glühn;
Nicht Lichter bloß, in jeder Faust
Ein nackter Säbel blitzt und saust.
Sie suchen, stöbern, schwenken ein
Mit blankem Stahl und Fackelschein,
Und ganz zuletzt, den Säbel hebend,
Jaffir, vor Zorn und Rachsucht bebend.
Schon nahen sie der Felsenkluft –
Ach, wird die Grotte Selims Gruft?

23

Kühn stand er da: »Nun kommt's zum Schluß!
Suleika, einen letzten Kuß!
Doch möglich, daß mein Volk auf See
Den Knall vernimmt und sieht den Schein;
Zwar, ihre Zahl ist allzu klein –
Gleichviel, ein letzter Wurf gescheh!«
Er trat hinaus ans Tor der Kluft,
Und ein Pistol kracht durch die Luft.
Suleika zuckt' und weinte nicht;
Ihr Herz war Eis, starr ihr Gesicht.
»Sie hören's nicht! – so rasch sie gehn,
Sie werden mich nur sterben sehn.
Schwert meines Vaters, flieg heraus!
Du sahest nie ungleichren Strauß.
Leb wohl, Suleika! Halt dich still!
Die dunkle Grotte schützt dich gut –
Dein Anblick reizt nur seine Wut.
Verstecke dich, daß weder Klinge
Noch Kugel dir Verderben bringe!
Sei unbesorgt um ihn! Ich will –
Ich schwör's – nicht deines Vaters Tod,
Nein – wenn er auch dies Gift gemischt
Und ›Feigling‹ seine Zunge zischt.
Doch daß ich weiß den Stahl zu führen,
Mag außer ihm ein jeder spüren!«

24

Ein Sprung trägt ihn zum Ufersande:
Schon fällt zu seinen Füßen dumpf
Der vorderste der Häscherbande;
Der Schädel klafft, es zuckt der Rumpf.
Ein zweiter stürzt, doch immer enger
Umzingelt ihn der Schwarm der Dränger.
Er haut sich seewärts einen Pfad,
Schon nah der Welle, die ihm naht.
Sein Boot! – fünf Ruderlängen kaum!
Sie schlagen ein mit Riesenstärke –
Ist es noch Zeit zum Rettungswerke?
Schon spült um seinen Fuß der Schaum,
Die Seinen waten schon, hoch spritzt
Die Brandung, wo ihr Säbel blitzt;
Triefend und wild und unverwandt
Ans Ufer steigen sie, ans Land,
Ach, nur der Opfer Zahl zu schwellen:
Sein bestes Herzblut färbt die Wellen!

25

Vom Blei verfehlt, verschont vom Schwert,
Und wenn gestreift, doch kaum versehrt,
Stand Selim schon, umringt, gehetzt,
Da, wo das Meer den Kies benetzt.
Dort, als sein Schritt das Land verließ,
Sein Arm den letzten Feind durchstieß,
Ach, warum hat er sich gewandt,
Um sie zu sehn, die er nicht fand?
Dies Zögern, dieser letzte Blick
Besiegelt tödlich sein Geschick.
O trauriger Beweis, wie oft
Die Lieb in tiefster Not noch hofft!
Die Stirne landwärts, stand er da,
Sein Boot im Rücken, aber nah;
Da, grade jetzt, ein Blitz, ein Knallen!
»So mögen Jaffirs Feinde fallen!«
Wer rief's? Wes Karabiner kracht'?
Wes Kugel summte durch die Nacht

Und schlug so tödlich sicher ein?
Abdallahs Mörder, sie war dein!
Den Vater langsam traf dein Gift,
Den Sohn ein raschres Schicksal trifft:
Schnell tropft aus seiner Brust das Blut
Und trübt den weißen Schaum der Flut;
Den Seufzer, der sich ihm entringt,
Der Wellenschlag der See verschlingt.

26

Der Morgen wälzt die Wolken fort;
Nur wenig Kampftrophän sind dort;
Der Lärm, davon die nächt'ge Flur
Gebebt, ist stumm; doch manche Spur
Am Strande spricht von Mord:
Zerbrochne Schwerter und im Sand
Der Abdruck der verkrampften Hand,
Fußstapfen hie und da am Strand,
Ein Fackelstumpf, ein leeres Boot,
Und zwischen Schilf und Rohre schwimmt,
Wo aus der See das Ufer klimmt,
Weißschimmernd ein Kapot.
Es ist zerrissen, rot befleckt,
Vergebens von der Flut beleckt –
Wo ist er, der es trug?
Ach, sucht sein unbeweintes Grab.
Wo Well um Well ihn weitergab
Und, brandend um Sigäums Kap,
An Lemnos' Strand verschlug.
Die Möwen kreischen, scheu umziehn
Sie ihre Beute, nahn und fliehn,
Dort wo sein Haupt auf schwankem Pfühle
Sich hebt und senkt im Flutgewühle;
Die Hand bewegt sich, wenn auch tot,
Es scheint, als ob sie scheucht und droht,
Wenn Flut sie hochschnellt in die Luft,
Dann flach aufs Wasser legt.
Was macht es, ob lebend'ge Gruft
Hernach die Leiche hegt?
Der Vogel, der den Leib zernagt

Hat nur den schnödren Wurm verjagt.
Das einz'ge Aug und einz'ge Herz,
Das weinen könnt und blutig pochen,
Das trauern könnt in treuem Schmerz
Im Schatten seines Turbansteins,
Dies Herz und Auge war gebrochen,
Ach, früher noch als seins!

27

An Helles Flut ertönt's von Trauerklange;
Naß ist der Frauen, blaß der Männer Wange.
Suleika! letzte Blum an Jaffirs Stamm!
Zu spät gekommen ist dein Bräutigam;
Nie sah, nie wird er sehn dein Angesicht!
Trifft warnend nicht
Das laute Wul-wulleh sein fernes Ohr?
Ihm melden Mägde, weinend vor dem Tor,
Die Koransänger mit dem Schicksalschor,
Im Saal der Sklaven schweigendes Gesinde,
Seufzer im Schloß und Wehgeschrei im Winde,
Was er verlor!
Du sahst nicht deines Selims Fall;
Im Augenblick, da er verließ die Schlucht,
Stand still dein Herz:
Er war dein Glück, dein Stolz, dein Heil, dein All,
Und der Gedanke, hoffnungslos sei Flucht,
Dein Todesschmerz!
O dein gebrochnes Herz, es möge nun
In jungfräulichem Grabe friedlich ruhn!
Glücklich, wem so entgeht des Lebens Schwerstes!
Dies Weh, so tief es war, es war dein erstes.
Dreimal beglückt, wen so der Tod befreit
Von Trennung, Schmach, Stolz, Reue, Haß und Neid
Und von der Qual, die mehr als Wahnsinn ist,
Vom Wurm, der immer wacht und weiter frißt,
Von dem Gedanken, welcher Tag und Nacht,
Die Nacht zum Graun, den Tag zum Ekel macht,
Der nagend um ein zuckend Herz sich flicht,
Und doch verzehrt er's nie und endet nicht!
Weh dir, du Häuptling, jäh und starr wie Erz!

Du häufst umsonst aufs Haupt nun Asch und Sand,
Du hüllst umsonst den Leib in Sackgewand:
Die Selim und Abdallah schlug, die Hand
Zerrauft dir nun den Bart in müß'gem Schmerz.
Dein Kleinod, dein Juwel für Osmans Bette,
Sie, die der Sultan ihm geneidet hätte,
Du brachst ihr Herz!
Stern deines Abends, deiner Hoffnung Pfand,
Der Strahl, der Helles Strom beglänzte, schwand;
Wer löscht' ihn aus? – Das Blut an deiner Hand!
Horch, auf den Schrei, der deiner Angst entfloh:
»Wo ist mein Kind?« ertönt ein Echo: »Wo?«

28

Wo tausend weiße Gräber stehn,
Wo über schimmerndem Gestein
Zypressenschatten dunkel wehn,
Das erste, doch lebend'ge Grün,
Das nimmer welkt, obwohl der Hauch
Der Trauer schwebt um Laub und Strauch,
Wie unbelohnte Liebespein,
Da ist ein Ort voll ew'gem Blühn
Mitten im Totenhain.
Ein Röslein haucht dort wundersam
Einsamen Schimmer bleich und lind,
Als wäre sie gepflanzt vom Gram,
So weiß und matt, der kleinste Wind
Könnt ihren Kelch verstreun.
Und doch, ob Frost und Stürme dräun,
Ob Hände, rauher als die Wetter,
Vom Stamm sie raufen – Blum und Blätter
Alltäglich sich erneun.
Ein Engel richtet sanft sie auf
Und träufelt Himmelstränen drauf,
Und Helles Mädchenjugend glaubt,
Unirdisch sei des Strauches Blüte,
Um die der Sturm ohnmächtig wüte,
Die knospt, obwohl kein Dach sie hüte,
Die nie der dürre Lenz verglühte,
Der Winter nie entlaubt.

In langen Sommernächten singe
Ein Vogel, den kein Auge sieht;
Unsichtbar seine luft'ge Schwinge,
Doch sanft wie Huri-Harfen klinge
Sein träumerisches Lied;
Das sei der Bülbül; aber nein,
So wehmutsvoll tönt nie im Hain
Sein schmelzendes Gekos;
Wer einmal lauscht, der kann den Ort
Nicht fliehn; er weilt und härmt sich dort,
Als liebt' er hoffnungslos.
Und doch die Trän ihn so erfrischt,
Gram ist's, mit Angst so unvermischt,
Er wünschte, daß beim Morgenstern
Die Klänge nimmer flöhn;
Er weint' und wachte länger gern –
Es klingt so wild und schön!
Doch wann der Tag errötend steigt,
Dann stirbt der Zauberschall und schweigt.
Und manche sind, die zweifeln kaum
(So zärtlich schwärmt der Jugend Traum,
Doch hart ist, wer es rügt),
Daß jenes Lied, so tief und klar,
In seine Töne wunderbar
Suleikas Namen fügt.
Aus ihrer Grabzypresse dort
Schmilzt durch die Luft das flüss'ge Wort;
Aus ihrer jungfräulichen Gruft
Sproßt jener Rose zarter Duft.
Sie setzten jüngst ein Marmordenkmal dort;
Der Abend sah es, morgens war es fort;
Kein Menschenarm trug je die Wucht
Der schweren Säul an Selims Bucht;
Denn dort, so meldet Helles Sage,
Fand man den Stein am andern Tage,
Vom wilden Schaum der See umschnaubt,
Die sein Gebein der Erde raubt.
Und über diesem Grabmal beugt
Sich nachts, wie mancher Hirt bezeugt,
Gespenstisch ein beturbant Haupt;
Und so, am Meere ragend, heißt es

»Das Kissen des Piratengeistes«.
Wo es im Anfang war gesetzt,
Blühte die Ros und blüht noch jetzt,
Einsam und traurig, kalt und bleich wie Schnee,
Wie Schönheit, wenn sie weint um fremdes Weh.

DER KORSAR

Eine Erzählung

I suoi pensieri in lui dormir non ponno.
Tasso

ZUEIGNUNG

An Thomas Moore, Esq.

Mein lieber Moore,

Ihnen widme ich das letzte Erzeugnis, mit dem ich in den nächsten Jahren die Geduld des Publikums und Ihre Nachsicht ermüden werde, und ich gestehe, daß es mich drängt, diese letzte und einzige Gelegenheit zu benutzen, um meine Blätter mit einem Namen zu schmücken, dem eine unerschütterliche politische Gesinnung und die unbestreitbarsten, mannigfaltigsten Talente ihre Weihe verleihen. Während Irland Sie seinen standhaftesten Patrioten zuzählt, während Sie in der Schätzung Ihrer Heimatinsel allein stehen, als der erste ihrer Dichter, und Britannien diesen Spruch wiederholt und bestätigt, gestatten Sie mir, der ich seit dem Beginn unserer Bekanntschaft nur die Jahre zu bedauern hatte, die ich vor diesem Beginn verloren habe – gestatten Sie mir, zu der Stimme nicht bloß einer Nation das bescheidene, aber aufrichtige Votum der Freundschaft hinzuzufügen. Es wird Ihnen wenigstens dies beweisen, daß ich den Genuß, den Ihre Gesellschaft gewährt, nie vergessen und die Hoffnung, ihn zu erneuern, sobald Muße und Neigung Ihnen erlauben, Ihre Freunde für eine allzu lange Abwesenheit schadlos zu halten, nie aufgegeben habe. Im Kreise jener Freunde geht die, hoffentlich begründete, Sage, daß Sie mit der Abfassung eines Gedichtes beschäftigt seien, dessen Schauplatz ins Morgenland verlegt werden solle: Niemand könnte diesem Schauplatz mehr Gerechtigkeit widerfahren lassen. Die Leiden Ihres Vaterlandes, der herrliche, feurige Geist seiner Söhne, die Schönheit und das tiefe Gefühl seiner Töchter findet man auch dort; und als Collins seine orientalischen Eklogen als irisch bezeichnete, war er sich nicht bewußt, wie richtig, zumindest teilweise, seine Parallele war. Ihre Phantasie wird eine wärmere Sonne und einen wolkenloseren Himmel schaffen; aber Wildheit, Zartheit und Ursprünglichkeit bilden einen Teil Ihres irischen Anspruchs auf morgenländische Abstammung, welchen Sie bereits klarer begründet haben als die eifrigsten Altertumsforscher Ihres Landes.

Darf ich noch einige Worte über ein Thema sagen, über das alle Menschen fließend und keiner angenehm reden soll – über das eigne Ich? Ich habe viel geschrieben und mehr als genug drucken lassen, um ein längeres Stillschweigen, als ich jetzt beabsichtige, zu rechtfertigen; jedenfalls aber ist es mein Entschluß, einige Jahre lang nicht fürder den Lohn »von Göttern, Menschen oder Säulen« zu versuchen. In dem vorliegenden Gedicht habe ich nicht die schwierigste, vielleicht aber die unserer Sprache am besten passende Versart versucht, das gute alte, jetzt vernachlässigte heroische Reimpaar. Die Spenser-Stanze ist für eine Erzählung vielleicht zu schleppend und feierlich, obwohl sie von allen Formen, wie ich bekennen muß, mir am meisten nach dem Herzen ist. Über die verhängnisvolle Leichtigkeit der achtsilbigen Verse hat in der heutigen Generation bisher Scott allein vollständig triumphiert, und das ist nicht der geringste Sieg seines fruchtbaren und gewaltigen Genius. Im Blankvers sind Milton, Thomson und unsere Dramatiker die Leuchttürme, welche über das Meer glänzen, zugleich aber uns warnen vor dem rauhen, öden Felsen, auf dem sie brennen. Allerdings ist das heroische Reimpaar keineswegs die beliebteste Versart; da ich aber auch in die andre mich nicht verirrt habe, um der sogenannten öffentlichen Meinung zu schmeicheln, so verlasse ich sie ohne weitere Entschuldigung und versuche noch einmal mein Heil mit einer Form, in der ich bisher nur Werke veröffentlicht habe, deren Erscheinen einen Teil meiner Reue jetzt ausmacht und künftig ausmachen wird.

Was meine Geschichte und Geschichten im allgemeinen betrifft, so würde ich womöglich meine Personen herzlich gern vollkommener und liebenswürdiger gemacht haben, zumal da man bisweilen mich für ihre Taten und Eigenschaften, als wären sie meine eigenen, getadelt und verantwortlich gehalten hat. Sei es drum: wenn ich mich zu der finsteren Eitelkeit des Selbstzeichnens habe hinreißen lassen, so werden die Bilder wohl ähnlich sein, da sie ja ungünstig sind; wenn aber nicht, nun, so werden die, welche mich kennen, sich nicht täuschen lassen, und diejenigen aufzuklären, die mich nicht kennen, habe ich wenig Interesse. Ich habe keinen besonderen Wunsch, daß außer meinen Bekannten jemand den Dichter für besser als die Geschöpfe seiner Phantasie halten möge; ich kann aber, angesichts etlicher sonderbarer kritischer Einwürfe, mich eines gelinden Erstaunens und einigen Ergötzens nicht erwehren, wenn ich verschiedene (allerdings weit verdienstvollere) Dichter in höchst reputierlichem Geruche und gänzlich unberührt von den Gebrechen ihrer Helden sehe, welche letzteren gleichwohl, bei Lichte besehen, nicht viel moralischer sein dürften als der Giaur und vielleicht . . . aber nein, Childe Harold, das muß ich zugeben, ist eine sehr abstoßende Persönlichkeit, und was seine Identität betrifft, so mag, wer Lust hat, ihm ein beliebiges »Alias« erteilen.

Wäre es sonst der Mühe wert, diesen Eindruck zu zerstreuen, so könnte es mir von einigem Nutzen sein, daß der Mann, welcher zugleich das Entzücken seiner Leser und seiner Freunde, der Dichter aller Kreise und der Abgott seines eigenen ist, mir hier und anderswo erlaubt, mich zu unterzeichnen

2. Januar 1814 aufrichtig und herzlichst
als sein ergebener Diener
Byron.

ERSTER GESANG

– Nessun maggior dolore
Che ricordarsi del tempo felice
Nella miseria. *Dante*

I

»Auf lust'gem Schaum der dunkelblauen Flut,
So grenzenlos und frei wie unser Mut,
So weit die Woge braust, die Wolke zieht,
Ist unsre Heimat, unser Reichsgebiet,
Das weite Reich, das keine Schranke mißt,
Wo unsre Flagg ein Zepter aller ist.
Wild unser Leben! stürmisch wechseln muß
Mühsal und Rast und, immer neu, Genuß.
Wer fühlt es nach? – Nicht du, verwöhnter Schranz,
Des Herz erkranken würd im Wogentanz;
Nicht du, o Fürst, dem Reichtum alles beut,
Den Schlaf nicht stärkt und Freude nicht erfreut.
Wer fühlt es nach? – Nur wer es selbst erlebt,
Selbst übers weite Meer hin jauchzend schwebt –
Den Wonnesturm, den Rausch, der Puls und Blut
Durchzuckt dem Wanderer auf öder Flut,
Der nur sie selbst sucht in der nahnden Schlacht,
Der, was Gefahr heißt, zum Entzücken macht,
Der, wo der Feigling bebt, sein Blut nur kühlt
Und da, wo Memmen schier vergehn, nur fühlt –
Fühlt, bis ins tiefste Herz der schwellnden Brust
Den Schwung der Hoffnung und den Flug der Lust.
Tod schreckt uns nicht, wenn mit uns stirbt der Feind,
Nur daß er fader noch als Schlaf erscheint;
Er komme nur! – Die Frucht gepflückt – und dann,
Ob Krankheit oder Kampf, was liegt daran?
Wer für Verwesung schwärmt, der klammre bang
Sich an sein Bett und faule jahrelang;
Gönnt ihm sein gichtig Haupt und Angstgekeuch;
Kein Fieberpfühl, der Rasen ist für euch!

Er endet mit Geächz und Litanei,
Ein Schlag, ein Sprung macht unsre Seelen frei!
Ihm prangt die Urn, ihn birgt die enge Kluft;
Die ihn gehaßt, vergolden seine Gruft;
Für uns die Tränen, spärlich, aber wahr,
Für uns das Weltmeer Grabmal und Altar!
Ja, selbst der Festschmaus trauert noch und ehrt
Mit rotem Kelche der Gefallnen Wert,
Mit kurzem Denkspruch, wenn nach hartem Strauß
Der Sieg die Beute teilt den Siegern aus;
Dann flüstern sie mit gramumwölkten Braun:
Der tapfre Tote, könnt er jetzt uns schaun!«

2

So vom Piraten-Eiland scholl der Chor
Ums Lagerfeuer durch die Luft empor;
Dies war das Lied, das von den Felsen klang,
Und Ohren, rauh wie sie, erschien's Gesang.
Auf goldnem Sande liegt die Schar beim Mahl,
Spielt, zecht und schwatzt; manch einer schleift den Stahl,
Sucht Waffen aus, prüft Klingen und entdeckt
Sorglos das Blut, das ihren Glanz befleckt.
Manch andrer schlendert träumend längs dem Riff,
Flickt Mast und Ruder oder teert das Schiff,
Stellt Fallen für des Wasservogels Brut,
Hängt feuchte Netze auf in Sonnenglut;
Doch mancher auch mit durst'ger Habgier späht,
Ob nicht ein ferner Fleck ein Schiff verrät.
Hier plaudern sie von heißem Waffengang,
Dort fragen sie: Was ist der nächste Fang?
Das ist des Hauptmanns Sache, ihre ist,
Niemals ein Unrecht sehn in Raub und List.
Wer ist ihr Hauptmann? – Alles Land am Meer
Nennt ihn mit Angst – was brauchen sie noch mehr?
Nur durch Befehle spricht er mit dem Schwarm,
Mit Worten karg, doch scharf mit Aug und Arm.
Nie scherzen hört ihr Trinkgelage ihn,
Doch wird sein Schweigen seinem Glück verziehn.
Nie schäumt für ihn der Purpurtrank beim Mahl,
Vorüber, unberührt, geht der Pokal,

Und was er ißt, das würden, wenn sie's sähn,
Die gröbsten seiner Männer selbst verschmähn.
Gemeines Kraut, der Erde gröbstes Brot,
Ein Herbstgericht von Früchten wohl zur Not
Gibt jenem kurzen Mahl, das er verzehrt,
Kaum das, was keines Klausners Tisch entbehrt.
Doch scheint, indem er so den Leib kasteit,
Sein Geist genährt durch die Enthaltsamkeit.
»Jagt auf den Strand!« – sie tun's. »An Bord!« – sie gehn;
»Schließt auf! mir nach!« – sofort ist es geschehn.
So rasch ist, was er spricht und was er wagt;
Ihm wird gehorcht, und selten wird gefragt;
Ein kurzes Wort, ein stolzes Angesicht
Straft dann den Frager und antwortet nicht.

3

»Ein Schiff! ein Schiff!« – Ersehnte Beute das!
Die Flagge? die Nation? Was sagt das Glas?
Ach, keine Beute! – doch willkommen auch,
Blutrot glänzt ihr Signal im Windeshauch.
's ist unser Schiff, das seine Fahrt vollbracht;
Weh günstig, Wind! Es ankert hier vor Nacht.
Es kreuzt ums Kap, und unsre Bucht empfängt
Den Kiel, der stolz den Schaum beiseite sprengt.
Nie ließ es seine weißen Segel blähn,
Um fliehend seinen Feinden zu entgehn.
Als ob es lebe, wandelt es durchs Meer,
Als fordre es zum Kampf der Stürme Heer.
Wer möchte Schlacht und Klippen nicht bestehn,
Um als Monarch auf solchem Deck zu stehn?

4

Die Ankerkette rasselt über Bord,
Die Segel sind gerefft; es liegt im Port,
Am Land die Gaffer schauen müßig zu;
Ein Boot wird ausgesetzt, bemannt im Nu;
Die Ruder halten Takt bis an den Strand,
Dann knirscht der Kiel auf leichten Ufersand.
Nun Gruß und Willkommruf und Freundeswort,

Nun fügt sich Hand in Hand am Ufer dort;
Nun Lächeln, Fragen, hastiger Bescheid
Und Vorgefühl der nahen Festlichkeit!

5

Die Botschaft fliegt, das Volk drängt sich heran;
Da hebt ein Summen und Gelächter an;
Auch Frauenstimmen, Sorg in jedem Ton
Um Freunde, Gatten, Bräutigam und Sohn:
»Sind sie wohlauf? Wer siegte, ist uns gleich;
Sehn wir sie wieder? macht ihr Gruß uns reich?
Da wo die Schlacht brüllt, wo die Brandung bebt,
Sie waren brav, gewiß – doch sagt, wer lebt?
O eilet zu uns! küßt im sichren Port
Die Angst von diesen sel'gen Augen fort!«

6

»Wo ist der Hauptmann? Ihm bring ich Bericht
Und fürchte, lang währt euer Jubel nicht;
Doch, wenn auch kurz, aufricht'ger Gruß erfreut.
Komm rasch, Juan, zu ihm, der uns gebeut.
Erst unsre Pflicht! Hernach beim Schmause sollt
Ihr alles hören, was ihr wissen wollt.«
In Fels gehauen führt ein steiler Pfad
Zu seinem Wachturm auf des Berges Grat,
Vorbei an wilden Blumen, dichtem Dorn,
Am kühlen Hauch von manchem Silberborn,
Der aus granitnem Grund ins Leben hüpft
Und dursterweckend hell durchs Dickicht schlüpft.
Dort klimmen sie von Riff zu Klippe. – Wer,
Dort bei der Schlucht, blickt einsam übers Meer,
Aufs Schwert gestützt, das diese rote Hand
Nicht oft als einen Ruhestab umspannt?
»Er ist es, Conrad, und wie stets allein;
Vorwärts, Juan; führ unsre Botschaft ein.
Das Schiff dort sieht er; sag ihm nur, es bringt
Meldung, die ihn zu raschem Handeln zwingt.
Wir dürfen noch nicht nahn; du weißt, er haßt
Den fremden oder ungeladnen Gast.«

7

Juan tritt vor und meldet ihr Begehr:
Er sagt kein Wort, doch ruft sein Wink sie her.
Sie kommen, und den Gruß erwidernd, neigt
Er flüchtig sich, doch seine Lippe schweigt.
»Herr, Briefe von dem Griechen, dem Spion!
Er schreibt, daß Beute winkt und Feinde drohn.
Was er auch schreibt, wir sahen auch uns um,
Und vieles . . .« – »Schon genug!« – Sie stehen stumm.
Sie drehn sich um, betroffen und erstaunt;
Mutmaßend wird manch leises Wort geraunt;
Verstohlen liest ihr Aug ihm vom Gesicht,
Wie wohl sein Antlitz aufnimmt den Bericht.
Doch er, als ahn er dies, seitwärts gewandt,
Vielleicht aus Stolz, vielleicht von Furcht gespannt,
Las so den Brief. »Juan, mein Schreibzeug! fort!
Wo ist Gonsalvo?«
»Auf dem Schiff im Port.«
»Da soll er bleiben. Bringt ihm dies Papier.
Zurück an Bord! Heut abend segeln wir.«
»Heut abend, Herr?«
»Vor Sonnenuntergang.
Am Abend weht der Wind die Küst entlang.
Mantel und Koller! – Eine Stund, und dann
Sind wir auf See. Schnall dein Signalhorn an.
Sieh zu, daß rostfrei, würdig meiner Hand,
Das Schloß des Karabiners leicht sich spannt;
Schärf meines Entersäbels Schneid' und gib
Dem Griff mehr Raum und Schwung für meinen Hieb;
Sag das dem Waffenschmied. Das letzte Mal
War mehr für mich als andre schwer sein Stahl.
Gib acht, daß ein Signalschuß ordentlich
Uns meldet, wann die Wartezeit verstrich.«

8

Sie neigen sich und eilen dann zum Strand,
Zu bald aufs öde Meer zurückgesandt;
Doch Conrad führt sie an, und keiner klagt;
Er will es, und kein Zweifel wird gewagt.

Der rätselhafte, einsam-stumme Mann,
Der selten seufzt und kaum noch lächeln kann,
Des Nam ein Schreck der Bande ist und auch
Die braunsten Wangen färbt mit blassem Hauch,
Bannt sie mit jener Kunst des Herrschens jetzt,
Die Massen blendet, fortreißt und entsetzt.
Was ist der Zauber, den die Bande sieht,
Beneidet und dem sie sich nie entzieht?
Was ist's? wodurch zur Treue zähmt er sie?
Die Macht des Geistes, der Ideen Magie,
Vereint mit Glück und Klugheit, welche keck
Die fremde Schwäche formt für ihren Zweck,
Mit fremden Händen baut und so es stellt,
Daß Werke andrer man für ihre hält.
So war, so ist, so bleibt es unterm Mond,
Daß stets die Menge für den einen front.
Natur gebeut's. Doch, wer im Joch sich bückt,
Verwünsche den nicht, der die Beute pflückt.
Trüg er die goldne Kett ein einzig Mal,
Wie leicht erschien' ihm seine niedre Qual!

9

Unähnlich zwar den Helden unsrer Alten,
Die Teufel warn mit göttlichen Gestalten,
War schön von Körper Conrad nicht zu nennen,
So feurig auch die dunklen Augen brennen.
Stark, nicht herkulisch – keinen Riesenbau
Trägt seines Leibs bescheidner Wuchs zur Schau;
Wer aber zweimal blickt, sieht ausgeprägt
Den Stempel, den gemeines Volk nicht trägt,
Sieht es verwundert und muß doch gestehn,
Es ist so – nur das Wie kann er nicht sehn.
Die Wangen braun, die Stirne, hoch und bleich,
Beschatten Locken, rabenschwarz und reich,
Und sein aufgeworfner Mund verrät
Trotz, den er zähmt, doch zu verhülln verschmäht.
So weich sein Ton ist und sein Antlitz still,
Etwas ist drin, was er nicht zeigen will;
Der Züge Gram, der Farben Wechselhauch
Zieht oft den Blick an, doch verwirrt ihn auch,

Als wühlten in der Seele schwarzer Nacht
Gefühle, furchtbar, doch nur halb erwacht.
So mag es wirklich sein; man weiß es kaum;
Die Neugier hält sein ernster Blick in Zaum,
Und wen'ge atmen, deren Stirne dann
Dem Glanz des bohrnden Auges trotzen kann.
Wenn aber gar die Schlauheit heimlich still
Sein Herz im Spiel der Mienen lesen will,
So rät er gleich des Spähers Zweck und macht,
Daß sich erschreckt der Gegner selbst bewacht,
Um nur, statt Conrads Innres zu ergründen,
Den eignen stummen Wunsch nicht zu verkünden.
In seinem Hohn ein Teufel spöttisch lacht,
Der Furcht einflößt und doch auch Wut entfacht.
Weh allen, die sein Haß traf – für die Armen
Gab's keine Hoffnung mehr und kein Erbarmen!

10

Schwach ist die äußre Spur des Bösen meist;
Da drinnen, drinnen webt und wirkt der Geist!
Die Lieb ist offen; Ehrsucht, Bosheit, Haß
Zeigt nur ein bittres Lächeln, nichts als das;
Der Krampf des Munds und blasser Widerschein
Auf dem beherrschten Antlitz spricht allein
Von tiefen Leidenschaften; nackt und wahr
Sieht nur der, der selber unsichtbar.
Dann – mit dem scheuen Aug und hast'gen Gang,
Geballter Faust und Pausen, schwül und bang,
Dem atemlosen Lauschen, ob vielleicht
Neugier die Stunde solcher Angst beschleicht,
Dann – wenn das Herz in allen Zügen wühlt,
Wenn losgelassen, alles, was er fühlt,
Sich bäumt und zuckt und ringt, bald Glut, bald Eis,
Die Wang in Feur, die Stirn in kaltem Schweiß,
Dann – wenn ihr könnt, wenn ihr nicht zittert, blickt
In seine Seel und wie ihn Ruh erquickt!
Schaut, wie in dieser Brust, die einsam pocht,
Die Hölle fluchbeladner Jahre kocht!
Seht – doch kein Auge sah und sieht es je –
Den Menschen selbst, der Seele nacktes Weh!

11

Nicht schuf ihn die Natur, wie dort er stand,
Der Frevler Haupt, des Frevels schlimmste Hand;
Verwandelt ward sein Inneres, bevor
Er mit der Welt zerfiel und Gott verschwor.
In der Enttäuschung Schule früh vergällt,
Zu klug in Worten, töricht in der Welt,
Zu fest zum Weichen und zum Knien zu starr,
Durch seine Tugenden der andern Narr,
Flucht' er der Tugend, die ihm dies beschied,
Nicht dem Verrat, der immer ihn verriet;
Vergaß er, daß die Gab in seiner Hand
Oft Dank und Anlaß mehr zu geben fand.
Getäuscht, geflohn, gefürchtet, lernt' er früh
Die Mensschen hassen, ohne Kampf und Müh;
Der Schrei des Zorns schien ihm ein Ruf der Pflicht,
Der für die wen'gen alle schuldig spricht.
Er wußt, er sei ein Schurke, doch für ihn
War alle Welt nicht besser, als er schien,
Und selbst die Besten schalt er Heuchlerbrut,
Die heimlich übt, was Kühnheit offen tut.
Und wußt er sich verabscheut, wußt er doch,
Daß alles, was ihn haßte, vor ihm kroch.
Einsam und wild und fremd, so stand er da;
Nicht Neigung noch Verachtung kam ihm nah;
Schreck mocht und Leid ihm folgen, wo er ging,
Doch wer ihm fluchte, hielt ihn nicht gering.
Den Wurm zertritt dein Fuß, doch zögernd trifft
Er der gerollten Schlange schlafend Gift;
Der erstre krümmt sich harmlos unter dir,
Die Schlange stirbt, doch stirbt der Feind mit ihr;
Fest um des Gegners Leib ihr Ring sich flicht;
Sie wird erdrückt, doch nicht besiegt – sie sticht.

12

Ganz bös ist keiner. Lebenkeimend blieb
In seinem Herzen noch ein sanftrer Trieb.
In andern höhnt' er wohl die Leidenschaft,
Die Kinder nur und Toren hält in Haft;

Doch rang er selbst umsonst mit diesem Triebe,
Und selbst in ihm heischt' er den Namen Liebe;
Ja, Liebe, wandellos, unwandelbar,
Für eine einz'ge, die ihm alles war.
Gefangne Mädchen konnt er täglich sehn;
Er sucht' und mied sie nicht, er ließ sie stehn;
Welkend in seinem Turm, versüßten sie
Selbst seine unbewachte Stunde nie.
Ja, Liebe war's! Wenn tiefste Zärtlichkeit,
Erprobt in Anfechtung, gestärkt in Leid,
In Trennung fest, in allem Wechsel echt
Und (mehr als das) nie durch die Zeit geschwächt;
Die kein verfehlter Wunsch, mißlungner Schlag,
Wenn sie nur lächelt, mürrisch stimmen mag;
Die Zorn nicht fortreißt, Krankheit nicht verführt
Zu leisem Klagen, das ihr Ohr berührt;
Die selbst beim Abschied sich zur Ruhe zwingt,
Damit kein Blick des Grams ihr Herz durchdringt;
Die unbewegt in jedem Wandel bliebe –
Wenn's Lieb auf Erden gibt, so war dies Liebe!
Er war ein Frevler, ja; stoßt ihn in Acht,
Doch nicht die Leidenschaft und ihre Macht;
Als jede Tugend schwand, blieb diese doch,
Die lieblichste, trotz Schuld und Sünde noch.

13

Er wartete, bis jenes Botenpaar
Den Pfad ins Tal halbwegs hinunter war.
»Seltsam, ich stand so oft schon vor dem Feind,
Wie kommt's, daß dieser Zug mein letzter scheint?
Mir sagt's mein Herz. Doch zagen darf ich nicht;
Nie sage man, ich schwank' in meiner Pflicht!
Angriff ist kühn, doch wär es sichrer Tod,
Zu warten, bis die Treibjagd hier uns droht,
Und glückt mein Plan, so liefert unser Stahl
Leidtragende für unser Totenmal.
Ja, laß sie schlummern, friedlich sei ihr Traum!
Das Frührot hat mit hellrem Feuer kaum
Sie je geweckt, als es der Wind heut nacht
Den trägen Rächern dieses Meers entfacht.

Nun zu Medora! – Still o Herz, gib Ruh!
Lang mög ihr Herz noch leichter sein als du!
Doch war ich tapfer . . . tapfer? wer ist's nicht?
Selbst das Insekt, um sich zu retten, sticht.
Gemeiner Mut, der auch im Tier gedeiht,
Dem erst Verzweiflung Kraft zu töten leiht,
Ist niedrer Ruhm; mein höhres Trachten war,
Mit wen'gen zu bestehn die größre Schar;
Nie führt ich sie umsonst den blut'gen Gang –
Jetzt bleibt nur eins: Sieg oder Untergang.
Mich schmerzt der Tod nicht, nur daß ich auch sie
Dorthin, wo keine Flucht ist, mit mir zieh.
Die Sorg um mein Geschick war stets gering;
Mein Stolz nur knirscht, daß mich die Schlinge fing;
Das meine Kunst und Klugheit, die zuletzt
Auf einen Wurf Macht, Hoffnung, Leben setzt?
O Schicksal . . . nein, klag deine Torheit an,
Das Schicksal nicht, das dich noch retten kann.«

14

So hielt er Zwiesprach mit sich selbst, und dann
Stieg er sein turmgekröntes Riff hinan;
Am Torweg stand er still; denn sanft und bang
Hört' er den nie zu oft gehörten Klang;
Fern, aber süß vom Erker tönt' ihr Schall,
Und also sang des Turmes Nachtigall:

Tief in der Brust mein süß Geheimnis lebt,
Einsam, und nie zum Licht schwillt es empor;
Nur wenn mein Herz von deinem Echo bebt
Und leis in Schweigen hinstirbt, wie zuvor.

Dort in der Tiefe brennt ein Grabeslicht,
Die ew'ge Flamme, still und unsichtbar;
Das Dunkel der Verzweiflung dämpft sie nicht,
Obwohl sie trüb ist, wie sie niemals war.

Gedenke mein! – Nicht ohne Seufzer geh
Der Gruft vorbei, wo meine Ruhstatt ist;
Mein Herz erschrickt vor keinem andern Weh,
Nur vor dem Tag, wo deines mich vergißt.

O hör mein letztes, leisestes Gebet!
Gram um den Tod erlaubt ja die Natur:
So gib mir alles, was ich je erfleht,
Für so viel Liebe eine Träne nur!

Er tritt ins Tor, er schreitet durch den Gang
Und steht im Erker, das Lied erklang.
»Medora! Herz! wie traurig ist dein Lied!«

»Und soll es froh sein, wenn mich Conrad flieht?
Wenn ihm dein Ohr nicht lauscht, muß mein Gesang
Den Schmerz verraten, der mein Herz bezwang;
Dann fügt der Ton sich, wie die Brust ihn will,
Dann seufzt mein Herz, schwieg' auch die Lippe still.
Ach, manche Nacht, einsam in diesem Turm,
Beschwingt mein banger Traum die Luft mit Sturm
Und sieht im Hauch, der sanft dein Segel neckt,
Ein flüsternd Vorspiel, das die Windsbraut weckt,
So leis und ernst, als ob 's ein Grablied wär
Und klagt' um deinen Tod im wilden Meer.
Oft stand ich auf, ob auch der Wächter nicht
Erlöschen lasse deines Turmes Licht;
Oft wacht ich länger als der letzte Stern,
Der Morgen kam, und ach! du bliebst mir fern.
Wie kalt um meine Brust der Nachtwind strich!
Wie trüb empor der graue Morgen schlich!
Doch schaut und schaut ich aus: kein Segel kam,
Kein Lehn für Treue, für Gelübd und Gram.
Endlich ein Mast! – wie dankt und jauchzt ich da!
Er kam heran – und fuhr vorbei. Ich sah
Ein zweites Schiff, du warst es – endlich! ja!
Oh, wären diese Tag erst überstanden!
Mein Conrad, willst du nie im Hafen landen?
Du nennest Schätze dein, und manch Asyl,
So schön wie dies, beut dir ein friedlich Ziel.
Du weißt, daß nicht Gefahr mein Schrecken ist;
Ich zittre nur, wenn du nicht bei mir bist,
Und nicht für mich – nur für dies teure Haupt,
Das stets nach Kampf lechzt und dem Glück sich raubt.
Wie seltsam, daß ein Herz, so weich für mich,
Trotz der Natur beut und dem beßren Ich!«

»Ja, seltsam wohl; dies Herz – du hattest recht –
Zertretner Wurm, der sich als Natter rächt!
Kein Trost als deine Lieb in dieser Welt!
Kein Strahl der Gnade, der von oben fällt!
Gleichwohl, verdamm es nicht: ein Trieb umfaßt
Die Glut, die dich liebt und die andern haßt,
So eng vermischt; wenn je ich, wie vorher,
Die Menschen liebte, liebt ich dich nicht mehr.
Sei ruhig – die Vergangenheit verschreibt
Der Zukunft dies, daß meine Liebe bleibt.
Doch nun, Medora, stähl dein sanftes Herz!
Wir scheiden jetzt – doch kurz nur ist der Schmerz.«

»Wir scheiden! – Wie ich es geahnt, so geht's!
So flieht mein Feentraum sel'ger Ruhe stets!
Schon jetzt? noch heut? Unmöglich! welche Flucht!
Kaum ankert ja die Bark in jener Bucht;
Noch fehlt das zweite Schiff; das Volk muß ruhn,
Eh du ihm ansinnst, neuen Dienst zu tun.
Du spielst mit meiner Schwachheit, suchst mit List
Mein Herz zu härten, eh es nötig ist;
Nein, tändle länger nicht mit meinem Leid;
Dies Spiel hat wen'ger Scherz als Bitterkeit.
Schweig, Conrad, mein Geliebter! komm und labe
Dich an dem Mahl, das ich bereitet habe.
Dein Tisch ist leicht bestellt; sieh her, ich brach
Nur solche Frucht, die Bestes mir versprach,
Und manchmal zweifelnd, aber doch ergötzt,
Riet ich und nahm die schönsten doch zuletzt.
Dreimal umging mein Schritt des Hügels Rand,
Den kühlsten Bach erprobend, der sich fand;
Ja, dein Scherbett fließt heute kühl genug,
Schau, wie er blinkt im schneeig weißen Krug.
Nie labt dir heitrer Traubensaft den Geist,
Du mehr als Moslem, wenn der Becher kreist!
Glaub nicht, ich schelt es; ich bin stolz: was Qual
Und Buße andern dünkt, ist deine Wahl.
Die Tafel wartet, komm; die Silberleuchte
Glänzt ungetrübt von des Schirokkos Feuchte.
Der Chor der Mägde kürzt uns dann die Nacht,
Der Tanz verschlingt sich und Gesang erwacht;

Mein Saitenspiel soll dich – wie oft zuvor –
Einlullen, oder, stört sein Klang dein Ohr,
So lesen wir, was Ariost erzählt
Vom Abschied, der Olympia gequält.
Fürwahr du wärst so schlimm wie er, der ihr
Den Schwur brach, gingest du jetzt fort von mir,
Ja, falsch wie Theseus – lächeltest du nicht,
Als jüngst von diesem Fels mein scharf Gesicht
Ariadnes Insel sah im Sonnenlicht?
Da sagt ich, halb im Scherz, halb furchtsam schier,
Daß je der Scherz Ernst werden könnt in mir:
Auch Conrad sucht oft fern von mir sein Glück
Und täuschte oft mich – denn er kam zurück.«

»Zurück, zurück, mein Herz! zurück noch oft!
Solang der Körper lebt, die Seele hofft,
Kehrt er zurück! – Doch die Sekunden bringen
Die Scheidestunde schon mit raschren Schwingen.
Frag nicht, warum, wohin – ach, dumpf und hohl
Antwortet stets das eine Wort: Leb wohl!
Gern, wenn die Zeit erlaubte, sagt ich mehr;
Sei unbesorgt, mich schreckt der Feind nicht sehr.
Verstärkte Wache bleibt zurück im Turm,
Gefaßt auf lange Wehr und raschen Sturm;
Nicht einsam bleibst du: ist dein Herr auch fort,
Die Mägd und Fraun gehorchen deinem Wort;
Und dies dein Trost: wenn wir uns wieder grüßen,
Dann wird die Sicherheit die Ruh versüßen.
Hörst du das Horn? Die Töne gelten mir;
Küß mich – noch einmal – noch! Nun Gott mit dir!«

Sie fliegt, sie springt, sie drängt ihr Antlitz wild
An seinen Busen, der von Jammer schwillt.
Dies dunkelblaue Aug, er meidet's fast,
Wie es erliegt der tränenlosen Last.
Wild über seine Arme niederrollt
Ihr langes blondes Haar – zerzaustes Gold!
Kaum pocht ihr Herz, von Angst um ihn durchwühlt,
So voll – dies Fühlen schien fast ungefühlt.
Horch! der Signalkanone Donner kracht,
Die Nacht verkündend – und er flucht der Nacht!

Immer wieder er sie an sich preßt;
Liebkosend fleht sie, hält ihn lautlos fest.
Aufs Lager trägt er wankend seine Braut;
Ein Blick, als hätt er sie zuletzt geschaut!
Er fühlt, sie ist sein einz'ger Erdenhort;
Er küßt die kalte Stirn – ist Conrad fort?

15

»Ja, ist er fort?« – In ihrer Einsamkeit,
Wie oft bringt diese Frag ihr bittres Leid!
»Noch eben stand er hier – und nun so weit!«
Sie stürzt hinaus, sie eilt durchs Säulentor;
Da endlich bricht die Tränenflut hervor,
Schwer, hell und rasch, in unbewußtem Weh,
Doch noch versagt die Lipp ein Wort: Ade!
Dies schwere Wort, das immer, unbeirrt,
Trotz Schwur und Trost, Verzweiflung atmen wird.
Auf ihre bleichen, stillen Züge schreibt
Der Gram die Schrift, die unauslöschlich bleibt;
Der blaue Schmelz im holden Aug erfriert
An diesem Blick, der leer ins Weite stiert,
Bis – oh, wie fern! – sein Helm dort plötzlich glimmt:
Da strömt ihr Aug, ihr Seelenjammer schwimmt
Durch lange, dunkle Wimpern, welche jetzt
Und, ach, noch oft der Tau des Grams benetzt.
»Er fort!« – Sie preßt ihr Herz, das stürmisch bebt,
Dann sanft gen Himmel sie die Hand erhebt;
Sie schaut und sieht die Wogen brandend gehn,
Die Segel hoch – und wagt nichts mehr zu sehn.
Sie kehrt mit kranker Seel ins Tor zurück:
»Es war kein Traum! verschwunden ist mein Glück!«

16

Abwärts von Fels zu Felsen, ernst und stumm
Eilt Conrad fort und blickt nicht einmal um.
Er zuckt, sooft des Pfades Wendung ihn
Zu sehen zwingt, was seine Blicke fliehn,
Sein lieblich einsam Dach, das hoch vom Riff
Zuerst begrüßt sein heimwärtskehrend Schiff,

Und sie, den blassen, schwermutvollen Stern,
Des holder Strahl ihn noch erreicht von fern.
Fort! eh der Anblick ihn, der Wunsch entmannt:
»Dort könnt ich ruhn – an des Verderbens Rand!«
Fast blieb er stehn, fast gab sein Schicksal er
Dem Zufall preis und seinen Plan dem Meer;
Doch nein, ein echter Hauptmann wird, gerührt
Durch Weiberschmerz, zum Treubruch nicht verführt.
Er sieht sein Schiff, er spürt, der Wind ist gut,
Und sammelt streng all seinen Mannesmut;
Er eilt zum Strand, und wie er das Geschwirr
Des Aufbruchs hört, der Waffen Stahlgeklirr,
Tumult und ems'gen Lärm die Küst entlang,
Geschrei und Ruderschlag und Hörnerklang;
Wie nun der Schiffsjung in den Tauen schwebt,
Das Segel schwillt, der Anker sich erhebt,
Die Tücher flattern, die vom Lande her
Den stummen Abschied senden übers Meer,
Und jetzt sein Banner weht, blutrot und stolz –
Da staunt er, wie sein Herz vorhin so schmolz;
Feuer im Aug und Wildheit in der Brust,
Fühlt er sich neu des eignen Ichs bewußt.
Er fliegt, er springt, bis er den Saum gewinnt,
Wo Klippen enden und der Sand beginnt.
Dort hemmt er seinen Lauf – nicht weil er fühlt,
Wie ihn der salz'ge Hauch der Tiefe kühlt;
Langsam und stolz durchschreitet er die Bahn,
Um nicht durch Hast entstellt dem Volk zu nahn:
Denn wohl verstand er, wie man Massen zähmt,
Wie Kunst den Stolz verhüllt, die Mißgunst lähmt,
Wie spröde Haltung, kühle Art zum Schein
Die Blicke scheut und schüchtert sie doch ein;
Wie ernste Mien und vornehm Auge blickt,
Den Anstand wahrt, den groben Scherz erstickt.
Dies übt' er all und herrscht' in seinem Kreis;
Doch wenn er schmeicheln wollte, schmolz das Eis;
Dann war er freundlich, bis die Furcht verging,
Und wenn er sprach, schien andrer Kunst gering;
Wie Herz zum Herzen dann sein Wort erscholl,
Ein tiefer Wohllaut, sanft und schwermutsvoll.
Doch seinem Sinne fremd war solches Spiel:

Nicht sänft'gen, unterjochen war sein Ziel;
Seit ihn der Jugend schlimme Glut verheert,
Hielt er Gehorsam mehr als Liebe wert.

17

Sein Stab umringt ihn, des Befehls gewärtig;
Juan steht vor ihm. »Sind die Leute fertig?«
»Sie sind's, ja, schon an Bord. Das letze Boot
Harrt nur auf Euch.«
»Mein Schwert und mein Kapott!«
Leicht umgeworfen hängt und festgeschnallt
Mantel und Gurt von seiner Schulter bald.
»Ruft Pedro!« – Pedro kommt. Conrad verneigt
Sich mit der Achtung, die er Freunden zeigt.
»Lies diese Blätter sorgsam: manches Wort
Hohen Vertrauens steht geschrieben dort.
Verdopple deine Wachen. Wenn das Boot
Anselmos kommt – auch ihm gilt mein Gebot.
Am dritten Tag scheint uns die Sonne hier,
Wenn Wind und Wetter dient. Nun Gott mit dir!«
Er drückt des Räubers Hand zum Scheidegruß,
Dann springt er in das Boot mit stolzem Fuß.
Die Ruder schlagen ein, und funkelnd blitzt
Die Welle, die ihr Takt phosphorisch ritzt.
Sie sind an Bord, er steht am Steuerrand,
Schrill gellt der Pfiff, flink rührt sich jede Hand;
Er sieht, wie sicher sich das Schiff bewegt,
Und lobt die Mannschaft, die sich eifrig regt.
Voll Stolz blickt er sich nach Gonsalvo um,
Da zuckt er, wie von innrem Gram – warum?
Ach, seinen Felsturm sieht er, und die Qual
Der Abschiedsstund erlebt er noch einmal.
Medora! – Sieht sie seinen Kiel im Meer?
Ach, niemals, niemals liebt' er halb so sehr!
Doch viel zu tun ist, eh der Morgen graut:
Ermanne dich, und nicht zurückgeschaut!
Rasch mit Gonsalvo steigt er vom Verdeck,
Enthüllt ihm seinen Anschlag, Plan und Zweck;
Die Lampe brennt, die Karte liegt zur Hand,
Und was noch sonst die Seemannskunst erfand.

Bis Mitternacht dies erste Paar berät;
Besorgtem Aug ist keine Zeit zu spät.
Inzwischen weht die Brise frisch und hell,
Das Schiff fliegt weiter, wie ein Falke schnell,
Vorbei an Felseninseln in der Nacht.
Es muß am Ziel sein, eh der Morgen lacht.
Und bald erspäht das Nachtrohr, wo geschmiegt
In enger Bucht des Paschas Flotte liegt,
Zählt jedes Segel, merkt, wie für den Feind
Nutzlos die Flamme der Laternen scheint.
Die Barke gleitet unbemerkt und still
Zum Hinterhalt, wo Conrad ankern will,
Vor Spähern durch das mächt'ge Kap gedeckt,
Das wild phantastisch sich gen Himmel reckt.
Jetzt steht sein Volk zum Dienst auf – nicht vom Schlaf –,
Für Land und See gerüstet, wie sich's traf;
Der Hauptmann, lehnend über krauser Flut,
Plaudert gelassen – doch er spricht von Blut.

ZWEITER GESANG

Conosceste i dubbiosi desiri?
Dante

I

In Korons Bucht schwimmt manch Galeerenlicht,
Durch Korons Fenster Lampenschimmer bricht;
Denn Said, der Pascha, fastet heute nicht.
Für künft'ge Siege feiert er ein Fest,
Für Räuber, die er künftig knebeln läßt:
Er schwur's bei Allah und bei seinem Schwert,
Und folgsam, wie sein Firman es begehrt,
Schart sich die Türkenflotte längs der Bai;
Groß ist der Heerbann, laut das Siegsgeschrei.
Der Feind ist fern zwar, doch mit sichrem Hohn
Verteilen sie die Beut und Sklaven schon;
Sie brauchen nur zu segeln; sicher scheint
Die nächste Sonn auf den besiegten Feind.
Die Wache schlafe nur, wenn's ihr beliebt,

Vom Sieg zu träumen, den der Tag ihr gibt;
Wer aber kann, der schwärmt den Strand entlang
Und kühlt an Griechen seinen Tatendrang.
Dem tapfren Turbanträger ziemt es recht,
Den Stahl zu zücken wider einen Knecht.
Man stürmt sein Haus, doch schont man heut sein Blut;
Ihr Arm ist stark, doch groß ihr Edelmut:
Sie morden nicht und könnten es so gut!
Nur hie und da, wenn Scherz und Laune treibt,
Damit der Säbel in der Übung bleibt.
Lärm und Gelag verkürzt der Stunden Schritt,
Und wem sein Kopf lieb ist, der lache mit,
Bewirt aufs beste seinen Nachtbesuch
Und spare bis zum Morgen seinen Fluch.

2

In seiner Halle ruhet nach dem Schmaus
Mit bärtigen Vasallen Said aus.
Bankett und Pilav sind entfernt (man sagt,
Daß er verbotnen Trank zu schlürfen wagt,
Doch für die strengen Moslems reicht der Schenk
Der braunen Bohne nüchternes Getränk);
Duftig Gewölk aus langen Tschibuks wallt;
Die Almas tanzen; wild Musik erschallt.
Der Pascha sticht in See mit Tagesgraun;
Im Dunkeln ist den Wellen nicht zu traun,
Und Schwelger finden ihren Schlummer besser
Auf seidnem Pfühl als brandendem Gewässer.
Schmaust, weil ihr könnt; erst wenn ihr müßt, zur Schlacht!
Und baut mehr auf den Koran als auf Macht!
Die hier vereint sind in des Paschas Heer,
Verbürgen sein Geprahle – und noch mehr.

3

Vorsichtig sich verbeugend, langsam naht
Der Sklave, der den Dienst im Vorsaal hat,
Neigt seine Stirn, grüßt mit der Hand den Grund
Und tut, was er gehört hat, endlich kund:
»Hier ist ein Derwisch, dem Piratennest

Entflohn – er selber meldet dir den Rest.«
Er liest in Saids Aug ein stummes Ja;
Der heil'ge Mann tritt ein und schweigend nah.
Er kreuzt die Arm auf seinem grünen Kleid;
Sein Schritt ist schwach, sein Blick gesenkt vor Leid;
Doch scheint er mehr von Not als Zeit gefurcht;
Die Wang ist bleich von Fasten, nicht von Furcht.
Allah geweiht trägt er sein schwarz Gelock,
Die hohe Mütze und den falt'gen Rock;
Locker bedeckt das wallende Gewand
Die Brust, die sich dem Himmel zugewandt.
Demütig, doch gefaßt begegnet er
Den Blicken späh'nder Neugier rings umher,
Die gern erriete seines Kommens Grund,
Eh noch des Paschas Wort ihm löst den Mund.

4

»Von wannen kommst du?«
»Aus des Räubers Nest,
Ein Flüchtling . . .«
»Wo und wann hielt er dich fest?«
»Von Scalanovas Bucht nach Chios' Strand
War unser Saik bestimmt; doch Allahs Hand
War gegen uns: geraubt sind unsre Waren;
Wir trugen all die Kette des Korsaren.
Tod scheut ich nicht; ein wenig Gut war mein,
Die Wanderfreiheit, und die büßt ich ein,
Bis mir ein Fischerkahn in dunkler Bucht
Hoffnung erweckt' und Mittel bot zur Flucht.
Ich nahm die Stunde wahr und floh hierher.
Wen du, o Herr, beschirmst, was fürchtet der?«

»Was treibt der Räuber? Ist er auf der Hut
Für seine Raubburg und sein Diebesgut?
Ob er sich unsern Zug wohl träumen läßt,
Der ihm verbrennt sein Skorpionennest?«

»Pascha, ein Auge, das in bittrer Fron
Um Rettung weint, spielt schlecht nur den Spion;
Ich hörte nur den Schlag der dumpfen See,

Die mich nicht forttrug aus der Knechtschaft Weh;
Ich sah den Himmel nur und Sonnenschein,
Zu blau, zu hell für meine Kerkerpein,
Und fühlte, was dem Freien Lust und Licht,
Stillt keine Trän, eh nicht die Kette bricht.
Eins aber zeigt mein Fliehen offenbar:
Sie ahnen nichts von nahender Gefahr;
Vergebens hätt ich sonst an Flucht gedacht,
Umsonst gebetet, wär ich scharf bewacht.
Die Wächter, welche mich nicht fliehen sahn,
Sind wohl auch blind, wenn deine Streiter nahn.
Pascha, mein Leib ist matt; Natur begehrt
Die Speis und Ruhe, die sie lang entbehrt.
Vergönn mir Urlaub. Friede sei mit dir
Und allen! – Jetzt gewähre Ruhe mir!«

»Bleib, Derwisch! Mehr zu fragen hab ich Lust.
Ich will es. Setz dich! Hörst du mich? Du mußt.
Die Sklaven bringen dir dein Mahl herein;
Wo alles schwelgt, sollst du nicht hungrig sein.
Hast du gespeist, so gibst du mir Bericht,
Genau und deutlich. Rätsel lieb ich nicht.«
Seltsam, was stört den fremden Gottesmann?
Nicht freundlich blickt er diesen Diwan an
Nicht viel Geschmack verriet er für sein Mahl,
Noch wen'ger Achtung für die Gäst im Saal.
Die Röte des Verdrusses überzog
Sein Antlitz – doch ein Nu, und sie verflog.
Stumm saß er nieder, und sein Auge fand
Die Ruhe wieder, die ihm fast entschwand.
Der Schmaus ward aufgetischt. Er hegte Scheu
Vor üpp'gen Speisen wie vor Giftgebräu;
Für einen, der so lang gedarbt, gefront,
Ist's wunderlich, daß er sein Mahl so schont.
»Was ist dir, Derwisch? Iß! Hast du gemeint,
Dies sei ein Christenmahl und Freund sei Feind?
Was meidest du das Salz, das heil'ge Pfand,
Das unser Schwert stumpf macht in unsrer Hand,
Das kampfentzweite Stämm in Frieden eint
Und macht, daß Haß wie Bruderlieb erscheint?«

»Salz würzt nur Leckerein. Mich nähren bloß
Die rohsten Wurzeln und der Quell im Moos.
Mein Schwur und meines Ordens Zwang verbot,
Mit Freund und Feind zu teilen Salz und Brot.
Es klingt dir seltsam; sollt es Unrecht sein,
So trifft doch die Gefahr mein Haupt allein.
Doch nicht um dein, nicht um des Sultans Reich
Verzehr ich Brot und Trank mit euch zugleich!
Bräch ich die Regel, könnte der Prophet
Den Weg mir sperren, der nach Mekka geht.«

»Gut, wie du willst; sei fromm nach deinem Sinn.
Nur eins noch sag, dann zieh in Frieden hin.
Wie viele . . . Ha! es kann nicht Morgen sein!
Bricht übers Meer Kometenglanz herein?
Ein See von Flammen brennt! Hinweg von hier!
Verrat! Mein Säbel! Wachen, her zu mir!
Die Schiff in Brand, und fern vom Ufer wir!
Verfluchter Derwisch! Deine Botschaft . . . du . . .
Spion! Ergreift ihn! spaltet ihn! schlagt zu!«

Aufsprang der Derwisch mit dem Flammenschein;
Verwandelt, furchtbar blickte er jetzt drein.
Aufsprang der Derwisch – nicht in heil'ger Tracht,
Nein, wie aufs Roß ein Krieger springt zur Schlacht.
Mütz und Gewand fliegt weg, und blank von Stahl
Schimmert die Brust und blitzt des Säbels Strahl.
Hell flammt sein Helm, der Busch wie düstres Graun,
Heller sein Aug und düstrer seine Braun.
Den Türken scheint er ein Gespenst der Nacht,
Des Todeshieb ihr Fechten nutzlos macht.
Getümmel rings – aus Wolken, dick und schwarz,
Zuckt fern die Lohe, flammt der Fackeln Harz;
Angstschrei und Wutgeheul vermischt sich wild;
Nun klirren Schwerter, und der Kampfruf schwillt;
Dies Fleckchen Erde wird zum Höllenbild!
Betäubte Sklaven, flüchtend hin und her,
Sehn nichts als blutig Land und brennend Meer;
Nicht achten sie des Paschas zorn'gen Schrei –
»Den Derwisch greifen? – lieber Satanai!«
Er sah ihr Beben; die Verzweiflung schwand,

Die erst ihn trieb zu sterben, wo er stand,
Weil viel zu früh, zu eifrig seine Schar
Feur gab, eh das Signal gegeben war.
Er sah ihr Beben, riß vom Gurte schnell
Sein Horn – ein kurzer Stoß, doch laut und grell!
Antwort erscholl. »Brav, meine tapfre Schar!
Wie konnt ich zweifeln? und wie töricht war
Die Furcht, allein zu stehn in der Gefahr!«
Weit holt er aus, des Säbels Wirbelschwung
Sühnt rasch und blutig die Verzögerung;
Sein Grimm vollendet, was ihr Schreck begann,
Und viele zittern vor dem einen Mann.
Zerspaltne Turban häuft er um sich her,
Und kaum ein Arm hebt sich dem Kopf zur Wehr;
Der Pascha selbst, vor Wut und Staunen blind,
Er weicht, so schwer er's über sich gewinnt;
Er ist nicht feig und fürchtet doch den Feind,
Der im Tumult ihm doppelt furchtbar scheint.
Die Flotte brennt! ihn packt ein Schreckenskrampf;
Er rauft den Bart und schäumt und flieht den Kampf;
Denn schon erstürmt der Feind den Haremsgarten
Und sprengt das Tor, es wäre Tod, zu warten,
Wo wilde Angst mit flehendem Geschrei
Umsonst ihr Schwert wegwirft – der Mord ist frei!
Einströmen die Korsaren links und rechts,
Wohin das Horn sie ruft, wo das Geächz
Der Sterbenden und Wehgeheul verrät,
Wie brav die blut'ge Saat ihr Hauptmann mäht.
Da ist er! einsam, grimm – ihr Jubel kreischt –,
Ein satter Tiger, der den Raub zerfleischt.
Nur kurz ihr Gruß, noch kürzer sein Gebot:
»Schon gut – doch Said entkommt – ich will ihn tot.
Wir taten viel, doch sind wir noch nicht matt;
Die Flotte brennt, warum nicht auch die Stadt?«

5

Er spricht's, und Fackeln glühn in jeder Hand;
Von Turm zu Tore steht das Schloß in Brand.
Ein stolz Entzücken thront auf Conrads Braun,
Doch schnell erlischt es, denn Geschrei von Fraun

Schlägt an sein Ohr und trifft wie Grabgeläut
Dies Herz, den Schlachtgeheul vergebens dräut.
»Erstürmt den Harem! Doch, bei Kopf und Leib,
Nichts von Gewalt! Denkt an das eigne Weib!
Der Frevel würd an ihnen einst gerächt;
Erschlagt die Männer, das ist euer Recht;
Wir schonten stets ein waffenlos Geschlecht.
Oh, ich vergaß – Gott wird es nie verzeihn,
Wenn wir hilflose Fraun dem Tode weihn.
Folge, wer will! Ich wage den Versuch,
Von uns zu wenden diesen einen Fluch.«
Die Treppe kracht, das Tor wird aufgesprengt;
Sein Fuß spürt nicht, wie ihn die Hitze sengt.
Dicht quillt der Rauch, das Atmen wird zur Qual,
Doch weiter dringt er vor von Saal zu Saal.
Sie spähn, sie finden; starker Arm umfaßt
Die reizende, doch nicht begehrte Last.
Die Angst besänft'gen, Ohnmacht stützen sie,
Mehr Sorg erfuhr wehrlose Schönheit nie:
So zähmte Conrad ihre grimmste Wut
Und hielt im Zaum die Hände rot von Blut.
Und wer ist jene, die sein Arm umschlingt
Und kühn durch Trümmer, Rauch und Flammen bringt?
Der Schatz des Mannes, dessen Kopf er jagt:
Des Harems Königin, des Paschas Magd.

6

Nur kurze Zeit hat Conrad für ein paar
Trostworte an die zitternde Gulnar;
Denn in der Pause, die Mitleid dem Mord
Entriß, sahn jene fliehnden Feinde dort
Erstaunt sich unverfolgt; allmählich schwand
Die Hast der Flucht und wurde Widerstand.
Dies Said bemerkt, und nun erst wird ihm klar,
Wie stark sein Heer ist gegen Conrads Schar;
Errötend denkt er an den Schimpf der Flucht,
Des Schreckens und der Überraschung Frucht.
»Allah il Allah!« Rach erhebt die Stimme:
Sühn oder Untergang! Scham wächst zum Grimme
Und heischet Flamm um Flamme, Blut um Blut;

Nun folgt die Ebbe nach des Sieges Flut.
Der Zorn erneut den Kampf, und sie, die eben
Um Beute fochten, fechten um ihr Leben.
Conrad sieht die Gefahr: zu weichen scheint
Sein Häuflein vor dem stets verstärkten Feind.
»Noch ein Versuch! wir hauen uns heraus!«
Ein Sturm – ein Stoß – sie wanken – alles aus!
Noch kämpfen sie, in engren Ring gepreßt,
Ohn alle Hoffnung, doch im Herzen fest;
Ach, nicht mehr fechten sie, zum Keil gedrängt –
Erdrückt, zerstampft, zersplittert und zersprengt.
Doch jeder, stumm und einzeln, haut und sticht,
Solang er kann, bis er zusammenbricht,
Die Blutschuld zahlend, bis sein Haupt erstickt,
Bis ihm des Todes Faust das Schwert zerknickt.

7

Zuvor jedoch, eh neu der Kampf entbrannt,
Eh Heer an Heer geriet und Hand an Hand,
War erst mit ihren bangen Fraun Gulnar
Bei einem Mann, der ihres Glaubens war,
Auf Conrads Wink in Sicherheit gebracht;
Da trocknen sie die Tränen dieser Nacht;
Da denkt die dunkeläugige Gulnar
Der wilden Angst, der sie entronnen war;
Sie denkt auch staunend seiner edlen Art,
Wie sanft sein Blick war, seine Rede zart:
Seltsam, der Räuber, ganz betaut von Blut,
Schien milder als des Paschas Liebesglut.
Der Pascha warb, als wär es Seligkeit
Für sie, die Magd, wenn er sein Herz ihr weiht;
Der Räuber lieh ihr Schutz und stand ihr bei,
Als ob sein Dienst ein Recht des Weibes sei.
»Kein Weib soll wünschen, was nie mag geschehn,
Doch möcht ich gern den Häuptling wiedersehn,
Nur ihm zu danken für mein Leben, das
Mein liebevoller Herr im Schreck vergaß.«

8

Sie sah ihn bald, im tiefsten Schlachtenrot,
Noch atmend, noch beglückt' ihn nicht der Tod;
Fern von der Bande, fechtend wie zuvor –
Der Sieg war teuer, welchen er verlor!
Dann wie er fiel, noch jetzt vom Tod geflohn,
Ergriffen, fortgeschleppt zu bittrem Lohn,
Verschont zu leben, hoffnungslos und blind,
Indes die Rach auf neue Foltern sinnt
Und nur sein Blut stillt, daß es länger rinnt
Nur tropfenweis; denn Saids Blutdurst droht
Ihm ew'ges Sterben, aber keinen Tod.
Dies er? den sie als Sieger eben sah,
Des rote Faust nur winkt', und es geschah?
Er ist es, ja! Entwaffnet, stolz wie je,
Daß er noch leben muß, sein einzig Weh:
Wie gerne hätt er, statt der leichten Wunden,
Den Tod durch eines Feindes Arm gefunden!
Wie? nicht ein Hieb in solchem Kampfgewimmel
Schickt seine Seel . . . er fragte kaum: gen Himmel?
Nur er soll atmen, der recht stritt und rang,
Um nur zu fallen in dem Schlachtendrang?
Schwer fühlt er – was ein Menschenherz beschwert,
Wenn treulos sich das Rad des Glückes kehrt –
Vergangner Frevel Last, des Siegers Hohn,
Langwier'ger Marter angedrohten Lohn;
Schwer, finster fühlt er's; doch sein starrer Mut,
Wie erst zur Tat, ist nun zur Maske gut,
Und seiner Züge kalter Ernst bewahrt
Des Siegers mehr als des Gefangnen Art.
Von vielen Wunden matt, von Mühsal schwer,
Blickt er gefaßter als der Feind umher.
Zwar schallt der fernen Menge Jubelchor
Nach überstandnen Ängsten frech empor,
Doch jeder beßre Kämpfer schweigt und ehrt
In ihm den Feind, der alle Furcht gelehrt;
Die grimmen Wächter blicken stumm auf ihn
Mit stillem Graun, als sie zum Turme ziehn.

9

Man schickt den Arzt, aus Mitleid nicht, zu sehn,
Wieviel Tortur sein Leib noch mag bestehn:
Noch reicht die Kraft für schwerster Ketten Druck,
Verheißt Gefühl noch für der Foltern Ruck;
Das nächste, ja das nächste Abendgraun
Soll den Beginn der Pfählungsmarter schaun,
Und dann die nächste Morgenröte sehe,
Ob er die Pein gut oder schlecht bestehe.
Dies ist die schlimmste, längste Pein – der Pfahl;
Denn zur Tortur fügt sie des Durstes Qual,
Die Tag um Tag vom Tod Erlösung heischt,
Indes den Pfahl der Geier schon umkreischt.
»O Wasser! Wasser!« – wie er fleht und wirbt,
Lächelnder Haß sagt nein: wer trinkt, der stirbt.
Dies war sein Los. Der Wächter schließt ihn ein;
Der Stolze ist gefesselt und allein.

10

Wer schildert die Gefühl in Conrads Brust?
Er selbst vielleicht hat klar sie nicht gewußt.
Es gibt ein Seelenchaos, Seelenkampf,
Wo all des Geistes Kräft ein wüster Krampf,
Ein finstrer Schlangenknäul, verstört und blind,
Ein Fletschen unbußfert'ger Reue sind,
Des tück'schen Teufels, der vorher nie spricht,
Doch nach der Tat ruft: »Warnte ich dich nicht?«
Der starke Geist, wenn dieser Teufel dräut,
Zuckt wohl und tobt – der schwache nur bereut.
Auch wenn die letzte Stunde sich erfüllt
Und sich ihm selbst all, all sein Selbst enthüllt,
Nicht bloß der Hauptgedank und Herrschertrieb,
Durch den das andre sonst verdunkelt blieb,
Nein, eine Seelenheerschau, welche wild
Heran auf tausend Wegen rauscht und schwillt –
Der Traum erloschner Ehrsucht, Liebesnot,
Verlornes Leben und des Ruhmes Tod,
Verscherztes Glück und gegen alles, was
Uns überlebt, Verachtung oder Haß,

Nacht hinter uns und vor uns Finsternis,
Die Hölle wie der Himmel ungewiß,
Gedanken, Worte, Taten, welche man
Vergessen glaubt' und nicht vergessen kann,
Gar leicht und lieblich einst in ihrer Zeit,
Jetzt lauter Sünd am Saum der Ewigkeit,
Geheime Schuld, die unser Mark zerfrißt,
Ein schwärend Gift, auch wenn's verborgen ist,
Kurz, alles! all begrabnen Gram und Schmerz
Entblößt das offne Grab, das nackte Herz,
Bis dann der Stolz erwacht, vom Angesicht
Des Geists den Spiegel wegreißt und zerbricht.
Ja, Stolz verschleiert, Mut besiegt dies alles,
All, alles, vor – jenseits des tiefsten Falles.
Furchtlos ist keiner; wer die Furcht versteckt,
Der einz'ge Heuchler, welchen Ruhm bedeckt:
Nicht solch ein Maulheld, welcher prahlt und flieht,
Nein, wer dem Ende still ins Auge sieht,
Wer stets des Todes denkt, der vor ihm steht,
Und wann er pocht, ihm halb entgegengeht.

II

Hoch in dem höchsten Turme sitzt und wacht
Conrad, gefesselt in des Paschas Macht.
Verbrannt war Saids Palast; im Turm vereint
Lag nun sein Hof und sein gefangner Feind.
Nicht klagen durfte Conrad: hätt er nun
Gesiegt, würd er dem Feind ein Gleiches tun.
Er saß allein und hatt in stiller Nacht
Sein schuldig Herz durchforscht – und stark gemacht.
Vor einer Frage nur senkt er den Blick:
»Wie wird Medora tragen dies Geschick?«
Da, da zuerst hob er die klirr'nde Hand
Und zerrte wild die Kette, die ihn band;
Bald aber fand er oder träumte Trost,
Des Grames spottend, der in ihm getost:
»Die Folter komme, wann sie will und mag;
Jetzt muß ich ruhn, mich stärken für den Tag.«
Er kroch zur Streu, wie er die Worte rief,
Und, was er auch geträumt, genug, er schlief.

Als jener Kampf begann, war's Mitternacht –
Was Conrad unternahm, war rasch vollbracht;
Jedoch die Furie haßt das Müßiggehn
Und ließ kaum einen Frevel ungeschehn.
In einer Stunde alles – Feldherrnamt,
Spion, entlarvt, siegreich, besiegt, verdammt,
Am Lande herrschend, auf den Wogen strafend,
Zerstörend, rettend, eingekerkert, schlafend!

12

Sein Schlummer schien so tief! Still und gemach
Sein Atem ging – oh, würd er nimmer wach!
Er schlief – wer beugt sich lauschend über ihn?
Die Feinde schlafen doch, die Freunde fliehn.
Ist es ein Seraph? Nein, ein Engel nicht,
Ein irdisch Weib mit himmlischem Gesicht!
Die weiße Hand die Lamp im Schatten hält,
Damit der Strahl nicht auf dies Auge fällt,
Das nur sich öffnen wird zu langer Qual
Und nur sich wieder schließt – zum letztenmal.
O holde Wangen, dunkles Augenpaar!
O braune Flut, juweldurchflochtnes Haar!
O Fee mit nacktem Fuße, der so weiß
Den Grund berührt wie Schnee, und auch so leis!
Wie kam sie her durch Nacht und Wächterschar?
Fragt lieber, welches Weib scheut wohl Gefahr,
Das Jugend, Mitleid führt, wie dich, Gulnar?
Sie floh der Schlaf; der Pascha pflog der Rast,
Murmelnd im Traum von seinem Räubergast.
Da schlich sie fort; sie trug den Siegelring,
Der oft zum Scherz an ihrem Finger hing,
Und, kaum befragt, mit diesem Talisman
Fand sie durch müde Wachen ihre Bahn.
Erschöpft von Müh, vom Tausch der Hiebe matt,
Beneideten sie Conrads Lagerstatt,
Und fröstelnd, nickend, streckten sie sich schwer
Im Gange hin und wachten bald nicht mehr;
Kaum regten sie sich grüßend vor dem Ringe
Und fragten nicht, wer ihn noch was er bringe.

13

Sie staunte. »Schläft er, während Freund und Feind
Sein Unglück oder seinen Grimm beweint
Und mich die Angst hierhertreibt? Welcher Bann
Macht plötzlich mir so teuer diesen Mann?
Zwar dank ich ihm das Leben, und sein Arm
Bewahrte mich vor Schlimmrem als Harm . . .
Zu spät zum Denken! – Er bewegt sich – sacht!
Wie schwer er seufzt! – Er fährt empor – er wacht!«
Er hebt sein Haupt; geblendet von dem Licht,
Starrt er sie an, als wär's ein Traumgesicht;
Er regt den Arm; die Last der Eisenstäbe
Sagt ihm zu deutlich, daß er wieder lebe.
»Wer bist du? wenn kein Spuk aus luft'gen Höhn,
Ist meines Schließers Antlitz märchenschön.«

»Korsar, du kennst mich nicht. Dank heißt mich nahn,
Dank für ein Werk, das du nicht oft getan.
Schau her – erkenne sie, die du dem Brande
Entrissen hast und deiner schlimmren Bande.
Ich komm im Dunkel – kaum kann ich's verstehn –
Als Freund . . . Ich möchte dich nicht sterben sehn!«

»Dein Aug ist dann das einz'ge, schöne Frau,
Das sich nicht freut auf diese lust'ge Schau.
Das Spiel ist aus, das Recht des Siegers gilt;
Doch dank ich dem, der mir zur Beichte mild
Hersandte solch ein schönes Gnadenbild.«

Seltsam, daß Lustigkeit mit tiefstem Schmerz
Sich oft vermischt; doch heilt sie nicht das Herz.
Der Scherz der Trauer, der nicht fröhlich macht,
Der lacht in Bitterkeit – gleichviel, er lacht.
Der Weisesten, der Besten lust'ger Spott
Ertönt bisweilen selbst noch vom Schafott;
Die Herzen täuscht er mit dem Schein der Lust,
Nur nicht das Herz in seiner eignen Brust.
Etwas wie dies durchblitzte Conrads Hirn,
Lachender Rausch entwölkte seine Stirn!
In seinen Worten war ein heitrer Klang,

Als wär's der letzte Scherz sein Leben lang.
Doch nicht von Herzen kam's; zu wenig Zeit
Blieb ihm für andre Ding als Graun und Streit.

14

»Korsar, du kennst dein Los; doch wird vielleicht
Said noch durch meine Macht erweicht.
Gern schont ich dich, gern bräch ich deine Haft,
Doch Zeit und Hoffnung fehlt und dir die Kraft.
Eins aber kann mein Einfluß: Er verschiebt
Den Spruch, der dir nur diesen Tag noch gibt.
Mehr tun wär Tod. Du nähmst es selbst nicht an,
Was dir nicht hilft, mich nur verderben kann.«

»So ist's. Ich bin gefaßt. Wer fiel wie ich,
Der fürchtet kaum vor tiefrem Falle sich.
Versuch mich nicht mit Hoffnungsphantasien!
Zu schwach zum Siegen, sollt ich feig entfliehn?
Von meiner Bande, ich, der Hauptmann, sollte
Der einz'ge Mann sein, der nicht sterben wollte?
Zwar eine ist, um die mein Jammer schwillt,
Bis, weich wie sie, dies Auge überquillt:
Auf meinen Pfaden hatt ich Helfer nie
Als meinen Gott, mein Schwert, mein Schiff und sie!
Gott – ich verließ ihn; er verläßt mich nun;
Es ist sein Werk, was seine Feinde tun.
Nicht durch Gebet verhöhn ich seinen Thron,
Durch der Verzweiflung feigen Jammerton –
Es ist genug, ich ernte meinen Lohn.
Mein Schwert verlor unwürdig diese Hand;
Sie hielt den treuen Stahl zu schwach umspannt.
Mein Schiff versank – doch meine Lieb, um sie
Beugte sich zum Gebete gern mein Knie.
O sie, mein einzig Gut! – und brechen soll
Ein Herz wie das, weit mehr als liebevoll?
Ein Reiz . . . seit deiner mir, Gulnar, erschien,
Sah nie mein Auge schöneren als ihn!«

»So liebst du? Doch was gilt das mir? Halt ein!
Es ist mir nichts, nichts wird es jemals sein.

Und doch – du liebst! Euch ist das Glück vergönnt,
Daß Brust an treuer Brust ihr ruhen könnt
Und nie die Öde fühlt, den Durst nicht kennt,
Der Träumen nachseufzt – und der mich verbrennt.«

»Gehört dein Herz nicht ihm, für den die Hand
Des Räubers dich gerettet aus dem Brand?«

»Mein Herz dem Pascha? Nimmer, nimmermehr!
Ja, ihn zu lieben, rang es heiß und schwer –
Umsonst! Ich sucht ein Glück, das es nicht gibt;
Ich fühlt und fühl es: nur wer frei ist, liebt!
Und ich bin Sklavin, Liebling auch, mag sein,
Reichtum und Pracht und alles Glück ist mein;
Doch ach, wie brennt mein Herz, wenn es sich fragt:
Liebst du? – und dann nicht ja zu sagen wagt!
Oh, sich liebkost zu sehen, während man
Mit Abscheu ringt, den man nicht zwingen kann!
Doch härter, wenn das Herz, zwiefach gequält,
Dem einen . . . einen anderen verhehlt!
Er nimmt die Hand, die sich nicht gibt noch weigert
Und deren Puls nicht still steht noch sich steigert,
Die leblos sinkt, wenn er sie losläßt – er!
Hätt ich ihn je geliebt, ich haßt ihn mehr!
Kalt bleibt die Lippe, wenn sein Mund sie preßt,
Und die Erinnrung schaudert vor dem Rest.
Ja, hätt ich erst geglüht von jener Glut,
So fühlt ich jetzt den Umschlag, Zorn und Wut;
Nun geht er unbeklagt, kommt unerhofft,
Und wenn er nah ist, mir am fernsten oft.
Kommt die Besinnung (die ja kommen muß),
So, fürcht ich, bringt sie Graun und Überdruß.
Ich bin nur seine Sklavin, aber doch,
Sein Weib zu sein wär härtre Knechtschaft noch.
Oh, hätt er diese Grille doch verjagt!
Oh, gönnt' er mir, die ihm so gern entsagt,
Den . . . Frieden, hätt ich gestern noch gesagt!
Ja, wenn ich jetzt ihm Liebe heucheln kann,
Ich tu's für dich, Gefangner; denk daran!
Als Zahlung für dein edles Wagestück
Geb ich der einen, Teuren, dich zurück

Zu dem, was mir versagt ist, wahrem Glück.
Leb wohl! Es tagt – ich muß hinweg; mir droht
Ein schweres Werk. Heut fürchte keinen Tod.«

15

Sie preßt ans Herz Conrads gebundne Finger
Und beugt ihr Haupt und eilet aus dem Zwinger,
Lautlos verschwindend wie ein holder Traum.
Und war sie hier? Ist einsam dieser Raum?
Was blitzt auf seiner Kett? Ein Edelstein?
Der Tränen heiligste, um fremde Pein,
Die rein und hell aus des Erbarmens Schacht
Hervorbricht – ein Juwel, das Gott gemacht.
O Frauenträne, Zauber voll Gefahr,
Unwiderstehlich du und wunderbar,
Du Wehr der Schwachen, welche, wenn es gilt,
Schirmt oder herrscht, zugleich ihr Speer und Schild!
Flieht sie! – Die Weisheit irrt, die Jugend taut,
Die allzu tief in solch ein Auge schaut.
Was stürzte ihn, den Actium fliehen sah?
Die Trän im Auge der Kleopatra.
Des zärtlichen Triumvirs Schuld war klein:
Er gab den Erdkreis hin und den allein;
Wie mancher büßt den Himmel selber ein,
Gibt seine Seele preis dem ew'gen Feind,
Bloß weil ein schönes Weib aus Laune weint!

16

Es tagt, und über sein entstellt Gesicht
Die Sonne glänzt, die alte Hoffnung nicht.
Was wird aus ihm, eh Abend wird? Vielleicht
Ein Schrecknis, welches Rabenflug umstreicht,
Dem starren Aug unsichtbar, ungefühlt,
Indes die Sonne sinkt, der Tag verkühlt;
Die Erde, neu erfrischt, belebt sich wieder,
Doch kalt und feucht erstarren seine Glieder!

DRITTER GESANG

Como vedi, ancor non m'abbandona.
Dante

I

Langsam versinkt, im Scheiden doppelt schön,
Die Sonne westlich von Moreas Höhn,
Nicht, wie im Norden, fahlen Angesichts,
Ein wolkenloser Brand lebend'gen Lichts!
Auf stiller See die gelben Strahlen glühn,
Wie zitternd Gold auf dunklem Wogengrün;
Auf Idra und Äginas Felsen lacht
Der Gott der Freud ein letztes »Gute Nacht!«
Hier, wenn auch seiner Tempel Pracht verschwand,
Verweilt er gern und grüßt sein Heimatland.
Schon küßt der Bergesschatten Finsternis
Dein glorreich Meer, unsterblich Salamis!
Um blaue Höhn ein tiefrer Purpur glimmt,
Der sanft mit weichem Abendlicht verschwimmt,
Bis leiser Farbenduft der Gipfel zeigt,
Wie sich zum Ziel die Bahn des Gottes neigt,
Bis, Erd und Meer verdunkelnd, er im Nu
Fern hinter Delphis Riff versinkt zur Ruh.

An solchem Abend hat dereinst, Athen,
Dein weißer Sohn zuletzt ihn sinken sehn;
Bang sahn die Schüler, wie das Licht verfloß,
Das ihres Lehrers letzten Tag beschloß:
Noch nicht! noch nicht! Sol hemmt der Rosse Joch,
Die teure Abschiedsstunde zögert noch;
Doch traurig ist den Weinenden sein Strahl,
Und des Gebirges Farb ist trüb und fahl,
Als gieß er auf die Flur das Graun der Nacht,
Die holde Flur, wo Phöbus sonst nur lacht.
Doch eh sein Flammenball versank, war schon
Der Schmerzenskelch geleert, der Geist entflohn,
Die Seele dessen, der nicht floh und bebte,
Der lebt' und starb, wie keiner starb und lebte.

Doch sieh, hoch vom Hymettus überwacht
Ihr stilles Reich die Königin der Nacht;
Kein schwarzer Dunst, Herold der Stürme, flicht
Den Schleier um ihr lieblich Angesicht;
Im Mondlicht schimmernd, grüßt der Marmorkranz
Der weißen Säule ihren milden Glanz,
Und silbern funkelt wie ein Diadem
Vom Minarett ihr zitterndes Emblem.
Der weite dämmrige Olivenwald,
Wo des Cephissus dürft'ge Woge wallt,
Die trauernden Zypressen der Moschee,
Der Turm des heitern Kiosks, weiß wie Schnee,
Und dunkel, ernst im heilig stillen Blau
Die eine Palme neben Theseus' Bau,
All dies, in mannigfalt'gem Farbenhauch,
Es fesselt wohl den Blick des Stumpfsten auch.

Und die Ägäis, jüngst vom Sturm bekriegt,
Hat ihre wilde Brust in Schlaf gewiegt;
Und über ihre Wogen sanft und hold
Strömt wieder weit und breit Saphir und Gold;
Dazwischen dunkle Inseln, daß man meint,
Sie zürnen, wo das Meer zu lächeln scheint.

2

Wie wendet plötzlich sich zu dir mein Lied?
Oh, wer die Wogen deines Meeres sieht,
Gedenkt auch deines Namens, dessen Schall
Zaubrisch besiegt die andern Namen all.
Wer deine Sonne sinken sah, Athen,
Kann dem dein Abendlächeln je vergehn?
Nicht ihm, des Herz Entfernung nicht noch Zeit
Von der Zykladen Zauberbann befreit.
Wohl ziemt die Huldigung für dieses Lied;
Denn Conrads Insel war einst dein Gebiet –
Verein, o Freiheit, neu, was Knechtschaft schied!

3

Die Sonne sank, und dunkler als die Nacht
Sank mit der Sonn auf hoher Leuchtturmwacht

Medoras Herz. Der dritte Tag sich neigt,
Und er, der Falsche, bleibt entfernt und schweigt!
Der Wind war gut, kein Sturm hat sich gezeigt;
Anselmos Schiff kam gestern – sein Bericht
Nichts weiter als: Wir sahn den Hauptmann nicht.
Wild, aber anders wär dies Lied geartet,
Hätt er nur auf dies eine Schiff gewartet!
Kühl weht der Nachtwind. Sie, die früh und spät
Nach jeder Hoffnung eines Segels späht,
Sitzt trauernd auf dem Fels; Unruh und Weh
Treibt sie zuletzt zur mitternächt'gen See.
Da wandert sie umher, und ob der Schaum
Warnend ihr Kleid bespritzt, sie merkt es kaum;
Sie fühlt und sieht es nicht; von Kälte weiß
Der Körper nichts – da drinnen ist's wie Eis,
Bis ihre Angst so zur Gewißheit ward,
Sein Anblick hätt ihr Herz und Hirn erstarrt.

Am Ende kam's – ein arm, zerschlagen Boot,
Des Mannschaft ihr den ersten Gruß entbot.
Erschöpft und blutend sprachen sie: »Wir mußten
Uns flüchten.« Das war alles, was sie wußten.
Stumm, finster blickten sie einander an,
Niemand, der von des Hauptmanns Los begann;
Sie sprächen gern, doch lähmte sie ein Graun,
Ihr Wort dem Ohr Medoras zu vertraun.
Sie sah es gleich, doch unter dem Gewicht
Des Jammers sank sie nicht und bebte nicht;
Es lebt' ein hoher Mut in zarter Brust
Und eine Kraft, von der sie nichts gewußt;
Im Hoffen sanft und weinend, innig, tief,
Doch jetzt – die Sanftmut starb nicht, aber schlief,
Und aus dem Schlaf aufsteht die Stärk und spricht:
»Wer nicht mehr lieben kann, der fürchtet nicht!«
Die Stärk ist nicht Natur, sie gleicht der Kraft,
Womit des Fiebers Wut empor sich rafft.

»Ihr steht und schweigt – auch frag ich euch nicht mehr.
Still! keinen Laut! Ich wußt es schon vorher.
Doch wüßt ich gern . . . oh, meine Lippe fliegt . . .
Sein . . . sagt mir's rasch . . . wo er begraben liegt!«

»Herrin, wir wissen's nicht. Wir flohn mit Not;
Doch einer hier, der sagt, daß er nicht tot,
Nein, wund, gefangen, doch am Leben sei.«

Sie hört nicht mehr: ihr Kampf ist nun vorbei!
Puls stockt und Hirn – es widerstand zu lang;
Dies eine Wort ihr dunkles Herz bezwang.
Sie wankt, sie stürzt; fast wär ihr schwindelnd Haupt
Vielleicht vom Meer der andern Gruft geraubt.
Doch rauhe Faust und nasses Auge legt
Ins Mittel sich, wie hast'ges Mitleid pflegt,
Sprengt Tau der See ins bleiche Angesicht,
Stützt, lächelt, schüttelt, bis der Starrkrampf bricht,
Erweckt die Mägd und übergibt den Fraun
Das Jammerbild, auf das sie traurig schaun.
Wo ist Anselm? Er muß den allzu langen
Bericht des allzu kurzen Siegs empfangen.

4

Im Kriegsrat fallen Worte, wild und warm,
Nach Rettung, Loskauf, Rache ruft der Schwarm,
Nur nicht nach Ruh und Flucht; noch atmet dort
Des Hauptmanns Geist und treibt Verzweiflung fort.
Sein treues Volk, das er erzog und warb,
Befreit ihn, wenn er lebt, rächt, wenn er starb:
Weh seinem Feind! Noch überlebt ein Rest,
So kühn im Handeln wie in Treue fest.

5

Der Pascha sitzt im stillen Fraungemach,
Und brütend sinnt er seiner Rache nach;
In Lieb und Haß fliegt der Gedanken Sturm
Bald zu Gulnar und bald zu Conrads Turm.
Die schöne Sklavin kniet vor ihrem Herrn,
Oh, seine Stirn entwölkte sie so gern!
Ihr großes dunkles Auge sucht und späht,
Ob keine Spur des Mitleids sich verrät;
Sein Auge neigt sich auf die Kugelschnur,
Doch sieht im Geist sein blutend Opfer nur.

»Pascha, der Tag ist dein; dein Schwert ist rot
Von Sieg – Conrad im Turm, die andern tot!
Sein Spruch steht fest, er stirbt, und wohl mit Recht,
Doch ist für deinen Haß sein Haupt zu schlecht,
Und um den Preis all seines Goldes ist
Nicht schlecht bezahlt des Aufschubs kurze Frist.
Unschätzbar, sagt man, sind des Räubers Güter,
Wär doch mein Pascha dieses Schatzes Hüter!
Besiegt, gelähmt durch diesen blut'gen Gang,
Verletzt, umgarnt, wär er ein leichter Fang;
Doch wenn er tot ist, bringt der Rest der Bande
Sein Gold aufs Schiff und flieht in sichre Lande.«

»Gulnar, und würde jeder Tropfen Blut
Bezahlt mit Stambuls reichstem Kronengut,
Würd auch für jedes Haar ein voller Schacht
Gediegnen Goldes flehend dargebracht,
Wenn jeder Schatz, davon das Märchen spricht,
Hier vor mir läg, das Gold erkauft ihn nicht.
Es kauft ihm jetzt auch keiner Stunde Frist,
Wenn ich nicht wüßte, daß er sicher ist,
Bis meine Rache die Tortur erwählt,
Die spät ihn tötet und am längsten quält.«

»Nein, Said, deinen Zorn bekämpf ich nicht;
Er ist gerecht, und nicht mein Mitleid spricht.
Mein Wunsch ist, daß sein Schatz dir sicher sei;
Auch losgelassen, wär er noch nicht frei:
Entwaffnet, halb beraubt der alten Kraft,
Wär er auf deinen Wink in neuer Haft.«

»Er wär's! – und soll ich eines Tages Frist
Dem Hunde gönnen, der mein eigen ist?
Den Feind befrein? Und du, mein Täubchen, bist
Sein Fürsprech? Deiner edlen Dankbarkeit,
Die so den Giaur belohnt, weil er im Streit
Dich und die Deinen gnädig nicht erschlug
Und, ob sein Fang auch schön sei, schwerlich frug,
Gebührt mein Lob. Doch höre dies zuvor!
Ich hab ein Wörtchen für dein zartes Ohr:
Weib, ich mißtraue dir! – Jetzt prägt dein Flehn

Zur Wahrheit die Gerüchte, die umgehn.
Auf seinem Arm durchs Feuer trug er dich?
Du bliebst bei ihm? Du wolltest fliehen? Sprich!
Nein, keine Antwort braucht's; errötend spricht
Die Schuld aus deinem glühnden Angesicht.
Dann, schöne Dame, rat ich dir, hab acht!
Sein Kopf ist nicht allein in meiner Macht.
Ein Wort noch – aber nein! was braucht es mehr?
Verflucht die Stunde, wo durchs Feuer er
Dich trug! – Viel besser hätt es . . . Aber nein!
Dann würd ich dich dem Leid der Liebe weihn.
Jetzt, Falsche, warnt dein Herr. Du kennst den Mann,
Der deine üpp'gen Flügel stutzen kann.
Du weißt, mein Zorn hielt nie von Worten viel –
Nimm dich in acht mit deinem falschen Spiel!«

Dann stand er auf und ging langsamen Schritts,
Sturm auf der Stirn und in den Augen Blitz.
Der Pascha hat von Weibern nie gehört,
Die Zorn nicht bändigt, Drohung nur empört;
Er ahnt nicht, was die Seele seiner Magd,
Wenn sanft, empfindet, wenn erbittert, wagt.
Sein Argwohn kränkt sie; noch ist ihr nicht klar,
Welch tiefer Keim ihr Mitgefühl gebar;
Sie Sklavin, er Gefangner – gleiches Los
Weckt Mitleid; ihres trennt der Name bloß.
Noch halb bewußtlos, taub für seinen Zorn,
Beginnt sie ihr gefährlich Spiel von vorn,
Trotzt nochmals seiner Wut; dann endlich loht
Die Flamm empor, die Weibern Unheil droht.

6

Einförmig unterdes, langsam und bang
Floh Tag und Nacht. Sein Geist die Furcht bezwang,
Die dunkle Paus erwartungsvoller Not,
Wo jede Stund ihm Schlimmres dräut als Tod,
Wo jeder Schritt im hallenden Portal
Vielleicht ihn führen soll zu Block und Pfahl,
Wo jede Stimme, die sein Brüten stört,
Die letzte sein kann, die er jemals hört.

Wenn Schrecknis zähmen könnte, fänd auch er,
Der starke, stolze Geist, den Tod zu schwer;
Nun war er matt, geknickt – doch stumm, gefaßt
Trug er die letzte, allerschlimmste Last.
Der Lärm der Schlacht, des Sturms Tumult läßt kaum
Der Seele zum Erzittern Zeit und Raum;
Aber allein, in Ketten, Nacht und Staub,
Jedweder wandelbaren Stimmung Raub,
Ins eigne Herz zu schaun und nachzugrübeln
Vergangnen Sünden und zukünft'gen Übeln,
Machtlos zu sühnen, machtlos abzuwenden,
Die Stunden zählend, die dein Dasein enden,
Ohn einen Freund, der trösten und alsdann
Der Welt erzählen wird: du starbst als Mann,
Nur Feinde rings, die mit bereitem Lug
Verleumden deinen letzten Atemzug,
Vor dir die Folter, der du wohl den Geist,
Doch kaum dein zuckend Fleisch gewachsen weißt,
Und fühlst doch, daß ein einz'ger Schrei entehrt
Den Ruhm des Muts, des Lebens liebsten Wert –
Der Erde Trost erlischt, vom künft'gen Glück
Stößt dich ein frommes Monopol zurück,
Und – mehr als zweifelhafte Himmelslust –
Von deinem Paradies auf Erden mußt
Du trennen dich, von der Geliebten Brust!
Gedanken solcher Art und herbrer Schmerz
Als Todesqual bestürmten Conrads Herz,
Und er hielt stand! Mag, was da will, geschehn,
Es ist doch etwas, aufrecht untergehn!

7

Ein Tag verstrich – Gulnar trat nicht herein;
Zwei Tage, drei – er blieb im Turm allein.
Doch was ihr Wort versprach, vollbracht ihr Reiz,
Sonst wär er längst am Ende seines Leids.
Der vierte Tag verging, und mit der Nacht
Kam Sturm und Dunkel mit vereinter Macht.
Oh, wie er da dem Meeresbrausen lauschte,
Das so noch nie in seine Träume rauschte!
Sein wildes Herz von wildrer Sehnsucht brannte,

Als er das Brüllen seiner See erkannte.
Oft hatt er auf der Wellen Kamm geschwebt,
Entzückt vom Sturme, der die Fahrt belebt;
Nun war ihr brausend Echo wieder da,
Das oft gehörte – ach, umsonst so nah!
Laut sang der Wind, und lauter als der Sturm
Krachte die Donnerwolke überm Turm;
Durchs Gitterfenster Blitzesleuchten schien,
Weit tröstlicher als Sternenglanz für ihn;
Er schleppte seine Kett ans Gitter dicht:
»Dies Drohn erfüllt vielleicht, was es verspricht!«
Zum Himmel hob er seine klirrnden Hände
Und flehte, daß ein Blitz die Marter ende!
Vergebens lockt sein Stahl und wild Gebet,
Das Wetter rollt dahin, das ihn verschmäht;
Der Donner schweigt; er ist allein, als gehe
Herzlos ein Freund vorbei an seinem Wehe.

8

Schon weicht die Nacht, da naht dem schweren Tor
Ein leichter Schritt – er stockt – er schreitet vor;
Der Riegel ächzt, der rost'ge Schlüssel knarrt –
Sie ist's, auf die sein ahnend Herz geharrt!
Ein sündig Weib, doch ihm ein Engel schön,
Wie sie der Klausner träumt in lichten Höhn.
Verwandelt aber waren Blick und Gruß,
Die Wange bleicher, zitternder der Fuß;
Ihr dunkles, scheues Auge sprach Verderben,
Noch eh ihr Wort es sagte: »Du mußt sterben!
Ja, sterben; jetzt bleibt nur die letzte Wehr,
Die schlimmste – wenn Tortur nicht schlimmer wär.«

»Ich hoffe nichts. Noch heut ist alles wahr,
Was jüngst ich sprach. Ich bin noch, der ich war.
Weshalb dies Mitleid, das den Räuber schont
Und retten will, wo rechter Lohn ihm lohnt?
Ich säte selbst – nicht hier allein – die Saat
Der Rache Saids durch manch dunkle Tat.«
»Du fragst, weshalb? und hast mein Leben doch

Bewahrt vor Ärgerem als Knechtschaft noch?
Weshalb? – Macht Elend dich für alles blind,
Was eines Weibes Liebe fühlt und sinnt?
Soll ich's gestehn – indes mein Herz sich bäumt,
Das auszusprechen, was es kaum geträumt?
Weil dieses Herz ... dir alle Schuld vergibt,
Dich fürchtet – dankt – bedauert – rast – und liebt!
Sprich nicht! Ich weiß – du hast es mir erzählt –,
Ich liebe hoffnungslos – du hast gewählt.
Wie warm ihr Herz auch glüh, ihr Reiz auch blende,
Ich trotze Schrecken, die sie nicht bestände!
Wärst du ihr wirklich teuer, wär ich dir,
Was sie dir ist, du wärst nicht einsam hier.
Ein Räuberweib und läßt den Gatten ziehn!
Braucht sie ein häuslich Obdach ohne ihn?
Nein, jetzt kein Wort – an einem Faden jetzt
Hängt über uns der Säbel, scharf gewetzt;
Hast du noch Mut und wünschest Freiheit dir,
Nimm diesen Dolch, steh auf und folge mir!«

»Ja, so in Ketten! So geschmückt, umschleicht
Mein Fuß die Köpfe ruhnder Wächter leicht!
Du hast vergessen – paßt zur Flucht dies Kleid?
Paßt jenes Spielzeug da für ernsten Streit?«

»Zweifler! Die Wachen stehn in meinem Sold,
Reif zur Empörung und gelockt vom Gold.
Ein Wort von mir beseitigt diese Kette;
Wie käm ich ohne Hilf an diese Stätte?
Ich habe nicht geruht, seit wir uns sahn;
Ich tat's für dich, wenn Unrecht ich getan.
Unrecht? den strafen, welcher Unrecht tut?
Conrad! Ich fordre des Tyrannen Blut!
Du schauderst? Doch mein Herz, nicht mehr verzeiht's;
Gehöhnt, beschimpft, verschmäht, nach Rache schreit's,
Der Schmach geziehn, die stets dies Herz geflohn,
Ach, allzu treu, obwohl in bittrer Fron!
Ja, du magst lächeln – er höhnt ohne Grund:
Ich war nicht falsch, war nicht mit dir im Bund;
Indes, er sagt's. – Der Eifersucht gebührt,
Ihr, die den Treubruch reizt und höhnend schürt,

Das Schicksal, das sie stets im Munde führt.
Ich liebte nie. Er kaufte mich zu teuer,
Denn unverkäuflich war des Herzens Feuer.
Ich dient ihm mit Geduld; er sagte mir,
Ohn ihren Sieg wär ich geflohn mit dir;
Du weißt, er lügt; doch oft ist ein Verdacht
Ein Omen, das den Schimpf zur Wahrheit macht.
Glaub nicht, daß ich durch Flehn Aufschub erschlich,
Die flücht'ge Gnade dient nur, um auf dich
Mehr Qual zu häufen, Todesweh auf mich.
Er droht auch mir; er schont mich nur für jetzt
Als Spielzeug, das sein Herrenherz ergötzt;
Doch wird er dieser Reize müde je,
Dort gähnt der Sack, und unten rollt die See.
Was? ich ein Tand, mit dem man Greise kirrt
Und den man wegwirft, wenn er glanzlos wird?
Ich sah dich – liebte dich – will dich befrein;
Auch einer Sklavin Herz kann dankbar sein.
Und doch, hätt er nicht Ehr und Haupt bedroht
(Und was er schwört, das ist gewiß wie Tod),
So hätt ich ihn verschont und dich befreit;
Jetzt bin ich dein, zum Äußersten bereit.
Du liebst mich nicht, weißt nichts von mir, als daß ...
Ach, meins ist erste Lieb und erster Haß!
Oh, sähst du meine Treu, du trautest kühn
Dem Feur, in dem die Herzen Asiens glühn:
Es ist der Leuchtturm deiner Rettung; dort
Winkt's einem Griechenschiff hierher zum Port;
Erst aber führt dein Weg in das Gemach,
Wo Said schläft – er werde nimmer wach!«

»Gulnar! Gulnar! Nie fühlt ich so die Schwere
Des Schicksals und den Schiffbruch meiner Ehre.
Er ist mein Feind, er schlug, wo er es fand,
Mein Volk mit blut'ger, aber offner Hand,
Und darum kam ich, kriegerisch bewehrt,
Den Würger zu erwürgen mit dem Schwert.
Den Dolch verschmäht, wer mit dem Säbel ficht;
Der Weiber schont, erschlägt den Schläfer nicht.
Nicht darum schirmt ich dich: laß mir nicht heut
Den letzten Schmerz, daß mich mein Mitleid reut.

Leb wohl! Und standhaft trag auch deine Last –
Die Nacht verrinnt, die letzte ird'scher Rast.«

»Rast? Rast? Beim Tagesgraun durchschüttelt Qual
All deine Sehnen, zuckt dein Leib am Pfahl!
Ich hörte den Befehl, ich will's nicht sehn –
Willst du, so will auch ich zugrunde gehn!
Glück, Leben, Liebe, Haß, mein ganzes Los
Stehn auf dem Spiel. Korsar! ein einz'ger Stoß!
Sonst wäre Flucht umsonst; er holt uns ein,
Und ungesühnt würd all mein Elend sein!
Entehrte Jugend, Jahre, die er stahl,
Und Furcht der Zukunft, alles tilgt der Stahl.
Du willst den Dolch nicht? liebst nur Schwerterschlag?
Wohlan, laß sehn, was Frauenhand vermag!
Die Wach ist mein. Ein Nu, so ist's vorbei.
Korsar, wir sehn uns nimmer oder frei!
Fehlt meine Hand, so wird des Morgens Duft
Um dein Schafott wehn und um meine Gruft.«

9

Sie ist verschwunden, eh er sprechen kann,
Doch späht sein gierig Aug ihr nach, und dann,
Aufraffend seine Kette, daß nicht wirr
Sie nachschleift mit verderblichem Geklirr
(Da ihm nicht Schloß noch Tür die Freiheit raubt),
Folgt er, so rasch die Fessel ihm erlaubt.
Gewunden war der Gang; er wußte nicht,
Wohin er führe – nirgends Wach und Licht.
Er sieht entfernten Schimmer. Soll er ihn,
Den schwachen Lichtstrahl, suchen oder fliehn?
Der Zufall führt: ihm ist, als fühl er lind
Um seine Stirn ein Wehn wie Morgenwind;
Ein offner Gang liegt vor ihm; droben schaut
Der letzte Stern herab; der Morgen graut.
Kaum achtet er's; ihn lockt ein andrer Strahl,
Ein einsam Licht in einem stillen Saal.
Er folgt dem Schein: nur einen Streifen Lichts
Verrät die angelehnte Tür – sonst nichts.
Da – aus dem Saal – was huscht und schimmert da?

Es steht, es kommt, hält an – sie ist es, ja!
Kein Dolch in ihrer Hand, kein Fleckchen Blut?
»Ihr Herz ist weich; zum Mord fehlt ihr der Mut.«
Er schaut sie an; ihr wildes Aug erschrickt
Seltsam und jäh, wie sie den Tag erblickt.
Sie stutzt; sie wirft zurück ihr wallend Haar,
Das über Stirn und Brust geflossen war,
Als hätten eben noch sich ihre Brauen
Geneigt auf einen Gegenstand voll Grauen,
Und sieh, auf ihrer Stirn, in Eil und Schreck
Ließ ihre Hand – es war ein kleiner Fleck;
Er sah die Farb – er kannt es allzu gut,
Das dünne, sichre Pfand des Mordes – Blut!

10

Er kannte Schlachtengraus, er hatt allein
Gebrütet über künft'ger Folterpein;
Er ward mit Graun versucht; das Eisenband
Umschloß vielleicht für immer seine Hand;
Doch nie im Kerker, nie in Reu und Schlacht,
Niemals in seines Herzens tiefster Nacht
So eis'ges Graun durch Mark und Adern fuhr
Wie jetzt beim Anblick dieser Purpurspur.
Dies Fleckchen Blut, dies kleine Mal der Schuld,
Vertrieb von ihren Wangen alle Huld.
Blut sah er oft und ruhig, aber dann
Floß es im Kampf, und es vergoß ein Mann.

11

»Ich tat's – er wäre fast erwacht – gleichviel,
Korsar, er starb! Schwer ist erkauft mein Ziel.
Hinweg, hinweg! Nichts ändert mehr den Schlag.
Schon wiegt sich unser Boot, schon ist es Tag.
Den wenigen, die ich für mich gewann,
Schließt dein noch überlebend Volk sich an.
Mein Mund verteid'ge später meine Hand,
Wenn unser Segel flieht dies Schreckensland.«

12

Sie klatscht in ihre Hand; da strömt durchs Tor
Ihr Troß, zur Flucht gerüstet, Griech und Mohr.
Sie lösen seine Ketten, stumm, geschwind,
Wieder ist frei sein Arm wie Bergeswind;
Doch solche Trauer drückt sein schweres Herz,
Als läg auf diesem nun der Ketten Erz.
Kein Wort ertönt. Sie winkt, und in der Wand
Auftut sich der geheime Weg zum Strand.
Die Stadt liegt fern; sie fliehn – da tanzt der Schaum
Der lust'gen Wellen auf dem goldnen Saum.
Und Conrad folgt gehorsam; ihm ist's gleich,
Ob dies die Flucht ist, ob ein falscher Streich,
Als lebte Said noch, um an den Leiden
Des Opfers seine Augen recht zu weiden.

13

Leicht weht die Brise, hoch das Segel schwillt;
Wie wogt durch Conrads Seele Bild um Bild!
Er saß in sich vertieft, bis hoch und scharf
Vorsprang das Kap, wo jüngst er Anker warf.
Seit jener Blutnacht schwand in kurzer Zeit
Ein voll Jahrzehnt an Schrecken, Schuld und Leid.
Wie überm Mast aufstieg dies finstre Riff,
Barg er sein Aug und saß voll Gram im Schiff;
Er dacht an all, Gonsalvo, seine Schar,
Den flücht'gen Sieg, die folgende Gefahr,
Und dann zu ihr, der Fernen, Teuren, hin –
Er blickt sich um und sah – die Mörderin!

14

Sie hängt an seinem Antlitz; länger nicht
Trägt sie sein eisig, abgewandt Gesicht,
Und jener Grimm, sonst ihren Augen fremd,
Schmilzt, von zu späten Tränen fortgeschwemmt.
Sie kniet vor ihm, hält seine Hand umfaßt:
»Du kannst verzeihn, ob Allah selbst mich haßt!
Was wärst du ohne das, was dich entsetzt?
Schilt mich – nur noch nicht! Oh, verschon mich jetzt!

Ich bin nicht, was du glaubst; dies Blutgericht
Betäubt mein Hirn. Treib mich zum Wahnsinn nicht!
Liebt ich nicht dich, so wär ich schuldlos nun,
Du aber lebtest nicht, mir weh zu tun.«

15

Conrads Gedanken aber strafen ihn
Weit mehr als sie, die fast sein Opfer schien;
Doch lautlos bluten sie, ihr unbewußt,
Dunkel und tief in seiner stummen Brust.
Und weiter durch der Wasser blaues Spiel
Trägt Wind und Flut des Schiffes flücht'gen Kiel.
Fern, fern am Horizont erscheint ein Fleck,
Ein Mast – ein Segel – ein bemanntes Deck.
Sie sind bemerkt, und voller ausgespannt,
Buhlt um des Himmels Wind die Leinewand.
Stolz naht das fremde Schiff dem kleinren Boot,
Raschheit im Kiel und in den Pforten Tod.
Ein Blitz! – die Kugel über ihren Bug
Zischt harmlos in das Meer mit dumpfem Flug.
Aus seinem Traum fährt Conrad auf; ein lange
Entschwundnes Lächeln strahlt auf seiner Wange:
»Mein ist's! mein blutrot Banner, das ich seh!
Ich bin nicht ganz verlassen auf der See!«
Sie kennen das Signal, verstehn den Schrei,
Das Boot wird ausgesetzt, sie legen bei.
»Conrad ist's! Conrad!« Laut von Mast und Rahn
Trotz Dienst und Zucht bricht sich der Jubel Bahn.
Sie sehn ihn, wie er stolz mit leichtem Schritt
Wieder die Planken seines Schiffs betritt;
Die trotz'gen Wangen lächeln all, und gern
Umhalste jeder rauhe Arm den Herrn.
Er, halb vergessend Not und Schicksalsschlag,
Grüßt dankend, wie ein Feldherr grüßen mag,
Schüttelt mit warmem Druck Anselmos Hand
Und fühlt, daß Sieg und Macht noch nicht entschwand.

16

Hinströmt der Jubel; doch tut's ihnen leid,
Daß ohne Kampf ihr Hauptmann sich befreit;

Sie segelten zur Rach, und wüßten sie,
Was jene Frau getan, sie machten sie
Zu ihrer Königin: ging's nur zum Ziel,
So grämten sie sich um den Weg nicht viel.
Nun wird Gulnar von ihnen angestaunt,
Mit schlauem Lächeln mancher Scherz geraunt,
Und sie, die mehr als Frau und wen'ger war,
Die Blut nicht schreckt, verwirrt der Blick der Schar.
Mit bangem Aug empor zu Conrad fleht sie,
Sie läßt den Schleier fallen, schweigend steht sie,
Die Hände schüchtern auf die Brust gepreßt:
Conrad ist frei – was kümmert sie der Rest?
So weit die dunklen Stürm ihr Herz auch trieben,
Maßlos in Wohl und Weh, in Haß und Lieben,
Sie war in tiefster Schuld doch Frau geblieben.

17

Conrad gewahrt's und fühlt (ihn zwingt sein Herz)
Haß für die Tat, doch Mitleid für den Schmerz.
Die Tat verwischen Tränenströme nie,
Am Tag des Zornes straft der Himmel sie;
Jedoch sie war geschehn, und ihm zugut
Ward jener Dolch gezückt, floß jenes Blut;
Und er war frei! Ihr Alles hier und dort,
Himmel und Erde gab für ihn sie fort:
Er sieht sie an – ihr schwarzes Auge senkt
Sich vor dem Blicke, den ihr Conrad schenkt.
Verwandelt scheint sie, tiefgebeugt und weich,
Ihr Antlitz oft verfärbt zu mattem Bleich,
Zu Schatten tiefster Blässe; all sein Rot
Ist jetzt die dunkle Spur von Saids Tod.
Er nimmt die Hand – sie zittert, nun zu spät,
So sanft in Lieb, im Hasse so beredt!
Er drückt die Hand – sie zittert; aber auch
Die seine bebt, sein Wort wird leiser Hauch:
»Gulnar!« – sie hört nicht – »teuerste Gulnar!«
Sie hebt den Blick, da leuchtet Antwort klar;
Sie sucht, sie sinkt, von seinem Arm umfaßt,
Verstieß er sie von diesem Ort der Rast,
Er wäre wen'ger oder mehr als Mann:

Genug, sie lehnt sich ungehindert an.
Wär nicht sein mahnend Herz, jetzt würde ihn
Vielleicht auch seine letzte Tugend fliehn;
Doch hätt Medora selbst den Kuß erlaubt,
Den einen, den Schwachheit der Treue raubt,
Den Kuß, der nur sich selbst, sonst nichts begehrt
Von Lippen, die der Liebe Sieg verklärt,
Von Lippen, die vor Liebe seufzend lächeln,
Als würden Amors Schwingen sie umfächeln.

18

Im Zwielicht ragt ihr einsam Inselland;
Lächelnd begrüßt sie jede Felsenwand;
Der Hafen summt von heiterem Getön,
Die Feuer glühn auf den gewohnten Höhn,
Die Boote schießen hin am Ufersaum,
Delphine tummeln sich im Wogenschaum,
Und selbst der heisren Möwe schriller Schrei
Klingt hold, als ob's der Vögel Willkomm sei.
Zu jeder Lamp am Fenstergitter malt
Die Sehnsucht schon den Freund, für den sie strahlt.
O Glück der Heimat! nie so hold und hehr,
Als wenn dich Hoffnung grüßt vom wilden Meer!

19

Von Lichtern schimmern Fenster und Fanal,
Und Conrad sucht Medoras Lampenstrahl
Er sucht umsonst. Seltsam, so manches Licht
Glänzt heute durch die Nacht, nur ihres nicht;
Seltsam, sein Gruß, der sonst ihn stets empfängt . . .
Vielleicht ist's nicht erloschen, nur verhängt!
Er springt ins erste Boot, das landen mag;
Er knirscht – wie langsam ist der Ruderschlag!
O daß er doch mit Falkenflügeln flöhe
Und eilte wie ein Pfeil zu jener Höhe!
Kaum ruhn die Rudrer aus, hält nichts ihn mehr;
Er wartet nicht, sieht nicht, er springt ins Meer,
Ringt durch die Brandung, steigt an Land, und dann
Eilt er den wohlbekannten Pfad hinan.

Nun steht er vor dem Turm. Er lauscht, doch stumm
Ist alles drinnen, tiefe Nacht ringsum.
Laut klopft er an, doch weder Schritt noch Laut
Bezeugt, daß man ihn hört und nach ihm schaut.
Er pocht, doch leise – seine Hand versagt
Den Dienst dem Herzen, das so stürmisch fragt,
Das Tor geht auf, ein wohlbekannt Gesicht,
Doch sie, die er ersehnte, ist es nicht.
Ihr Mund ist stumm; zweimal zur Frage schickt
Sein Mund sich an, zweimal das Wort erstickt.
Er packt die Lampe – die gibt rasch Bericht –,
Sie fällt zur Erd, im Fall erlischt ihr Licht.
Er kann nicht warten, bis sie neu erglühe,
So wenig wie auf den Beginn der Frühe;
Doch, durch den Torgang schimmernd, streift die Spur
Von andrem Lichte quer den dunklen Flur.
Er wankt zur Tür, und seine Augen schauen
Das nie geglaubte, oft geahnte Grauen!

20

Er flieht nicht – schreit nicht – fällt nicht; Blick und Knie
Sind wieder fest: noch eben bebten sie.
Er schaut sie an: wie lange schaun wir noch,
Umsonst, wir wissen's wohl, und schauen doch!
Sie war im Leben schon so still und zart,
Daß kaum der Tod sein Welken offenbart;
Den kalten Blumenstrauß in kältrer Hand,
Ihr letzter Griff hatt ihn so sanft umspannt,
Als fühle kaum, als heuchle sie nur Schlummer,
Als wär es noch zu früh für Trän und Kummer.
Schwarz ruhn die Wimpern auf der Wangen Schnee,
Und unter ihnen – Abgrund voller Weh –
Das Auge! Da ist Tod ein Sieger schon
Und stürzt den Geist von seinem Strahlenthron,
Senkt jene blauen Stern in ew'ge Nacht,
Doch schont er noch der Lippen süße Pracht;
Sie könnten lächeln, und sie würden's tun,
Sie wünschen nur ein wenig auszuruhn;
Das Bahrtuch aber und das lange Haar,
Schön, aber reglos, allen Lebens bar,

Das jüngst, von jedem Sommerwind umspielt,
Dem Kranz entschlüpfte, der umsonst es hielt.
Dies und die bleiche, reine Wange hier
Sagt: sie ist nichts! Was will er noch von ihr?

21

Er fragt nicht, kündet doch ein einz'ger Blick
Auf diese Marmorstirn ihm sein Geschick.
Es ist genug, sie starb; er fragt nicht, wie.
Das Glück der Jugend und der Zukunft Gut,
Die Quelle zarter Sorg und reiner Glut,
Das einz'ge Wesen, das er nie gehaßt,
Ist jetzt dahin! – Er fühlt des Schicksals Last,
Obwohl er es verdient; dem Guten winkt
Ein Trost in jenen Höhn, wo Schuld versinkt;
Der Stolze, Trotz'ge, dessen Glück und Leid
Beschlossen liegt in dieser Zeitlichkeit,
Verliert in einem alles – Tand, mag sein;
Gleichviel, wer büßt wohl gern sein Alles ein?
Manch stoisch Auge, manche Stirn von Erz
Verhüllt ein tief in Leid erfahrnes Herz,
Und manches Lächeln lächelt da zumeist,
Wo des Gewissens Qual die Brust zerreißt.

22

Wer tief empfand, verriet er deutlich je
Der wunden Seele unbestimmtes Weh?
Tausend Gedanken, die nur einer sind,
Der Ruh bei allen sucht und nie gewinnt!
Das Wort enthüllt nie ganz der Seele Grund,
Wahrheit verschließt dem tiefsten Schmerz den Mund.
Auf Conrads Seele lag, wie eine Last,
Erschöpfung jetzt und lullt' in Schlaf ihn fast;
So schwach nun! seiner Mutter Weichheit schlich
Ins wilde Aug, er weinte bitterlich.
Es war Ermattung seines Hirnes, die
Sich so verriet und Lindrung nicht verlieh.
Kein Auge sah's – vielleicht nur ungesehn
Konnte des Grams nutzlose Flut entstehn.

Auch trocknet er sie bald; zum Tod getroffen,
Muß er von hinnen, ohne Trost und Hoffen.
Die Sonne kommt, doch Conrads Tag erbleicht;
Die Nacht bricht an, die nimmer von ihm weicht.
Kein Dunkel gleicht dem Nachtgewölk des Geistes
Im blinden Aug des Leids, kein Strahl zerreißt es;
Es kann, es will nicht sehn; den schwarzen Pfad
Der Schatten sucht's und duldet keinen Rat.

23

Sein Herz war sanft geschaffen – früh verstockt
Durch fremden Trug und durch Verrat verlockt:
Sein reines Fühlen ward allmählich hart,
Wie in der Grott ein Tropfen Tau erstarrt;
Durch Erdenprüfung so, doch minder rein,
Sank es zu Boden, wurde kalt und Stein.
Sturm löst den Felsen, den der Blitz zerreißt;
So traf dies Schicksal seinen Felsengeist.
Nur eine Blum an seiner Brust gedieh;
Die Brust war rauh, doch schirmt' und deckte sie.
Das Wetter kam: ein Strahl die zwei verglühte,
Des Felsens Härte wie der Lilie Blüte.
Kein überlebend Blatt der Blume sprach
Von ihrem Los; sie welkte, wo sie brach.
Von ihrem kalten Schützer blieben nur
Geschwärzte Trümmer rings auf öder Flur.

24

Es tagt. Nur wen'ge wagen ihn im Turm
Zu stören, doch Anselmo trotzt dem Sturm.
Er ist nicht dort, sie sehn ihn nicht am Strand;
Erschreckt durchstöbern sie das Inselland.
Zwei Tage, drei vergehn – noch keine Spur;
Ihr Ruf ermüdet, ach, das Echo nur;
Durchsucht ist Tal und Kluft; im sand'gen Bette
Am Meer liegt eines Boots zerbrochne Kette:
Ein Hoffnungsstrahl! Sie segeln um die Wette.
Umsonst ist alles; Mond um Monde gehn,
Und Conrad wird nicht, ward nie mehr gesehn.

Nicht Spur noch Botschaft meldet, wo sein Gram
Lebt oder ein verzweifelt Ende nahm.
Nur seine Bande klagt' um ihn und gab
Der Braut des Hauptmanns ein geschmücktes Grab.
Ihm setzten sie kein Mal; sein Tod erschien
Zu zweifelhaft, zu viele haßten ihn.
Doch blieb verknüpft der Name des Piraten
Mit einer Tugend, tausend Missetaten.

LARA

Eine Erzählung

ERSTER GESANG

1

Hoch geht es her in Laras weitem Lande;
Die Knechte denken kaum an Fron und Bande:
Vergessen nicht, doch unerwartet kehrt
Ihr selbstverbannter Herr zum eignen Herd.
Im Saale sind Gesichter, hell und frisch,
Panier' an Wänden, Becher auf dem Tisch;
Auf bunten Fenstern spielt mit lust'gem Tanz
Gastlicher Scheite ungewohnter Glanz,
Und wo das Hofgesind am Herde sitzt,
Lärmt jede Zunge, jedes Auge blitzt.

2

Und Laras Herr ist wieder nun zu Haus;
Weshalb zog er aufs wilde Meer hinaus?
Als Kind schon vaterlos, vor seiner Zeit
Herr seiner selbst – dies Erbteil voller Leid,
Dies Schreckensregiment, von dem regiert
Die Menschenbrust des Herzens Ruh verliert!
Ohn einen Freund, der zügelnd ihm gezeigt,
Wie tausendfach des Lasters Pfad sich neigt;
Und – wo am meisten Zucht und Dienen not –
Als Knab ein Herr, der Männern schon gebot.
Nicht schildern will ich, wie er Schritt um Schritt
In seiner wilden Jugend Schiffbruch litt.
Kurz war die Bahn, durch die der Sturm ihn trug,
Doch halb ihn zu vernichten lang genug.

3

Ein Jüngling noch, mied er der Väter Land,
Und seit zum Abschied winkte seine Hand,
Ward schwächer jede Spur von seiner Fahrt,
Ward sein Gedächtnis kaum daheim bewahrt.

Sein Vater lag im Grab; der Diener Wort
Sprach wahr: sie wüßten nur, ihr Herr sei fort.
Er kam und schickte nie; da wurden bald
Die wenigen besorgt, die meisten kalt.
Kaum tönt' im Schloß ein Hall von seinem Namen;
Sein Bild verblaßte im verblichnen Rahmen.
Um seiner Jugend Braut ein andrer warb;
Die Jugend sah ihn nie, das Alter starb.
»Und dennoch lebt er!« hört man den Erben klagen,
Voll Ungeduld, das Trauerkleid zu tragen.
Ernst zieren Wappenschilder hundertfach
Der Laras letztes, längstes Ruhgemach;
Eins aber fehlt in dieser staub'gen Schau,
Das gern sie sähn in jenem finstren Bau.

4

Da plötzlich kommt er wieder, einsam, stumm;
Woher, weiß keiner, keiner rät, warum,
Und schließlich scheint es minder wundersam,
Daß er zurück, als daß er jetzt erst kam.
Kein Troß, ein Page nur begleitet ihn,
Der zart an Jahren und ein Fremdling schien.
Manch Jahr war hingerollt, und Zeit verrinnt
In fernem Land und Heimat gleich geschwind,
Doch da nie Botschaft kam, wo er geweilt,
War trägren Flugs daheim die Zeit enteilt.
Sie sehn, sie kennen ihn und halten doch
Sein Kommen fast für Traum und Täuschung noch.

Er lebt, er blüht in voller Männlichkeit,
Wenn auch berührt von Mühsal, Kampf und Zeit;
Von Fehlern, denen er vormals gefrönt,
Hat ihn sein wechselnd Schicksal wohl entwöhnt.
Er ist ein Fremder, doch sein Name hält
Den Glanz des Hauses aufrecht vor der Welt;
Ein stolzer Knabe war's, doch was er tat,
War schlimmer nicht als üpp'ge Jugendsaat,
Dergleichen, wenn's nicht eingewurzelt ist,
Man leicht durch Buße sühnt und dann vergißt.

5

Er war verwandelt, ja – es war nicht schwer
Zu sehn, er sei ein andrer als vorher;
Die Stirn in ihren tiefen Furchen ruht,
Glut zeigt sie noch, doch ist's erloschne Glut,
Der alte Stolz – das alte Feuer nicht;
Ein kaltes, Lob verachtendes Gesicht,
Ein hohes Wesen und ein Blick dazu,
Der die Gedanken andrer liest im Nu;
Ein bittrer Spott, wenn er sein Schweigen brach,
Der Stachel dessen, den die Welt zerstach,
Der Stachel, der verwundet, wenn er scherzt,
Und wen er trifft, der sagt nicht, wie es schmerzt:
All dies war sein, doch unter allem schlief
Ein Etwas noch, für Wort und Blick zu tief.
Lieb, Ehrgeiz, Ruhm, das Ziel, das jedermann
Begehrt und einer kaum gewinnen kann,
Dies kämpft' in seiner Brust nicht mehr, und doch,
Es schien, als lebt' es dort vor kurzem noch,
Und manchmal in dem fahlen Antlitz flammte
Seltsamer Blitz – wer weiß, woher er stammte?

6

Er war nicht gefragt und sprach nicht gern
Von Wunderinseln, Wüsten weit und fern,
Die er durchpilgert hatt in fremdem Land,
Allein und, wie es schien, auch unbekannt.
Wohl manche Früchte der Erfahrung las
Sein Aug in Ländern auf, die er durchmaß,
Doch sagt' er nie, was ihn die Welt gelehrt,
Als wär es kaum für andre wissenswert,
Und wenn zu keck die Neugier forschen wollte,
Dann schwieg sein Mund, und seine Stirne grollte.

7

Nicht unerfreut, mit warmem Willkomm nahm
Die Welt den Flüchtling auf, der wiederkam.
Von edlem Blute und von hohem Stand,

Verkehrt' er mit den Großen rings im Land,
Saß am Bankett der Schönheit und der Macht,
Wo man die Zeit vertändelt und verlacht,
Doch sah er nur, er fühlte selbst nicht mit,
Was um ihn her die Menge liebt' und litt;
Er jagte nicht, wonach sonst alles strebt
Mit Hoffnung, stets getäuscht, stets neu belebt,
Nach eitlem Ruhm und nach gediegnem Gut,
Der Schönheit Gunst, des Nebenbuhlers Wut.
Ein Zauberkreis umgab ihn und vertrieb
Den Schwarm und machte, daß er einsam blieb;
In seinem Auge war ein strenger Zug,
Den wenigstens der Leichtsinn nicht ertrug,
Und wenn ihn zartre Wesen sahn, so ward
Furchtsam geflüstert oder stumm gestarrt;
Nur wenige Weisre, Mildre hielten ihn
Für besser, als er äußerlich erschien.

8

Seltsam – als Jüngling voller Kraft und Glut,
Entbrannt für Lust und auch im Kampf voll Mut –
Die Fraun, das Feld, die See, was Glück zum Lohn
Verheißen mochte oder Tod ihm drohn,
Hatt er versucht, hatt alles aufgewühlt
Und sich in Freud und Leid belohnt gefühlt;
Der zahme Mittelweg war nicht für ihn,
Er wollt im Sturm vor dem Gedanken fliehn;
Die Wetter seiner Brust sahn spottend nur
Herab auf schwächre Wetter der Natur;
Gen Himmel sah die Wonn in seiner Brust
Und fragte: wohnt dort jenseits stolzre Lust?
Sklav der Extreme, den das Maß nie band,
Wie war ihm, als der wilde Traum verschwand?
Er sagt' es nicht: Er war erwacht und grollte
Dem welken Herzen, das nicht brechen wollte.

9

Es schien, daß er, der sonst nur Menschen las,
Mit ernstrem Auge jetzt bei Büchern saß,

Und oft in jäher Laun auf lange Zeit
Verschloß er sich in tiefe Einsamkeit.
Und dann, so sagten seine Diener, klang
Sein hast'ger Schritt nachts durch den Säulengang,
Wo finster hing der Ahnen Reih
In rohem, aber altem Konterfei.
»Und im Vertraun«, so raunten sie, »noch eins:
Man hört ein Flüstern, dumpfer noch als seins.
Mag lächeln, wer da will – doch ein'ge sahn . . .
Was es auch war, es war nicht wohlgetan.
Was starrt er so auf dies fleischlose Haupt,
Das freche Hand den Toten hat geraubt,
Das stets vor seinem offnen Buche steht
Und jedem Schreck einjagt, der zu ihm geht?
Wenn alles schläft, warum macht er nicht Rast?
Hört nie Musik? bewirtet keinen Gast?
Es ist nicht alles richtig – und warum?
Ja, ein'ge wissen's wohl, doch sie sind stumm;
Sie sind zu klug, um mehr als Winke nur
Von dem zu geben, was ihr Ohr erfuhr.
Doch wenn sie wollten . . .« – Also schwatzte gern
Laras Gesind am Herde seines Herrn.

10

Nacht war's – in Laras spiegelklarem Strom
Schwimmt sternbesät der blaue Himmelsdom;
So still – die Wasser, scheint es, fließen kaum,
Obwohl sie fließen wie des Glückes Traum;
Feenhaft und fern in ihrem Spiegel schweben
Die ew'gen Lichter, die am Himmel leben.
Manch stolzer Baum in ihre Flut sich senkt,
Der schönste Blumenflor, der Bienen tränkt –
So flocht Diana sie als Kind ins Haar,
So bringt die Unschuld sie der Liebe dar.
Dazwischen fließt in vielgewundnem Gange
Das Wasser, hell geringelt wie die Schlange.
So still, so sanft sind Erd und Himmelstraum,
Wer einen Geist hier säh, erschräke kaum;
Er wüßte wohl, nichts Böses wallt und wacht
In solcher Landschaft und in solcher Nacht;

Solch eine Stund ist für die Guten nur!
So dachte Lara und verließ die Flur.
Stumm wandt er sich zum Schloß, als ob der Seele
Das Recht zum Anschaun solcher Reize fehle.
Die Landschaft mahnt ihn an vergangne Ferne,
An wolkenlosre Himmel, hellre Sterne,
An weichre Nächte, Herzen, welche jetzt . . .
Nein, nein! der Sturm, der wild sein Haar zerfetzt,
Mag wüten, wie er will, doch solche Nacht
Verhöhnt sein Herz mit ihrer stillen Pracht.

11

Er ging zurück zum dunklen Säulengang;
Sein hoher Schatten flog die Wand entlang,
An Bildern längst Verstorbner – an dem, was
Noch übrig blieb von Lieb und Haß:
Bild und verworrne Sag und dunkler Sarg,
Der ihren Staub und ihre Schwächen barg,
Und in dem goldnen Buch ein halbes Blatt,
Das ihre Chronik aufputzt nett und glatt,
Wo der Geschichte Griffel lobt und rügt
Und lügt wie Wahrheit und doch wahrhaft lügt.
Er ging und sann, und auf den Flur von Stein
Durchs dunkle Gitter fiel der Mondenschein,
Und gotisch Dach und buntes Fenster schien
(Wo in gemalter Andacht Heil'ge knien)
Spukhaft zu regen sich im bleichen Licht,
Wie Leben, doch wie menschlich Leben nicht.
Sein finstres Haupt, von Rabenhaar umkraust,
Sein Federbusch, hoch wallend und zerzaust,
Schien eines Toten Zubehör und gab
Den Anschein ihm, als stieg er aus dem Grab.

12

Rings tiefe Nacht und Schlaf; das einz'ge Licht
Der bleichen Lampe stört das Dunkel nicht.
Horch! ein Gemurmel geht durch Laras Saal,
Ein Ton – ein Wort – ein Ruf – ein Schrei der Qual!
Ein langer, lauter Schrei! dann alles still.

Ans Ohr der Schläfer drang es wild und schrill:
Sie hören, springen auf, und zitternd dreist
Stürzen sie hin, wohin der Schall sie weist;
Die Kerzen flackern, in erschrocknem Lauf
Rafft jede Hand gurtlose Schwerter auf.

13

Kalt wie die Marmorflur, auf die er fiel,
Bleich wie auf seiner Stirn des Mondes Spiel,
Lag Lara da – sein Schwert zur Hälfte blank,
Das ihm, so schien's, in Todesgraun entsank;
Doch war er fest geblieben bis zuletzt;
Trotz lag auf der gekniffnen Stirn und jetzt.
So starr er dalag, auf den Lippen doch,
Vermischt mit Schrecken, lebte Kampflust noch;
Im Mund erstorben war ein letztes Drohn,
Ein Fluch des Stolzes, der Verzweiflung Hohn.
Sein Auge schien versiegelt vom Geschick,
Doch hatt es noch den Gladiatorblick,
Der in dem wachen Antlitz oft erscheint,
Zu fürchterlicher Ruhe hier versteint.
Man hebt ihn auf – still doch! er seufzt, er spricht;
Bräunliche Glut färbt wieder sein Gesicht;
Die Lipp errötet; dunkel, weit und wild
Das Auge rollt, und neu von Leben schwillt
Der Adern Puls; doch von den Lippen dringt
Rede, die nicht wie Muttersprache klingt,
Deutlich, doch fremd, und wer es hört, ermißt,
Daß dies die Sprache ferner Länder ist.
So ist es: für ein Ohr ist sie bestimmt,
Das, ach, nie mehr ein irdisch Wort vernimmt.

14

Sein Page kam: nur ihm, so schien es, war
Der Sinn der Worte, die sie hörten, klar;
Doch zeigte seiner Stirn und Wangen Brand,
Daß Lara sprach, was sonst er nie gestand.
Doch nichts verriet er; wen'ger außer sich
Als all die andern, beugt' er prüfend sich

Zu Lara nieder, und er tröstet' ihn
In jener Sprache, die auch seine schien,
Und Lara lauscht', als schmeichle jedes Wort
Die Schreckensbilder seines Traumes fort,
Wenn Traum es war, wovor dies Herz erlag,
Das grüblerischer Schrecken sonst nicht pflag.

15

Was er auch sah, Spuk oder Traumgesicht,
Begraben lag es stumm, vergessen nicht,
In seiner Brust, und in den Morgenstunden
War seine Schwäche wieder überwunden.
Bei Priestern nicht und Ärzten sucht' er Rat,
Und wieder ganz er selbst in Wort und Tat,
Ging er dahin; nicht öfter lächelt' er,
Noch war die Stirne finstrer als vorher,
Und grüßt' er jetzt die Dämmrung minder gern,
Die Diener merkten nichts an ihrem Herrn;
Doch zeigt ihr Staunen und ihr Schaudern klar,
Daß ihre Angst noch nicht vergessen war.
Die zitternden Leibeignen, scheu und leis
Umschleichen sie das Schloß in weitem Kreis;
Der Banner Rauschen, der Gewölbe Hall,
Des Teppichs Rascheln und der Türen Schall,
Der Bäume lange Schatten rings am Haus,
Der Abendwind, der Flug der Fledermaus,
Alles erschreckt sie, wenn des Abends Grau
Traurig herabsinkt auf den finstren Bau.

16

Grundloser Wahn! Die Schreckensstunde kam
Nicht wieder, oder Laras Miene nahm
Den Anschein gänzlichen Vergessens an,
Zum Staunen und zum Schreck für jedermann.
Schwand sein Gedächtnis denn, als er genas?
In Wort, Gebärde, Blicken, nirgends las
Man ein Gefühl, das andre mocht erinnern
An jenen Fieberkrampf des kranken Innern.
War's Traum? war's seine Stimme, welche sprach,

Der Schrei, der ihren Schlummer unterbrach?
War sein das Herz, das übermannt zuletzt
Stillstand? und jener Blick, der sie entsetzt?
Konnt er vergessen, der dies selbst erlebt,
Indes ein jeder, der es sah, noch bebt?
Oder beweist sein Schweigen, daß hinfort
Dies Bild untilgbar wurzelt, ohne Wort,
In ätzendem Geheimnis, bis, zu wund,
Das Herz die Wirkung zeigt – doch nie den Grund?
Nicht so in ihm: sein Herz begrub zumal
Den Ursprung und das Wachstum einer Qual,
Die Menschenlippe niemals ganz bekennt,
Weil sie das Wort erstickt, das sie benennt.

17

Seltsam vermischt in ihm war vieles, was
Man sucht und flieht, was Liebe weckt und Haß;
Schwankend um sein verhülltes Schicksal wob
Die Meinung ihren Tadel und ihr Lob.
Je mehr er schwieg, die Welt sprach desto mehr;
Man riet, man gaffte, fragte hin und her:
Was war, was ist er, der so unbekannt,
Bis auf den Namen, wandelt durch das Land?
Ein Menschenhasser? – Aber manche meinen,
Er könne mit den Frohen froh erscheinen,
Obwohl sein Lächeln, wenn man's nah besieht,
Hinwelkt in Scherz und sich zu Hohn verzieht.
Dies Lächeln streift den Mund nur; niemals saht
Ihr, daß es lachend bis ins Auge trat.
Zwar, Weichheit auch war oft in seinem Blick,
Ein Herz, verhärtet erst durch Mißgeschick,
Doch wenn er sich bemerkt sah, schien's, als breche
Sein stolzer Geist den Stab ob solcher Schwäche
Und sträube trotzig sich, dem großen Haufen
Die halbversagte Achtung abzukaufen.
Das ist des Herzens Buße, das zuvor
Durch zu viel Zärtlichkeit sein Glück verlor;
Das ist des Grames Mißtraun; er umgibt
Sich selbst mit Haß, weil er zu sehr geliebt.

18

Verachtung aller lebt in ihm, als träfe
Längst alles Weh des Lebens seine Schläfe;
Er war ein Fremdling in der weiten Welt,
Ein finstrer Geist, der in den Abgrund fällt,
Ein grübelnd Hirn, das gern sich die Gefahr
Ausmalt, der es durch Glück entgangen war –
Umsonst entgangen war, denn für sein Herz
War ihr Gedächtnis Wollust halb, halb Schmerz.
Mit einer Fähigkeit des Liebens, die
Natur den Sterblichen nicht oft verlieh,
Träumt' er das Gute, das nie ist, und dann
Ward der enttäuschte Knab ein bittrer Mann.
Und als nach Schatten jagend, Jahr um Jahr,
Als edle Kraft um Tand vergeudet war,
Als Leidenschaft mit ihrem Glutgeschoß
Verödung über seinen Pfad ergoß,
Bis all sein beßres Ich qualvoll und wild
Anstarrte seines Lebens stürmisch Bild –
Da, trotzig noch, zum Selbstgericht zu schwach,
Wälzt' er auf die Natur die halbe Schmach,
Gab alle Schuld dem Fleische, das den Geist
In Fesseln schlägt und dann die Würmer speist,
Bis Gut und Böse kaum er mehr erkannte
Und fast des Willens Taten Schicksal nannte.
Zu hoch für niedre Selbstsucht, gab er wohl
Manchmal sein eignes hin für andrer Wohl,
Doch nicht aus Mitleid, nicht weil Pflicht ihn zwang,
Nein, ein verkehrter, rätselhafter Drang
Trieb fort ihn, mit geheimem Übermut
Zu tun, was außer ihm kein andrer tut –
Ein Hang, der, wenn Versuchung zu ihm trat,
Auch ebenso ihn trieb zu böser Tat.
So stieg, so fiel er, nie der Menge nah,
Mit der zu atmen er verdammt sich sah,
Und hielt in Gutem oder Bösem gern
Alles, was sterblich war wie er, sich fern.
Sein Geist, voll Abscheu vor dem Erdenlauf,
Schlug seinen Thron in eignen Reichen auf,
Und kalt vorbei floß an dem Fluß der Zeit

Sein Blut in äußerer Gelassenheit.
Wohl ihm, wenn, nie von Sünd erhitzt, dies Blut
Stets floß wie jetzt mit eisig glatter Flut!
Zwar wandelt' er mit andern ihren Pfad
Und tat und sprach, wie jeder sprach und tat,
Schlug nie Vernunft und Sitte vor die Stirn –
Sein Wahnsinn saß im Herzen, nicht im Hirn;
Sein Mund ging selten irr und ließ nicht leicht
Gedanken frei, wovor die Welt erbleicht.

19

Trotz aller eis'gen Rätsel seiner Art,
Die froh schien, wenn sie nicht beachtet ward,
Hatt er die Gabe oder Kunst, die fest
In fremder Brust Erinnrung wurzeln läßt.
Es war vielleicht nicht Liebe, war nicht Haß,
Es gibt vielleicht kein Wort zu sagen, was –
Doch, wer ihn einmal sah, vergaß ihn schwer,
Und wer ihn erst gesehn, der fragte mehr,
Und der, mit dem er sprach, gedachte sein
Und prägte jedes flücht'ge Wort sich ein.
Wie und wodurch, gleichviel – er hatte bald
Des Hörers Geist umschlungen mit Gewalt,
Und drinnen blieb sein Bild, in Freud, in Leid,
Untilgbar eingeglüht; so kurz die Zeit,
Seit Freundschaft, Mitleid, Abscheu ihn gekannt,
In tiefster Seele blieb es festgebannt.
Du drangst in seine Seel und sträubtest dich,
Umsonst! – sie wand in deine Seele sich;
Sein Bild verfolgte dich und zwang die Brust
Zur Teilnahm, ungewollt und unbewußt,
Es half dir nichts, ob du dem Netz entrannst –
Dann sprach sein Geist: Vergiß mich, wenn du kannst!

20

Zum Fest sind edle Herrn und Fraun vereint;
Reichtum und Rang in vollem Glanz erscheint;
Ein hochgeborner und willkommner Gast,
Kommt Lara auch zu Othos Burgpalast.

Das kerzenhelle Schloß erbebt vom Schall
Des langen Zechgelags, Bankett und Ball.
Wogend verwebt der Schönheit froher Tanz
Anmut und Harmonie zu holdem Kranz.
Glücksel'ge Stunde, die zu lust'ger Fahrt
Die zarten Händ und jungen Herzen paart!
Die Stirn der Sorg entwölkt des Jubels Schwung,
Das Alter lacht und träumt sich wieder jung,
Das Herz der Jugend hüpft, und sie vergißt
In solchem Rausch, daß sie auf Erden ist.

21

Und Lara schaut es heiter ruhig an;
Die Stirn lügt, wenn sein Herz jetzt trauern kann.
Sein Auge folgt, wie flüchtig durch den Raum
Die Schönheit schwebt und weckt das Echo kaum.
An hohem Pfeiler, Arm in Arm verschränkt,
Lehnt er, ins Anschaun all der Pracht versenkt,
Merkt nicht, daß fest ein Blick auf seinem ruht –
Neugier wie die ertrüg er sonst nicht gut.
Jetzt endlich sieht er ihn: Wer mag es sein,
Der ihn zu suchen scheint und ihn allein,
Forschend und finster, fremd von Tracht und Art,
Der ungesehn bis jetzt ihn angestarrt?
Nun ist's, als ob sich Aug in Auge sähn
Stumme Bewunderung und scharfes Spähn;
Unruh umwölkte langsam Laras Braue,
Als ob er nicht dem Blick des andern traue;
Im ernsten, festen Blick des Fremdlings lag
Glut, die nur schärfres Aug enträtseln mag.

22

»Er ist es!« rief der Fremdling, und sofort,
Nachhallend durch die Säle, flog das Wort.
»Er ist es? wer?« – so ging's die Reihn entlang,
Bis laut an Laras Ohr die Frage klang.
Nicht manches Herz ertrüg ein solch Geschick,
Dies Staunen aller und den einen Blick;
Lara blieb kalt, die Überraschung schwand,

Die erst sein stutzig Auge übermannt.
Er sah sich um, ganz fest und unverwandt,
Und hielt dem starren Blick des Fremden stand,
Der nun vortrat und rief, verächtlich schier:
»Er ist's! Wie kam er her? Was tut er hier?«

23

Es war zuviel für Lara, solche Fragen,
So stolz und laut erneuert, zu ertragen.
Sein Antlitz zwingend, doch mit kühlem Ton,
Mehr sanft entschlossen als mit keckem Hohn,
Begegnet er dem fragenden Geheiß:
»Mein Nam ist Lara: wenn ich deinen weiß,
Geb ich der unverhofften Höflichkeit
Solch eines Ritters nach Gebühr Bescheid.
Begehrst du mehr zu wissen? Lara, sag ich.
Kein Fragen scheu ich, keine Maske trag ich.«

»Scheust keine Frag? – Erwäg, ob keine ist,
Die gern dein Ohr, die nie dein Herz vergißt?
Und glaubst mich fremd? – So blick mir ins Gesicht:
Erinnrung wenigstens entbehrst du nicht;
Oh, ihre Schuld tilgst du zur Hälfte nie,
Und keine Ewigkeit vergäße sie!«
Tief in die Züge dieses Angesichts
Bohrt Laras Auge sich – und findet nichts,
Was er gekannt hat oder kennen will.
Er schüttelt stolz das Haupt, sonst schweigt er still,
Und halb verächtlich dreht er sich zu gehn;
Jedoch der ernste Gast winkt ihm zu stehn.
»Ein Wort! Du bleibst! Steh Rede hier dem Mann,
Der, wärst du edel, sich dir messen kann,
Doch wie du warst und bist – nein, Runzeln fort!
Lüg ich, so widerlegst du leicht mein Wort –,
Doch wie du bist und warst, dich tief verachtet,
Dein Lächeln falsch, dein Zürnen kindisch achtet.
Bist du es nicht, der einst . . .«
»Wer ich auch sei,
Kläger wie dich und solch ein wild Geschrei
Hör ich nicht an; legt jemand drauf Gewicht,

So hör er zu und widerspreche nicht
Der Wundermär, die du zu melden hast
Und die gewiß zum feinen Eingang paßt.
Mag Otho solchen art'gen Gast ertragen!
Ihm werd ich meinen Dank und Meinung sagen.«
Hier aber schritt ihr Wirt verwundert ein:
»Mag zwischen euch, was will, zu ordnen sein,
Hier ist nicht Stund und Ort, die Fröhlichkeit
Des Festes zu entweihn durch Zungenstreit.
Wenn Ihr, Herr Ezzelin, von Dingen wißt,
Die anzuhören Laras Sache ist,
Morgen, in meinem oder anderm Haus,
Wo Ihr es passend haltet, sprecht es aus.
Daß Ihr nicht fremd seid, bürgt mein Wort als Pfand,
Obwohl, wie Lara, Ihr fast unbekannt
Erst kürzlich kamt zurück aus fernem Land.
Und wenn von Laras Rang und edlem Blut
Ich schließen darf auf seinen Wert und Mut,
So wird er nie sein fleckenrein Geschlecht
Verleugnen noch verweigern Ritterrecht.«

Drauf Ezzelin: »Wohl, morgen, hier am Ort
Erprobe denn sich unser Wert und Wort.
Für meins verbürg ich mich mit Blut und Schwert,
So wahr ich hoffe, daß ich selig werd!«
Und Lara? – Seine Seele tauchte tief
In sich hinab, als ob er wandelnd schlief;
Die Worte vieler, aller Augen dort
Zielen auf ihn, er aber spricht kein Wort;
Sein Aug in tiefer Selbstvergessenheit
Schweift in die Ferne, weit und wieder weit!
Ach! dieser Blick, von allem abgelenkt,
Verrät ein Herz, das allzu tief gedenkt!

24

»Ja, morgen, morgen.« Weiter nichts als dies
Sprach Laras Mund, eh er den Saal verließ.
Kein heft'ger Grimm aus seinen Zügen sprach,
Kein sprühnder Zorn aus seinem Auge brach,
Doch in dem leisen Tone klang gepreßt

Entschloßner Vorsatz, unbekannt, doch fest.
Er nahm den Mantel, grüßte leicht und frei
Und schritt hinweg, an Ezzelin vorbei;
Das Drohen dieser Stirn, die schwarz und kraus
Ihn beugen möchte, hielt er lächelnd aus,
Nicht wie der Stolz lacht, wenn er zornesblaß
Zu lächeln zwingt den schlechtverhehlten Haß,
Es war ein Lächeln, wie wenn einer still
Im Herzen weiß, was er vermag und will.
Verriet es Frieden? freudige Geduld?
Oder im Trotze großgewachsne Schuld?
Zu ähnlich, ach, sind beid im Selbstvertraun,
Als daß man durft auf Wort und Miene baun;
Die Wahrheit lehrt die Tat, die Tat allein,
Und sie zu lernen kostet bittre Pein.

25

Dem Pagen rufend, eilte Lara fort;
Folgsam gehorcht der Knab auf Wink und Wort,
Sein einziger Gefährt aus jener Ferne,
Wo Herzen glühen unter hellrem Sterne.
Für Lara ging er auf die Wanderung,
Im Dienst geduldig, ernst, obwohl noch jung,
Schweigsam wie sein Gebieter, treu erkannt
Weit über seine Jahr und seinen Stand.
Obwohl mit Laras Sprache wohl vertraut,
Hört' er nicht oft Befehl' in ihrem Laut,
Hell aber war sein Ton und schnell sein Gang,
Wenn Laras Ruf im Laut der Heimt klang;
Der süße Schall rief ihm der Kindheit Glück,
Der Heimatberge Widerhall zurück,
Geschwister, Eltern, Stimmen trauten Schalles,
Die er verließ für ihn, der ein und alles,
Freund, Schutz und Rater war – wer wundert sich,
Daß selten er von Laras Seite wich?

26

Fein war sein Wuchs, zart dunkel sein Gesicht,
Gefärbt vom heimatlichen Sonnenlicht,

Doch nicht versengt; man sah die holde Röte,
Die plötzlich oft der Wangen Farb erhöhte,
Nicht solch ein Rot, wie es Gesundheit zeigt,
Wenn Seelenglut ins sel'ge Antlitz steigt;
Wie Fieber es ihn plötzlich überkam,
Die kranke Farbe von geheimem Gram.
Des Auges Funkeln schien dem Sturm entstammt,
Von Blitzen des Gedankens wild durchflammt,
Obwohl das schwarze Aug die Wimperschatten
Mit sanftem Schwermuthauch verschleiert hatten.
Oft schien es Stolz, nicht Schmerz, was drinnen weilte,
Und war es Leid, dann Leid, das niemand teilte.
Und seinen jungen Jahren nicht gefiel
Der Pagen lust'ger Schwank, der Knaben Spiel;
An Lara stundenlang sein Auge hing,
Versenkt in wachen Traum, der ihn umfing;
War Lara fern, so ging er einsam fort,
Kurz sein Bescheid und nie ein fragend Wort –
Ein Buch sein Zeitvertreib, sein Ziel der Wald,
Die Rasenbank am Bach sein Aufenthalt.
Ganz wie sein Herr schien alles er zu scheun,
Woran sich Herz und Auge mag erfreun,
Nichts von der Welt empfangend als allein
Die bittre Gabe – das Geborensein.

27

Und liebte er, dann Lara nur, dem scheu
Durch Taten er allein bewies die Treu,
Durch stumme Sorgfalt, Eifer früh und spät,
Der, eh die Zunge spricht, den Wunsch errät.
Und doch lag Hochmut in Gebärd – und Schritt,
Ein tiefes Wesen, das kein Schelten litt;
Sein Eifer, der die Sklaven überbot,
Gehorcht' in Taten nur, sein Blick gebot,
Als hab er selbst, nicht Lara, es gewollt,
Daß er so dien – und sicher nicht um Sold.
Leicht ist die Arbeit, die sein Herr begehrt:
Er hält den Bügel oder trägt das Schwert,
Stimmt seine Laute, oder wenn sich's trifft,
Liest er ihm alte Bücher fremder Schrift.

Er braucht nicht mit den Dienern umzugehn,
Die weder stolz ihn je noch freundlich sehn,
Verschlossen nur und kühl, als hielt er gern
Dies zu vertraute Völkchen von sich fern;
Was er auch ist, herab zu ihnen steigt
Die Seele nie, die sich vor Lara neigt.
Es schien, als hätt er beßre Zeit gekannt;
Nicht niedrer Arbeit Spur trug diese Hand,
Die, weiblich weiß, bei seiner Wangen Glätte
Ein anderes Geschlecht bekundet hätte,
Wär nicht die Tracht, wär nicht im Augenpaar
Ein wildes Etwas, das nicht weiblich war,
Ein tiefer Trotz, der mehr zur Sonnenglut
Der Heimat stimmt' als zu so jungem Blut,
Der nicht hervor in stürm'schen Worten brach
Und aus dem Anlitz doch zu deutlich sprach.
Kaled sein Nam; er führt' ihn, wie es hieß,
Erst seit er sein gebirgig Land verließ;
Denn manchmal, ob man laut und ungeduldig
Den Namen rief, blieb er die Antwort schuldig,
Als wär der Klang ihm fremd, bis er zuletzt
Emporfuhr, als besänn er sich erst jetzt;
Nur wenn des Herrn gewohnte Stimme sprach,
War immer Herz und Ohr und Auge wach.

28

Er hatt ins Festgewühl hinabgesehn,
Er sah, was alle sahn, den Streit entstehn,
Und als nun um ihn her die Gafferschar
Erstaunte, daß so still der Kühne war,
Daß sich der hochgeborne Lara dies
Und gar von einem Fremden bieten ließ,
Da stieg und sank des jungen Kaled Blut,
Die Lippen aschenfahl, die Wang in Glut,
Und auf der Stirn brach Angst des Herzens aus
In eis'gen Tropfen jenes kalten Taus,
Der sich erhebt, wenn, vor Entsetzen krank,
Von Schreck gelähmt, das Herz im Busen sank.
Ja, Dinge gibt's, die du nur halb bewußt
Träumen und wagen und vollbringen mußt:

So etwas zuckte jetzt durch Kaleds Hirn,
Den Mund verschloß es, doch zerriß die Stirn.
Er starrt' auf Ezzelin, bis Laras Schritt
Und Lächeln an dem Feind vorüberglitt;
Kaled erschrak, als er dies Lächeln sah,
Als säh er etwas Wohlbekanntes da;
Sein Aug und sein Gedächtnis las darin,
Was andre nicht bemerkten, tiefren Sinn.
Fort sprang er – beide ritten durch das Tor –,
Den andern Gästen kam es einsam vor:
Auf Lara hatt ihr Blick so fest geruht,
So spannend war's, wie sich der Sturm entlud,
Daß, als sein dunkler Schatten länger nicht
Im Tor den Schein der Fackel unterbricht,
Die Herzen rascher schlagen, halb erschreckt,
Als würden sie aus schwarzem Traum erweckt.
Man weiß, der Traum lügt, aber man erbleicht,
Weil stets das Schrecklichste der Wahrheit gleicht.
Nun sind sie fort; noch weilt der fremde Gast,
Sein Antlitz ernst, die Haltung herrisch fast.
Lang bleibt er nicht: die Stund ist noch nicht aus,
Winkt Otho er Lebwohl und eilt nach Haus.

29

Der Saal wird leer, die Tänzer machen Rast,
Der art'ge Wirt, der wohlzufriedne Gast
Eilt wieder dem gewohnten Lager zu,
Wo Freud erlischt und Kummer seufzt um Ruh,
Wo unsre Seele, müd vom Lebensstreit,
Versinkt in süße Selbstvergessenheit:
Da liegt der Ränke List, der Liebe Wahn,
Des Hasses brütend Hirn, der Ehrfurcht Plan;
Der Ohnmacht Fittich streift des Auges Glut,
Erloschnes Dasein wie im Grabe ruht.
Welch beßrer Name ziemt des Schlafes Pfühl
Das Grab der Nacht, der Lebenden Asyl,
Wo Schwäch und Stärke, Sünd und Tugend liegt,
Hilflos, in gleicher Nacktheit hingeschmiegt,
Froh, daß sie kurze Zeit bewußtlos lebt,
Sie, die erwacht vor Todesangst erbebt,

Die wenn der Tag auch nichts als Leid erneut,
Den süßern Schlaf, der ohne Traum ist, scheut.

ZWEITER GESANG

1

Die Nacht vergeht – der Dunst der Berge fällt
Und schmilzt zu Gold, und Licht erweckt die Welt!
Ein neuer Tag schwellt die Vergangenheit,
Ein neuer Schritt ans Ende unsrer Zeit;
Nur die Natur steht neugeboren auf;
Die Erde lebt, die Sonn eilt ihren Lauf,
Im Strom ist Frische, Glanz im Morgenstrahl,
Labsal im Winde, Blumenduft im Tal.
Gottgleicher Mensch, sieh diesen Glorienschein
Der Dinge an und juble: sie sind dein!
Oh, schau sie an! Einst wird dein Auge blind,
Ein Morgen kommt, wo sie dir nichts mehr sind,
Und traure, wer da will, an deiner Gruft,
Nicht eine Träne weint dir Erd und Luft,
Kein Wölkchen mehr steigt auf, kein Blatt wird fallen,
Kein Wind wird seufzen, weder dir noch allen;
Nur das Gewürm wird schwelgen, bis, verjüngt,
Dein ungeformter Staub den Acker düngt.

2

Der Mittag kommt, versammelt sind im Saal
Auf Othos Ruf die edlen Herrn zumal.
Die Stund ist da, die Laras Ehr erprobt,
Auf Tod und Leben, wie er es gelobt,
Wo Ezzelin die Klag enthüllen mag;
Was es auch sei, hier muß es an den Tag.
Er gab sein Wort, und Lara schwor beim Gehn,
Vor Gott und Menschen Red ihm hier zu stehn.
Wo bleibt er? – Solche Wahrheit kundzutun,
Scheint allzu lang der Kläger auszuruhn.

3

Die Stund ist um. Auch Lara ist erschienen,
Abwartend, kühl, Vertraun in seinen Mienen.
Was säumst du, Ezzelin? Die Stund ist um,
Otho schaut finster, Murren tönt ringsum.
»Ich kenne meinen Freund, und glaubet mir,
Wenn er auf Erden ist, seht ihr ihn hier.
Das Dach, das ihn beherbergt, steht im Tal,
Halbwegs von hier zu Laras Schloßportal.
Ein solcher Gast hätt unser Dach geehrt.
Doch Ezzelin verschmähte meinen Herd,
Weil irgendein Beweis zu schaffen blieb,
Für diesen Tag, und ihn nach Hause trieb.
Ich war sein Bürg und will es wieder sein;
Verleugnet er sein Wort, ich lös es ein.«

Er schwieg, und Lara sprach: »Ich kam hierher,
Um ihm mein Ohr zu leihn auf dein Begehr,
Verleumdung eines Fremdlings, dessen Wort
Mein Herz zerschnitte, hätt ich nicht sofort
Erkannt, er sei kaum weniger als toll
Und schlimmstenfalls ein Feind voll niedrem Groll.
Ich kenn ihn nicht; es scheint, er kannte mich
In Ländern, wo . . . doch wozu plaudre ich?
Stell mir den Schwätzer oder lös dein Pfand
Mit eignem Degen und mit eigner Hand!«

Der stolze Otho schleudert, dunkelrot,
Den Handschuh hin, sein nackter Degen droht:
»Der letztre Weg ist's, der mir besser paßt,
Und so vertret ich meinen fernen Gast!«

Mit Wangen, deren fahle Düsterkeit
Nicht tiefer färbt der nahe Todesstreit,
Mit einer Hand, die kühl und sorglos fast
Mit sichrem Fechtergriff das Schwert erfaßt,
Mit Augen, ruhig, aber schonungslos,
Macht Lara auch sein willig Eisen los.
Die andern Ritter dringen auf sie ein,
Doch Othos Wut will nicht gehindert sein,

Und höhnend klingt, was seine Lippe spricht:
»Das Schwert ist gut, das solch ein Wort verficht!«

4

Kurz ist der Kampf. Tollkühn und blind und heiß
Gibt Otho seine Brust dem Hiebe preis.
Er blutet, stürzt, doch nicht zum Tode wund,
Ein kund'ger Schwertstreich warf ihn auf den Grund.
»Bitt um dein Leben!« Otho schweigt, und jetzt
Hätte sein Herzblut fast den Grund benetzt;
Denn Laras Stirn wird plötzlich wie das Graun
Der Nacht so schwarz, dämonisch anzuschaun,
Und grimm'ger bebt sein Schwert in zorn'ger Faust
Als erst, da Feindesstahl sein Haupt umsaust.
Denn erst war alles ernste Ruh und Kunst,
Nun flammt des Hasses ungezähmte Brunst;
So ohn Erbarmen nahm er jetzt sein Ziel,
Daß, als ihm in den Arm der Haufe fiel,
Er fast den durst'gen Stahl auf sie gekehrt,
Die so vermessen seinem Zorn gewehrt.
Dies gab er auf, als er sich kurz besann,
Doch starrt' er Otho gier'gen Auges an,
Als dächt er, daß der Kampf die Müh nicht lohnt,
Der einen Feind, wenn er besiegt ist, schont;
Als forsch er, ob der Hieb, den er ihm gab,
Dem Opfer kürze seinen Weg ins Grab.

5

Man hob den Blut'gen auf, und allen dort
Verbot der Wundarzt Frage, Wink und Wort;
Die andern gingen zu des Nachbarn Halle,
Er aber, lodernd, achtlos gegen alle,
Ursach und Sieger in dem jähen Strauß,
Schritt langsam, stolz und schweigend durch das Haus,
Sprang in den Sattel, lenkte heim sein Roß
Und schaute nicht zurück auf Othos Schloß.

6

Und wo war er, das Meteor der Nacht?
Wo blieb das Licht, das drohend er gebracht?
Wo weilte Ezzelin, der einmal nur
Auftaucht' und dann verschwand ohn alle Spur?
Lang vor dem Morgen ging er fort vom Fest,
Im Dunkeln, doch die breite Straße läßt
Sich nicht verfehlen; nah sein Wohnsitz lag.
Dort war er nicht, und mit dem graunden Tag
Traf hast'ge Nachfrag ein, die nur bewies,
Daß der vermißt ward, den man suchen ließ.
Sein Bett ist leer, im Stalle steht sein Roß,
Ein Gastfreund klagt, es murrt sein Knappentroß;
Sie suchen längs des Wegs, in Busch und Laub,
Herzklopfend spähen sie nach Spur von Raub.
Doch nichts von solcher; nirgends zeigt die Heide
Blutflecken, Fetzen von zerrißnem Kleide;
Kein Sturz, kein Ringen hat das Gras entstellt,
Das stets, wo Mord geschah, die Spur behält;
Kein Abdruck blut'ger Finger rings am Wege,
Zuckender Nägel schreckliches Gepräge,
Wenn todesmatt die Hand abläßt vom Kampf,
Des Rasens Schmelz zerreißt im letzten Krampf.
So wär's, wenn hier ein Leben wär geraubt;
So ist es nicht, und Hoffen bleibt erlaubt.
Und finstrer Argwohn, Laras Namen flüsternd,
Murrt täglich, seines Namens Ehr umdüsternd,
Schweigt plötzlich, wenn er Lara kommen sieht,
Harrt, bis der Schreckliche zurück sich zieht!
Dann nimmt das Flüstern wieder seinen Lauf
Und stutzt Verdacht mit schwarzen Farben auf.

7

Die Zeit verrann, und Othos Brust genas,
Doch nicht sein Stolz und unverhohlner Haß.
Er war ein mächt'ger Mann und Laras Feind,
Freund jedermanns, der's böse mit ihm meint,
Und vor des Reichs Gerichte lud er ihn,
Daß Red er stehe wegen Ezzelin.

Wer sonst als Lara hatte guten Grund
Den Mann zu fürchten? Wer schloß ihm den Mund,
Wenn Lara nicht, der ohne diesen Tod
Sein Haupt mit schwerster Klage sah bedroht?
Gerücht des Volks, unwissend, aber laut,
Neugier, die am Geheimnis sich erbaut,
Sein Freundesmangel, weil er stets verschmäht,
Was Liebe weckt und was Vertrauen sät,
Sein stürm'scher Grimm, den kein Erbarmen rührte,
Die Kunst, womit er seine Klinge führte . . .
Wo kam zu solcher Kunst die zarte Hand?
Wo wuchs der Zorn zu solchem wilden Brand?
Denn dies war nicht die blinde, laun'sche Wut,
Die leicht entflammte, leicht gelöschte Glut,
Nein, tiefer Grimm der Seele, unbewegt
Vom Mitleid, wo er einmal Wurzel schlägt,
Grimm, wie ihn Macht und Siegestrunkenheit
Nährt zu erbarmungsloser Grausamkeit! –
Dies und der Wunsch, der stets den Menschengeist
Beherrscht, daß lieber er verdammt als preist,
Rief wider Lara einen Sturm hervor,
Furchtbar, wie jemals ihn ein Feind beschwor:
Einstehen sollt er für des Gegners Haupt,
Der tot wie lebend ihm den Frieden raubt.

8

Manch Mißvergnügter war in jenem Land,
Der Kette fluchend, die ans Joch ihn band;
Da saßen Räuber adligen Geschlechts
Und übten Frevel in der Form des Rechts.
Längst machten äußrer Krieg und innrer Streit
Den Weg für Blut und ries'ge Sünde breit,
Die nur der Losung harrten, stets bereit
Zu jedem Greul, den Bürgerzwietracht kennt,
Wenn nichts neutral ist, Freund und Feind sich trennt.
In seiner Burg war jeder Herrscher fast,
Geehrt in Wort und Tat, doch tief verhaßt.
So erbt' auch Lara seiner Väter Land,
Darauf manch seufzend Herz und träge Hand;
Doch in der Fremd ein langer Aufenthalt

Hielt rein ihn von den Freveln der Gewalt,
Und jetzt, durch seine mildre Hand versöhnt,
War nach und nach das Volk der Furcht entwöhnt.
Nur sein Gesind in steten Ängsten lebt,
Obwohl es mehr für ihn als andre bebt;
Es glaubt ihn jetzt unglücklich, da es ihn
Argwöhnisch früher schwerster Schuld geziehn.
Sein Schweigen, seiner Nächte schlaflos Leid
Heißt Krankheit nun, genährt von Einsamkeit.
Und wenn um sein Gemach der trübe Flor
Der Unlust hängt, doch freundlich ist sein Tor:
Nie unerquickt von hinnen gehn die Armen,
Für solche noch kennt seine Seel Erbarmen;
Sein Auge, gegen Mächt'ge stolz und kühl,
Blickt auf die Niedrigen voll Mitgefühl.
Er sprach nicht viel, doch häufig fanden sie
Obdach an seinem Herd und Vorwurf nie.
Und wer ihm schärfer zusieht, der gewahrt,
Wie Tag für Tag sich Anhang um ihn schart;
Zumal seit Othos Zweikampf spielt er gern
Den offnen, güt'gen Wirt und milden Herrn;
Vielleicht besorgt er, daß seit jenem Streite
Sich eine Schlinge für ihn vorbereite.
Wie dem auch sei, mehr Gunst und Ansehn fand
Beim Volk er als in seinem eignen Stand.
War's Politik, so war's ein richt'ger Plan,
Die Massen schätzten, was sie deutlich sahn;
Von strengren Herrn verjagt, begehrten sie
Ein Obdach nur, und das versagt' er nie;
Da klagt ein Bauer, daß ihn Plündrung traf,
Da murrt und seufzt kaum der leibeigne Sklav,
Da bebt der Geizhals nicht für seine Truhe,
Da stört kein Junkerhohn des Armen Ruhe.
Die Jugend hält er durch Gelag und Fest
Und durch Verheißung künft'gen Lohnes fest;
Dem Haß verspricht der Sieg der guten Sache
Die volle Anwartschaft auf künft'ge Rache;
Der Liebe, die der Kastenstolz verwarf,
Zeigt er die Braut, die Sieg erkämpfen darf.
Die Saat ist reif: er wartet nur, um nun
Auch noch der Knechtschaft Namen abzutun.

Die Stunde kommt, die Stunde, wo sein Feind
Die Rache, die er sucht, gesichert meint.
Den Todgeweihten trifft sein Schergentroß
Umringt von Tausenden im festen Schloß,
Die von zerrißnen Ketten frisch erstehn,
Der Menschen spotten und gen Himmel sehn.
Der Sklave, dem er heut die Freiheit gab,
Gräbt nie für Herrn mehr, höchstens noch ein Grab.
Dies ist ihr Ruf – ein Schlagwort im Gefecht
Verbrämt das Unrecht und bestärkt das Recht;
Für Glauben, Freiheit, Rache und so fort –
Ein Wörtchen treibt die Menschen schon zum Mord,
Ein Phrasenruf, schlau in die Welt gesetzt,
Bis Frevel herrscht und Wolf und Wurm sich letzt.

9

Der Burgherrn Macht war damals ohne Zaum;
Der König war ein Kind und herrschte kaum.
Das ist die Zeit zum Aufruhr, wenn die Massen
Des Königs spotten und den Adel hassen.
Das Volk sucht' einen Führer nur und fand
Den Mann, den ihm das Schicksal selbst gesandt.
Die Notwehr zwang ihn, wieder sich ins Feld
Zu stürzen, in den Kampf der Menschenwelt.
Durch dunkle Fügung wider die ergrimmt,
Die ihm Natur zu Freunden hat bestimmt,
Hatt er seit jener fluchbeladnen Nacht
Gerüstet sich – nicht sich allein – zur Schlacht.
Ihm lag daran, der Neugier zu entgehn
Nach Dingen, die in fernem Land geschehn,
Und zog er nun das Volk in seinen Streit,
Gewann er, wenn auch alles fehlschlug, Zeit.
Die Schwüle seines Busens, still und tief,
Der Sturm, der schon erschöpft sich hatt und schlief,
Erweckt durch Dinge, deren Schicksalszug
Unwiderstehlich ihn zum Abgrund trug,
Brach los und macht' ihn, was er einst gewesen,
Neu nur die Bühne, die er sich erlesen.
Ruhm gilt ihm wenig, Leben ihm nicht viel,
Doch paßt er wohl für solch verzweifelt Spiel:

Er glaubt für andrer Haß sich ausersehn
Und stürbe froh, wenn sie nur untergehn.
Was kümmert ihn des großen Haufens Recht?
Den Herrn zu beugen, macht er frei den Knecht.
In düstrer Höhle hofft er einst auf Ruh,
Doch Welt und Schicksal setzt auch dort ihm zu;
Nun zeigt er seinen Jägern das Gebiß,
Sie müssen töten, denn ihr Netz zerriß.
Ernst, ohne Ehrgeiz, schweigend, hätt er gern
Dem Spiel des Lebens zugeschaut von fern;
Doch nun, zurückgeschleppt zum Zirkus, springt
Ein Feldherr auf, der wohl mit Fürsten ringt;
Wilde Natur spricht aus Gebärd und Stimme,
Das Auge flammt von echtem Fechtergrimme.

10

Das alte Lied vom Krieg, was tut es not?
Vom Schmaus der Geier, massenhaftem Tod,
Vom Kriegsglück, das in stetem Wechsel schwankt,
Vom Ungestüm, der siegt, wenn Schwäche wankt,
Geborstnen Mauern, Trümmern schwarz von Rauch?
Es war ein Krieg wie andre Kriege auch;
Doch diesem stärkte blinder Wahn die Hand,
Der bittre Groll, der Schonung ganz verbannt;
Mitleid war taub, kein Schrei um Gnade warb;
Noch auf dem Schlachtfeld der Gefangne starb.
Auf beiden Seiten war's dieselbe Wut,
Die über den Besiegten sich entlud;
Ob sie für Freiheit oder Macht erschlug,
Die Zahl der Toten war ihr nie genug.
Nichts hemmte mehr das Schwert des Würgers Hand,
Der Hunger mähte das verheerte Land,
Die Flackel flammt', und weiter fraß die Glut,
Und lächelnd trank der Mord sein täglich Blut.

11

In frischer Kraft, die junger Rausch gebar,
Zum Siege stürmte Laras mächt'ge Schar;
Doch dieser Sieg verdirbt sie alle bald,

Sie hören nicht auf ihres Führers Halt!
Blind folgen sie den Flücht'gen – ihnen schien,
Wer nur den Sieg erstürmt, der halte ihn.
Der Durst des Hasses und die Gier nach Beute
Lockt ins Verderben die zersprengte Meute;
Vergebens tut er, was ein Feldherr kann,
Nichts hält die jähe Wut der Seinen an;
Gern möcht er zügeln ihren störr'schen Mut,
Doch wer sie anfacht, löscht nicht mehr die Glut.
Der list'ge Feind allein hat sie bekehrt
Und ihre Tollkühnheit bereun gelehrt.
Verstellter Rückzug, Hinterhalt bei Nacht,
Tägliches Plänkeln, hingehaltne Schlacht,
Langes Entbehren der gewohnten Kost,
Zeltloser Schlaf in Regen, Sturm und Frost,
Der trotz'ge Wall, der den Belagrer höhnt
Und sein entmutigt Herz der Kraft entwöhnt –
All dies war nicht bedacht: Auf blut'gem Plan
Focht jeder wie ein tapfrer Veteran,
Doch lieber wollten sie den raschen Tod,
Die Wut der Schlacht als stündlich neue Not.
Und Hunger würgt und Fieberseuche rafft.
Schnell schmilzt dahin des Heeres Zahl und Kraft;
Maßloser Jubel welkt in Mißmut hin,
Und ungebeugt scheint nur noch Laras Sinn.
Nur wen'ge bleiben, die ihm Hilfe leihn,
Die Heeresmacht schrumpft bald zur Bande ein;
Ein trotz'ger Rest der Besten bleibt zuletzt
Und klagt, daß sie die Zucht geringgeschätzt.
Eins tröstet sie, daß nah die Grenzmark ist,
Wo man entrinnen kann vor innrem Zwist,
Um in den Nachbarstaat mit sich zu tragen
Des Flüchtlings Groll und des Verbannten Klagen;
Die Heimat meiden ist wohl bittre Not,
Doch bittrer Unterwerfung oder Tod.

12

So sei es. Freundlich führt durch Wald und Schlucht
Der Stern der Nacht die fackellose Flucht.
Schon sehn sie, wie sein Schimmer auf der Flut

Des Grenzstroms friedlich wie im Schlafe ruht.
Schon spähen sie ... Kann dies das Ufer sein?
Hinweg! es ist besetzt von Feindesreihn!
Flieht oder kehrt! ... Was glänzt vom Rücken her?
Das Banner Othos, des Verfolgers Speer!
Sind das die Hirtenfeuer auf den Höhn?
Rings lodern sie – was hülf es, ob sie flöhn?
Im letzten Kampf, von Hoffnung abgeschnitten,
Hat wen'ger Blut schon größren Preis erstritten.

13

Ein Weilchen Rast – den Rossen zum Verschnaufen:
Ist's besser warten oder Sturm zu laufen?
Es ist gleichviel: stürzt man auf jenen Troß,
Der an dem Grenzfluß ihren Weg verschloß,
So mag es sein, daß hie und da vielleicht
Ein Trupp den Feind durchbricht und noch entweicht.
»Zum Angriff denn! Abwarten ihren Stoß
Wär eines Feiglings wohlverdientes Los!«
Die Schwerter blitzen, fertig Roß und Mann –
Das nächste Wort fliegt kaum der Tat voran!
Wann Laras Mund ausstößt dies nächste Wort,
Wie vielen wird's ein Ruf zum Tode dort!

14

Sein Schwert ist nackt; es liegt auf seinen Brauen,
So tief, doch ruhiger als Todesgrauen,
Gleichmut – mehr, als sich für den Kühnsten schickt,
Der in den Menschen Brüder noch erblickt.
Er schaut auf Kaled, der sein Nächster ist
Und dessen Treue jede Furcht vergißt.
Vielleicht war's nur des Mondes Dämmerlicht,
Doch liegt ein Hauch auf seinem Angesicht,
Ein fahler Schein und zeigt, ihm unbewußt,
Die Treue, nicht den Schrecken, seiner Brust.
Lara bemerkt's und drückt die Hand ihm sacht –
Sie bebte nicht in solcher Schreckensnacht.
Sein Mund ist stumm, kaum schlägt sein Herz, es spricht
Sein Aug allein: »Wir beide scheiden nicht!

Dein Häuflein falle, sinke dein Panier –
Abschied vom Leben, aber nie von dir!«

Das Wort ertönt, und rasselnd haun sie ein,
Die dichten Massen in zersprengte Reihn;
Das Roß gehorcht den stahlgeschärften Hacken,
Die Degen blitzen und die Lanzen knacken;
Der Obmacht spottend, zeigt die Schar vereint,
Verzweiflung wider Zahl, die Stirn dem Feind;
Und Blut vermischt sich mit dem Strom im Tal,
Der rot dahinfließt bis zum Morgenstrahl.

15

Befehlend, spornend, helfend in der Not,
Wo Feind zu siegen, Freund zu fallen droht,
Tönt Laras Ruf und saust sein mähend Schwert,
Hoffnung erweckend, die er selbst entbehrt.
Und keiner flieht – denn Flucht war hoffnungslos –;
Wer wankte, rafft sich auf zu neuem Stoß,
Solang sie sehn, daß Laras Blick und Hieb
Des Feindes Tapferste zum Weichen trieb.
Bald rings umschart von Streitern, bald allein
Wirft er den Feind und sammelt seine Reihn,
Schont nie sich selbst – fast bricht der Widerstand.
Nun ist es Zeit! Hoch schwenkt er seine Hand
Und zuckt . . . Was sinkt sein Helmbusch so aufs Roß?
Der Pfeil flog ab – im Fleisch sitzt das Geschoß!
Die Handbewegung ließ die Seite offen,
Nun hat der Tod den stolzen Arm getroffen.
Das Wort des Siegs von seinen Lippen schwand,
Matt sinkt herab die hochgereckte Hand;
Die Rechte noch das Schwert mechanisch hält,
Als schon der andern Hand der Zaum entfällt.
Kaled ergreift ihn rasch. Betäubt vom Stoß,
Vornüberhangend und besinnungslos,
Merkt Lara nicht, wie sein Gefährte sacht
Sein Pferd entführt aus dem Gewühl der Schlacht.
Die Seinen kämpfen fort, im Knäuel dicht,
Und tötend achten sie der Toten nicht.

16

Auf Tod und Sterben tagt das Frühgestirn,
Zerspaltnen Küraß und enthelmte Stirn;
Das Roß liegt ohne Reiter an der Furt,
Im Todeskeuchen sprang sein blut'ger Gurt,
Und nah, noch zuckend von des Lebens Rest,
Liegt Fers und Hand, die Zaum und Sporn gepreßt.
Und mancher ruht so nah am Stromesrand,
Die Flut verhöhnt der durst'gen Lippe Brand.
Der grimme Durst, der noch im letzten Hauch
Des Schlachtentodes brennt wie glühnder Rauch,
Erfleht umsonst mit ausgedörrtem Munde
Ein letztes Tröpfchen für die Sterbestunde.
Den schwachen Rest der Kraft aufraffend, kroch
Der Sterbende zum blut'gen Ufer noch,
Und ob er auch erschöpft zusammensank,
Er kommt zum Fluß – er bückt sich schon zum Trank,
Er fühlt den frischen Hauch – was zögert er?
Was trinkt er nicht? Ihn quält kein Durst jetzt mehr!
Er hat es nicht gelöscht, doch ist's geflohn;
Es war wie Höll, und doch vergaß er's schon.

17

An einer Linde, von dem Feld entfernt,
Das nur durch ihn Schlachtlärmen kennenlernt,
Noch atmend, aber wund zum Tode, liegt
Der Feldherr, dessen Leben rasch versiegt.
Sein Diener einst und nun sein ganz Geleite,
Kniet Kaled neben seiner blut'gen Seite;
Gern mit der Schärpe dämmt' er diese Flut,
Die schwärzer sich mit jedem Krampf entlud,
Die jetzt, indes das Herz schon leiser klopft,
Langsamer, doch nicht minder tödlich tropft.
Schon sprachlos, winkt er nur, daß der Verband
Umsonst ist und die Qual nur schärfer spannt.
Er preßt die Hand, die ihn versucht zu laben,
Und lächelt traurig Dank dem dunklen Knaben,
Der nichts mehr fürchtet, nichts mehr sieht als ihn,

Nichts als dies Auge, das, vom Tod entstellt,
Ihm alles Licht der Welt umschlossen hält.

18

Die Feinde nahn; sie suchten lange schon:
Ihr Sieg ist nichts, wenn Lara wär entflohn.
Sie sehn, daß man ihn nicht entfernen kann,
Und er mit stillem Hochmut schaut sie an.
Das söhnt ihn aus mit seinem Schicksal, daß
Der Tod ihn rettet vor lebend'gem Haß.
Und Otho kommt; er springt von seinem Roß,
Sieht ihn verbluten, der sein Blut vergoß,
Und fragt nach seinem Zustand; aber der
Antwortet nicht, als kenn er ihn nicht mehr.
Er blickt nach Kaled um, und was er spricht,
Sie hören es, doch sie verstehn es nicht.
Die fremde Sprache war's, in der für ihn
Wilde Erinnerung zu leben schien;
Sie sprach von andren Szenen, aber was?
Kaled allein vernahm und wußte das.
Und leis auf ihren Schall antwortet er;
In stummem Staunen stand der Feind umher;
Die zwei, so schien's, vergaßen bis zuletzt
In der Vergangenheit das graus'ge Jetzt,
Als teilten sie für sich geheimnisvoll
Ein Schicksal, das kein Mensch enträtseln soll.

19

Sie flüstern leis und lang; der Feind ermißt
Nur aus dem Tone, was der Inhalt ist.
Nach Stimm und Atem schien nicht halb so fern
Der Tod des Pagen wie der Tod des Herrn;
So dumpf, so bang, so schluchzend hauchte dort
Der kaum bewegte bleiche Mund sein Wort.
Der Ton des Herrn war schwach, doch anfangs klar,
Bis heisrer Tod ihm röchelnd nahe war,
Sein Antlitz aber still und rätselhaft,
Dunkel und ohne Reu und Leidenschaft,
Nur daß sein Aug, als es zu Ende ging,

Am Antlitz jenes Pagen zärtlich hing.
Und einmal, als die Sprache Kaleds schwand,
Wies er gen Osten mit erhobner Hand.
Meint' er den Morgen? – denn gerad empor
Stieg jetzt die Sonn aus ihrem Wolkentor, –
War's Zufall? War's aus ferner Zeit ein Traum,
Daß er den Arm hob? Kaled wußt es kaum.
In seine Hände barg er sein Gesicht,
Als haß er dieses Tages neues Licht;
Er sah hinweg von dieses Morgens Pracht
Auf Laras Stirn, und da ward alles Nacht.
Er lebte noch, doch besser wär er tot;
Denn als ein Feind das heil'ge Kreuz ihm bot
Und ihn den Rosenkranz berühren ließ,
Der wohl der fliehnden Seele Trost verhieß,
Da blickt' er kalt und lächelte sogar,
Verzeih ihm Gott, wenn es verächtlich war.
Und Kaled sprach kein Wort; er wandte nicht
Von Laras Stirn sein jammerndes Gesicht.
Doch finstren Blickes und mit rascher Hand
Stieß er zurück das fromme Unterpfand,
Als störe das den Tod. Man sah's ihm an,
Er wußte nichts von dem, was jetzt begann,
Vom ew'gen Leben, das nur der erwirbt,
Der fest im Glauben an den Heiland stirbt.

20

In Laras Brust der Atem röchelt dumpf;
Das Aug umflort sich, und der Blick wird stumpf;
Die Glieder recken sich; die Stirne fällt
Aufs müde Knie, das noch sich trotzig hält.
Nun drückt er an sein Herz des Pagen Hand –
Es schlägt nicht mehr. Doch Kaled hält umspannt
Die kalte Faust und fühlt und fühlt vergebens
Nach dem verstummten leisen Puls des Lebens:
»Es schlägt!« – »Mit dem ist's aus: hinweg, Phantast!
Dies war einst Lara, was du vor dir hast.«

21

Er schaut, als wär aus diesem morschen Ton
Die stolze Seele noch nicht ganz entflohn;
Sie schütteln wohl aus seinem Starrkrampf ihn,
Doch können nicht sein Aug von hinnen ziehn,
Und als man ihn emporhebt, während fest
Den toten Leib er in die Arme preßt,
Und nun das Haupt, das er am Busen hegt,
Erde zu Erde, auf den Boden schlägt,
Stürzt er sich nicht darauf, rauft nicht erschrocken
Das glänzende Gerank der Rabenlocken,
Nein, ringt zu stehn, zu schaun, doch wankt und fällt,
Fast tot wie dort sein Liebstes auf der Welt.
Sein Liebstes? – Oh, hienieden lebte nie
In Mannes Herzen Liebe, treu wie die!
Nein, diese Ohnmacht bringt mit einem Schlage,
Was längst nur halb Geheimnis war, zutage.
Als man, damit man neu das Leben weckt,
Die Brust entblößt, wird ihr Geschlecht entdeckt.
Und Kaled lebt, und Kaled fühlt nicht Scham –
Was fragt nach Ruf und Sitte solcher Gram?

22

Und Lara schläft nicht, wo die Väter ruhn;
Dort, wo er starb, liegt seine Leiche nun;
Nicht minder tief ist dort sein letzter Schlaf
Ohn Ehrenpomp und Marmorepitaph;
Er wird von einem stillen Gram betrauert,
Der Völkerleid um Fürsten überdauert.
Umsonst ward ihr mit Fragen zugesetzt,
Umsonst mit Drohn – stumm blieb sie bis zuletzt;
Sie sagte nicht, warum und wo für ihn
Sie alles ließ, der wenig freundlich schien.
Weshalb sie ihn geliebt? – O Tor, sei still:
Keimt Lieb im Menschen, weil der Mensch es will?
Ihr mocht er hold sein: strenger Ernst empfindet
Oft tiefer, als das blöde Auge findet,
Und wenn er liebt, so ahnt ihr Tändler nicht,
Wie stark das Herz schlägt, eh die Lippe spricht.

Die Kette, welche Kaleds Hirn und Herz
An Lara band, war aus besondrem Erz,
Ein wild Geheimnis – zwei nur wußten drum,
Und beider Lippen sind nun ewig stumm.

23

Sie legten in die Erd ihn, und man fand,
Der Wunde nah, die ihn zur Ruh gesandt,
Die Brust von mancher Narbenspur geschrammt,
Die nicht aus diesem letzten Kriege stammt.
Man sah, in einem Land voll Kampf und Streit
Verfloß ihm einst des Lebens Sommerzeit,
Ob rühmlich, schuldvoll, hat man nie gewußt;
Nur, irgendwo floß Blut, verriet die Brust.
Und Ezzelin, der mehr zu wissen schien,
Seit jener Nacht nie wieder sah man ihn.

24

In jener Nacht – ein Bauer meldet dies –,
Da hatt ein Knecht, der früh die Streu verließ,
Als Cynthias Licht fast vor der Dämmrung wich
Und halb in Dunst ihr schwindend Horn verblich,
Da hatt ein Knecht, der vor dem Morgenrot
Holz hieb im Wald für seiner Kinder Brot,
Am Fluß, der zwischen Othos Herrngebiet
Und Laras weitem Land die Grenze zieht,
Hufschlag gehört; ein Roß und Reiter brach
Aus dem Gebüsch; auf seinem Sattel lag
Ein Mantel über eine Last gedeckt;
Er hielt das Haupt gebückt, die Stirn versteckt.
Der Knecht erschrak und hielt sich ungesehn;
Halb ahnend, daß hier Böses sei geschehn,
Späht' er, wohin der Fremde sprengen werde;
Der aber ritt zum Fluß und sprang vom Pferde,
Hob jene Last vom Sattel, trug sie fort
Und schleuderte sie von des Ufers Bord.
Dann stand er, schaute, sah sich um und lauschte,
Und folgte dann dem Strom, der weiterrauschte.
Unruhig blickt' er in das Wogenspiel,

Der Fluß verriet, so schien es, noch zu viel.
Dann plötzlich bückt' er sich; am Uferrand
Lag mancher angespülte Stein im Sand.
Von diesen sucht' er sich die schwersten aus
Und schleuderte sie wohlgezielt hinaus.
Der Knecht indes schlich näher im Verstecke,
Um ungesehn zu sehn, was dies bezwecke:
Er sah . . ., wie eine Brust im Wasser schwamm's,
Und etwas blitzte sterngleich auf dem Wams
Doch eh er mehr erkannte, traf das Ding
Ein mächt'ger Steinblock, daß es unterging.
Noch einmal taucht' es auf, undeutlich nur,
Und hinterließ im Strom purpurne Spur,
Und dann versank es tief. Der Reiter blieb,
Bis keinen Strudel mehr das Wasser trieb;
Dann ging er, schwang sich auf sein scharrend Roß
Und spornt' es, daß es wild von hinnen schoß.
Er war maskiert. Des Toten Angesicht
(Wenn's tot war) sah der Knecht vor Schrecken nicht;
Doch trug er wirklich auf der Brust den Stern,
Das Ordenszeichen ritterlicher Herrn,
So weiß man, solchen Schmuck trug Ezzelin,
Die Nacht, nach der ein solcher Tag erschien.
Kam er so um, dann Gott ihm Ruh bescher!
Sein unentdeckter Leichnam treibt ins Meer,
Und Nächstenliebe möchte gerne hoffen,
Es sei nicht Laras Hand, die ihn getroffen.

25

Und Kaled, Lara, Ezzelin – dahin!
Grab ohne Grabstein ist all ihr Gewinn.
Kaled – umsonst war Flehn, Gewalt und List;
Dort blieb sie, wo ihr Herr verblutet ist.
Gram zähmte so ihr einst zu stolzes Herz,
Daß tränenlos und lautlos war ihr Schmerz,
Doch rasend, wollte man sie von dem Ort
Fortreißen; denn sie dacht, er schlafe dort.
Dann blitzt' ihr Aug all die lebend'ge Glut
Der Tigerin, der man geraubt die Brut.
Wenn man sie ruhig ließ, so sprach sie bald

Harmlos mit irgendeiner Luftgestalt,
Wie sie des Grams geschäftig Hirn beschwört
Und glaubt, daß sie sein leises Klagen hört.
So an der Linde saß sie Tag für Tag,
Wo einst sein Haupt in ihrem Schoße lag,
Und alles so, wie sie ihn fallen sah,
Wort, Blick und Händedruck war wieder da.
Sie hatt ihr Haar geschoren, doch verwahrt,
Oft zog sie aus dem Busen es, und zart
Verflocht sie es und drückt' es sanft am Grunde,
Als stille sie das Blut in einer Wunde.
Dann fragte sie und gab Bescheid für ihn, –
Nun sprang sie auf und winkt' ihm, zu entfliehn
Vor irgendeinem bösen Spuk – nun wieder
Saß sie auf einem Lindenstumpfe nieder,
Verbarg ihr Antlitz in der magren Hand,
Schrieb wunderbare Zeichen in den Sand . . .
Lang ging das nicht; sie schläft an seiner Brust,
Treu bis ins Grab – mehr hat man nie gewußt.

DIE BELAGERUNG VON KORINTH

VORBEMERKUNG

»Die große Türkenarmee, welche (im Jahre 1715) unter dem Großwesir sich einen Weg in das Herz von Morea bahnen und Napoli di Romania, den bedeutendsten Platz dieses Landes, belagern sollte, hielt es für das beste, zuerst Korinth anzugreifen, und lief zu wiederholten Malen Sturm wider diese Stadt. Nachdem die Besatzung sehr geschwächt worden war, beschloß der Gouverneur sich zu ergeben, da er es unmöglich fand, sich gegen eine solche Übermacht zu halten; während aber über die Artikel verhandelt wurde, flog im türkischen Lager ein Magazin mit sechshundert Faß Schießpulver durch Zufall auf, wodurch sechs- bis siebenhundert Menschen getötet wurden: welches die Ungläubigen dermaßen erbitterte, daß sie keine Kapitulation gewähren wollten, sondern die Stadt mit solcher Wut erstürmten, daß sie sie nahmen und die meisten von der Besatzung samt Monitti, dem Gouverneur, niedermachten. Die übrigen, unter ihnen Antonio Bembo, der außerordentliche Proveditor, wurden gefangengenommen.«

Eine vollständige Geschichte der Türken, III, 151

Im achtzehnhundertundzehnten Jahr,
Seit Christus für uns gestorben war,
Da warn wir eine muntere Schar,
Durchritten das Land, durchschifften das Meer
Und schwärmten lustig rings umher.
Wir erklommen den Berg, durchschritten den Bach,
Ruh hatten die Pferde nicht einen Tag;
In Höhlen lagen wir oder im Stroh,
Auf härtestem Bett war der Schlummer froh.
Wir legten uns auf Mäntel nieder,
Streckten auf rauhen Planken die Glieder
Oder am Strand auf dem Sattelknopf,
Der als Kissen diente dem schweren Kopf,
Doch frisch erwachten wir am Morgen,
Wort und Gedanke schweiften frei;
Wir waren gesund und hofften aufs neu
Auf Mühn und Plagen, doch keine Sorgen.
Wir waren gekommen aus jedem Land,
Vertraten jeden Glauben und Stand,
Diese Christen, jene Heiden,
Andre waren keins von beiden;
Doch keine fröhlichere Schar
Je in der Welt zu finden war!

Manche sind tot, verschollen die andern,
Andre einsam die Welt durchwandern
Und sind Rebellen in den Bergen,
Die herabschaun auf Epirus' Flächen,
Wo Freiheit noch lebt, um sich zu rächen
An der Unterdrückung Schergen.
Manche ließen fern sich nieder,
Andre sind ruhelos zu Haus,
Doch nie mehr ziehn wir, niemals wieder,
Gemeinsam in die Welt hinaus!
Die rauhen Tage sind hold entflohn,
Die Gegenwart dünkt mich fast wie Hohn!
Gedanken streifen wie Schwalben die Flut,

Der Geist will wieder mit altem Mut
Durch die Luft und über die Erde hin
Als wilder Wandervogel ziehn.
Und tönen laß ich meinen Sang,
Die wenigen, die noch lauschen gern,
Einladend mit dem heitren Klang,
Mich zu begleiten nah und fern.
Komm, Fremdling, folge mir geschwind
Jetzt zu den Zinnen von Korinth!

I

Manch Jahr und manch Jahrhundert schwand,
Und Sturmes Hauch und Krieges Brand
Fuhr an Korinth dahin, und doch
Als Turm der Freiheit steht es noch.
Erdbebenstoß, Orkangebraus
Hielt sein ergrauter Felsen aus,
Burg eines Reichs, das noch im Fall
Stolz blickt auf diesen starken Wall,
Damm jenes Doppelmeers, das wild
Zu beiden Seiten purpurn schwillt
Und schäumt und sich vereinen will,
Doch ihm zu Füßen liegt es still.
Könnt alles Blut, das hier einst floß,
Seitdem Timoleon Blut vergoß,
Seitdem geflohn der Perser Troß,
Der Schlachtenstrom, der hier versank,
Erstehn, wie ihn die Erde trank,
Der Isthmus würd, umsonst gedämmt,
Von diesem Blutmeer überschwemmt.
Und würde das Gebein von allen
Neu aufgetürmt, die hier gefallen,
So stieg' ein Pyramidenbau
Bergähnlicher ins lichte Blau
Als wolkenküssend, turmbezinnt,
Auf seinem Fels Akrokorinth.

2

Vom dämmrigen Kithäron blitzen
Zweimal zehntausend Lanzenspitzen,
Und bis zur Isthmusfläche her,
Von Strand zu Strand, von Meer zu Meer
Ragt Zelt an Zelt, und schimmernd thront
Die Reihn entlang der halbe Mond.
Vorbei an bärt'gen Paschas zieht
Der braunen Spahis Reih und Glied;
So weit das Auge schauen kann,
Rückt ein beturbant Heer heran.
Hier kniet des Mohren Dromedar,
Dort schwenkt sein Schlachtroß der Tatar;
Der Turkoman verließ die Weide,
Die Lenden gürtend mit der Schneide,
Und der Geschütze Donner kracht,
Der selbst die Wellen glatter macht.
Von der Kanone Hauch beschwingt,
Die Todeskugel zischt und springt,
Und von der Wucht des ehrnen Balls
Wirbelt und stiebt der Schutt des Walls.
Jedoch der Wall antwortet auch
Durch Staub der Flur und Himmels Rauch
Mit heißem Feur, das rasch und gut
Bescheid dem Hohn der Heiden tut.

3

Doch einer ist, der überall
Vorankämpft, nah und nächst dem Wall:
Kein Mann verstand im Türkenheer
Die schwarze Kunst des Kriegs wie er.
Stolz, wie nur je auf blut'gem Feld
Ein Kriegsfürst stand, von Sieg geschwellt,
Von Kampf zu Kampf, von Troß zu Troß
Spornt eifrig er sein dampfend Roß,
Wo aus der Stadt der Ausfall bricht
Und schon die nächste Schanz erficht;
Und wo, zu gut bewacht vom Feind,
Die Batterie unnehmbar scheint,

Da sitzt er ab, da weckt sein Scherz
Zu neuem Mut des Kriegers Herz.
Im ganzen Heer des Padischah
So frisch ist keiner, keiner da,
Der so die Leut ins Feuer bringt,
Das Rohr aufpflanzt, die Lanze schwingt,
Den Säbel so im Griffe hat
Wie Alp, Venedigs Renegat.

4

Er war Venedigs Sohn; es galt
Sein edles Haus für rein und alt;
Doch nun, verbannt und flüchtig, kehrte
Das Schwert, das sie ihn führen lehrte,
Er wider sie; das Türkenband
Um die geschorne Stirn sich wand.
Nach manchem Wandel fiel am Ende
Ganz Hellas in Venedigs Hände,
Und nun, am Fuß Korinths, vereint
Mit Hellas und Venedigs Feind,
Stand er, von all der Glut durchwühlt,
Wie sie ein Neubekehrter fühlt,
In dessen heißer Brust noch wild
Groll um erlittne Kränkung schwillt.
Ihm half es nicht, daß seine Stadt
Uralten Ruhm der Freiheit hat;
Denn am Palast des Dogen hatten
Geheime Kläger einst im Schatten
Der Nacht, im »Löwenrachen«, ihn
Noch ungesühnter Schuld geziehn.
Er flüchtete zu rechter Zeit
Und lebte nun, dem Kampf geweiht;
Nun sah die Stadt, wen sie verlor,
Als wider's Kreuz er hoch empor
Den Halbmond hob und Fehd entbot
Zum Kampf um Rache oder Tod.

5

Kumurgi, dessen Untergang
Ums Haupt Eugens den Lorbeer schlang,
Als an Karlowitz' blut'gem Tag,
Der letzte, größte, er erlag,
Und seines Tods nicht achtend, nur
Den Christensiegern Rache schwur –
Kumurgi, wann erlischt dein Glanz,
Letzter Erobrer Griechenlands?
Erst wann dies Land die Christenheit,
Ein neu Venedig, einst befreit!
An hundert Jahre sind es heute,
Seit er der Türken Macht erneute;
Er führte die Osmanen an
Und gab den ersten Heeresbann
An Alp, der solch Vertrauen bald
Durch manch verheerte Stadt vergalt
Und sich durch manche Schreckenstat
Auswies als echter Renegat.

6

Die Mauer wankt, auf Wall und Turm
Ergießt sich heißer Kugelsturm,
Den Batterien dort auf Bastein
Mit nie erschöpftem Grimme spein.
Und donnergleich dröhnt, Knall auf Knall,
Erhitzter Mörser Widerhall,
Und knatternd brennt der Häuser First,
Wo die Granate zündend birst,
Und wenn vor ihrem Lavahauch
Das Dach zerschmettert sinkt in Rauch,
Dann unter Trümmerprasseln loht
Die Flammensäule, kraus und rot,
Und jagt unzähliges Gewimmel
Irdischer Sterne hoch zum Himmel,
Des Wolken heut, zwiefach umflort,
Der Strahl der Sonne nicht durchbohrt;
Dick wölbt sich Qualm um Berg und Tal,
Ein weiter Himmel, schweflig-fahl.

7

Doch war's nicht Rache bloß, weshalb
Mit finstrem Ernst der Flüchtling Alp
Den Türken gab den Unterricht,
Wie kunstgerecht man Breschen bricht.
In jener Burg ein Mädchen saß,
Die sich zur Braut sein Herz erlas;
Noch unter seinem Christennamen
Erkor er sie vor allen Damen;
Doch hatt, als er zu frein gewagt,
Ihr Vater streng sein Ja versagt.
In leichtrem Sinn, in frührer Zeit,
Von Treubruchs Makel unentweiht,
Hatt er in Gondel und Palast
Geglänzt, ein muntrer Faschingsgast,
Der weichre Serenaden sang,
Als je Venedigs Flut entlang
Nachts unter dem Altan erklang.

8

Und mancher wähnt' ihr Herz bezwungen;
Denn viel umworben, nie errungen,
Blieb noch Francescas junge Hand
Frei von der Kirche heil'gem Band.
Und seit Lanciotto auf den Wogen
Der Adria ostwärts war gezogen,
Das Lächeln ihrer Wangen wich,
Ernst ward ihr Antlitz und erblich;
Man sah sie mehr im Beichtstuhl knien
Und Maskenscherz und Bälle fliehn,
Und wenn sie doch beim Fest erschien,
So war's, als ob ihr Auge floh,
Siegreich, doch nicht des Sieges froh.
Gleichgültig sah sie in den Saal,
Schmückt' ihren Reiz mit wen'ger Wahl;
Ihr Ton beim Singen minder hell,
Ihr Schritt zwar leicht, doch minder schnell
Im Kreis der Paare, die der Glanz
Des Morgens frisch noch trifft beim Tanz.

9

Vom Staat geschickt, das Land zu wahren,
Das einst den Händen der Barbaren
Venedigs siegend Heer entriß
Von Patra bis nach Salamis
(Indes an Budas Donauflut
Sobieski bändigt ihre Wut),
Hielt in Korinth Minotti Wacht,
Statthalter für des Dogen Macht.
Als noch der Fried aufs blutgetränkte
Hellas sein Aug erbarmend senkte,
Als trügerische Ruhe noch
Freiheit versprach vom Türkenjoch,
War auch Minottis Tochter da,
Und nie, seit Spartas Helena
Ihr Land und ihren Herrn verließ
Und sünd'ger Liebe Fluch bewies,
War eine Frau in diesen Reichen
Der schönen Fremden zu vergleichen.

10

Die Bresche klafft, die Mauer bricht,
Und morgen mit dem frühsten Licht
Steigt dort die Trümmerbahn hinan
Der Sturmkolonne Vordermann.
Schon formt sich die erlesne Schar
Der Kühnsten, Moslem und Tatar,
»Verlorne Hoffnung« falsch benannt,
Sie, deren Hoffnung nie erlahmt,
Sie, die den ersten Angriff macht
Und über Todesschrecken lacht
Und ihren Weg mit Säbeln stürmt,
Mit Leichen ihre Treppe türmt –
Wer lebt, ringt sich empor ans Ziel,
Und Staffel wird, wer niederfiel.

11

Nacht ist es; überm Berge thront
Hoch, kalt und hell der runde Mond.

Blau rollt die See, blau drüber her
Der Himmel als ein zweites Meer,
Voll lichter Inseln, die im Dunkeln
So geisterhaft und seltsam funkeln:
Wer blickte je von ihrem Licht
Zurück zur Erd und seufzte nicht,
Daß er nicht Flügel hab und ganz
Aufgeh in ihrem ew'gen Glanz?
Die Welle lag im Mondesduft
Klar, still, azuren wie die Luft;
Ihr Schaum bewegte kaum die Kiesel,
Ihr Rauschen klang wie Quellgeriesel.
Die Winde schliefen auf den Fluten;
Die Fahnen schlaff am Stocke ruhten,
Und wo sie hingen, über ihnen
Die trotz'gen halben Monde schienen.
Und überall war Schweigen tief,
Nur wenn die Wach die Losung rief,
Nur wenn ein Pferd aufschauernd schnob
Und Echo sich am Berg erhob.
Und dumpf Gesumm durchs weite Heer
Rauschte wie Wald von Meer zu Meer,
Als der Muezzin Abendchor
Zur Andacht mahnend stieg empor
Und übers Feld, wie ein Gesang
Verstoßner Seelen, traurig klang,
Voll Wohllaut, so schwermütig hold,
Wie Windeshauch auf Harfengold,
Ein Ton, der lang ausatmend bebt,
Den Menschenkunst umsonst erstrebt.
Den Leuten innerhalb des Walls
Klang's wie Weissagung ihres Falls,
Und selbst dem Ohr der Türken scholl es
Wie etwas Finstres, Ahnungsvolles;
Ein Grausen, unbestimmt und fremd,
Das unsern Herzschlag plötzlich hemmt
Und dann (vor Scham, weil wir gebebt)
Zu schnellren Pulsen ihn belebt –
Wie wenn die Glocken plötzlich gehn
Zum Grabgeläut, gleichviel um wen.

12

Das Zelt von Alp stand auf dem Strand;
Das Murmeln der Gebete schwand;
Die Wachen machen schon die Runde,
Und alles ruht in dieser Stunde.
Noch eine Nacht, die bang verstreicht!
Der Morgen bietet ihm vielleicht
Als Lohn der Schmerzen alles an,
Was Lieb und Rache zahlen kann.
Die Zeit verrinnt, und Schlaf tut not,
Wenn blut'ger Kampf am Morgen droht,
Aber in seiner Seele schwanken
Wie wilde Wasser die Gedanken.
Er stand in diesem Heer allein!
Nicht war des Schwärmers Ehrgeiz sein,
Der, wenn der Halbmond triumphiert,
Mit seinem Leben nichts verliert,
Weil ihn im Paradies noch heut
Der Huris ew'ge Huld erfreut;
Nicht sein des Patrioten Glut,
Der stolze, ernst erhabne Mut,
Den Tod nicht schreckt, Mühsal nie bricht,
Wenn er auf heim'scher Erde ficht.
Er stand allein, ein Renegat,
Verräter an dem eignen Staat;
Er stand allein in diesem Schwarm
Ohn eines Freundes Herz und Arm.
Sie folgten ihm, denn er war brav
Und beutereich sein letzter Sklav;
Sie krochen vor ihm, vor der Kraft,
Die Völker zähmt und hält in Haft;
Was half's? Der Franke ward gehaßt;
Sein christlich Blut war Sünde fast;
Scheel sahn sie selbst zu jedem Sieg,
Durch den sein Moslem-Name stieg,
Weil er, ihr Held jetzt, manches Jahr
Ein bittrer Nazarener war!
Sie wußten nicht, wie Stolz sich schmiegt,
Wenn Hoffnung welk am Boden liegt;
Sie wußten nicht, wie Haß verzehrt,

Wann Sanftmut sich in Groll verkehrt;
Nichts von dem Eifer, falsch und schlimm,
Des Manns, der sich belehrt aus Grimm.
Er führte sie – die Schlimmsten führt,
Wer stets mit starker Hand regiert.
So führt der Leu die Schakalmeute:
Sie jagen, er erschlägt die Beute;
Dann kläffend drängt der Schwarm zuhauf
Und frißt des Sieges Abhub auf.

13

Die Schläfe fiebert, wildbewegt
Sein Puls in raschren Takten schlägt.
Vergebens wälzt er seine Glieder,
Um Schlummer buhlend, hin und wider;
Und ist er einmal eingenickt,
Bald fährt er auf, sein Herz erschrickt;
Heiß drückt die Stirn des Turbans Schal,
Bleischwer die Brust des Panzers Stahl,
Und oft hielt doch trotz solcher Last
Der Schlaf auf seinen Wimpern Rast,
Auch wo sein Pfühl ein wildres Feld,
Ein rauhrer Himmel war sein Zelt,
Als hier ein kriegrisch Bett gewährt,
Als hier sich in den Höhn verklärt.
Er kann nicht ruhn, nicht warten mag
Im Zelt er auf den jungen Tag.
Er wandert auf und ab am Strand,
Wo tausend Schläfer ruhn im Sand.
Was wiegt sie ein? Der letzte Sklav,
Weshalb genießt er tiefren Schlaf?
Er sah nur Schreck und Not vom Krieg,
Und sorglos träumt er doch von Sieg,
Indes – wo Tausenden die Nacht
Schlaf, letzten Schlaf vielleicht gebracht –
Alp einsam irrt und wachend leidet
Und alle, die er sieht, beneidet.

14

Sein Herz wird leichter, als er fühlt,
Wie ihn die frische Nachtluft kühlt;
Kühl ist des Himmels ruhig Blau
Und netzt die Stirn mit duft'gem Tau.
Das Lager hinten, vor ihm liegt,
In Bucht und Krümmung hingeschmiegt,
Lepantos Golf und hell wie je
Auf Delphis Höh regloser Schnee,
Ewig und hoch – dasselbe Glänzen,
Das schon geleuchtet tausend Lenzen,
Weit über Golf und Berg und Land,
Und nie wie Menschenwerk verschwand.
Tyrann und Sklave sind zerstoben,
Aus härtrem Stoff als Schnee gewoben;
Der weiße Flor, so dünn und zart,
Den ihr auf hohem Berg gewahrt,
Da Burg und Baum zerbricht und birst,
Strahlt noch auf seinem Felsenfirst,
Hoch wie ein Firn, wie Wolken weit,
Weiß wie ein wallend Leichenkleid!
Die Freiheit hinterließ es so,
Als sie aus ihrer Heimat floh
Und zögernd weilte, wo so lang
Ihr Sehergeist im Lied erklang.
Ach, manchmal wankt sie gramentstellt
Durch Tempelschutt und ödes Feld,
Ob nicht die Spur vergangner Pracht
Zu neuer Glut ihr Volk entfacht?
Sie mahnt umsonst – bis einst ein Tag
Die Ruhmessonn erneuern mag,
Die einst den Perser sah verderben
Und den Spartaner lächelnd sterben.

15

Nicht fühllos für so hehre Zeit
War Alp, trotz Schuld und Bitterkeit,
Und wie er so am Meere wachte
Und an das Jetzt und Ehmals dachte,

An all den Ruhm, den sie erwarben,
Die hier im heil'gen Kampfe starben,
Da fühlt' er recht, wie fahl und blind
Die Ehren, die ihm winken, sind.
Er schwingt den Säbel, ruft zum Morde,
Meineidig in der Türkenhorde;
Er führt zu frevelhaftem Streit,
Der selbst den Sieg zum Fluch entweiht!
Nicht so die Helden, die er da
In ihren Gräbern schlafen sah,
Als ihre Phalanx erzumstarrt
Zum Bollwerk dieser Fluren ward!
Sie fielen – und sie leben doch,
Der Wind seufzt ihre Namen noch,
Die Wasser rauschen ihr Vermächtnis,
Im Waldeswehn lebt ihr Gedächtnis,
Der stumme graue Säulenstein
Schirmt stolz ihr heiliges Gebein;
Ihr Geist umwölkt der Berge Blau,
Ihr Leben sprüht im Quellentau,
Der mächt'ge Strom, der kleinste Bach
Hallt ihren Ruhm auf ewig nach;
Dies Land, obwohl erdrückt vom Joch,
Gehört der Ehr und ihnen noch!
Noch ist's ein Schlachthof für die Welt,
Und wer zu edlem Kampf sich stellt,
Der weist auf Hellas, eh sein Schritt
Auf des Tyrannen Stirne tritt;
Er blickt auf Hellas hin und fliegt
Zu sterben, wo die Freiheit siegt.

16

Und Alp am Ufer schweigend steht
Und atmet die Frische, die kühl ihn umweht;
Nie sinkt die Ebb in diesem Meer,
Wandellos ewiglich rauscht es einher,
Und die wildeste Woge, der zornigste Schaum
Netzt rutenweit die Landmark kaum.
Und der Mond blickt machtlos herab auf die See.
Sie fragt nicht, ob er komm und geh;

Hoch oder still, Meer oder Bucht,
Sie untersteht nicht seiner Zucht;
Aufsteigt der Fels, wo die Brandung sich bricht,
Mit nacktem Gestein, doch sie höhlt ihn nicht,
Und man sieht noch den Saum, den ihre Wogen
Dort unten vor vielen Jahrhunderten zogen.

Dem Ufer folgend, schritt er vor,
Auf Schußweite nähert' er sich dem Tor
Der belagerten Stadt; doch er ward nicht gesehn,
Wie könnt er wohl sonst der Kugel entgehn?
Gab's auch Verräter im Christenheer?
Ward kalt ihr Herz und ihr Arm zu schwer?
Ich weiß nicht, aber von jener Bastei
Blitzte kein Pulver und pfiff kein Blei,
Obwohl er sich dicht an die Brustwehr gewagt,
Die seewärts neben dem Stadttor ragt,
Obwohl er beinah, wie er näher kam,
Der Schildwach schläfrige Worte vernahm,
Als auf und ab im bedeckten Gang
Ihr gemessener Schritt auf den Steinen klang.
Und er sah am Fuß des Festungsbaus
Die magren Hunde beim Leichenschmaus,
Schlingend und knurrend bei Knochen und Aas,
Ihn anzubellen zu eifrig beim Fraß.
Sie streiften das Fleisch von dem Schädel so leicht,
Wie die Feige man schält, eh der Saft ihr entweicht.
Weiß blinkt der Schädel, doch weißer fletscht
Ihr knackender Zahn, der die Knochen zerquetscht,
Bis träg sie zernagt und zerbröckelt den Rest
Und kaum mehr aufstehn konnten vom Fest.
So reich war das Mahl, das nach Hunger und Not
Heut nacht die Schar der Gefallenen bot.
Alp sah an den Turbanen rings auf dem Sande,
Hier lagen die Besten der eigenen Bande;
Scharlach und grün war der Schal um den Kopf,
In der Mitte des Scheitels ein einziger Zopf,
Sonst glatt geschoren jeder Schopf.
Nun packte den Schädel, die Haare zerriß
Des wilden Hundes gierig Gebiß.
Dicht aber am Strand saß neben dem Golf

Ein Geier und schlug mit den Flügeln den Wolf,
Der vom Hochland kam und, verscheucht von der Meute,
Beiseite sich hielt von der menschlichen Beute;
Doch hatt er sein Teil von dem Pferde gepackt,
Das im Meersand lag, von den Vögeln zerhackt.

17

Alp wandte sich ab von dem widrigen Graus;
Nie bebte sein Herz in des Kampfes Gebraus,
Doch leichter die Sterbenden mocht er betrachten,
Tief liegend im dampfenden Blute der Schlachten,
Wenn sie brennen vor Durst und vergebens sich winden,
Als die modernden Leichen, die nichts mehr empfinden.
Es durchzuckt uns wie Stolz, wenn der Kampf uns um- [droht,
In welcher Gestalt auch laure der Tod;
Da erzählt der Ruhm, wer geblutet hat,
Da blicket die Ehr auf die tapfere Tat!
Doch wenn alles vorbei ist, betritt man beklemmt
Das Gefilde der Toten, von Blut überschwemmt,
Wenn die Würmer der Erde, des Waldes Getier
Und die Vögel der Luft sich sammeln voll Gier:
Der Mensch ist Beute für sie alle,
Sie jauchzen all ob seinem Falle.

18

Es steht ein verfallner Tempel im Land,
Geformt von längst vergeßner Hand,
Noch zwei, drei Säulen, von Quadern umringt,
Granit und Marmor, die Efeu umschlingt.
Pfui, Zeit! Sie stürzt unwandelbar
Alles, was ist, und alles, was war,
Und schont von der Vorzeit eben genug,
Daß die Nachwelt trauern mag mit Fug
Um alles, was geschah und geschieht:
Der Sohn wird es sehn, wie der Vater es sieht –
Trümmer, vom Strome der Zeiten ersäuft,
Schutt, von verwesten Geschlechtern gehäuft.

19

Alp setzt sich auf des Pfeilers Rand
Wie einer, der, in Gram versenkt,
Sich niedersetzt und einsam denkt;
Sein Haupt auf seine Brust gebückt,
Fiebernd, glühend und bedrückt.
Und auf der Stirn, so heiß und schwer,
Gehn seine Finger hin und her,
Wie eure wohl in flücht'gem Hasten
Auf den elfenbeinernen Tasten
Hingleiten, eh sich eure Hand
Zum streng gemeßnen Anschlag spannt.
So sitzt er da, beklemmt, und lauscht
Dem Nachtwind, wie er seufzend rauscht.
Kam es vom Wind in dem hohlen Gestein,
Dies zärtliche Wimmern, melodisch und fein?
Er hob die Stirn und sah das Meer
So glatt, als ob's ein Spiegel wär,
Er schaut in das Gras – kein Halm sich bewegt –
Wer hat den süßen Ton erregt?
Er sah nach den Bannern, doch jedes Panier
War still wie das Laub in Kithärons Revier;
Kein Lüftchen hauchte die Flur entlang –
Was bedeutet der wundersame Klang?
Er wandte sich links – da – träumt' er nicht? –
Da saß ein Mädchen, strahlend und licht.

20

Er schrak empor, furchtsamer schier,
Als wär ein Feind genaht mit ihr:
»Gott meiner Väter, was ist hier?
Wer bist du? Und wie kommst du her,
So nahe einem Feindesheer?«
Die Hände zittern und versagen,
Das Kreuz, das er verschwor, zu schlagen;
Er schlüg es gern, doch von ihm rafft
Sein bös Gewissen alle Kraft.
Er stiert, er schaut, er kennt bereits
Der Züge Huld, der Formen Reiz:

Francesca war an seiner Seite,
Sie selbst, um die er fruchtlos freite!

Noch blühen rosig ihre Wangen,
Nur daß in zartrem Duft sie prangen;
Das Spiel der weichen Lippen fehlt,
Das lächelnd sonst ihr Rot beseelt;
Das dunkle Meer scheint fahl und grau
Vor ihres Auges tiefem Blau,
Doch wie das Meer, das kaum noch wallt,
Steht still dies Auge, hell, doch kalt.
Ein dünn Gewand die Glieder deckte,
Und nichts des Busens Glanz versteckte.
Durch das Haar, das lang und los
Niederfloß auf ihren Schoß,
Schien der Arm schneeweiß und bloß.
Und eh sie noch ein Wort verlor,
Hob einmal sie die Hand empor;
Die war so dünn, durchsichtig fein,
Man sah hindurch den Mondenschein.

21

»Zu ihm, den ich liebe, trieb's mich zu fliehn,
Zum Troste für mich und zum Segen für ihn!
Ich schritt durch Wachen und Tor und Bastei,
Trotz Feinden und allen, sicher und frei.
Sie sagen, der Löwe flieht und verzagt
Vor dem Jungfraunstolz der reinen Magd,
Und die allerbarmende himmlische Macht,
Die ein Kind vor dem König der Wälder bewacht,
Sie hat auch meine verwegene Fahrt,
Vor der Faust der belagernden Heiden bewahrt.
Ich komm – und kam ich vergebens hierher,
Sehn wir uns nimmer, nimmermehr.
Furchtbare Tat hast du gewagt,
Dem Gott der Väter abgesagt,
Doch wirf den Turban ins Gestein
Und schlag das Kreuz, und du bist mein!
Das schwarze Gift preß aus der Brust,
So eint uns der Morgen zu ewiger Lust!«

»Wo schlagen wir denn unser Brautlager auf?
Wo Tote und Sterbende liegen zuhauf?
Denn morgen werden von Feuer und Schwert
Die Söhn und die Tempel der Christen verzehrt,
Und niemand – ich schwor es den Meinigen zu –
Bleibt leben, nur die Deinen und du.
Dich aber entführ ich zum holden Versteck,
Wo die Lieb uns eint und vergeht der Schreck;
Dort sollst du mein Weib sein, wenn besiegt
Der Stolz Venedigs vor mir liegt;
Wenn ihr verhaßtes Geschlecht erkannt,
Wie die Geißel in dieser verachteten Hand
Mit Skorpionen die Feinde zerfleischt,
Die aus Bosheit und Neid mein Leben geheischt.«

Sie legte ihre Hand auf seine;
Ihm zuckt' es durch das Mark der Gebeine,
Und über ihn ein Grausen kam,
Als wären die Glieder starr und lahm.
Schwach war die tödlich kalte Hand,
Doch fühlt' er hilflos sich umspannt;
Nie aber lähmte so teurer Zwang
Mit solchem Entsetzen des Pulses Gang.
Wie die dünnen Finger, schmal und weiß,
Sein Blut verwandelten in Eis.
Von der Stirn wich des Fiebers rötlicher Schein,
Und sein Herz war reglos wie von Stein,
Als jetzt dies Antlitz vor ihm stand,
So tief verwandelt, das er gekannt,
Hold, aber matt, ohn einen Strahl
Des Geistes, von welchem dazumal
All ihre Züge gesprüht und gelacht,
Wie funkelnde Wellen in sonniger Pracht;
Die starren Lippen, still wie die Gruft,
Die Worte ohne atmende Luft;
Kein Wogen den schwellenden Busen hebt,
Kein Pulsschlag in den Adern lebt.
Zwar glänzt' ihr Aug, doch reglos war
Die Wimper und wild und unwandelbar;
Und der Blick in dem Auge so seltsam traf,
Wie das Auge des Träumers im wandelnden Schlaf,

Wie ein finstres Gesicht, in Tapeten gewebt,
Wenn's unter dem Hauch der Herbstluft bebt
Bei der sterbenden Lampe Flackerlicht,
So ähnlich dem Leben, und lebt doch nicht,
Als wollt es durch die Dämmrung eben
Von schattiger Wand herniederschweben,
Unheimlich hin und her geweht,
Wie der Wind in dem Teppich kommt und geht.

»Wenn nicht um meinen Wunsch zu stillen,
Oh, dann um deiner Seele willen,
Noch einmal hör! Den Turban reiß
Von deinem sünd'gen Haupt, verheiß,
Die Kinder deines Volks zu schonen,
Oder Verderben wird dir lohnen!
Verloren wäre dann für dich
– Nicht Erdenglück, das längst entwich –,
Nein, alle Ewigkeit und ich!
Wenn du gehorchst – ob noch so hart
Das Schicksal ist, das deiner harrt,
Dies Schicksal sühnt halb deine Schuld
Und öffnet dir das Tor der Huld.
Doch zauberst du, dann wird dich fassen
Die Rache des, den du verlassen:
Dann schau gen Himmel, daß du siehst,
Wie Gnad ihr Tor für dich verschließt!
Den Mond umgibt ein Wölkchen hell,
Es zieht vorbei und segelt schnell;
Sobald sein Schleier, dunstgewebt,
Am schatt'gen Ball vorbeigeschwebt,
Dann, wenn dein Trotz dann nicht gebrochen,
Sind Gott und Welt an dir gerochen!
Und düster wird dein Los auf Erden,
Doch düstrer noch das Jenseits werden!«

Alp sah gen Himmel und erkannte
Am Mond das Zeichen, das sie nannte;
Doch sein Herz blieb hart, und nicht zerschmolz
Sein tiefer, schrankenloser Stolz.
Stolz war der eine falsche Hang,
Der alles wie ein Strom verschlang:

Er sollt um Gnade flehn und fliehn
Vor eines Mädchens Phantasien?!
Er, von Venedig tief verletzt,
Sollt ihre Söhne retten jetzt?!
Nein, ob die Wolke von Donnern strotzt,
Um ihn zu zermalmen – er steht und trotzt!

Er blickte scharf zur Wolk empor,
Und nicht ein Wort sein Mund verlor;
Er sah sie ziehn, vorüberziehn –
Der Mond ihm hell ins Auge schien.
Und also sprach er: »Was auch sei,
Ich bin kein Spielball – es ist vorbei.
Das Rohr im Sturm beugt sich und zittert
Und hebt sich neu, der Baum zersplittert.
Venedig will's – so steh ich hier,
Sein Feind in allem außer dir;
Doch du bist sicher: flieh mit mir!«
Er wendet sich zu ihr – er ist allein;
Zerschmolz sie in Lüften? versank sie im Sand?
Er wußte nicht, wie sie verschwand.

22

Die Nacht entweicht, die Sonne glänzt,
Als wär es ein Morgen, festlich bekränzt;
Kosig und rosig vom grauen Pfühl
Erhebt sich die Frühe, duftig und kühl,
Aber der Tag, der folgt, wird schwül.
Horch! Trompeten und Trommelklang,
Und barbarische Hörner, traurig und bang,
Und die Banner rauschen die Reihen entlang!
Und Pferdewiehern und das summende Heer
Und Geklirr und Geschrei: »Da kommen sie her!«
Den Roßschweif vom Boden, vom Gurte den Stahl
Reißen die Krieger – wo bleibt das Signal?
Tatar und Spahi und Turkoman,
Die Zelte herunter und reitet voran!
Schwingt euch, spornet, fliegt wie Wind,
Daß kein Flüchtling uns entrinnt,
Wenn der Feind aus der Stadt bricht, schont sie nicht,

Nicht alt noch jung, kein Christengesicht,
Und das Fußvolk färbe in feurigem Schwall
Blutrot jede Bresche im Wall! –
Schon knirschen die Rosse, zum Kampfe gezäumt,
Flatternd die Mähnen, die Nacken gebäumt
Vom zerkauten Gebiß fliegt Geifer umher,
Und die Lunte brennt, und es ragt der Speer;
Die Kanon ist gerichtet, mit letzten Gekrach
Den Wall zu zerschmettern, den längst sie zerbrach;
Janitscharen voran, in rasselndem Takt!
Alp führt sie selbst, und sein Arm ist nackt,
Nackt wie das Schwert, das die Rechte gepackt.
Dort führt der Khan und die Paschas hier,
Und allen befiehlt er selbst, der Wesir.
Wenn der Lärmschuß tönt, der Sturm beginnt,
dann bleibe nichts Lebendes in Korinth,
Kein Pfaff am Altar, kein Herr in der Halle,
Kein Herd im Hause, kein Stein auf dem Walle!
Gott und der Prophet! Ein »Allah Hu«
Brause gewaltig dem Himmel zu!
»Die Bresch ist gebahnt und die Leiter bereit,
Und am Säbel die Faust, und der Weg ist nicht weit:
Wer das scharlachne Kreuz dort reißt vom Gestein,
Was sein Herz nur begehrt – er sprech, es ist sein!«
So sprach der Wesir Kumurgi zum Heer,
Und als Antwort rasseln Säbel und Speer
Und Tausende jauchzen wie ein Mann:
Still! – horcht! – das Signal! – voran!

23

Wie die Wölfe in blinder Gier
Auf den mächtigen Büffelstier,
Ob mit feurigem Aug und mit brüllendem Zorn,
Mit stampfendem Huf und bohrendem Horn
Er den Boden zerwühlt und die vordersten weit
In die Luft aufschleudert im tödlichen Streit,
Also stürmt das Heer zum Wall,
So zerstiebt der erste Prall.
Erzgeschient, doch morsch wie Glas,
Decket manche Brust das Gras,

Von der Kugel zerfleischt, die den Boden fegt,
Und des Stürmers Fuß liegt unbewegt.
Und was da fiel, in Reihen lag's,
Wie Schwaden des Schnitters am Ende des Tags,
Wenn die Arbeit ruht auf geschorenem Feld,
So lagen die ersten, vom Tode gefällt.

24

Wie die Springflut brausend und dumpf
Aus der Klippe zerbröckeltem Rumpf
Felsblöcke schlägt, bis, völlig zerschellt,
Weiß und donnernd er niederfällt;
Wie Lawinenschnee in der Nacht
In die Alpentäler kracht –
So, endlich erschöpft und todesmatt,
Erlagen die Söhne der alten Stadt
Dem stets erneuten Angriff und Drängen
Der endlos erscheinenden Türkenmengen.
Fest standen die Christen und fielen in Reihn,
Von den Feinden gemäht, auf Wall und Bastein,
Fuß an Fuß und Hand an Hand,
Stumm nur der Tod – so hielten sie stand.
Hieb und Stoß und Blitz und Dampf,
Schrei um Gnade, Aufruf zum Kampf
Mischen sich in das Gekrach der Kartaunen,
Daß ferne Städte horchen und staunen,
Ob wohl die widerhallende Schlacht
Feind oder Freund den Sieg gebracht,
Ob sie sich freun, ob trauern sollen
Über des Donners schrecklichem Rollen,
Das die Hügel durchbohrt allüberall
Mit nie gehörtem grausigem Hall.
Man hört' es an dem Tage bis
Nach Megara und Salamis
Und, wie von Zeugen ich erfuhr,
Selbst auf Piräus' Küstenflur.

25

Von der Spitze zum Heft, in des Kampfes Wut,
War Degen und Säbel vergoldet von Blut;
Doch der Stürmer gewinnt, und das Plündern beginnt,
Das blutige Nachspiel der Schlacht in Korinth.
Todeskreischen, Angstschrei schallen
Aus entweihten Kirchenhallen:
Hört ihr die Schritte der fliehenden Massen,
Plätschernd im Blute der schlüpfrigen Gassen?
Doch hie und da, wo noch ein Stand
Zum letzten Kampf sich günstig fand,
Verzweifelte Gruppen sich sammeln und stehn
Und bieten die Stirn, zwölf oder zehn,
Die Rücken dicht am Mauerwall,
Zu trotz'ger Wehr und kämpfendem Fall.
Da stand ein Greis mit weißem Haar,
Doch stark der Arm des Alten war;
So mächtig seines Schwertes Schlag,
Daß um ihn her an diesem Tag
Ein halber Kreis von Toten lag.
Noch steht er unversehrt und ficht,
Rückweichend, doch umzingelt nicht.
Gar manche Narb aus frührem Streit
Verhüllt sein blankes Panzerkleid,
Die Wunden mancher alten Fehde –
Er trägt sie vorne, all und jede.
So eisern sein Leib, daß Jünglinge selten
Als seinesgleichen mochten gelten,
Und der Gegner sind mehr, die er einzeln besteht,
Als das spärliche Haar, das ihn silbern umweht.
Rechts mäht und links sein Schwert den Feind,
Und manche türkische Mutter beweint
Die Söhne, die ungeboren waren,
Als er, ein Knabe von zwanzig Jahren,
In Moslemblut zum erstenmal
Eintauchte seines Degens Stahl.
Er könnte Vater sein von allen,
Die heut von seinem Schwerte fallen.
Ihm war vor vielen Jahren schon
Im Kampf geraubt der einzige Sohn,

Und seit im Sund am blut'gen Tag
Dem Feindesschwert sein Kind erlag,
Erschlug des Vaters Eisenhand
Hekatomben zu See und Land.
Wenn Blut die Schatten sühnt, dann floh
Zum Styx Patroklos minder froh,
Als er, der Sohn Minottis, ruht
An Asiens und Europas Flut.
Da lag er begraben, wo Tausend' vorher
Seit tausend Jahren verscharrt sind am Meer:
Was blieb von ihnen, um anzusagen,
Wo sie liegen und wer sie erschlagen?
Kein Stein und Gebein, wo das Grab sie gebettet –
Doch sie leben im Lied, das unsterblich errettet.

26

Horch, Allahruf! Vom Türkenheer
Die Besten und Tapfersten ziehen daher;
Des Führers nerv'ger Arm ist bloß,
Um schneller zu führen den tödlichen Stoß;
Nackt bis zur Schulter, so winkt er zum Kampf,
So sieht man ihn stets im Pulverdampf.
Ein andrer mag mit buntrer Zier
Locken des Feindes Beutegier,
Ein Schwertheft führen von größerem Wert,
Doch keiner ein röter vergoldetes Schwert.
Nicht am Turbanschmuck, Alp ist im Schwarm
Kenntlich am weißen, nackten Arm,
Und sucht ihr ihn, blickt hin, wo der Mord
Am schrecklichsten tobt in der Schlacht – er ist dort!
Auf jenem Feld kein Banner weht,
Das so voran den Kriegern geht,
Und keiner Fahne folgt der Kern
Der Delhis halb so weit und gern.
Er glänzt dahin wie ein fallender Stern!
Wo dieser mächt'ge Arm ist, da
Sind auch die besten Krieger nah;
Vergebens fleht der Feige, Schwache
Um Gnade vor des Tatars Rache;
Da liegt der Tapfre stolz und schweigend,

Lautlos sein Haupt zum Sterben neigend,
Oder zum letzten Hiebe rafft
Zusammen er die schwache Kraft,
Und Feinde, beide todeswund,
Würgen einander auf blut'gem Grund.

27

Der Alte hielt Alps Siegeslauf
In trotz'gem Kampf ein Weilchen auf.
»Ergib dich, Minotti, nimm Quartier,
Zuliebe deiner Tochter und dir!«

»Nimmer, Kreuzesschänder, nimmer,
Und schenktest du mir das Leben für immer!«

»Francesca . . . mir zur Braut erkoren . . .
Sie ist durch deinen Stolz verloren!«

»Sie ist gerettet!« – »Wo?« – »Dort oben!
Fruchtlos ist dein heidnisch Toben;
Sie ist erlöst und fern von dir.«
Grimmig lacht' Minotti hier,
Als er sah, wie Alp dem Schlag
Dieses Wortes betäubt erlag.

»O Gott! wann starb sie?« – »Gestern nacht.
Mich hat's zum Weinen nicht gebracht.
Aus meinem reinen Stamm sei keiner
Der Sklave Mohammeds und deiner.
Komm her!« – Doch ungehört entbot
Er ihn zum Kampf – denn Alp war tot!
Während der Greis mehr Rache dort
Übte durch sein bittres Wort,
Als sein Stahl jemals vermöchte,
Wenn er noch so siegreich föchte,
Hatt aus dem gewölbten Tor
Unter nahem Kirchenchor,
Wo ein Häuflein trotz'ger Leute
Den verlornen Kampf erneute,
Der scharfe Schuß ihn zu Boden gestreckt.

Eh noch ein Auge die Wund entdeckt,
Die den Verräter traf ins Hirn,
Sank er um und fiel auf die Stirn.
Sein Auge blitzte wie Feuer rot,
Dann stürzt' er nieder und war tot.
Und ewige Finsternis schwer und dumpf
Senkte sich über den zuckenden Rumpf;
Kein Leben blieb – nur durch die Glieder
Fuhr leis ein zitternd Frösteln nieder.
Sie wandten empor ihn: Brust und Haupt
War rot von Blut, von Sand bestaubt,
Und langsam durch die Lippen tropfte
Das Blut des Herzens, das nicht mehr klopfte.
Der Schlag der Pulse war vorbei,
Die Lippen ohne Todesschrei;
Kein Hauch, kein Wort, kein Röcheln gab
Geleit ihm auf dem Weg ins Grab.
Noch eh er denken konnt ans Beten,
War schon der Tod herangetreten –
Ohne Trost und Gnadenspende,
Renegat bis an sein Ende.

28

Wildes Heulen, grauenvoll,
Seiner Freund und Feind erscholl,
Jubel hier und drüben Groll.
Dann von neuem Kampfgewirr,
Speeresbohren, Schwertgeklirr,
Hieb und Stoß von grimmer Hand,
Krieger schmetternd in den Sand.
Immer noch Minotti stritt,
Gaß um Gasse, Schritt um Schritt,
Für das letzte Fleckchen Land,
Das in seiner Obhut stand –
Bei ihm, helfend, treu und fest,
Seines Häufleins tapfrer Rest.
Jene Kirche ist sein Ziel,
Wo der Schuß des Rächers fiel,
Der Korinths Verderben halb
Hat gesühnt am grimmen Alp.

Dorthin die Schar zurück jetzt wich,
Mit einer Blutspur hinter sich,
Dem Feind die Stirne zugekehrt
Und Wunden schlagend mit dem Schwert;
So kam zuletzt auf ihrer Bahn
Sie bei den Freunden sicher an,
Um im Schutz der Kirche nun
Sich ein wenig auszuruhn.

29

Nur kurze Ruh! Der Feind von vorn,
Mit stärkrer Macht und heißrem Zorn,
Drängt nach so dicht, daß eingeklemmt
Er sich den eignen Rückzug hemmt.
Schmal zu dem Platz die Gasse war,
Wo Trotz noch bot die Christenschar,
Und hätten die vordersten auch gebebt,
Sie hätten zu fliehn umsonst gestrebt
Durch die dichte Menge vor sichrem Verderben;
Sie mußten töten oder sterben.
Sie starben, doch eh noch ihr Atem schwand,
Auf ihren Leibern der Rächer stand;
Frisch und wütend ergänzen sich wieder,
Geschlachtet, doch nie gelichtet, die Glieder.
Und schwach und matt die Christen sind
Vom Kampf, der immer neu beginnt,
Und schon gewann der Feind das Tor –
Noch hält die Wucht des Eisens vor,
Noch heiß und scharf gerichtet knallt
Der Schützen Feur aus jedem Spalt;
Aus jedem zerschoßnen Fenster im Turm
Hagelt hernieder der schweflige Sturm;
Doch schwächer wird das Tor und zittert,
Die Angel kracht, das Eisen splittert,
Es weicht – es stürzt – und alles ist aus!
Korinth ist verloren, beendet der Strauß.

30

Finster, grimmig, ganz allein
Stand noch Minotti am Altarschrein,
Und über ihm, wie Himmelsschein,
Strahlte der Jungfrau Angesicht
Mit dem Blick voll Liebe, dem Auge voll Licht.
Dort hing ihr Bild, auf dem hohen Chor,
Und hob die Gedanken zum Himmel empor,
Wenn kniend die Andacht schaut' auf sie
Und den göttlichen Knaben auf ihrem Knie,
Holdselig lächelnd, als trüge sie gern
Die Gebete der Menschen zum Throne des Herrn.
Noch lächelte sie – sie lächelt dort,
Indes ihr Heiligtum schwimmt von Mord.
Minotti sah zum Bild empor
Und seufzt' und kreuzte sich davor;
Dann riß er eine Fackel vom Chor.
Noch stand er, während durchs offne Portal
Die Türken nahten mit Feuer und Stahl.

31

Die Krypta unter dem Mosaik
Enthielt die Gräber der Republik,
Doch ihre Namen, in Stein gehaun,
Waren vor Blut nicht mehr zu schaun.
Die Wappen und der bunte Glanz
Der Marmoradern waren ganz
Verschmiert und blind; verstreut umher
Zerschlagner Helm, zerbrochner Speer.
Hier oben sind Tote, und Tote zugleich
In den Sargreihn unten, kalt und bleich;
Da sieht man sie liegen in schwarzer Pracht
Durchs Gittertor in dämmriger Nacht;
Doch der Krieg drang ein in das Leichengemach
Und stapelte unterm gewölbten Dach
Schweflige Schätze in hohen Reihn
Neben entfleischtem Totengebein:
Der Christen Pulverschätze lagen
Darin seit den Belagrungstagen.

Jetzt führt' ein Minengang hinein,
Minottis letzte, graus'ge Wehr
Vor dem übermächtigen Feindesheer.

32

Der Feind rückt an; ein Häuflein ficht
Noch jetzt, doch hilft sein Fechten nicht:
Der Rachedurst ist noch nicht satt,
Und weil er nichts zu morden hat,
Hackt er sein Schwert an Toten stumpf
Und köpft den schon entseelten Rumpf;
Er reißt die Statuen aus den Nischen,
Die Spenden von den Altartischen,
Und um die Silberschalen zaust
In roher Gier sich Faust und Faust.
Sie dringen vor zum Hochaltar –
O Anblick, hehr und wunderbar!
Noch ragt vom Tisch auf jenem Chor
Des Kelchs geweihtes Gold empor,
Gediegen und schwer, des funkelnde Pracht
Lockend ins Auge den Plündrern lacht.
Heut früh noch hielt er den heil'gen Wein,
Und die Gläubigen tranken im Morgenschein
Das erlösende Blut, das der Heiland bot,
Um entlasteten Herzens zu gehn in den Tod.
Die Tropfen im Kelche sind purpurrot.
Und um die Altartafel stehn
Zwölf Leuchter, herrlich anzusehn,
Geformt aus edelstem Metall,
Der reichste von den Schätzen all.

33

Die Feinde nahn, des Nächsten Hand
Schon nach dem Raub die Finger spannt –
Da an die Mine hält
Minotti seinen Brand . . .
Ein Blitz!
Turm, Wölbung, Altar, und Räuber und Held,
Der beturbante Sieger, der sterbende Christ,

Was lebend und tot in dem Münster ist,
Fliegt, mit der zerschmetterten Kirche zerschellt,
Krachend zum Wolkensitz!
Der Donnerknall, der Mauern Fall,
Die Meerflut, die sich bäumt und flieht,
Die Hügel, die man wanken sieht,
Als bräch ein Erdsturm los,
Ein tausendfach formlos Gewimmel,
In Rauch und Flammen hoch gen Himmel
Geschleudert von dem Stoß –
Verkündete der blut'gen Bai,
Daß der Verzweiflungskampf vorbei.
Zum Himmel, wie Raketen, fliegt
Alles, was unten sich bekriegt.
Der Leib von manchem starken Manne,
Verbrannt, geschrumpft zu einer Spanne,
Liegt, wo zur Erd er niederschnellt,
Wie ein verkohltes Scheit im Feld;
Die Asche dicht wie Regen fällt.
Und ein'ge fallen ins Meer, das in tausend
Strudeln sie aufschluckt, gurgelnd und brausend;
Und andre ans Ufer, doch weit verschlagen,
Über den Isthmus dahingetragen,
Türk oder Christ? wer kann es sagen?
Ruft ihre Mütter her und fragt!
Als ihr im Wiegenschlummer lagt,
Und als die Mütter, die euch säugten,
Lächelnd auf euren Schlaf sich beugten,
Da ahnten sie nicht, wie solch ein Tag
Die zarten Glieder zerreißen mag.
Nicht fänd ein Weib, den sie gebar,
Den eignen Sohn in dieser Schar;
Ein Augenblick ließ keine Spur
Von Antlitz und Gestalt als nur
Zerschlagne Schädel und Gebein.
Und nieder fliegt in Flammenschein
Gebälk, und mancher schwere Stein,
Als wär er tief ins Land gestampft,
Liegt ganz geschwärzt im Feld und dampft.
Alles Lebende, das im Land
Den Todeskrach gehört, verschwand;

Die Hund und Geier mit Gekreisch
Flohn von dem unbegrabnen Fleisch;
Das Dromedar brach von der Stange,
Der ferne Stier riß sich vom Strange,
Der Hengst flog hin am Meeressaum
Mit geborstnem Gurt und zerrißnem Zaum;
Der Ochsenfrosch im nahen Sumpf
Erhob sein Klaglied rauh und dumpf;
Die Wölfe in den Bergen knurrten,
Wo noch des Echos Donner murrten;
Und der Schakale Heulen scholl
Einstimmig her und klagevoll,
Bald wie ein schreiend Kind und bald,
Wie eines Hundes Winseln schallt.
Mit jähem Flug, die Brust zerzaust,
Aus seinem Horst der Adler saust
Und steigt zur Sonne – drunten sind
So seltsam finstrer Wolk und Wind;
Er riecht den Qualm, und hoch und weit
Kreist er in seiner Angst und schreit –
Also focht und fiel Korinth!

PARISINA

VORBEMERKUNG

Das nachfolgende Gedicht gründet sich auf einen Vorfall, der in Gibbons »Altertümern des Hauses Braunschweig« erwähnt wird. Ich weiß, daß in jüngster Zeit der empfindsame und prüde Geschmack des Lesers derartige Gegenstände für ungeeignet zu poetischer Behandlung hält. Die griechischen Tragiker und einige unserer besten alten englischen Schriftsteller waren anderer Meinung, genauso wie neuerdings Alfieri und Schiller auf dem Kontinent. Der folgende Auszug erhellt die Tatsachen, auf denen die Erzählung beruht. Der Name *Azo* wurde statt *Niccolo* gewählt, da er besser ins Metrum paßt.

»Unter der Regierung Niccolos III. wurde Ferrara durch eine Familientragödie besudelt. Durch das Zeugnis einer Dienerin und durch eigene Beobachtung entdeckte der Marchese von Este die blutschänderische Liebe seiner Gattin Parisina zu seinem Bastardsohn Hugo, einem schönen und tapferen Jüngling. Die beiden wurden kraft des Urteils eines Vaters und Ehemanns, der seine Schande an die Öffentlichkeit brachte und ihre Hinrichtung überlebte, im Schloß enthauptet. Er war unglücklich, wenn sie schuldig, und noch unglücklicher, wenn sie unschuldig waren, und ich kann mir überhaupt keine Lage vorstellen, in der ich diesen letzten Akt der Gerechtigkeit seitens eines Blutsverwandten wirklich billigen könnte.« – Gibbons *Vermischte Schriften*, Band III, S. 470.

1

Die Stund ist's, wo in Wald und Flur
Das Lied der Nachtigall erklingt;
Die Stund ist's, wo der leise Schwur
Der Liebe sanft zu Herzen dringt;
In lauem Wind, in Wassern rauscht
Musik dem Ohr, das einsam lauscht;
Der Tau benetzt den Blumenflor,
Die Stern am Himmel treten vor,
Und auf der Flut ist tiefres Blau
Und auf dem Laub ein bräunlich Grau,
Und fern im West der Dämmerschein
Sanft-dunkel und so dunkel-rein,
Der an dem Abendhimmel thront,
Wenn still das Zwielicht hinschmilzt vor dem Mond.

2

Doch nicht, um zu lauschen dem Wasserfalle,
Verläßt heut nacht Parisina die Halle;
Nicht um zu schaun der Himmel Pracht,
Wandelt die Fürstin im Schatten der Nacht;
Nicht rastet sie in Estes Garten,
Um seiner entfalteten Rosen zu warten;
Sie lauscht, doch nicht der Nachtigall,
Es hofft ihr Ohr auf süßren Schall.
Durch das dichte Gebüsch ein Fußtritt schleicht,
Und ihr Herz pocht laut, und ihr Antlitz erbleicht,
Durch raschelndes Laub ein Flüstern schallt,
Und ihr Antlitz glüht, ihr Busen wallt:
Ein Augenblick – und er ist hier!
Er kommt! – ihr Liebster kniet vor ihr.

3

Und was ist ihnen nun das All
Mit seiner Zeiten Wechselfall?
Für Himmel, Erd und Leben sind
Ihr Aug und ihre Seele blind,

Blind wie die Toten für die Dinge,
Nah oder fern, groß oder klein;
Als ob die Welt umher verginge,
Atmen sie nur für sich allein.
In ihren Seufzern glüht die Lust
So tief, daß, wenn sie lange währte,
Der sel'ge Wahnsinn ihre Brust
Mit seinem Feuerhauch verzehrte.
Schuld und Gefahren sehn sie kaum
In ihrem zärtlich wilden Traum:
Vom Sturm der Leidenschaft durchschaudert,
Wer hätte je gezagt, gezaudert?
Wer mißt, wie kurz die Wonne sei?
Und doch, im Nu ist sie vorbei!
Ach, sie entflieht, eh sie uns lehrt,
Daß solch ein Traum nie wiederkehrt.

4

Sie meiden zögernd, voll Bedauern
Die Stätte sünd'ger Freuden jetzt;
In Schwür und Hoffnung mischt sich Trauern,
Als sähn sie heute sich zuletzt.
Der Seufzer Sturm und heiß Umfangen,
Der Kuß, der ihre Lippen eint,
Indes auf Parisinas Wangen
Furcht vor dem Himmel bleich erscheint,
Als sähen all die stillen Sterne
Auf ihre Schuld aus jener Ferne –
Der Seufzer Sturm und heiß Umfangen
Hält sie am Platze noch gefangen.
Doch muß es sein: sie müssen scheiden,
In all dem schweren Herzensleiden,
Mit all dem Grausen, tief und kalt,
Das schuld'ge Herzen bang durchwallt.

5

Und Hugo geht zu Bett, die Brust
Voll Sehnsucht nach des andern Braut;
Ihr Haupt indes sinkt schuldbewußt
Ans Herz des Mannes, der ihr traut.

Doch fiebernd hält sie Schlaf umfangen,
Von schweren Träumen glühn die Wangen;
Sie lallt den Namen unbewußt,
Den sie bei Tag nicht flüstern mocht,
Und preßt den Gatten an die Brust,
Die für den Buhlen pocht.
Und er, von der Umarmung wach,
Hält ihre Glut, ihr träumend Ach
Für das, was ihn so oft entzückt,
Und ist in seinem Wahn beglückt;
Er möchte weinen, daß sie ihn
Sogar im Schlaf zu lieben schien.

6

Er drückt ans Herz sie leis und froh
Und lauscht dem träumenden Gelall:
Er hört – was zuckt Fürst Azo so,
Als hört' er Weltposaunenschall?
Wohl mag er – denn furchtbarer nicht
Wird einst das donnernde Gericht
Vor des allmächt'gen Thrones Stufen
Aus seinem letzten Schlaf ihn rufen.
Wohl mag er – vor dem einen Ton
Ist all sein Erdenglück entflohn;
Der Nam, im Traum geflüstert, sprach
Ihr Urteil aus – und seine Schmach.
Und welcher Name? der voll Grausen
Durch sein Gemach tönt, wie das Brausen
Der Brandung, die erbarmungslos
Ans Felsriff schleudert Plank und Schwimmer,
Daß er versinkt und hebt sich nimmer;
So traf ins Herz ihn dieser Stoß.
Und welcher Name? – Hugo! Er!
Das wahrlich ahnt' er nimmermehr.
Hugo! verbotner Liebe Lohn,
Sein eigner gottverfluchter Sohn,
Der Sprößling seiner üpp'gen Jugend,
Biancas Kind, die ihre Tugend
An ihn, den falschen Freund, verlor,
Der sie zum Weibe nicht erkor.

7

Er zerrt am Dolch – doch hemmt die Wut,
Eh aus der Scheid er blitzend fährt:
Sie ist nicht mehr zu atmen wert,
Doch sie zu töten fehlt ihm Mut,
Wie sie da lächelnd liegt und ruht.
Er weckt sie nicht, er schaut sie an.
Wohl ihr, daß sie nicht sehen kann!
Vor diesem Blicke, der sie traf,
Gefrör ihr Blut zu ew'gem Schlaf.
Tautropfen schimmern feucht und dicht
Auf seiner Stirn im Lampenlicht;
Jetzt schläft sie lautlos – er indessen
Hat ihrer Tage Maß gemessen.

8

Und mit dem Morgen sucht' und fand
In manchem Zeugnis seiner Leute
Er das, was er zu finden scheute,
Der Sünd und Schande Unterpfand.
Die Zofen, ihre Helferinnen,
Um selbst der Strafe zu entrinnen,
Wälzten auf ihre Fürstin gern
Die Schuld, die Schmach, den Zorn des Herrn.
Und jeder Umstand ward erzählt,
Nichts, was zum Glauben zwang, verhehlt,
Bis sein gefoltert Ohr und Herz
Satt war von Wahrheit und von Schmerz.

9

Er hielt nicht langen Aufschub aus:
Im hohen Fürstensaale schon,
In Estes altberühmtem Haus,
Sitzt er auf seinem Richterthron;
Ringsum sein Hof, der Wachen Schar,
Und vor ihm steht das schuld'ge Paar,
Jugend und Schönheit wunderbar.
Schwertlos der Gurt, geschnürt die Hand. –

O Christ! daß so ein Sohn je stand
Vor eines Vaters Blick!
So aber steht nun Hugo dort
Und hört in seines Vaters Wort
Sein tödliches Geschick.
Und doch erliegt er nicht, obschon
Verstummt scheint seiner Stimme Ton.

10

Harrend des Spruchs, der sie verdamme,
Stand Parisina, stumm und fahl –
Oh, wie verwandelt, seit der Strahl
Des Feuerauges eine Flamme
Der Freude blitzte durch den Saal,
Wo Fürsten flogen, ihr zu dienen,
Wo schöne Fraun zu spähen schienen,
Um nachzuahmen Gang und Bau
Und sanften Ton und holde Mienen
Der königlichsten Frau!
Und hätt ihr Auge da geweint,
Rings wären Krieger aufgesprungen,
Rings nackte Schwerter hoch geschwungen,
Zum Kampf für sie vereint.
Wo sind sie jetzt? Was ist sie nun?
Was sie befiehlt, wer wird es tun?
Schweigend und achtlos alle schaun;
Gesenkten Blicks, mit finstern Braun,
Verschränkt die Arme, kalt wie Eis,
Die Lippen kräuselnd höhnisch leis,
Stehn Ritter, Damen rings im Kreis.
Und er – ihr Abgott – dessen Speer
Gleich splittern würd auf ihr Begehr,
Der, wenn sein Arm frei wär von Ketten,
Gestorben wär, um sie zu retten,
Ihr Liebster und des Gatten Sohn,
Er steht gefesselt vor dem Thron!
Er sieht nicht, wie von Tränen blind
In Angst um ihn ihr Auge rinnt;
Dies Augenlid, das zartgeschweift
Das feine Blau der Adern streift,

Durchschimmernd durch den weichsten Schnee,
Der sanften Kuß anlockte je,
Brennt heiß und krank – nicht schattig kühl
Drückt es den Augball schwer und schwül,
Der sich so bang und dunkel neigt,
Wie Trän auf Trän ins Auge steigt.

11

Und er hätt auch um sie geweint,
Hätt es der andern Blick erlaubt;
Nun schlief sein Gram in ihm versteint,
Aufrecht und stolz trug er das Haupt.
Was auch die Pein der Seele war,
Nicht wollt er zucken vor der Schar;
Doch wagt' er nicht sie anzusehn:
Das Bild des Frevels, der geschehn,
Die Lieb und Schuld war riesengroß,
Des Vaters Grimm, der Ehre Stoß,
Sein irdisch und sein künftig Los,
Und ihrs! – o ihrs! . . . Sein Aug erschrickt,
Wenn er dies bleiche Haupt erblickt,
Sonst hätt kein schwellend Herz gewiß
Die Reu enthüllt, die es zerriß.

12

Und Azo sprach: »Vor allen Gaben
Rühmt ich noch gestern Weib und Sohn;
Der Traum ist über Nacht entflohn:
Noch eh der Tag sinkt, werd ich schon
Kein Weib und keinen Sohn mehr haben.
Einsam wird meine Lebensbahn . . .
Doch still davon! Was ich getan,
Tun alle, die enttäuscht vom Wahn.
Das Band zerriß – und nicht durch mich –
Auch davon still! – Du ahnst es schon:
Hugo, der Priester harrt auf dich
Und dann – des Frevlers Lohn.
Hinweg! und fleh gen Himmel an,
Eh seine Abendsterne kommen;

Sieh zu, ob er vergeben kann,
Vielleicht mag seine Huld dir frommen.
Doch hier auf diesem Erdenrunde
Gibt's keinen Ort, wo du mit mir
Noch atmen kannst nur eine Stunde.
Ich will's nicht ansehn . . . Gott mit dir!
Du aber, Falsche, sollst sein Blut . . .
Hinweg! ich kann den Rest nicht sagen.
Geh, Weib voll üpp'ger Sündenglut!
Nicht ich – nein, du hast ihn erschlagen.
Geh, sieh ihn sterben, – und dann lebe!
Freu dich des Daseins, das ich gebe.«

13

Und nun verhüllt er seine Stirn;
Die Ader auf dem Vorhaupt schwillt,
Als Flut und Ebbe heiß und wild
Das Blut zurück in sein Gehirn.
Und darum beugt er sich, und bebend
Führt er die Hand zum Aug empor,
Damit sie seinen Schmerz umflor.
Indes, die klirrnden Arme hebend,
Hugo um kurze Frist das Ohr
Des Vaters anfleht. Nicht verwehrt
Der Schweigende, was er begehrt.

»Du weißt, ich fürchte nicht den Tod;
Du sahst mich häufig neben dir
Durchs Schlachtfeld reiten, ganz in Rot,
Und dieses Schwert, das meiner Hand
Der Sklav auf dein Geheiß entwand,
Vergoß mehr Blut einst dir zum Heil,
Als jemals färben kann dein Beil.
Du gabst, du nimmst das Leben mir.
Nicht dank ich dir, daß ich's besessen;
Der Mutter Schmach ist unvergessen,
Verschmähte Liebe, Schande, Hohn,
Erbteil voll Schimpf für ihren Sohn!
Sie liegt im Grab, wohin nun bald
Ihr Sohn, dein Nebenbuhler wallt;

Ihr welkend Herz, mein blutig Haupt
Zeugt aus dem Grabe wider dich,
Wie deine junge Liebe sich
So treu erprobt und väterlich.
Ich weiß, ich habe dich beraubt,
Doch Raub um Raub – das schien auch hier,
Dem zweiten Opfer deiner Gier:
Bestimmt war sie – du weißt es – mir;
Du sahest sie und warst erglüht
Und warfst mir vor, was du verbrachst,
Der Abkunft Makel, als du sprachst,
Ich sei zu schlecht für ihr Geblüt,
Nur weil mir Anspruch fehlt und Recht
Auf deinen Namen und Geschlecht
Und Estes alten Thron.
Hätt ich nur Frist von wenig Lenzen,
Mein Ruhm sollt über Este glänzen
Von selbsterfochtnem Lohn!
Ich hab ein Herz und hatt ein Schwert,
Die waren stolzer Helmzier wert,
Wie sie nur jemals deine alte
Fürstliche Ahnenreih umwallte;
Den blanksten Rittersporn gewann
Nicht stets der hochgeborne Mann.
Mein Sporn trieb oft des Hengstes Lauf
Den Fürstenrossen weit vorauf,
Wenn er beim Schlachtruf »Estes Sieg!«
Flog übers Feld zum Lanzenkrieg.
Nicht mildern will ich mein Vergehn,
Nicht Stunden oder Tag' erflehn;
Was liegt daran, ob früh, ob spät
Fühllosen Staub die Zeit verweht?
Der wilde Rausch, den ich gekannt,
Sucht nicht und findet nicht Bestand.
Mein Nam und Ursprung mag gemein,
Ich selber mag zu niedrig sein
Für deines Adels alten Glanz,
In meinem Geist dich voll und ganz:
Von dir entflammt, von deinem Blut,
Mein Arm voll Kraft, mein Herz voll Glut;
Du gabst mir Leben nicht allein,

Du gabst mir auch, ganz dein zu sein.
Dies deiner sünd'gen Liebe Lohn:
Zu ähnlich dir dein eigner Sohn!
Kein Bastard ist die Seel in mir;
Sie hasset jeden Zwang gleich dir;
Der Odem, den du mir verliehst
Und nun, ein flüchtig Gut, entziehst,
Nie mehr als du hielt ich ihn wert,
Wenn wir, die Stirn mit Stahl bewehrt,
Dicht Seit an Seit im Felde stritten
Und über Feindesleichen ritten.
Doch das verging, und mit der Zeit
Wird Zukunft auch Vergangenheit;
Gleichwohl, ich wollt, ich wär gestorben!
Ob du der Mutter Glück verdorben,
Ob du mit falscher Hinterlist
Um meiner Jugend Braut geworben,
Ich fühl's, daß du mein Vater bist,
Und selbst in deinem Munde war
Dein harter Spruch gerecht und wahr.
In Sünd erzeugt, ein Tod in Schanden,
Ich ende so, wie ich entstanden:
Für sünd'gen Vater, sünd'gen Sohn
Zahlt einer jetzt den blut'gen Lohn;
Vor Menschen frevelt ich allein,
Gott aber wird dein Richter sein.«

14

Er schwieg und kreuzte Arm in Arm,
Daß rasselnd klang der Ketten Erz;
Und jedes Ohr empfand den Schmerz,
Von all den Herrn im Saal umher,
Als so es klirrte dumpf und schwer;
Bis Parisinas tiefer Harm
Von neuem anzog aller Blick:
Hat sie kein Wort für sein Geschick?
Sie stand ganz bleich und still im Saal,
Die holde Ursach seiner Qual;
Ihr Auge, reglos, groß und weit,
Sah nicht ein einzig Mal beiseit;

Nicht einmal auf ihr Auge sank
Das Augenlid so schön und schlank;
Doch um des Augballs blauen Kreis
Erweiterte sich rings das Weiß,
Und gläsern starrt' ihr Blick hervor,
Als ob ihr Blut zu Eis gefror.
Doch dann und wann, langsam und groß,
Quoll eine Trän und tropfte nieder
Vom schwarzen Saum der weißen Lider –
Man hört' es nicht, man sah es bloß;
Und solche Tropfen, so wie die,
Sah man in Menschenaugen nie.
Sie wollte reden; doch der Ton
Erstarb in ihrer schwellnden Kehle;
Es war, als wär all ihre Seele
In diesem Angstgestöhn entflohn.
Sie rang nach Luft – es war vorbei –
Ausbrach ein einz'ger langer Schrei,
Und nieder stürzte sie im Saal
Wie Statue vom Piedestal;
Wie etwas, das kein Leben barg,
Ein Bild auf Parisinas Sarg,
Lag sie, in deren sünd'ger Brust
Zum Stachel ward die glühnde Lust
Und trieb zur Schuld – doch nun zu schwach
Für alle Last entdeckter Schmach.
Doch lebte sie, zu früh erwacht
aus ihrer Ohnmacht tiefer Nacht,
Kaum aber zur Vernunft – dem Schlag
Des Schreckens jeder Sinn erlag;
Ihr Hirn, der Bogensehne gleich,
Wenn sie, vom Regen schlaff und weich,
Den irrnden Pfeil abschnellt zur Seite,
Schoß die Gedanken wild ins Weite:
Das Heute leer, das Morgen schwarz,
Durchzuckt von öden Bahnen starrt's,
Wie Blitz' auf einem Wüstenpfad,
Wenn mitternächt'ges Wetter naht.
Sie bebt – sie fühlt, ein dunkler Schmerz,
Eiskalt und tief, beklemmt ihr Herz;
Man sprach von Schand und Schuld vorher –

Jemand muß sterben . . . aber wer?
Sie hat's vergessen! Lebt sie hier?
Ist dies die Erd, und über ihr
Der Himmel? Sieht sie Menschen stehn?
Sind's Teufel, die so grimmig sehn
Auf sie, in deren Augen ja
Sonst jedes Auge lächelnd sah?
Vor ihrem kranken Geiste schwimmt
Alles verwirrt und unbestimmt,
Ein Chaos, wilde Angst und Sehnen,
Und lachend bald und bald in Tränen,
Wahnsinnig aber, ohne Wahl,
Ringt sie mit dieses Traumes Qual:
Denn Traum scheint alles – aber auch,
Wie sie auch ringt, sie wird nicht wach.

15

Die Klosterglocken klingen
Langsam und trauervoll;
Im grauen Steinturm schwingen
Sie dumpf wie tiefer Groll:
Schwer ins Herz ihr Ton erscholl!
Horch, die Mönche singen –
Das ist für die Toten der Trauerzoll
Und für den Lebend'gen, der sterben soll.
Für eine arme Seele heut
Schallt Klagelied und Grabgeläut;
Nah ist das Ziel, das ihn bedräut.
Da kniet er, wo die Mönche stehn –
Traurig zu hören und kläglich zu sehn –,
Da kniet er auf dem nackten Grunde,
Vor ihm der Block und die Wach in der Runde;
Und der Henker mit entblößtem Arme,
Daß ein sichrer Hieb sich des Opfers erbarme,
Fühlt, ob sein Beil blieb scharf und treu,
Seit er schliff die Schneide neu,
Und sprachlos erwartet die Meng im Kreis
Des Sohnes Tod auf des Vaters Geheiß.

16

Die Stund ist lieblich; noch nicht ganz
Versank der Sommersonne Glanz,
Die dieses schwülen Tages Qual
Verhöhnt mit ihrem hellsten Strahl.
Voll glänzt ihr abendlich Gestirn
Auf Hugos todgeweihte Stirn,
Wie er, die letzte Beichte sagend,
In frommer Reu sein Los beklagend,
Sein Antlitz nach dem Mönche kehrt
Und den geweihten Spruch begehrt,
Den Ablaß, welcher uns befreit
Von allen Flecken dieser Zeit.
Hell um sein Haupt die Sonne schien,
Wie er so lauscht' auf seinen Knien,
Und seiner Locken braune Ranken
Halb auf den bloßen Nacken sanken;
Doch heller blitzte noch ihr Strahl
Auf jenes Beils geschliffnen Stahl
Mit blankem, drohendem Gezitter –
Oh, diese Abschiedsstund ist bitter!
Die Strengsten starr vor Schrecken stehn –
Wohl mag ihm nur sein Recht geschehn,
Doch schaudern sie, da sie es sehn.

17

Sein letztes Sprüchlein sprach er schon,
Der kühne Buhl und falsche Sohn;
Gezählt sind Rosenkranz und Sünden,
Die letzten der Minuten schwinden.
Sie streifen ihm den Mantel ab,
Sie haben um den Nacken knapp
Die braunen Locken ihm gestutzt;
Das Wams, das ihn bis jetzt geputzt,
Die Schärpe, welche sie ihm gab,
Darf ihn nicht schmücken für das Grab.
Auch diese will man ihm entwinden
Und mit dem Tuch sein Aug verbinden.
Doch diese letzte Schande – nein! –

Soll nicht sein stolzes Aug entweihn!
All sein Gefühl, scheinbar gezäumt,
In hellem Trotz empor sich bäumt,
Da seiner Stirn des Henkers Hand
Sich naht mit dem verhaßten Band,
Als fehl im Tod es ihm an Mut:
»Nein – dir gehört mein Kopf und Blut,
Gekettet ist mein Arm – so sei
Mein Auge denn im Tode frei:
Schlag zu!« – und blitzend fällt der Hieb!
Weg rollt der Kopf, und strömend, dumpf
Zurücksinkt der entseelte Rumpf
Im Staub, den seiner Adern Blut
Tränkt wie mit roter Regenflut;
Um Aug und Lippen zuckt ein Schimmer
Vom Krampf – dann sind sie starr auf immer.

Er starb, wie Schuld'gen es gebührt,
Ohn eitlen Trotz und frechen Hohn;
Wie einer, der an Gottes Thron
Noch Gnade hofft, der Kirche Sohn,
Sein Herz von Reue tief gerührt.
Und wie er kniete, war die Brust
Entsühnt von Erdenleid und Lust:
Des Vaters Zorn, des Herzens Wunde,
Was waren sie in dieser Stunde?
Vorbei der Haß, die Angst verweht,
Sein Denken Gott, sein Wort Gebet –
Bis auf die wen'gen, die er sprach,
Als er, entblößt zur letzten Schmach,
Bat, daß er nicht geblendet werde –
Sein Abschiedsgruß an diese Erde!

18

Wie diese bleichen Lippen stumm
Und lautlos stand das Volk ringsum;
Elektrisch aber, leise rann
Ein kaltes Graun von Mann zu Mann,
Als niederfuhr des Henkers Streich
Und Lieb und Leben schwand zugleich;

Und jede Brust erstickte bang
Den Seufzer, der nur halb erklang.
Dann ward es still wie in der Gruft,
Und nur des Beiles dumpfer Flug
Tief in den Holzblock dröhnend schlug.
Da – was zerreißt die stumme Luft?
Wahnsinnig grell, so wild und weit?
Wie um ihr Kind die Mutter schreit,
Wenn plötzlich es dem Tod erliegt,
So dieser Schrei gen Himmel fliegt,
Wie einer Seele endlos Leid.
Aus Azos Gitterfenster tönt
Der Angstruf, der zum Himmel stöhnt,
Und jeder Blick ist hingewandt –
Doch Schall und Schau zugleich verschwand.
Von einem Weibe kam's, und nie
Mit wildrem Laut Verzweiflung schrie,
Und wer ihn hörte, diesen Schrei,
Bat Gott, daß es der letzte sei.

19

Hugo ist tot, und seit dem Tag
Ward nichts in Schloß und Hof und Hag
Von Azos Frau gehört, gesehn.
Ihr Nam – als wäre nichts geschehn –
War wie ein schlimm und schrecklich Wort,
Für Mund und Ohr verpönt hinfort,
Und Azo selbst mit keinem Ton
Erwähnte jemals Weib und Sohn.
Sie nennt kein Stein noch Sarkophag;
In ungeweihter Erde lag
Er, der erblich an jenem Tag,
Doch Parisinas Los verbarg
Den Blicken sich, wie Staub im Sarg.
Ob sie in strengem Klosterbann
Den dorn'gen Himmelspfad gewann
Durch Jahre voll trostloser Pein,
Schlaflose Tränen und Kastein;
Ob für ihr finstres Liebesspiel
Durch Becher oder Dolch sie fiel;

Ob sie, gefällt von einem Schlag,
Der Qual des Augenblicks erlag,
Als sie das Beil sah, dessen Erz
Die Luft durchschnitt und auch ihr Herz,
Daß rascher Krampf das morsche Band
Des Lebens brach mit milder Hand –
Nie war und ward es offenbar.
Nur eins von ihrem Los ist klar,
Daß End und Anfang Jammer war.

20

Azo ein andres Weib erkor;
Manch schmucker Sohn wuchs ihm empor,
Doch keiner schön und hochgemut
Wie jener, der im Grabe ruht;
Und waren sie's, sein Blick blieb stumpf,
Ihr Wachstum war ihm kein Triumph;
Wenn er's gewahrte, seufzt' er dumpf.
Nie Träne seine Wange feuchtet,
Nie Lächeln seine Stirn erleuchtet;
In diese Stirn, so weiß und breit,
Grub seine tiefe Schrift das Leid,
Die Furchen, die der glühnde Pflug
Des Kummers zieht – ach, früh genug! –
Die Narben blut'ger Geistesqual,
Des Seelenkampfs untilgbar Mal.
Er fühlte weder Schmerz noch Glück,
Hienieden blieb ihm nichts zurück –
Die Nacht ohne Schlaf, der Tag ohne Lust,
Für Ehr und Spott ganz tot die Brust,
Ein Herz, das sich ein Greuel ist,
Das sich nicht beugt und nicht vergißt,
Das, scheinbar hart und abgekühlt,
Inständig denkt, inbrünstig fühlt.
Das dickste Eis, das je gefror,
Kann nur die Oberfläche schließen,
Der Strom lebt unten nach wie vor,
Er fließt und hört nicht auf zu fließen.
Was hilft's, daß er sein Herz verschanzt?
Die Triebe, die Natur gepflanzt,

Entwurzelt nichts, sosehr wir kämpfen,
Erstickter Tränen Strom zu dämpfen.
Die Flut des Herzens drängt zum Licht,
Du dämmst umsonst – sie trocknet nicht;
Die unvergoßne Träne fließt
Zurück zum Quell, dem sie entsprießt,
Und reiner dort und wandellos
Ruht sie in seinem tiefen Schoß,
Unsichtbar, ungeweint und heiß,
Ein Schatz, von welchem keiner weiß.
Noch zuckt in seiner Brust empor
Gefühl für sie, die er verlor;
In seiner Öde, ohne Kraft,
Die das Zerstörte neu erschafft,
Ohn allen Trost, sie einst zu sehn,
Wo treue Herzen auferstehn,
Voll des Bewußtseins, daß er nur
Nach seiner Pflicht gerecht verfuhr,
Daß sie ihr Urteil selbst gefällt,
Ging Azo elend durch die Welt.
Sorgsamer Schnitt ins kranke Holz
Kann neue Kraft dem Baum verleihn,
Daß alle Äste frisch gedeihn
In grüner Fülle, wild und stolz;
Doch wenn der Blitz in seiner Wut
Das welke Laub versengt mit Glut,
Dann fühlt der mächt'ge Stamm den Stoß
Und bleibt auf immer blätterlos.

DER GEFANGENE VON CHILLON

SONETT AN CHILLON

Urgeist der kettenlosen Seelenkraft!
Am hellsten, Freiheit! strahlst du in der Fron
Des Kerkers, denn da ist das Herz dein Thron,
Das allem Zwang, nur dir sich nicht entrafft.

Und wann im feuchten Graun tagloser Haft
In Fesseln schmachten muß dein bester Sohn,
Dann fliegt dein Ruhm auf allen Winden schon,
Dann siegt sein Volk durch seine Dulderschaft.

Chillon! dein Kerker soll ein Gotteshaus
Und ein Altar dein finstrer Boden sein!
Denn auf den kalten Fliesen deines Baus,

Bis seines Fußes Spur gehöhlt den Stein,
Schritt Bonivard! – Löscht nie die Spuren aus,
Die wider Tyrannei gen Himmel schrein!

VORBEMERKUNG

Als dieses Gedicht verfaßt wurde, war ich noch nicht hinreichend vertraut mit der Geschichte Bonivards; ich hätte sonst das Thema geadelt durch den Versuch, seinen Mut und seine Tugenden zu rühmen. Einige Nachrichten über sein Leben verdanke ich der Freundlichkeit eines Bürgers jener Republik, die immer noch stolz ist auf das Andenken eines Mannes, welcher der größten Epoche der alten Freiheit würdig gewesen wäre:

»François de Bonivard, der Sohn Louis de Bonivards, gebürtig aus Seyssel und Herr von Lunes, wurde 1496 geboren. Er studierte in Turin. Sein Onkel Jean Aimé de Bonivard überließ ihm 1510 das Priorat von St. Victor, das sich bis an die Mauern von Genf erstreckte und bedeutende Einkünfte abwarf ...

Der große Mann – Bonivard verdient diesen Titel wegen der Stärke seiner Seele, der Redlichkeit seines Herzens, der Ehrenhaftigkeit seiner Absichten, der Weisheit seiner Ratschläge, des Mutes seiner Taten, des Umfangs seines Wissens und der Lebhaftigkeit seines Geistes –, der große Mann, welcher alle, die von heldenhafter Tugend noch gerührt werden, zur Bewunderung hinreißen muß, erweckt noch immer den lebhaftesten Dank im Herzen der Genfer, die Genf lieben. Bonivard war stets eine der festesten Stützen dieser Stadt: Um die Freiheit der Republik zu sichern, opferte er oftmals ohne Furcht die seine; er vergaß seine Bequemlichkeit; er verachtete seinen Reichtum; er unterließ nichts, um das Glück seines Vaterlandes zu festigen, das er durch seine Wahl geehrt hatte. Vom ersten Augenblick an liebte er es wie der eifrigste seiner Bürger. Er diente ihm mit heroischer Unerschrockenheit und schrieb dessen Geschichte mit philosophischer Unbefangenheit und patriotischer Wärme.

Er sagt am Anfang seiner Geschichte von Genf, ihn habe, seit er die Geschichte der Völker zu lesen begann, eine Vorliebe zu den Republiken erfüllt, denen stets sein Interesse gegolten habe. Diese Freiheitsliebe hat ihn zweifellos bewogen, Genf zu seinem Vaterland zu machen ... Der noch jugendliche Bonivard erklärte sich laut zum Verteidiger Genfs gegen den Herzog von Savoyen und den Bischof ...

Im Jahre 1519 wurde Bonivard zum Märtyrer für sein Vaterland: Als der Herzog von Savoyen mit 500 Mann in Genf eingedrungen war, fürchtete Bonivard seinen Zorn; um den Folgen dieses Zorns zu entgehen, wollte er sich nach Freiburg zurückziehen, doch er wurde von zweien seiner Begleiter verraten und auf Befehl des Fürsten nach Grolée abgeführt, wo er zwei Jahre lang ein Gefangener blieb. Bonivard hatte Unglück auf seinen Reisen: Da sein Eifer für Genf durch sein Mißgeschick nicht geschwächt worden war, stellte er noch immer einen gefährlichen Feind dar für diejenigen, welches es bedrohten, und blieb deshalb ihren Anschlägen weiterhin ausgesetzt. Im Jahre 1530 überfielen ihn im Jura Räuber, die ihn ausplünderten und wieder den Händen des Herzogs von Savoyen auslieferten. Dieser Fürst ließ ihn im Château de Chillon einkerkern, wo er ohne Verhör bis 1536 blieb. Dann wurde er von den Bernern befreit, die sich des Waadtlandes bemächtigt hatten.

Als Bonivard seiner Gefangenschaft entronnen war, hatte er die Freude, Genf frei und reformiert vorzufinden. Die Republik beeilte sich, ihm ihren Dank abzustatten und ihn für die erlittene Unbill zu entschädigen: Sie verlieh ihm im Juni 1536 das Bürgerrecht, schenkte ihm das Haus, das vordem der Generalvikar bewohnt hatte, und setzte ihm für die Dauer seines Aufenthalts in Genf eine Pension von 200 Goldtalern aus. 1537 wurde er in den Rat der Zweihundert aufgenommen.

Bonivard machte sich weiterhin nützlich: Nachdem er darauf hin gewirkt hatte, Genf frei zu machen, gelang es ihm nun, es tolerant zu machen. Bonivard erreichte, daß der Rat (den Geistlichen und Bauern) genügend Zeit gewährte, die ihnen gemachten Vorschläge zu prüfen; das glückte ihm durch seine Sanftmut: Man predigt das Christentum stets mit Erfolg, wenn man es mit Liebe predigt ...

Bonivard war ein Gelehrter: Seine Manuskripte, die sich in der öffentlichen Bibliothek befinden, beweisen, daß er die lateinischen Klassiker sehr genau gelesen hat und daß er in der Theologie und Geschichte bewandert war. Dieser große Mann liebte die Wissenschaften, und er glaubte, daß sie zum Ruhme Genfs beitragen könnten; darum tat er alles, um sie in dieser aufblühenden Stadt heimisch zu machen. Im Jahre 1551 schenkte er der Öffentlichkeit seine Bibliothek; sie war der Grundstein unserer öffentlichen Bibliothek, und diese Bücher bilden einen Teil der seltenen und schönen Ausgaben des 15. Jahrhunderts, die man in unserer Sammlung findet. Schließlich setzte dieser gute Patriot noch im selben Jahr die Republik zu seiner Erbin ein, unter der Bedingung, daß sie sein Vermögen zum Unterhalt des Kollegs verwende, das man damals zu gründen beabsichtigte.

Bonivard starb wahrscheinlich 1570; man kann dies aber nicht sicher sagen, weil das Sterberegister vom Juli 1570 bis 1571 eine Lücke aufweist.«

1

Mein Haupt ist grau, doch nicht die Jahre,
Nicht eine Nacht,
In Angst durchwacht,
Hat weiß gefärbt die dunklen Haare.
Nicht Arbeit beugte meine Kraft;
Sie ist in schnöder Ruh verrostet;
Sie war ein Raub der Kerkerhaft,
Und jenes Leid hab ich gekostet,
Wenn uns die liebe Erd und Luft
Fremd wird, verbotner Früchte Duft.
Doch für des Vaters Glauben bot
Ich Ketten Trotz und warb um Tod.
Der Vater starb am Pfahl zuvor,
Der Lehre treu, die er beschwor,
Und seine Söhn um Gleiches fanden
Obdach in Finsternis und Banden.
Wir waren sieben – nun noch einer,
Sechs noch jung und einer alt,
Dulder alle, treulos keiner,
Stolze Opfer der Gewalt.
Drei in Feld und Flammenglut
Zeugten erst mit ihrem Blut,
Wie der Vater tat, für Gott
Wider seiner Feinde Spott;
Drei im Kerker – von den sieben
Ist dieses Wrack nur übriggeblieben.

2

In Chillons Kerker tief und grau
Stehn sieben Pfeiler von gotischem Bau,
Stehn sieben Säulen, dämmrig fahl
Von dem verirrten Sonnenstrahl,
Der durch den Mauerspalt einmal
Hinabfiel in des Kerkers Bann
Und nun nicht mehr entschlüpfen kann;
Hin kriecht er über feuchten Stein

Wie eines Sumpfes Irrlichtschein.
An jedem Pfeiler ist ein Ring,
In jedem Ring ist eine Kette;
Dies Eisen ist ein nagend Ding,
Noch zeigt mein Fleisch des Zahnes Stätte,
Und diese Spur verliert sich nicht,
Solang ich schau das neue Licht,
Das nun dies Auge schmerzt – es war
Der Sonn entwöhnt so lange Jahr,
Daß ich sie nicht mehr zählen mag;
Ich gab es auf, sie einzukerben,
Als ich da unten lebend lag
Und sah den letzten Bruder sterben.

3

Sie banden uns jeden an einen Stein,
Und wir waren drei, doch jeder allein;
Wir konnten keinen Schritt weit gehn,
Keiner des andern Antlitz sehn,
Oder in fahler Dämmrung schienen
Unkenntlich doch und fremd die Mienen.
Und so vereint und doch allein,
Die Hand im Eisen, das Herz in Pein,
War's Labsal noch in solcher Gruft,
So fern von Licht und Lebenslust,
Zu lauschen auf des andern Reden,
Und jeder hatte Trost für jeden,
Bald eine neue Hoffnung, bald
Lieder und Sagen, kühn und alt;
Doch ward auch dies am Ende kalt.
Unheimlich klang der Stimmen Schall,
Wie Echo von dem Kerkerwall,
Ein heisrer Ton – nicht voll und frei.
Der alte Klang war längst vorbei;
Ich weiß es nicht, mir war's, als sei
Es fremder Stimmen Widerhall.

4

Ich war der älteste der drei,
Und meines Amtes war's, die beiden
Durch Trost zu stärken für ihr Leiden,
Und jeder stand dem andern bei.
Der Jüngste, den mein Vater herzte,
Weil sein der Mutter blondes Haar
Und himmelblaues Auge war,
Sein Los mich in der Seele schmerzte!
Schlimm war, wie sich wohl denken läßt,
Für solch ein Vöglein so ein Nest.
Holdselig war er wie der Tag
(Als noch, wie für den jungen Aar,
Für mich der Tag holdselig war),
Ein Tag am Nordpol, der im Jahr
Die Sonne nie versinken sieht,
Eh nicht sein langer Sommer flieht,
Schlafloser Sommer ew'gen Lichts,
Das Sommerkind im Kleid von Schnee.
Und so war er, so rein und hell,
So sonnig heitren Angesichts,
Mit Tränen nur um fremdes Weh;
Dann aber flossen sie so schnell
Wie im Gebirg ein Wasserquell,
Wenn ihm zu lindern nicht gelang
Den Jammer, der sein Herz bezwang.

5

Der andre auch war rein und gut,
Doch mehr für Kampf und Krieg geschaffen,
Von Gliedern stark und kühn von Mut.
Gern wider eine Welt in Waffen
Hätt er getrotzt und froh sein Blut
Vergossen in der Vorderhut;
Doch so in seiner Ketten Erz –
Vor ihrem Klirren brach sein Mut;
Er welkte hin in stummem Schmerz,
Und mit ihm welkt' auch wohl mein Herz;
Doch zwang ich's, daß es noch als Stütze
Den Trümmern meines Hauses nütze.

Er war ein Jäger: Wolf und Reh
Hatt er verfolgt durch Wald und Kluft;
Der Kerker war ihm eine Gruft,
Gelähmter Fuß das schlimmste Weh.

6

Der See an Chillons Mauern liegt.
Und tausend Fuß noch unterm Wall
Fließt seiner Wasser mächt'ger Schwall:
So weit hinab ließ man das Blei
Von Chillons schneeiger Bastei,
Die rings umher den See umschmiegt.
Zwiefach betracht't von Wand und Welle,
Wird zum lebend'gen Grab die Zelle.
Und unterm Wasserspiegel lag
Die dunkle Wölbung, wo wir hausten;
Wir hörten droben Nacht und Tag
Eintönig seinen Wellenschlag,
Und oft hab ich den Schaum gefühlt,
Der Winters durch das Gitter spült,
Wenn über unserm Haupt der Föhn
Hinjauchzt' in freien Himmelshöhn:
Dann bebte selbst des Felsens Schoß,
Ich bebte nicht bei Sturm und Stoß;
Denn lächelnd hätt ich um die Zeit
Den Tod begrüßt, der mich befreit'.

7

Mein ältrer Bruder, sagt ich, krankte;
Sein starkes Herz erlag und wankte;
Voll Ekel schob er weg sein Mahl,
Nicht weil es grob war oder schal –
Wir aßen oft des Weidmanns Brot,
Und dies war unsre kleinste Not.
Zwar, statt der Milch der Berggeiß gaben
Sie Wasser uns vom Festungsgraben,
Und unser Brot dasselbe war,
Wie es Gefangne tausend Jahr
Mit Tränen angefeuchtet haben,

Seitdem der Mensch den Menschen hier
In Höhlen eingesperrt wie Getier.
Doch uns und ihn schlug das nicht nieder,
Nicht dies zernagt' ihm Herz und Glieder;
Des Bruders Geist war andrer Art:
Er wär im Königsschloß erstarrt;
Daß Luft und Freiheit ihm verdarb,
Um Wald und Berg sein Heimweh warb,
Das war's – Was red ich viel? Er starb.
Ich sah's – und stützen durft ich nicht
Die kalte Hand, sein bleich Gesicht,
So wild mit Fäusten und Gebiß
Ich auch an meinen Ketten riß.
Er starb. Sie lösten seine Kette
Und schürften ihm sein letztes Bette;
Die kalte Erd im Kerker gab
Zum Schluß ihm noch ein flaches Grab.
Ich bettelte für sein Gebein
Um eine Ruhstatt, die der Schein
Des Tags erreicht – ich armer Tropf!
Es lag mir einmal so im Kopf,
Als könn in solcher Höhle nun
Sein freigebornes Herz nicht ruhn.
Verschwendet war mein töricht Wort;
Sie lachten kalt, und er blieb dort.
Die rasenlose Erd umgibt
Das Wesen, das wir so geliebt;
Die leere Kette hängt herab,
Des Mordes Denkmal, auf sein Grab.

8

Er aber, unsre Blum und Licht,
Der Liebling schon von Kindesbeinen,
Der Mutter gleich von Angesicht,
Die frühste Liebe all der Seinen,
Des Vaters Glück, mein letztes Gut,
Für welches ich mit meinem Blut
Gegeizt, damit er künftig frei
Und jetzt nicht allzu elend sei –
Auch er, bis dahin unerschlafft

Durch eigne oder höhre Kraft,
Auch er brach ab, er welkte auch
Allmählich wie die Blüt am Strauch.
Stets ist es schrecklich, wenn man sieht,
Wie eine Menschenseele flieht,
In jeder Form, in jedem Mut;
Ich sah, wie sie hinfloß in Blut,
Ich sah, mit wildem Meer im Kampf,
Geschwollner Glieder letzten Krampf;
Ich sah die Sünde, krank und hager,
Tobend vor Angst auf ihrem Lager.
Das waren Greuel – dies war blaß
Ein stilles Weh, doch hoffnungslos.
Er welkte still und allgemach,
So sanft erschöpft, so lieblich schwach,
So tränenlos, doch so voll Herz,
Um nichts betrübt als meinen Schmerz,
Indes der Wangen Blütenduft
Zu spotten schien der nahen Gruft,
Bis schließlich, gleich dem Regenbogen,
Auch diese Farben rasch verflogen.
Ein Augenpaar, durchsichtig ganz,
Erfüllte fast die Nacht mit Glanz;
Kein Murren, Klage nicht noch Groll
Um sein vorzeitig Los erscholl;
Er sprach von unsrer schönen Zeit,
Er tröstete mein Herzeleid;
Denn ich saß schweigend, ich erlag
Von diesem letzten, schwersten Schlag.
Und dann die Seufzer, schwer und bang,
Die er zu unterdrücken rang,
Ihr Hauch nun leis und leiser klang.
Ich lauscht – ich hatte nichts gehört;
Ich schrie, von wilder Angst verstört.
Ich wußt, es half nichts, was ich tat,
Doch Angst blieb taub für solchen Rat.
Ich schrie – mir war's, als reg es sich . . .
Ein mächt'ger Ruck, die Kette wich!
Ich stürzte hin – es war vollbracht:
Ich stand allein in schwarzer Nacht!
Ich lebt allein – ich in der Gruft

Atmet allein die Moderluft!
Das einz'ge, letzte liebste Glied,
Das mich vom ew'gen Abgrund schied,
Mich band an mein versinkend Haus,
Gebrochen lag's in Nacht und Graus!
Hier auf der Erd und unter ihr
Zwei tote Brüder neben mir!
Ich nahm die stille Hand – die meine
War, ach, nicht minder kalt als seine.
Ich war gelähmt, kaum daß ich bebte.
Qualvoll Gefühl, wenn's in uns spricht:
Sie, die wir liebten, leben nicht!
Zu sterben, ach,
Schien ich zu schwach;
Ich hoffte nichts mehr, doch verbot
Mein Glaube mir selbstsücht'gen Tod.

9

Was mit mir ward in nächster Zeit,
Von allem wußt und weiß ich nichts!
Erst kam Verlust der Luft, des Lichts,
Dann auch der Dunkelheit.
Ich dachte, fühlte nichts mehr, nein,
Stein war ich zwischen dem Gestein,
Ohne Bewußtsein und Begriff,
Wie im Gewölk ein kahles Riff.
Grau, leer und öde alles lag,
Es war nicht Nacht, es war nicht Tag,
Es war selbst nicht das Kerkerlicht,
Dies Grauen für mein stumpf Gesicht;
Nur Leere, die den Raum verschlang,
Und Starrheit, ohne Zeitengang;
Stern, Erde, Stunden waren nicht,
Nicht Wechsel, Schranken, Höll und Licht,
Nur Schweigen und regloser Hauch
Des Lebens nicht, noch Todes auch,
Ein Meer versumpfter Ruhe bloß,
Blind, endlos, stumm, bewegungslos.

10

Ein Licht fuhr in mein Hirn hernieder:
Es war ein Vogel, der da sang;
Er schwieg, und dann begann er wieder.
Nie hört' ein Ohr so süßen Klang,
Und meins war dankbar, bis mir voll
Die Freudenträn im Auge quoll;
So ward mein Aug erst nicht gewahr,
Daß ich des Grams Gefährte war.
Bald aber kamen träg und leis
Die Sinne in ihr altes Gleis.
Ich sah von Kerkers Grund und Wand
Mich deutlich wie zuvor umspannt;
Ich sah der Sonne flücht'gen Schimmer
Vorüberschleichen, matt wie immer;
Doch in den Spalt, durch den er kam,
Flog jener Vogel, sanft und zahm,
Ja, zahmer als in Wald und Flur.
Die Flügel waren wie Azur;
Sein Lied erzählte tausend Dinge,
Als ob er sie für mich so singe.
Solch Vöglein sah ich nie vorher,
Solch Bächlein seh ich nimmermehr.
Er schien wie ich so ganz allein,
Doch nicht so hoffnungslos zu sein,
Und war gekommen, mich zu lieben,
Der ohne Lieb allein geblieben,
Und weckt' in mir durch süße Lieder
Gedanken und Empfindung wieder.
Ich weiß nicht, war er immer frei?
Kam er aus fremder Haft in meine?
Doch ich, bekannt mit Sklaverei,
Mein Vöglein, wünsche nie die deine.
Ob er im Federkleid wohl gar
Vom Paradies ein Bote war?
Denn – Gott verzeih es mir – ich meinte,
Und lächelte dabei und weinte,
Es könne wohl dies Vögelein
Die Seele meines Bruders sein.
Nur flog's am Ende fort, und da

War's irdisch, wie ich nun wohl sah;
Er hätte nie an Flucht gedacht
Und doppelt einsam mich gemacht,
Einsam wie Leichen in der Gruft,
Wie eine Wolk in klarer Luft,
Die einz'ge Wolk am blauen Zelt,
Wenn rings umher der Himmel lacht,
Ein Flecken auf des Äthers Pracht,
Der nutzlos sich zu schaffen macht
Im goldnen Glanz der schönen Welt.

11

Ein Wechsel kam in mein Geschick,
Denn meine Schließer wurden milder;
Ich weiß nicht, wie es kam – ihr Blick
War doch gewöhnt an Jammerbilder.
Genug – die Kette, wie sie brach,
Blieb unbefestigt auch hernach,
Und Freiheit war's, nach allen Seiten
Den Kerker auf und ab zu schreiten.
So wanderte ich hin und her,
Der Länge nach und kreuz und quer,
Um jeden Pfeiler, und sodann
Ich meinen Weg erneut begann.
Nur eins blieb meinem Fuß verboten,
Das kahle Grab der lieben Toten;
Denn, wann mein Fuß aus Flüchtigkeit
Ihr armes Bette hatt entweiht,
Dann ging mein Atem schwer und dumpf,
Mein Herz in mir ward krank und stumpf.

12

Ich macht ins Mauerwerk des Walles
Mir eine Stufe, nicht zum Fliehn:
Begraben lag ja eins und alles,
Was mir an Liebe war verliehn;
Für mich war jetzt die Erdenflur
Ein weiteres Gefängnis nur.
Nicht Vater, Bruder, Kind war mein,

Nicht ein Genoß in Gram und Pein.
Ich dacht an dies, und ich war froh,
Weil ich dem Wahnsinn so entfloh.
Doch trieb es mich, hinanzusteigen
Ans Gitter – einmal mußt ich noch
Auf der Gebirge hohes Joch
Den stillen Blick der Liebe neigen.

13

Ich sah sie, ich erkannte sie;
Sie altern und vergehen nie!
Hoch lag ihr tausendjähr'ger Schnee,
Und vor mir, weit und lang, der See,
Die blaue Rhone, stolz wie je.
Ich hörte Rauschen manches Quells
Durch busch'gen Bruch und hohlen Fels;
Ich sah die weiße Stadt am Strand
Und weißre Segel ausgespannt.
Dann war ein kleines Eiland da,
Das lächelnd mir ins Auge sah,
Das einz'ge weit umher:
Ein kleines grünes Eiland nur,
Kaum breiter als des Kerkers Flur,
Doch drauf drei Bäume hoch und schön,
Und drüber blies der Hauch der Höhn,
Und neben ihm die Wasser flossen,
Und Blumen jung am Ufer sprossen,
Von süßen Düften schwer.
Die Fische schwammen am Kastell,
Wie waren sie behend und schnell!
Der Adler kreiste hoch im Wind;
Noch nie sah ich ihn so geschwind
Am Himmel ziehn – und neu benetzt
Von Tränen war mein Auge jetzt.
Ich war bedrückt – ich wollt, ich hätte
Mich nicht getrennt von meiner Kette.
Und als ich stieg von meiner Stätte,
Senkte des Kerkers Dunkel sich
Wie eine schwere Last auf mich:
Es war, als sänk ein teures Glück

Zum zweitenmal ins Grab zurück –
Und doch, ganz überwältigt fast,
Brauchte mein Auge diese Rast.

14

Es mochten Jahre, Monde sein,
Ich hielt nicht Buch, ich gab nicht acht;
Ich hoffte nicht, von Staub und Nacht
Je diese Wimpern zu befrein.
Am Ende kamen Männer her,
Man gab mich frei – ich weiß nicht, wer,
Ich fragte nicht, warum und wann;
Mir war hinfort es einerlei,
In Ketten oder kettenfrei,
Weil ich selbst meine Sklaverei
Am Ende liebgewann.
Und so, als die Befreier kamen
Und alle Bande von mir nahmen,
Da waren meines Kerkers Wälle
Mir lieb wie einem Mönch die Zelle.
Fast war's, als würde meinem Haupt
Ein zweites Vaterhaus geraubt,
Wo ich mit Spinnen Freundschaft machte
Und still ihr leises Tun bewachte
Und Mäus im Mondlicht spielen sah –
War ich, wie sie, nicht heimisch da?
All Hausgenossen waren wir,
Und ich, ihr König, übte hier
Den Blutbann aus; seltsam zu sagen,
Wir lernten uns gleichwohl vertragen;
Selbst meine Ketten hatt ich lieb.
So sehr macht der Gewohnheit Trieb
Uns, was wir sind: und ich sogar,
Ich seufzt, als ich in Freiheit war.

DIE KLAGE TASSOS

VORBEMERKUNG

Zu Ferrara, in der Bibliothek, verwahrt man die Originalhandschriften von Tassos »Gerusalemme« und Guarinis »Pastor fido« nebst Briefen Tassos, einem Brief Tizians an Ariost; ferner des letzteren Tintenfaß und Stuhl; außerdem befinden sich dort sein Grab und Haus. Da aber das Unglück mehr Teilnahme bei der Nachwelt und bei den Zeitgenossen nur geringe oder gar keine findet, so erregt die Zelle im Hospital St. Anna, wo Tasso eingesperrt war, eine anhaltendere Aufmerksamkeit als die Wohnung und das Denkmal Ariosts – wenigstens hatte sie auf mich diese Wirkung. Zwei Inschriften, die eine am äußeren Tor, die andere über der Zelle selbst, fordern überflüssigerweise den Besucher zum Erstaunen und zur Entrüstung auf. Ferrara ist sehr verfallen und entvölkert; das Schloß ist noch vollständig erhalten, und ich sah den Hof, wo, den Gibbonschen Annalen zufolge, Parisina und Hugo enthauptet wurden.

I

O lange Zeit! Dem schwachen Leib wird's schwer,
Dem adlergleichen Dichtergeist noch mehr,
Zu dulden Unrecht, Kerkereinsamkeit,
Verleumdung, Wahnsinn, dessen man mich zeiht,
Und was tief innen nagt und rastet nicht,
Wenn ungestümer Durst nach Luft und Licht
Das Herz verbrennt, sooft mein greulich Gitter
Dem Sonnenstrahl mit garst'gen Schatten trotzt
Und durch mein fiebernd Aug ins Hirn sich bohrt
Und meinen Sinn mit dumpfer Angst umflort,
Und plötzlich nackt, mein Elend kalt und bitter
Durch jene niemals offne Pforte glotzt,
Die nichts hereinläßt durch den Eisenrost
Als etwas Tag und ungewürzte Kost,
Die ich so lang allein gegessen hab,
Daß ich ihr ungesellig Weh vergaß
Und lernte schwelgen wie ein Wolf beim Fraß,
Wild, einsam, kauernd hinterm Eisenstab
Im Käfig hier – vielleicht einst meinem Grab!
Was Wunder, wenn die Kraft allmählich bricht?
Doch trug ich es. Verzweiflung beugt mich nicht;
Denn Krieg geführt hab ich mit Todesgraun
Und Flügel mir gemacht, um aus dem Zaun
Der Kerkerwand hinauszufliegen weit,
Und hab aus Knechtschaft Christi Grab befreit
Und Umgang mit den Heiligen genossen
Und über Zion meinen Geist ergossen,
Den frommen Krieg verherrlichend und Ihn,
Der Gott hienieden war und Gott ist droben;
Denn Er hat Leib und Seele Kraft verliehn.
Daß ich der Gnade wert mich mög erproben,
Weiht ich die Zeit der Buße Seinem Ruhm,
Dem Kampf um Salem und Sein Heiligtum.

2

Das ist vorbei – mein teures Werk vollbracht,
Der treue Freund in jahrelanger Nacht.
Wenn ich sein letztes Blatt mit Tränen näßte,
Wißt, daß mein Gram mir Tränen nie erpreßte.
Du mein Geschöpf! du meiner Seele Kind!
Das täglich spielend um mich war und lachte,
Des holder Blick mich selbstvergessen machte,
Auch du gehst fort – mein süßer Traum zerrinnt!
Und darum wein ich und verblut in mir;
Das schwache Rohr ist nun zerstoßen schier.
Auch du bist fort – wer wird nun bei mir sein?
Denn noch erdulden werd ich viele Pein
Und weiß nicht, wie – doch weiß ich, Hilfe schafft
Der Geist sich selbst mit eingeborner Kraft;
Noch steh ich: Reue hat mich nicht erschlafft!
Wozu auch Reu? Man schalt mich toll – warum?
Antworte, Leonora! bleibst du stumm?
In meinem Herzen war der Wahnsinn, ja,
Des Lieb empor zu deinen Höhen sah;
Doch frei von Aberwitz blieb mein Verstand.
Ich kannte meine Schuld, und nicht gelinder
War die Tortur, weil ich sie überwand.
Daß du so schön warst und ich selbst kein Blinder,
Das ist die Sünd, um die man mich verbannt.
Doch laß sie foltern, bis ihr Groll gestillt!
Mein Herz vervielfacht immer noch dein Bild.
Beglückte Liebe sterb im Überdruß,
Unglück liebt treuer, weil all sein Empfinden,
Bis auf dies einzige, verwelken muß,
Und alle Trieb in einem Trieb verschwinden,
Wie wilde Ströme in des Meeres Schoß –
Dies Meer ist unergründlich, uferlos.

3

Horch! Über mir der Angstschrei, grauenvoll,
Der Seelen und der Leiber aus dem Kerker!
Und horch! Die Peitsche! Das Geheul wird stärker –
Und dann der Flüche halberstickter Groll!

Denn hier ist nicht allein der Wahnsinn toll;
Sie hetzen noch den Geist, der schon geknickt,
Das letzte Nestchen Licht wird noch erstickt
Mit überflüss'ger Folter, wenn die Luft
Der Grausamkeit wach wird in roher Brust.
Mit solchen und den Opfern solcher war
Ich eingeschlossen manches lange Jahr;
In solchen Szenen geht mein Leben nun
Vielleicht zu End, und dann – dann werd ich ruhn!

4

Still trug ich alles – alles trag ich still,
Vergiß nicht, Herz, daß ich vergessen will;
Oft aber lebt es auf – mein Sehnen ist,
Daß ich vergäße, wie man mich vergißt!
Haß ich sie nicht, die mich hierher getrieben,
In dieses Lazarett vielfält'ger Pein?
Wo Lachen keine Lust, noch Denken Licht,
Das Wort nicht Sprach und Menschen menschlich nicht;
Wo Schrei dem Fluch antwortet, Fluch den Hieben;
Wo jeder rast in seiner Höll allein;
Denn wir sind dicht gedrängt in Einsamkeit,
Zahlreich, doch einzeln in getrennten Hallen,
Die von des Wahnsinns Plappern widerhallen;
Doch keiner achtet, ob der Nachbar schreit –
Nur einer, der Unseligste von allen,
Der nicht geschaffen war zu sein wie die,
Spielball des Irrsinns und des Fiebers nie.
Haß ich sie nicht, die dies mir angetan,
Die mich geschändet vor der Menschen Geist
Und den Gebrauch des meinen mir verpönten,
Mich lähmend mitten auf der Siegesbahn,
Brandmarkend meine Träum als wilden Wahn?
Zahlt ich nicht gern zurück, was mich zerreißt,
Den Jammer in der Brust, den leis gestöhnten,
Den Kampf um Ruh, das Elend, welches dumpf
Mir unterwühlt den stoischen Triumph?
Nein! noch zu stolz, um Rachelust zu werben,
Verzieh ich Fürstenhohn und möchte sterben.
Ja, deinetwillen, Schwester meines Herrn,

Rauf ich aus meinem Herzen Groll und Klagen;
Wo du gewohnt, soll Zorn nicht Wurzel schlagen.
Dein Bruder haßt, ich grollte niemals gern;
Du wirst nicht weich, und ich kann nicht entsagen.

5

Ein Lieben ist's, das nicht verzweifeln kann,
Das, unerloschen, noch mein höchstes Gut,
Tief im verschloßnen, stummen Herzen ruht,
Wie im Gewölk gehäufte Blitze lauern,
Verhüllt von wogenden und dunklen Schauern,
Bis Erz sie lockt – dann flammt die Ätherglut!
So zuckt, berührt von deines Namens Bann,
Lebend'ger Liebesblitz durch mein Gebein,
Und alles ist im Nu wie einst, und dann
Verschwindet alles, und ich bin allein.
Doch war von Hoffart diese Liebe rein.
Ich kannte deinen Rang, mein Los; ich wußte,
Der Sänger darf nicht um die Fürstin frein;
Kein Wort, kein Hauch verriet sie; Liebe mußte
Sich selbst genug, sich selbst Belohnung sein.
Und wenn mein Auge sprach, so folgt' ihm, ach,
Im Schweigen deines Blicks die Strafe nach.
Doch mocht ich nicht bereun. Dein Anblick war
Mir ein kristallumgürteter Altar,
Verehrt in heil'ger Ferne, wo mein Mund
Demütig küßte den geweihten Grund.
Nicht weil du Fürstin warst – nein, Liebe tauchte
Dich so in Hoheit, so in Liebe prangst
Gewappnet du, daß deine Nähe Angst –
O Angst nicht, Andacht in das Herz mir hauchte.
Es lag in jener Kälte wunderbar
Etwas, was mächtiger als Sanftmut war;
Ich weiß nicht, wie, dein Genius zwang den meinen,
Mein Stern vor dir stand still: daß ich so wüst
Und planlos liebte, mag vermessen scheinen,
Doch hab ich dies Verhängnis schwer gebüßt.
Du aber bleibst mein Teuerstes, und ich
Wär dieser Zelle würdig – ohne dich.
Die Liebe selbst, die mich festschloß in Banden,

Nahm halb die Bürde von mir, und mit ihr
Wird auch der Rest, so schwer er ist, bestanden,
Werd ich mit freier Brust aufschaun zu dir
Und mache Scharfsinn der Tortur zuschanden.

6

Das ist kein Wunder, denn geboren kaum,
War schon mein Herz berauscht von Lieb und webte
In alles, was ich sah, der Liebe Traum.
Zum Abgott macht ich mir das Unbelebte
Und schuf aus wildem blumigem Revier
Und grünen Felsen Paradiese mir
Und lag im Schatten unterm hohen Baum
Und träumte ungezählte Stunden lang.
Sie schalten meinen unstet wilden Hang;
Die Weisen schüttelten die grauen Köpfe;
Das, sagten sie, sei Stoff für schwache Tröpfe,
Der Wildfang ernt noch einmal schlimme Frucht
Und Schläge seien da die einz'ge Zucht.
Sie schlugen mich; ich habe nicht geweint.
Ich flucht in meinem Herzen, und ich stahl
Mich in den Wald; da weint ich bittre Tränen
Und träumt den Traum, der ohne Schlaf erscheint.
So wuchs ich auf; die Brust schien sich zu dehnen
In wunderbarer Unruh, süßer Qual.
Das Herz verhauchte in ein einzig Sehnen,
Erst blind und schweifend – bis zu jenem Tag,
Wo ich gefunden, was ich suchte – dich!
Und da versank in dir mein ganz Ich,
Verschwunden war die Welt mit einem Schlag,
Und du vernichtetest das All für mich!

7

Ich liebte Einsamkeit, doch ahnt ich nie,
Mir würden, ach, wie viele Jahr entrollen,
Von allem Dasein fern als dem der Tollen
Und ihrer Peiniger. Wär ich wie sie,
So wäre längst mein Geist vor dieser Frist
Begraben und verwest, wie ihrer ist.

Wer aber sah je, daß ich zuckt und schrie?
Wir dulden mehr vielleicht in solcher Zelle
Als der Verschlagne an der öden Welle;
Er hat die Welt noch vor sich – mein' ist kaum
So groß wie einst für meinen Sarg der Raum.
Ob er erliegt, er kann gen Himmel schaun,
Sein sterbend Auge noch kann Gott verklagen –
Ich will mein Aug im Zorn nicht aufwärts schlagen,
Obwohl ein Kerker es umwölkt mit Graun.

8

Doch fühl ich manchmal, wie mein Geist versagt –
Er weiß es selbst. Mir ist, als fühl ich dann
Seltsame Lichter durch die Zelle streichen
Und einen fremden Dämon, der mich plagt
Mit kleinen Quälerein und Koboldstreichen,
Ein Nichts für den gesunden, freien Mann,
Doch viel für einen, der so tiefen Jammer
Geduldet, Angst des Herzens, enge Kammer,
Kurz, alles, was den Mann entmannen kann.
Mit Menschen, glaubt ich, hätt ich nur zu rechten –
Nun auch mit Geistern. Mich verläßt die Welt,
Und Gott vergißt mich – wehrlos bloßgestellt,
Werd ich vielleicht nun von den bösen Mächten
Noch schrecklicher versucht. Die Hölle siegt,
Und die gebrochne Kreatur erliegt.
Weshalb die Flammenglut, die mich umgibt,
Wie Feuer Eisen schmelzt? Weil ich geliebt!
Weil ich geliebt, wo nicht zu lieben mehr
Als menschlich war – für mich, für mich zu schwer.

9

Einst fühlt ich tief; das sind vergangne Tage.
Mein Herz ist schwielig, sonst am Gitter schon
Hätt ich mein Hirn zerschmettert, wenn zum Hohn
Die Sonn hindurchblitzt. Wenn ich trug und trage
Das Viele, was ich aussprach, und das Mehr,
Das keine Worte hat, der Grund ist der:
Ich will nicht sterben, will durch Selbstmord nicht

Den Lügnern beistehn, die mir alles nahmen,
Nicht »Wahnsinn« stempeln auf mein Angesicht,
Nicht Mitleid flehen für entehrten Namen,
Den Spruch besiegelnd, den die Feindschaft spricht.
Nein, dieser Name soll unsterblich sein,
Und dies Verlies ein künft'ger Heil'genschrein,
Zu dem um meinethalb die Völker wallen,
Indes, Ferrara, dein herdloses Schloß,
Nicht mehr bewohnt vom herzoglichen Troß,
Hinsinken wird und allgemach verfallen –
Dein einzig Diadem ein Dichterkranz,
Ein Dichterkerker dein ruhmreichster Glanz,
Des Fremdlings Wunder deine öden Hallen.
Und du, Leonora! – du, die sich geschämt,
Weil meinesgleichen liebte; die erglühte,
Weil sie nicht nur für Fürsten lieblich blühte –
Sag deinem Bruder: Tasso, ungezähmt
Durch Zeit und Gram (es mag ein Anflug sein
Des Übels, des mich seine Lippen zeihn,
Ansteckung dieser langbewohnten Gruft,
Darin der Geist fault in der faulen Luft),
Kniet noch vor dir! Und sag ihm, seine Veste
Und Türme, jetzt der Schauplatz seiner Feste,
Von Tänz und Pracht, wenn in Vergessenheit
Sie modern werden oder dumpfer Ruh,
Dann wird dies – dies ein Ort voll Heiligkeit!
Du aber, reich mit Zaubern ausgestattet,
Wenn Rang und Schönheit Staub sind, teilest du
Des Lorbeers Hälfte, der mein Grab beschattet.
Nichts kann im Tode unsre Namen scheiden,
Wie nichts im Leben mir dein Bild verweht:
Ja, Leonora! Künftig sind wir beiden
Für alle Zeit vereinigt – nur zu spät!

BEPPO

Eine venezianische Geschichte

Rosalinde: Gehabt Euch wohl, Herr Reisender. Gebt acht, daß Ihr lispelt und fremdartige Kleider tragt, und verlästert die Vorzüge Eures Vaterlandes, überwerft Euch mit Eurem Planeten und ja, scheltet den lieben Gott, daß er Euch mit einem solchen Gesichte geschaffen hat; sonst werd ich kaum glauben können, daß Ihr je in einer Gondel gefahren seid.

Wie es euch gefällt Akt IV, Sz. 1, Zeile 33–35

Anmerkung der Erklärer: Das heißt, in Venedig gewesen seid, welche Stadt von den vornehmen jungen Engländern jener Zeit viel besucht ward und damals war, was Paris jetzt ist – der Sitz aller möglichen Ausschweifungen.

1

Bekannt ist oder sollt es billig sein,
Daß ein'ge Wochen vor Beginn der Fasten
In den kathol'schen Ländern allgemein
Die Leute gründlich von der Arbeit rasten;
Sie kaufen Stoff für spätres Büßen ein,
Die niedren Stände wie die höchsten Kasten,
Mit Fiedeln, Schmausen, Tanzen, Masken, Singen
Und guten und wohlfeilen Dingen.

2

Sobald die Nacht den Himmel hüllt in Schatten
(Je dunkler, desto besser), naht die Zeit,
Die für Verliebte schöner als für Gatten,
Und ihre Fesseln sprengt die Sprödigkeit;
Die Lust hüpft auf den Zehen ohn Ermatten,
Mit jedem kichernd, welcher um sie freit;
Da schallen Lieder, Triller und Gequiek,
Gitarrn und alle Arten von Musik.

3

Kostüme gibt es, prächtig und phantastisch,
Aus jeder Zeit und Gegend, Türken, Juden,
Hanswurst und Harlekin, flink und gymnastisch,
Und Griechen, Römer, Hindus, Botokuden.
Ist eure Tracht nur nicht elastisch,
So wählt euch, was ihr wollt, aus Trödlerbuden;
Doch hütet euch, die Geistlichkeit zu kränken,
Das geb ich euch, Freidenker, zu bedenken.

4

Viel besser trügt ihr Nesseln, als daß euer
Kostüm, mit einem Nadelstich nur, Hohn
Den Priestern beut. Schwürt ihr auch hoch und teuer,

Es sei nur Spaß, man würd euch bald zum Lohn
Auf Kohlen braten; denn man schürt das Feuer
Des Phlegeton mit jeder Mutter Sohn;
Und wollt ihr dann euch in den Höllenqualen
Durch Messen kühlen, müßt ihr doppelt zahlen.

5

Doch davon abgesehn, nimm dir die Maße
Zu Rock und Mantel, wie es dir gefällt,
Was Monmouth Street und Tandelmarkt zum Spaße
Und Ernst an Flitter zur Verfügung stellt;
Und selbst Italien hat manch solche Straße,
Nur daß man dort auf hübschre Namen hält;
Denn nie in einer großbritann'schen Stadt sah
Ich, außer Covent Garden, eine Piazza«.

6

Dies Fest wird Karneval genannt, das heißt
Verdolmetscht ungefähr: »Fleischspeis ade!«
Denn wisset, in der Zeit der Fasten speist
Man weiter nichts als Fisch aus Fluß und See;
Weshalb man aber vor den Fasten meist
Sich so ergötzt, ist mehr, als ich versteh;
Vielleicht ist's, wie man Abschiedsgläser leert
Mit guten Freunden, eh die Post abfährt.

7

So nimmt man Abschied dort von gutem Tisch,
Von Braten und gewürzten Frikasseen,
Und lebt sechs Wochen von recht schlechtem Fisch,
Weil Saucen nicht in ihrem Kochbuch stehn;
Das gibt denn manch verdrießlich »Puh« und »Pisch«
Und Flüche (die nicht in mein Versmaß gehn)
Von Reisenden, die seit dem Mutterschoße
Nie Lachs gegessen als mit Kapernsauce.

8

Und darum unmaßgeblich rat ich doch:
Wer trocknen Fisch verfolgt mit seinem Hasse,
Der send, eh er verreist, Frau oder Koch
Zuvor zum Markt und kaufe dort en masse
(Und dem, der fort ist, rat ich, daß er noch
Auf möglichst sichrem Weg nachkommen lasse)
Senf, Chili-Essig, Soja, Meeresrettich,
Sonst bringt das Fasten ihn zu Tode, wett ich.

9

Vorausgesetzt, er wär ein röm'scher Christ
Und wollt in Rom tun, was die Römer tun,
Gemäß dem Sprichwort; denn kein Fremder ist
Gezwungen mitzufasten. Wenn du nun
Krank, Ketzer oder Frauenzimmer bist
Und sündigst lieber mit gebratnem Huhn,
So iß und sei verdammt! – Ich will nicht fluchen,
Doch dieses ist die Strafe, die sie buchen.

10

Von allen Städten, wo's im Karneval
In alten Tagen ging am lautsten her,
Mit Spiel und Tanz und Serenad und Ball,
Mit Mummenschanz und Puppenspiel und mehr,
Als jetzt ich melden kann, und überall
Genoß Venedig einst die größte Ehr:
Die meergeborne Stadt war damals ganz
(Zur Zeit, von der ich red) in ihrem Glanz.

11

Noch sind sie hübsch, die Venezianerinnen,
Schwarzäugig, süßer Ausdruck, feine Brauen,
Wie's alte Meister nach den Charitinnen
Gemalt (die neueren sind oft zum Grauen);
Sie sind wie Tiziansche Huldgöttinnen

(Die best ist in Florenz – eilt, sie zu schauen!),
Wenn sie sich überlehnen vom Balkone,
Oder wie ein Gemälde von Giorgione,

12

Des Pinsel Schönheit und Natur vereint.
Und wenn ihr zum Palast Manfrini geht,
So ist das Bild (wie schön der Rest auch scheint)
Das liebste mir von allen, die ihr seht:
(Vielleicht, daß ihr davon das gleiche meint,
Und darum hab ich so den Vers gedreht)
Das Bild zeigt ihn mit seinem Sohn und Weibe,
Doch welch ein Weib! – Die Lieb in ird'schem Leibe!

13

Die Liebe lebensgroß und lebenswahr,
Kein Ideal (das ist nur Dunst und Rauch),
Nein, ganz Natur! Man schwört darauf: So war
Das süße Urbild, als es lebte, auch.
Man möcht es kaufen, betteln, stehlen gar,
Doch das ist schwierig und ein schlechter Brauch.
Das Bild erinnert dich – und peinlich fast –
An ein Gesicht, das du gesehen hast.

14

So eins von den Gesichtern, die im Leben
(Solang wir noch auf jegliches Gesicht
Mit jugendlichem Eifer Achtung geben)
Voll Anmut, Schönheit, Jugend, hold und licht
In flücht'gem Glanz an uns vorüberschweben,
Die namenlosen Feen, davon wir nicht
Die Heimat wissen noch die künft'gen Pfade –
Sie gleichen der verlorenen Plejade.

15

Die Frauen, sag ich, prangten wie Giorgione
In seinen Bildern, und so prangen sie,

Besonders wenn man steht auf dem Balkone
(Entfernung gibt der Schönheit Harmonie),
Und sie dann, wie die Damen bei Goldoni,
Durch Gitter blinzeln oder Jalousie;
Und (ganz aufrichtig) hübsch sind sie fast immer,
Und lieben es zu zeigen – desto schlimmer!

16

Blick lockt ein Äugeln, Äugeln Seufzer an,
Der Seufzer Wunsch, Wunsch Wort, und Wort Billette –
Die trägt ein hurtiger Merkur alsdann,
Der nicht Merkur wär, wenn er Arbeit hätte;
Und dann weiß Gott, was draus entstehen kann,
Wenn Lieb ein Pärchen knüpft an eine Kette:
Sündhafte Rendezvous, gehörnte Tröpfe,
Entführungen, gebrochne Schwür und – Köpfe.

17

Shakespeare beschreibt die Fraun in Desdemona
Als äußerst schön, jedoch von Ruf gebrechlich,
Und heut noch, von Venedig bis Verona,
Steht's wohl in diesem Punkte ziemlich schwächlich;
Nur geht es heute einem Gatten so nah
Wohl nie, daß er aus Argwohn ganz gemächlich
Sein Weib erwürgen würd in ihrem Bette,
Weil sie 'nen »Cavalier servente« hätte.

18

Und wandelt Eifersucht sie in der Tat an,
So ist sie feinren Teints und größrer Kühle
Als einst Othellos kienrußfarb'ger Satan,
Der Fraun erwürgt mit einem Federpfühle.
Die lust'gen Burschen nehmen guten Rat an;
Man macht sich nicht den Kopf um Frauen schwüle;
Ist man es satt, mit seinem Weib zu wandern,
Nimmt man ein andres oder eines andern.

19

Sahst je du eine Gondel? – Laß sie dir
Beschreiben. Eine Gondel ist ein schmales
Bedecktes langes Boot, alltäglich hier,
Ein leichtgebautes, aber kapitales;
Zwei Rudrer drin – man nennt sie Gondelier;
Schwarz gleitet sie durchs Wasser des Kanales,
Just wie ein Sarg in einer kleinen Jacht,
Und niemand merkt, was ihr drin sprecht und macht.

20

Und so, durch die Kanäle, Tag und Nacht,
Und unter des Rialto Ufermauer
Schießen sie hurtig oder gleiten sacht,
Und liegen vor Theatern auf der Lauer,
Ein schwarzer Schwarm, in ihrer Trauertracht,
Sie selber aber wissen nichts von Trauer;
Denn manchmal tragen sie gar lust'ge Gäste,
Wie Trauerkutschen nach dem Leichenfeste.

21

Doch zur Geschichte jetzt. – Vor ein'gen Jahren –
Vor dreißig, vierzig, minder oder mehr
Der Karneval und Maskeraden waren
Auf ihrem Höhepunkt, und hoch ging's her –
Ist eine Dame auch zu Ball gefahren.
Ich weiß nicht, wie sie hieß, und will daher
Sie Laura nennen, wenn es euch beliebt,
Weil sich das Wort bequem ins Versmaß schiebt.

22

Sie war nicht jung noch alt, noch auch von jenen,
Die stets in den »gewissen Jahren« bleiben,
Welche sich meist ins Ungewisse dehnen;
Mir glückt' es niemals, jemand aufzutreiben
Durch Bitten, durch Bestechung oder Tränen,
Der sagen wollte oder niederschreiben,

Was für ein Alter jenes Wort bedeute,
Und das ist doch recht albern, liebe Leute.

23

Laura war blühend noch, fand mit der Zeit
Sich trefflich ab, wofür die Zeit durchaus
Sich dankbar zeigt' und voller Glimpflichkeit,
Und in Toilette sah sie reizend aus.
Niedlichen Fraun tut niemand was zuleid,
Und Laura zog die Stirne selten kraus;
Sie schien ganz Lächeln, und ihr Blick, der dunkle,
Als ob er Dank für seine Siege funkle.

24

Sie war vermählt, was immer praktisch ist,
Weil in der Christenheit man die Vergehen
Vermählter Fraun mit mildrem Maße mißt,
Wogegen Damen, welche einzeln stehen
(Falls nicht noch zeitig in der Zwischenfrist
Die Hochzeitskränze den Skandal verwehen),
In solchem Fall zugrunde gehen müßten,
Es sei denn, daß sie zu vertuschen wüßten.

25

Ihr Mann befuhr der Adria Gewässer
Und hin und wieder auch wohl andre Seen,
Und wenn er heimkam, stieg sein Weib, indes er
Die Quarantäne hatte zu bestehn,
Bis unters Dach hinauf, um desto besser
Von dort herab sein teures Schiff zu sehn.
Er trieb als Kaufmann Handel mit Aleppo
Und hieß Giuseppe oder kürzer Beppo.

26

So dunkel wie ein Spanier war ihr Ehmann,
Ganz hübsch, doch sonnverbrannt, von Reisen nämlich,
So braun, als hätt er eine Haut von Lehm an.

Er war ein rüst'ger Mann, durchaus nicht dämlich;
Nie auf den Rahen stand ein beßrer Seemann,
Und sie, obwohl von Wesen gar nicht grämlich,
Galt für ein Weib von äußerst reinen Sitten
Und ihre Tugend fast für unbestritten.

27

Seit ein paar Jahren war er fort, der Mann,
Und manche meinten, er sei umgekommen,
Und ein'ge andere versetzten dann,
Er habe zu viel Schulden mitgenommen.
Noch andre boten jede Wette an,
Er werde wieder oder nimmer kommen.
Der Mensch, bevor er klug wird durch Verlieren,
Muß oft für seine Ansicht was riskieren.

28

Man sagt, ihr letzter Abschied war pathetisch
(Beim Abschied sollt sich das von selbst verstehn),
Und beider Vorgefühl war ganz prophetisch,
Sie würden sich hienieden nimmer sehn
(Es ist ein krankhaft Ahnen, halb poetisch,
Das ich bemerkt bei dreien oder zween),
Als er, vor ihr hinknieend auf dem Lido,
Sich losriß von der adriat'schen Dido.

29

Und Laura harrte lang und weint' auch wohl
Und dachte dran, ein schwarzes Kleid zu tragen;
Hinschwand ihr Appetit für Fleisch und Kohl;
Allein zu schlafen wollt ihr nicht behagen,
Und klapperte der Sturm am Fenster hohl,
Gleich dachte sie an Dieb' und Schauersagen:
Da schien ihr denn die allerbeste Stütze
Ein Vizemann, der sie (zunächst) beschütze.

30

So wählte sie (ein Weib wird alles wählen,
Wenn man sich ihrer Wahl nur widersetzt),
Bis Beppo heimkehrt und nach langem Quälen
Ihr treues Herz mit süßem Troste letzt –
Sie wählte, was gar manche Frauen schmälen,
Doch lieben, einen Dandy sich zuletzt:
Er war ein Graf, reich, vornehm, und es hieß,
Daß für Vergnügen er viel springen ließ.

31

Und er war Graf, ein Tänzer von Talent,
Und sprach Toskanisch mit vollkommner Reinheit.
Das ist nicht leicht: etrurischer Akzent
Herrscht in Italien nicht als Allgemeinheit.
Auch in der Oper war er Rezensent,
Kothurn und Soccus kannt er bis zur Feinheit,
Und keine Arie, keine Melodie
Fand Gnade, wenn er »Seccatura!« schrie.

32

Sein »Bravo!« war entscheidend: wenn es schnarrte,
Saß die Kritik in stummer Ehrfurcht da;
Der Geiger, dessen Bogen irrend knarrte,
Erbebte, wenn er um die Achsel sah;
Der Primadonna klangvoll Herz erstarrte
Vor der Vernichtung seines dumpfen »Bah!«.
Sopran und Baß und selbst der Contra-Alto
Wünscht' ihn fünf Klafter unter den Rialto.

33

Er konnte Stanzen aus dem Stegreif dichten
Und protegierte Improvisatoren;
Er reimte, sang, erzählte Jagdgeschichten,
Verkaufte Bilder, war zum Tanz geboren,
Wie Italiener stets, obwohl mitnichten
Frankreich im Tanz die Palme hat verloren;

Kurz, er war Kavalier, und so erschien er
Als Held sogar vor seinem Kammerdiener.

34

Er war verliebt sehr oft, doch treu nicht minder,
Und Frauen aller Art ihm reizend galten.
Sie keifen manchmal gern, die hübschen Kinder,
Doch er blieb immer sanft, sosehr sie schalten.
Er war ein rechter Herzensüberwinder,
Wachs im Empfangen, Marmor im Behalten,
Liebhaber von der guten alten Art,
Die stets je kühler, desto treuer ward.

35

Kein Wunder, daß ein Mann von diesem Schlage
Die Tugend selbst der bravsten Frau bedroht;
Die Heimkehr Beppos stand fast außer Frage,
Gesetzlich war er schon so gut wie tot;
Sie wartete schon so viel Jahr und Tage;
Er schrieb nicht, grüßte nicht, schien nicht in Not;
Und wenn ein Mann nicht schreibt, er lebe noch,
So starb er, oder er verdient' es doch.

36

Zudem erlaubt man von den Alpen südlich
(Obwohl es wirklich sündlich ist und schmählich)
Zwei Männer jeder Frau, und zwar ganz gütlich;
Gott weiß, wer es erfand, doch nicht verhehl ich,
Man findet dort die Sache sehr gemütlich,
Den »Cavalier servente« gibt's unzählig;
Man kann (zum besten) sagen, daß die Welschen
Die erste Eh durch eine zweite fälschen.

37

Vorzeiten war der Titel »Cicisbeo«,
Doch das ist jetzt gemein und gilt als schändlich:
Die Spanier nennen das Geschöpf »Cortejo«,

Denn auch in Spanien ist es sittlich-ländlich.
Die Sitte reicht vom Po bis an den Tejo
Und kommt vielleicht auch übers Meer noch endlich –
Gott schirm Alt-England nur vor solchen Plagen,
Sie wären ja der Tod der Scheidungsklagen.

38

Inzwischen hat es doch auch mir geschienen
(Obwohl ich nie den Jungfernstand geschmäht),
Daß die vermählten Fraun Vorzug verdienen,
So in Gesellschaft wie im Tête-à-tête;
Und diesen Vorrang vindizier ich ihnen
Ohn Unterschied der Nationalität,
Weil sie das Leben kennen, sich nicht zieren
Und gern sich ganz natürlich amüsieren.

39

Ein knospend Fräulein ist bezaubernd, ja,
Doch scheu und steif und ewig ohne Ruhe,
So schüchtern, sie verschüchtern uns beinah,
Ganz Kichern und Erröten und Getue,
Und dann ein ew'ges Schielen nach Mama,
Ob sie, ob du, ob er auch Unrecht tue;
Noch lallt der Kindermund in ihrem Flöten,
Und dann: sie riechen so nach Butterbröten!

40

Doch »Cavalier servente« ist der Name,
Mit dem man in der feinen Welt benennt
Den armen Sklaven, der von seiner Dame
Gleich einem Kleidungsstück sich niemals trennt.
Glaubt nicht, daß er im Dienste je erlahme;
Ihr Wort ist ihm Gesetz, das er erkennt:
Er muß die Diener holen, Gondeln, Wagen
Und ihren Fächer, Schal und Handschuh tragen.

41

Ich muß gestehn, Italien ist mit seinen
Unsitten mir ein angenehmes Land;
Ich sehe gern die Sonne täglich scheinen
Und Reben, nicht genagelt an die Wand,
Nein, als Gewinde rankend in den Hainen,
Wie in der Oper malerisch ausgespannt,
Wenn nach dem ersten Akt sie euch ermüden
Mit Tanz und Szenerie aus Frankreichs Süden.

42

Ich reite gern im Herbst an Nachmittagen,
Ohne daß ich dem Groom zu sagen brauche,
Er solle meinen regendichten Kragen
Mitnehmen, festgeschnallt vor seinem Bauche.
Und wird mir dann mein Weg versperrt von Wagen,
Wenn ich in grüne Lauballeen mich tauche,
So sind es Wagen voller Trauben. Wetten,
Daß sie in England Mist geladen hätten?

43

Ich esse mittags gern die Feigenfresser;
Ich sehe gern die Sonn aufgehn am Morgen,
Nicht blinzelnd durch das Grau des Nebels, blässer
Als Säufer in des Katzenjammers Sorgen,
Nein strahlend über Fluren und Gewässer,
Herrin des Himmels – nicht braucht sie zu borgen
Das Pfennigskerzenlicht, das niederschaut,
Wo Londons ruß'ger Kessel qualmt und braut.

44

Und ihre Sprache, sollt ich die nicht lieben,
Der Römerzunge sanftes Bastardkind?
Mit Lauten wie auf Seide hingeschrieben –
Sie schmilzt, wie auf der Lipp ein Kuß zerrinnt;
Sie fließt, wie von des Südens Hauch getrieben;
Kein Ton ist grob, wie unsre Worte sind,

Das rauhe, nord'sche, gutturale Strudeln,
Das wir nur zischen, spucken oder sprudeln.

45

Auch lieb ich (wenn's gleich Wahnsinn ist) die Frauen,
Das tiefe Bronzebraun der Bauernwangen,
Die großen schwarzen Augen, welche schauen,
Als nähmen sie euch gleich im Sturm gefangen,
Und auch der edlen Dame ernste Brauen –
Wie wild und glutvoll ihre Blicke prangen!
Herz auf der Lipp, im Auge Liebeswonne,
Weich wie ihr Himmel, hell wie ihre Sonne!

46

Eva in diesem Erdenparadies!
Schönheit Italiens, die mit ihrer Macht
Einst Raffael den Weg zum Himmel wies,
Den seine Kunst der Nachwelt hat vermacht,
Und dann in ihrem Schoß ihn sterben ließ –
Selbst deine eigne Leier kann die Pracht
Nicht schildern, die dir war und ist beschieden,
Solang Canovas Hand noch schafft hienieden!

47

»England! trotz deiner Fehler lieb ich dich!«
So rief ich in Calais, und ich vergaß nicht.
Ich lieb es, grob zu sein und frei für mich;
Ich liebe die Regierung (doch ist's das nicht),
Ich lieb die freie Presse sonderlich,
Lieb auch das Habeas Corpus (nein, ich spaß nicht)
Und lieb es, wenn das Parlament im Gang ist,
Vorzüglich, wenn die Sitzung nicht zu lang ist.

48

Ich liebe Steuern, wenn sie nicht zu schwer,
Und Kohlen, wenn der Preis nicht zu gefährlich;
Ich lieb ein Beefsteak wie nur irgendwer,

Und einen Krug voll Bier veracht ich schwerlich;
Ich liebe selbst das Wetter, wenn's nicht sehr
Naß ist (das heißt, acht Wochen lieb ich jährlich).
Und so – Gott segne König, Kirch und Staat!
Das heißt, ich liebe alles nachgerad.

49

Das stehnde Heer, die abgelohnte Flotte,
Die Staatsschuld, meine Schuld, die Armensteuer,
Des freigebornen Pöbels süße Rotte,
Luft ohne Licht und Frauen ohne Feuer,
Die Tagesliste lumpiger Bankrotte –
Vergebend und vergessend denk ich euer
Und preise hoch den Ruhm der letzten Schlachten;
Mich ärgert nur, daß Tories dies vollbrachten.

50

Jedoch zurück zu Laura; denn ich finde,
Daß es ein recht ermüdendes System ist,
So abzuschweifen, wie ich selbst empfinde,
Und das mithin dem Leser kaum genehm ist.
Auch ein geneigter Leser brummt gelinde
Und fragt nicht viel danach, was mir bequem ist;
Er will, daß man klar, was man meine, sage –
Für einen Dichter oft die schlimmste Lage!

51

O hätt ich doch die Gabe, leicht zu schreiben
Für leichtes Lesen! – die Art von Gedichten,
Die reizenden, die nie erfolglos bleiben,
Hätt ich die Muse doch, sie herzurichten!
Wie wollt ich aller Welt die Zeit vertreiben
Mit griechisch-syrisch-türkischen Geschichten,
Um euch, vermischt mit christlichem Empfindeln,
Das schönste Orientalisch anzuschwindeln.

52

Doch ich bin nur ein namenloses Wesen,
Ein ruinierter Dandy im Exil,
Ich muß in Walkers Lexikon nachlesen
Und Reime suchen für dies Versespiel.
Ist dort kein guter, nehm ich einen bösen
Und scher um die Kritik mich auch nicht viel.
Fast möcht ich schon zur Prosa mich bekehren,
Wenn nicht die Verse eben Mode wären.

53

Lauras und ihres Grafen Allianz
Blieb (wie mitunter wohl geschehen kann)
Ein halbes Dutzend Jahre heil und ganz.
Sie hatten ihre Szenen dann und wann,
So einen kleinen eifersücht'gen Tanz,
Doch das klebt einmal solchen Dingen an:
Wer hat nicht mal 'ne schmollende Bataille,
Vom Sünder höhren Rangs bis zur Kanaille?

54

Im ganzen war ihr Glück doch so vollkommen,
Wie's bei verbotnem Glück nur möglich schien;
Das Joch so leicht, das sie auf sich genommen,
Es lohnte nicht der Müh, sich ihm entziehn.
Die Welt sah durch die Finger, nur die Frommen
Schrien wohl: »Der Teufel hole sie und ihn!«
Der Teufel tat es nicht: Er braucht zum Ködern
Die alten Sünder für die jüngern, blödern.

55

Sie freilich waren jung. Was wäre auch
Lieb ohne Jugend, Jugend ohne Liebe?
Die Jugend gibt ihr Glück, Kraft, Lebenshauch,
Herz, Seele, alle gottentflammten Triebe;
Doch mit den Jahren wird ihr Feuer Rauch;
Viel besser, wenn sie ohn Erfahrung bliebe!

Man sieht es ja, wie alte Herrn auf Erden
Ganz unvernünftig eifersüchtig werden.

56

Es war im Karneval, wie seinerzeit
Bemerkt, vor etwa sechsunddreißig Stanzen,
Und Laura war in jener Tätigkeit,
Die ihr entfaltet, wenn zu Mummenschanzen
Ihr zu Frau Boehm zu gehn entschlossen seid,
Sei's nun, um zuzusehn, sei's, um zu tanzen,
Nur mit dem Unterschied, daß Lauras Stadt
Sechs Wochen »übertünchte Wangen« hat.

57

Laura, wie schon mein Lied gemeldet hat,
War, wenn in vollem Staat, ein Frauenzimmer,
So hübsch man's sehen kann, so frisch und glatt
Wie 'n Engel auf des Wirtshausschildes Schimmer,
Wie 'n Kupferstich im neuesten Modeblatt,
Buntkoloriert, ein Silberblättchen immer
Auf jedem Bild, damit nur ja der Text
Mit Druckerschwarz den Anzug nicht bekleckst.

58

Sie gingen zum Ridotto; 's ist ein Ort
Zum Tanz, dann zum Souper, dann neuem Tanze;
Ein Maskenball wär wohl das richt'ge Wort,
Doch das verschlägt nicht viel für meine Stanze.
Es ist ein klein Vauxhall, nur daß man dort
Nicht durchgeregnet wird im höchsten Glanze.
Das Publikum ist »sehr gemischt«, will sagen,
Für euch zu schlecht, um viel danach zu fragen.

59

»Gemischtes Publikum« zeigt nämlich an,
Daß außer dir und fünfzig andern Gästen,
Denen man ohne Schmach zunicken kann,

Der Rest nur Schund ist, der auf größren Festen
Gemein Trotz beut dem fashionablen Bann
Und kühlen Blick der Edelsten und Besten,
Die sich allein »die Welt« zu nennen pflegen –
Ich, der sie kenne, weiß nicht recht, weswegen.

60

So ist's in England, oder war's vor Jahren,
Als noch die Dandys herrschten, die vielleicht
Nun schon verdrängt sind durch ganz neue Scharen
Von nachgeäfften Äffern. Wie verbleicht
Ihr Stern, die einst die Demagogen waren
Der Modewelt! ja, Erdenglanz entweicht!
Wie rasch verliert ihr Macht, die ihr genoßt,
Durch Lieb und Krieg und manchmal bloß – durch Frost!

61

Frost, dieser Nordlands-Thor, mit eis'gem Hammer
Schlug er Napoleons Armee aufs Haupt;
Die »Elemente« machen Kaisern Jammer,
Wie einem Schüler, der Vokabeln klaubt.
Fortunas wankelmüt'ge Gunst verdammt er . . .
Verdammen? nein – das ist hier unerlaubt:
Je klarer man sich jeden neuen Fall macht,
Je fester glaubt man an Fortunas Allmacht.

62

Denn sie beherrscht, was Leben hat und nicht hat;
Sie gibt uns Glück im Spiel, in Lieb und Ehe;
Ich kann nicht sagen, daß sie viel für mich tat.
Nicht, daß ich sie zu schmähn mich unterstehe,
Denn wenn sie auch bis jetzt nicht ihre Pflicht tat,
So hoff ich doch, daß sie noch in sich gehe;
Ich will sie nicht behell'gen, ausgenommen
Durch meinen Dank, wenn mal mein Glück gekommen.

63

Doch weiter, oder rückwärts! Schlag doch drein . . .
Mein Thema schlüpft mir immer durch die Finger;
So wie die Stanze will, so muß es sein,
Und somit wird mein Rückstand nie geringer.
Ich ließ mich einmal auf dies Versmaß ein
Und muß nun fort im Takt, wie 'n Jahrmarktsspringer,
Doch wenn wir glücklich uns ans Ende quälen,
So will ich nächstes Mal ein andres wählen.

64

Sie gingen zum Ridotto ('s ist ein Platz,
Zu dem ich selber gehe, nämlich morgen,
Mich zu befrein von einem Bodensatz
Von Gall und etwas Heiterkeit zu borgen.
Da späh ich denn, was für ein kleiner Schatz
In jeder Maske steckt, und da die Sorgen
Zuweilen Schritt gehn, find ich wohl ein Fündchen,
Um ihnen zu entrinnen auf ein Stündchen).

65

Und Laura schwimmt umher im lust'gen Schwarm,
Genuß im Blick und Lächeln auf den Lippen;
Hier flüstert sie, dort nimmt sie einen Arm,
Hier knickst sie, dort begrüßt sie Freund' und Sippen,
Und dann behauptet sie, es sei so warm,
Dann bringt ihr Graf ihr Eispunsch, um zu nippen;
Dann prüft sie, kritisiert und äußert Klagen,
Wie ihre Freundinnen sich schrecklich tragen.

66

Die schminkt zu viel, die da hat falsche Locken,
Die dritte – Gott, der Turban ist abscheulich!
Die viert ist bleich, als hätt sie sich erschrocken;
Der fünften weiße Seide ist ganz gräulich;
Die sechst ist bäurisch, schlottrig, dumm und trocken;
Die siebte trug ihr Tüllkleid ja erst neulich;

Die achte . . . nein, hinweg die Augen wende!
Es nimmt, wie Banquos Kön'ge, sonst kein Ende.

67

Indes sie so die andern sich beschaute,
War mancher andre Blick auf sie gezielt;
Sie hört' ihr Lob in leisem Männerlaute,
Wobei sie sich entschlossen still verhielt,
Und manche Dame kaum den Augen traute,
Daß sie, die schon so lange mitgespielt,
So viel Bewundrer fand! »Den Männern freilich
Ist Äußres alles – es ist unverzeihlich.«

68

Ich muß gestehn, daß ich nie recht verstand,
Wie unmoral'sche Fraun – doch still von Sachen,
Die ein Skandal sind für das ganze Land;
Ich kann sie leider nicht viel anders machen,
Doch trüg ich ein Barett und schwarz Gewand
Und hätt ein Recht, zu predigen den Schwachen,
So predigt ich, bis Wilberforce und Romilly
Im Parlament zitierten meine Homilie.

69

Indessen Laura glänzte, lachend, schwatzend,
Sie wußte kaum warum, und frug nicht, was,
Wenn's andre Damen nur, vor Mißgunst platzend,
Mit ansahn, Airs und Sieg' und alles das,
Und wohlfrisierte Herrn, Bücklinge kratzend,
Queue vor ihr machten, ohne Unterlaß, –
War einer da, der, mehr als alle, sie
Ausdauernd ansah – häufig ist das nie.

70

Er war ein Türke, braun wie Mahagoni,
Und Laura sah ihn, und war anfangs froh;
Denn wie die Türken liebt ein Christ wohl nie,
Indes ist ihr Galantsein nur soso.
Sie kaufen sich ein Weib wie einen Pony,

Und wie 'nen Hund behandeln sie es roh;
Sie nehmen sie en gros, oft weit verschrieben,
Vier rechte Fraun, und linke nach Belieben.

71

Man sperrt sie ab, mit Schleiern, Riegeln, Wachen;
Sie dürfen kaum die eignen Brüder sehn,
So daß die Tage nicht in Scherz und Lachen
(Wie es im Norden Sitte ist) vergehn.
Auch muß die enge Haft sie bleicher machen,
Und da die Türken Plaudern nicht verstehn,
So ist ihr Tagwerk Nichtstun, Kinderwiegen,
Sichanziehn, Baden, zärtliche Intrigen.

72

Sie lesen nicht und lispeln niemals kritisch,
Schriftstellern nie, und nicht für Musen glühn sie;
Kein Band Gedichte kommt auf ihren Frühtisch;
Nie sehn Romane, Predigten, Revuen sie;
Im Harem ist Gelehrsamkeit ganz mythisch,
Und »blauen Strümpfen« waren niemals grün sie;
Kein Botherby liest je mit ihnen
»Das reizende Gedicht, das just erschienen«.

73

Kein salbungsvoller, alter Reimpedant,
Der all sein Leben lang die Müh sich nahm,
Nach Ruhm zu angeln mit geschäft'ger Hand
Und manchmal auch wohl einen »Biß« bekam;
Ein »Meergott für die Schmerlen«, ein Gigant
Des Mittelmaßes und fanatisch zahm,
Echo des Echos, Küster oder Pfaffe
Weiblicher Beaux-Esprits – kurzum, ein Laffe;

74

Ein aufgespreizt Orakel schwülst'ger Phrasen;
Wie eine Fliege Beifall summend, saust er

Den neugebacknen Dichtern um die Nasen,
Sämtlicher blauer Schmeißer allerblauster.
Sein Tadel reizt, sein Lob bringt euch zum Rasen;
Er frißt sein bißchen Ruhm roh wie 'ne Auster;
Verdolmetscht Sprachen, die er nie gekannt hat,
Schwitzt Poesie, die nicht mal Unverstand hat.

75

Man haßt Autoren, die nur Autor sind,
Kerl' in papiernem Frack mit Tintenflecken,
Zudringlich, geistreich, eitel, albern, blind –
Was fängt man damit an? Soll man sie necken?
Pumpt sie mit einem Blasebalg voll Wind!
Die Crème von des Gecktums schlimmsten Gecken
Ist golden gegen die papiernen Puppen,
Der mitternächt'gen Kerze qualm'ge Schnuppen.

76

Dergleichen gibt's auch andre Herrn,
Weltmänner, die wie Männer sich gebärden,
Scott, Rogers, Moore, der ganze beßre Kern,
Die mehr verstehn als Federkäun auf Erden.
Was aber sie betrifft, die gar so gern
Schöngeister wärn und Gentlemen nie werden,
Sie überlaß ich ihrem ew'gen Teetisch
Und Damencliquen, zierlich und ästhetisch.

77

Die armen Muselfrauen haben keinen
Von diesen reizenden, geistreichen Leuten;
Sie würden dort als Neuerung erscheinen,
Ganz wie im türk'schen Kirchturm Glockenläuten.
Es wär vielleicht der Mühe wert, so einen
Schöngeist zu mieten und ihm zu bedeuten,
Er solle der Türkei den mannigfachen
Gebrauch der Sprachwerkzeuge deutlich machen.

78

Da zeigt kein Chemiker, wie Gas sich löse;
Da wird kein Philosoph der Welt gefährlich;
Kein Lesezirkel türmt religiöse
Roman' auf Lieder, ernst, doch unerklärlich,
Und keine Predigt lehrt, die Zeit ist böse;
Kein Kunstsalon strahlt von Gemälden jährlich;
Sie brauchen nicht zu gaffen nach den Sternen
Noch (Gott sei Dank!) Mathematik zu lernen.

79

Und sage, Gott sei Dank! – und weiß, warum:
Mein Grund würd euch vermutlich schlecht behagen:
Ich werd ihn einst – bis dahin bleib ich stumm –
In Prosa und im künft'gen Leben sagen.
Ich fürcht, ich bin zum Geißeln nicht zu dumm,
Doch find ich, daß in seinen alten Tagen
Man lieber lacht als schimpft – man ist nur, ach,
Wenn man gelacht hat, doppelt ernst hernach.

80

O Glück und Kindlichkeit! O Milch und Wasser!
Du schöne Mischung einer schönren Zeit!
Die Welt ist jetzt voll Sünder, Mörder, Prasser;
Der Mensch in seiner heut'gen Scheußlichkeit,
Nie stillt den Durst mit eurem reinen Naß er.
Gleichviel, euch ist mein Herz und Lied geweiht:
O Reich Saturns! o Zeit von Zuckercandy!
Auf deine Rückkehr trink ich ein Glas Brandy.

81

Noch immer sah der Türke Laura an,
Wen'ger nach Türken als nach Christenart,
Die so viel sagt: »Durch Gaffen schmeichelt man;
Drum bleibt, Madame, bis ich mich satt gestarrt.«
Wenn je ein starrer Blick ein Weib gewann,
So mußt es dieser. Aber sie blieb hart;

Sie war zu feuerfest, um von Gebärden
Und Äugeln dieser Art verblüfft zu werden.

82

Der Morgen war schon im Begriff zu kommen;
Ich rate Damen, welche in der Nacht
An einem großen Balle teilgenommen
Und andre Leibesübungen gemacht,
Daß sie den Ballsaal (nur zum eignen Frommen)
Verlassen mögen, eh die Sonn erwacht,
Weil, wenn die Kerzen dunkeln, leicht die Glut
Des Morgens ihren Wangen Abbruch tut.

83

Auch ich besuchte Báll in meiner Zeit
Und blieb (aus närrischen Gründen) bis ans Ende;
Dann gab ich acht (wenn's Sünd ist, tut's mir leid),
Wer von den Damen wohl die Prob bestände.
Ich sah sie, Tausende, voll Lieblichkeit,
Doch zweifl ich, ob ich mehr als eine fände,
Die nach dem Tanz dem ros'gen Horizonte
Mit ros'gem Antlitz noch Trotz bieten konnte.

84

Wer die Aurora war, blieb unbekannt,
Obwohl sie mir nichts war, muß ich gestehn,
Als jenes Meisterwerk, das Gott erfand,
Ein reizend Weib, wie wir es gerne sehn.
Doch Namen nennen wäre nicht galant,
Und willst du selber ihrer Spur nachgehn,
In London, in Paris, beim nächsten Balle
Kannst du ihr Antlitz schaun – blühender als alle!

85

Laura vermied den hellen Tagesstrahl
Nach siebenstünd'ger Sitzung unter Massen
Erhitzter Tänzer in dem schwülen Saal.

Sie dacht, ein Knicks zum Abschied wird jetzt passen;
Der Graf war neben ihr mit ihrem Schal,
Und eben wollten sie das Haus verlassen,
Da siehe, war die Gondel, die verfluchte,
Just an dem Platze, wo kein Mensch sie suchte.

86

Sie machen's unsern Kutschern nach, und zwar
Aus gleichem Grund: Das Schieben, Zerren, Drängen
stellt einen Lärm und einen Wirrwarr dar
Und Blasphemien, genug, den Hals zu sprengen.
Bei uns nimmt Polizei die Ordnung wahr;
Dort steht ein Posten, um sich einzumengen;
Trotzdem gibt's Flüche, Schimpfen, Redensarten –
Daß ich sie schreibe, könnt ihr nicht erwarten.

87

Der Graf und Laura fanden noch ihr Boot
Und schwammen heimwärts auf den stillen Wogen,
Besprachen jeden Tanz, und was er bot
Und was die Tänzerinnen angezogen,
Auch etlichen Skandal – da, bleich wie Tod
(Als an ihr Treppentor die Rudrer flogen)
Saß Laura neben ihrem Kavalier,
Denn siehe da: der Türke stand vor ihr.

88

»Mein Herr«, begann der Graf mit finstren Mienen,
»Ich darf darauf bestehn, weshalb Sie hie
So völlig unerwartet sind erschienen?
Es ist vielleicht ein Mißverständnis, wie?
Ich hoff es wenigstens, und um mich Ihnen
Ganz klarzumachen, hoff ich es für Sie!
Verstehn Sie mich?« – Der Türk am Treppentor
Sprach: »Hier liegt gar kein Mißverständnis vor:

89

Die Dam ist meine Frau!« – Von Schreck entstellt
War Lauras Wange, wie es sich ja paßt.
Doch wo die Britin oft in Ohnmacht fällt,
Bleibt eine Italienerin gefaßt;
Sie ruft zu Heil'gen in der andern Welt
Und kommt dann zu sich, völlig oder fast;
Wodurch sie Hirschhorn, Salz und Wasser spart
Und ihr Korsett vor Scherenschnitt bewahrt.

90

Sie sagte – ja, was sagte sie? – kein Wort.
Der Graf indes, mit schon versöhnten Sinnen,
Lud jenen höflich von der Treppe fort:
»Dergleichen«, sagt' er, »spricht man besser drinnen;
Weswegen hier an einem offnen Ort
Sottisen machen oder Lärm beginnen?
Die erste und die einz'ge Folge wäre
Ein Stadtgekicher über die Affäre.«

91

Man ging ins Haus, befahl Kaffee; er kam,
Ein Lieblingstrank für beide, Türk und Christ,
Nur trinken ihn die Türken ohne Rahm.
Und Laura, die den ersten Schreck vergißt,
Ruft: »Beppo! sag, wie ist dein Heidennam?
Und, Himmel, wie dein Bart gewachsen ist!
Was fiel dir ein, daß du so lange bliebst?
Du ahnst wohl kaum, was du für Anstoß gibst?

92

Und du bist Türke? Ist es keine Fabel?
Und hast du einen Harem? Ist es wahr,
Daß sie die Finger brauchen statt der Gabel?
Gott, welch ein Schal! Den krieg ich, das ist klar!
Und Schweinefleisch kommt nie in euren Schnabel?
Wie konntest du so manches liebe Jahr

Mich . . . aber, Mann, du bist ja bei den Heiden
Ganz gelb geworden! Doch kein Leberleiden?

93

Ich finde, daß dein Bart dich garstig macht;
Noch heut rasierst du dich; er macht viel älter.
Wozu ein Bart? – Ach ja, ich hab's gedacht,
Nicht wahr, die Luft ist hier bedeutend kälter?
Wie seh ich aus? – In dieser Narrentracht
Kannst du nicht ausgehn; sonst wirst du der Held der
Gesamten Stadt, die dann gleich alles weiß.
Wie kurz dein Haar ist! – Himmel, und wie greis!«

94

Was Beppo sprach auf alle diese Fragen,
Das weiß ich nicht. Wo früher Troja stand
Und jetzt nichts steht, dorthin ward er verschlagen,
Ward Sklav natürlich, und als Löhnung fand
Er Brot und Prügel, bis in spätren Tagen,
Als ein Piratenschiff dort lag am Strand,
Er zu den Schelmen ging, sein Glück sich schuf,
Als Renegat von zweifelhaftem Ruf.

95

Er wurde reich, und als er reich war, sehnte
Er sich mit einem Male sehr nach Hause.
Das sei viel tugendhafter, wie er wähnte,
Als daß er so auf allen Meeren mause.
Einsam wie Crusoe fühlt' er sich und gähnte;
Drum mietet' er ein Schiff, das ohne Pause
Nach Korfu ging – 'ne spanische Polacke,
Zwölf Mann an Bord und außerdem Tabake.

96

Sich und sein (Gott weiß wie erworbnes) Geld
Einschifft' er mit Gefahr für Leib und Leben;
Doch kam er durch. Man hatt ihm nachgestellt,

Der Himmel aber hatt ihm Schutz gegeben,
Sagt' er – ich sage nichts, wenn's euch gefällt.
Kurzum, das Schiff war gut, die Fahrt ging eben,
Sie kamen ohne Ungemach davon,
Bis auf drei Tage Flaute bei Kap Bon.

97

Man lief in Korfu ein, und er verlud
Sich selbst und Geld mit einem andren Schiffe;
Er sagt', er sei ein Türk mit Kaufmannsgut,
Und so entkam er, dank dem kleinen Pfiffe.
Würd er erkannt, so dacht er, ging's nicht gut,
Man würd ihn hängen, wenn man ihn ergriffe.
So kam er heim und heischte Stück für Stück
Taufnamen, Weib und Religion zurück.

98

Sein Weib empfing, der Bischof tauft' ihn wieder
(Ein hübsch Geschenk erleichterte die Strafen),
Vom türk'schen Pomp befreit' er seine Glieder
Und lieh für einen Tag das Zeug des Grafen;
Die Freunde grüßten herzlich ihn und bieder,
Da sie bei ihm die Kraft des Wohltuns trafen;
Es gab Diners und lustige Berichte –
Doch ich glaub nur die Hälfte der Geschichte.

99

Was seiner Jugend vorenthalten blieb,
Ward so im Alter leidlich aufgewogen,
Man sagt, daß Laura oft zur Wut ihn trieb,
Jedoch der Graf und er stets Freundschaft pflogen.
Hier ist das Blatt zu End, auf dem ich schrieb,
Und die Geschichte endigt mit dem Bogen;
Zu spät vielleicht; indes Geschichten spinnen
Sich manchmal aus, wenn wir sie erst beginnen.

MAZEPPA

VORBEMERKUNG

»Diesen Posten bekleidete damals ein polnischer Edelmann namens Mazeppa, aus dem Palatinat Podolien gebürtig, welcher als Page des Königs Johann Kasimir erzogen worden war und sich an dessen Hofe einen Anflug literarischer Bildung erworben hatte. Ein Liebeshandel, den er in seiner Jugend mit der Frau eines polnischen Edelmannes hatte, war entdeckt worden, und der Edelmann hatte ihn ganz nackt auf ein wildes Pferd binden lassen und in diesem Zustande fortgejagt. Das Pferd kehrte mit Mazeppa in die Ukraine, woher es stammte, zurück; halbtot vor Hunger und Erschöpfung fanden ihn hier einige Bauern; er blieb in ihrer Mitte und zeichnete sich bei mehreren Streifzügen gegen die Tataren aus. Die Überlegenheit seiner Bildung gab ihm großes Ansehen bei den Kosaken, und sein von Tag zu Tag steigender Ruf nötigte den Zaren, ihn zum Fürsten der Ukraine zu machen.« – Voltaire, *Hist. de Charles XII.*, 1772, S. 205.

»Dem fliehenden und verfolgten König ward sein Pferd unter dem Leibe getötet; der Oberst Gieta, obwohl verwundet und von Blutverlust erschöpft, gab ihm das seinige. So brachte man diesen Eroberer, der während der Schlacht nicht hatte reiten können, auf der Flucht zweimal in den Sattel.« – S. 222.

»Der König nahm mit einigen Reitern einen anderen Weg. Die Karosse, in welcher er saß, brach zusammen; man setzte ihn auf ein Pferd. Um das Unglück voll zu machen, verirrte er sich in der Nacht in einem Wald; der Mut konnte die erschöpften Kräfte nicht mehr ersetzen; die Schmerzen seiner Wunde waren durch die Anstrengungen noch unerträglicher geworden; sein Pferd war vor Ermüdung gestürzt, und so mußte er auf einige Stunden, am Fuße eines Baumes, sich schlafen legen, immer in der Gefahr, von den siegreichen Verfolgern überrumpelt zu werden.« – S. 224.

1

Das war Poltawas blut'ger Tag,
Als Mars dem Schwedenkönig grollte;
Rings sein erwürgtes Kriegsheer lag,
Das nimmer kämpfen, bluten sollte.
Des Krieges Macht, des Ruhmes Glanz,
Feil wie der Mensch, ihr eitler Schranz,
Ging zum siegreichen Zaren nun,
Und Moskau konnt in Frieden ruhn,
Bis einst ein Tag, der finstrer war,
Ein noch gedächtnisreichres Jahr
Verderben sollt in Schmach und Schlacht
Noch stolzren Ruhm und größre Macht,
In schlimmrem Schiffbruch, tiefrem Falle –
Sturz für den einen, Wetterschlag für alle.

2

Das Würfelspiel war schlimm gediehn;
Der wunde Karl, er lernte fliehn,
Bei Tag und Nacht, durch Feld und Flut,
Befleckt durch sein und Schwedens Blut.
Manch Tausend fiel zum Schutz der Flucht,
Doch schalt kein Mund die Ruhmessucht
In dieser Stunde tiefster Not,
Wo keine Macht Freimut verbot.
Sein Schlachtroß fiel, und Gieta gab
Ihm seins – und fand ein russisch Grab.
Auch dieses stürzt nach mancher Meile
Vergeblich angestrengter Eile,
Und tief, wo Waldesschatten dunkeln,
Wachtfeuer in der Ferne funkeln,
Des Feindes Lichter rings im Kreis,
Da streckt ein König sich zur Rast.
Ist dies die Ruh, das Lorbeerreis,
Wofür die Welt ihr Mark verpraßt?

Da lag er an des Waldbaums Schaft
In aller Qual erschöpfter Kraft;
Selbst flücht'gen Schlafs unstete Ruh
Ließ seines Fiebers Blut nicht zu;
Und also war es: aber doch
Blieb Karl im Fall ein König noch
Und ließ die Foltern tiefster Pein
Vasallen seines Willens sein;
Stumm waren sie, aufs Haupt geschlagen,
Wie sonst vor ihm die Völker lagen.

3

Ein Häuflein Feldherrn! – Ach, wie Spreu
Vor einem kurzen Sturm verschwand
Ihr Heer. Doch dieser Rest war treu
Und ritterlich; dort auf den Sand
Saß jeder nieder, still und bleich,
Bei seinem Herrn und seinem Roß;
Denn Not macht Tier und Menschen gleich,
Und wer Gefahr teilt, heißt Genoß.
Dort wo sie sich gelagert hatten,
Macht' auch Mazeppa Rast und Halt,
In einer alten Eiche Schatten,
Er rauh wie sie und fast so alt,
Der Steppe Hetman, kühn und kalt.
Doch erst sein Pferd, erschöpft vom Trab,
Rieb der Kosakenhäuptling ab
Und macht' ihm erst sein laubig Bette
Und strich ihm Mähn und Fesseln glatt
Und löst' ihm Gurt, Gebiß und Kette
Und sah vergnügt, es fraß sich satt;
Denn erst besorgt' er, daß zu matt
Sein Renner von des Tages Bürde
Im Tau der Nacht nicht grasen würde.
Der aber, zäh gleich seinem Herrn,
Entbehrte Streu und Krippe gern:
Ein feurig Tier, doch fromm und gut,
So eins, das, was zu tun ist, tut,
Zottig und flink, von Gliedern stark,
Tatarisch von Geblüt und Mark.

Wenn er es rief, so kam's im Lauf
Und fand in dichtem Schwarm ihn auf:
Durch tausend Feind, und ob die Nacht
Ohn einen Stern die Runde macht,
Dies Roß, durch Dickicht, Wüst und Schnee,
Wär's ihm gefolgt, zahm wie ein Reh.

4

Das Pferd besorgt, legt er sein Vlies,
Lehnt an die Eiche seinen Spieß,
Fühlt, ob die Waffen all zur Hand sind
Und nach dem Ritt in gutem Stand sind,
Ob noch das Pulver auf der Pfanne,
Ob noch das Schloß den Stein umspanne;
Fühlt auch nach Scheid und Säbelgriff,
Ob nicht der Stahl den Gurt zerschliff;
Und dann aus Flasch und Mantelsack
Holt der ehrwürdige Kosak
Sein bißchen Vorrat, breitet's aus,
Lädt Karl und Karls Gefolg zum Schmaus,
Zum Teilen oder auch zum Ganzen,
Sorgloser als bei Hof die Schranzen
In eines Festes Saus und Braus.
Und Karl tut lächelnd ihm Bescheid
Beim kargen Mahl auf kurze Zeit,
Damit ihn jeder heiter seh,
Erhaben über Mund und Weh,
Und spricht: »Von unserm ganzen Schwarm,
So fest von Mut und stark von Arm,
Hat keiner, wo wir uns auch sahn,
Auf kühnem Marsch und blut'gem Plan,
Wen'ger gesagt und mehr getan
Als du, Mazeppa. Niemals war
Auf Erden solch ein passend Paar,
Seit Philipps Sohn, ich schwör's dir zu,
Wie dein Bukephalos und du.
Des Skythenlandes Ruhm erbleicht,
Wenn ihr durch Feld und Fluten streicht.«
Mazeppa drauf: »Sie sei verdammt,
Die Schul, aus der mein Reiten stammt!«

Und Karl: »Wieso, was ist's damit?
Da dir die Kunst doch wohl gelang.« –
»Das zu erzählen, wäre lang,
Und vor uns liegt ein weiter Ritt,
Auch mancher Schwertschlag obendrein,
Und unser Feind ist zehn zu ein,
Eh am Dnjepr in Frieden man
Die Pferde grasen lassen kann,
Und Ihr bedürft der Ruhe, Sire.
Ich diene gerne diesem Biwak
Als Schildwach.« – »Dann befehl ich dir«,
Versetzt der Fürst, »erzähl, Kosak,
Was für ein Schicksal dich betraf;
Vielleicht verschafft es mir den Schlaf;
Denn Hoffnung bald'gen Schlummers flieht
Zur Stunde noch mein Augenlid.«

»Gut, Sire, ich will in dem Vertraun
Jetzt siebzig Winter rückwärts schaun.
Mich dünkt, ich zählte zwanzig Jahr,
Ganz recht, als Kasimir König war.
Hans Kasimir – sechs Sommer habe
Ich ihm gedient als Edelknabe.
Das war ein Herr, gar hoch studiert,
Kein Fürst, der, Eurer Hoheit gleich,
Stets Krieg führt, stets ein neues Reich
Gewinnt und wiederum verliert;
Und außer wenn der Reichstag kam,
Regiert' er unerträglich zahm.
Zwar Sorgen trug auch er im Busen,
Er liebte ja die Fraun und Musen,
Und hatten die was eingerührt,
Hätt er oft lieber Krieg geführt.
Doch tröstet' ihn, nach Zank und Fluch,
Ein neuer Schatz, ein neues Buch.
Und Feste gab es ohne Zahl:
Ganz Warschau lief ans Schloßportal,
Um all den Staat und Pomp zu schaun,
Die stolzen Kavalier und Fraun.
Er war des Nordens Salomo,
Die Dichter nannten all ihn so,

All außer einem, welcher schmollte,
Weil er kein Jahrgeld haben sollte;
Der schrieb ein böses Spottgedicht
Und prahlte, schmeicheln könn er nicht!
Turniere gab's und Mummenschanz,
Und dichten wollte jeder Schranz.
Ich selber schrieb mal insgeheim
Als schmachtender Thyrsis meinen Reim. –
Ein Pfalzgraf war am Hof erschienen,
Vom ältesten Geschlecht im Land,
So reich wie Salz- und Silberminen
Und stolz, wie sich von selbst verstand,
Als wär vom Himmel er gesandt.
Sein Haus war reich an Gold und Blut,
Wie unterhalb des Thrones keins;
Auch weidet' er an seinem Gut
Und Stammbaum sich mit solcher Glut,
Bis daß in seltsamer Betörung,
Die fast aussah wie Geistesstörung,
Er ihr Verdienst ansah wie seins.
Sein Weib, die andrer Ansicht war,
Fand seine Herrschaft bald zum Gähnen;
Jünger als er um dreißig Jahr,
Erfüllt von Wünschen, Angst und Sehnen,
Mit ein'gen tugendhaften Tränen,
Nach zwei, drei Träumen, schwer und bang,
Nach etwas Tanzen und Gesang,
Ließ sie dem Schicksal seinen Gang,
Dem holden Zufall, dessen Macht
Die kühlsten Damen zärtlich macht.
Ihr Graf erhielt nach kurzer Frist
Den Titel, welcher, wie ihr wißt,
Ein Freipaß für den Himmel ist;
Seltsam, daß niemand gern ihn führt,
Wenn er am meisten ihm gebührt.

5

Ich wuchs als schmucker Bursch heran;
Das darf ich Graukopf nun wohl sagen,
Daß wen'ge, Jüngling oder Mann,

In meiner Jugend Lenzestagen,
Ob Herr, ob Knecht, in eitler Zier
Bestehen konnten neben mir.
Denn mein war Jugend, Kraft und Feuer,
Ein Äußres – freilich nicht wie heuer;
Was glatt war, ist nun rauh und kraus,
Denn Jahre, Krieg und Sorgen gruben
Die Seel aus meiner Stirn heraus;
All meine Sippschaft würde nie
Mich anerkennen, könnte sie
Den Greis vergleichen mit dem Buben.
Und die Verwandlung kam, bevor
Die Zeit mein Haupt zum Buch erkor;
Nicht durch die Jahre, wie du weißt,
Schwand meine Kraft, mein Mut und Geist,
Sonst säß ich und erzählte kaum
Geschichten unter einem Baum
Und sternenlosem Himmelsraum.
Genug – Theresas Huldgestalt ...
Mir ist, als ob am Haselbusche
Ihr schwebend Bild vorüberhusche –
Ach, die Erinnrung wird nicht alt!
Obwohl mein Wort nie wiedergibt,
Wie schön sie war, die ich geliebt.
Ihr Auge hatte Asiens Pracht,
Wie sie der Türken Nachbarschaft
Verschmilzt mit Polens Feuerkraft,
So schwarz wie über uns die Nacht;
Doch spielte drin ein zärtlich Funkeln,
Wie erster Mondaufgang im Dunkeln,
Groß, dämmrig, schwimmend in der Flut,
Hinschmelzend in der eignen Glut,
Halb Sturm, halb Schmachten, Liebe ganz,
Gleich Märtyrern in Flammenglanz,
Wenn sie verklärt gen Himmel schaun,
Als wäre Tod ein Wonnegraun.
Die Stirn – ein See an Sommertagen,
Daraus die Sonne leuchtend schaut,
Wenn Wellen kaum zu flüstern wagen
Und in der Flut der Himmel blaut.
Und Wang und Mund ... was red ich doch?

Ich liebte sie, sie lieb ich noch,
Und meine Liebe war wie Grimm
Der Leidenschaft, ob gut, ob schlimm:
Wir lieben noch in unsrer Wut,
Vom leeren Schatten unsrer Glut
Verfolgt zum letzten Atemhauch,
Und so ergeht's Mazeppa auch.

6

Wir trafen uns – ich seufzt und sah;
Sie schwieg, und dennoch sprach sie ja.
Es gibt zehntausend Tön und Zeichen,
Die ungesehn ihr Ziel erreichen –
Funken der Sehnsucht, unbewußt
Sprühn sie aus übervoller Brust
Und wecken das Verständnis schnell,
Geheimnisvoll, doch blitzeshell,
Das glühnde Band, das ohn ihr Wollen
Zwei Herzen eint, die lieben sollen,
Den Draht, an dem, wie Blitz am Stahl,
Hinfährt der allverglühnde Strahl.
Ich sah und seufzt und weint im stillen
Und hielt zurück mich wider Willen,
Bis nährer Umgang mir gelang
Und wir uns sahen ohne Zwang.
Nun drängt' es mich, nun wollt ich ihr
Das sagen, was mein Herz bezwang,
Doch auf den Lippen starben mir
Die Worte, stammelnd, leis und bang,
Bis eines Tags . . . Es gibt ein Spiel,
Ein albern, törichtes Vergnügen,
Womit wir unsre Zeit betrügen,
Es heißt – ich weiß nicht mehr – gleichviel:
Wir hatten bei dem Spiel gesessen,
Wie es sich traf, hab ich vergessen.
Ob ich gewann, ob ich verlor,
Mir war des Glücks genug geschehn,
Daß ich sie hören konnt und sehn,
Die ich geliebt wie nie zuvor.
Wie eine Schildwach späht ich gut

– Wenn unsre heut es auch nur tut! –,
Bis daß ich sah, wie ihre Stirn
Nachdenklich war und doch ihr Sinn
Nicht beim Geschäft, Verlust, Gewinn
Nicht achtend, und sie stundenlang
Doch spielt', als banne sie der Zwang
Des Willens fest an ihren Platz
Und nicht der Kampf um unsern Satz;
Da plötzlich fuhr es mir durchs Hirn,
Recht wie ein Blitz, so fiel's mir bei,
Daß irgend was im Winde sei,
Was mir nichts Arges prophezei.
Da brachen denn die Worte los,
Verworren, ohne Folg und Reih;
Gleichviel, war auch die Kunst nicht groß,
Sie hörte zu – man kennt das Stück:
Wer einmal hört, hört noch einmal;
Ihr Herz ist sicher nicht von Stahl,
Und einmal Nein heißt nicht Zurück!

7

Ich liebt und ward geliebt! Man sagt,
Du kanntest nie, mein Fürst, die Würze
So holder Schwächen – gut, ich kürze,
Was mich beglückt hat und geplagt;
Dir wär es doch nur Tand und Quark.
Indes nicht jeder ist so stark,
Sein Herz zu bänd'gen und, wie du,
Sich selbst und Völker noch dazu.
Ich bin ein Fürst – ich war's vielmehr;
Ich führte Tausende, die gern
Ihr Blut verspritzt für ihren Herrn,
Doch mich beherrschen fiel mir schwer;
Ich konnt es nie. – Zu ihr zurück!
Ich liebte sie und ward geliebt –
Bei Gott, es ist ein hohes Glück,
Doch auch das höchste Glück erstirbt.
Wir sahn uns heimlich, und die Stunde,
Die mich zu ihrer Kammer lud,
War glühnder Sehnsucht bräutlich Gut!

Mir waren Tag und Nächte leer
Bis auf die Stund, und ähnlich der
Trug mir das Leben nichts mehr ein.
Ich gäbe die Ukraine drum,
Könnt ich die Stunde wiederum
Erleben und ein Page sein,
Der sel'ge Page, welcher nie
Mehr hatt als nur sein Schwert und sie,
Der kein Juwel besaß und Gut
Als Jugend und sein frisches Blut.
Wir sahn uns heimlich – mancher sagt,
Daß heimlich Glück zwiefach behagt;
Ich weiß es nicht, denn ihre Hand
Hätt gern ich um den Preis des Lebens
Vor Gott und Menschen mein genannt,
Und habe oft genug vergebens
Den Zwang der Heimlichkeit beklagt.

8

Wo Lieb ist, sind auch Späher da;
So ging es uns. In solchen Sachen
Sollt es der Teufel glimpflich machen.
Der Teufel? Tritt ihm nicht zu nah:
Ein Heil'ger war's vielleicht, ein saurer,
Dem lange Ruhe nicht behagt,
Den seine fromme Galle plagt.
Kurz, eines Nachts ertappten Laurer
Und griffen sie und mich.
Der Graf war mehr als wütend. Ich
War wehrlos – aber selbst in ganzer
Kriegsrüstung, Kopf und Fuß im Panzer,
Wes konnt ich mich allein getraun?
Wir waren seinem Schlosse nah,
Die Stadt entfernt, kein Helfer da,
Und schon begann der Tag zu graun,
Vielleicht der letzte, den ich sah.
So sprach ich denn ein kurzes, flottes
Notsprüchlein an die Mutter Gottes,
An einen Heil'gen oder zween,
Und ließ es über mich ergehn.

Mit mir zum Schloßtor zogen sie;
Theresas Los erfuhr ich nie,
Wir sollten nie uns wiedersehn.
Ein zorn'ger Mann, wie Ihr schon saht,
War er, der stolze Reichsmagnat;
Auch hatt er Ursach, es zu sein;
Jedoch am ärgsten war sein Grimm,
Weil dieser Fall vielleicht gar schlimm
Den künft'gen Stammbaum konnt entweihn,
Und höchst verwundert war mein Graf,
Daß solch ein Schimpf sein Wappen traf,
Als er das Haupt des Hauses war –
Er, der sich immer vorgestellt,
Er sei der erste Mann der Welt,
Und aller Welt sei dies auch klar.
Ein Page! Mord! – Ein Fürst vielleicht
Hätt ihm den harten Schlag erweicht,
Aber ein junges Pagenblut!
Ich fühlt – ich schildre nicht die Wut.

9

›Bringt mir den Hengst!‹ Sie bringen ihn.
Es war ein edles Roß fürwahr,
Ein echt ukrainischer Tatar,
Und des Gedankens Schnelle schien
In jedem Glied. Doch war er wild,
Wild wie der Hirsch, und ungelehrt,
Frisch eingefangen vom Gefild,
Von Sporn und Zaum noch unversehrt.
Und schnaubend, mähnenflatternd, bebend,
Rasend, doch fruchtlos widerstrebend,
Im vollen Schaum der Angst und Wut
Ward hergebracht das Steppenblut.
Sie banden mich, der feile Troß,
Mit Gurt und Riemen auf das Roß,
Sie lassen's los, die Peitsche knallt –
Dahin – dahin – mit Sturmsgewalt,
Wie Katarakt im Felsenspalt!

10

Dahin – dahin! Die Luft versagt;
Ich sehe nicht, wohin es jagt.
Kaum ist es Tages Anbeginn,
Und brausend geht's dahin – dahin!
Der letzte Laut von Menschen war,
Als ich hinwegflog aus der Schar,
Ein Hohngelächter des Gesindes,
Das wiehernd mit dem Flug des Windes
Mir nachscholl einen Augenblick.
In jäher Wut riß ich mich auf
Und brach das Seil, das mein Genick
Mit seinem Mähnenhaar verband,
Und heult', indem ich halb mich wand,
Flüche zurück. – Doch vor dem Lauf,
Vor meines Rosses Donnerhuf
Vernahmen sie wohl kaum den Ruf.
Es wurmt mich! Hätt ich dieser Rotte
Doch zahlen mögen Spott mit Spotte!
Ich zahlte später für das Stück:
Von jenem Schloßtor blieb kein Stein,
Von Graben, Zugbrück und Bastein
Nicht Balken, Stang und Spur zurück,
Und nicht ein Grashalm blieb umher,
Als nur in der geborstnen Wand,
Wo sonst der Herd der Halle stand.
Ihr kommt vorbei und ahnt nicht mehr,
Daß dort ein Schloß geragt ins Land.
Ich sah die Türm in Flammen stehn,
Die krachenden, geborstnen Zinnen,
Sah heißes Blei wie Wasser rinnen
Von dem versengten schwarzen Dach,
Das meiner Rache war zu schwach.
Sie haben kaum vorausgesehn,
Als sie, des wilden Rosses Bürde,
Mich sausend wie auf Blitzes Strahl
Hinschleuderten in Todesqual,
Daß ich einst wiederkommen würde.
Zehntausend Reiter hinter mir,
Zu danken für den schlimmen Ritt!

Der Graf hat arg mir mitgespielt,
Als mich das wilde Wüstentier
Auf schaumbedecktem Rücken hielt;
Ich spielt ihm nach, und wir sind quitt.
Die Zeit hat alles wettgemacht:
Wenn du nur deine Stund ersiehst,
So wird auch keine Erdenmacht
(Es sei denn, daß du ihr verziehst)
Der steten Wach und zähen Lauer
Des Grolls entrinnen auf die Dauer.

II

Dahin – dahin – mein Roß und ich,
Auf Windesschwingen durch die Flur,
Weit hinter uns der Menschen Spur!
Wir flogen wie ein Feuerstrich,
Wenn prasselnd in der Winternacht
Das Nordlicht zuckt mit wilder Pracht.
Nicht Stadt noch Dorf im ganzen Land,
Nichts als ein wilder flacher Raum
Und schwarzer Wald am Himmelsrand
Und alte Schanzen, sichtbar kaum,
Auf fernen Hügeln, die vor Jahren
Erbaut sind wider die Tataren;
Sonst alles tot. Das Jahr vorher
Marschierte dort ein Türkenheer,
Und wo der Huf des Spahis trat,
Da schwand das Grün der blut'gen Saat.
Der Himmel war so grau und schwer,
Und ächzend schlich der träge Wind –
Ich hätte gern geseufzt wie er,
Doch weiter ging's – geschwind – geschwind,
Ich seufzt und betete nicht mehr!
Von meinem kalten Schweiße war
Getränkt des Renners Mähnenhaar,
Doch schnaubend noch der Angst und Zorn
Stob er dahin durch Gras und Dorn.
Mitunter freilich glaubt ich fast,
Er lasse nach in seiner Hast;

Doch nein – des Pagen leichte Wucht
War nichts für seinen starken Zorn
Und wurde bloß für ihn zum Sporn;
Denn jeder Ruck, um von der Pein
Die wunden Glieder zu befrein,
Vermehrte seine Wut und Flucht.
Ich wollte schrein – es war Gelall,
Doch bäumt' er wie beim Peitschenknall,
Und scheu bei jedem Laute sprang
Er ab, als wär's Trompetenklang.
Indes troff jeder Strick von Blut,
Das niederschwamm in dickem Schaum,
Und einen Durst empfand mein Gaum,
Viel brennender als Flammenglut.

12

Und nun zum wilden Walde ging's;
Kein Ende sah ich rechts und links,
Nur hohe Bäume, stark und alt,
Niemals gebeugt von Sturmsgewalt,
Die von Sibiriens Öden saust
Und Busch und Forst im Flug zerzaust.
Die standen weit; dazwischen wuchs
Das jüngre Dickicht, zart belaubt
Und üppig prangend, eh des Schmucks
Der Herbstesabend es beraubt:
Der nagt das Laub des Waldes tot
Und haucht es an mit dürrem Rot,
Als ob es Blut Erschlagner sei,
Das kalt wird, wenn die Schlacht vorbei
Und über ihr grabloses Haupt
Der Sturm der langen Frostnacht schnaubt,
Bis an den hartgefrornen Backen
Die Raben selbst vergebens hacken.
Es war ein struppig Unterholz,
Nur hie und da Kastanien stolz
Und starke Eiche, zähe Fichte,
Jedoch zum Glücke weit genug,
Sonst war es aus mit der Geschichte.
Das Buschwerk bog sich und zerschlug

Die Knochen nicht, und ich ertrug
Die Wunden, wenn auch steif und kalt,
Und fest ans Pferd hing ich geschnallt.
Wir rascheln durch das Laub wie Wind,
Bis Wald und Wölf entschwunden sind.
Ich hörte nachts sie hinter mir,
Und immer näher durchs Revier
Kam ihr Galopp, der Jägersmann
Und Hundeshast ermüden kann.
Wohin wir flohn, sie waren nah;
Die Sonne kam – sie blieben da.
Bei Tage sah ich, uns im Rücken,
Den Schwarm sich durch die Büsche drücken;
Bei Nacht hört ich den Wald hinab
Ihr leises raschelndes Getrapp.
Wie sehnt ich mich nach Schwert und Speer,
Um, vielen Feinden zum Verderben,
Im dichten Schwarm, nach tapfrer Wehr,
Wenn es nicht anders ging, zu sterben.
Als meines Renners Flucht begann,
Wie wünscht ich da das Ziel heran!
Nun bangt ich um zu kurze Flucht:
Grundlose Furcht! – Der Steppe Zucht
Durchmannt' ihn wie des Berges Reh;
Nicht schneller blitzt der Alpenschnee,
Wenn blendend der Lawine Braus
Begräbt den Hirten nah beim Haus,
Eh er betäubt die Schwell erreicht,
Als durch den Wald der Renner streicht,
Haltlos und rastlos, wild und blind,
Rasend wie ein verzognes Kind,
Dem etwas quer geht – nein, noch schlimmer,
Wie ein gereiztes Frauenzimmer.

13

Der Wald hört auf, Mittag vorbei,
Doch kalt die Luft, obwohl im Mai;
Vielleicht ward kalt mein eignes Blut –
Langwier'ge Qual zähmt kühnen Mut.

Nicht war ich damals wie hernach,
Nein, jählings wie ein Winterbach,
Daß ich mein Herz austoben mußte,
Eh ich noch recht die Ursach wußte.
Und so, voll Haß und Furcht und Zorn,
Qual hinter mir und Schrecken vorn,
Frost, Hunger, Jammer, Scham und Wunden,
In meiner Nacktheit so gebunden,
Sohn eines Stammes, dessen Blut,
Gestört in seiner stillren Flut
Und hart getreten, tobt und schäumt,
Wie sich die Klapperschlange bäumt –
Was Wunder, wenn, erschöpft und krank,
Dies arme Fleisch am Ende sank?
Die Erde wich, der Himmel rollte,
Mir war's, als ob ich fallen sollte.
Doch nein – kein Strick, der reißen wollte!
Mein Herz war krank, mein Haupt war schwer,
Erst flog es wild, dann schlug's nicht mehr.
Der Himmel schwang sich wie ein Rad,
Die Bäume taumelten wie trunken,
Durchs Auge sprang ein matter Funken –
Dann sah ich nichts. Kein Toter hat
Mehr Tod erlitten, als ich litt!
Zerquält von diesem Höllenritt,
Fühlt ich das Dunkel nahn und fliehn;
Ich rang mich wach, doch konnt ich, ach,
Die Sinne nicht nach oben ziehn.
Mir war's, wie auf 'nem Brett im Meer,
Die See schlägt über dich daher
Und hebt dich und begräbt zugleich
Und reißt dich in ihr ödes Reich.
Mein wogend Leben glich den wirren
Truglichtern, die in tiefer Nacht
Unser geschloßnes Aug umflirren,
Wenn Fieber im Gehirn erwacht.
Das ging vorbei, mit wenig Qual,
Doch nun kam Irrsinn schlimmrer Art . . .
Ich muß gestehn, es wäre hart,
Käm dies beim Sterben noch einmal.
Und doch, man fühlt vielleicht vorher,

Eh man zu Staub wird, noch weit mehr:
Sei's drum! Ich bot oft ungescheut
Die Stirn zum Tode, sonst und heut.

14

Ich kam zu mir. Wo war ich? Lahm,
Schwindlig und starr. Schwer wie im Kampf
Das Leben zögernd wiederkam,
Und Puls um Puls: bis, wie ein Schmerz,
Mein Blut, erst wie ein jäher Krampf,
Wieder in Fluß geriet, obwohl
Noch träg und schwer. Dann schlug mein Herz;
Im Ohre saust' es dumpf und hohl;
Ich konnte sehn – doch ach, mein Blick
War trüb und wie von Glase dick.
Mir war's, als rauschten Wellen nah;
Ein Streifen Himmel auch war da,
Ganz dicht gestirnt – ist's kein Phantom?
Das wilde Roß im wildren Strom!
Des breiten Flusses Wogenbraus
Dehnt weit und fern sich schimmernd aus,
Wir mittendrin! Dorthin gewandt,
Zu jenem stillen dunklen Strand.
Das Wasser brach der Ohnmacht Bann
Und hatte den erstarrten Rumpf
Mit flücht'ger Stärke neu getauft.
Des Hengstes breite Brust zerkeilt
Die Brandung, die sich schäumend teilt,
Und schnaubend geht's voran!
Endlich am Land, im Ufersumpf –
Ein Hafen, allzu schwer erkauft;
Denn hinter mir lag Graun und Not,
Und vor mir lagen Nacht und Tod.
Wie viele Stunden, Nacht und Tag,
Ich so in Foltern hilflos lag,
Das weiß ich nicht; ich wußte kaum,
Ob nicht mein Atmen nur ein Traum.

15

Die Mähne trieft, die Flanke dampft,
Das Knie erbebt, doch stark empor
Der Huf des wilden Rosses stampft,
Hinan das glatte Moor.
Es glückt: Ein unbegrenztes Land
Liegt dort im Dunkel ausgespannt;
Weit, weit und weiter, wie im Traum
Ein Abgrund scheint, erreichbar kaum,
Dehnt sich der Steppe Rand.
Und weiße Punkte hie und da
Und dunkle Büsche fern und nah
Tauchten im Lichte schwarz hervor,
Als rechts der Vollmond stieg empor.
Doch nichts mein Auge sah,
Was in der dämmerhaften Wüste
Wie Hoffnung eines Obdachs grüßte.
Kein zitternd Lämpchen schien von fern
Als gastlich milder Abendstern;
Nicht mal ein Irrlicht konnt ich schaun
Und ihm mein Elend anvertraun.
Hätt ich sein Blendwerk auch geahnt,
Er hätte doch, wenn ich ihn sähe,
Trostreich im Jammer an die Nähe
Von Menschen mich gemahnt.

16

Und weiter ging's, doch träg und zahm;
Die wilde Kraft am Ende wich:
Der müde Hengst, erschöpft und lahm,
Matt schäumend weiterschlich.
Es hätt ein krankes Kind sich jetzt
Auf seinen Rücken leicht gesetzt;
Was half in meiner Not
Die spätgeborne Fügsamkeit?
Ich lag geschnürt und, selbst befreit,
War meine Kraft doch tot.
Zwar sucht ich noch mit schwachem Ruck
Zu brechen meiner Fesseln Druck,

Doch der Versuch mißlang.
Ich ließ den müß'gen Kampf zuletzt;
Mein Fleisch war nur noch mehr zerfetzt,
Die Qual nur doppelt lang.
Beendet schien die tolle Bahn,
Obwohl wir noch das Ziel nicht sahn:
Ein Streif verhieß der Sonne Nahn –
Wie träg stieg sie empor!
Mir schien's, als ob die graue Strecke
Sich nie mit Tagesschimmer flecke;
Wie schwer zerfloß die Nebeldecke,
Eh aus des Ostens Tor
Die Morgenflamme purpurn kam,
Den Sternen ihre Kronen nahm
Und hoch vom Thron und einsam ganz
Die Erde taucht' in ihren Glanz!

17

Die Sonne steigt, der Nebel fällt,
Und eine öde, stille Welt
Liegt rings und vor und hinter mir.
Was hülf es uns, durchmäßen wir
Feld, Wald und Fluß? Nicht Mensch noch Tier,
Fußstapfen nicht noch Hufesspur
Im fetten Erdreich, und ringsum
Nicht Weg noch angebaute Flur –
Sogar die Luft ist stumm!
Und keines Käfers summend Horn,
Kein Vogelschlag aus Busch und Dorn
Klingt durch die Frühe. Manche Werste,
Keuchend, als ob das Herz ihm berste,
Wankt noch das müde Tier feldein,
Und stets wir beiden ganz allein!
Da – wie mein Pferd sich weiter plackt,
Glaub ich ein wiehernd Roß zu hören
Aus jenem Dickicht schwarzer Föhren.
Ist's Wind, was in den Zweigen knackt?
Nein! stampfend aus dem Walde jagt
Ein ganzer Trupp – sie nahen schon –
In einer mächtigen Schwadron!

Ich möchte schrein – die Luft versagt.
Die Rosse brausen mutig weiter,
Wo sind die Zügel und die Leiter?
An tausend Pferde und kein Reiter!
Mit wehnder Mähne, fliehndem Schweif,
Mit Nüstern, nie gepreßt vom Reif,
Das Maul noch frei von Zaum und Blute,
Hufe, die Eisen nie beschuhte,
Die Flanken rein von Sporn und Rute,
Ja, tausend Pferde, frei und wild,
Wie Wog auf Wog im Meere schwillt,
Donnern heran durchs Feld,
Entgegen unserm Leidensritt.
Neu hebt sich meines Renners Schritt;
Ein Weilchen stolpernd, ganz in Schweiß,
Ein Weilchen wiehernd, matt und leis
Antwortet er – und fällt.
Er keucht nach Luft, das Auge bricht,
Sein Körper dampft, doch regt sich nicht,
Sein erster, letzter Ritt ist aus!
Her braust der Troß; sie sehn mein Roß,
Sie sehn seltsam sein Kreuz entlang
Mich festgeschnürt mit blut'gem Strang;
Sie scheun, sie schnüffeln in den Wind,
Dann geht es im Galopp geschwind
Zurück und vor und um und um
Und nun in jähem Satz herum;
Voran ein mächt'ges schwarzes Roß
(Der Patriarch in ihrem Troß,
Auf dessen zott'ger Rappenhaut
Man nicht ein weißes Härchen schaut),
Schnauben sie, schäumen, wiehern, fliegen
Zurück zum Walde langgestreckt,
Von einem Menschenaug erschreckt,
Und lassen mich verzweifelnd liegen,
Geschnürt ans tote, starre Tier,
Das reglos daliegt unter mir,
Frei von der ungewohnten Bürde,
Die unzertrennlich uns umschloß,
Das Pferd und mich – ich aber lag
Halb tot auf totem Roß!

Kaum ahnt ich, daß ein andrer Tag
Mein schutzlos Haupt bescheinen würde.

Und so, von früh bis spät gebunden,
Fühlt ich den trägen Gang der Stunden,
Und sah – soviel noch konnt ich sehn –
Der Sonnen letzte untergehn,
In hoffnungsloser Sicherheit,
Die uns gefaßt macht, wenn die Zeit
Die schlimmste letzte Furcht erfüllt,
Wenn unentrinnbar sich enthüllt,
Was uns bedroht: Dann wird uns oft
Der Tod ein Trost, auf den man hofft.
Doch meiden sorgsam ihn fast alle,
Als wär der Tod nur eine Falle,
Der kluge Leut entgehn:
Oftmals erwünscht, ja heiß begehrt
Gesucht mit selbstgezücktem Schwert,
Doch stets ein ekler, düstrer Schluß,
Sogar für schwarzen Überdruß,
Und nirgends gern gesehn.
Seltsam genug, wer das Vergnügen
Gekostet hat in vollen Zügen,
Von schöner Lipp, aus goldnen Krügen,
Stirbt leicht und leichter oft sogar
Als der, des Erbteil Elend war.
Wer alles das in seiner Frist
Genoß, was neu und lieblich ist,
Der hofft nicht mehr auf künft'ges Glück,
Der läßt nichts Teures hier zurück –
Und Zukunft des Gerichts?
Es kommt nicht, wenn das Ende naht,
Bloß darauf an, was einer tat,
Vielmehr, was er für Nerven hat –
Sonst aber drückt ihn nichts.
Der Dulder hofft stets beßre Zeit;
Der Tod, der freundlich ihn befreit,
Scheint seinem kranken Aug ein Dieb,
Der, eben als er Blätter trieb,
Den Baum der Hoffnung niederhieb.
Das Morgen sollt ihm alles geben,

Von Qual befrein, vom Sturz erheben;
Das Morgen war, das vor ihm lag,
Sein erster, nicht verfluchter Tag;
Durch Tränennebel leuchtend war's
Der Anfang manches goldnen Jahrs,
Der Lohn für manch durchweinte Nacht;
Das Morgen brächt ihm Glück und Macht,
Herrschaft und Glanz und Rach und Labe –
Und tagt nun über seinem Grabe!

18

Die Sonne sinkt; ich lieg inzwischen
Gekettet ans erstarrte Pferd,
Als sollt auch unser Staub sich mischen.
Mein trüber Blick den Tod begehrt,
Die letzte Hoffnung ist verzehrt.
Noch einmal auf zum Himmelsraum
Schaut ich, und zwischen Sonn und mir
Flog schon der Rabe voll Begier;
Man sah, erwarten konnt er kaum,
Bis tot sei Mensch und Tier.
Er floh und kam, er kam und floh,
Und immer näher kam er so;
Sein Flügel huscht' im Dämmerlicht
Hinstreifend über mein Gesicht,
Ich konnt ihn schlagen, hätten nicht
Die Kräfte mir versagt.
Jedoch die matt erhobne Hand,
Mein leises Scharren durch den Sand,
Der Kehle Würgen, dumpf und schwer –
Denn eine Stimme war's nicht mehr –
Hatt ihn zuletzt verjagt.
Mehr weiß ich nicht. – Mein letzter Traum
War etwas wie ein holder Stern,
Der traf mein dunkles Aug von fern
Und kam und ging im weiten Raum;
Dann ein Gefühl, kalt, öd und schwach,
Das erst so war, als würd ich wach,
Und dann, als sänk ich in die Gruft,
Und dann ein wenig frische Luft –

Ein Rieseln – eine kurze Pause –
Ein eisig Grausen übers Herz
Hinfröstelnd – und mein Hirn, als sause
Ein Funkenschwarm die Kreuz und Quer –
Ein Krampf – ein Stich – ein jäher Schmerz –
Ein Seufzer – und nichts mehr.

19

Ich war erwacht. Wo bin ich hier?
Neigt sich ein menschlich Antlitz nieder?
Und schließt ein Dach sich über mir?
Und ruhn auf Kissen diese Glieder?
Ist, wo ich lieg, ein Kämmerlein?
Kann dies ein irdisch Auge sein,
Das mich bewacht mit mildem Glanz?
Noch einmal schloß das meine sich,
Als müß ich zweifeln, ob schon ganz
Die Ohnmacht von mir wich.
Ein Mädchen, langgelockt und schlank,
Saß wachend auf der Hüttenbank;
Ich fing ihr funkelnd Aug, als kaum
Mein Geist erwacht war aus dem Traum.
Von Zeit zu Zeit herüber sandte
Sie forschend und mitleidig mild
Ihr schwarzes Auge, frei und wild;
Ich sah und sah, bis ich erkannte,
Dies sei kein Fieberbild:
Ich lebt, ich war erlöst von Qual,
Ich diente Geiern nicht zum Mahl!
Als das Kosakenmädchen da
Mein schweres Aug entsiegelt sah,
Da lächelt' sie. Ich wollte sprechen
Und konnte nicht; sie aber stand
Jetzt neben mir, mit Mund und Hand
Mir winkend, nicht die Ruh zu brechen,
Bis meine Kraft ausreichend sei
Und meine Stimme wieder frei.
Dann nahm sie meine Hand und strich
Den Pfühl zu Häupten glatt und schlich
Auf leisen Zehn zur Türe sich

Und flüsterte zum Gang hinaus.
Die Stimme klang wie süßer Gruß,
Musik folgt' ihrem leichten Fuß!
Sie rief, doch alles schlief im Haus;
Da ging sie fort, doch erst im Nu
Warf sie noch einen Blick mir zu,
Noch einen Wink, daß alles hier
Zu meinem Dienst und nahebei
Und nichts für mich zu fürchten sei
Und sie zurück zu mir
Gleich kommen woll. Und ging dann fort,
Und plötzlich einsam schien der Ort.

20

Sie kam zurück, ihr Vater kam –
Kurzum, ich will Euch nicht mehr plagen
Mit allem, was sich zugetragen,
Seit der Kosak mich zu sich nahm.
Sie fanden mich für tot im Feld,
Sie trugen mich ins nächste Zelt,
Sie brachten mich zurück ins Leben,
Mich – um ihr Reich mir einst zu geben.
Der Geck, der Foltern neu und schlimm
Ersann, zu letzen seinen Grimm,
Schickte, bedeckt mit Blut und Hohn,
Nackt, reglos, meiner Mutter Sohn
Durch eine Wüst auf einen Thron!
Wer prophezeit, was kommen werde?
Niemals verzweifelt! nie verzagt!
Der Dnjepr sieht wohl unsre Pferde
Schon morgen grasen auf der Erde
Des Türkenreichs. Und einen Gruß
Will ich ihm weihn, wie keinem Fluß,
Wenn wir ihn sicher erst erjagt.
Nun gute Nacht!« – Der Hetman warf
Sich auf den Grund im Eichenschatten,
Wo sie sich Laub geschichtet hatten;
Kein weichres Bett als dies bedarf
Ein Mann wie er, der seine Rast
Nimmt, wenn er kann und wo es paßt;

Und Schlaf umfing sein Auge dicht.
Ihr staunt vielleicht, daß für die Kunde
Karl ihm nicht dankt' – er staunte nicht:
Der König schlief seit einer Stunde!

DIE WEISSAGUNG DANTES

Beim Sonnenuntergang des Lebens werfen
Die künft'gen Dinge Schatten vor sich her.
Campbell

WIDMUNG

Wenn ich für Lande, kalte, wolkengraue,
Wo ich gelebt, doch nicht zu sterben meine,
Des großen Vaters welscher Dichterhaine
Nachahmende Terzinen auferbaue,

Statt edler Rhythmen runenhafte, rauhe –
Du, Herrin, trägst die Schuld; und wenn ich seine
Ew'gen Akkorde zu verhunzen scheine,
Auf meinen Frevel dann verzeihend schaue.

Mit Jugend und der Schönheit Macht im Bunde,
Sprachst du das Wort, und deine Worte zwingen;
Der Süden bloß auf seinem sonn'gen Grunde

Läßt solche Reize blühn und Laute klingen,
So holde Sprache von so schönem Munde –
Was würd ich nicht auf sein Geheiß vollbringen?

Ravenna, 21. Juni 1819

VORWORT

Während eines Ausflugs nach Ravenna im Sommer 1819 wurde dem Verfasser der Vorschlag gemacht, ebenso wie über Tassos Einkerkerung etwas über das Exil Dantes zu schreiben, dessen Grab in dieser Stadt für Einheimische wie für Fremde einen hervorragenden Gegenstand des Interesses bildet.

»Auf diesen Wink hin sprach ich«, und das Ergebnis waren die vier Gesänge in *terza rima,* welche jetzt dem Leser dargeboten werden. Wenn sie Verständnis und Beifall finden, so beabsichtige ich, das Gedicht in mehreren Gesängen bis zu seinem natürlichen Schlusse in der Gegenwart fortzuführen. Der Leser muß sich vorstellen, daß Dante nach der Beendigung der »Divina Commedia« und kurz vor seinem Tode das Wort ergreift, um die Schicksale Italiens im allgemeinen während der nachfolgenden Jahrhunderte zu weissagen. Bei diesem Plan haben mir sowohl Lykophrons Kassandra und die Prophezeiung des Nereus bei Horaz als auch die Weissagungen der Heiligen Schrift vorgeschwebt. Das von mir gewählte Versmaß ist Dantes *terza rima,* welche, soviel ich weiß, in unserer Sprache noch nicht versucht worden ist, ausgenommen vielleicht von Hayley, von dessen Übersetzung ich nur einen Auszug in den Anmerkungen zu »Kalif Vathek« gesehen habe – so daß also, wenn ich nicht irre, das Gedicht als ein metrisches Experiment angesehen werden kann. Die Gesänge sind kurz, etwa von der nämlichen Länge wie die des Dichters, dessen Namen ich, wahrscheinlich vergebens, geborgt habe.

Es gehört heutzutage zu den Leiden der Schriftsteller, die einen (guten oder schlechten) Namen haben, daß sie nicht leicht vor Übersetzung bewahrt bleiben. Ich habe das Glück gehabt, den vierten Gesang des »Childe Harold« in italienische *versi sciolti,* also Spenser Stanzen in reimlosen Jamben, ohne Rücksicht auf die natürlichen Abschnitte der Strophe und des Sinnes, übersetzt zu sehen. Sollte das vorliegende Gedicht, da es einen nationalen Gegenstand behandelt, einem gleichen Schicksal verfallen, so würde ich den italienischen Leser eins zu beherzigen bitten. Wenn mir nämlich die Nachahmung seines großen »Padre Alighier« mißlungen ist, so habe ich nur vergebens versucht, etwas nachzuahmen, was alle studieren und wenige verstehen. Ist es doch bis auf den heutigen Tag noch nicht ausgemacht, was die Allegorie im ersten Gesang des »Inferno« bedeutet, falls nicht etwa des Grafen Marchetti sinnreiche und wahrscheinliche Vermutung als eine Lösung des Rätsels gelten darf.

Übrigens kann er mein Mißlingen um so eher verzeihen, als mein Erfolg ihm vielleicht keineswegs angenehm gewesen sein würde. Die Italiener sind, mit verzeihlichem Nationalgefühl, besonders eifersüchtig auf alles, was sie als Nation noch besitzen – ihre Literatur –, und während der gegenwärtigen erbitterten klassisch-romantischen Fehde wenig geneigt, einem Ausländer auch nur Beifall und Nachahmung zu gestatten, ohne an seiner ultramontanen Anmaßung etwas zu mäkeln. Ich kann alles dies leicht nachfühlen, da ich weiß, was man in England denken würde, wenn ein Italiener Milton nachahmte oder wenn eine Übersetzung Montis oder Pindemontes oder Aricis der heranwachsenden Generation als Muster für ihre poetischen Versuche hingestellt würde. Aber ich merke, daß ich mich in eine Ansprache an den italienischen Leser verirre, während ich es mit dem englischen zu tun habe; und mögen ihrer nun viel oder wenig sein, ich muß von beiden Abschied nehmen.

ERSTER GESANG

Noch einmal in der sünd'gen Welt, die fast
Vergessen war und meinem Blick entflohn,
Und wieder fühl ich ihres Staubes Last,
Zu früh beraubt der hehren Vision,
Die meinen Erdenkummer mochte heilen
Und mich erhob zu Gottes eignem Thron,
Aus jenem Pfuhl, den Trost nie mag ereilen,
Wo jüngst mein Ohr scholl vom verdammten Schrein
Der Seelen, die dort ohne Hoffnung weilen,
Und von dem andren Ort geringrer Pein,
Wo rein aus Glut die Menschen sich erheben,
Um sich dem Chor der Engel einzureihn,
In deren Mitte meinen Geist noch eben
Gesegnet hat, voll lichten Sonnenscheins,
Beatrix, meines Herzens Wonn und Leben,
Vor Gottes Thron, der ew'gen Drei und Eins,
Ohn End und Anfang, allen nah und fern,
Groß, unergründlich, Seele alles Seins!
Ich stieg, der Erdensohn, von Stern zu Stern,
Und sank vor dem allmächt'gen Throne nieder
Und wurde nicht verzehrt vom Glanz des Herrn.
O Beatrice! deren holde Glieder
Nun kalter Marmor drückt und mildes Gras,
Du Seraph meiner frühsten Lieb und Lieder!
So unaussprechlich war mein Lieben, daß
Dein Gruß im Himmel mir nicht mehr verhieß,
Als was ich hier gesucht ohn Unterlaß,
Der Taube gleich, die Noah fliegen ließ,
Die rastlos bis ans Ziel die Flügel spannte –
Dein Licht vollendet' erst mein Paradies.
Seit mir den zehnten Lenz die Sonne sandte,
Warst du mein Traum, mein Leben und Gedicht,
Geliebt, eh ich der Liebe Namen kannte;
Davon sind noch die alten Augen licht,
Obwohl getrübt von Elend, Zeit und Kriegen
Und Tränen deinethalb – um andres nicht.

Denn meine Art ist nicht, sich leicht zu schmiegen
  Vor Pöbellärm und vor Partein zu knien,
  Obwohl ich längst verlernt, im Kampf zu siegen.
Nur wenn mein Geist die Wolk am Apennin
  Durchbohrt, damit er dort der Väter Erbe,
  Die Stadt erblicke, deren Stolz ich schien,
Kehr ich zurück, und nur damit ich sterbe,
  Zur Heimat. Sei es drum: Es lebt noch jetzt
  Des alten Flüchtlings Geist, der stolze, herbe.
Doch sinkt die Sonn, auch unbewölkt, zuletzt,
  Dann kommt die Nacht; an Tagen, Taten, Pein
  Bin ich nun alt, vom Unglück matt gehetzt.
Wie sie mich fand, verläßt die Welt mich – rein,
  Und ob ihr Beifall mir bis jetzt nicht lache,
  Ich sucht ihn nie durch niedre Tändelein.
Der Mensch tut Unrecht, und die Zeit übt Rache,
  Und möglich ist's, daß ich als Denkmal ihr
  Den Namen nicht ganz ohne Ruhm vermache;
Obschon der Ehrgeiz nie gelebt in mir,
  Mich zu dem eitlen Schwarme zu gesellen,
  Der plätschernd schwimmt im Sumpf der Ruhmbegier,
Der seine Segel läßt vom Volkswind schwellen,
  Um einem Wüterich und Tugendfeind
  In blut'gen Chroniken sich gleichzustellen.
Groß hatt ich mein Florenz und frei gemeint.
  Florenz! Florenz! du warest einst für mich,
  Wie Zion, über welchem Gott geweint.
»Du wolltest nicht!« – wie ihre Brut um sich
  Die Henne ruft, so rief auch ich zur Ruh
  Unter ein mütterlich Gefieder dich.
Doch bös und taub, stachst, wie die Natter, du
  Die Brust, die dich gehegt; du nahmst mein Erbe
  Und sprachest diesen Leib den Flammen zu.
Des Vaterlandes Fluch ist doppelt herbe
  Für den, der gerne stürbe für sein Land
  Und nicht verdient, daß durch sein Land er sterbe.
Oh, noch für dich bin ich in Lieb entbrannt!
  Vielleicht wird noch dein Irrtum einst bekehrt,
  Vielleicht bereust du, daß du mich verbannt,
Und hättest gern den Staub, den du entehrt,
  Und wärest stolz, des Mannes Gruft zu haben,

Dem du verweigertest den eignen Herd.
Zu spät! Mein Staub sei, wo er fällt, begraben,
Nicht in dem Boden, der mich atmen hieß
Und wollte nicht mit Heimatluft mich laben;
Er, der in jähem Zorne mich verstieß,
Hat nicht ein Recht auf mein erzürnt Gebein,
Weil nun des Zornes Laune ihn verließ;
Er raubte mir mein Dach, und das war mein;
So soll er auch dereinst zu seinem Gut
Mein Grab nicht rechnen, denn es ist nicht sein.
Er stieß gepanzert einst in seiner Wut
Die Brust zurück, die für ihn bluten wollte,
Das warme Herz, den treu erprobten Mut,
Den Mann, der kämpfte, reiste, rang und zollte,
In jeder Bürgerpflicht sich treu erwies,
Und seinen Lohn vom Welfen ernten sollte,
Durch das Gesetz, das ihn vernichten hieß!
Dergleichen Dinge bleiben unvergeßlich,
Florenz wird ehr vergessen sein als dies.
Zu frisch die Wund, ihr Frevel allzu häßlich,
Zu lang die Folter, wenn auch spät bereut,
Zu tief der Zorn, die Schuld zu unerläßlich!
Und doch erbarm ich ihrer mich noch heut,
Der Stadt, die, Beatrice, dich gebar,
So daß die Rach an ihr mich nicht erfreut.
Ich fühle, daß sie einst mein eigen war;
Dein Grab in ihr macht meine Waffen stumpf
Und schirmt die Mörderin wie ein Altar.
Zwar oft, wie Marius in Minturnäs Sumpf
Und auf Karthagos Schutt, brüt ich allein
In finsteren Gedanken, heiß und dumpf.
Dann krümmt ein Todfeind wohl in letzter Pein
Im Traume sich vor mir, und Phantasie
Wölbt um die Stirn des Sieges Hoffnungsschein.
Dies ist die letzte Schwachheit derer, die
Unmenschlich duldeten für ihre Sache
Und dennoch Menschen sind: Sie ruhen nie,
Ruhn nie als auf dem Pfühl der Rache, Rache,
Die schläft, damit von Blut sie träumen kann,
Und heißer Durst nach Kampf verzehrt die wache.
Sie siegt im Traum, zertretend jedermann,

Der sie zertrat, und Tod und Unheil schwanken
Und häufen blut'ge Köpf und Rümpfe an –
Allmächt'ger! rette mich vor dem Gedanken!
In deine Hände leg ich all mein Leid;
Nur deinem Arm will ich die Rache danken.
Sei du mein Schild, wie sonst in manchem Streit,
In Schlacht und Aufruhr und den vielen Wehn,
Die um Florenz ich trug in schlimmer Zeit.
Von ihr erheb ich nun zu dir mein Flehn,
Zu dir, den meine Augen durften schauen
In Glorien, die kein Lebender gesehn.
Oh, wie so schwer fiel da auf meine Brauen
Der Erde Dunst zurück, des Moders Dampf,
Die langen Tag' und banger Nächte Grauen,
Des Herzens Folterbank, der Seele Krampf,
Gefräß'ge Leidenschaften, dumpfes Streben,
Der Rückblick auf den fünfzigjähr'gen Kampf,
Die Aussicht auf das kurze Weiterleben,
Ergraut, von keinem Hoffnungsstrahl erhellt –
Doch leichter werd ich mich in dies ergeben.
Ich bin zu früh gestrandet und zerschellt
An der Verzweiflung ödem Felsenriffe,
Um Rettung noch zu suchen in der Welt.
Ich rufe nicht dem fernab fliehnden Schiffe,
Das diesen Schreckensstrand umsegelt weit;
Wo wär ein Ohr, das mein Geschrei ergriffe?
Fremd bin ich diesem Volk und dieser Zeit,
Doch meine Harf enthüllet eine Märe,
Die diesen Tagen ew'ge Dauer leiht.
Wie auch im Lande Bürgerzwietracht gäre,
Wer läse je das wüste Buch der Not,
Wenn nicht der Balsam meines Liedes wäre.
Dies ist's, was Geistern meines Ranges droht:
Im Leben Folter und endloses Ringen,
Ein Herz, das sich verzehrt, einsamer Tod;
Dann tausend Pilger, die das Grab umringen,
Gelockt von einem Namen, der allein
Dem Toten übrigblieb von allen Dingen,
Ehrfurcht verschwendend an den tauben Stein,
Von seinem Ruhm, unhörbar ihm, ertönend –
Ich hab es mir erkauft um zuviel Pein.

Sterben ist nichts; doch welken, sich entwöhnend
  Von seiner eignen Seel Unendlichkeit,
  Mit kleinen Menschen kleinen Dingen frönend;
Ein Schauspiel für neugier'ge Albernheit;
  Unstet, wo Wölfe selbst ein Lager finden,
  Mit Freundschaft, Heimat, jedem Glück entzweit;
Die Einsamkeit von Königen empfinden,
  Die Macht der Krone nicht, nur ihre Last,
  Und ohne Tröster jeden Schmerz verwinden;
Die Taub um ihre Schwing' und ihre Rast
  Beneiden, wenn vom Apennin erhaben
  Sie niederschwebt – vielleicht zum Arno fast,
Zur mitleidlosen Stadt, wo meine Knaben,
  Wo ihre Mutter wohnt, die Falsche, die
  Nur Leiden mir gebracht als Morgengaben –
Dies sehn und fühlen, hilflos, das gedieh
  Zur bittren Lehre mir, doch läßt mich frei;
  Gemeines fand und Niedres sucht ich nie;
Im Elend leb ich – nicht in Sklaverei.

ZWEITER GESANG

Der Geist der brünstigen Vergangenheit,
  Wo jedes Wort ein künftig Werden war
  Und der Gedanke blitzt' in ferne Zeit,
Daß vor dem Blick der Menschen offenbar
  Das Schicksal ihrer Söhn enthüllte sich,
  Noch eh der Zeiten Chaos es gebar,
Der Geist, der seinen Odem sichtbarlich
  Den großen Sehern Israels verlieh,
  Der sie getrieben hat, er treibt auch mich.
Und wenn der Pred'ger in der Wüste nie
  Vom Volk gehört wird, wie Kassandras Drohn,
  Wohlan, die Sünde komme über sie!
Im Waffenlärm verhallt mein schwacher Ton,
  Und keines Dankes wird mein Herz genießen
  Als sein Gefühl – nie kannt ich andern Lohn.
Fließt nicht dein Blut und wird dein Blut nicht fließen,
  Italien? Ich vergesse meine Pein,

Da deine Leiden sich vor mir erschließen.
Ein Vaterland gibt's nur, und du bist mein.
Dein Busen soll einst mein Gebein bedecken
Und meine Seel in deiner Sprache sein.
Wenn deine Sprach in Westlands weiten Strecken
Mit unsrer Römerherrschaft unterging,
Ich will dir eine neue Zung erwecken,
So stolz, doch lieblicher: In ihr erkling
Inbrunst der Lieb und Schlachtrufs Widerhall,
Und solcher Wohllaut taufe jedes Ding,
Daß, wie dein Himmel, deiner Worte Schall
Ein wahr gewordner Dichtertraum erscheine
Und mach aus dir Europas Nachtigall.
Die andern Zungen werden wie gemeine
Waldvögel sein, wann sich dein Mund erschließt,
Barbarisch im Vergleich mit deiner Reine.
Und diesen Ruhm, der künftig dir ersprießt,
Dankst du dem Meister der toskan'schen Leier,
Dem Ghibellinen, welchen ihr verstießt.
Weh, weh! Es reißt der künft'gen Tage Schleier,
Und ein Jahrtausend wogt vor mir und weht
Gleich wie ein Meer in schweigend ernster Feier;
Wie auf der See, eh sich der Sturm erhebt,
Fernher die finstre, lange Wellenherde
In ahnungsvoller Schwellung zuckt und bebt.
Noch schläft der Sturm, noch ruht im Schoß der Erde
Der Lavastoß, noch hängt die Wolk herab;
Das blut'ge Chaos harrt noch auf das »Werde!«
Bald aber über dir zerbricht der Stab;
Die Element erwarten nur den Ruf
»Es werde dunkel!« – und du wirst ein Grab.
Du Holde wirst zerfleischt von Schwert und Huf;
Italien, du mit Reizen ohne Zahl,
Das zweite Paradies, das Gott erschuf!
Fällt Adams Same denn zum zweitenmal?
Italien, mit den ewig goldnen Auen,
Kornland der Welt, gepflügt vom Sonnenstrahl!
Du, deren Firmamente dunkler blauen,
Die goldnere Gestirn ums Haupt sich schmiegt,
In deren Hain die Lenze Hütten bauen!
Du, die in ihrer Wiege Rom gewiegt

Und für die Ew'ge Stadt wobst zum Talar
Den Raub der Könige, vom Volk besiegt!
Heimat der Helden und der Kirch Altar,
Erst irdischer, dann ew'ger Hoheit Thron,
Du alles, was je Phantasie gebar –
Nein, herrlicher als jede Vision,
Wenn hoch von Gletschern und smaragdnen Schatten
Zottiger Tannen, die im Sturme drohn,
Das Auge schweift und schwelget ohn Ermatten
Und ängstlich doch, nach Hilfe gleichsam, späht,
Italien, über deine sonn'gen Matten –
Nah, näher, teure Figuren ausgesät,
Und, wären sie nur frei, dann doppelt teuer,
Nun, ach, von fremden Wütrichen gemäht!
Den Goten folgt des Hunnen Schwert und Feuer;
Dann droht der Franken und der Deutschen Strom,
Der alten Greuel würdige Erneuer.
Verwüstung droht im alten Kaiserdom;
Froh alter Taten, winkt sie neuen Horden,
Und unter ihrem Fuß verblutet Rom.
Die einst so blaue Luft qualmt dick von Morden,
Und unter Leichenhaufen aufgestaut
Ist rot des Tibers Safranflut geworden.
Der fromme Priester, hilflos und ergraut,
Die heil'gen Jungfraun im geweihten Schleier
Fliehn vom Altar mit bangem Jammerlaut.
Die Völker feiern ihre Beutefeier,
Lombarde und Iberer und Alemann,
Mit ihnen Tier und Vogel, Wolf und Geier;
Sie, menschlicher als Räuber und Tyrann,
Schlingen das Fleisch nur, lecken nur das Blut
Erschlagener und ziehn von hinnen dann;
Indes der Menschen mörderische Brut
Die Tiefen aller Folter ganz durchmißt,
Wie Ugolin mit nimmersatter Wut.
Neun Monde währen wird die Schreckensfrist:
Des Prinzen feldherrnloses Heer begräbt
Am Tor den Toten, der Roms Sieger ist.
Hätt er, der fürstliche Rebell, gelebt,
Vielleicht gebot er deiner Schändung Halt;
Nun ist mit seinem dein Geschick verwebt.

O Rom! bald Galliens Raub und Räuber bald,
  Von Brennus bis Bourbon – wenn deiner Mauer
  Ein fremdes Banner erst entgegenwallt,
So wird der Tiber stets ein Strom der Trauer.
  Oh, wenn der Fremdling kommt zu Alp und Po,
  Zermalmt ihn, Berg', ersäuft ihn, Flutenschauer!
Weswegen schlummert die Lawine so,
  Um Pilger zu verschütten? Schlammig schwillt
  Eridanus und raubt nur Erntestroh?
Sind die Barbaren nicht ein edler Wild?
  Hat nicht die Wüst in ihren sand'gen Reichen
  Begraben des Kambyses Speer und Schild?
Und wogte nicht das Schilfmeer über Leichen
  Der Heerschar Pharaos? Weshalb, o sagt,
  Ihr Berg' und Ströme, tut ihr nicht desgleichen?
Und Römer, die ihr nicht zu sterben wagt,
  Einst schlugt ihr sie, die Xerxes' Macht geschlagen,
  Wo unvergessen noch das Grabmal ragt.
Sind eure Alpen, die gen Himmel ragen,
  Machtloser als der Thermopylenpaß,
  Daß ihre Straßen immer offen lagen?
Ist ihre Schuld es oder eure, daß
  Ihr Bergestor sich jedem Feind erschloß,
  Zum Durchzug und zum friedlichen Gelaß?
Nein, die Natur schon hemmt des Siegers Roß
  Und macht unnahbar eurer Heimat Herde,
  Nur kämpft sie nicht allein für Burg und Schloß;
Sie hilft den würd'gen Söhnen einer Erde,
  Wo Männer säugte jedes Weib im Land,
  Nicht aber einer feigen Sklavenherde.
Für solche nützt nicht Turm und Quaderwand;
  Des Wurmes Stachel schirmet ehr sein Loch
  Als schwaches Herz die Mauern von Demant.
Seid ihr nicht tapfer? – Ja, das Land hat noch
  Die Herzen und die Hände, Heere, Waffen,
  Um sich zu schützen wider fremdes Joch;
Wie fruchtlos aber alles Mühn und Schaffen,
  Solange Zwist die Saat der Schwäche sät
  Und allen Raub die Fremden an sich raffen!
O schönes Land gesunkner Majestät,
  So lang ein Grab der Hoffnung deiner Kinder –

Ein Schlag nur, und dein Dränger wär verweht!
Und doch – der Rächer säumt: die Zwietracht Blinder,
Zwietracht und Zweifel hat dich selbst entzweit
Und stärkt die Stärke deiner Überwinder.
Was braucht es, daß du auferstehst befreit
Und deinen Reiz enthüllst in voller Schöne?
Ein Werk genügt: die Unzugänglichkeit
Der Alpen durch die Eintracht deiner Söhne.

DRITTER GESANG

Chaos von Plagen, das sich mir enthüllt,
Die Pest, der Fürst, der Fremdling, alle Schalen
Des Zornes ausgeleert und neugefüllt!
Nicht niederschreiben kann ich all die Qualen;
Der Erdkreis und das Weltmeer böten kaum
Genug des Platzes mir für die Annalen.
Doch wird es einst erfüllt: es ist kein Traum;
Geschrieben stand es droben, lang bevor
Die Sonnen rollten durch den Weltenraum.
Gleich einem Banner weht am Himmelstor
Die Blutschrift unsrer Leiden; unsre Wut
Wirft ihren Angstschrei in der Engel Chor,
Bis einst, Italia, Märtyrin, dein Blut
Sich nicht vergebens bis zu Ihm erhebt,
Bei dem die Allmacht und die Gnade ruht,
Bis, wie die Harfensait im Winde bebt,
Doch lauter als des Seraphs Psalmentöne,
Rührend dein Weheruf zum Höchsten schwebt.
Indes will ich, der letzte deiner Söhne –
Der ich zur Einsicht und zum Dulden schon
Mich durch Unsterblichkeit vom Staub entwöhne –,
Ob Toren spotten, ob Tyrannen drohn
Und vor dem Sturm das schwächre Rohr zerstiebt,
Ich will dir weihn der Leier ernsten Ton;
Dir, Vaterland, das meine Seele liebt,
Weih ich die gottverliehne düstre Gabe,
Zu lesen, was in Zukunft sich begibt.
Und wenn ich nicht das alte Feuer habe,

Das einst dir leuchtete, du mußt verzeihn:
Ich künde nur dein Los – und geh zum Grabe.
Glaub nicht, erleben würd ich all die Pein:
Mich treibt ein Geist, zu schauen und zu sprechen,
Und gönnt als Lohn mir, Zeuge nicht zu sein.
Ausströmen soll mein Herz, um dann zu brechen.
Doch sieh, ein Lichtblick! Eh ich ganz gewebt
Das Bahrtuch deines Grams und deiner Schwächen;
Als käm ein Schimmer durch die Nacht geschwebt,
Als ob dein Dunkel ein'ge Sterne habe,
Ein Schwarz, von manchem Meteor belebt.
Marmorne Schönheit lehnt an deinem Grabe;
Glorreiche Geister trägt dein Trümmerfeld,
Zum Ruhme dir, der Welt zur Lust und Labe;
Der Forscher, der Poet, der Weis' und Held
Schmückt dein von stolzen Keimen schwangres Land,
So wie der Sommer schmückt dein Himmelszelt –
Sieger auf ferner Flut und fremdem Strand,
Entdecker neuer Welten, neuer Meere –
Nur dich zu retten, fehlt dem Schwert die Hand.
All dein Gewinn liegt nur in ihrer Ehre,
Ein stolzes Gut für sie, doch nimmer dein;
Für sie der Reichtum und für dich die Leere!
Oh, weit erlauchter wird als jene sein
Er, den vielleicht die ferne Zeit gebiert,
Der ird'sche Heiland, der dich wird befrein;
Der neu dein Haupt mit seiner Krone ziert,
Die nun der Fremdling schändet und zerstückt,
Wenn deines Tages Frührot triumphiert;
Der Freiheit Frührot, nun von Nacht erdrückt
Und Höllenqualm, den jede Sklavenherde
Einatmen muß, die sich dem Joche bückt.
Doch tönen wird – und lauschen wird die Erde –
Durch all die Nacht Gesang; ein Dichterchor
Wird Pfade wandeln, die ich zeigen werde.
Derselbe blaue Lenz, der Blumenflor
Und Nachtigallenlieder ihnen bringt,
Lockt auch aus ihrer Brust den Schall hervor.
Süß wird ihr Ton sein: Von der Liebe singt
Der eine, andre von der Freiheit Siegen –
Nicht oft, daß dieser Adlerflug gelingt.

Die werden sich der Sonn entgegenwiegen,
  Wie der Monarch der Lüfte kühn und frei;
  Indes die meisten nah der Erde fliegen.
Wie mancher Schmuck erhabner Rednerei
  Wird an die kleinen Herren einst verschwendet
  In üpp'gem Überschwang der Schmeichelei!
Die Sprache, die mit falschem Zierat blendet,
  Strahlt nur des Genius Buhlerkunst zurück,
  Der, wie die Schönheit, oft sich selber schändet.
Freiheit wird Pflicht, und Schande gilt als Glück;
  Denn wer als Gast die Halle des Tyrannen
  Betritt, wird Sklav, sein Geist ein Beutestück.
Wenn Kettenring' einmal den Fuß umspannen,
  So ist die Mannheit halb verloren schon;
  Der Seel Entnervung wird den Geist entmannen.
Der Dichter, steht er allzu nah dem Thron,
  Verkümmert; denn gefallen wird zur Pflicht:
  Gefallen müssen – welche Sklavenfron!
Nach Herrenlaune glätten ein Gedicht,
  Nie Schwung entfalten als im Lob der Großen,
  Stoff suchen, der sich ziemt und der besticht –
So eingeschnürt, so stets verdammt zum bloßen
  Diskant der Schmeichelei, wird er gar bald
  Knechtsarbeit tun und zittern anzustoßen;
Damit nur ja das Herz nicht überwallt,
  Ein himmlischer Rebell, in freirer Stunde,
  Und stürmt sein Hirn und kühne Wahrheit lallt,
Trägt er, wie der Athener, Stein' im Munde;
  Doch andre sind, die nicht ihr Lied entweihn
  Und wuchern mit dem anvertrauten Pfunde.
Und er, ihr Fürst, wird meinesgleichen sein;
  Die Liebe wird für ihn ein qualvoll Büßen,
  Unsterblich aber seine Trän und Pein.
Italien wird als Herrscher ihn begrüßen
  Der Liebessänger, und sein Freiheitssang
  Legt ihm nicht minder grünen Kranz zu Füßen.
Zwei Größre wandeln dann den Po entlang;
  Die Welt, die ihm gelacht, mißhandelt sie,
  Bis sie das Grab verschlingt, das mich verschlang.
Des ersten Zither schafft die Ära, die
  Den Erdkreis füllt mit Minn und Abenteuer,

Ein Regenbogen seine Phantasie:
Unsterblich, wie des Himmels, ist sein Feuer,
Und nie erschöpft mit frischen Schwingen schweift
Sein Geist im Reich der Märchen, immer neuer.
Der Scherz, wie ein gefangner Falter, streift
Sein Lied mit holdem flatterndem Gefieder,
Bis Kunst und Traum uns wie Natur ergreift.
Der andre, zarter und dem Scherz zuwider,
Wird seiner Seele wehmutvolle Glut
Ausschütten auf Jerusalem hernieder.
Von Waffen singt auch er, vom Christenblut,
Verströmt um Christi Grab; sein hehres Harfen
Tönt an den Weiden über Jordans Flut;
Ein neues Lied von Zion und dem scharfen
Gefecht der Frommen, die nach schwerer Not
Der Hölle Pforten siegreich niederwarfen,
Bis Kreuzesbanner wehten blutig rot,
Dort, wo von Blut das Kreuz gerötet war
Dessen, der uns erlöst durch seinen Tod.
Verlorne Jahr und Freiheit, und sogar
Für eine Zeitlang durch die Schlangenglätte
Höfischer List sein Nachruhm in Gefahr;
Sein Name schlau verdunkelt, seine Kette
Beschönigt als ein Werk von Freundeshand,
Das ihn von Wahnsinn oder Schande rette –
Das wird sein Lohn sein! Und er war gesandt,
Der Laureatus Christi euch zu sein!
Mir hat Florenz nur Tod und Acht erkannt;
Ferrara ihm die Zell und das Kastein,
Weit härtren, weniger verdienten Bann;
Denn ich erzürnte trotzend die Partein.
Er aber, dieser stille, sanfte Mann,
Des Augen liebend sich im All verlieren,
Des friedlich Herz es über sich gewann,
Den ärmsten Wurm, der je, um zu regieren,
Dem Ei entkroch, in schmeichlerischen Duft
Himmlischer Lieder einzubalsamieren –
Wodurch verdient' er diese grause Kluft?
Er liebt vielleicht – ist nicht vergebens lieben
Schon Folter, ohne die lebend'ge Gruft?
Und dennoch steht sein Schicksal so geschrieben.

Er und der Rittersänger, manches Jahr
Vertrauern sie, verfolgt, bedrängt, vertrieben.
Und, trostlos sterbend, bringt dies Dichterpaar
Der Welt, die ihnen kaum die Träne zollt,
Ein Erbteil, das die Menschheit reich macht, dar,
Der echten Dichterseele reines Gold,
Den Doppel-Lorbeer für ihr Vaterland –
Kein zweiter blüht auf Erden je so hold.
Hellas in allen Olympiaden fand
Zwei solche Namen nie; so hoch und groß
Ward einer nur in alter Zeit erkannt.
Und das ist solcher Männer ganzes Los?
Bringt feiner Geist und fieberhafter Sinn,
Das Lavablut in ihrer Adern Schoß,
Der Leib sogar zur Seele werdend in
Dem brünstigen Gefühl für das, was ist
Und was sein sollte – bringt nur d e n Gewinn?
So ist es und so wird es sein: denn wißt,
Den goldnen Fittich zarter Poesie
Zerzaust der Erde Sturm und Kampf und Zwist;
Ein Paradiesvogel, schmachtet sie,
Heimwärts zu fliehn; sie findet allzu bald,
Ihr Flügel stimmt zum Erdennebel nie.
So brechen Herzen oder werden alt
In stumpfem Elend, während dicht im Nacken
Der Geierschwarm der Leidenschaften wallt,
Begierig lauernd, ihren Raub zu packen,
Und wenn der matte Flüchtling sinkt zur Rast,
Dann jauchzen sie, ihr Opfer zu zerhacken.
Doch gibt es ein'ge, die der Grimm nicht faßt,
Die ein'gen, die Geduld zum Pfad erlesen,
Die nie erlahmen unter schwerster Last,
Die widerstehn gelernt dem eignen Wesen –
O schwerste Kunst und hoffnungslos zumal!
Und dennoch, etliche sind so gewesen.
O wäre je mein Nam in dieser Zahl,
Dann wär mein strenges, aber reines Weh
Höher als allen Ruhms unheil'ger Strahl.
Dem Himmel näher ist der Alpenschnee
Als der Vulkan, der prächtig rast und flammt
Aus des versengten Busens Feuersee;

Zu flücht'gem, martervollem Glanz verdammt,
Sprüht er die Nacht hindurch – dann sinkt die Glut
Zurück zur schwarzen Höll, aus der sie stammt,
Der Höll in seiner Brust, die nimmer ruht.

VIERTER GESANG

Poeten gibt's, die ihre Poesie
Niemals geschrieben, und vielleicht die besten:
Sie fühlten, liebten, und dann starben sie;
Sie liehn der Welt ihr Feuer nicht, sie preßten
Den Gott zurück, von dem die Seele schwoll,
Und kehrten lorbeerlos zu stern'gen Vesten,
Beglückter doch als jene, die den Zoll
Der Sünde zahlen, daß die Welt sie preist,
Berühmte Helden, aber narbenvoll.
Gar mancher ist Poet, der nicht so heißt,
Denn was ist Dichten? Böses oder Gutes
Erschaffen durch zu viel Gefühl und Geist;
Zum Himmel klimmen überird'schen Mutes,
Neuer Prometheus neuer Menschen sein,
Der Spender eines gottgeraubten Gutes,
Und dann zu spät entdecken, daß mit Pein
Die Welt belohnt die Bringer solcher Lust,
Die so umsonst den hohen Schatz verleihn.
Die Geier nagen an des Gebers Brust;
Einsam am Felsen hängt er überm Meer.
So sei es! Dulden kannst du, was du mußt.
So aber ist Poet ein jeder, der
Sich von der Scholle löst, die an ihm klebt,
Oder zu Geist verklärt, was ihm zu schwer,
Gleichviel, in welcher Form sein Schaffen strebt.
Wie oft, daß im beseelten Marmorstein
Des Liedes Poesie homerisch lebt!
Ein Meisterstrich ruft eine Welt ins Sein,
Vergöttlicht strahlt die farb'ge Leinewand
Von nie gesehner Schönheit Widerschein.
Wer kniet vor solchen Göttern übermannt,
Bricht kein Gebot! Der Himmel selber schwebt

Verklärt herab und selig ausgespannt.
Mehr hat die Dichtkunst selber nie erstrebt,
Die mit Gedanken und dem Widerglanz
Gedachter Wesen nur die Luft belebt.
So teile denn der Künstler auch den Kranz!
Er teilt die Not; er ächzet unbelohnt;
Genius und Gram, ach, trennen nie sich ganz.
Ich sehe neu die Kunst, des Siegs gewohnt,
Wie sie in Hellas' unvergeßnem Reich
Mit Phidias und Apelles hat gethront;
An Lehre werden die Ruinen reich,
Und aus dem Schutte werdet ihr Gestalten
Erwecken, griechischen an Schönheit gleich.
Und Römerseelen werden sich entfalten
In Römerwerken von ital'scher Hand,
In Tempeln, wunderbarer als die alten.
Wo ernst das Pantheon sich wölbt, da spannt
Nach seinem Bild zum Himmel sich empor
Ein Dom, wie ihn die Erde nie gekannt.
Nie bargen Pforten solche Pracht zuvor,
Und alles Fleisch wird segenflehend knien
Vor diesem ungeheuren Himmelstor.
Dem kühnen Meister, dem es wird verliehn
Emporzuzaubern diese Wunderglocke,
Jedwede Kunst erkennt als Herrscher ihn.
Ob mit dem Meißel aus dem Marmorblocke
Er den Hebräer weckt, vor dessen Braun
Die Meerflut steht, als ob sie zitternd stocke;
Ob mit dem Pinsel er der Hölle Graun
Ausgießet über der Verdammten Haft,
Die ich geschaut, und alle werden schaun;
Ob Riesendom' er, ungeahnte, schafft –
Der Strom so mächtiger Erhabenheit
Wird fließen aus den Quellen meiner Kraft!
Des Ghibellinen, welcher vor der Zeit
Die Reiche sah, die dreifach Eines machen,
Das große Kaiserreich der Ewigkeit.
Trotz Schwerterklirren und der Helme Krachen
Wird jene Zeit, die dämmernd vor mir schwebt,
Als eine goldne Zeit der Schönheit lachen.
Und während Jammer rings die Welt begräbt,

Wird meines Volkes Genius aufwärts steigen,
Wie über Wüsten sich die Zeder hebt,
Holdselig anzuschaun in allen Zweigen,
Duftig und schön, von ferne her erkannt,
Den Weihrauch atmend, der dem Stamme eigen.
Dann ruht auf kurze Zeit vom Krieg die Hand;
Die Fürsten, halb entwöhnt dem Blutvergießen,
Bewundern Marmorstein und Leinewand;
Die Erdenschönheit sonst mit Füßen stießen,
Zum Lob gezwungen, fühlen sie die Macht
Der Dinge, die sie roh verwüsten ließen.
Die Kunst, von blinder Dankbarkeit entfacht,
Baut Monument und Dom mit edlem Fleiß
Dem Herrscher, der sie nur zum Spielzeug macht.
Die Holde gibt sich stolzen Päpsten preis;
Sie dient der Notdurft oder leistet Fron;
Verschachert wird die Seele mit dem Schweiß.
Wer Arbeit tut für eine Nation,
Kann Armut ernten, aber er ist frei:
Nicht so, wer schwitzen muß um Fürstenlohn.
Er ist wie der vergoldete Lakai,
Der für die Kost, die man dem Knechte mißt,
Sich sklavisch bückt am Tor der Tyrannei.
O Macht, die du das Reich und Leben bist,
Wie kommt's, daß Erdenmacht auf dieser Welt,
Die dir an äußrem Scheine ähnlich ist,
Keins deiner heil'gen Attribut' enthält
Und doch, wenn sie die Menschheit schindet, dreist
Die eignen Rechte neben deine stellt?
Wie kommt es, daß der Sohn des Ruhmes meist,
Dessen Begeistrung flammt wie Himmelsstrahl,
Und dessen Namen jede Zunge preist,
Hinleben muß in Armut oder Qual
Oder, wenn er durch Schmach zur Größe strebt,
Nur buntre Ketten trägt und tiefres Mal?
Und wenn sein Stern ihn niedrer Not enthebt,
Wenn unverlockt er frei von Schande blieb,
Daß härtre Prüfung dann sein Herz erlebt,
Der Leidenschaft ergrimmten Kampf und Trieb?
Florenz! als du mit ungerechtem Spruch
Mein Dach geschleift hast, hatt ich dich noch lieb;

Nun überlebt mein rächerisches Buch,
Der Haß der Kränkungen, die Jahr um Jahr
Aufhäufen und vermehren meinen Fluch,
Er überlebt, was je dir teuer war,
Stolz, Reichtum, Freiheit, selbst die Zwergtyrannen,
Die schlimmste Pest, die je ein Staat gebar!
Glaubt nicht, daß Fürsten Knechtschaft nur ersannen;
Der Demagog steht ihnen nur an Frist
Nicht gleich; die Zeit spült schneller ihn von dannen.
In allem, was auf Erden tödlich ist,
Was Menschen sich und andre hassen macht,
In Feigheit, Grausamkeit und Bruderzwist,
In frevelhaftem Druck, in rohster Macht,
In dem, was Sohn und Mutter, Sünd und Tod,
Blutschänderisch jemals zur Welt gebracht,
Sind Brüder der Tribun und der Despot,
Ist der Parteimann – nur mit schlimmrer Gier –
Des Beispiels Affe, das der Sultan bot.
Florenz! wenn dieser Geist, der lang in mir,
Wie Eingekerkerte nach Flucht verlangen,
Trotz allem Leid zurückverlangt nach dir –
Ein Ausgestoßner, schlimmer als gefangen,
Für den die weite Welt ein Kerker scheint,
Meer, Berge, Horizont als Gitterstangen,
Dem man den einen teuren Fleck verneint,
Wo er dein Kind sein würd in Lust und Leiden,
Wo Grab und Wiege ständen nah vereint –
Florenz! wenn dieser Geist dereinst wird scheiden,
Wirst reuig du am leeren Aschenkrug
Gebeine ehren, die dich ewig meiden.
»Was tat ich dir, mein Volk?« Grausam genug
War all dein Tun, doch übertrifft es hier
Der Bosheit Maß, die je ein Mensch ertrug.
Was nur ein Bürger sein kann, war ich dir,
Werk deiner Wahl, in Krieg und Frieden dein,
Und dafür hast du Krieg geführt mit mir!
Es ist geschehn: Ich kann dir nicht verzeihn;
Ich kann die ew'ge Kluft nicht überspringen,
Die zwischen uns gegähnt, und sterb allein.
Mit finstrem Seherblick nur kann ich dringen
Ins Dunkel böser Tag' und den Bericht

Den Ohren, die nicht hören wollen, bringen.
So war es stets. – Einst aber kommt das Licht!
Dann werden deine Augen auch entschleiert
Die Wahrheit sehn, und ohne Tränen nicht, –
Dann wird im Grabe der Prophet gefeiert.

DIE VISION DES GERICHTS

von Quevedo Redivivus

Angeregt durch die vom Verfasser des
»Wat Tyler« stammende Dichtung
gleichen Titels

»Ein Daniel kommt zu richten! ja, ein Daniel!
Dank, Jude, daß du mich das Wort gelehrt!«

VORWORT

Es ist ein weises Wort, daß »ein Narr viele macht«, und ein Dichter hat bemerkt, daß »Narren ins Haus fallen, wo Engel kaum aufzutreten wagen«.

Wäre nicht Herr Southey ins Haus gefallen, wo er nichts zu suchen hatte, nie gewesen war und nie wieder sein wird, so wäre das folgende Gedicht nicht geschrieben worden. Es ist nicht unmöglich, daß es ebenso gut wie seines ist, sintemal keine erdenkliche Gattung angeborener oder erworbener Dummheit es *schlechter* machen könnte. Die grobe Schmeichelei, die stumpfe Schamlosigkeit, die renegatenhafte Unduldsamkeit und das gottlose Phrasentum dieses Poems vom Verfasser des »Wat Tyler« sind etwas so Stupendes, daß sie als sein sublimiertes Ich angesehen werden können – sie enthalten die Quintessenz seiner Eigenschaften.

So viel über sein Gedicht – nur ein Wort über seine Vorrede. In dieser Vorrede hat es dem hochherzigen Hofpoeten gefallen, das Bild einer angeblichen »Satanischen Dichterschule« zu entwerfen und diese der Beachtung der Behörden zu empfehlen, wodurch er zu seinen sonstigen Lorbeeren die des Denunzianten hinzufügen möchte. Wenn irgendwo, außer in seiner Phantasie, eine solche Schule existiert, ist er gegen sie nicht hinreichend gewappnet durch seine eigene nachhaltige Eitelkeit? Die Wahrheit ist, es gibt einige Schriftsteller, von denen Herr Southey, ganz wie Scrub, sich einbildet, sie hätten »von *ihm* gesprochen; denn sie lachten unbändig«.

Ich glaube, ich weiß genug von den meisten Schriftstellern, auf die er vermutlich anspielt, um behaupten zu können, daß sie als Individuen ihren Mitmenschen in einem Jahr mehr Gutes getan haben, als Herr Southey sich selber während seines ganzen Lebens durch seine Absurditäten Schaden zugefügt hat, und das will viel sagen. Aber ich habe einige Fragen an ihn zu richten.

1. Ist Herr Southey der Verfasser des »Wat Tyler«?

2. Ist ihm nicht von dem obersten Gericht seines geliebten England die Rechtshilfe versagt worden, weil das Buch gotteslästerlich und aufrührerisch sei?

3. Hat William Smith ihn nicht in vollem Parlament einen »giftigen Renegaten« genannt?

4. Ist er nicht Poeta laureatus, obwohl seine eigenen Verse auf den Königsmörder Martin ihm ins Gesicht schlagen?

Und 5. und im Hinblick auf vorstehende vier Punkte: Woher nimmt er den Mut, die Werke Dritter, welcher Art sie auch sein mögen, der Beachtung der Behörden zu empfehlen?

Ich sage nichts von der Feigheit eines solchen Verfahrens, dessen Gemeinheit für sich selber spricht; aber das *Motiv* möchte ich berühren, welches ganz einfach darin besteht, daß Herr Southey in einigen kürzlich erschienenen Schriften ein wenig ausgelacht worden ist, ebenso wie er weiland im »Antijakobiner« von seinen jetzigen Gönnern ausgelacht wurde. Daher all dies Wischiwaschi über »Satanisch« usw. Es ist seiner ganz würdig – »qualis ab incepto«.

Wenn ein Teil des Publikums in dem folgenden Poem etwas politisch Mißliebiges findet, so mag man sich bei Herrn Southey bedanken. Er hätte meinetwegen Hexameter schreiben können, wie er beinahe alles andere geschrieben hat – wenn er einen anderen Gegenstand behandelt hätte. Der Versuch aber, einen Monarchen zu kanonisieren, welcher, wenn er auch immerhin häusliche Tugenden besaß, weder ein erfolgreicher noch ein patriotischer König war – insofern mehrere Jahre seiner Regierung im Kriege mit Amerika und mit Irland vergingen, nicht zu reden von dem Angriff auf Frankreich –, erzeugt, wie jede Übertreibung, notwendig Widerspruch. Gleichviel wie in dieser neuen »Vision« von ihm gesprochen wird, die Geschichte wird sein *öffentliches* Leben darum nicht in günstigerem Lichte auf die Nachwelt bringen. Über seine (leider für die Nation etwas kostspieligen) Privattugenden kann ein Zweifel nicht bestehen.

Was die auftretenden übernatürlichen Personen betrifft, so kann ich nur sagen, daß ich ebensoviel von ihnen weiß und (als ehrlicher Mann) mehr Recht habe, von ihnen zu reden, als Robert Southey. Auch habe ich sie toleranter behandelt. Die Art, wie dieser arme wahnwitzige Mensch, unser Hofpoet, seine Urteile in der künftigen Welt gefällt hat, entspricht ganz seiner Urteilskraft in dieser Welt. Wäre es nicht völlig lächerlich, so wäre es etwas Schlimmeres. Viel mehr, glaube ich, brauche ich jetzt nicht zu sagen.

Quevedo Redivivus.

Nachschrift: Möglicherweise verwerfen, in diesen verwerflichen Zeiten, einige Leser die Freiheit, mit welcher Heilige, Engel und Geister in dieser »Vision« sich unterhalten. Ich verweise aber auf Präzedenzfälle wie Fieldings »Reise aus dieser in jene Welt« und wie meine (besagten Quevedos) eigenen Visionen in spanischer Sprache und in Übersetzungen. Ich bitte den Leser zu bemerken, daß nirgends Dogmen betont oder erörtert werden; daß die Gottheit dem Blicke sorgfältig entzogen bleibt, was man von dem Hofpoeten nicht sagen kann, der es schicklich gefunden hat, Gott nicht wie einen gelehrten Theologen, sondern wie einen ungelehrten Southey sprechen zu lassen. Die ganze Handlung findet außerhalb des Himmels statt, und Chaucers »Frau von Bath«, Pulcis »Morgante Maggiore«, Swifts »Geschichte von einer Tonne« und die anderen oben erwähnten Werke liefern einen Maßstab für die Redefreiheit, welche in nicht ernsthaften Schriften Heiligen usw. gestattet werden darf.

Q. R.

*** Dem Vernehmen nach droht Herr Southey, als ein guter Christ und Freund der Rache, mit einer Entgegnung auf diese unsre Antwort. Hoffentlich haben seine visionären Talente in der Zwischenzeit ein bißchen Klugheit gewonnen; sonst wird er sich in neue Schwierigkeiten bringen. Diese abtrünnigen Jakobiner liefern reiche Repliken. Ich gebe ihm ein Pröbchen. Herr Southey lobpreist ganz jämmerlich »einen Herrn Landor«, welcher viel Privatruhm in der Gestalt lateinischer Verse kultiviert, und vor nicht langer Zeit widmete, wie es scheint, der Hofpoet ihm eines seiner kleineren lyrischen Stücke als Anerkennung eines Gedichtes mit dem Titel »Gebir«. Wer wird es glauben, daß in diesem »Gebir« vorbenannter Savage Landor (denn so lautet sein grimmer Vorname) in die Höllenregionen keine geringere Person verweist als den Helden des Southeyschen Himmels – ja, Georg den Dritten! Man beachte auch, wie persönlich Savage wird, wenn es ihm gefällt. Nachfolgend sein Porträt unseres verstorbenen gnädigen Herrschers:

(Nachdem Prinz Gebir in die höllischen Regionen hinabgestiegen ist, werden auf sein Verlangen die Schatten seiner königlichen Ahnen vor sein Angesicht zitiert, und er ruft seinem gespenstischen Begleiter zu:)

»Ha, welch ein Elender naht uns? Welch Geist
Ist dies, mit weißer Brau und schiefer Stirn?
Horch! Diesen dort, der, auf dem Rücken liegend,
Vor jenem Richtschwert unter Schreien weicht;
Auch er ein Ahne! Haß ich schon Despoten,
So hab ich für den Feigling nur Verachtung.
War er von uns ein Landsmann?« –
»Weh, o König!
Spanien gebar ihn wohl, doch böse Winde
Aus Nordost brachten das verrucht Geschlecht.« –
»War er ein Krieger ohne Gottesfurcht?« –
»Er fürchtet' die Dämonen, nicht die Götter,
Obgleich er jeden Tag zu ihnen flehte;
Er war kein Krieger, wenn auch tausend Leben
Wie Schleudersteine er vergeudete
Und zahme Grausamkeit und kalte Laune –
O Menschenwahn! – verehrt und angebetet!«
Gebir

Ich übergehe einige erbauliche Ithyphallica des Savagius in dem Wunsche, den geziemenden Schleier über ihnen zu halten, wenn sein ehrbarer, aber etwas indiskreter Verehrer es erlaubt; aber so viel ist gewiß, daß sich diese Verkünder »großer moralischer Lehren« oft in sonderbarer Gesellschaft befinden.

1

Sankt Peter saß an seiner Himmelspforte;
Verrostet war sein Schlüssel samt dem Schloß;
So wenig war zu tun an diesem Orte,
Nicht etwa, weil die Bude überfloß,
Nein, Satan hatt ein Netz von neuer Sorte,
Seit »Achtundachtzig« Galliens Vorzeit schloß,
Und zog »mit alle Mann«, wie Schiffer sagen;
So hatt er alle Seelen fast beim Kragen.

2

Die Englein hatten heiser sich geschrien;
Sie hatten nichts zu tun, wenn sie nicht sangen,
Als höchstens Mond und Sonne aufzuziehn
Und weggelaufne Sternchen einzufangen,
Kometenfüllen ohne Disziplin,
Die oft zu früh durchs Blau des Äthers sprangen,
Damit ihr Schweif nicht die Planeten töte,
Wie ein vergnügter Walfisch kleine Böte.

3

Die Seraphim, die über Menschen wachen,
Quittierten längst den Dienst voll Ungeduld;
Niemand im Himmel frug nach Erdensachen
Als bloß der Engel, der am schwarzen Pult
Buch führt. Der freilich war von tausendfachen
Tatsachen so bestürmt, von Weh und Schuld,
Daß er die Federn seiner beiden Schwingen
Beschrieb und konnte doch sein Werk nicht zwingen.

4

So unermeßlich wuchs sein Schuldregister,
Daß er – es ist gewiß nicht gern geschehn –
Ganz wie ein Erdenengel, ein Minister,

Den Beistand guter Freunde mußt erflehn.
Er lief Gefahr, infolge lang vermißter
Nachtruhe ganz und gar zugrund zu gehen:
So gab man ihm sechs Engel auf Begehren
Und noch zwölf Märtyrer zu Sekretären.

5

Ein stattliches Büro für einen Himmel;
Indes die Arbeit war auch so noch groß.
So viele Feldherrn ritten ihren Schimmel,
So manches Reich neu aus dem Boden schoß,
Und täglich gab es solche Schlachtgewimmel,
Bis zu dem blut'gen Schlußakt Waterloos –
Die Engel warfen ihre Federn fort,
So schmutzig ward ihr Blatt von Staub und Mord.

6

Dies nebenbei. Was Engel selbst entsetzt,
Beschreib ich nicht. Sogar der Teufel sah
Sein eignes Werk mit Graun und Schrecken jetzt,
Die infernalen Saturnalia.
Obwohl er selber jedes Schwert gewetzt,
Dies löschte seinen Höllendurst beinah.
(Eins muß ich hier doch selbst an Satan loben:
Er hat sich beide Feldherrn aufgehoben.)

7

Den faulen Frieden überspring ich hie;
Der Hölle wird durch ihn nicht viel entgehn;
Er ist ein Pachtbrief für die Despotie,
Auf dem nur ein paar neue Namen stehn.
Na, das läuft ab. Inzwischen wachse sie
»Mit sieben Köpfen und mit Hörnern zehn«,
Gleich Sankt Johannis mystischem Geschöpfe –
Uns freilich drohen Hörner mehr als Köpfe.

8

Im ersten Jahr am zweiten Freiheitsmorgen
Starb Georg der Dritte, selber kein Despot,
Doch stets bereit, Despoten Geld zu borgen,
Bis Sonn und Sinn ihm dunkel ward und tot:
Kein Landwirt konnte besser Vieh besorgen,
Kein König stürzt' ein Reich in tiefre Not!
Er starb – doch hinterließ er Landeskinder:
Zum Teil verrückt wie er, zum Teil noch blinder.

9

Er starb! Sein Tod bewegte nicht die Welt;
Sein Leichenzug war ziemlich schön – ein Haufe
Von Samt, Gold, Messing. Alles war bestellt,
Sogar die Tränen; denn in England kaufe
Ich solche Dinge für mein bares Geld;
Von Elegien die angemeßne Traufe,
Gleichfalls gekauft, und Fackeln, Wappenhalter,
Herolde, Krepp und etwas Mittelalter.

10

Ein rechtes Leichenmelodram! Wer frug
Von all den Narrn, den Mimen und Beschauern,
Wer frug nach dem Verstorbnen? Der Zug
War das Ereignis und das Schwarz das Trauern;
Da war kein Schmerz, der durch den Sammet schlug.
Der prächt'ge Sarg versank in dunkle Mauern –
O Spott der Hölle! diese achtzig Jahre
Verwesung eingehüllt in Goldtalare!

11

Mag denn sein Leib dem Staub verfallen sein!
Wenn man allein ihn ließ' und ungeschoren,
So hätte sich viel früher sein Gebein
(Was doch geschieht) in Erd und Luft verloren.
Die Unnatur der Düft und Spezerein
Verhunzt nur das, was die Natur geboren,

Nackt – wie den ungesalbten Leib des Bauern:
Das Modern wird nur etwas länger dauern.

12

Nun ist er tot: Nichts blieb von ihm auf Erden
Als das Gekritzel auf dem Monument,
Die Rechnung für die Kutsche mit acht Pferden
Und höchstens noch ein deutsches Testament.
Sein lieber Sohn wird drum nicht ärmer werden;
Er erbt des Vaters Tugend und Talent,
Nur eins nicht – sonderbarer Zeitvertreib! –,
Die Treue für ein schlechtes, garst'ges Weib.

13

»Heil unserem König!« – Heil'ger Gott! ist Heil
So wohlfeil, daß auch solche es bekommen?
Gott muß es wissen. Ich für meinen Teil
Bin gar nicht fürs Verdammen eingenommen;
Wer weiß, ob man mich nicht verketzert, weil
Ich unserm künft'gen Los zu Nutz und Frommen
Die Ewigkeit der Höllenkompetenzen
Durch ein'ge kleine Klauseln möcht umgrenzen.

14

Ich weiß, das ist verrucht; ich weiß, es bricht
Mir noch den Hals; ich weiß, man wird verdammt,
Sobald man hofft, ein andrer werd es nicht;
Ich weiß mein Credo; weiß, das Bischofsamt
In England füttert uns mit purem Licht,
Die andren Kirchen aber insgesamt
(Zweimal zweihundert mit den Synagogen)
Sind beim Geschäfte ganz »verdammt« betrogen.

15

Gott helfe mir und allen! Jedenfalls
Bin ich so hilflos, wie's dem Teufel recht ist;
Ich bin nicht schwerer zu verdammen, als

Ans Land zu ziehn ein festgehakter Hecht ist
Oder zum Block das frommste Lamm des Stalls;
Wenn meine Wenigkeit nur nicht zu schlecht ist
Für jene Pfann, in der einst alle schmoren,
Die hier auf Erden sterblich sind geboren.

16

Sankt Peter also saß am Himmelstor
Und war auf seinen Schlüsseln eingenickt;
Da traf ein wundersamer Lärm sein Ohr,
Wie Sturm und Flamm und Wasser im Konflikt,
Als ginge etwas äußerst Großes vor.
Gottlob, daß so ein Heil'ger nicht erschrickt!
Er blinzte nur und sagte: »Ein Planet
Vermutlich, der in tausend Stücke geht.«

17

Doch wie er weiterschlummernd sitzen blieb,
Klappt' ihm ein Cherubfittich ins Gesicht,
So daß er gähnt' und sich die Nase rieb.
Der Engel sprach: »Portier, tu deine Pflicht!«
Dieweil sein Flügelpaar ein Rad beschrieb,
Bunt wie ein Pfauenschweif von Himmelslicht.
Der Heil'ge fragte: »Na, was ist denn los?
Kommt Luzifer mit diesem Hundsgetos?«

18

»Nein«, sprach der Cherub, »man bringt Georg den Dritten.«
Und Petrus drauf: »Was ist das für ein Mann?
Georg was? und Dritter was?« – »Monarch der Briten.« –
»Na, viel Kollegen trifft er hier nicht an.
Er trägt doch seinen Kopf? nicht abgeschnitten?
Hier war vor ein'ger Zeit ein Grobian,
Der Einlaß forderte. Ich wollte nicht;
Da warf er seinen Kopf mir ins Gesicht.

19

König von Frankreich, glaub ich, nannt er sich,
Und dieser Kopf, der nicht mal seine Krone
Festhalten konnte, schrie – ich bitte dich! –
Nach Märtyrkronen, gleichsam mir zum Hohne.
Hätt ich mein Schwert gehabt, mit welchem ich
Einst Ohren abschnitt, würd ich dem Patrone ...
Indes, da ich nur meine Schlüssel fand,
So schlug ich bloß den Kopf ihm aus der Hand.

20

Da heult' er denn so kopflos, daß ein Schwarm
Von Heil'gen kam und in die Tür ihn brachte;
Da sitzt er bei Sankt Paul nun, Arm in Arm –
Sankt Paul, der Parvenü! – Ich aber dachte,
Bartholomäus' Haut, die ihn so warm
Zudeckt im Himmel und zum Heil'gen machte,
Die heil'ge Haut war nicht zur Hälfte so
Profitlich wie dies Kopfgestell von Stroh.

21

Wär es auf seinen Schultern angekommen,
So hätt es was gesetzt für sein Geschrei;
Indessen auf die Heiligen und Frommen
Wirkt der Esprit de corps wie Hexerei;
Sie haben diesen dummen Kopf genommen
Und wieder festgeklebt. Mir einerlei!
Es scheint hier Mode, alles abzuändern,
Was kluge Leute tun in andern Ländern.«

22

Darauf der Engel: »Peter, knurre nicht;
Ein König kommt, der Kopf und alles hat
Und nie recht wußte, was er tut und spricht;
Er macht' es wie die Puppen an dem Draht
Und kommt gewiß wie andre vor Gericht.
Doch Fragen dieser Art sind in der Tat

Nicht meines Amts noch deines; denn du weißt,
Hier gilt die Losung: Tut, was man euch heißt.«

23

Inzwischen kam der Engelszug heran
Und fuhr daher wie ein gewalt'ger Wind,
Den Ätherraum zerteilend wie der Schwan
Den Silberstrom (Nil, Ganges oder Ind,
Thems oder Tweed), und einen alten Mann
Mit alter Seele, beide äußerst blind,
Trugen sie vor das Tor: da saß der Fremde
Auf einer Wolk im bloßen Leichenhemde.

24

Jedoch als Nachhut dieser prächt'gen Bande
Ein andrer Geist die finstren Flügel schlug,
Wie Donnerwolken über ödem Strande,
Der nur die Wracks verlorner Schiffe trug;
Die Stirn, als ob ein Meer im Sturme brande –
Tief, unergründlich lag in jedem Zug
Endlosen Zorns unsterbliches Gefunkel,
Und wo er hinsah, ward der Weltraum dunkel.

25

Er kam und blickte nach dem Tor, in das
Er und die Sünde Zutritt nie gewinnen,
Mit so übernatürlich grimm'gem Haß,
Daß Petrus dacht': »Ich wollt, ich wäre drinnen.«
Die Schlüssel klapperten ohn Unterlaß,
Und von der heil'gen Stirn schien Schweiß zu rinnen;
Der Schweiß natürlich, der heruntertroff,
War Ichor oder sonst ein höhrer Stoff.

26

Sogar der Cherubschwarm zusammenruckte,
Wie Vögel, wenn der Falk fliegt; sie empfanden
Ein Rieseln, das durch alle Federn zuckte,

Im Kreise, wie Orions Gürtel, standen
Sie um den armen Alten, der nicht muckte,
Obwohl sie zart mit Königen und Granden
Umgehen (denn man weiß aus vielen wahren
Geschichten, daß die Engel Tories waren).

27

So stand die Sach, als, siehe, das Portal
Aufflog, und seiner Angeln goldnes Blitzen
Warf übers Weltall einen Flammenstrahl
Vielfarb'gen Glanzes, der selbst zu den Sitzen
Der Menschen drang, wo wiederum einmal
Ein Nordlicht um den Pol die prächt'gen Spitzen
Ausbreitete – genau um diese Stunde
Sah Captain Parry es im Melville-Sunde.

28

Und aus dem offnen Tore, schön und strahlend,
Kam ein Geschöpf der Herrlichkeit und Macht,
Gleich wie ein wallend Banner, siegreich prahlend
Nach eines Weltkriegs ausgekämpfter Schlacht.
Notwendig fällt, mit ird'schen Farben malend,
Das Gleichnis matt aus; denn des Staubes Nacht
Verdunkelt uns; doch ausgenommen seien
Miss Southcotts und Bob Southeys Faseleien.

29

Erzengel Michael war's. Die vielen Sorten
Von Erz- und andern Engeln kennet ihr;
Himmlische Heer und höllische Kohorten
Zu schildern wird ja förmlich zur Manier;
Auch gibt's Altargemäld an manchen Orten,
Obwohl ich sagen muß, ich denke mir
Die ew'gen Geister nicht, wie die sie schildern –
Indessen, ich verstehe nichts von Bildern.

30

Voll Güt und Glorie schwebt' er aus dem Tor,
Sein glorreich Werk, der alle guten Gaben
Und Glorien schickt. Dann stand er still im Chor
Der heil'gen Grauköpf und der Cherubknaben
(Das heißt, als Knaben stellt man sie sich vor,
Obwohl sie ein gereiftes Alter haben;
Denn gegen sie ist Petrus nur ein Kind,
Bloß daß sie niedlicher als Petrus sind).

31

Die Cherubim und Engel beugten sich
Vor diesem höchsten Fürsten aller Sphären,
Der einem Gott an Blick und Mienen glich.
Sein himmlisch Herz verschmäht' es, Stolz zu nähren,
Und kein Gedanke je dies Haupt beschlich,
Als seinem Herrn getreu sich zu bewähren:
So hehr und herrlich er auch war, er wußte,
Daß er der Vizekönig bleiben mußte.

32

Da standen sie, der finstre Geist und er!
Sie kannten sich, im Guten und im Schlimmen,
Zwei mächt'ge Feinde, Freunde lang vorher.
Unsterbliches Bedauern schien zu glimmen
Im Blicke beider, stolz und ernst und hehr,
Als wär es Schicksal, nicht ihr Selbstbestimmen,
Was zum Termin und Blachfeld ihrer Schlacht
Die ew'gen Jahr und die Gestirne macht.

33

Hier war neutraler Raum. Auch wissen wir
Aus Hiob, daß der Satan ab und zu
Besuch im Himmel macht, so jährlich vier,
Und »Gottes Söhn« ihm dann, wie ich und du,
Gesellschaft leisten. Dartun könnt ich hier,
Aus Hiob auch, daß solch ein Rendezvous
Der beiden Mächt in aller Höflichkeit
Vonstatten geht – das führt jedoch zu weit.

34

Denn theologisch ist dies Opus nicht,
Kein Nachweis, mit Hebräisch und Semitisch,
Daß Hiob faktisch sei und kein Gedicht.
Ich bin Erzähler bloß und rücke kritisch
Nur einige Details ins rechte Licht,
Damit ihr seht, daß keineswegs mythisch,
Nein, strenge Wahrheit ist, was ich berichte,
Glaubhaft wie alle anderen Gesichte.

35

Der Raum war hier neutral. Die Himmelstür
Ist, wie die Schwell im Orient, fürs Gericht
Der rechte Platz; das Wider und das Für
Wird da verhandelt zwischen Höll und Licht.
Drum war auch weder Streit noch Ungebühr
Zwischen den zwein; sie küßten just sich nicht,
Doch Seine Finsternis und Seine Helligkeit
Beachteten die Formen der Geselligkeit.

36

Sankt Michael grüßte, nicht so wie ein Geck,
Nein, sanft sich neigend, wie die Türken pflegen,
Die lichten Arme kreuzend auf dem Fleck,
Wo sich bei guten Menschen Herzen regen.
Der Gruß war weder kriecherisch noch keck,
Wie Pair den Pair grüßt. Satan war dagegen
Hochmüt'ger – wie ein armer Kastilianer
Von Adel gegen bürgerliche Mahner.

37

Sein Höllenhaupt, nach flüchtigem Verneigen,
Hob sich empor, gerüstet zum Gefecht,
Recht (oder Unrecht) heischend, um zu zeigen,
Daß König Georg nach Billigkeit und Recht
Zur ew'gen Folter muß hinuntersteigen,
Gleich andren Fürsten, minder dumm und schlecht,

Die weiland, wie die Chroniken erwähnen,
»Die Hölle pflasterten mit guten Plänen«.

38

Der Engel sprach: »Was willst du diesem Mann,
Der tot ist und vor Gott? Was für Beschwerden
Verschuldet' er, seitdem sein Lauf begann,
Daß du ihn heischest? Rede! Dir soll werden,
Was Recht ist. Wenn bewiesen werden kann,
Daß er als Mensch und als Monarch auf Erden
Arg seine Pflicht verletzt hat – sprich, und du
Sollst ihn behalten; sonst laß ihn in Ruh.«

39

Der Fürst der Luft versetzte: »Hier sogar,
Am Tore deines Herrn, nenn ich ihn mein,
Und wie er einst im Fleisch mein Priester war,
So soll er es fortan im Geiste sein;
Dir und den Deinen ist er teuer zwar,
Weil seine Schwäche Wollust nicht noch Wein
Gewesen ist; auf seinem Thron dagegen
Hat er regiert, als tät er's meinetwegen.

40

Schau unsre Erd an, oder richt'ger m e i n e!
Nicht so wie einst sie deinem Herrn:
Er mag sie mir wohl gönnen, diese kleine
Eroberung, den jämmerlichen Stern.
Zahllose Sonnen drehn in goldnem Scheine
Anbetend sich vor ihm; da mag er gern
Die Zwergenwelt vergessen, wo nur wenige
Der Hölle wert sind – außer ihre Könige.

41

Und diese sind nur wie ein schlechtes Lehn,
Man achtet's nicht, doch wahrt sein Heimfallsrecht.
Im Grunde wär's, das mußt du selbst gestehn,

Ganz überflüssig; sie sind jetzt so schlecht,
Daß wir am klügsten täten, alles gehn
Zu lassen, wie es gehn will. Dies Geschlecht
Trägt in sich einen Fluch, daß Engel nimmer
Es besser machen, noch der Teufel schlimmer.

42

Sieh auf die Erde, sag ich dir. Als er,
Der alte, blöde, blinde, schwache Wurm,
Den Thron bestieg (es ist schon lange her),
Da stand sein Reich wie ein gewalt'ger Turm;
Ein großer Teil der Erd und alles Meer
Erkannt als König ihn; durch manchen Sturm
Der Zeiten schwamm sein stolzes Inselpaar,
Weil dort der Sitz robuster Tugend war.

43

Jung kam er auf den Thron, verläßt ihn alt;
Wie fand und wie verließ er sein Gebiet?
Lies seine Chronik! Gleich im Anfang galt
Als Reichspilot ein schnöder Favorit.
Da wuchs der Durst nach Gold zur Allgewalt,
Das Bettlerlaster, das zum Thron ersieht
Gemeinste Herzen; wirft dann einen Blick
Auf Frankreichs und Amerikas Geschick.

44

Er war nur Werkzeug? Ja! die Werkelleute
Entgehn mir nicht; er aber mag im Pfuhle
Als Werkzeug brennen! Vom Beginn bis heute,
Seit Menschen knien vor einem Königstuhle,
Durchforsch das Buch des Bluts, der Kämpf und Beute,
Den ärgsten Schüler nimm aus Cäsars Schule,
Und zeig ein Reich mir unter allen Reichen,
Das mehr vom Blute trieft, mehr strotzt von Leichen!

45

Freiheit und Freie knebelt' er seit je,
Die Völker und die Menschen, Fremd' und Briten;
Wo nur das Wort ertönte: Liberté!
Fand man als ersten Gegner Georg den Dritten.
Auf welchem Haupte lastet größres Weh,
Das einzelne und ganze Länder litten?
Gewiß ist, daß er ehrbar ist; gewiß,
Daß er neutraler Tugend sich befliß.

46

Er war ein ganz vortrefflicher Gemahl,
Als Vater und als Hausherr sehr honett,
Und das ist viel, auf einem Thron zumal;
Denn Mäßigkeit ist bei Lukulls Bankett
Verdienstlicher als bei des Klausners Mahl;
Dies alles geb ich zu von A bis Z;
Es war recht schön für ihn, nicht für sein Land,
Das nur die Drahtpupp andrer in ihm fand.

47

Die Neue Welt ließ ihn hinweg; Millionen
Der Alten seufzen noch in seinem Hoch;
Er hinterläßt auf vielen Königsthronen
Die Erben seiner Laster, denen doch
Die Tugend fehlt, durch die er rührte – Drohnen,
Die schlafen, oder Schergen, welche noch
Zum zweitenmal die Lektion verdienen,
Die sie vergessen haben. Wehe ihnen!

48

Fünf Millionen jener alten Lehre,
Die euch auf Erden heilig macht und groß,
Flehten zu ihm, daß er dem Volk nicht wehre
Frei anzubeten – eurem Herrn nicht bloß,
Nein, Michael, dir, und, Petrus, dir zur Ehre:
Wenn ihr Gefühl habt, flucht jetzt auf ihn los,

Den Feind katholischer Beteiligung
An christlich ungebundner Heiligung.

49

Zu Gott zu beten zwar verbot er nie,
Nur weil sie beteten, versagt' er ihnen
Das Recht, das ihnen gleichen Rang verlieh
Mit denen, welche nicht den Heil'gen dienen.«
Hier aber fuhr Sankt Peter auf und schrie:
»Führt den Gefangnen ab!« mit zorn'gen Mienen;
»Den Welfen einzulassen soll mein Amt sein?
Eh ich es tue, will ich selbst verdammt sein.

50

Mit Cerberus vertausch ich meine Rolle,
Obwohl das keine Sinekure ist,
Wenn dieser fürstliche, bigotte Tolle
Den himmlischen Azur betritt – das wißt!« –
»Ja«, sagte Satan, »zürn ihm nur und grolle,
Dem Büttel deiner Gläubigen, und bist
Du aufgelegt zum Tausch, so lock ich gleich
Unseren Cerberus ins Himmelreich.«

51

Hier fiel Sankt Michael ein: »Mein Freund! und Satan!
Ich bitt Euch, seid vernünftig! sachte! leise!
Petrus! du ließest sonst dich so sedat an;
Satan! entschuld'ge seine Ausdrucksweise:
Auch Heil'ge nehmen manchmal schlechten Rat an
Und sprechen dann die Sprache niedrer Kreise.
Hast du noch mehr zu sagen?« – »Nein.« – »Dann sei
So gut und bringe deine Zeugen bei.«

52

Da winkte Satans schwarze Hand, und sieh!
Gewölk in unverständlich weiten Fernen
Erregt' er durch elektrische Magie

(Wie wir sie bei Gewittern kennenlernen),
Und plötzlich krachte die Artillerie
Der Hülle über den erschrocknen Sternen,
Die nämliche, von der schon Milton meint,
Sie sei ein Meisterstück vom bösen Feind.

53

Dies sollt als Lärmschuß für die Seelen gelten,
Die durch besondres Privilegium
Nicht zu beschränkten Vor- und Zukunftswelten
Verurteilt sind; man zählt sie auch darum
Im Höllenreich nicht zu den Angestellten.
Im Gegenteil streift jeder frei herum
Und sucht sein Wild, wie ihn die Neigung treibt,
Obwohl er immer ein Verdammter bleibt.

54

Sie halten sich für ganz besondre Größen;
Es ist, als hätten sie ein Ordensband,
Den goldnen Schlüssel hinten auf den Schößen,
Das Recht der Seitentrepp und solchen Tand.
Ich borge Gleichnisse von Erdenklößen,
Weil selbst ein Kloß; mag mir das Geisterland
Die niedrigen Vergleichungen verzeihn;
Ihr Rang ist nobler, das sehn wir wohl ein.

55

Die Hölle sah Satans Signalgebärde
Auf eine Strecke zehnmillionenmal
So weit wie unsre Sonne von der Erde,
Und wie man rechnen kann, wie schnell ein Strahl
Vom Himmel bis nach London kommen werde,
Um dort die Wetterhähne gelblich-fahl
Zu färben (oft dreimal in Jahresfrist,
Wofern der Sommer nicht zu strenge ist) –

56

So brauchte Satan eine Halbminute.
Das Licht der Sonne freilich braucht viel mehr,
Eh es zum Ziele kommt auf seiner Route.
Jedoch ihr Telegraph ist nicht weit her,
Und Satans Post nach seinem eignen Gute
Im Wettlauf zu besiegen, würd ihr schwer:
Die Sonn erreicht ihr Ziel in Jahren knapp,
Der Teufel macht's in kaum zwölf Stunden ab.

57

Am Weltenrand fliegt etwas, ungefähr
Vom Umfang eines Guldens, in die Höh,
(Ich sah einmal im Mittelländ'schen Meer
Ganz etwas Ähnliches vor einer Bö),
Und näher kam's und wuchs und fuhr daher,
Als ob ein Schiff der Luft laviert' und flöh.
(Flöh' oder flieh'? grammatisch stolper ich
Zuweilen, und der Vers wird holperig.

58

Lest, wie ihr wollt.) Und nun schien's eine Wolke,
Und war es – eine Zeugenwolke, ja!
Und was für eine! Ähnlich einem Volke
Heuschrecken, wie die Welt noch keines sah.
Wie wilde Gäns auf einem Wasserkolke,
So tönt' ihr Schrein und Schnattern fern und nah
(Wenn »Gäns« und »Geister« zueinander passen) –
Hier war »die Hölle« wirklich »losgelassen«.

59

Da wetterten John Bulls massive Flüche,
Da kauderwelschte Paddy frisch drauflos
Und schwor »bei Jesus«, zwischen fromme Sprüche
Des Schotten; ein gespenstischer Franzos
Schrie einen Fluch, der besser für die Küche
Als für den Druck paßt, und vor allen groß

War Bruder Jonathan: »Ich kalkulier,
Daß unser Präsident sich prügelt hier.«

60

Da war der Spanier, Holländer und Däne,
Kurzum, ein wahres Geistermosaik,
Von Otaheiti bis zu Salisbury-Plaine,
Ankläger wider Englands Politik
Und dem verstorbnen lieben Souveräne
So feindlich wie bei Whist das Coeur dem Pique.
Sie wollten sehn, ob nicht ein König sich
So leicht verdammen ließ wie du und ich.

61

Als Michael diesen Schwarm sah, ward er bleich,
Wie's Engel können – dann, wie griechisch Zwielicht,
Spielt' er in allen Farben pfauengleich
Oder wie buntes Kirchenglas im Frühlicht
Oder wie die Forelle frisch vom Teich
Oder wie in der Nacht der Blitze Sprühlicht,
Wie ein Regenbogen, eine Truppenschau
Von dreißig Regimentern, rot, grün blau.

62

Dann wandt er also sich zu Satan hin: »Ei,
Mein alter Freund – als solchen nämlich sehe
Ich dich noch an, weil ich nur als Partei,
Nicht als Person, dir gegenüberstehe;
Politisch sind wir Gegner, einerlei,
Verlaß dich drauf, was drunten auch geschehe,
Daß du sehr hoch in meiner Achtung stehst,
Und darum schmerzt mich, wenn du dich vergehst.

63

Wozu nun, Teuerster, dies Schikanieren?
Hab ich von dir verlangt, du solltest mir
Die halbe Welt und Hölle herzitieren?

Es ist ganz nutzlos; uns genügen hier
Zwei unverdächt'ge Zeugen; wir verlieren
Nur unsre Zeit und Ewigkeit, wenn wir
Klag und Replik anhören; solch ein Streit
Dehnt sich durch unsere Unsterblichkeit.«

64

Satan erwiderte: »Die Sach an sich
Ist mir persönlich wirklich höchst egal;
Denn fünfzig beßre Seelen sicherlich
Fing' ich mit wen'ger Müh, als dieses Mal
Vergeudet wird. Der wicht'ge Punkt für mich
Im gegenwärt'gen Fall ist rein formal;
Was Seine Majestät betrifft, verfüge!
Gott weiß, ich habe Kön'ge zur Genüge.«

65

So sprach der Dämon (welchen »vielgesichtig«
Vielschmierer Southey nennt). »Vortrefflich! Dann«,
Versetzte Michael, »halt ich für richtig,
Wir rufen aus dem Haufen zwei, drei Mann,
Und auf den ganzen andern Rest verzicht ich.
Wer soll es sein? Du hast die Wahl. Sag an!«
Satan entgegnete: »Die Wahl ist schwer;
Indes, Jack Wilkes ist gut wie irgendwer.«

66

Im Augenblick sprang aus der Geister Mitte
Ein wunderlicher Kauz, hahnäugig, munter,
In einem Rock von längst vergeßnem Schnitte;
Denn auch die Mode folgt dem Fleisch hinunter
In jene Welt, wo jede Tracht und Sitte
Vereinigt ist – kein Karneval ist bunter –,
Von Evas Feigenblatt bis zu kaum minder
Naiven Röckchen spätrer Evaskinder.

67

Der Kauz betrachtete das Volk geschwind
Und rief dann: »Meine Freund aus allen Welten!
Was ist hier los? Ich bitte euch, beginnt,
Damit wir nicht uns im Gewölk erkälten.
Wenn diese Leut in Laken Wähler sind
Und soll ihr Brüllen einem Wahlkampf gelten,
So meld ich mich, ein echter Volksvertreter:
Ich zähl auf deine Stimme, heil'ger Peter.«

68

»Mein Herr«, sprach Michael, »zu größren Dingen
Als solchen Kinderein dient dieser Ort;
Wir wollen ein Gericht zustande bringen,
Das Kön'ge richten soll, mit einem Wort.« –
»Ah!« sagte Wilkes, »dann sind die Herrn mit Schwingen
Wohl Cherubim, und jene Seele dort
Gleicht Georg dem Dritten – nur die Züge sind
Bedeutend älter. Teufel! ist er blind?«

69

»Er ist das, was du siehst. Was aus ihm werde«,
Sprach Michael, »hängt ab von seinen Taten.
Verklagt ihn: du bist sicher vor Gefährde:
Das Grab erlaubt auch Bettlern, dem Magnaten
Die Stirn zu bieten.« – »Ein'ge auf der Erde
Sind schon so frei«, sprach Wilkes, »eh Potentaten
Im Bleisarg liegen. Ich zum Beispiel machte
Nie Hehl daraus, was ich von ihnen dachte.«

70

»Gut«, fuhr der Engel fort, »dann wiederhol,
Was du an ihm zu tadeln hast.« – »Wozu?«
Rief Wilkes, »was soll der aufgewärmte Kohl?
Ich Zeuge spielen? Hundsfott, wenn ich's tu!
Ich klopft ihn schon auf Erden mürb und hohl,
Ihn und sein Parlament – laß mich in Ruh.

Was hilft's, daß man im alten Unrat rührt?
Er hat sich wie ein König aufgeführt.

71

Zwar dumm und schmählich war es, bis aufs Blut
Mich armen Teufel, der ich war, zu plagen;
Allein, ich tadle Grafton mehr und Bute
Als ihn, und keinesfalls will's mir behagen,
Daß man ihn straft für andrer Übermut,
Die längst verdammt sind. Nein, ich will nicht klagen;
Ich kann vergeben; ich votiere für
Sein Habeas-Corpus an der Himmelstür.«

72

»Wilkes«, sprach der Teufel, »ich durchschaue dich;
Schon eh du starbst, warst du ein halber Schranz,
Und meinst nun offenbar, es lohne sich
Diesseits der Fähre Charons, solches ganz
Zu werden. Aber Freund, sein Reich entwich,
Und er hat nicht die kleinste Exspektanz
Auf neuen Thron. Du strengst umsonst dich an,
Weil höchstens er dein Nachbar werden kann.

73

Schon neulich merkt ich, wo der Wind herblies;
Du triebst mir allerlei Allotria
Mit Flüstern und Scharwenzeln um den Spieß,
An welchem Belial, der den Dienst versah,
Mit Fett von Fox den Pitt beträufeln ließ,
Sein Schoßkind. Wie gesagt, ich merkt es da.
Der Kerl macht selbst die Hölle toll! Ich will
Ihn knebeln, ganz nach seiner eignen Bill.

74

Ruft Junius!« – Aus dem Haufen stelzt' ein Schatten,
Und bei dem Namen ein Gedräng entstand,
Daß selbst die Geister keinen Platz mehr hatten,
Bequem zu wandeln durch ihr luftig Land;
Man schob und stieß (und keinem kam's zustatten,

Wie ihr gleich hört); gequetscht ward Knie und Hand,
Wie komprimierte Luft in einem Schlauche
Oder (was schlimmer ist) in einem Bauche.

75

Grau, lang und dünn, als wär er schon auf Erden
Ein Schatten bloß gewesen, kam ein Mann,
Lebhaft von Gang, energisch von Gebärden,
Nichts aber zeigte Stand und Abkunft an;
Bald schien er klein, bald wieder groß zu werden.
Erst finster und voll wilder Laune dann,
Und sein Gesicht schien ohne Unterlaß
Sich zu verwandeln – niemand wußt, in was.

76

Je eifriger die Geister ihn fixierten,
Je wen'ger wurden seine Züge klar,
Die wie ein Traum fortwährend variierten,
Bis selbst der Teufel ganz verlegen war.
Und etliche in dem Gequetsch parierten,
Sie kennten ihn sehr wohl; einer gar
Hielt ihn für seinen Vater; ein andrer Wetter
Schwor, dies sei seiner Mutter Bruders Vetter;

77

Noch andre, er sei Herzog oder Richter,
Geistlicher, Parlamentsmitglied, Entbinder,
Nabob, was weiß ich? Schnell wie die Gesichter,
So wechselt' auch die Meinung, ja, geschwinder,
Und trotz der Helligkeit der Himmelslichter
Ward die Verblüfftheit eher mehr als minder;
Der ganze Kerl war Taschenspielerei,
So flüchtig war er und so dünn dabei.

78

Kaum hatte man ihn so und so genannt –
Presto – Verwandlung! – stand ein andrer da,

Der ebenso im Handumdrehn verschwand.
Die eigne Mutter hätt ihn (wenn er ja
Von einer Mutter stammte) nicht erkannt,
Und statt Vergnügen ward es Qual beinah,
Das Rätsel dieser so mysteriösen
Brieflichen »Eisenmaske« aufzulösen.

79

Denn manchmal schien er, wie ein Cerberus,
»Drei Herrn auf einmal«, wie's im Lustspiel heißt,
Und manchmal einer kaum; ein Überfluß
Von Strahlen hatte jetzt sein Haupt umkreist,
Dann wieder war es hinter Qualm und Ruß
Verborgen, wie die Sonn in London meist
Bald sah er aus wie Burke und bald wie Tooke,
Und jetzt – Sir Philip Francis schien der Spuk!

80

Ich hab ein Hypotheschen, ganz mein eigen,
Daß ich bisher geheimhielt, und warum?
Ich möchte nicht, daß sie mit Fingern zeigen
Auf Leute, die dem Ministerium
Und Throne nahestehn: daher mein Schweigen.
Dies Hypotheschen – hör, o Publikum! –
Ist: Dieser Junius, von dem wir lesen,
Sei wirklich eigentlich niemand gewesen.

81

Wie? sollten Briefe sich nicht schreiben lassen
Ohn eine Hand, da wir doch täglich sehn,
Daß Briefe ohne Kopf, ja, ganze Massen
Von Büchern ohne letzteren entstehn?
Bis wir den eingeständ'gen Schuld'gen fassen,
Wird es der Welt mit diesem Autor gehn
Wie mit der Nigermündung: wer kaviert,
Daß Mündung oder Autor existiert?

82

»Wer bist du?« fragte Michael; worauf
Der große Schatten eines Schattens sagte:
»Schlag nur den Titel meines Buches auf:
Wonach vergebens mein Jahrhundert fragte,
Das geb ich hier so leicht nicht in den Kauf.«
Und Michael fuhr fort: »Gab der Beklagte
Dir Grund zu grollen?« Junius aber rief:
»Erst laß ihn Rede stehn auf meinen Brief!

83

Mein Klaglibell wird unvergessen bleiben,
Wenn längst das Erz auf seiner Gruft zerfiel.« –
»Weißt du dich frei von allem Übertreiben?«
Sprach Michael. »Schriebst du nie ein Wort zuviel,
Das dich verdammt, wenn falsch? Kam nie beim Schreiben
Verbitterung und Leidenschaft ins Spiel?
Gesteh's!« – »Verbittrung!« schrie der bleiche Gast,
»Ich liebte England und hab ihn gehaßt.

84

Und was ich schrieb, das schrieb ich: Also laßt
Auf sein Haupt oder meins die Folgen kommen.«
Er sprach's, und eh er ausgeredet fast,
War *Nominis Umbra* wie Rauch verschwommen.
Da sprach zum Engel Satan: »Freund, du hast
Franklin noch nicht und Washington vernommen,
Und John Horne Tooke ...« Da plötzlich schrie und zankte
Jemand um Platz! Doch niemand wich und wankte.

85

Zuletzt mit Püffen und mit Drängeln brach
Der Teufel, welcher Asmodeus heißt,
Sich Bahn durchs Volk; die Engel schoben nach,
Er schien erschöpft und unbequem gereist.
Als er zu Boden seine Last warf, sprach

Sankt Michael: »Was ist das? Das ist kein Geist!« –
»Nein«, rief der Incubus, »noch ist er's nicht;
Er wär es bald, säß ich hier zu Gericht.

86

Der Renegat! Er ist so schwer, also hätt er
All seine Werke auf dem Nacken! Schier
Verrenkt sind meine beiden Schulterblätter
Doch zum Geschäft. Ich streift um das Revier
Des Skiddaw (bei gewohntem Regenwetter)
Und sah ein Kerzenlicht tief unter mir.
Ich fuhr hinab: was fand ich? Der Gesell
Schrieb auf Geschicht und Bibel ein Libell.

87

Die erstre ist des Teufels heil'ge Schrift,
Die letztre, deine, guter Michael,
So daß die Sache dich und uns betrifft.
Ich packt ihn, wie ihr ihn da seht, beim Fell
Und hab ihn hier zum Standrecht ausgeschifft.
In zehn Minuten bracht ich ihn zur Stell;
Kein Viertelstündchen ist es – ich gesteh,
Ich glaube, seine Frau sitzt noch beim Tee.«

88

Hier sagte Satan: »Dies ist ein Bekannter;
Ich hab ihn schon erwartet vor Gericht.
Kein aufgeblasner Geck ist arroganter
In seiner kleinen Welt als dieser Wicht.
Dergleichen Schund, mein lieber Abgesandter,
Sich aufzuhalsen lohnt der Mühe nicht:
Der arme Lump würd ohne Schererei
Uns zugelaufen sein und portofrei.

89

Doch weil er hier ist, sprich, was er pekkiert.« –
»Pekkiert!« rief Asmodeus. »Wenn er gestern

Dem heutigen Termin vorgreift! Er schmiert,
Als wär er Sekretär der Schicksalsschwestern.
Wenn solch ein Bileams-Esel räsoniert,
So hört er gar nicht auf mit frechem Lästern.« –
»Laßt sehn«, sprach Michael, »was er dagegen
Einwendet. Es ist nur der Ordnung wegen.«

90

Der Barde, froh ein Auditorium
Zu finden (was ihm gar nicht oft begegnet),
Begann das schauerliche »Hem« und »Hum«,
Vor welchem sich der Mensch bekreuzt und segnet,
Wenn er in ein poetisch Publikum
Hineingerät und nun es Verse regnet.
Indessen sein Hexameter war gichtig
In allen Füßen und blieb stecken – richtig!

91

Und eh er seine lahmen Daktylusse
Anspornen konnt in ein Rezitativ,
Entstand ein Rauschen, gleich dem zorn'gen Flusse,
Das murrend durch die Engelscharen lief,
Und eh sein steifer Vers noch recht im Schusse
Hinklapperte, stand Michael auf und rief:
»Um Gottes willen, Freund! halt ein! Ich muß –
Non Di, non homines – du kennst den Schluß.«

92

Nun brauste die Versammlung wie ein Meer;
Sie schien Gedichte überhaupt zu hassen. –
Natürlich, weil die Engel sich zu sehr,
Wenn sie im Dienst sind, mit Gesang befassen.
Die Geister aber hatten kurz vorher
Als Menschen sich zu viel vorträllern lassen.
Der König, stumm bis jetzt, fing an zu schrein:
»Was? was? Pye wieder da? laß sein! laß sein!«

93

Der Lärm nahm zu, es brach ein Husten aus,
himmelerschütternd, wie wenn Castlereagh
Genug geredet hat im Unterhaus
(Ich meine vormals; jetzt ist er Premier;
Jetzt hört der Pöbel). Ein'ge schrien: »Hinaus!«
Wie im Theater, bis mit Ach und Weh
Der Bard um Petrus' Hilfe bat (der doch
Selbst Autor sei,) »und bloß für Prosa noch«.

94

Der Schuft war eigentlich so häßlich nicht;
Die Habichtsnase und der immerwache
Raubvogelblick verliehen dem Gesicht
Die Grazie der Pfiffigkeit. Die Mache
War etwas steif, doch war der ganze Wicht
So garstig keineswegs wie seine Sache;
Denn die war hoffnungslos, ohn Übertreibung
Ein Fall schriftstellerischer Selbstentleibung.

95

Da blies Sankt Michael die Trompet und brachte
Das Lärmen durch noch größres Lärmen um,
Was auch auf Erden Mod ist: denn beachte,
Die meisten Schreier werden mäuschenstumm,
Wenn man durch lautres Schrein sie mürbe machte,
Und wagen höchstens noch ein sanft Gebrumm.
So konnte denn der Dichter seinen leid'gen
Kasus mit vollem Selbst-Applaus verteid'gen.

96

Er sei (ich resümiere bloß), er sei
Ganz ohne Arg beim Schimpfen; so traktiere
Er alles; außerdem sei Schreiberei
Sein Brot, das er auf beiden Seiten schmiere;
Von seinen Werken (fügt' er freundlich bei)
Wollt er, damit man nicht die Zeit verliere,

Nur ein'ge Titel nennen, etwa so:
»Wat Tyler« – »Schlacht von Blenheim« – »Waterloo«.

97

Er habe Königsmördern Ruhm verliehn;
Er habe alle Könige gelobt;
Er habe »Hoch die Republik!« geschrien
Und später gegen Republik getobt;
Er hab im Kampf für »Pantisokratien«,
Wenn nicht moralisch, doch sich schlau erprobt;
Jetzt sei er streng loyal, doch stets erbötig
Den Rock zu wechseln – auch die Haut, wenn nötig.

98

Er hab auf Krieg geschimpft und jetzt lobpreise
Er Schlacht und Mord; des Kritikers Geschäft
Hab er infam genannt; jetzt sei er weise,
Der feigste Rezensent, der je gekläfft,
Der Pudel und der Schoßhund jener Kreise,
Die früher ihn gegeißelt und geäfft;
Er schreibe öffentlich und auch sub rosa
Reimlose Vers und ungereimtre Prosa,

99

Zum Beispiel Wesleys Leben. Dann gewandt
Zu Satan: »Sir, ich schriebe gern das Ihre,
Zwei Bänd Oktav in hübschem Lederband
Mit Vorwort, Noten – kurz, ich garantiere
Die frömmste Kundschaft. Nichts ist da riskant,
Da ich die Rezensenten engagiere.
Wenn Sie sich nur mit Material beteil'gen,
So füg ich Sie zu meinen andern Heil'gen.«

100

Satan verbeugte sich und schwieg. – »Verzichten?
Aus liebenswürdiger Bescheidenheit?
Na, was sagt Michael? Was für Geschichten

Könnt er mir liefern! Pure Göttlichkeit!
Ich wüßt ihn so geschmackvoll herzurichten,
So blank zu scheuern wie sein Panzerkleid
Und die Trompete da – beiläufig, meine
Ist ehern bloß, doch bläst so gut wie seine.

101

Trompete – ja, hier meine Vision!
Nehmt sie, ihr Richter unsres Erdenballes;
Urteilt nach meinem Urteil, meßt den Lohn,
Wie ich ihn maß, des Himmels und des Falles.
Ich richte bloß nach Intuition,
Zeit, Vorzeit, Zukunft, Himmel, Höll und alles.
Ganz wie Alfons, der König – das erspart
Der Gottheit Schererein vielfacher Art.«

102

Er sprach's und hielt ein Manuskript empor,
Und weder Engel, Teufel noch Phantom
Hielt nun den Strom zurück: Nun las er vor!
Drei volle Zeilen – aber als der Strom
Zu Zeile vier kam, war der Geisterchor
Verschwunden, mit verschiedenem Arom,
Ambrosisch-schweflig. Wie die Wetterstrahlen
Flohn sie vor den »melodischen Nasalen«.

103

Das Epos wirkte einem Zauber gleich:
Die Teufel sanken heulend in die Nacht;
Die Engel stopften sich, vor Schrecken bleich,
Die Ohren zu und flatterten mit Macht;
Die Geister flohn zähnklappernd in ihr Reich
(Wo dieses ist, ist noch nicht ausgemacht);
Michael wollte blasen – aber ach,
Die Zähne waren stumpf, der Ton blieb schwach.

104

Petrus, bekanntlich stets auf Streit erpicht,
Erhob die Rechte mit dem Schlüsselbunde
Und schlug beim fünften Vers den armen Wicht,
Daß er wie Phaëton (nur ohne Wunde)
In seinen See fiel. Doch ertrank er nicht;
Das Schicksal hat für seine Sterbestunde
Ein anderes Gewebe schon gewoben
(Wenn's erst Reform gibt, diesseits oder droben).

105

Erst sank er tief (wie seine Schreiberein),
Dann taucht' er wieder (wie er selbst) empor;
Denn was verfault ist, pflegt so leicht zu sein
Wie Korkholz oder Irrlichtlein im Moor.
Wie ein stupides Buch verstaubt im Schrein,
Hockt er vermutlich wieder wie zuvor
In seinem Loch – der Teufel als Pedant –
Und kleckst »Visionen« oder sonst'gen Tand.

106

Und somit schließ ich denn auch diesen meinen
Wahrhaften Traum: fort ist das Teleskop,
Das alles deutlich ließ vor mir erscheinen
Und über alles Blendwerk mich erhob.
Ich sah nur noch, daß in der allgemeinen
Verwirrung Georg sich in den Himmel schob;
Und als der Lärm verschwand und Höllenqualm,
Übt' er bereits den hundertersten Psalm.

DAS BRONZENE ZEITALTER

oder

CARMEN SECULARE ET ANNUS HAUD MIRABILIS

Impar Congressus Achilli.

I

Die »guten alten Zeiten« – Zeiten sind,
Wenn alt, auch gut – verflogen wie der Wind.
Die Neuzeit, wenn sie wollte, könnt es sein;
Viel Großes traf, viel Großes trifft noch ein,
Es braucht nur euren Willen, den allein:
Mehr Raum und grünres Feld liegt vor den vielen,
Die »vor dem Himmel ihre Streiche spielen«.
Ob Engel weinen, weiß ich nicht; jedoch
Die Menschen tun's, um mehr zu weinen noch.

2

Das Gute wie das Schlechte, alles barst.
Mein Leser, als du noch ein Knabe warst,
War Pitt noch alles; daß er vieles war,
Der Meinung war ja sein Rival sogar.
Wir haben noch die Riesen selbst gesehn
Titanenhaft Stirn gegen Stirne stehn,
Wie Athos und Ida, dazwischen schwoll
Die See der Rede brausend, frei und voll,
Wie zwischen griechischen und Phrygiens Landen
Die tiefen Wogen der Ägäis branden.
Wo aber sind sie, die Rivalen, nun?
Ein wenig Erde trennt sie, wo sie ruhn.
Wie friedlich und wie mächtig ist das Grab!
Sturmlose stille Flut, in die hinab
Die ganze Welt sinkt. »Staub zum Staub« – ihr wißt,
Der Spruch ist alt, doch halb ein Rätsel ist
Er immer noch: Noch schlingt der Wurm sich kalt,
Noch hat das Grab die alte Schreckgestalt,
Vielfältig oben, unten schwarz und schlicht;
Die Urne glänzt, die Asche leuchtet nicht.
Ob auch Kleopatra als Mumie zog
Durchs Meer, wo sie Anton um Rom betrog;
Ob Alexanders Urne dient zum Staat,
An Küsten, die kein Grieche je betrat.

Die er beweint, weil nicht erobert hat –
Wie hohl, wie mehr als hohl scheint auf die Dauer
Des Narren Wunsch, des Mazedoniers Trauer!
Er weint' um noch mehr Welt; die halbe Welt,
Weiß höchstens, daß er lebt' und wie ein Held
Verwüstet hat; ja, seine Heimatflur
Ist gänzlich Wüste, ohne Frieden nur.
Er weinte »nach mehr Welt«, der Nimmersatte,
Er, der vom Globus keine Ahnung hatte,
Nichts wußte von dem ems'gen Inselland,
Wo seine Urne steht, sein Thron nie stand.

3

Und wo ist er, der Spätre, Größre noch,
Der Sohn des Volks, der Fürsten spannt' ins Joch,
Sesostris gleich? – des Kön'ge, losgezäumt,
Als ob sie Flügel hätten, stolz gebäumt
Den Staub zertreten, wo sie gestern stöhnten,
Gekettet an die Deichsel des Gekrönten.
Wo ist der »Narr und Meister« alles dessen,
Was groß und klein ist, weise und vermessen?
Der Spieler, dessen Bank, eh sie gebrochen,
Die Erde war, die Würfel Menschenknochen?
Seht da, das große Ziel – der Fels im Meer!
Weint oder lächelt, beides paßt hierher.
Seufzt, wenn des Adlers stolze Wut zum Schluß
An seinem engen Käfig rütteln muß;
Lacht, wenn der Bänd'ger der Nationen
Nun täglich keift um streit'ge Rationen;
Weint, wenn er trauert, weil beim Mittagsmahl
Der Wein zu knapp ist und die Kost zu schmal.
Der klein um Kleines zankt, ist dies der Mann,
Der Kön'ge peitscht' und sie traktierte dann?
Seht, welche Waage wägt ihm Glück und Fluch:
Ein fehlend Brustbild, ein versagtes Buch.
Ein Brief des Arztes, Schnickschnack eines Grafen
Läßt ihn, der einst die Welt noch hielt, nicht schlafen.
Ist wirklich dies der Bändiger der Großen,
Den nun die Kleinen ärgern und erbosen.
Der lump'ge Schließer, des Spions Besuch,

Der fremde Gaffer mit dem Tagebuch?
Groß wär er noch, wenn er im Kerker läge,
Wie klein, wie niedrig diese Mittelwege,
Halb Wachthaus, halb Palast, wo wen'ge nur
Nachfühlen können, was ihm widerfuhr.
Er klagt umsonst; Mylord zeigt seinen Schein,
Er kriegte vorschriftsmäßig Kost und Wein;
Vergebens ward er krank; kein Klima hat
So wenig Mordlust – zweifeln wär Verrat,
Und jener steife Arzt, der für ihn stritt,
Ward sehr berühmt und seiner Stelle quitt.
Doch lächelt – Hirnes Qual und Herzens Gram
Verschmähn die Hilfe, die so zögernd kam;
Am Bette stehn die letzten Freund umher
Und, ach, das Bild des schönen Knaben, der
Den Vater nie umarmen soll; der Geist
Erlischt, der lang die Welt hinriß und reißt:
Doch lächelt – seine Kette bricht der Aar,
Und höhre Welt ist sein, als diese war.

4

Wenn dieser Geist auf seiner Sternenfahrt
Bewußte Dämmrung seines Ruhms bewahrt,
Wie muß er lächeln, wenn er dort entdeckt,
Wie klein das Ziel war, das er sich gesteckt!
Obwohl sein Name weitre Reiche fand
Als selbst das Schwert in seiner Siegerhand;
Obwohl von Ruhmeshöhn zu tiefster Nacht;
Ob Fürsten auch, die jubelnd seine Bürden
Los sind, gern ihres Zwingherrn Affen würden –
Wie muß er lächeln auf sein einsam Grab,
Den stolzen Stein, den er dem Weltmeer gab!
Obwohl sein Schließer, pflichttreu bis ans Ende,
Ihn gern im Grabe noch mit Ketten bände,
Die kurze Schrift verweigernd seinem Sarg,
Geburt und Tod all dessen, was er barg –
Sein Name weiht das Inselriff fortan,
Für alle, außer ihm, ein Talisman.
Den Namen hören, hallend von den Rahen,
Die Flotten, die im Wind des Ostens nahen;

Wenn Galliens Siegessäul auf Wüstenein
Herabschaut, wie Pompejus' Säulenstein,
Dann wird sein Grab noch auf der Felsenküste
Das Weltmeer krönen, wie des Helden Büste,
Und stolzre Ehren, als die Mißgunst karg
Ihm zumaß, häuft Natur auf seinen Sarg.
Ihm gilt es gleich: Was liegt an Lorbeerlaub
Befreiten Seelen und gefangnem Staub?
Ihn kümmert nicht, wie man sein Grab erbaut,
Nicht, wenn er schläft, nicht, wenn er wacht und schaut;
Mit gleichem Lächeln schaut er auf die Kluft,
Die roh gehöhlt ihm dient zur schlichten Gruft,
Als ob er schlief' im Pantheon zu Rom
Oder in Galliens nachgeahmtem Dom.
Er braucht dies nicht; Frankreich jedoch vermißt
Einst diesen letzten Trost, so schwach er ist;
Ruhm, Ehr und Treue fordern sein Gebein,
Den Katafalk von Thronen ihm zu weihn;
Oder, wie Guesclins Staub, im Kampf voran
Den Sarg zu tragen, Frankreichs Talisman.
Doch laßt ihn nur. Sein Name ruft den Tag
Der Rache einst, wie Ziskas Trommelschlag.

5

O Himmel! dessen Macht sein Vorbild war;
O Erde! die den großen Sohn gebar;
Du Insel! Stolze! wo, unflügge noch,
Aus seinem Ei der junge Adler kroch;
Ihr Alpen! die ihr seinen Morgenflug
Gesehn, die hundert Schlachten, die er schlug;
Rom! dessen Cäsar er verdunkelt hat –
Ach, daß auch er den Rubikon betrat,
Den Rubikon erwachter Menschenrechte,
Genoß des Königspöbels und der Knechte!
Ägypten! wo, aus langem Schlaf erwacht,
Pharaonen stiegen aus uralter Nacht,
Und bebten hinterm Pyramidentor,
Als donnerte Kambyses an ihr Ohr,
Und vierzig Säkula, wie Schatten bleich,
Standen am Nil, erschrocknen Riesen gleich,

Und sahn vom hohen Pyramidenrand
Die Wüste wimmeln wie ein Höllenland
Von klirrnden Herren, die, im Sand begraben,
Den kahlen Fluren neuen Dünger gaben;
Spanien! das kurze Zeit, unwert des Cid,
Sein höhnend Banner duldet' in Madrid;
Östreich! das sein zweimal besiegtes Wien
Zweimal verschont sah – dann verriet es ihn;
Friedrichs Geschlecht! – Friedrichs an Namen bloß
Und Falschheit, nur durch fremdes Erbe groß,
Zermalmt bei Jena, kriechend in Berlin,
Zum Knieen flink, langsam, das Schwert zu ziehn!
Kosciuskos Land! das nimmermehr vergißt,
Daß ungesühnt der Zarin Blutschuld ist,
Land, über das der Racheengel fuhr
Und ließ es, wie es war, als Wüstenflur,
Denn er vergaß dein unverwüstlich Recht,
Zertretnen Namen, fronendes Geschlecht,
Dein Flehn um Freiheit, deine Tränennacht,
Den Klang, der in das Ohr der Schergen kracht,
Kosciusko! – vorwärts, vorwärts – Galliens Mars
Lechzt nach dem Blut Leibeigner und des Zars;
Des halbbarbar'schen Moskaus Kuppel blinkt
Im Sonnenlicht, jedoch die Sonne sinkt!
Moskau, das Ziel, das seine Bahn beschloß,
Um das des zwölften Karls Eisträne floß,
Der nie es sah – er sah es, ja, die Dome
Und Schlösser all in einem Feuerstrome;
Dem lieh der Krieger seiner Lunte Brand,
Dem gab der Bauer seine Bretterwand;
Der Kaufmann gab die vollen Speicher her,
Sein Schloß der Fürst – und Moskau war nicht mehr!
Erhabenster Vulkan! Des Ätnas Glut
Verblaßt vor dir, zahm scheint des Hekla Wut,
Und der Vesuv zeigt seinen Alltagskrater
Neugier'gen Fremdlingen wie im Theater.
Du stehest beispiellos, bis einst auf Erden
Die Reiche all in Feuer enden werden.

Du andres Element, das ernst und still
Lehrt, was der Kriegesfürst nicht lernen will –

Des eis'ger Flügel rauscht' um seinen Zug,
Bis jede Schneeflock Helden niederschlug,
Das leise fraß mit scharfem Biß und Krallen,
Bis Heere lautlos waren hingefallen!
Vergebens sucht Paris am Seinestrande
Die lust'gen Tausende der kühnen Bande;
Umsonst ruft Frankreich sie zum Rebenhain,
Der Knaben Blut floß rascher als sein Wein,
Oder es blieb, erstarrt zu einem Stück,
Gefrornes Mumieneis, am Pol zurück.
Italiens Sonne sucht umsonst die Ihren
Zu wecken; ihre Glut muß dort erfrieren.
Von all den Siegstrophän, die fertig lagen,
Was kehrt zurück? – Des Siegs zerbrochner Wagen!
Des Siegers ungebrochnes Herz! Aufs neu
Schallt Rolands Horn, noch bleibt der Sieg ihm treu.
Lützen, von Gustavs Sieg und Tod gerötet,
Sieht siegreich ihn und leider nicht getötet;
Dresden sieht nochmals drei Despoten fliehn
Vor ihrem Lehnsherrn – ja, sie kennen ihn;
Nun aber weicht das Glück, erschöpft, versiegt;
Leipzigs Verrat gewinnt, der Held erliegt;
Der Schakal »Sachsen« flieht des Löwen Seite
Und hilft dem Bären, Wolf und Fuchs im Streite,
Und rückwärts in die Höhle seiner Wut
Weicht der Monarch des Walds und brüllt nach Blut.

O Frankreich! dessen Fluren schön und weit
Zerrissen lagen unterm Völkerstreit,
Verteidigt Fuß bei Fuß, bis der Verrat,
Sein einz'ger Sieger, vom Montmartre trat
Aufs knieende Paris! – Und Insel du!
Von deren Zinnen er in kurzer Ruh
Etrurien lächeln sah, bis seine Braut
Gefahr ihn rief, von Tränen noch betaut!
O Frankreich! das ein einz'ger Marsch erstritt,
Ein Zug, der durch ein lang Triumphtor schritt!
O blut'ges, höchst nutzloses Waterloo!
Das nur beweist, Glück macht auch Narren froh,
Halb durch Verrat gewonnen, halb durch Fehler;
O Helena! mit deinem Vogt und Quäler –

Hört! hört! Prometheus ruft vom Felsenwalle
Die Erd, die Luft, das Weltmeer an und alle,
Die seine Größ empfinden und empfunden
Und einen Namen, ewig wie die Stunden!
Er lehrt die Lehre, die so alt und schlicht
Und stets umsonst gelehrt wird: Frevelt nicht!
Ein einz'ger Schritt fürs Recht hätt ihn verklärt
Zum Washington der Welt, die er verheert;
Ein Schritt zum Unrecht macht' aus seinem Ruhm
Des Zweifels und der Winde Eigentum;
Das Rohr des Glücks, die Rute fremder Throne,
Ein Stück vom Moloch und vom Göttersohne;
Cäsar daheim, Europas Hannibal,
Ohn ihre anstandsvolle Würd im Fall.
Ja, selbst zu solchem Ruhm, wie er begehrt,
Hätt Eitelkeit ihn beßren Weg gelehrt;
Denn der Geschicht unnütze Bücher melden
Auf einen weisen tausend Säbelhelden.
Indes sich Franklins sanfter Nam empor
Zum Himmel schwingt, des Wetter er beschwor,
Oder aus der nicht minder glühn'den Erde
Freiheit und Frieden schöpft für stille Herde;
Indessen Washington ein Nam ist, den
Die Zeit bewahrt, solang die Winde wehn;
Indes selbst Spaniens beutegier'ger Geist
Pizarro schmäht und Bolivar lobpreist –
Wogt, ach, das Meer, das ihnen Freiheit gab,
Dasselbe Meer, um ein Tyrannengrab!
Der Fürsten Fürst und doch nur ihr Satrap,
Er, der die Ketten riß uralter Schmach,
Erneute selbst das Joch, das er zerbrach,
Zertrat Europas Recht und seins zugleich,
Und schwebt nun zwischen Kerkerhaft und Reich.

6

Doch soll's nicht sein. Der Funke zündet. Seht!
Des braunen Spaniers alte Glut ersteht;
Der stolze Geist, der einst den Mohren schlug
Und acht Jahrhunderte voll Blut ertrug,
Lebt auf – und wo? In jener Rächerzone,

Wo Spanien gleichbedeutend war mit Frone,
Wo Cortez' und Pizarros Banner dräute,
Da wird die neue Welt jetzt die erneute.
Es ist der alte Hauch, nur frisch erwacht,
Der Seelen im versunknen Fleisch entfacht,
Der Geist, der Xerxes trieb aus jenen Landen,
Wo Hellas war – nein! Hellas ist erstanden!
Millionen Herzen eint dasselbe Recht,
Des Ostens Sklaven und des Westens Knecht;
Vom Athos und vom Andengipfel wallt
Ein Banner beiden Welten, neu und alt;
Athen trägt wieder des Harmodius' Schwert;
Chile verjagt den fremden Herrn vom Herd;
Der Sparter atmet auf vom alten Druck,
Die Freiheit krönt des Wilden Federschmuck;
Der Zwingherrn Rat, zwiefach umzingelt schon,
Duckt sich vergebens vor des Weltmeers Drohn;
Durch Kalpes Straße dringt der Sturmflut Branden,
Vorbei an Frankreichs halbgezähmten Landen,
Braust an des alten Spaniers Wieg und riefe
Ausonien gern in seine mächt'ge Tiefe;
Doch noch für jetzt von dort vertrieben, schlag' es
An Ägeus' Küste, eingedenk des Tages
Von Salamis! – Sieht, wie die Woge schwillt,
Nie mehr fortan durch Zwingherrnsieg gestillt!
Allein, verloren, in der Not verlacht
Von Christen, denen sie das Kreuz gebracht,
Verheerte Inseln, Länder in Ruinen,
Zwietracht geschürt, um fremdem Trug zu dienen,
Beistand verschleppt, um frischen Mut zu lähmen,
Die Zeit versäumt, um teil am Raub zu nehmen –
Und dies bezeuget, daß der grimme Feind
So schlimm nicht war wie jener falsche Freund.
Gut – Griechenland befrei der Griech allein,
Nicht der Barbar mit Friedensheuchelein.
Unmöglich, daß der Zar der Sklaverei
Ein Fürst der Knecht' und Volksbefreier sei!
Viel lieber beugt dem Muselman den Nacken,
Statt Dienst zu tun mit diebischen Kosaken;
Schwitzt lieber für den türk'schen Herrn, als für
Leibeigene, vor eines Russen Tür,

Schockweise numeriert, lebend'ges Geld,
Ein Menschenacker, der sich selbst bestellt,
Verschenkt bei Tausenden als Lohn und Sold
Dem Höfling, dem der Kaiser Freundschaft zollt;
Und selbst ihr Herr genießt den Schlummer kaum,
Sibiriens Wüsten schrecken ihn im Traum:
Viel besser in Verzweiflung sich verzehren,
Kamele treiben, als Dienst tun bei Bären.

7

Doch nicht allein im altersgrausten Land,
Wo Freiheit mit der Zeit zugleich entstand;
Nicht da allein, wo die verschollne Macht
Der Inkas sich verliert in Sagennacht,
Wird's helle. Spanien, Land der Heldensänger,
Trotzt wieder wie zuvor dem fremden Dränger:
Kein Heerzug Roms, kein Punierschwarm begehrt
Auf Spaniens Flur die Probe mit dem Schwert;
Nicht der Vandale oder Gote sucht
Den Boden heim, der beide gleich verflucht;
Pelayo nicht erzieht in fels'ger Wiege
Die Heldenväter tausendjähr'ger Kriege;
Die Saat ist eingebracht – an seine Flucht
Denkt seufzend noch der Mohr an Libyens Bucht;
Lang noch in Dichterbuch und Heldensang
Tönt der Abencerragen Untergang,
Die Zegri und die Sieger, die bezwungen
Heimflohn ins wilde Land, dem sie entsprungen.
Sie sind verweht – ihr Glaub, ihr Schwert, ihr Reich;
Doch schlimmre Christenfeinde folgten gleich,
Metzger in Kutten, Frömmler auf dem Thron,
Das Flammenfest der Inquisition.
Des Glaubens rotes »Auto« ward geheizt
Mit Menschenleibern, und, bequem gespreizt,
Sah der kathol'sche Moloch stillvergnügt
Dem Feuerwerke zu, das er verfügt.
Abwechselnd herrschten Tropf und Finsterling,
Hochmut war stolz, wenn er nur müßig ging;
Entartet der Hidalgo und der Grande,
Der Bauer, minder tief als sie in Schande,

In Elend tiefer; menschenleer die Pfade,
Und steuerlos die trotzige Armade;
Die nie durchbrochne Phalanx längst entnervt;
Kein Degen in Toledo mehr geschärft;
Indiens Schätz, erkauft durch Blutvergießen,
Um dann in fremde Häfen abzufließen;
Die Sprache selbst, einst stolz wie Römerlaut,
Den Völkern wie ein Heimatklang vertraut,
Verwildert – das ist Spanien, wie es war;
Das ist vorbei, vorbei auf immerdar.
Der innre Feind trifft nun statt feiger Diener
In Altkastilien neue Numantiner.
Auf! wieder drauf! furchtloser Toreador!
Der Stier des Phalaris brüllt wie zuvor.
Zu Pferd, Hidalgo! Euer altes Wort
Erschalle wieder: »Jago! Spaniens Hort!«
Mit stählerner Brust umschließt das Vaterland
Und formt den Damm, den Bonaparte fand,
Die wüste Flur, das Blutbad ohnegleichen,
Die Straßen ohne Bürger außer Leichen;
Die wilde Sierra mit der wildren Brut,
Guerillas mit dem Geierbusch am Hut,
Nach Beute spähend; der zerschoßne Wall
Von Saragossa, glorreich noch im Fall;
Die Männer umgewandelt zu Dämonen,
Die Jungfraun mit dem Schwert der Amazonen;
Das Messer Aragons, Toledos Stahl,
Kastiliens Speer, berühmt zum zweitenmal,
Des Katalanen sichrer Büchsenlauf,
Des Andalusiers Hengst, im Kampf vorauf,
Die Fackel, in Madrid ein Moskau drohend,
Der Geist des Cid in allen Herzen lohend:
So war, so ist, so wird es sein. Herbei,
Frankreich! nicht Spanien schlag – dich selbst mach frei!

8

Nein, ein Kongreß! der heil'ge Name, der
Den Westen einst befreit hat, rettet er
Den morschen Weltteil? Bei dem Klang erstehn
(Wie König Saul einst Samuels Geist gesehn)

Propheten junger Freiheit – die gebar
Die Welt der Washington und Bolivar;
Henry, Demosthenes des Urwalds, dich,
Vor dessen Sturm des Meers Philipp erblich;
Des stoischen Franklin mächt'ges Schattenbild,
Gehüllt in Blitz, den seine Hand gestillt;
Und Washington, der Zwingherrn Schreck – sie heißen
Der Kett euch schämen oder sie zerreißen.
Wer aber sitzt im Rat der wen'gen heut,
Um vielen Heil zu bringen? Wer erneut
Den hehren Namen, den die Welt zuvor
Nur für ein rettendes Konzil erkor?
Wer tagt in dieser weihevollen Halle?
Die heil'ge Allianz! die »drei für alle«,
Die ird'sche Trinität, Gott nachgeschaffen,
So wie der Mensch sich wiederholt im Affen –
Eins in der Absicht, aus drei hohlen Köpfen
Den Stoff für ein Napoleonhirn zu schöpfen.
Ägyptens Götter hatten mehr Verstand;
Da kannte Hund und Ochse seinen Stand
Und lag im Schuppen oder Stall ganz zahm,
Wenn er sein täglich Futter nur bekam.
Dies Volk ist hungriger, will mehr genießen,
Die Macht zum Bellen, Beißen, Stoßen, Spießen.
Die Frösch Äsops sind glücklicher als wir,
Denn, ach, lebend'ge Klötze herrschen hier,
Die hin und wider baumeln, bös und dumm,
Und ihr stupider Schwung reißt Völker um,
Damit nur ja die Arbeit nicht zu schwer
Dem Storche wird, dem Revolutionär.

9

Verona! dreifach du gebenedeit
Durch diese fürstliche Dreifaltigkeit!
Durch sie geehrt, blickst du nun stolz herab
Auf deiner Capulets gepriesnes Grab;
Was sind die Scaliger und »Großhund« jetzt
(»Can Grande« hab ich kühn so übersetzt)
Vor so erlauchten Kötern? Auch dein Dichter
Catull wird tot gemacht durch neure Lichter;

Dein Stufenbau für röm'scher Fechter Spiel;
Dein Tor, das Dante aufnahm im Exil;
Dein guter Greis, der dich sein Weltall nannte
Und nicht das Land, worin er lebte, kannte:
Ach, daß die hohen Gäste so wie er
Da drinnen blieben ohne Wiederkehr!
Ja, jauchzt! erleuchtet! eure Schmach verbrämt!
Damit die Fürsten sehn, ihr seid gezähmt.
Drängt ins Theater euch, loyal-erpicht,
Nur sucht die Posse auf der Bühne nicht.
Das Schicksal strahlt von Sternenglanz und Flitter:
Gaff denn, Italien, durch dein Kerkergitter!
Klatscht – so viel Freiheit bleibt euch noch vergönnt,
Daß ihr es mit gebundnen Händen könnt.

10

Prachtvoller Anblick! Seht den Gecken-Zaren,
Selbstherrscher aller Walzer und Barbaren!
Nach Beifall gierig wie nach fremdem Land,
Im Tändeln und im Steuern gleich gewandt;
Kalmückenschönheit und Kosakengeist,
Ein edles Herz, das heißt, wenn aufgeeist,
Das heute auftaut und freisinnig lau ist,
Doch wieder hart wird, wenn der Morgen rauh ist;
Das an der Freiheit nichts zu tadeln wüßte,
Als daß durch sie das Volk frei werden müßte.
Wie spricht der hohe Beau von Frieden fein.
Und Griechenland – nur müßt es russisch sein!
Wie edel stellt' er Polens Reichstag her
Und sagte dann den Polen: zankt nicht mehr!
Wie gerne trocknen möcht er Spaniens Tränen
Durch sanfte Pulks aus freundlichen Ukrainen!
Wie fürstlich würd im staunenden Madrid
Sein schmucker Wuchs aussehn und feiner Schnitt!
Ein wohlfeil Glück! das haben die erfahren,
Die Moskaus Freunde oder Feinde waren.
Auf! hieß nicht Philipps großer Sohn wie du?
Rät Aristoteles-Laharpe nicht zu?
Auf! und was deinem Paten Skythien war,
Das werd Iberien deiner Skythenschar!

Bedenk, du etwas alter junger Mann,
Was einst dein Reichsvorfahr am Pruth gewann;
Du fändest, wenn sein Unstern dir erschiene,
Manch altes Weib, doch keine Katharine.
Auch Spanien hat Fluß und Fels und Defileen;
Der Bär kann in das Netz des Löwen gehn;
Der Goten Grab ist Xeres' Weinrevier;
Meinst du, Napoleons Sieger weiche dir?
Nein, mach dein Schwert zum Pflug, bebau den Norden,
Rasier und wasche die Baschkirenhorden;
Befrei dein Reich von Sklaventum und Knute
Und hüte dich vor dieser Unheilsroute!
Verpeste nicht den Frühling der Verjüngung
Mit Rußlands Schmutz; Hispania braucht nicht Düngung:
Ihr Land ist reich, doch macht den Feind nicht satt,
Und ihre Geier sind vom Fraß noch matt –
Und willst du ihnen frischres Futter bringen?
Du kannst sie mästen, aber nicht bezwingen.
Ich bin Diogenes, ob der Baschkir
Auch Tausenden im Lichte steht und mir;
Doch wär ich's nicht und böte sich nichts anders,
Ich wählt des Wurmes Los, nicht Alexanders.
Mag knien, wer will; der Weis' ist frei und steh;
Sein Faß hat festre Wänd als Sinope;
Und die Laterne steckt er wieder an
Und sucht auf Thronen seinen »Ehrenmann«.

11

Und was macht Gallien, unerschöpflich reich
An Non-plus-ultra-Ultras und zugleich
An Mietlingen? Und seine schrei'nden Kammern,
Wo Redner sich an die Tribüne klammern,
Eh sie zu Worte kommen, und alsbald,
Wenn einer spricht, die Antwort »Lügner!« schallt.
In England »hört« das Parlament im Chor,
Frankreichs Senat hat Zunge mehr als Ohr;
Selbst Constant, Frankreichs einz'ger Kammerheld,
Muß morgen fechten, wenn er Reden hält,
Was übrigens den Franken wenig stört,
Weil er sich lieber schlägt als andre hört.

Den Schuß bestehn ist leichter als dem Sprechen
Zuhören müssen und nicht unterbrechen.
Obwohl dies nicht die Sitte war in Rom,
Als Tullius' Blitz umflog der Reden Dom,
Demosthenes hat's gebilligt, denn er sagt,
Der Rede Kampf sei gleich des Feldes Schlacht.

12

Wo ist der König? Speist er? Zahlt er schon
Die schwere Schuld der Indigestion?
Nahm ein Pastetenaufruhr frevelhaft
Die allerhöchsten Eingeweid in Haft?
Regt sich der Mißmut unter seinen Truppen?
Regt gar nichts sich nach illoyalen Suppen?
Steckt Carbonari-Tück in Karbonaden?
Warnt gar der finstre Arzt vor Überladen?
Ach, dein umflorter Blick hat es bejaht:
Die Köch allein sind Frankreichs Hochverrat.
Klassischer, guter Ludwig! räumt es ein,
Du sehnst dich oft, nicht so »ersehnt« zu sein.
Was flohst du Hartwells laubumhegten Boden,
Lukullische Diners und röm'sche Oden,
Um hier ein Volk zu stillen, das nicht still
Und, statt geschult, gegeißelt werden will?
Dir fehlte Neigung und Temperament
Zum Thron; die Tafel ist dein Element –
Ein milder Sybarit, der höchstens paßte
Zum guten Wirt und angenehmen Gaste,
Ein Schöngeist, der die Regeln für Gedichte
Auswendig weiß (noch besser für Gerichte);
Allzeit gelehrt, sobald er gut verdauen kann,
Doch kein Regent, für Frei' und Sklaven nicht;
Für dich war Märtyrtum genug – die Gicht.

13

Dem großen Albion muß ein stolzer Brite
Die Lobesphrasen weihn, die einmal Sitte,
Wie: »Künste – Kriege – blühnde Insel – Ruhm –
Reichtum – und Georg – freies Bürgertum –

Der Fels im Meer, der Feinde scheitern läßt –
Zufriednes Volk, durchaus abgabenfest –
Ein Wellington, sein Antlitz adlergleich,
Am Haken seiner Nase hängt das Reich –
Und Waterloo – und Handel – und – (Pst! nein!
Von Schuld und Steuern müßt ihr noch nicht schrein) –
Und unser Castlereagh, der neulich mit
Dem Federmesser einen Ganskiel schnitt –
Und ›die Piloten, die gewacht im Sturm‹ –
(Nur brauchet nie den schlechten Reim ›Reform‹).«
Das sind die schönen, oft besungnen Dinge,
So oft, daß ich davon nicht weiter singe;
Sie finden sich in so unzähl'gen Bänden,
Daß ich nicht weiß, wozu sie hier sich fänden.
Doch gibt's vielleicht noch etliches daheim,
Was zur Raison stimmt und sogar zum Reim:
Das, Canning, laß mir – du bist selber nur
Staatsmann von Handwerk, Dichter von Natur;
Du zähmtest selbst im dümmsten »Hause« nie
Zu fader Prosa deine Poesie –
Du letzter, bester, einz'ger Redner, dich
Lob ich sogar – tun Tories mehr als ich?
Nein, nicht so viel: sie hassen dich, mein Mann,
Den Geist, der imponiert, nicht retten kann.
Die Hunde kommen, wenn ihr Herr hallot;
Die Meute folgt, wenn er es so gebot.
Sie bellt – aus Liebe, meinst du? Aberglaube!
Sie heult kein Loblied, sondern bloß nach Raube;
Treuloser als Vierfüßler läßt sie dich
Bei zweifelhafter Witterung im Stich.
Dein Sattelgurt ist nicht ganz fest geschnallt;
Dein Königsroß ist schon ein wenig alt;
Der steife Schimmel stolpert dann und wann,
Schlägt hinten aus und bleibt oft, Roß und Mann,
Im Kote stecken – freilich, doch was tut's?
Der Gaul beweist die Rasse seines Bluts.

14

Ach Gott, das Land! Wie fängt mein Lied es an,
Zu trauern um den Nichtlandedelmann?

Der letzte, der den Kriegsruf schweigen ließ,
Der erste, der den Frieden Krankheit hieß.
Wofür erschuf ihn Gott in seinem Zorn?
Für Fuchsjagd, Wahlen und für teures Korn?
Korn aber muß, wie alles Ird'sche, fallen,
Wie Kaiser, Feldherrn und der Markt vor allen.
Und wenn ihr fallen müßt so wie die Ähren,
Weshalb denn störtet ihr Napoleons Sphären?
Er war der große Triptolem; sein Feuer
Fraß Reiche kahl und hielt Getreide teuer.
Er war es, dessen Alchimie fürs Land
Den Stein der Weisen machte, »Pacht« genannt.
Als er gestolpert über die Kalmüken,
Da lagen auch die Kornpreis auf dem Rücken.
Ach, daß man ihn ans Eiland schmieden ließ!
Der Mann war zehnmal mehr wert in Paris.
Wahr ist es, Gold und Blut floß grenzenlos,
Doch wer hat das verschuldet? Der Franzos.
Korn stand doch hoch, der Pächter zahlte bar,
Und jeder Acker galt so viel per Jahr.
Ach, wo ist jetzt das edle Zahltagsbier?
Der dicke Pächter und sein Bankpapier?
Das Zinsgut, das euch nie auf Lager blieb?
Das Sumpfland, wo man Weizenbau betrieb?
Die Sehnsucht nach dem Ablauf jeder Pacht?
Der Zinsaufschlag? – Ach, Friede ward gemacht!
Die Prämie spornt umsonst des Pflügers Kunst,
Das weise Korngesetz ist eitler Dunst;
Das »Land-Interesse« (ihr versteht vielleicht
Den Sinn des Wortes, wenn ihr »Land« hier streicht),
Das Land-Selbstinteresse fleht Erbarmen,
Sonst trifft der Überfluß wohl gar die Armen.
Hinauf, o Pacht! du mußt noch höher klimmen,
Das Kabinett verliert sonst ihre Stimmen;
Patriotismus, zartgesinnter, reiner,
Macht, wenn der Marktpreis fällt, die Brote kleiner;
Denn ach! »die Brot' und Fische«, sonst so schwer,
Sind weg – ihr Ofen kalt, versiegt ihr Meer.
Nicht von so viel Millionen übrigbleibt,
Als: schränkt euch ein und seht, wie ihr es treibt.
Wer das nicht will, der hat sein Teil und gehe,

Damit Fortunas Rad sich weiterdrehe;
Die Tugend sei sein Lohn; freu er sich mit
An Segnungen, für die er selber stritt.
O Cincinnatusse ohn Ehr und Mut,
Kriegspächter, Diktatoren auf dem Gut,
Ihr Pflug das Schwert in der gedungnen Hand,
Ihr Feld gedüngt mit Blut in fremdem Land;
Aus sichren Scheuern schickten sie zur Schlacht
Die eignen Brüder aus – warum? um Pacht!
Jahraus, jahrein votierten sie bedacht
Des Volkes Schweiß und Blut – warum? um Pacht!
Man schrie und trank und schwor, für Englands Macht
Zu sterben – warum lebt man denn? für Pacht!
Der Friede hat sie mißvergnügt gemacht,
Die Teurungspatrioten – Krieg war Pacht!
Liebe fürs Land, Millionen durchgebracht,
Wie reimt sich das? Der Reim darauf ist Pacht!
Und zahlen sie die Schulden, die gemacht?
Nein: wieder alles, aber hoch die Pacht!
Ihr Wohl und Weh, ihr Herz, ihr Schatz und Schacht,
Ihr Leben, Ziel und Andacht – Pacht, Pacht, Pacht!
Dein Erbrecht, Esau, gabst du hin, indessen
Hättst mehr erhandeln oder wen'ger essen
Du wohl gesollt; hinterdrein zu schelten
Hilft wenig – Jakob sagt, der Pakt muß gelten.
So, Gutsherrn, habt auch ihr den Krieg verschluckt
Und, satt von Blut, euch hinterm Ohr gejuckt.
Weil euer Grundbesitz zerbröckelt, wollt
Ihr auch kein sicheres Papier und Gold;
Ob Staat und Bank vergehn, macht wenig aus;
Die Börse werd ein großes Fondelhaus!
Sieh, Mutter Kirche, ihre Wangen tränten,
Wie Niobes, um ihren Sohn, den Zehnten;
Prälaten gehn – wohin die Heil'gen gingen,
Pluralitäten fangen an zu springen;
Die Sintflut braust, und Kirche, Staat, Partein
Raufen im Dunkeln sich im Archenschrein;
Ohn ihre Bischöf, ohne Bank und Geld
Taucht Babel wieder auf – und England fällt.
Warum? um diesen ems'gen Prassern ihren
Ameisenhügel neu zu restaurieren.

»Geh, sieh die Ameis an und werde klug!«
Bewundert, wie ihr Mut die Opfer trug,
Bis ihnen klar ward die Moral des Ruhms,
Der Preis der Steuern und des Metzgertums.
Preist' auch ihr Rechtsgefühl! sie strichen gern
Die Staatsschuld aus: wer machte sie, ihr Herrn?

15

Kennt ihr den Stoß des schwimmenden Felsenblocks
Der neuen Symplegaden, will sagen »Stocks«?
Wo Midas' Wunsch nochmals verwirklicht wär –
Papier wird Gold und Gold imaginär.
Mehr Schätze zeigt Alcinas Zauberstätte,
Als ganz Britannien zu verlieren hätte,
Wär auch ihr Sand vom edelsten Metall
Und aus Pactolus' Quell ihr Wasser all.
Da spielt Fortuna, Bank Frau Fama hält,
Und wenn ein Makler stürzt, so bebt die Welt.
Wie reich ist England! nicht an Edelsteinen,
Auch nicht an Korn und Frieden, Öl und Weinen,
An Milch und Honig, wie einst Kanaans Feld,
Noch auch an barem (nicht papiernem) Geld;
Jedoch wenn wir uns dieser Schätz entluden,
War je ein Christenland so reich an Juden?
Sie, denen einst King John die Zähn entriß,
Ziehn jetzt die Zähn aus fürstlichem Gebiß;
Sie walten über Thron und Völkerwohl;
Ihr Schuldschein fliegt »vom Indus bis zum Pol«,
Und Börse – Bank – Barone – Brüder eilen,
Die Bettlerfürsten vom Bankrott zu heilen;
Und nicht bloß die: Columbia auch erhält
Nach jedem neuen Siege neues Geld,
Und Juda quetscht sogar voll Edelsinns
Aus dem erschöpften Spanien sanften Zins.
Ohn Abraham kann Rußland nicht marschieren;
Ein auserwähltes Volk, zwei Juden fanden
Ihr schriftgelobtes Land in allen Landen;
Zwei Juden zähmen Rom und unterhalten
Die neuen Hunnen, roher als die alten;
Zwei Juden (wohlgemerkt, nicht Samariter)

Sind jetzt des Erdballs jüdische Gebieter.
Das Glück der Völker? Sie verachten es;
Ihr »neu Jerusalem« ist ein Kongreß,
Wo Orden winken und Freiherrenrecht:
O Vater Abraham! sieh, dein Geschlecht
Macht mit durchlaucht'gen Schweinen sich gemein,
Die nicht »ihr jüdisch Rockelor bespein«,
Nein, sie als Zierat ziehn in ihre Nähe
(Wo ist, o Papst, denn deine heil'ge Zehe?
Kann sie nicht trampeln auf den falschen Böcken?
Mag sie sogar nicht »widern Stachel löcken«?),
Von Shylocks Ufer tönt ihr Marktgekreisch,
Sie schnitten gern aus Völkern ihr »Pfund Fleisch«.

16

Seltsames Schauspiel! der Kongreß vereint,
Was voller Widerspruch und ungleich scheint.
Die Herrscher freilich sind sich gleich genug,
Wie Münzen, die derselbe Prägstock schlug:
Die andern aber, Lenker an den Drähten,
Sind bunter als die faden Majestäten.
Schriftsteller, Jude, Feldherr, Scharlatan
Arbeiten dort vereint am Riesenplan:
Fürst Metternich, der Parasit der Macht,
Schmeichelt, und Wellington vergißt der Schlacht;
Chateaubriand träumt von neuen Märtyrern;
Ein Grieche lügt für Moskaus dumme Herrn;
Und Montmorency, Erzfeind aller Charten,
Schreibt den »Débats«, ein Krieg sei zu erwarten
Ganz sicher – aber sichrer, Monseigneur,
War Ihr Entlassungsbrief im »Moniteur«.
Ist's möglich, daß sein König so verfährt?
Ist denn der Friede solchen Ultra wert?
Wirklich, er fällt (er liegt vielleicht nicht lang),
»So schnell fast, wie er Spanien jüngst bezwang«.

17

Doch still – ein trauervolleres Geschick
Wirbt um der Muse abgewandten Blick.

Das Opfer kaiserlichen Stolzes – schaut!
Des Kaisers Tochter und des Kaisers Braut;
Die Mutter des ersehnten Heldensohns,
Astyanax des neuen Ilions;
Der bleiche Schatten sie der höchsten Frau,
Die je gethront in einem Königsbau;
Sie huscht durch die Phantome flücht'ger Pracht,
Des Mitleids Thema und das Wrack der Macht.
Grausamer Spott! – Ist das die würd'ge Zier
Für Östreich? Was tut Frankreichs Witwe hier?
Ihr Platz ist Helenas einsames Kap,
Ihr einz'ger Thron ist in Napoleons Grab.
Doch nein – sie hat ihr Zwergenreich zu gern,
Beschirmt von ihrem stämm'gen Kammerherrn,
Dem Argus, dessen Aug (er hatt mal zwei)
Sie hüten während dieser Mummerei.
Ob sie ein Reich geteilt hat und beklagt,
Das Karls des Großen Herrschaft überragt,
Des Chronik ich vom Meer bis Moskau lese –
Sie hat doch jetzt das Schäferreich der Käse,
Dort, wo in Parma der Tourist notiert,
Wie sie ihr niedlich Höfchen ausstaffiert.
Sie kommt! Verona sieht sie ganz beraubt
Der Glorien – und Europa senkt das Haupt –,
Noch eh die Aschenreste ihres Gatten
Im öden Grab Zeit zu erkalten hatten
(Wenn diese mächt'ge Asch erkalten kann;
Nein, bald zersprengt ihr Glühn des Sarges Bann).
Sie kommt, Andromache – nicht so voll Harm
Wie bei Homer –, gestützt auf Pyrrhus' Arm!
Der Arm, der Waterloos Blutspur noch trug,
Der ihres Herrn geknicktes Zepter schlug,
Wird angeboten, angenommen! Sklaven
Tun schwerlich mehr – und er ist kaum entschlafen!
Ihr Blick verrät nicht innere Kämpfe – schreib,
Exkaiserin, das »Ex« nur auch vor »Weib!«
So fühlen Fürsten. Können sie drum das
Bei andern schonen, was für sie nur Spaß?

18

Doch fremder Torheit müde, weid ich an
Der Heimat Bildern mich, und schon begann
Zu weinen meine Muse. Doch gestillt
War gleich die Träne, denn in einem Kilt
Sah sie Sir William Curtis; jeder Clan
Begrüßte diesen Vich Ian Alderman!
Guildhall wird gälisch, ersisch Rufen hallt
Ringsum, bis laut im Rat »Claymore« erschallt,
Als eines City-Kelten feiste Weichen
Sich hier in Albyns stolzem Tartan zeigen.
In lautes Lachen brach sie aus – und kaum
Erscholl's, erwacht ich, und es war – kein Traum!

Hier, Leser, halt ich ein; verzeihst dem armen
Gedicht du, folgt vielleicht ein zweites »Carmen«.

DIE INSEL

oder

CHRISTIAN UND SEINE GEFÄHRTEN

VORBEMERKUNG

Die Grundlage der folgenden Erzählung findet sich teilweise in Leutnant Blighs »Geschichte der Meuterei und Aufbringung der Bounty in der Südsee (im Jahre 1789)« und teilweise in »Eines Seemanns Bericht über die Tonga-Inseln«.

Genua, 1823

ERSTER GESANG

1

Es war die Frühwacht; vor dem Winde leis
Durchglitt das Schiff sein flüssiges Geleis;
Zurück flog die gespaltne Wog am Bug,
Tief aufgefurcht von diesem mächt'gen Pflug.
Vorn lag die Welt der Wasser ausgespannt,
Hinten der Südsee buntes Inselland,
Die stille Nacht, von Licht gestreift, entwich,
Vom Dunkel schied des Meeres Dämmrung sich;
Hoch schwamm, die Sonne ahnend, der Delphin,
Als wollt er ihrem Strahl entgegenziehn;
Die Sterne schrumpften ein und wandten bleich
Ihr schimmernd Aug hinweg vom Flutenreich
Das Segel glänzte weiß im Morgenschein,
Und flatternd blies der frische Wind hinein;
Purpurne See weissagt der Sonne Nahn –
Eh sie emporsteigt, sei die Tat getan!

2

Der tapfre Schiffsherr schläft in der Kajüte,
Vertrauend, daß die Wach ihn treu behüte;
Er träumt von Englands Strand und Wiesengrün,
Belohnter Drangsal, überstandnen Mühn.
Er stand im Buch der Helden nun gebucht,
Die kühn den sturmumtobten Pol gesucht.
Das Ärgste war vorbei; heim ging's zum Hafen,
Und warum sollt er nicht in Frieden schlafen?
Ach, manch unwill'ger Fuß betrat sein Schiff,
Manch wilde Hand schon nach dem Steuer griff;
Manch junges Herz berauscht von sonn'gen Auen,
Wo Sommer lächeln und des Sommers Frauen;
Volk ohne Heimat, das den eignen Herd
Niemals gekannt hat oder nie entbehrt,
Das, halb verwildert, vorzieht ein Versteck
Bei sanftem Inselvolk dem schwanken Deck!

Dort, ohne Arbeit, schwillt die saft'ge Frucht,
Der Wald hat keinen Weg, als den man sucht,
Das Horn der Füll ergießt sich nah und fern,
Die gleichen Felder haben keinen Herrn,
Und – nie gedämpfter Wunsch der Menschenbrust! –
Da ist kein Herrscher als die eigne Lust.
Da trägt die Erd auf ihrem Angesicht
Ihr einzig Gold, die Frücht und Sonnenlicht;
Da nennt die Freiheit jede Grott ihr Haus,
Da dehnt für alle sich ein Garten aus;
Da schwelgt ein Volk am Busen der Natur,
Selig in den Genüssen wilder Flur;
Muscheln und Früchte sammelt es zu Schätzen,
Und ein Kanu muß ihm das Schiff ersetzen;
Kurzweil ist ihm die Jagd im Ozean,
Sein größtes Wunder ist der weiße Mann.
Nach solchem Lande sehnten sich zurück
Die Fremden und bezahlten schwer ihr Glück.

3

Auf, tapfrer Bligh! der Feind steht vor den Toren!
Wach auf, wach auf! – Weh dir, du bist verloren!
Der Aufruhr steht am Kissen deines Betts,
Verkündet Wut und Schrecken als Gesetz,
Packt dich – das Bajonett auf dich gezielt –
Mit Händen, die dein Wink in Schranken hielt,
Schleift dich aufs Deck. Auf dein Kommandowort
Dreht sich kein Steuer, schwillt kein Segel dort.
Der wilde Geist, der das Gefühl der Schuld
Durch laute Raserei in Schlummer lullt,
Stiert rings dich an, doch zweifelnd noch und bang;
Er scheut den Führer noch, den er bezwang,
Denn nichts beschwichtigt des Gewissens Sporn
Als nur der Wein der Leidenschaft – der Zorn.

4

Umsonst, dem Tode trotzend, rufest du
Verpönte Worte den Getreuen zu;
Sie kommen nicht, sie sind zu schwach und sehn

Dem Frevel zu, den Stärkere begehn.
Du fragst umsonst nach Gründen; Flüch und Hohn
Sind alle Antwort – und noch schlimmres Drohn.
Vor deinen Augen dicht der Säbel blitzt,
Dein Hals wird fast vom Bajonett geritzt,
Auf deine Brust die Flinten richtet dort
Gar mancher Arm, wie sie gestählt zum Mord.
Du forderst sie heraus: »So feuert doch!«
Wo Mitleid schwand, regt sich Bewundrung noch,
Und ihrer frühren Ehrfurcht letzter Rest
Hält länger als gebrochne Mannszucht fest.
Sie überlassen dich, um nicht dein Blut
Zu sehen, der Barmherzigkeit der Flut.

5

»Das Boot setzt aus!« tönt ihres Führers Schrei;
Wer wagte wohl ein Nein, wo Meuterei
Im ersten Rausch der Taumelstund erwacht,
Zu Saturnalien ungeahnter Macht?
Mit Hasses Eile senken sie das Boot,
Die eine Planke zwischen dir und Tod!
Die einz'ge Fracht, ein knapper Vorrat, dräut
Den Mord, vor welchem ihre Hand sich scheut:
Kaum Brot und Wasser, welches Nacht und Tag
Den Sterbenden am Sterben hindern mag,
Ein wenig Tauwerk, Leinwand, Schnür und Netze
(Für Eremiten auf dem Weltmeer Schätze)
Wird beigefügt, weil ein'ge für ihn flehn,
Die nur noch Heil in Wind und Wetter sehn,
Und auch der zitternde Vasall der Pole,
Der Schiffahrt Nerv, die fühlende Bussole.

6

Nun hat der selbsterwählte Hauptmann Zeit
Für das, was ihn von Schuldgefühl befreit
Und es den andern schärft. »He! eingeschenkt!«
Eh Leidenschaft zum Strand der Einsicht lenkt.
»Branntwein für Helden!« rief einst Burke voll Graun,
Ein flüss'ger Weg zum Ruhme wär es, traun!

Das fanden diese neuen Helden aus
Und tranken ihr Getränk mit viel Applaus:
»Hurra, nach Otaheiti!« war der Schrei,
Seltsame Losung einer Meuterei!
Die sanfte Insel und des Lenzes Blühn,
Die milden Herzen, Feste ohne Mühn,
Die Höflichkeit, wie die Natur sie lehrt,
Die Liebe, welche keinen Preis begehrt,
Dies lockte Burschen, welche vor dem Mast
Des Himmels Wind umhertrieb ohne Rast?
Sie suchten durch Verbrechen, was hienieden
Die sanfte Tugend niemals erntet – Frieden?
Ja, so ist Menschenart: Auf Pfaden viel
Strebt alles doch nur nach demselben Ziel;
Geburt und Mittel, Name, Landesbrauch,
Reichtum, Geblüt, ja äußre Bildung auch
Übt auf dein schwaches Fleisch mehr Einfluß meist
Als alles, was du sonst vom Diesseits weißt.
Stets aber raunt die leise Stimme drinnen,
Durch lauten Ruhm und stummes Geldgewinnen,
Wes Glaubens oder Landes du auch bist,
Daß dein Gewissen Gottes Stimme ist.

7

Das Boot ist überfüllt vom kleinen Rest
Der Treuen, der den Führer nicht verläßt;
Doch ein'ge blieben widerstrebend mit
Dem stolzen Schiff, des Ehre Schiffbruch litt,
Und sahn des Käpt'ns Los mit nassem Blick.
Die andern höhnten sein trostlos Geschick;
Sie lachten seinem Zwergensegel nach
Und seinem winz'gen Kahn, so voll und schwach!
Der Nautilus in seinem Muschelboot,
Der zarte meergeborene Pilot,
Die Mab des Ozeans, des Meeres Fei,
Scheint minder schwach und, ach, zehnmal so frei!
Er, vor dem blitzgeflügelten Orkan,
Birgt in der Tiefe seinen leichten Kahn
Und spottet der Armada, die die Welt
Erzittern läßt und die der Wind zerschellt.

8

Als alles fertig war, das Fahrzeug klar,
Des Herr und Meister nun der Meutrer war,
Verriet vom Volk ein minder roher Mann
Das nicht'ge Mitleid, das nur reizen kann.
Er suchte forschend des Gebieters Blick
Und sprach in Winken Gram um sein Geschick,
Bot ihm, als bittrer Durst erschöpfter Kraft
Den Mund verdörrt, der Pomeranze Saft.
Er ward bemerkt; man ruft ihn ab, daß nicht
Mitleid umwölkt des Aufruhrs Morgenlicht.
Vor tritt der wilde, kühne Bursche jetzt,
Den, sich zum Unheil, Bligh so hoch geschätzt,
Und abwärts deutend auf das schwanke Boot,
Ruft er: »Hinunter! Zögern wäre Tod!«
Selbst nun war völlig nicht verstockt sein Herz,
Selbst jetzt noch weckt' ein einzig Wort den Schmerz
Um seine schwarze Tat, die halb geschah,
Und einem zeigt' er, was kein andrer sah.
Als Bligh ihn fragt' in vorwurfsvollem Ton:
»Wo bleibt für all mein Sorgen Dank und Lohn?
Wo bleibt die Hoffnung, daß einst deine Ehre
Britanniens tausend Ruhmeskränze mehre?«
Da brach er aus, von Fieberangst durchflammt:
»Jawohl – jawohl – ich bin verdammt, verdammt!«
Sonst sprach er nichts: ihn, der ihm wohlgetan,
Trieb er hinunter in den morschen Kahn;
Kein Wort entfiel ihm mehr, doch wohl ein Buch
Voll innrer Qual lag in dem Abschiedsfluch.

9

Voll aus der Flut die Südseesonne taucht,
Indes, der Wind bald flüstert, bald verhaucht;
Wie Äolsharfen rauscht und seufzt einher
Sein Flügelschlag – sein Saitenspiel das Meer.
Matt und verzweifelt pflügt der winz'ge Kahn
Zum kaum gesehnen Riff die öde Bahn,
Das wie ein Wölkchen aufsteigt aus dem Meer,
Und Schiff und Boot, sie sehn sich nimmermehr.

Nicht meld ich euch die Chronik ihrer Qual,
Die stete Not, den seltnen Hoffnungsstrahl,
Die Pein der Nächte, die Gefahr bei Tag,
Den Mannesmut, der nie verzweifeln mag;
Die nagende Entbehrung – Mütter hätten
Kaum ihre Söhn erkannt in den Skeletten –,
Das Unglück, das ihr bißchen Brot verdirbt,
Bis selbst des Hungers Grimm vor Mangel stirbt;
Der Tiefe launenhafte Gunst und Wut,
Die jetzt sie fast verschlingt, jetzt durch die Flut
Ihr morsch Gebein und lahmes Ruder trägt,
Wo sonst die Kraft umsonst zu ringen pflegt;
Den trocknen Fieberdurst, der wie den Born
Die Wetterwolke grüßet, wenn ihr Zorn
Die nackten Glieder peitscht, der fröhlich lacht
Im kalten Schauerbad der Sturmesnacht
Und aus der Leinwand froh den Tropfen preßt,
Der den verdorrten Quell des Lebens näßt.
Von ihrem Kampf mit Wilden will ich schweigen,
Die wen'ger Mitleid als die Wellen zeigen,
Bis endlich sie die späte Rettung finden
Und Geistern gleich die traur'ge Mär verkünden,
So reich an Tränen und an Todesqualen
Wie wen'ge in des Ozeans Annalen.

10

Genug, – nicht unbekannt noch ungerächt
Blieb ihr Geschick: Vergeltung heischt ihr Recht.
Verletzte Mannszucht für die Dulder spricht,
Beschimpfte Flagge fordert streng Gericht.
Folgt nun den Meuterern auf ihrer Bahn,
Die ohne Furcht die ferne Rache sahn,
Weit übers Meer, weit, weit, in schneller Flucht!
Noch einmal grüßt ihr Blick die schöne Bucht:
Das holde Land, das kein Gesetz bedrückt,
Empfängt die Flücht'gen, die es einst entzückt;
Natur und Frauenschönheit lädt zur Lust;
Da ist kein Kläger als die eigne Brust;
Da teilt das Volk das Land ohn Eifersucht
Und sammelt selbst das Brot als reife Frucht;

Da fragt man nicht, wem Wald und Feld gehört:
Goldlose Zeit, wo Gold den Schlaf nicht stört,
Herrscht auf den Inseln, oder herrschte, bis
Europa sie aus ihrer Blindheit riß,
Mit seinen Sitten ihre Bräuche färbte,
Doch seine Laster ihnen auch vererbte.
Hier aber sehn wir, was sie waren, nur:
Im Guten wie im Bösen ganz Natur.
»Hurra, nach Otaheiti!« war der Schrei,
Als stolz ihr Fahrzeug einfuhr in die Bai.
Aufspringt die Brise, alle Segel blähn
Sich schwellend auf im frischren Windeswehn,
In schnellrem Furchenspiel die See enteilt,
Die stolz und leicht der Schiffskiel plätschernd teilt:
So pflügt' einst Argo jungfräuliche Wogen,
Sie aber schauten heim, die mit ihr zogen;
Hier die Rebellen fliehn die Heimat so,
Wie einst der Rabe von der Arche floh,
Und wollen doch zum Nest der Taube fliegen,
Ihr trotzig Herz ins Joch der Liebe schmiegen.

ZWEITER GESANG

I

Süß tönet der Gesang auf Tubonai;
Die Sonne sinkt in die Korallenbai.
Kommt! sangen Mädchen, kommt! Wo Schatten rauschen
Und wo die Vögel zwitschern, laßt uns lauschen.
Da girrt die Holztaub aus der Wälder Ruh,
Den Götterstimmen gleich auf Bolotu.
Da laßt uns Blumen von den Gräbern pflücken,
Sie lieben es, des Kriegers Gruft zu schmücken,
Und ausruhn in der Dämmrung, wenn das Licht
Des Mondes hold durch Tuabäume bricht;
Indes wir unten ruhn, wird ihre Krone
Erhaben seufzen mit schwermüt'gem Tone.
Dann hoch vom Kap laßt uns die wilden Seen
Mit felsigen Giganten kämpfen sehn,
An denen machtlos sich zerschäumt das Meer;

Wie schön sie sind! Und wie beglückt ist der,
Der sich hinwegstahl aus des Lebens Weh
Und keinen Kampf mehr sieht als den der See!
Doch liebt auch sie die Bucht, wo Friede thront,
Und strählt die zorn'ge Mähne vor dem Mond.

2

Ja, Blumen laßt uns von den Gräbern lesen,
Dann schmausen, wie im Himmel sel'ge Wesen,
Dann jubelnd tauchen in der Brandung Schaum,
Dann rasten auf des Rasens weichem Flaum
Und naß und glänzend in der Grottenhöhle
Den Leib uns salben mit dem duft'gen Öle,
Und Blumen flechten, die das Grab uns schenkte,
Und Kränze, die das Blut der Tapfren tränkte.
Doch seht, die Nacht kommt! Mua winkt nach Haus,
Der Klang der Matten tönt ins Feld hinaus:
Nun wird der Glanz der Fackeltänze glühn,
Ein Flammenlabyrinth auf Marlys Grün.
Auch uns laßt dort sein, auch in unsrer Brust
Lebt noch Erinnrung mancher Festeslust,
Eh Fidschi seine Kriegesmuschel blies,
Eh hier ein Feindeskahn ans Ufer stieß,
Ach, ihrethalb erlag der Männer Zier!
Ach, ihrethalb deckt Unkraut das Revier!
Vergessen ist die Wonn und unbekannt,
Allein mit Lieb und Mond zu fliehn zum Strand!
Doch sei dem so – sie lehrten uns, wie man
Die Keule schwingt und Pfeile regnen kann;
Nun laßt sie ernten ihrer Lehren Lohn –
Heut aber feiert! morgen ziehn wir schon!
Wohlauf zum Tanz! die Kavaschale hebt!
Trinkt bis zum Grund! wer weiß, wer morgen lebt?
Die Glieder hüllt in sommerlich Gewand,
Um euren Leib die weiße Tappa spannt;
Das Haupt, wie das des Frühlings, schmück ein Kranz
Und euren Hals der Huniranken Glanz,
Damit ihr schimmernd Grün die Farben hebt
Des dunklen Busens, der darunter bebt!

3

Nun ruht der Tanz; doch eilt noch nicht nach Haus!
Oh, löscht noch nicht der Freude Lächeln aus!
Wohl morgen zu dem Mua ziehen wir,
Doch diese Nacht gehört der Lieb und mir!
Deckt wieder uns mit euren Kränzen zu,
Ihr jungen Zauberinnen von Liku!
Wie schön sind eure Formen! Jeder Sinn,
Leis aber voll, gibt eurem Reiz sich hin,
Wie Blumen über Matalokos Kluft,
Die weit ins Meer hinwehen ihren Duft.
Auch uns laßt nach Liku! Doch wehe mir!
Mein Herz, was sag ich? morgen scheiden wir!

4

So klang ihr Lied – die Poesie der Zeiten,
Bevor Europa drang zu jenen Breiten.
Sie hatten Laster, ja – doch unterscheide:
Des Wilden Laster bloß. Wir haben beide,
Schmutz der Kultur und auch die Wildheit all,
Die in uns wurzelt seit dem ersten Fall.
Sagt, ob ihr Heuchelei nicht herrschen saht,
Abels Gebet vereint mit Kaïns Tat?
Blickt aus dem Fenster nur! weit mehr entstellt
Seht ihr die Alte als die Neue Welt,
Neu jetzt nur noch, wo ihr Gigantenpaar
Columbia säugt, das Freiheit ihr gebar,
Wo Chimborasso über sein Gebiet
Titanisch wacht und keine Sklaven sieht.

5

So klang dies Lied, Nachhall der Sagenzeit,
Die Ruhm den Toten im Gesange weiht;
Die Zeit, für die der einzige Chronist
Der Ton mit seinem Himmelszauber ist,
Der keine Bücher schreibt, nur süßem Laut
Die keimende Geschichte anvertraut,
Ein Knab Achill, den Chirons Leier lehrt,
Wie man ererbten Ruhm durch eignen mehrt;

Denn eines alten Liedes schlichter Klang,
Von Wogen tönend oder Bergeshang,
Am grünen Saum des plauderhaften Quells,
Oder das Echo weckend im Gefels,
Rührt echtes Herz und Ohr mit größrer Macht
Als aller Sieger stolze Säulenpracht:
Es rührt, wenn Hieroglyph' im Tempelraum
Des Weisen Rätsel ist, des Forschers Traum;
Es lockt, wenn Bände voll Geschicht' uns plagen,
Die erste Knospe, die das Herz getragen.
So dieser rohe Reim: Reim liebt der Rohe;
So sang einst der Normann, der kampfesfrohe,
Der kam und siegte – also alle Wilden,
Eh Feinde sie vernichten oder bilden;
Und was ist's mehr, was feinster Kunst gelingt?
Ihr Höchstes ist, daß sie zu Herzen dringt.

6

Sanft unterbrach dies Lied der Inselflur
Die wonnetrunkne Stille der Natur,
Die holde Siesta eines Sommertags,
Den Tropenabend eines Blütenhags.
Die Luft war Balsam, Blumenflor die Halme,
Im ersten Winde rauschte leis die Palme;
Noch lautlos trieb der Hauch der Abendluft
Die kühle Welle sanft zur durst'gen Kluft.
Dort sitzt die Sängerin am Saum der Flut,
Bei ihr der Fremdling weilt, und nur zu gut
Lernt sie der Liebe tödlich süße Glut,
Die jeden unterjocht, am meisten den,
Der noch nicht weiß, sie kann verlorengehn,
Den, der in ihrem neugebornen Strahl
Schwelgt, wie ein Märtyrer am Flammenpfahl,
Mit so verzückter Inbrunst im Verderben,
Daß nichts auf Erden sel'ger scheint als Sterben.
Und Sterben ist's! Du findest keine Spur
Im Erdensein, auch in Gedanken nur,
Was gleichkommt diesem Sprengen der Natur,
Und auch das ew'ge Glück, wenn man's beschriebe,
Wär nur ein einz'ger, ew'ger Strom der Liebe!

7

Da saß die Wilde, lieblich, sanft gesinnt,
Ein Weib an Wuchs, an Jahren noch ein Kind,
Wie man im kühlen Nord von Kindheit spricht,
Wo alles langsam reift, nur Sünde nicht;
Kind einer Kindeswelt, im warmen Süd
Rein wie Natur, frisch, lieblich, früh erblüht,
Dunkel wie Nacht, doch wie gestirntes Dunkel,
Wie einer Tropfsteingrotte Taugefunkel,
Mit Augen, welche Sprach und Zauber waren,
Mit Gliedern wie, umringt von Liebesscharen,
Einst Venus stand in ihrem Muschelkahn,
Wollüstig wie des Schlummers leises Nahn,
Doch lebensvoll: durch tropische Wangen brach
Sich ein Erröten Bahn, das schweigend sprach;
Nußbraun die klare Haut, doch sonn'ges Blut
Durchleuchtet sie mit seiner lichten Glut,
Wie die Koralle rot durch dunkle Wellen
Den Taucher lockt zu ihren Scharlachzellen.
Sie war der Südsee Tochter, auferzogen
Vom Meere, leicht erregbar wie die Wogen,
Bereit, das Glücksschiff anderer zu heben
Und glücklich nur in ihrem Glück zu leben.
Ihr warmes, aber treues Herz empfand
Nur Freude im Erfreuen; unbekannt
War ihr noch der Erfahrung kaltes Recht,
Das stets die Farbe der Empfindung schwächt.
Sie fürchtete nichts Böses, weil sie das
Nie kannte oder bald, zu bald, vergaß;
Sie weint' und lachte, wie ein leiser West
Den glatten See sich flüchtig kräuseln läßt,
Der unergründlich ist, und Bergesflut
Erneut den Spiegel, der so friedlich ruht,
Bis Erdstoß der Najade Grotten sprengt,
Die Flut zerstampft und ihren Quell versengt
Und die lebend'gen Wasser all zermalmt
Zu schlamm'gem Sumpf, der schlangennährend qualmt.
Droht ihr dies auch? – Der ew'ge Wechsel packt
Den Menschen nur in etwas raschrem Takt;
Auch der Gerechte fällt, wie Welten fallen,
Er aber schwebt als Geist einst über allen.

8

Und wer ist er, des Nords blauäugig Kind?
Von Inseln, die fast wild wie diese sind,
Der blondgelockte Sprößling der Hebriden,
Wo brüllend Pentlands Seen in Wirbeln sieden,
Vom Sturm gewiegt als zarter Säugling schon,
An Leib und Seele des Orkanes Sohn,
Der, seit sein junges Aug aufs Weltmeer schaute,
Der See als seiner Heimat sich vertraute,
Der riesigen Gefährtin seines Traums,
Die mit ihm spielt' am Rand des Klippensaums,
Dem einz'gen Mentor, seit sein Lebensschiff,
Ein Spiel von Wind und Flut, abstieß vom Riff;
Ein sorglos Herz, vom Zufall leicht gelenkt,
Von Sagen seiner Heimat tief getränkt,
Das rasch erglüht und doch andauernd brennt,
Jedes Gefühl, nur nicht Verzweiflung kennt.
Wär er Arabiens Sohn, er wäre da
Der kühnste Reiter, den die Wüste sah,
Und mit geduld'gem Gaum, wie Ismael,
Trotzt' er dem Durst auf schwankendem Kamel.
Ein mächtiger Kazik an Chiles Buchten,
Ein griechischer Rebell in Hellas Schluchten,
Vielleicht ein Tamerlan im Hirtenzelt,
Vielleicht auf einem Thron der Schreck der Welt;
Denn jener selbe Geist, der Reich' erficht,
Wenn erst am Ziel, trifft weitre Beute nicht
Als nur sich selbst, und dann muß er zurück
Auf seinem eignen Weg und wühlt nach Glück
In Foltern – Geist von jener selben Art,
Wodurch einst Nero Rom zum Greuel ward.
Bei niedrem Stand und Zucht hätt er vielleicht
Des tapfren Namensvetters Ruhm erreicht;
Dagegen, laßt ihm seine Laster alle,
Was wär ihr Schauplatz ohne Kaiserhalle?

9

Du lächelst? – Allzu hoch scheint der Vergleich,
Weil ihr euch blenden laßt von Macht und Reich.

Was hat ein Name, der im Zeitenstrom
Längst unterging, mit Ruhm gemein und Rom?
Mit Hellas Bergen und mit Chiles Hainen?
Du lächelst? Lächle – besser das als weinen.
Doch lag in ihm der Keim: Er war ein Mann,
Ein Mann von kühnem Fluge, stets voran,
Ein großer Bürger oder ein Despot,
Stolz eines Landes oder seine Not,
Wenn Zufall es gewollt, der unser Los
(Mehr als wir denken) klein macht oder groß.
Doch das sind Träume. – Sag, wer war der Mann?
Ein frischer Bursche, der dem Herrn entrann,
Der blonde Torquil, wie die Springflut frei,
Der Bräutigam der Braut von Tubonai.

10

Am Meer mit Nuha saß er. Nuha war
Die Sonnenblume dieser Mädchenschar,
Von edlem Stamm (obwohl kein Wappenamt
Die ferne Insel kennt, der sie entstammt)
Und reich an Ahnen kriegerischen Ruhms,
Den nackten Helden wilden Rittertums.
Noch ragen ihre Gräber grün am Meer,
Und deins, Achill – ich sah es – tut nicht mehr. –
Als heran die fremden Donnrer schwammen,
In riesigen Kanus, voll Feuerflammen,
Mit Bäumen palmenhoch, die auf den Fluten
Bei stillem Wetter festgewurzelt ruhten,
Doch vor dem Wind aufspreizten ihre Flügel,
Breit wie am Horizont die Wolkenhügel,
Und auf der See wie Meeresburgen thronten,
Als ob die freien Wellen ihnen fronten,
Schoß sie mit Kiel und Ruder durch die See
Und Brandung, wie das Renntier durch den Schnee;
Schnell über weißen Schaum kam sie geglitten,
Wie eine Nereïd im Meeresschlitten,
Und staunt' empor zum schwimmenden Kastelle,
Das stampfend sich von Welle hob zu Welle.
Der Anker fiel – da lag es auf der Flut,
Wie in der Sonn ein mächt'ger Löwe ruht,

Und ringsum schwärmten nun die leichten Kähne,
Wie Sommerbienen um des Löwen Mähne.

II

Ihr ratet, was geschah. Das Inselland
Reichte dem weißen Mann die braune Hand,
Ein Wunder jeder jedem, und es ward
Bald aus dem Staunen Freundschaft beßrer Art.
Der sonngebornen Väter Gruß war gut,
Doch holder ihrer Töchter sanftre Glut.
Die Eintracht wuchs; wohl sahn des Sturmes Söhne,
Wie Anmut manche dunkle Form verschöne,
Und ihnen, welche niemals Schnee geschaut,
Schien lieblich weiß der Fremden bleiche Haut.
Die Jagd, das Spiel, die Pfade, nie umzäunt,
Jedwedes Dach bewohnt von einem Freund;
Der Netze Fang, der leichte Flug des Kahns
Auf blauer Brust des Inselozeans,
Gestirnt von manchem Eiland, hell und grün;
Der süße Schlaf, erkauft durch lust'ge Mühn;
Die Palme, der Dryaden größt im Forst,
Mit Wipfeln hoch fast wie des Adlers Horst,
Indes in ihrem Schoß, von Laub behütet,
Der Keim des jungen Traubengottes brütet;
Das Kavafest, der Yam, die Kokosnuß,
Die Frucht und Milch und Becher geben muß;
Der Brotbaum, der auf ungepflügtem Feld
Die schnitterlosen Erntefeste hält,
Der ohne Ofen seine süßen, reinen
Brotlaibe bäckt in ungekauften Hainen,
Des üpp'ge Brust den Hunger von sich stößt,
Ein Wirt, der niemals Geld vom Gast erlöst –
Dies und Genuß, den Meer und Wald bereiten,
Die luft'ge Lust gesell'ger Einsamkeiten,
Zog sanft der Fremden rauhes Herz zu ihnen,
Die glücklicher, wenn auch nicht klüger schienen,
Und lehrte besser als die Zucht der Briten
Die Kinder der Gesittung sanfte Sitten.

12

Vor allen – und es gab manch zärtlich Paar –
Nuhas und Torquils Schönheit lieblich war;
Zwei Inselkinder, beide, wenn auch fern,
Geboren unter meergewalt'gem Stern,
Genährt an großen Szenen, die man liebt,
Solang man lebt: was auch sich zwischenschiebt,
Der Kindheit Liebe bleibt uns immer nah,
Dem treu, was unser Aug am ersten sah.
Wer aufwuchs, wo das Hochland schwellend blaut,
Der jauchzt, sobald er blaue Gipfel schaut,
Grüßt jeden Fels wie einen Freund so warm
Und schlingt im Geist um das Gebirg den Arm.
Lang liebt ich fremde Lande zu durchziehn,
Besang die Alpen, pries den Apennin,
Verehrte den Parnaß, sah hoch und hehr
Olymp und Ida ragen übers Meer,
Doch nicht der Vorzeit Glanz, nicht ihre Pracht
Hielt mich umstrickt mit ihrer Zaubermacht –
Der Traum der Kindheit lebt' im Manne fort,
Und Lochnagar stand neben Ida dort;
Keltische Sag umschwebte Phrygiens Horn,
Mit Hochlands Bach verfloß Castalias Born.
Vergib, gewalt'ger Geist Homers! vergib
Mir, Phöbus! meines Heimwehs blinden Trieb:
Wenn ich die Hoheit eurer Szenen ehrte,
Liebe zum Norden war's, die es mich lehrte.

13

Die Liebe, die alles rings mit Anmut füllt;
Jugend, die rings die Welt in Goldglanz hüllt;
Bestandne Not, nach welcher selbst der Mann
Die Pause liebt, wo er nicht töten kann;
Die Schönheit beider, Schönheit, die das Herz
Der Strengsten selbst durchflammt, wie Blitz das Erz,
Verschmolz ihr wild und sein halbwildes Blut
Zu einer einz'gen liebestrunknen Glut.
Nicht mehr umwölkt' ihm die entmenschte Brust
Ahnung der Donnerschlacht mit finstrer Lust;

Nicht mehr von Unruh läst'ger Ruhe war
Sein Herz gestachelt, wie im Nest der Aar,
Des alldurchbohrend Aug und scharfe Klau
Nach Raub dahinschießt durch des Himmels Blau:
Sein Herz zerfloß in jenem Wonnetraum,
Göttlich und weiblich, der den Lorbeerbaum
Nicht pflanzt aufs Heldengrab: Lorbeer verblüht,
Sobald ein Held für mehr als Blut erglüht,
Und doch, wenn sie den Leib zur Gruft bestatten,
Gibt nicht die Myrte ganz so süßen Schatten?
Hätt Cäsar nur den Kuß Kleopatras
Gekannt, die Welt wär frei, die er besaß;
Und was hat Cäsars Ruhm und Cäsars Schwert
Der Welt genützt? Durch sie sind wir entehrt!
Die blut'ge Weihe seiner Größe färbt
Den Rost der Ketten, die er uns vererbt.
Natur, Vernunft, Ruhm, Freiheit mahnen zwar
Millionen: Seid, was Brutus einzeln war!
Jagt aus dem Busch den Schwarm Spottvögel, die
Nachpfeifen des Despoten Melodie! –
Was hilft's? Noch heute wird zerrupft die Welt
Von Eulenbrut, die man für Falken hält:
Ein Wort der Freiheit hätte längst verweht
All ihren Spuk, wie ihre Angst verrät.

14

Entrückt in süße Weltvergessenheit,
War sie ganz Braut, Nuha, die Inselmaid;
Sie kennt die Welt nicht, die mit nicht'gem Tand
Die Lieb entfremdet und als flücht'gen Brand
Bespöttelt; sie umschwärmt kein fader Kreis
Von Gecken, welcher bald mit lautem Preis,
Bald mit verbuhltem Flüstern euch umspinnt,
Bis Pflicht und Ehr und Glück vergiftet sind;
In nackter Einfalt liebt sie treu und stet,
Fest wie im Sturm ein Regenbogen steht,
Wechselnd in immer neuem Farbenduft,
Stets lieblicher sich wölbend durch die Luft,
Wie auch sein Bogen schwillt, sein Glanz sich schwingt,
Der Liebe Herold, der die Wolken zwingt!

15

Hier in der Grotte am umspülten Strand
Verbrachten sie des Tropenmittags Brand;
Schnell floh die Zeit; in ihr Genießen fuhr
Niemals der grabesdumpfe Schlag der Uhr,
Die deiner Spanne täglich Maß dir mißt,
Mit ehrnem Lachen, daß du sterblich bist.
Was war die Zukunft ihnen? Ihr Geschick
Beherrschte als Tyrann der Augenblick;
Ihr Stundenglas der Meersand, die Minuten
Hinfließend wie des Ozeans glatte Fluten,
Ihr Glockenturm der weite Sonnendom,
Ihr Tag wie eine Stund im Zeitenstrom;
Die Nachtigall, ihr Spätgeläute, sang
Der Rose »gute Nacht« mit süßem Klang.
Die Sonne sank – nicht dämmrig, wie ihr Brand
Zögernd bei uns verglüht am Meeresstrand,
Nein, feurig, voll und stolz, als gehe sie
Für immer fort und leucht auf Erden nie,
Mit roter Stirn flammt sie ins Meer hinab,
Wie jäh ein Held hinabtaucht in sein Grab.
Sie springen auf, sie schaun empor, und dann,
Um Licht zu sehn, schaut Auge Auge an;
Sie staunen, daß so kurz des Sommers Sonnen,
Und fragen sich: Ist schon der Tag verronnen?

16

Das ist nicht seltsam: Schwärmer leben nicht
Auf Erden, nur im eignen Traumgesicht;
Sie achten nicht, ob Tage, Jahre flohn,
Ihr Geist ist vor dem Leib im Himmel schon.
Ist Liebe schwächer? Nein, ihr Siegeslauf
Steigt auch empor, glorreich, zum Himmel auf,
Zu jenem Himmel in der eignen Brust,
Dem andern, beßren Selbst, des Leid und Lust
Mehr gilt als unsres: allverglühnde Flammen,
Zwei Lohen faßt ein einz'ger Brand zusammen,
Tödliche, lautre Gluten, und in ihnen
Knien edle Seelen, lächelnd, wie Brahminen.
Wie oft vergeßt ihr nicht den Lauf der Zeit,

Wenn ihr Natur in ihrer Herrlichkeit
In Wüsten, Wald und Wassern staunend seht,
Ihr Geist wie Echo euren Geist durchweht!
Lebt Stern und Berg nicht? Sind die Wellen wohl
Ohn ihren Geist? und Grotten, feucht und hohl,
Ohn ein Gefühl in ihren stummen Zähren?
Nein, nein! Natur lockt uns zu ihren Sphären,
Löst diesen starren Staub vor seiner Zeit
Und taucht die Seel ins Meer der Ewigkeit.
Streif ab dies törichte und falsche Ich –
Wer schaut den Himmel an und denkt an sich?
Und wer, der minder hochblickt, dachte je
In jungen Stunden, eh die Zeit ihr Weh
Ihn lehrt, an seinen, an der Menschen Fall?
Lieb ist sein Thron, sein Reich das weite All.

17

Sie sprangen auf; traurig und leise stahl
Das Zwielicht sich in ihren Felsensaal,
Wo tauiges Gebälk von Tropfen blinkt
Und wie zum Gruß den hohen Sternen winkt.
Sacht durch die Stille wandelten die Gatten
Zu ihrem Hüttendach im Palmenschatten,
Bald lächelnd und bald stumm, wie Flur und Haine,
Lieblich wie Liebe, heitre, herzensreine.
Des Weltmeers Brandung rauschte lauter kaum
Als ihr Nachahmer summt im Muschelraum,
Wenn, weit getrennt von seiner Mutterfee,
Das Kind der Well ausweint sein Herzensweh
Und nimmer schlafen will und heimbegehrt
Zur breiten Wogenbrust, die es genährt.
Schlaftrunken senkten sich die dunklen Forste,
Der Tropenvogel flog zum Felsenhorste,
Der blaue Himmel ruht' auf dem Gefild,
Ein Friedenssee, der alles Dürsten stillt.

18

Da durch die Palmenpflanzung, horch! ein Laut,
Nicht wie ein Ruf des Freiers an die Braut,

Nicht wie der Nachtwind ihn herüberträgt,
Wenn auf den Hügeln er die Harfe schlägt,
Die Saiten der Natur, den Fels und Wald,
Die Leier, die den tiefsten Wohllaut schallt
Und deren Chor das Echo ist; auch nicht
Wie lauter Kriegsruf, der den Schlummer bricht;
Nicht Uhus Selbstgespräch, der seiner Seele
Einsame Glut ausströmt mit heisrer Kehle,
Der augenglühnde Vogel-Eremit,
Der durch die Nächte kreischt sein traurig Lied –
Nein, laut und langgedehnt, ein Seemannspfiff,
Schrill wie der Möwenschrei am Klippenriff
Dann eine Pause, heiser dann: »Halloh!
Torquil, mein Jung! Wie geht's? Ho, Bruder, ho!« –
»Wer da?« rief Torquil, durch die Dunkelheit
Ausspähend. »Jemand!« tönte der Bescheid.

19

Da kam der Herold dieser kurzen Sprüche
Herangekeucht durch Südens Wohlgerüche,
Nicht wie ein Hauch von einem Veilchenbeet,
Nein, wolkig, wie er Bier und Grog umweht,
Aus einem Pfeifchen, welches seinen Duft
Schon über alle Zonen hat verpufft,
Das seinen Rauch durch alle Meere wohl
Getragen hat von Portsmouth bis zum Pol,
Das seinen Qualm dem Blitz entgegentürmte
Und ruhig schmauchte, wenn das Weltmeer stürmte,
Dem Äolus ein ew'ger Opferbrand
Durch aller Wind' und Wetter Unbestand.
Und wer die Pfeife trug? – Mir ist nicht klar,
Ob er mehr Philosoph, ob Seemann war.
Erhabener Tabak! In West und Ost
Des Türken Labsal und des Seemanns Trost!
Der du verschönst des Paschas Polsterbette
Mit Opium und Weibern um die Wette,
Prunkvoll in Stambul, minder imposant,
Doch minder nicht geliebt am Themsestrand,
Himmlisch in Hukas, köstlich in der Pfeife
Mit Ambraschmack, voll Milde, Füll und Reife,

Gleich andern Reizen, wirbst du gern um Gunst,
Blendend in Gala und verschönt von Kunst;
Der Kenner aber gönnt den Putz dem Narren
Und liebt die nackte Schönheit der Zigarren.

20

Auftauchte in des Waldes Dunkelheit
Ein menschlich Wesen aus der Einsamkeit,
Phantastisch ausstaffiert; es schien, es sei
Ein Schiffersmann in toller Mummerei,
Wie wohl auf See ein Schwarm von lust'gen Käuzen,
Wenn ihre Schiffe den Äquator kreuzen
(Ein Saturnal für den gemeinen Mann),
Auf Deck sich tummelt mit Neptuns Gespann.
Den alten Meergott hegt es, wie noch heut
Sein Ruhm, wenn auch im Spiel nur, sich erneut
Durch Männer, welche einer Brise spotten,
Wie er sie nie geahnt in Hellas' Grotten;
Dem alten Gott hat's immer Spaß gemacht,
Dies letzte Restchen seiner frühren Macht.
Des Seemanns (freilich havarierte) Jacke,
Sein Pfeifchen mit stets glimmendem Tabake,
Sein Gang, der etwas rollte wie ein Schiff,
Verriet die Laufbahn, die er einst ergriff.
Doch eine Art von Tuch, ums Haupt gewunden,
Nicht eben glatt noch allzu stramm gebunden,
Und statt der Hose (ach, sie riß zu bald,
Denn Dornen wachsen auch im schönsten Wald)
Ein seltsam Ding von Matte, etwas schwächlich,
Dient' ihm als Hut und dient' ihm »unaussprechlich«.
Sein nackter Fuß und Hals und braun Gesicht
Sah tropisch aus, doch seine Arme nicht;
Die waren Alt-Europas Fleisch und Bein,
Das, statt in einer Welt, aufräumt in zwein.
Die Flinte hing vom Rücken, welcher breit
Und etwas krumm (von Schiffsgelegenheit),
Doch stark war wie des Ebers; linker Hand
Ein Säbel, der die Scheide nie gekannt
Oder verloren hatt; im Gürtel war
Ein Paar Pistolen, wie ein Ehepaar

(Dies Gleichnis mach ich nicht zum Spaße bloß;
Wenn eins versagte, ging das andre los).
Dies und ein Bajonett, so rostfrei kaum,
Wie einst es blitzt' im blanken Waffenraum,
War sein Gewaffen, so wie ihn die Nacht
Anstaunt' in seiner anomalen Tracht.

21

»Wie steht's, Ben Bunting?« rief, als er ihn sah,
Torquil. »Was Neues?« Bunting sprach: »Ja, ja;
Neu just wohl nicht, doch Neuigkeiten schwer:
Ein fremdes Schiff in Sicht!« – »Ein Schiff? Woher?
Erkennt Ihr's? Das ist mehr, als ich versteh;
Ich sah kein Fetzchen Segel auf der See.« –
»Schon recht«, sprach Ben, »am Strand war nichts zu sehn;
Doch ich mußt auf den Klippen Wache stehn
Und sah es treiben. Denn der Wind war schwach
Und spielte bloß.« – »Wo blieb es denn hernach,
Zur Abendzeit? Ging es vor Anker?« – »Nein,
Es hielt auf Land zu, doch der Wind schlief ein.« –
»Die Flagge?« – »Hatte nicht mein Glas. Trotzdem
Schien mir sein Aussehn gar nicht angenehm.« –
»Ein Kriegsschiff?« – »Ja. Kommt her, uns auszuspähn.
Es wird wohl Zeit für uns, bald beizudrehn.« –
»Beidrehn? Gleichviel, wer Jagd auf uns gemacht,
Weglaufen wäre übel angebracht.
Soll'n wir im Kampfe sterben, sei es denn!« –
»Schon gut, schon gut; 's ist alles eins für Ben.« –
»Weiß Christian?« – »Ja; er pfeift schon alle Mann
Auf Deck. Das Waffenputzen fängt schon an.
Sie blasen die Kanonen fürs Gefecht
Mit Pulver aus. Man braucht Euch.« – »Das ist recht.
Und wär's auch nicht, mich selber müßt ich hassen,
Könnt ich Kamraden auf dem Trocknen lassen.
O Nuha! soll der Schlag nicht mich allein,
Soll er auch dich bedrohn, so hold und rein?
Doch, was auch komme, jetzt entmann mich nicht.
Tränen verbietet jetzt die Zeit und Pflicht.
Dein bleib ich, mag es, wie es will, geraten!«
Ben sprach: »Das ist was für die Seesoldaten.«

DRITTER GESANG

I

Der Kampf war aus; die blitzdurchzuckte Nacht,
Der finstre Mantel der Kanonenschlacht,
Verschwand, und Schwefelqualm zog von den Triften
Empor, um nur die Wolken zu vergiften.
Das rasselnde Gekrach der Donnerschauer
Ließ nun das Echo ruhn in stummer Trauer;
Es schrie nicht mehr vor Angst bei jedem Knall;
Der Kampf war aus, der Meutrer kam zu Fall.
Die Frevler sind zermalmt, zersprengt, gefangen,
Und wer noch lebt, mag wohl nach Tod verlangen;
Über das Eiland hin wird er gehetzt,
Das teurer als die Heimat er geschätzt.
Heimat! Auf Erden hat er sie verloren,
Seitdem er sie verriet, die ihn geboren.
Wie Wild gejagt, flieht er zum Wald geschwind,
Wie in den Schoß der Mutter flieht ein Kind;
Umsonst jedoch fliehn Leu und Wolf zur Schlucht,
Umsonst vor Menschen ist des Menschen Flucht.

2

Am Fuß des Felsens, dessen Sockel vorn
Hoch aufragt überm Meer im grimmsten Zorn, –
Die Well, am mächt'gen Riff aufkletternd, fällt
Jählings zerschmettert, wie beim Sturm ein Held,
Ins schäumende Gewühl, das hinter ihr
Heranbraust unter des Orkans Panier,
Jetzt aber ruht – dort birgt sich nach und nach
Ein Häuflein, blutend, dürstend, müd und schwach,
Doch noch in Waffen, noch mit einem Rest
Des alten Trotzes, der sie nicht verläßt,
Wie Männer, die gewohnt sind, bei den Launen
Des Schicksals mehr zu kämpfen, als zu staunen.
Sie hatten ihr Geschick vorausgesehn
Und hatten's drauf gewagt – nun war's geschehn.
Jedoch die stille Hoffnung, daß die Zeit
Vielleicht die Tat vergißt, wenn nicht verzeiht,
Und, wenn man sucht, daß man ihr Riff, verirrt

In dieser Wasserwelt, nicht finden wird,
Hatt ihre Sorge doch zum Teil in Schlaf
Gelullt, als sie Alt-Englands Rache traf.
Ihr seegrün Eiland, ihr erschlichnes Eden
Will ferner schmeichelnd nicht zum Herzen reden;
Der Rest des besseren Gefühls vertreibt
Den Selbstbetrug, und nur die Sünde bleibt.
Im zweiten Heimatland vom Bann getroffen,
Sind sie verloren: zwar die Welt liegt offen,
Doch ist die Flucht versperrt. Voll Opfermut
Vergossen ihre neuen Freund ihr Blut,
Doch Keul und Speer des Herkules zersplittern
Im Kampfe mit den schwefligen Gewittern,
Der schwarzen Kunst des Donners, die den Mann
Hinstreckt, eh er die Stärke nutzen kann,
Die, einer Pest gleich, in der Dunkelheit
Den Tapfren tötet samt der Tapferkeit!
Sie taten alles, was manchmal der Mut
Der wen'gen gegen viele wagt und tut.
Man sagt wohl leicht: Stirb frei! Die Flucht verschmäh!
Doch Hellas ziert nur ein Thermopylä –
Bis jetzt, wo es aus Ketten sich erhebt,
Zum Schwerte greift und wieder stirbt und lebt.

3

Am Fuß des Felsens stehn die Flücht'gen nun,
Wie nach der Jagd versprengte Hirsche ruhn,
Die Augen fiebernd, matt ihr Lebensmut,
Doch am Gehörn klebt noch des Jägers Blut.
Ein Bächlein taumelt dort vom Fels daher
Und drängt, so gut es gehn will, sich zum Meer;
Sein hüpfender Kristall im Sonnenschein,
Salzlosen Schaumes, springt von Stein zu Stein,
Dicht an der weiten, wilden See, und doch
Rein wie die Unschuld, nur viel sichrer noch.
Über dem Abgrund blitzt der Silberborn,
Wie der scheuen Gemse Aug vom Felsenhorn,
Indes tief unten weit und öd und kalt
Des Weltmeers alpenblaue Dünung wallt.
Sie stürzten zu dem Quell, ganz hingerafft

Vom Durste der Natur und Leidenschaft,
Tranken, als tränken sie zum letztenmal,
Tauchten entzückt die Arme in den Strahl,
Kühlten den Gaumen, wuschen ihre Wunden
(Die bald vielleicht mit Eisen sind verbunden);
Dann, halb erquickt, sahn sie umher voll Gram
Und staunten, daß so mancher doch entkam.
Doch keiner sprach; man sah die Augen wandern,
Als warte jeder auf das Wort des andern,
Und jeder schwieg. Es schien, als sei die Macht
Der Rede auch verloren, wie die Schlacht.

4

Ernst und seitab sich von den andern haltend,
Stand Christian, auf der Brust die Arme faltend;
Auf seinen Wangen, einst so keck und frei,
Ist nun die braune Glut so fahl wie Blei;
Die hellen Locken, die sonst zierlich flattern,
Sträuben sich nun wie aufgeschreckte Nattern;
Starr wie ein Erzbild, mit gepreßten Lippen,
Den Hauch erstickend zwischen seinen Rippen,
Stumm, aber drohend, an dem Felsen dicht
Steht er, und wär des Fußes Stampfen nicht,
Der leis die Spur im Sande tiefer scharrt,
So säh er aus wie zu Granit erstarrt.
Nicht weit von ihm, das Haupt zur Seite neigend,
Liegt Torquil auf dem Sand und blutet schweigend,
Nicht tödlich – drinnen blutet's schlimmer wohl:
Die Stirn ist bleich, sein blaues Aug ist hohl;
Doch zeigt der Blutstrom durch das blonde Haar,
Daß seine Schwäche nicht Verzweiflung war,
Nur Ebbe der Natur. Und bei ihm ruht,
Rauh wie ein Bär, doch wie ein Bruder gut,
Ben Bunting, wäscht die Wunde, knüpft die Schleife
Des Tuchs darum und raucht dann seine Pfeife,
Den Schatz, der hundert Schlachten überstand,
Das Licht, das tausend Nächten Trost gesandt!
Des armen Haufens viert' und letzter Mann
Trabt auf und ab, steht manchmal still, greift dann
Ein Steinchen auf, wirft es zur Erde nieder,

Rennt hastig fort, dann plötzlich steht er wieder,
Dann schaut er sich nach seinen Freunden um,
Pfeift halb ein halbes Lied, dann wieder stumm
Beginnt er sein seltsames Spiel von vorn,
Halb sorglos, halb in Kümmernis und Zorn.
Die Schilderung ist lang, doch fürs Gesicht
Währt alles dieses fünf Minuten nicht.
Was für Minuten aber! – wohl von jenen,
Die Stunden zu Unsterblichkeiten dehnen.

5

Jack Skyscrape endlich (ein nervöser Schächer,
Der durch das Leben schwirrte wie ein Fächer,
Mehr kühn als zäh, und mehr zu raschem Tod
Geneigt als lang zu kämpfen mit der Not)
Rief: »Verdammt!« – jene Silben, kraftgeweiht,
Der Kern altenglischer Beredsamkeit,
Wie türkisch »Allah!« oder heidnischer
Im alten Rom der Ruf »Proh Jupiter!«
Dem ersten Eindruck Sprach und Stimme leiht,
Gleichsam ein Echo der Verlegenheit.
Jack war verlegen, und nach Worten sucht' er,
Und da er keine Worte fand, so flucht' er.
Und nicht vergebens: Der vertraute Klang
Belebend duch Ben Buntings Wolken drang;
Er hörte auf, sein Pfeifenrohr zu saugen,
Und sprach, den Fluch ergänzend, »deine Augen!«
So macht' er eine halbe Phrase ganz
Mit nicht zu wiederholender Prägnanz.

6

Er aber, stolzren Sinnes, Christian
Stand da, wie ein erloschener Vulkan,
Traurig und stumm und wild. Es lag wie Rauch
Auf wolkiger Stirn der Leidenschaften Hauch.
Da fiel sein Blick, wie er die Gruppe maß,
Auf Torquil, der erschöpft im Sande saß.
»Auch das noch!« rief er; »armer Kerl, auch dich
Reißt meine Raserei hinab mit sich!«

Er spricht's und eilt dahin, wo Torquil ruht,
Besudelt von dem jüngst vergoßnen Blut,
Nimmt Torquils Hand, doch drückt sie nicht, und schaut,
Als ob vor eigner Zärtlichkeit ihm graut.
Er fragt ihn, wie es geht, und als er jetzt
Vernimmt, der andre sei nur leicht verletzt,
Verklärt ein Augenblick des Lichts sein Haupt,
Soweit es solch ein Augenblick erlaubt.
»Ja«, ruft er aus, »wir sitzen fest am Strang,
Doch kein gemeiner oder feiger Fang;
Der Preis war hoch, und wir erhöhen ihn,
Und ich muß fallen – aber du sollst fliehn.
Mir wär's ein Trost, gerettet dich zu sehn;
Wir sind zu schwach, um noch zu widerstehn.
Oh, ein Kanu! die kleinste Nußschal nur!
Daß du entflöhst und sähst der Hoffnung Spur!
Mein Schicksal wollt ich ja – mein Wahlspruch sei:
Im Leben und im Tod furchtlos und frei!«

7

Noch als er sprach, kam um das Kap daher,
Das hoch und grau herabnickt übers Meer,
Ein dunkler Flecken durch die See geflogen,
Wie einer Möwe Schatten auf den Wogen.
Er kommt, und sieh, ein zweiter folgt ihm nach,
Bald sichtbar, bald versenkt vom Wellenschlag,
Und nah und näher, bis die braune Schar
Mit wohlbekannten Zügen kenntlich war.
Schon teilt ihr Ruderspiel der Brandung Saum,
Wie Flügel leicht und flatternd durch den Schaum,
Bald auf dem krausen Wellenkamm sich wiegend,
Bald abwärts durch den Donnerstrudel fliegend,
Der breit und kochend Wog um Woge drängt
Und hoch die Flocken speit, zu Staub zersprengt.
Trotz Braus und Brandung schwammen sie daher,
Leicht wie die Schwalbe zwischen Wolk und Meer;
Kunst schien Natur, wie sie durchs Wasser schossen,
Des Ozeans geborne Spielgenossen.

Und wer ist sie, die, schlank wie die Najade,
Aus ihrer Muschel springt an das Gestade,
Mit glänzend dunkler Haut, das Aug in Tränen
Leuchtend von Liebe, Hoffnung, Treue, Sehnen?
Nuha! die Holde, treu in Not und Schmerz!
Wie Bergstrom stürmt' ihr Herz an Torquils Herz.
Sie lacht' und weint' und preßt' ihn mehr und mehr,
Um ganz gewiß zu sein, er ist es, er!
Sah schaudernd seine Wund, und als sie die
Leicht fand, da wieder lacht' und weinte sie.
Sie war ein Häuptlingskind und konnte Blut,
Ohne zu jammern, sehn mit starkem Mut.
Ihr Abgott lebt! Nun trotzt sie dem Geschick,
Nun blüht in Seligkeit der Augenblick;
Glück fließt in ihren Tränen, Wonne wiegt
Ihr schluchzend Herz, bis es fast hörbar fliegt;
Ihr Seufzer ist ein Hauch von Edens Flur,
Ist Jubel und ist Unschuld der Natur.

9

Die Ernstren selbst ergriff dies Wiedersehn:
Wer bliebe kalt, wo Herzensgrüße wehn?
Selbst Christians Auge schien sich an den beiden
Mit herber, tränenloser Lust zu weiden,
Vermischt mit jenem bittren Herzeleid,
Dem nicht'gen Gram um eine beßre Zeit,
Die längst versank, bis auf den letzten Stern.
»Und ohne mich!« sprach er und sah von fern
Das junge Paar an, wie in seiner Schlucht
Der Löwe blickt auf seine junge Zucht;
Dann sank in düstres Schweigen er zurück,
Als frag er nicht nach Unglück oder Glück.

10

Doch kurz war ihre Zeit für Freud und Gram:
Über die See ums Vorgebirge kam

Feindlicher Ruderschlag. Ach, dieser Klang
War Schrecken jetzt: die ganze Küst entlang
Kein Freund als sie, die Braut von Tubonai!
Kaum sah sie jene Boote in der Bai
Von Waffen schimmern und auf flücht'ger Bahn
Hastig zum letzten Rächerwerke nahn,
Als sie die Ihren an die Ruder wies,
Die Gäst an Bord nahm und vom Ufer stieß.
Ein Kahn trug Christian und die andern beiden,
Doch sie und Torquil durfte nichts mehr scheiden:
Er teilt' ihr eignes Boot. Nun fort! zur Flucht!
Über die Brandung hin und durch die Bucht,
Zu jenem Riff, das, ausgehöhlt vom West,
Des Seehunds Lager trägt, der Möwe Nest.
Sie fliegen durch die blaue See – doch ach,
Schnell wie sie fliehn, schnell folgt der Jäger nach;
Manchmal gewinnt er, dann verliert er mehr,
Jetzt naht er wieder, dräuend übers Meer.
Nun aber trennt im Fliehn sich Kahn vom Kahn,
Und jeder folgt im Meer der eignen Bahn,
Die Feinde zu verwirren. Schnell, mein Boot!
Der Ruder Flucht ist Leben oder Tod!
Ist mehr als Leben! Liebe selbst bemannt
Die schwache Barke, treibt sie hin zum Strand!
Nah ist der Feind, doch nah ist auch das Riff –
Nur noch Sekunden! Flieh, o flieh, mein Schiff!

VIERTER GESANG

I

Weiß, wie auf dunkler Flut ein Segel blinkt,
Wenn durchs Gewölk die Abendsonne sinkt
Und flattert zwischen finstrer Luft und See,
So glänzt der Hoffnung Strahl in tiefstem Weh.
Ihr Anker reißt, doch noch im Sturmgebraus
Spannt sie ihr schneeig Segel lockend aus,
Mit jeder neuen Wog entweicht ihr Schiff,
Doch schaut das Herz ihr nach vom öden Riff.

2

Nicht ferne von der Insel Tubonai,
Hebt schwarz ein Fels die Brust aus jener Bai,
Ein Sitz für Vögel, für die Menschen wüst,
Wo Ruhe nach dem Sturm den Seehund grüßt,
Wo ungeschlacht er schläft in dunkler Kluft
Und plumpe Spiele treibt in sonn'ger Luft.
Schrill tönt, erschreckt vom flücht'gen Ruderschall,
Der Meeresvögel heisrer Widerhall;
Das hegt auf nacktem Stein die kahle Brut,
Das schnellbeschwingte Fischervolk der Flut.
Auf einer Seite zieht ein Streifen Sandes
Den gelben Umriß eines schmalen Strandes;
Dort schlüpft die junge Schildkröt aus dem Ei
Und kriecht hinab zur mütterlichen Bai,
Vom Sommer ausgepickt, vom Tag erzogen,
Vom warmen Strahl gebrütet für die Wogen.
Der Rest war nackte Felswand, wie sie je
Schutz oder Tod gebracht dem Mann der See,
Ein Platz, wo der Gerettete die Planken
Beneiden mochte, die vor ihm versanken.
Dies war die Zuflucht, welche Nuha vor
Den Feinden für den lieben Freund erkor;
Doch ein Geheimnis mehr umschloß der Platz
Das sie nur kannte, den verborgnen Schatz.

3

Noch ehe sich die Kanus trennten, sprangen
Nuhas Gefährten schnell auf ihr Verlangen
Aus ihrem Boot in Christians Kahn hinein,
Um seiner Flucht behilflich dort zu sein.
Er wollt sich weigern, aber lächelnd wies
Sie auf das fels'ge Inselriff und hieß
Ihn fliehn und glücklich sein; sie werde nun
Das übrige für Torquil selber tun.
Sie stießen ab mit der Verstärkung; fern
Hinflog der Kahn, wie durch die Nacht ein Stern,
Dem Feind entschlüpfend, welcher nun gerade
Torquil und Nuha folgt' ans Felsgestade.
Sie stemmten hart – ihr zarter Arm war fest

Wie je ein Arm, der Meeresflut gepreßt,
Von Torquils Mannesstärke kaum besiegt.
Vor dem Kanu auf Booteslänge liegt
Die Felswand, schroff, erbarmungslos; sie ruht
Auf nichts als unergründlich tiefer Flut.
Auf hundert Booteslängen naht der Feind,
Und kein Asyl den Fliehenden erscheint!
Halb vorwurfsvoll scheint Torquils Blick zu fragen.
»Hat Nuhas Kahn mich in den Tod getragen?
Ist dies die Zuflucht, oder ist's ein Grab?
Ein Leichenstein der See dies ries'ge Kap?«

4

Die Ruder ruhn, und Nuha springt empor,
Und auf die Feinde weisend, tritt sie vor
Und ruft: »Mir nach! tu furchtlos, was ich tu!«
Dann taucht sie in das Meer hinab im Nu.
Kein Zaudern half: die Feinde nahten schon.
Er sah die Ketten und vernahm ihr Drohn;
Sie ruderten mit Macht, und wie sie kamen,
Riefen sie seinen schuldverwirkten Namen.
Da sprang er nach – des Schwimmers Kunst war sein
Von Jugend an, und nun sein Heil allein.
Doch wie und wo? Er sank und stieg nicht mehr;
Die Männer sahn verwundert übers Meer:
Die Felswand bot zum Landen keine Statt,
Steil, wie sie war, und wie ein Eisberg glatt.
Sie warteten, ob er noch aufersteh,
Doch keine Spur kam gurgelnd aus der See;
Glatt lag die Flut und ungekräuselt da,
Seit jenem Sprung kein Zeichen fern und nah
Als leiser Studel, leichtes Schaumgewühl,
Weiß wie ein Grabstein über dem Asyl
Des jungen Paars, das keine Marmorscherbe
Nachließ, kein Denkmal (trauernd wie ein Erbe):
Ein leerer Kahn, der auf den Wellen trieb,
War alles, was von ihnen übrigblieb,
Und alles – wär das stumme Kanu nicht –
Verschwand wie eines Seemanns Traumgesicht.
Erst suchten sie, dann ruderten sie fort;

Der Aberglaube trieb sie weg von dort.
Der eine sagt', er sei nicht weggetaucht,
Wie 'n Leichenflämmchen sei er weggehaucht;
Ein andrer, daß der Führer des Kanus
Ein Spuk gewesen, mehr als lebensgroß,
Und Aug und Stirn, darüber war kein Streit,
Trug schon den toten Glanz der Ewigkeit.
Doch hielten sie beim Rückzug dann und wann,
Wo Tang im Wasser schwamm, die Ruder an,
Ob keine Spur von ihrem Wild sich finde –
Doch nein, es war verweht wie Schaum im Winde.

5

Wo blieb die Nereide, wo bist du,
Pilger der See? Gingt ihr zu ew'ger Ruh?
Hat in Korallengrotten, wo ihr ruht,
Euch neu belebt die mitleidvolle Glut?
Weilt Torquil bei des Meergotts Märchenthron
Und bläst das Muschelhorn wie ein Triton?
Kämmt Nuha mit den Nymphen auf den Wogen
Die Locken, welche sonst im Bergwind flogen?
Oder verdarben sie und müssen nun
In ew'gem Schlaf und dunkler Tiefe ruhn?

6

Sie taucht' ins Wasser, er sprang hinterher;
Ihr Pfad in ihrem heimatlichen Meer
War so, daß sie ein Kind des Meeres schien,
So stolz und kühn durchwandelte sie ihn;
Und hinter ihrer Ferse blitzt' ein Strahl,
Als wär ihr Fuß amphibisch und von Stahl.
Torquil, der Sohn der nordischen Gestade,
Kaum minder kundig der verborgnen Pfade,
Durch die der Taucher perlensuchend streicht,
Folgt' ihrer raschen Fahrt geschickt und leicht.
Tief, tiefer führt ihn Nuha; dann bergan
Taucht sie empor und spreizt die Arme dann,
Streicht aus den nassen Locken Schaum und Salz
Und lacht – und von den Felsen widerhallt's.

Hier war ein neuer, innrer Erdenraum,
Wo man nicht Himmel sah, noch Feld und Baum,
Ein weiter Grottendom, der keine Schwelle
Besaß als nur die schlüssellose Welle;
Die Sonn erblickt sein hohlgewölbtes Tor
Nur durch des Wogengrüns kristallnen Flor
Am klarsten, hellsten Meeresfeiertag,
Wenn all das Flossenvölkchen spielen mag.
Sie trocknet Torquils Stirn mit ihren Locken,
Und wie er staunt, da klatscht sie vor Frohlocken,
Zeigt ihm, wo eine Höhl im Felsgestein
Sich wölbt – es scheint ein Nixenbau zu sein;
Denn erst blieb alles dunkel, bis gedämpft
Ein Lichtschein oben sich durch Spalte kämpft.
Wie staub'ge Bilder unterm Baldachin
Dämmriger Dome vor dem Lichte fliehn,
So traurig zieht das Felsgewölbe dort
Halb seinen Schatten von der Szene fort.

7

Aus ihrem Gürtel zog sie nun den Ast
Der harz'gen Fichte, dicht umhüllt von Bast,
Ein Pisangblatt darüber, daß die Flut
Nicht töte den geheimen Keim der Glut;
Und aus desselben Blattes trocknem Schoß
Nahm sie den Kiesel und das dürre Moos,
Benutzte Torquils Messerkling als Stahl,
Schlug Feuer an und machte hell den Saal
Von Fackellicht. Er ragte hoch empor,
Ein selbstgeborner got'scher Säulenchor,
Von der Natur die Wölbung ausgespannt,
Das Quergebälk von der Vulkane Hand;
Die Strebepfeiler warf der Sintflut Stoß
Vielleicht empor aus der Gebirge Schoß;
Vielleicht, daß sie ein Weltbrand härten mochte,
Als noch des Erdballs Rinde dampft' und kochte.
Dort meißelte die Finsternis ins Riff
Gezackte Türmchen, Galerie und Schiff;
Dort, wenn du Phantasie hast, grinst und gafft
Manch Antlitz droben, grimm und fabelhaft;

Altar und Mitra täuscht den Sinn des Blicks
Mit ihrem nachgeahmten Kruzifix.
So spielt Natur hier mit dem Tropfgestein
Und baut sich selbst im Meer den Heil'genschein.

8

Nuha nimmt ihren Torquil bei der Hand,
Schwenkt durch die Wölbung ihren Fackelbrand,
Führt ihn zu jedem Winkel, zeigt ihm alle
Geheimen Plätze dieser Wunderhalle;
Und mehr als das: sie hielt schon vor der Zeit,
Was sein Geschick erleichtern mag, bereit,
Zum Schlaf die Matte, feinen Bast zur Hülle,
Zum Schutz vor Tau des Sandelöles Fülle,
Zur Nahrung Yam und Brotfrucht, süß und frisch,
Und Kokosnuß, das Pisangblatt als Tisch,
Oder das Schildpatt, das zum reichen Mahle
Das Fleisch gleich mitbringt unter seiner Schale;
Den Kürbis mit der lautren Flut des Quells,
Reife Bananen vom besonnten Fels,
Und Fichtenholz, das ew'ges Licht entfacht,
Zum Schluß sie selber, lieblich wie die Nacht,
Ein schatt'ger Geist, der durch die Räume schwebt
Und hold ihr unterirdisch Reich belebt.
Sie hatt, als sie das fremde Schiff erspäht,
Sorglich bedacht, wie oft der Kampf mißrät,
Und aus der Felsengrott in Meeresnacht
Torquils Asyl vor Torquils Volk gemacht;
Die Frühe trug dorthin ihr leichtes Boot,
Voll goldner Früchte, wie der Hain sie bot;
Der Abend sah sie durch das Dunkel gleiten,
Das Grottenhaus behaglich zu bereiten:
Nun ließ sie ihre Schätze lächelnd schaun,
Die glücklichste der holden Inselfraun.

9

Und wie er dankbar staunt, drückt sie voll Lust
Ihr sturmgeborgnes Kleinod an die Brust,
Erzählt, bald redend und liebkosend bald,

Uralte Liebesmär – denn Lieb ist alt,
Alt wie die Welt, doch unerschöpfter Kraft
In jedem Wesen, das sie schuf und schafft –,
Wie einst, wohl tausend Monde ist's schon her,
Ein junger Fürst nach Schildpatt jagt' im Meer
Und eifrig seiner Ozean-Beute nach
Auftaucht' in dieses selbe Felsgemach;
Wie später er in Kriegen wild und arg
Hier eine Tochter dieser Inseln barg,
Die teure Feindin, einem Feind entstammt,
Im Kampf verschont, zum Sklavendienst verdammt;
Und nach dem Krieg führt' er sein Volk hierher,
Wo seiner Schatten dunkles Grün das Meer
Ausbreitet über jenem Felsentor,
Und sprang hinab; er tauchte nicht empor –
Sein staunend Volk im Boote glaubt', er sei
Wahnsinnig und ein Fraß dem blauen Hai;
Sie fuhren traurig um das Inselriff
Und ruhten dann auf ihrem Rudergriff.
Da, aus der Tiefe, frisch, mit holden Mienen,
Stieg eine Göttin – so erschien sie ihnen –,
Und triumphierend ihr zur Seite schwamm
Herrlich und stolz der Göttin Bräutigam;
Und nun enttäuscht, trug sie die Kriegerbande
Mit Muschelklang und Jubelruf zum Strande,
Wo sie sich liebten bis zum letzten Hauch –
Und warum Nuha nicht und Torquil auch?
Die stürmische Liebkosung mal ich nicht,
Die wild in wilder Schlucht schloß den Bericht.
Genug, die Liebe thront' in dieser Kluft,
Wenn auch begraben wie in jener Gruft,
Wo Abälard durch zwanzig Todesjahre
An Heloïsens hochzeitlicher Bahre,
Die Arme breitend über ihren Sarg,
Brennende Asch am glühnden Busen barg.
Da draußen um ihr Lager sang das Meer;
Sie hörten's nicht, als lebten sie nicht mehr;
Drinnen ihr Herz ließ süßern Wohllaut schallen,
Der Liebe Flüstern und ersticktes Lallen.

10

Und sie, des Unheils Ursach und Genossen,
Vom hohlen Fels durch Zufall ausgeschlossen,
Wo sind sie? Sie erflehn, wie Wild gejagt,
Den Schutz vom Himmel, den der Mensch versagt.
In andrer Richtung steuern sie – doch ach,
Das Meer, das sie trägt, trägt die Rächer nach,
Die jetzt, betrogen um ihr erstes Ziel,
Auf Christian richten ihres Bootes Kiel.
Eifrig vor Zorn, stark rudernd, nahn sie schon,
Wie Geier, denen andrer Raub entflohn,
Und keine Rettung bleibt auf ihrer Flucht
Als eine tiefversteckte Felsenbucht.
Kein Ausweg sonst – so steuern sie ihr Schiff
Gerad aufs erste beste Außenriff;
Das ist ihr letztes Land, da laß sie stehn,
Die Waffen strecken oder untergehn.
Sie schickten fort die Wilden und ihr Boot,
Die gern gefochten hätten bis zum Tod;
Doch Christian hieß sie zur Insel fliehn,
Weil jedes Opfer doch vergeblich schien:
Was hülf auch schwacher Pfeil und wilder Spieß,
Hier, wo der Feind den Donner kämpfen ließ?

11

Sie landen auf dem wilden, schmalen Strand,
Wo Menschenfuß vielleicht noch niemals stand,
Sehn ihre Waffen nach, und finstren Blicks,
Mit jenem Trotz des äußersten Geschicks,
Wenn alles aus ist, selbst der Ruhm nicht mehr
Zum Todeskampf anspornt und letzter Wehr,
Stehn sie, die drei, wie die dreihundert standen
Im heil'gen Kampfe wider Xerxes' Banden,
Doch wie verschieden! Ja, die Sache tut's,
Sie heiligt oder kürzt den Ruhm des Muts.
Kein Tag der Ehren, ewig, ohne Nacht,
Winkt ihnen leuchtend durchs Gewölk der Schlacht;
Kein dankbar Land, durch Tränen lächelnd, hob
Den Hymnus an, das tausendjähr'ge Lob;
Kein Volk wird trauernd ihre Gruft umstehn,

Kein Held beneidend auf ihr Denkmal sehn;
So kühn ihr tapfres Herz auch schlug und brach,
»Schuld« war ihr Leben, ihre Grabschrift »Schmach«.
Das fühlten sie; der eine fühlt' es klar,
Der Führer der von ihm verlockten Schar,
Der, wohl zu Höherem bestimmt, zuletzt
Sein Leben auf den einen Wurf gesetzt.
Jetzt mußt er würfeln – jetzt, wo wider ihn
Schon alles Glück des Spiels entschieden schien,
Und wie entschieden! – Dennoch hielt er stand,
Starr wie ein Stück des Riffs, auf dem er stand,
Und stützte sein gesenktes Feuerrohr,
Dunkel wie vor der Sonn ein Wolkenflor.

12

Und näher, waffenschimmernd, kam das Boot,
Sein Volk bereit zu tun, was Pflicht gebot,
Gefahr verachtend, wie die Windesbraut
Das Laub hinwegfegt und nicht rückwärts schaut.
Doch hätten sie vielleicht weit lieber nun
Mit fremdem Feind als heimischem zu tun;
Sie fühlten, daß die selbstverdammte Schar,
Unbritisch jetzt, doch früher britisch war.
Man rief: »Ergebt euch!« – Weder ja noch nein!
Auf drohnden Flinten blitzt der Sonnenschein.
Man rief nochmal. Kein Laut! Und wieder doch
Bot man Pardon, und diesmal lauter noch;
Das Echo nur, das von dem Felsen sprang,
Nahm Abschied von dem schwach verwehnden Klang.
Nun blitzt der Stein, nun kracht das Feuerrohr,
Und zwischen Boot und Ziel steigt Rauch empor.
Die Felsen prasseln, doch von ihrer Wand
Fällt lahm und platt die Kugel in den Sand.
Nun fliegt die einz'ge Antwort, die ein Mann,
Der nichts auf Erden hofft, noch geben kann:
Als nach der Salv ihr Boot zum Lande steuert,
Hört man die laute Stimme Christians: »Feuert!«
Und eh ihr Echo hinstarb, fallen zwei,
Der Rest erstürmt die rauhe Felsbastei,
Und durch den Wahnsinn ihrer Feind ergrimmt,

Verschmäht die Mannschaft weitren Kampf und klimmt.
Doch schroff der Abhang; eine Bastion
Türmt jeder Schritt entgegen ihrem Drohn,
Indes, unnahbar fast, am jähen Rand,
Den Christians Blick wohl zu erspähn verstand,
An einem Platz, wo Adler nisten mochten,
Die drei unbeugsam und verzweifelt fochten.
Schuß trifft um Schuß, und mancher Stürmer fällt,
Wie eine Muschel am Geklipp zerschellt.
Doch bleiben noch genug; sie klettern fort,
Verteilen ihre Streitmacht hier und dort,
Bis, da die Verfolger sie umschließen,
Zu weit zum Greifen, nah genug zum Schießen,
Dies Kleeblatt nur noch mit der Fangschnur ringt,
Dem Haifisch gleich, wenn er den Köder schlingt.
Doch tapfer kämpfen sie bis an ihr Ziel.
Kein Ächzen sagt dem Feind, wenn einer fiel.
Zuletzt, zweimal durchbohrt, starb Christian:
Sie boten Gnad, als sie ihn bluten sahn,
Damit, wenn auch die Wund unheilbar fließe,
Doch Menschenhand sein brechend Auge schließe.
Ein Glied war ihm zerschmettert; auf den Kalk
Stürzt' er, wie ein der Brut beraubter Falk;
Der Fall belebt ihn, oder ist's die Kraft
Des Zorns, die einmal noch empor sich rafft?
Den vordersten der Gegner winkt' er her,
Doch als sie nahten, hob er sein Gewehr,
Und weil er seine Kugeln all erschöpft,
Riß er den Knopf ab, der sein Wams geknöpft,
Stampft' ihn ins Rohr, schlug an, drückt' ab und lachte
Des toten Feinds. Dann, wie die Schlange, brachte
Er kriechend seinen wunden Leib zur Kluft,
Die, schwarz wie er, hinabsah in die Gruft,
Warf einen Blick zurück, mit Fäusten stieß
Die Erd er wütend, eh er sie verließ,
Und stürzt' hinab. Der Felsen unten fing
Ihn auf, zermalmt wie Glas, ein formlos Ding;
Kaum blieb ein Rest menschlichen Gliederbaus,
Kein Stück für Vögel und Gewürm zum Schmaus.
Ein blonder Skalp, beschmutzt mit Kraut und Blut,
Rauchte, der Rest von ihm und so viel Mut,

Und ein'ge Waffensplitter, blutgenäßt
(Solang sein Arm noch hielt, hielt er sie fest),
Erglänzten fern, geschleudert durch den Raum,
Zu rosten unter Tau und Wellenschaum.
Sonst nichts: ein Leben, welches schlecht gedieh,
Und eine Seele – doch wer weiß um die?
Richtet den Tod nicht! Wer in hartem Sinn
Verdammt zur Höll, ist auf dem Weg dahin,
Falls nicht die ewige Barmherzigkeit
Das schlechte Herz dem schlechtren Kopf verzeiht.

13

Dies war die Rache. Die Rebellenbrut
Lag jetzt in Eisen oder ihrem Blut:
Ans Deck gekettet, wo sie ehrenfest
Vormals gedient, lag nun der dürft'ge Rest,
Den auf der Insel lebend man ergriff;
Doch kein Lebend'ger blieb vom letzten Riff.
Kalt lagen sie, wo sie der Feind erschlug.
Und drüber rauscht der Möwe schwerer Flug,
Die von der nahen Brandung näher zieht
Und kreischt ihr rauh und hungrig Leichenlied;
Doch still und fühllos rings die Tiefe lag,
Ewig in mitleidlosem Wellenschlag;
Fern spielte der Delphin auf seinen Wegen
Und sprang der fliegende Fisch der Sonn entgegen,
Bis trocknen Flügels er ins Wasser fiel,
Die Schwingen feuchtend zu erneutem Spiel.

14

Es wurde Tag, und Nuha schwamm hinauf
Und fing des Morgens erste Strahlen auf,
Und spähend, ob Gefahr sich ihrer Kluft
Genaht, sah sie ein Segel in der Luft.
Es klatscht, es füllt sich, vor dem Morgenwind
Wölbt sich sein weiter Bauch – ihr Blut gerinnt
Vor flatternder Angst, ihr Herz pocht laut und fliegt,
Bis sie gesehn hat, wie das Steuer liegt.
Doch nein, es kommt nicht! Schnell und weit entweicht
Sein Schatten, der die Bai seewärts durchstreicht.

Sie schaut und wischt vom Aug den Schaum der Wogen,
Als suche sie im Sturm den Regenbogen.
Zur Kimmung neigt sich schon das ferne Deck;
Es sinkt, es schwindet – noch ein kleiner Fleck.
Nun ist es fort! Ringsum nur Meer und Glück!
Zu ihrem Liebsten taucht sie rasch zurück,
Sagt alles, was sie sah und hofft, ihm an,
Alles, was sel'ge Liebe ahnen kann.
Dann springt sie auf, und Torquil, frei wie je,
Folgt seiner Nymphe durch die offne See,
Schwimmt um den Fels, und sieh, in seichter Bucht
Liegt ihr Kanu: Am Abend ihrer Flucht
Ließ Nuha dort das ruderlose Boot
Hintreiben. Nun der Feind nicht länger droht,
Verfolgte sie und fing ihn ein, den Kahn,
Und schob ihn in den Spalt, wo sie ihn sahn.
Und niemals fuhr mehr Lieb und Glück zusammen,
Als jetzt in dieser leichten Arche schwammen.

15

Und wieder kommt ihr teurer Strand in Sicht;
Des Feindes Farb entstellt ihn länger nicht.
Kein finstres Schiff liegt drohend auf der Welle
Als schwimmendes Verlies – nur Heil und Helle!
Wohl tausend Nachen schossen durch das Meer,
Und Muschelklang scholl laut vor ihnen her:
Häuptling und Krieger kamen festlich prangend,
Torquil wie ein gerettet Kind empfangend;
Die Frauen dann, umarmend und umarmt;
»Wie floht ihr? Wer hat euer sich erbarmt?«
Das Abenteuer ward erzählt, und dann
Stieg Jubel, luftzerreißend, himmelan;
Und ihrem Heiligtume gab die Sage
Den Namen »Nuhas Grotte« seit dem Tage;
Und hundert Feuer, auf den Höhn entfacht,
Beleuchteten das Jubelfest der Nacht,
Dem Gast zu Ehren, der zu Ruh und Glück,
Dem schwererkämpften, kehrte heut zurück.
Und mancher Festtag folgte dieser Nacht,
Wie er nur über Kindeswelten lacht.

ANHANG

ZU DIESER AUSGABE

Dieser erste Band einer auf drei Bände angelegten Gesamtausgabe enthält – mit Ausnahme des sehr umfangreichen *Don Juan,* der zusammen mit den Gedichten einen eigenen Band bildet – sämtliche größeren Verserzählungen des Dichters in chronologischer Folge. Die Unterscheidung zwischen Verserzählung oder -epos und »langem Gedicht« ist bei Byron zuweilen schwer zu treffen, aber die hier durchgeführte Abgrenzung ist wohlüberlegt und steht übrigens auch im Einklang mit der Praxis der meisten englischen und deutschen Ausgaben.

Die deutschen Fassungen stammen, mit Ausnahme des von Alexander Neidhardt übertragenen *Walzers*, von Otto Gildemeister, einem vortrefflichen, soliden Übersetzer des vorigen Jahrhunderts, der die überaus schwierige Aufgabe mit viel Sorgfalt, Einfühlung und Fleiß bewältigt hat. Gildemeister hat gegenüber den vielen anderen älteren Übersetzern den Vorzug der größtmöglichen Originaltreue, was freilich gelegentlich – dem Original entsprechend – komplizierte Satzkonstruktionen und ungewöhnliche Wortwahlen bedingt.

Der gesamte Text wurde mit den Originalen und anderen deutschen Übertragungen verglichen und behutsam korrigiert und modernisiert. Vereinzelt mußten kleinere oder größere Passagen neu formuliert bzw. ergänzt werden. Maßgebend für die Textgestaltung war die bis heute gültige historisch-kritische Ausgabe *The Works of Lord Byron: Poetry* (7 Bände), herausgegeben von Ernest Hartley Coleridge, London 1898–1904.

Der Anmerkungsteil bietet alles, was für das Textverständnis notwendig ist. Byrons eigene Fußnoten, im folgenden stets mit »(B.)« gekennzeichnet, wurden grundsätzlich beibehalten. Sie mußten, da sie in den deutschen Ausgaben durchweg nur in sehr willkürlicher Auswahl und Verkürzung oder überhaupt nicht enthalten sind, zum großen Teil neu übersetzt werden. Aus guten Gründen entfallen sind nur solche Originalanmerkungen, die weder Interpretationshilfen darstellen noch irgendwelche literarischen oder (auto)biographischen Aufschlüsse geben. Das gilt insbesondere für die zusätzlichen »Notes« zum *Childe Harold*, die sich weitgehend verselbständigen und sich zu kleinen, aber für den heutigen Leser gänzlich uninteressant gewordenen Essays auswachsen; im übrigen stammen sie teilweise nicht einmal von Byron selber, sondern von seinem Freund John Cam Hobhouse.

CHILDE HAROLDS PILGERFAHRT

Das erste Hauptwerk des jungen Byron, das Versepos *Childe Harolds Pilgerfahrt* (*Childe Harold's Pilgrimage*), entstand in zwei deutlich voneinander getrennten Phasen seines Lebens. Die beiden ersten Gesänge wurden, wie ein eigenhändiger Vermerk des Dichters auf dem Manuskript bezeugt, am 31. Oktober 1809 in Janina (Albanien) begonnen und am 28. März 1810 in Smyrna beendet. Die beiden letzten Gesänge sind die Frucht von Byrons zweitem Auslandsaufenthalt, der im April 1816 begann und bis zu seinem Tode währte. Der dritte Gesang entstand im Mai/Juni 1816 in der Schweiz. Die erste Fassung (126 Stanzen) des vierten und umfangreichsten Teils brachte der Dichter in nur 26 Tagen, vom 26. Juni bis 20. Juli 1817, in Venedig und La Mira an der Brenta zu Papier; die restlichen Stanzen wurden im wesentlichen bis zum Ende dieses Jahres hinzugefügt. Im Druck erschien der dritte Gesang 1816, der vierte 1818.

Größtes Aufsehen, das als beispielloser Nachruhm bis heute fortlebt, erregte der *Childe Harold* jedoch schon im März 1812, als die ersten beiden Gesänge in London herauskamen. Die erste Auflage war in drei Tagen vergriffen, und bis zum Ende desselben Jahres lagen bereits fünf, jeweils leicht veränderte Auflagen vor.

Dieser sensationelle Erfolg eines jugendlichen Autors (Byron wurde 1788 geboren) ist um so erstaunlicher, als der Dichter selber seinem Werk zunächst so wenig Bedeutung beimaß, daß er eine Veröffentlichung überhaupt nicht erwog und auch in seinen Briefen, die er während der Entstehung der beiden Gesänge nach England schickte, seine Arbeit am *Childe Harold* mit keinem Wort erwähnte. Als er im Juli 1811 in seine Heimat zurückkehrte, brachte er neben dem *Childe Harold* noch eine kleinere poetische Arbeit mit, eine schwächliche Paraphrase der Horazischen *Ars poetica*, die er seinem literarischen Mentor und entfernten Verwandten Robert Charles Dallas übergab. Dallas war wenig begeistert und erkundigte sich nach weiteren Manuskripten. Jetzt erst gestand Byron, er habe »eine größere Anzahl Stanzen im Spenser-Versmaß geschrieben, die sich auf die von ihm besuchten Länder« bezögen, doch sie seien es »nicht wert«, daß Dallas sich näher damit befasse.

Ob wir es hier mit aufrichtiger, wenngleich übertriebener Selbstkritik oder mit einem als Bescheidenheit getarnten Kokettieren zu tun haben, ist bei einem Mann wie Byron schwer zu entscheiden. Jedenfalls machte das geringgeschätzte Werk nunmehr seinen Weg. Dallas war »entzückt«, ließ sich vom Dichter das Urheberrecht (und damit die Honorareinkünfte) übertragen, fand sehr schnell einen Verleger und besorgte die

Drucklegung. Die beiden Gesänge des *Childe Harold* waren kaum erschienen, als sie auch schon das Tagesgespräch in ganz London waren. Byron war mit einem Schlage der romantisch skandalumwitterte Held des Tages, in den Salons riß man sich um ihn, und die Damen der feinsten Gesellschaft lagen ihm zu Füßen. »Eines Morgens wachte ich auf und war berühmt«, konnte er von sich sagen (ob er es tatsächlich gesagt hat, läßt sich allerdings nicht eindeutig nachweisen).

Was die Zeitgenossen in England und bald auch in der ganzen zivilisierten Welt so maßlos fasziniert hat, ist aus der Sicht unseres nüchternen Jahrhunderts nur noch schwer zu begreifen. Vor allem war es zweifellos die bis dahin unerhörte radikale Subjektivität des Dichters, der seinen privaten Weltschmerz ebenso ungehemmt aussprach wie seine bittere Kritik an den durch enge Moralbegriffe, Religion und Patriotismus geprägten gesellschaftlichen Konventionen. Hinzu kamen die Exotik des geographischen und kulturgeschichtlichen Hintergrundes, der für die allermeisten Engländer von damals eine Terra incognita war, die großflächige Natur- und Landschaftsmalerei, die mythologische Überhöhung einer an sich schon grandiosen Wirklichkeit und nicht zuletzt der ungeheure Schwung der Darstellung mit ihren zahlreichen *purple passages*, also jenen »schönen Stellen«, die zum Zitieren und Rezitieren förmlich einluden. Und all dies war eingefangen und gebändigt in der strengen Form der Spenser-Stanze (s. Anmerkung zu Seite 7), die freilich mit genialer Lässigkeit gehandhabt wurde und mancherlei Verfremdungseffekte zwischen Pathos und Ironie zulassen mußte.

Byron hat sich vergebens dagegen gewehrt, daß man ihn, den Autor, von Anfang an mit der Kunstfigur Childe Harold so ohne weiteres gleichsetzte. Immer wieder versicherte er, daß seine Dichtung nicht autobiographisch sei, doch das waren im Grunde wohl nur Schutzbehauptungen eines Mannes, der Extremes gewagt hatte und nun die Rache der Konventionshüter fürchtete, selbst nachdem er im gedruckten Text auf Anraten des Verlegers schon manche allzu heftigen Ausfälle gegen Kirche, Tradition und Bürgermoral abgemildert hatte. Es besteht heute kein Zweifel mehr, daß Harold und Byron weitgehend identisch sind in dem, was sie erleben, denken, fühlen und sagen. Das zeigt sich noch stärker in den beiden letzten Gesängen, vor allem im vierten, in dem die Grenze zwischen dem Verfasser und Harold oft bis zur Unkenntlichkeit verwischt wird und Byron sein persönliches Schicksal fast unverschleiert darbietet.

6 *L'univers . . .*: »Das Universum ist eine Art Buch, von dem man nur die erste Seite kennt, wenn man nur sein eigenes Land gesehen hat. Ich habe eine hinreichend große Zahl Seiten durchgeblättert, die ich gleichermaßen schlecht gefunden habe. Diese Prüfung war für mich keineswegs unfruchtbar. Ich haßte mein Vaterland. Alle Unarten der verschiedenen Völker, unter denen ich gelebt habe, haben mich mit

ihm versöhnt. Auch wenn ich aus meinen Reisen keinen anderen Nutzen gezogen hätte als diesen, so würden mich weder die Kosten noch die Anstrengungen reuen.«

Le Cosmopolite: Titel eines französischen Werkes von M. de Montbron (?), »ein amüsantes kleines Buch voll französischer Keckheit« (Byron).

7 *Vorwort*: Zum 1. und 2. Gesang.

»Childe«: Dieses Wort, eine obsolete oder nur noch poetisch verwendete Form von *child*, bezeichnet einen Jüngling vornehmer Herkunft und ließe sich etwa mit Junker oder Knappe übersetzen. Da jedoch kein genaues deutsches Äquivalent existiert, ist die Beibehaltung des englischen Begriffs vorzuziehen.

Spenser-Stanze: Neunzeilige jambische Strophe, die Edmund Spenser (1552?–1599) mit seiner *Faerie Queene* (»Feenkönigin«) in die englische Literatur eingeführt hat. Das Reimschema ist a b a b b c b c c; der letzte Vers hat sechs Hebungen, die übrigen Zeilen haben deren fünf.

8 *»Vor nicht langer Zeit . . . gleichmäßig zu.«*: Beatties Briefe (B.) – James Beattie (1735–1803), Professor der Moralphilosophie in Aberdeen, schrieb sein dichterisches Hauptwerk *The Minstrel* in Spenser-Stanzen.

9 *»kein Aufwärter . . . Tempelritter«*: The Rovers, or the Double Arrangement (B.) – Titel eines Dramas von John Hookham Frere (1769–1846); Parodie auf Schillers *Räuber* und die Dichtung des deutschen Sturm und Drang.

Timon: Anspielung auf Shakespeares *Timon von Athen*.

Zeluco: Titelfigur eines Romans (1786) von John Moore. Z. ist der Abkömmling einer sizilianischen Adelsfamilie, wächst ohne Erziehung auf, führt ein verbrecherisches Leben und stirbt nach einem Duell. Dieser Roman hatte auf den jungen Byron einen großen Eindruck gemacht.

11 *Janthe*; Unter diesem poetischen Namen verbirgt sich die junge Lady Charlotte Mary Harley (1801–80), die Byron wahrscheinlich im November 1812 kennengelernt hatte.

Peri: Schönes Feenwesen der persischen Mythologie.

Deiner Jahre Zahl: Als Byron das Gedicht schrieb, war er 26, Janthe 13 Jahre alt.

ERSTER GESANG

13 *Delphis öden Hain*: Das Dörfchen Castri liegt teilweise an der Stelle des alten Delphi. An dem Gebirgspfad von Chrysso findet man die Überreste von Grabmälern, die in und aus dem Felsen gehauen sind. »Eines«, sagte der Fremdenführer, »gehört einem König, der sich auf der Jagd den Hals brach.« Seine Majestät hatte sich zweifellos

den geeignetsten Platz für ein solches Vorhaben ausgesucht. Ein wenig oberhalb von Castri ist eine Höhle von gewaltiger Tiefe, die als die Höhle der Pythia gilt; der obere Teil ist gepflastert und dient heute als Kuhstall. Auf der anderen Seite von Castri steht ein griechisches Kloster; ein Stück darüber befindet sich eine Felsspalte mit einer Reihe von Höhlen, die schwer zugänglich sind und offenbar ins Innere des Berges führen – wahrscheinlich zur Koryzäischen Höhle, die von Pausanias erwähnt wird. An dieser Stelle ergießen sich die Quelle und der »Kastilische Tau«. (B.)

15 *des Äquators Gluten*: Byron hatte ursprünglich die Absicht, über Persien nach Indien zu reisen.

17 *kleiner Page*: Der junge Pächterssohn Robert Rushton, den Byron von Gibraltar aus zu seinen Eltern zurückschickte.

treuer Knappe: William Fletcher, der bis zum Tode des Dichters in dessen Diensten blieb.

19 *Frankreichs Heuschreckenschwarm*: Die französischen Armeen, die damals (1809) ganz Europa überzogen.

20 *»Haus der Schmerzensmutter«*: Das Kloster »Unsere liebe Frau der Schmerzen«, *Nossa Señora de Pena* [sic!], auf dem Gipfel des Felsens. Darunter liegt in einiger Entfernung das »Kork-Kloster«, wo der hl. Honorius sich seine Höhle grub, über der sich seine Grabschrift befindet. Die schöne Aussicht von den Bergen wird noch durch das Meer erhöht. – [Zusatz zur 2. Auflage:] Seit der Veröffentlichung dieses Gedichts hat man mich belehrt, daß ich den Ausdruck *Nossa Señora de Pena* mißverstanden habe. Durch die Tilde oder das Zeichen über dem n ändert sich die Bedeutung des Wortes: mit ihr bezeichnet *Peña* einen Felsen, ohne sie hat *Pena* den von mir angenommenen Sinn. Ich halte es jedoch nicht für notwendig, die Stelle zu ändern; obgleich allgemein »Unsere liebe Frau des Felsens« als richtig gilt, könnte ich die andere Bedeutung sehr wohl durch die hier verübten Grausamkeiten rechtfertigen. (B.)

hier schützt Gesetz das Leben nicht: Es ist eine wohlbekannte Tatsache, daß sich die Portugiesen im Jahre 1809 bei den Meuchelmorden in den Straßen von Lissabon und in dessen Umgebung nicht auf ihre eigenen Landsleute beschränkten, sondern daß auch Engländer täglich abgeschlachtet wurden; und so wenig war man gewillt, die Greuel einzudämmen, daß wir aufgefordert wurden, uns nicht einzumischen, falls wir einen Landsmann erblicken sollten, der sich gegen seine Verbündeten verteidigte. Ich selber wurde einmal auf dem Weg zum Theater abends um acht Uhr, als die Straßen nicht leerer waren, als sie es gewöhnlich um diese Stunde sind, vor einem offenen Laden zusammen mit einem Freund im Wagen überfallen. Wären wir nicht glücklicherweise bewaffnet gewesen, so hätten wir, wie ich nicht im geringsten bezweifle, den »Stoff zu einer Geschichte« abgegeben, statt eine zu erzählen. Das Verbrechen des Meuchelmords ist nicht auf Portugal beschränkt: In Sizilien und Malta bekommt man fast jede Nacht eins über den Schädel, und doch wird kein Sizilianer oder Malteser jemals bestraft! (B.)

Vathek: Titel der autobiographisch gefärbten »arabischen Erzählung« von William Beckford (1759–1844), die Byron sehr bewunderte. Beckford hatte 1794–96 in der Nähe von Cintra gelebt.

21 *wo Feldherrn jüngst getagt*: Der Vertrag von Cintra wurde im Palast des Marchese Marialva unterzeichnet. (B.)

23 *baute hier ein Schloß*: Die Ausdehnung von Mafra ist gewaltig: es umfaßt einen Palast, ein Kloster und eine überaus prächtige Kirche. Die sechs Orgeln sind, was ihre Verzierung angeht, die schönsten, die ich je gesehen habe. Wir hörten sie nicht, doch man erzählte uns, daß ihr Klang ihrer Pracht entspreche. Mafra wird als der Escorial Portugals bezeichnet. (B.)

25 *Cava*: Graf Julians Tochter, die »Helena« Spaniens. Pelagio bewahrte sich seine Unabhängigkeit in den Festungen Asturiens, und die Nachkommen seiner Anhänger besiegelten ihren Kampf einige Jahrhunderte später durch die Eroberung von Granada. (B.)

27 *O Albuera . . .*: Diese Stanze wurde nachträglich eingefügt. Sie entstand im August 1811, kurz nach der Schlacht von Albuera (Mai).

28 *Viva el Rey*: »Viva el Rey Fernando – lang lebe König Fernando!« lautet der Refrain der meisten patriotischen spanischen Lieder. Sie sind hauptsächlich gegen den alten König Karl, die Königin und den Friedensfürsten gerichtet. Ich habe viele davon gehört, einige mit schönen Melodien. Don Manuel Godoy, der *Principe de la Paz* [Friedensfürst], Sproß einer alten, aber heruntergekommenen Familie, wurde in Bajadoz an der portugiesischen Grenze geboren und diente ursprünglich in den Reihen der spanischen Garde, bis seine Gestalt die Augen der Königin auf sich zog, die ihn zum Herzog von Alcudia etc. etc. machte. Diesem Mann schreiben die Spanier allgemein den Untergang ihres Landes zu. (B.)

die Schleife scharlachrot: Die rote Kokarde, mit »Fernando VII.« in der Mitte. (B.)

Kugelpyramiden: Wer einmal eine Batterie gesehen hat, wird sich an die pyramidenförmig aufgeschichteten Kugeln und Granaten erinnern. Die Sierra Morena war an jedem Engpaß befestigt, durch den ich auf dem Weg nach Sevilla kam. (B.)

29 *Er aber, der nur nickt*: Napoleon.

31 *vor einer Magd*: Das waren die Heldentaten des »Mädchens von Saragossa«, das sich durch seinen Mut in den höchsten Rang der Heldinnen erhob. Als der Verfasser in Sevilla weilte, ging sie täglich im Prado spazieren, geschmückt mit Medaillen und Orden, die ihr die Junta verliehen hatte. (B.)

mit Schelmenfingern tüpft:

> Sigilla in mento impressa Amoris digitulo
> Vestigio demonstrant mollitudinem. –
> *Aulus Gellius* (B.)

Wo jetzt mein Lied tönt: Diese Stanze wurde in der Türkei geschrieben. (B.)

O du Parnaß: Diese Stanzen wurden in Castri (Delphi) am Fuße des Parnaß, heute Liakura genannt, im Dezember 1809 geschrieben. (B.)

33 *Mit altem Ruhme*: Sevilla war das Hispalis der Römer. (B.)

35 *Böotiens Schatten*: Dies wurde in Theben geschrieben, also am passendsten Ort, eine solche Frage zu stellen und zu beantworten; nicht weil er der Geburtsort Pindars, sondern die Hauptstadt Böotiens ist, wo das erste Rätsel aufgegeben und gelöst wurde. (B.)

Fest des Horns: Anspielung auf einen alten humoristischen Brauch, nach dem die Besucher eines Wirtshauses in Highgate bei einem Hörnerpaar, das auf einer hohen Stange befestigt war, groteske Eide schwören mußten.

38 *aus dem Schaum . . . durchdringen*: Medio de fonte leporum etc. – Lucretius. (B.)

39 *Inez*: Vermutlich Teresa Macri, das »Mädchen von Athen«.

40 *»Krieg bis aufs Messer«*: Palafox' Antwort an den französischen General bei der Belagerung von Saragossa. (B.)

42 *Und du, mein Freund!*: Der ehrenwerte John Wingfield von der Garde, der in Coimbra am Fieber starb. Ich habe ihn zehn Jahre lang gekannt, in der besseren Hälfte seines und der glücklichsten Zeit meines Daseins. In der kurzen Spanne eines Monats habe ich *sie* verloren, die mir das Leben gab, und die meisten von denen, die mir dieses Leben erträglich gemacht haben. Für mich sind die folgenden Zeilen Youngs [aus den *Nachtgedanken*] keine Fiktion:

> Unersättlicher Schütze! war einer nicht genug?
> Dein Pfeil flog dreimal, und dreimal mir zum Schmerz –
> Dreimal, eh dreimal der Mond sein Horn gefüllt.

Ich hätte gern auch einen Vers dem Andenken des verstorbenen Charles Skinner Matthews, Mitglieds des Downing College in Cambridge, gewidmet, wäre er nicht über all mein Lob zu sehr erhaben. Seine Geisteskräfte, die er im Wettstreit mit den fähigsten Mitbewerbern bei der Erlangung höherer Ehren bewies, als man jemals bei einem Graduierten in Cambridge verzeichnet hat, haben seinen Ruhm zur Genüge an der Stätte gefestigt, wo er erworben wurde; seine liebenswerteren Eigenschaften leben hingegen in der Erinnerung der Freunde fort, die ihn zu sehr liebten, um ihn um seine Überlegenheit zu beneiden. (B.) – Diese und die folgende Stanze wurden im August 1811 nachträglich eingefügt. Byrons Mutter starb am 1. 8., sein Studienfreund Matthew am 3. 8. 1811. »Ein Fluch hängt über mir und den Meinen. Meine Mutter liegt als Leiche in diesem Haus; einer meiner besten Freunde ist in einem Graben ertrunken. Was kann ich sagen oder denken oder tun?« (Brief Byrons vom 7. 8. 1811)

ZWEITER GESANG

43 *Himmelstochter*: Die Göttin Athene.
trotz Feuer: Ein Teil der Akropolis wurde während der venezianischen Belagerung durch die Explosion eines Magazins zerstört. (B.)
dein Athen: Wir alle können das Bedauern empfinden oder uns vorstellen, mit dem man die Ruinen der Städte, die einst die Metropolen eines Reiches waren, betrachtet: die Gedanken, die durch solche Gegenstände erregt werden, sind zu banal, als daß sie hier wiederholt werden müßten. Doch niemals traten die Unbedeutendheit des Menschen und die Eitelkeit seiner vorzüglichsten Tugenden – das patriotische Streben, sein Vaterland zu erheben, und der Mut, es zu verteidigen – deutlicher zutage als in der Darstellung dessen, was Athen einst war, und in der Gewißheit dessen, was es heute ist. Dieser Schauplatz der Kämpfe zwischen mächtigen Parteien, des Wettstreits der Redner, der Erhöhung und Absetzung von Tyrannen, des Triumphes und Untergangs von Feldherren ist heute zu einer Bühne kleinlicher Intrigen und ständiger Reibereien zwischen den nörgelnden Vertretern bestimmter Kreise des hohen und niederen britischen Adels geworden. »Die wilden Füchse, die Eulen und Schlangen in den Trümmern Babylons« waren sicherlich weniger würdelos als solche Einwohner. Die Türken können ihre Tyrannei mit dem Recht des Eroberers entschuldigen, und die Griechen haben nur das wechselvolle Schicksal des Krieges erlitten, das auch den Tapfersten trifft; doch wie tief sind die Mächtigen gesunken, wenn zwei Maler sich um das Vorrecht streiten, den Parthenon zu plündern, und abwechselnd den Sieg davontragen, je nachdem wie die Fermane [Schutzbriefe des Großwesirs] lauten, die man ihnen jeweils ausstellt! Von Sulla konnte Athen bestraft, von Philipp unterworfen und von Xerxes niedergebrannt werden; aber einem erbärmlichen Altertumsforscher [gemeint ist Lord Elgin, der die Statuen und Reliefs des Parthenontempels nach England schaffen ließ] und seinen verachtenswerten Helfershelfern blieb es vorbehalten, die Stadt ebenso verächtlich zu machen, wie er selber und sein Treiben sind. Bevor der Parthenon während der venezianischen Belagerung durch ein Feuer teilweise zerstört wurde, diente er als Tempel, als Kirche und als Moschee. In jeder Hinsicht war er ein Gegenstand der Ehrerbietung: er wechselte zwar seine Gläubigen, blieb aber eine dreifach der Andacht geweihte heilige Stätte. Doch

. . . der Mensch, der stolze Mensch,
In kleine, kurze Majestät gekleidet . . .
Spielt solchen Wahnsinn gaukelnd vor dem Himmel,
Daß Engel weinen. [Shakespeare, *Maß für Maß* (II,2)] (B.)

Sohn des Morgens: Vielleicht ein Orientale, den Byron beschwor, die heilige Stätte in Frieden zu lassen.

44 *Ein Halbgott schlummert* . . .: Es war nicht immer Brauch bei den Griechen, ihre Toten zu verbrennen; im besonderen der ältere Ajax wurde unversehrt begraben. Fast alle Anführer wurden nach dem Tod zu Göttern; und in der Tat war jeder geringgeachtet, an dessen Grab seine Landsleute nicht alljährlich durch Spiele und Festlichkeiten sein Andenken ehrten, wie bei Achilles, Brasidas etc. und zuletzt sogar bei Antinous, der im Tod so heroisch wie im Leben schändlich war. (B.)

Weiser von Athen: Sokrates.

45 *Doch du* . . .: Diese später eingefügte Strophe ist vermutlich an »Thyrza« gerichtet, die noch nicht identifizierte Geliebte Byrons.

46 *Dieb*: Wieder ein Angriff auf Lord Elgin (s. o.).

ihr Gestein: Der Tempel des Jupiter Olympius, von dem noch sechzehn ganz aus Marmor bestehende Säulen erhalten sind; ursprünglich waren es hundertfünfzig. Viele sind jedoch der Ansicht, diese Säulen gehörten zum Pantheon. (B.)

tiefes Weh: Ich kann nicht umhin, mit Erlaubnis meines Freundes Dr. Clarke [Byrons Reisebegleiter], dessen Name beim Publikum keines Kommentars bedarf, aber dessen Bestätigung meiner Aussage zehnfaches Gewicht verleihen wird, folgenden Auszug aus einem seiner überaus liebenswürdigen Briefe an mich als Anmerkung zu den obigen Zeilen einzufügen: »Als die letzte Metope vom Parthenon abgenommen und durch ihre Bewegung ein großer Teil des Überbaus mitsamt einem Triglyph von Lord Elgins Arbeitern herabgestürzt wurde, nahm der [griechische Tempelhüter] Disdar seine Pfeife aus dem Mund, vergoß eine Träne und sprach in bewegtem Ton zu [Lord Elgins Agenten] Lusieri: ›τέλος! [Ende!]‹ – Ich war dabei.« (B.)

Pallas . . . Achill: Nach Zosimus schreckten Minerva [= Pallas Athene] und Achill Alarich von der Akropolis zurück; andere berichten jedoch, daß sich der Gotenkönig fast ebenso frevelhaft benahm wie der schottische Edelmann – siehe Chandler. (B.)

48 *das Netz gebreitet*: Um im Gefecht das Herabfallen von Splittern auf das Deck zu verhindern. (B.)

49 *Calpe*: Alter Name für Gibraltar.

51 *Kalypsos Inselriffe*: Gozo [bei Malta] soll die Insel der Kalypso gewesen sein. (B.)

Florentia: Mrs. Spencer Smith, die Byron im September 1809 auf Malta kennengelernt hatte.

53 *Iskander*: Alexander.
Gleichnamiger: Dieser zweite Alexander ist Scanderbeg oder Scander Bey, der im 15. Jahrhundert in vielen Kriegen mit der Türkei die Unabhängigkeit Albaniens erreichte.
54 *Kap*: Ithaka. (B.)
Leukadias Felsenpaar: Leukadia, heute Santa Maura. Vom Vorgebirge (dem »Liebessprung«) soll Sappho sich hinabgestürzt haben. (B.)
Lepanto ... Trafalgar: Aktium und Trafalgar brauchen nicht weiter erwähnt zu werden. Die Schlacht von Lepanto, ebenso blutig und bedeutend, aber weniger bekannt, fand im Golf von Patras statt. Hier verlor der Verfasser des Don Quijote seine linke Hand. (B.)
Sulis Klippenbau: Die Berge im südlichen Epirus.
55 *holdes Weib*: Kleopatra.
Satrap: Am Tag vor der Schlacht bei Aktium soll Antonius dreizehn Könige in seinem Gefolge gehabt haben. (B.)
Seht hier ...: Nikopolis, dessen Ruinen sehr ausgedehnt sind, liegt in einiger Entfernung von Aktium, wo sich von den Mauern des Hippodroms nur einige Reste erhalten haben. Die Ruinen bestehen aus großen Massen von Ziegelmauerwerk, und die Ziegel sind durch Mörtelbrocken miteinander verbunden, die so groß und dauerhaft sind wie sie selber. (B.)
56 *Acherusias See*: Nach Pouqueville der See Janina; doch Pouqueville irrt sich stets. (B.)
Den Herrn Albaniens: Der berühmte Ali Pascha. Über diesen ungewöhnlichen Mann findet sich ein unzutreffender Bericht in Pouquevilles Reisebuch. (B.)
durch nichts gezähmt als Gold: Fünftausend Sulioten leisteten zwischen den Felsen und in der Burg von Suli dreißigtausend Albaniern achtzehn Jahre lang Widerstand; die Burg fiel zuletzt durch Verrat in Feindeshand. In diesem Kampf wurden Taten vollbracht, die den besten Zeiten Griechenlands nicht unwürdig gewesen wären. (B.)
Zitzas ... Klosterbau: Das Kloster und Dorf Zitza liegen vier Stunden von Joannina oder Janina, der Hauptstadt des Paschalik, entfernt. Im Tal fließt der Kalamas (der einstige Acheron) und bildet nicht weit von Zitza einen schönen Wasserfall. Diese Gegend ist vielleicht die schönste in Griechenland, obgleich die Umgebung von Delvinachi und Teile von Akarnanien und Ätolien ihr den Ruhm streitig machen könnten. Delphi, der Parnaß und in Attika sogar Kap Colonna und der Hafen von Raphti sind ihr weit unterlegen, ebenso alle Landschaften Joniens oder Troja: Ich bin fast geneigt, auch die Einfahrt Konstantinopels hinzuzufügen, doch da sie einen ganz anderen Charakter hat, ist ein Vergleich kaum möglich. (B.)
57 *Kaloyer*: So werden die griechischen Mönche genannt. (B.)

Amphitheaterbau: Die chimariotischen Berge scheinen vulkanisch gewesen zu sein. (B.)
Acheron: Heute Kalamas genannt. (B.)
Kapotte: Albanesischer Mantel. (B.)
58 *Tomerit*: Im Altertum der Berg Tomarus. (B.) – Vermutlich meint Byron nicht den Tomerit, sondern den Berg Olytsika westlich von Janina.
Laos: Der Fluß Laos war angeschwollen, als der Verfasser ihn überquerte, und gleich oberhalb von Tepalen erschien er dem Auge so breit wie die Themse in Westminster – wenigstens nach Meinung des Verfassers und seines Begleiters. Im Sommer muß der Fluß viel schmaler sein. Er ist sicherlich der schönste Fluß der Levante; weder Achelous noch Alpheus, Acheron, Skamander oder Kayster gleichen ihm an Breite und Schönheit. (B.)
59 *Deli*: Berittene türkische Leibwache.
61 *wie kurz der Pfad*: Byrons Voraussage traf ein: Ali Pascha wurde 1822 ermordet.
62 *ihr Haus verwehrt*: Anspielung auf die Schiffbrüchigen in Cornwall. (B.)
63 *Rot floß der Wein*: Die albanischen Muselmanen enthalten sich nicht des Weins, und das tun in Wahrheit auch nur wenige andere. (B.)
Palikar: Palikar, als Anrede an eine einzelne Person verkürzt aus »Palikari«; bei den Griechen und Albaniern, die Romaisch [Neugriechisch] sprechen, eine allgemeine Bezeichnung für einen Soldaten; eigentlich bedeutet es »ein Bursche«. (B.)
Tamburgi: Trommler. (B.)
der dunkle Suliot: Diese Strophen sind teilweise verschiedenen albanischen Liedern entnommen, soweit ich sie aus dem Albanischen ins Romaische und Italienische zu übertragen vermochte. (B.)
64 *Previsa*: Es wurde den Franzosen von Ali Pascha im Sturm entrissen. (B.)
Gelbhaarig: Gelb ist das Epitheton, das man den Russen beigibt. (B.)
Giaur: Ungläubiger. (B.)
Roßschweif: Das Zeichen eines Paschas. (B.)
65 *Seliktar*: Schwertträger. (B.)
Phyles Stirn: In Phyle, von wo man einen schönen Blick auf Athen hat, haben sich noch stattliche Reste erhalten; es wurde vor der Vertreibung der Dreißig Tyrannen von Thrasybulos eingenommen. (B.)
66 *zum zweiten Male . . . Frankenfahnen*: Nachdem es von den Lateinern [das sog. Lateinische Kaisertum] eingenommen und mehrere Jahre lang [1204–61] gehalten wurde. (B.)
des Propheten Grab: Mekka und Medina wurden vor einiger Zeit [1803/4] von den Wahabiten eingenommen, einer Sekte, die von Jahr zu Jahr an Macht zunahm. (B.)

68 *der Berge Schnee*: Auf vielen Bergen, zumal auf dem Liakura, schmilzt der Schnee nie vollständig, trotz der großen Sommerhitze; aber in der Ebene habe ich niemals, auch im Winter nicht, Schnee liegen sehen. (B.)

69 *aus der Kluft*: Des Berges Pentelikon, aus dem der Marmor für die öffentlichen Gebäude Athens gebrochen wurde. Der heutige Name ist Mendeli. Eine unermeßliche Höhle, durch die Steinbrüche gebildet, besteht noch und wird bis zum Ende der Zeiten bestehen. (B.)

Tritonia: Athene.

Kap Colonna: In ganz Attika, ausgenommen Athen selbst und Marathon, ist keine Landschaft so interessant wie Kap Colonna. Für den Altertumsforscher und den Künstler sind sechzehn Säulen ein unerschöpflicher Anlaß zum Beobachten und Zeichnen; dem Philosophen wird die Stätte, wo Plato angeblich einige seiner Gespräche führte, nicht unwillkommen sein; und der Reisende wird überwältigt von der Schönheit des Ausblicks über die »Inseln, die das Ägäische Meer krönen« – doch für den Engländer ist Colonna noch darüber hinaus von Interesse, als die Stelle, wo Falconer Schiffbruch erlitt. Pallas und Plato sind vergessen bei der Erinnerung an Falconer und Campbell:

»In stiller Nacht das Kap entlang
Des Seemanns lauter Ruf erklang.«

Der Tempel der Minerva muß auf dem Meer aus großer Entfernung zu sehen sein. Auf meinen zwei Ausflügen und auf einer Fahrt zum Kap Colonna war die Aussicht von beiden Seiten zu Land weniger eindrucksvoll, als wenn man von den Inseln her kommt. Auf unserem zweiten Landausflug entgingen wir mit knapper Not einer Bande Mainoten, die sich unten in den Höhlen versteckt hatte. Später erfuhren wir von einem ihrer Gefangenen, der losgekauft worden war, sie hätten sich durch die Erscheinung meiner beiden Albanier vom Überfall abschrecken lassen; da sie den weisen, aber falschen Schluß zogen, daß wir von einer ganzen Garde dieser Arnauten begleitet seien, hielten sie sich zurück und ließen somit unsere Gesellschaft ungeschoren, die zu klein war, um wirksamen Widerstand zu leisten. Colonna ist nicht nur ein Zufluchtsort der Piraten, sondern auch der Maler:

»Der Künstler steht am wackeligen Tisch
Und macht Natur, die arme, malerisch.«
(Siehe Hodgsons »Lady Jane Grey etc.«)

Doch hier hat die Natur dies mit Hilfe der Kunst allein fertiggebracht. Ich hatte das Glück, einen ganz hervorragenden deutschen Künstler zu gewinnen, und hoffe, meine Bekanntschaft mit dieser und manchen anderen levantischen Landschaften beim Eintreffen seiner Werke zu erneuern. (B.)

70 *Zauberwort*: »Siste Viator – heroa calcas [Halt an, Wanderer – hier liegt ein Held]!« war die Grabschrift des berühmten Grafen Merci – welche Gefühle mußten uns dann übermannen, als wir auf dem Grabhügel der zweihundert (Griechen) standen, die bei Marathon gefallen sind? Der Haupthügel ist kürzlich von Fauvel geöffnet worden: Wenige oder keine Überreste, als da sind Vasen etc., wurden beim Ausgraben entdeckt. Die Ebene von Marathon wurde mir für eine Summe von 16000 Piaster – etwa 900 Pfund – zum Kauf angeboten! Ach! – »Expende – quot libras in duce summo invenies!« – war der Staub des Miltiades nicht mehr wert? Er könnte kaum weniger einbringen, wenn er nach dem Gewicht verkauft würde. (B.)

71 *Auch du bist tot*: Hier ist wieder »Thyrza«, Byrons unbekannte Geliebte, gemeint. Diese letzten Stanzen gab der Dichter erst im Oktober 1811 zum Druck; die ursprüngliche Handschrift endete nach der 92. Stanze.

DRITTER GESANG

73 *Afin que* . . .: »Damit diese Tätigkeit Sie zwinge, an andere Dinge zu denken; es gibt in Wahrheit kein anderes Heilmittel als sie und die Zeit.« Brief des Königs von Preußen an d'Alembert.

Ada: Byrons Tochter Augusta Ada, geboren am 10. Dezember 1815.

Ich fahr hinaus . . .: Byron verließ England zum zweiten Male und endgültig am 25. April 1816, begleitet von den Dienern William Fletcher und Robert Rushton (s. Anm. zu S. 17), seinem Arzt Dr. Polidori und einem Schweizer Kammerdiener.

78 *Im »Stolz des Raums«*: »Stolz des Raumes« [englisch: *pride of place*] ist ein Begriff aus der Falknerei und bedeutet den höchsten Punkt der Flugbahn. Siehe Macbeth etc.:

»Ein Adler, hoch in seinem Stolz des Raumes . . .« (B.)

Harmodius: Vergleiche das berühmte Lied auf Harmodius und Aristogiton. Die beste englische Übersetzung findet sich in Blands Anthologie und stammt von Mr. (jetzt Sir Thomas) Denman:

»Mit Myrten will ich bekränzen mein Schwert . . .« (B.)

79 *Hochzeitsglockenchor*: Am Vorabend der Schlacht [von Waterloo] soll in Brüssel ein Ball stattgefunden haben. (B.)

Braunschweigs todgeweihter Fürst: Herzog Friedrich Wilhelm von Braunschweig, der 1815 bei Quatrebras fiel. Sein Vater, Herzog Karl, starb an den Wunden, die er in der Schlacht von Auerstedt empfangen hatte.

80 *Pibroch*: Dudelsackvariationen.

Evans und Donalds Ruhm: Sir Evan Cameron und sein Nachkomme Donald, der »edle Lochiel«, von den »Fünfundvierzigern«. (B.)

Ardennenlaub: Der Wald von Soignies gilt als ein Überbleibsel des Ardennerwaldes, der durch Bojardos »Orlando« berühmt und durch Shakespeares »Wie es euch gefällt« unsterblich wurde. Er wird auch bei Tacitus als die Stelle gerühmt, wo sich die Germanen erfolgreich gegen die Übergriffe der Römer gewehrt haben. Ich habe es gewagt, diesen Namen zu übernehmen, der mit edleren Vorstellungen als denen eines bloßen Gemetzels verbunden ist. (B.)

81 *Howard*: Frederick Howard, der jüngste Sohn von Lord Carlisle, ein Verwandter Byrons, fiel in der Schlacht von Waterloo.

für die der Lenz vorbei: Der Führer aus Mont St. Jean, der mir die Schlachtfelder zeigte, wirkte intelligent und gewissenhaft. Die Stelle, wo Major Howard fiel, war nicht weit entfernt von zwei hohen, einsamen Bäumen (ein dritter war abgehauen oder in der Schlacht zersplittert), die neben einem Weg ein paar Schritt auseinander stehen. Unter ihnen starb er und wurde er begraben. Die Leiche ist inzwischen nach England übergeführt worden. Eine kleine Vertiefung deutet jetzt an, wo sie lag, wird aber wahrscheinlich bald verschwunden sein; der Pflug ist darüber hinweggegangen, und das Korn wächst. – Nachdem der Führer auf verschiedene Stellen gezeigt hatte, wo Picton und andere tapfere Männer ihr Leben lassen mußten, sagt er: »Hier lag Major Howard. Ich war bei ihm, als er verwundet wurde.« Ich erzählte ihm von meinen verwandtschaftlichen Beziehungen, und er legte daraufhin noch mehr Eifer an den Tag, mir Ort und Umstände genauer zu bezeichnen. Wegen der eigenartigen beiden Bäume, die ich oben erwähnte, ist der Ort besonders auffällig. Ich ritt zweimal über das Schlachtfeld und verglich es mit meinen Erinnerungen an ähnliche Schauplätze. Als Ebene scheint Waterloo für eine große Schlacht ausersehen zu sein, obwohl das einem vielleicht nur so vorkommt. Ich habe aufmerksam die Schlachtfelder von Platäa, Troja, Mantinea, Leuktra, Chäronea und Marathon besichtigt; doch dem Feld um Mont St. Jean und Hougomont scheint außer einem besseren Anlaß und jenem unerklärlichen, aber ergreifenden Zauber, der sich im Verlauf von Jahrhunderten über eine berühmte Stätte legt, wenig zu fehlen, um an Interesse mit all diesen Plätzen, abgesehen vielleicht von dem zuletzt genannten, wetteifern zu können. (B.)

82 *gleich den Äpfeln*: Die (fabelhaften) Äpfel am Ufer des Sees Asphaltes [Totes Meer] waren angeblich von außen schön, bestanden aber im Inneren nur aus Asche. Vgl. Tacitus, *Histor. lib.*, V. 7. (B.)

keinen Thron: Der große Irrtum Napoleons war – »wenn unsere Annalen die Wahrheit melden« –, daß er der Menschheit ständig zeigte, wie wenig er für sie und mit ihr empfand; das beleidigt die menschliche Eitelkeit vielleicht mehr als die aktive Grausamkeit einer schwächeren und argwöhnischeren Tyrannei. So sprach er sowohl vor öffentlichen Versammlungen als auch zu Einzelpersonen; und allein die Worte, die er bei seiner Rückkehr nach Paris, nachdem der russische Winter seine Armee vernichtet hatte, gesprochen haben soll, während er sich die Hände über einem Feuer rieb: »Das ist angenehmer als Moskau«, sind geeignet, seiner Sache mehr Sympathie zu entziehen als die Zerstörungen und Widerwärtigkeiten, die zu dieser Bemerkung geführt haben. (B.)

86 *Was fehlt' ihm denn . . .*: »Was fehlt dem Knaben, das ein König sollt haben?« fragte König Jakob, als er Johnny Armstrong und dessen Anhänger in voller Rüstung erblickte [1532]. Vergleiche die Ballade [von Scott]. (B.)

89 *Drachenstein*: Die Burg Drachenfels steht auf dem höchsten Gipfel des Siebengebirges über dem Rheinufer; es ist eine Ruine, um die sich einige einzigartige Sagen ranken. Man erblickt sie zuerst auf der Straße von Bonn, jedoch auf der anderen Seite des Stroms; auf dem diesseitigen Ufer, ihr fast gegenüber, befinden sich die Überreste einer anderen Burg, genannt die Judenburg, sowie ein großes Kreuz zur Erinnerung an die Ermordung eines Burgherrn durch seinen Bruder. Die Zahl der Burgen und Städte zu beiden Seiten des Rheins ist sehr groß, und ihre Lage ist ausnehmend schön. (B.) – Diese Strophen, die natürlich an Byrons Halbschwester Augusta gerichtet sind, wurden im Mai 1816 am Ufer des Rheins geschrieben.

90 *um diesen Braven*: Das Denkmal des jugendlichen und vielbetrauerten Generals Marceau (getötet durch eine Gewehrkugel bei Altenkirchen am letzten Tag des vierten Jahres der Französischen Republik [1796]) steht noch so, wie es beschrieben wurde. Die Inschriften auf seinem Denkmal sind etwas zu lang geraten und eigentlich überflüssig: Sein Name hätte genügt. Frankreich verehrte ihn, Frankreichs Feinde bewunderten ihn, und beide beweinten ihn. Seinem Leichenbegängnis wohnten Generäle und Abordnungen beider Heere bei. In derselben Gruft ist auch General Hoche beigesetzt, in jeder Hinsicht gleichfalls ein tapferer Mann; doch obgleich auch er sich in der Schlacht rühmlich auszeichnete, hatte er nicht das Glück, in ihr zu sterben: sein Tod war überschattet vom Verdacht des Giftmordes. Ein eigenes Denkmal (nicht über seinem Leichnam, der neben dem von Marceau ruht) wurde für ihn bei Andernach errichtet, gegenüber welcher Stadt er eine seiner bedeutendsten Taten vollbrachte, indem er nämlich eine Brücke zu einer Insel im Rhein schlug. In Gestalt und Stil unterscheidet sich sein Denkmal von dem Marceaus, und die Inschrift ist schlichter und gefälliger: »Die Armee von Sambre und Meuse ihrem Oberbefehlshaber Hoche.« Das ist alles, und so sollte es sein. Hoche war geachtet als einer der besten von Frankreichs früheren Generälen, bevor Bonaparte ihre Triumphe

für sich beanspruchte. Er war als Befehlshaber für das Heer bestimmt, das in Irland einfallen sollte. (B.)
Ehrenbreitstein: Ehrenbreitstein, d. h. der »breite Stein der Ehre«, eine der stärksten Festungen Europas, wurde nach dem Waffenstillstand von Leoben von den Franzosen geschleift und in die Luft gesprengt. Die Festung wurde – anders war es nicht möglich – nur durch Hunger oder Verrat bezwungen. Sie unterlag dem ersteren, dem ein Überraschungsangriff zu Hilfe kam. Nachdem ich die Befestigungsanlagen von Gibraltar und Malta gesehen habe, beeindruckte mich Ehrenbreitstein nicht sonderlich; aber die Lage ist bedeutend. General Marceau belagerte die Festung eine Zeitlang vergebens, und ich schlief in einem Zimmer, in dem man mir ein Fenster zeigte, an dem er die Fortschritte der Belagerung im Mondenschein beobachtet haben soll, als eine Kanonenkugel unmittelbar unter dem Fenster einschlug. (B.)
92 *Murten*: In der Schlacht von Murten wurde Karl der Kühne von Burgund 1476 von den Schweizern geschlagen.
am Styx umher: Die Kapelle ist zerstört und die Knochenpyramide zu einem kleinen Haufen verringert durch die in französischen Diensten stehende burgundische Legion, die eifrig bestrebt war, dieses Andenken an die weniger erfolgreichen Kriegszüge ihrer Vorfahren auszulöschen. Einige wenige Gebeine sind noch vorhanden, ungeachtet der jahrhundertelangen Bemühungen der Burgunder (jeder, der hier vorüberkam, nahm eines mit in seine Heimat) und der weniger entschuldbaren Diebereien der Schweizer Postillione, die sie wegschleppten, um sie für Messergriffe zu verkaufen – ein Zweck, für den die in vielen Jahren gebleichten Knochen besonders begehrt sind. Ich habe es gewagt, von diesen Resten so viel mitzunehmen, wie für den vierten Teil eines Helden erforderlich wäre, und dafür habe ich nur die eine Entschuldigung, daß, wenn ich es nicht getan hätte, der nächste Wanderer die Knochen einem schlimmeren Zweck zugedacht hätte als der sorgfältigen Aufbewahrung, die ich beabsichtige. (B.)
Aventicum: Aventicum in der Nähe von Murten war die römische Hauptstadt von Helvetia; heute liegt dort Avenches. (B.)
93 *Julia*: Julia Alpinula, eine junge aventinische Priesterin, starb kurz nach einem vergeblichen Versuch, ihren Vater zu retten, der von Aulus Caecina als Verräter zum Tode verurteilt worden war. Ihre Grabschrift wurde vor vielen Jahren entdeckt; sie lautet: »Julia Alpinula: Hic jaceo. Infelicis patris infelix proles. Deae Aventiae Sacerdos. Exorarae patris necem non potui: Male mori in fatis ille erat. Vixi annos XXIII.« – Ich kenne kein menschliches Schriftwerk, das so ergreifend wäre wie dies, und keine Geschichte von tieferem Interesse. Das sind die Namen und Taten, die nicht untergehen sollten und denen wir uns mit einer wahren und heilsamen Zärtlichkeit

widmen, wenn wir uns abwenden von den elenden, schillernden Schilderungen des Wusts der Eroberungen und Schlachten, die den Geist eine Weile zu einer falschen und fieberhaften Anteilnahme erheben, von denen er sich aber zuletzt voll Abscheu über einen solchen Rausch abkehrt. (B.)

Alpenschnee: Dies schreibe ich angesichts des Montblanc (3. Juni 1816), der selbst in dieser Entfernung meine Augen blendet. – (20. Juli) Heute erblickte ich eine Zeitlang den deutlichen Widerschein des Montblanc und des Mont Argentière auf dem glatten Wasserspiegel des Sees, über den ich in meinem Boot dahinfuhr; die Entfernung dieser Berge von ihrem Spiegelbild beträgt sechzig Meilen. (B.)

Noch ist der Mensch zu nah . . .: Um der Zudringlichkeit der Touristen zu entgehen, mietete Byron die hoch und einsam über dem Genfer See gelegene Villa Diodati, in die er am 10. 6. 1816 einzog.

94 *Am blauen Strom der . . . Rhone*: Die Farbe der Rhone bei Genf ist blau, und zwar von einer so tiefen Tinte, wie ich sie weder beim Salz- oder Süßwasser je beobachtet habe, außer im Mittelmeer und Archipel. (B.)

96 *den unvergeßnen Kuß*: Dies bezieht sich auf seinen Bericht in den »Confessions« von seiner Leidenschaft für die Comtesse d'Houdetot (die Geliebte Saint-Lamberts) und seinen langen Spaziergängen, die er allmorgendlich um des einen Kusses willen unternahm, der in Frankreich die übliche Begrüßung zwischen Bekannten war. Rousseaus Beschreibung seiner Gefühle bei dieser Gelegenheit mag als die leidenschaftlichste und dennoch reine Schilderung und Äußerung der Liebe gelten, die jemals in Worten aufloderte, in Worten, die man schließlich doch trotz all ihrer Macht als der Darstellung unangemessen empfinden muß: Ein Gemälde kann keine hinreichende Vorstellung vom Ozean geben. (B.)

100 *Ein Teil vom Sturm und dir*: Das Gewitter, auf das sich diese Verse beziehen, ereignete sich am 13. Juni 1816 um Mitternacht. Ich sah in den Akrokeraunischen Bergen von Chimari mehrfach schrecklichere Gewitter, aber nie ein schöneres. (B.)

101 *Clarens*: Ort am Genfer See.

104 *die einen Namen euch verliehn*: Voltaire und Gibbon. (B.) – Voltaire lebte fast zwei Jahrzehnte in Ferney, und der große englische Historiker Gibbon vollendete in Lausanne sein Hauptwerk, *History of the Decline and Fall of the Roman Empire.*

Der eine war . . .: Voltaire.

Der andre zäh . . .: Gibbon; er hatte mit seinen kritischen Auslassungen über das Christentum Anstoß erregt.

106 *der um andre weint*: Rochefoucauld sagt, »es gibt im Unglück der Menschen immer etwas, was ihren besten Freunden mißfällt«. (B.)

VIERTER GESANG

109 *Visto ho Toscana . . .*: »Ich sah die Toskana, die Lombardei und die Romagna, das Gebirge, das Italien scheidet und vereint, und die beiden Meere, die es umspülen.«
A.M. F.R.S.: Abkürzungen für Artium Magister (Magister der Schönen Künste) und Fellow of the Royal Society (Mitglied der Königlichen Gesellschaft).

110 *die Wiederkehr des unglücklichsten Tages*: Byrons Hochzeitstag.

111 *Mi pare che . . .*: »Mir scheint, daß ich einem durch und durch poetischen Land, das sich der edelsten und zugleich süßesten Sprache rühmt, verschiedene Wege versucht werden können und daß, solange das Vaterland von Alfieri und Monti noch nicht seinen alten Wert verloren hat, es auf allen vorangehen müßte.«

112 *La pianta . . .*: »Die Pflanze Mensch wächst in Italien kräftiger als in irgendeinem anderen Land – und sogar die scheußlichen Verbrechen, die dort begangen werden, sind ein Beweis dafür.«
Roma! Roma! . . .: »Rom . . . ist nicht mehr, wie es einst war.«
Non movero . . .: »Ich werde die Saite nicht mehr rühren, wo die Menge ihr Geschwätz ertönen läßt.«

113 *Sie steigt empor . . .*: Sabellicus [ein Schriftsteller des 15. Jahrhunderts] hat bei der Beschreibung des Anblicks von Venedig dieses Bild gebraucht, das nicht poetisch wäre, wenn es nicht der Wahrheit entspräche. »Quo fit ut qui superne urbem contempletur, turritam tellurus imaginem medio Oceano figuratam se putet inspicere.« (B.)

114 *Pierre*: Die Hauptfigur in Otways Tragödie *Venice Preserved* (1682), die Byron sehr schätzte.

115 *»Sparta hat . . . als ihn.«*: Das antwortete die Mutter des lazedämonischen Feldherrn Brasidas den Fremden, die ihren Sohn priesen. (B.)
Buzentaur: Das venezianische Staatsschiff »Buzentaur«, in dem sich der Doge alljährlich durch Hineinwerfen eines Ringes mit der Adria vermählte, war 1797 von den Franzosen zerstört worden.

116 *wo ein Kaiser bat*: 1177 unterwarf sich Barbarossa in St. Markus dem Papst Alexander III., um vom Bann losgesprochen zu werden.
Schwaben: Barbarossa.
»Die Pflanzerin des Leun«: Das heißt des Löwen von St. Markus, der Fahne der Republik; dies [nämlich die italienische Form: *pianta leone*] ist der Ursprung des Wortes »Pantalon« – »Piantaleone«, »Pantaleon«, »Pantalon«. (B.) – Hier irrt Byron: »Pantaloni«, der Übername der Venezianer, leitet sich offensichtlich nicht von »Löwenpflanzer« her, sondern von dem Heiligen Pantaleon, der in Norditalien allgemein verehrt wurde.

118 *Otway . . .*: »Venice Preserved«, »Mysteries of Udolpho«, »Der Geisterseher«, »Der Kaufmann von Venedig«, »Othello«. (B.)

120 *ein selig Eiland, schwimmt*: Die obige Beschreibung mag jenen, die noch nie einen orientalischen oder italienischen Himmel gesehen haben, phantastisch oder übertrieben erscheinen; sie ist aber nur die buchstäbliche und kaum befriedigende Schilderung eines Augustabends (des 18.), wie er auf einem der vielen Ritte an den Ufern der Brenta bei La Mira beobachtet wurde. (B.)

121 *des Laura-Sängers*: Petrarca, der in Arquà bei Padua begraben liegt.

122 *Vielleicht auch mit Dämonen ...*: Man kann ebensogut mit Dämonen kämpfen wie mit seinen besseren Gedanken. Satan wählte die Wildnis, um den Heiland zu versuchen. Und unser makelloser John Locke zog die Anwesenheit eines Kindes der völligen Einsamkeit vor. (B.)

123 *Alfons*: Herzog Alfonso d'Este, der den geisteskranken Tasso jahrelang gefangenhielt.

Cruscaner-Schrift: Die Accademia della Crusca in Florenz äußerte sich kritisch zu Tassos Hauptwerk *Das befreite Jerusalem.*

124 *Scott des Südens*: Ariost.

Schottlands Ariost: Sir Walter Scott.

125 *des Siegs nicht froh*: Die beiden Stanzen 42 und 43 sind, mit Ausnahme von ein paar Zeilen, eine Übersetzung des berühmten Sonetts von Filicaja: »Italia, Italia, o tu cui feo la sorte!« (B.)

fuhr gen Griechenland: Der berühmte Brief des Servius Sulpicius an Cicero, bei dem Tode seiner Tochter, beschreibt – wie er damals war und noch ist – einen Weg, welchen ich in Griechenland zu verschiedenen Malen zu Wasser wie zu Lande gemacht habe. »Auf meiner Rückreise von Asien, als ich von Ägina gen Megara fuhr, betrachtete ich den Anblick der Länder um mich her: Ägina war hinter, Megara vor mir, Piräus zur Rechten, Korinth links, alles Städte, die einst berühmt und blühend, jetzt verfallen und in ihren Trümmern begraben liegen. Bei diesem Anblick konnte ich nicht umhin, bei mir selber zu denken: Ach, wie härmen und quälen wir armen Sterblichen uns, wenn einmal einer unserer Freunde stirbt oder getötet wird, deren Leben doch so kurz ist, während die Leichname so vieler berühmter Städte hier vor meinen Augen beisammen liegen.« – Vgl. Middletons *Cicero*, Bd. II, S. 371. (B.)

126 *das Skelett der riesigen Gestalt*: Es war Poggio, der, als er vom Kapitolinischen Hügel auf das zertrümmerte Rom hinabschaute, ausrief: »Ut nunc omni decore nudata, prostrata jaceat, instar Gigantei cadaveris corrupti atque undique exesi.« (B.)

die Göttin noch im Stein: Die Statue der Venus von Medici in den Uffizien von Florenz.

127 *Anchises*: Venus vermählte sich dem trojanischen Helden Anchises und gebar ihm ihren Sohn Äneas.

128 *Santa Croce*: In dieser Kirche befinden sich die Gräber von Alfieri, Michelangelo, Galilei und Machiavelli.

hundert Liebesmärchen: Boccaccios *Dekameron.*
129 *Sein Grab durft nicht ...*: Boccaccios Grabmal in einer Kirche des Städtchens Certaldo wurde 1783 von der kirchlichen Obrigkeit unter einem fadenscheinigen Vorwand entfernt.
130 *Kaufmannsfürsten*: Die in der Medici-Kapelle begrabenen späteren Mediceer, die nach Byrons Meinung ihrer großen Vorfahren nicht würdig waren.
131 *Sanguinetto*: Der »Blutrote«.
Clitumnus: Kein Reisebuch hat es versäumt, sich über den Tempel des Clitumnus zwischen Foligno und Spoleto [an der Quelle des Flusses Clitumnus oder Clitunno] auszulassen; freilich ist auch keine Stätte oder Landschaft, selbst in Italien, einer Beschreibung würdiger. (B.)
milchweiße Stiere: Nach Plinius besaß der Clitumnus die Eigenschaft, das Vieh, das aus ihm trank, weiß zu färben.
133 *vor diesem Meisterstück*: Ich sah die Cascata del marmore von Terni zweimal zu verschiedenen Zeiten, einmal von der Höhe des Felsvorsprungs und ein andermal unten vom Tal aus. Die untere Ansicht ist bei weitem vorzuziehen, wenn der Reisende nur für eine Zeit hat; doch von jedem Punkt aus, von oben wie von unten, ist sie [die Cascata] genausoviel wert wie alle Wasserfälle und Gießbäche der Schweiz zusammengenommen: Staubach, Reichenbach, Pisse-Vache, der Fall von Arpanaz etc. sind nur Bächlein im Vergleich zu ihr. Über den Rheinfall von Schaffhausen kann ich nichts sagen, da ich ihn noch nicht gesehen habe. (B.)
Iris: Über Zeit, Ort und Beschaffenheit einer solchen Iris [= Regenbogen] findet der Leser einen kurzen Bericht in einer Anmerkung zu *Manfred.* Der Wasserfall sieht einer »Wasserhölle« so ähnlich, daß Addison ihn für den Abgrund hielt, in den Alekto zur Unterwelt hinabstürzte. Es ist seltsam genug, daß zwei der schönsten Wasserfälle Europas künstlich sein sollen – der des Velino und jener bei Tivoli. Dem Reisenden wird dringend empfohlen, den Velino wenigstens bis zu dem kleinen See zu ersteigen, der Pie' di Lup genannt wird. Das Reatinische Gebiet war das italienische Tempe (*Cicer. Epist. ad Attic.*, XV, lib. IV), und die alten Naturforscher bemerkten, neben anderen Schönheiten, den täglichen Regenbogen des Sees Velinus (*Plin. Hist. Nat.*, lib. II, cap. LXII). Ein Gelehrter von hohem Rang hat allein dieser Gegend eine Abhandlung gewidmet (Ald. Manut. *De Reatina Urbe Agroque*, ap. Sallengre, *Thesaur.*, tom. I, p. 773). (B.)
Akrokeraunier: Die chimariotischen Berge in Akrokeraunien im nordwestlichen Epirus.
134 *des Römers Lied*: In der 9. Ode des 1. Buches von Horaz.
dumpfe Fron der Schule: Diese Stanzen dürften den Leser an Fähnrich Northertons [in Fieldings *Tom Jones*] Bemerkungen «D-n

Homo« etc. [verdammter Homo = Homer] erinnern, doch die Ursachen unseres Widerwillens sind nicht genau dieselben. Ich möchte sagen, daß wir eine Arbeit leid werden, bevor wir ihre Schönheit erfassen können; daß wir mechanisch lernen, bevor wir mit dem Herzen verstehen; daß die Frische dahin ist und der künftige Genuß und Gewinn durch die didaktische Vorwegnahme in einem Alter ertötet und vernichtet werden, in dem wir die Macht der Dichtung weder empfinden noch begreifen können, die zu genießen oder zu verarbeiten eine Bekanntschaft mit dem Leben der Römer und Griechen erfordert. Aus demselben Grund können wir nie die Fülle einiger der schönsten Shakespeare-Stellen (z. B. »Sein oder Nichtsein«) erkennen, weil man sie uns mit acht Jahren als Übung nicht des Geistes, sondern des Gedächtnisses einzuhämmern pflegt, so daß uns, wenn wir alt genug sind, uns an ihnen zu erfreuen, die Lust vergangen und der Appetit verdorben sind. In einigen Teilen des Kontinents werden die jungen Leute mit volkstümlicheren Autoren unterrichtet, und die besten Klassiker lesen sie erst in der Reife. Ich spreche über diesen Punkt gewiß nicht aus Groll oder Abneigung gegen die Stätte meiner Erziehung. Ich war kein schwerfälliger, aber ein fauler Schüler, und ich glaube, niemand könnte oder kann mehr an Harrow hängen, als ich es immer tat. Ein Teil der Zeit, die ich dort verbracht habe, war die glücklichste meines Lebens, und mein Lehrer, Rev. Dr. Joseph Drury, war der beste und würdigste Freund, den ich jemals besessen habe, dessen Mahnungen mir nur zu gut, obgleich zu spät, einfielen, wenn ich fehlging, und dessen Ratschlägen ich nur dann folgte, wenn ich mich gut oder klug verhielt. Sollte ihm diese unvollkommene Darstellung meiner Gefühle je zu Gesicht kommen, so soll sie ihn an denjenigen erinnern, der stets nur mit Dankbarkeit und Verehrung seiner gedenkt – an denjenigen, der sich noch freudiger rühmen würde, sein Schüler gewesen zu sein, wenn er seinem Erzieher durch strengere Befolgung von dessen Geboten Ehre machen könnte. (B.)

dreihundert Triumphe: Orosius gibt die Zahl der Triumphe mit 320 an. Ihm folgt Panvinius, und Panvinius folgen Mr. Gibbon und die modernen Autoren. (B.)

137 *ihn sterben*: Am 3. September [1650] gewann Cromwell die Schlacht bei Dunbar; ein Jahr darauf errang er »seine krönende Gnade« bei Worcester; und einige Jahre später, wieder an demselben Tag, den er immer für seinen glücklichsten gehalten hatte, starb er [1658]. (B.)

furchtbares Standbild: Die Statue des Pompejus im Palazzo Spada, die allerdings kaum identisch ist mit dem Standbild, unter dem Cäsar tot zusammengebrochen sein soll.

138 *eitler Mann*: Napoleon.

Gleich Alcid am Rocken: Herakles, der als Sklave der Lydierkönigin Omphale bei den Mägden am Spinnrocken sitzen mußte.

140 *Columbia*: Amerika.
Possenspiel: Gemeint sind die Ereignisse des Jahres 1815: Wiener Kongreß, die Heilige Allianz und der zweite Pariser Frieden.

141 *ernster runder Turm*: Anspielung auf das Grab der Cecilia Metella, genannt Capo di Bove. (B.)

142 *des reichsten Römers Frau*: Cecilia Metella war die Gattin des reichen Crassus, der wohl mehr aus Ruhmsucht als aus Liebe ihr dieses prächtige Grabmal erbauen ließ.

143 *Kaiserberg*: Der Palatin [Wohnsitz der römischen Kaiser] ist ein Trümmerhaufen, vor allem auf der Seite des Circus Maximus. Sogar der Boden besteht aus zerbröckelten Ziegeln. Nichts ist gesagt worden, nichts kann gesagt werden, was irgend jemandes Glauben, außer dem des römischen Altertumsforschers, befriedigen könnte. (B.)

144 *goldnes Haus*: Die Domus Aurea, Neros Palast.
wo Kaiserstaub schlief in Erhabenheit: Die Säule des Trajan wird von St. Peter, die des Aurelius von St. Paul überragt. (B.)

145 *Egeria*: Anspielung auf die sogenannte Grotte der Egeria an der Via Appia. Hier soll die Nymphe mit König Numa zusammengetroffen sein und ihm Ratschläge erteilt haben.

148 *Upasbaum*: Eine Baumart auf Java und den benachbarten Inseln, die den Eingeborenen Pfeilgift liefert.

150 *Und du ... erhabne Nemesis*: Dieser große Anruf der Rachegöttin Nemesis (bis Stanze 138) ist offensichtlich ein Versuch des Dichters, die Öffentlichkeit, die nach seiner Ehescheidung mit Lady Byron sympathisierte, durch allerlei versteckte Andeutungen für sich zu gewinnen.

152 *Gladiator*: Ob die wunderbare Statue, die dieses Bild anregte, ein laquearischer Gladiator ist, was trotz Winckelmanns Kritik fest behauptet wurde, oder ein griechischer Herold, wie ein großer Altertumsforscher nachdrücklich erklärte, oder ob man in ihr einen spartanischen oder barbarischen Schildträger sehen soll, wie sein italienischer Herausgeber meint – es muß augenscheinlich eine *Kopie* von jenem Meisterwerk des Ktesilaus sein, das »einen verwundeten Mann sterbend« darstellte, »der vollkommen das Leben ausdrückte, das noch in ihm war«. Montfaucon und Maffei hielten es für die echte Statue, doch diese war aus Bronze. Der Gladiator befand sich früher in der Villa Ludovisi und wurde von Klemens XII. erworben. Der rechte Arm ist vollständig von Michelangelo restauriert worden. (B.) – Byron meint auf jeden Fall die berühmte Statue des sterbenden Galliers.

154 *Cäsars kahles Haupt*: Sueton erzählt, daß Julius Cäsar über den Senatsbeschluß, welcher ihm erlaubte, bei jeder Gelegenheit einen Lorbeerkranz zu tragen, besonders erfreut war. Er war begierig, nicht zu zeigen, daß er die Welt erobert habe, sondern zu verbergen, daß er kahl sei. Ein Fremder in Rom hätte das Motiv schwerlich er-

raten, und wir auch nicht ohne die Hilfe des Geschichtsschreibers. (B.)

Rom steht . . .: Dies wird im *Untergang und Fall des römischen Reiches* [von Gibbon] zum Beweis dessen zitiert, daß das Kolosseum noch vollständig erhalten war, als es die angelsächsischen Pilger am Ende des siebten oder zu Beginn des achten Jahrhunderts erblickten. (B.)

155 *geehrter Büsten treten*: Das Pantheon wurde zum Aufbewahrungsort für Büsten von modernen großen oder zumindest ausgezeichneten Männern umgestaltet. Das Licht, das einst durch die große Rundöffnung oben auf den ganzen Kreis der Gottheiten fiel, scheint jetzt auf eine zahlreiche Versammlung von Sterblichen, von denen einige durch die Verehrung ihrer Landsleute fast zu Göttern erhoben wurden. (B.)

Da ist ein Kerker . . .: Diese Stanze und die drei folgenden spielen auf die Geschichte der römischen Tochter an, an die der Reisende durch den Ort oder den vermeintlichen Ort jener Begebenheit erinnert wird, die man heute in der Kirche von St. Nikolaus *in carcere* zeigt. (B.) – Sie erhielt ihren Vater dadurch am Leben, daß sie ihm heimlich die Brust reichte.

156 *sein plumpes Haus*: Die Engelsburg. (B.) – Ursprünglich Hadrians Mausoleum.

ein Wunderdom: Die Kirche von St. Peter. (B.)

158 *Den Herrn des unfehlbaren Bogens*: Das Standbild des Apoll von Belvedere.

159 *Sein zarter Leib*: Die Schönheit der Statue erinnerte Byron an eine junge Dame, die er einmal heiraten wollte. »Der Apollo Belvedere ist das Ebenbild von Lady Adelaide Forbes. Ich glaube, ich habe nie eine solche Ähnlichkeit gesehen« (Brief vom 12. 5. 1817).

Blitzstrahl: Mit dem Feuer, das Prometheus aus dem Himmel stahl, ist die Seele des Menschen gemeint, »die Quelle all unserer Leiden« (Horaz).

160 *Horch: eine Stimme schallt . . .*: Diese Stanze und die folgenden beziehen sich auf Charlotte Augusta, die Tochter des Prinzregenten und späteren Königs Georg IV., die am 6. 11. 1817 im Kindbett starb. Der Tod der beliebten Prinzessin, die als Thronfolgerin in Frage gekommen wäre, wurde in England als nationales Unglück empfunden und von vielen Dichtern der Zeit besungen.

162 *den Thron verlor*: Maria Stuart starb auf dem Schafott, Elisabeth am gebrochenen Herzen, Karl V. als Einsiedler, Ludwig XIV. bankrott an Macht und Ruhm, Cromwell an innerer Unruhe, und – »der Größte ist noch zurück« – Napoleon lebt als Gefangener. Die Liste könnte noch durch eine lange Reihe ebenso glänzender und unglücklicher Namen vermehr werden, aber es ist überflüssig. (B.)

Nemi: Das Dorf Nemi lag unweit der arizischen Zuflucht der Egeria und hat von den Schatten, die den Tempel der Diana umhüllten, bis auf den heutigen Tag den ehrenvollen Beinamen »Der Hain« behalten. Nemi ist nur einen Abendritt von dem behaglichen Gasthaus in Albano entfernt. (B.) – Bei dem hier beschriebenen See handelt es sich um den Lago di Nemi, einen erloschenen Vulkankrater.

»Die Waffen und den Mann«: Der Anfang von Vergils *Äneis (Arma virumque cano ...)*; mit dem Mann ist natürlich Äneas, der Gründer Roms, gemeint.

ein müder Dichter: Horaz.

mit frohem Mute: Der ganze Abhang des Albanerberges ist von unvergleichlicher Schönheit, und von dem Kloster auf dem höchsten Punkt, das sich an der Stelle des Tempels des latianischen Jupiters erhebt, umfaßt der Blick all das, was in dieser Stanze angedeutet ist: das Mittelmeer, den ganzen Schauplatz der zweiten Hälfte der Äneis und die Küste von jenseits der Tibermündung bis zum Vorgebirge von Circaeum und zum Kap von Terracina. (B.) – Byrons Behauptung ist zweifellos stark übertrieben.

163 *Calpes Felsenbrauen*: Der Felsen von Gibraltar.

Euxinus: Das Schwarze Meer.

Symplegaden-Inseln: Die beiden Felseninseln an der Mündung des Bosporus in das Schwarze Meer, die Byron im Juni 1810 besucht hatte.

holden Fee: Byrons Halbschwester Augusta.

166 *Sandelschuh und Muschelzeichen*: Sandale und Jakobsmuschel waren die Kennzeichen des mittelalterlichen Pilgers.

DER FLUCH DER MINERVA

Das durchgehend in fünffüßigen Jamben abgefaßte satirische Versgedicht *Der Fluch der Minerva (The Curse of Minerva)*, das im März 1811 in Athen entstand, wurde zu Byrons Lebzeiten in England nicht veröffentlicht; es erschien 1812 nur als Privatdruck und drei Jahre später noch einmal in Philadelphia, wahrscheinlich ohne Zustimmung des Verfassers.

Der Grund für die Unterdrückung des Textes liegt auf der Hand: Kein englischer Verleger wollte es wagen, diese böse Attacke gegen den einflußreichen Lord Elgin herauszubringen, in der Byron seine im *Childe Harold* (2. Gesang, Stanzen 11–15; s. S. 46f. dieser Ausgabe und die Anmerkungen dazu) eröffnete Polemik erweiterte und verschärfte. Daß der Dichter den »Dieb« der Elgin Marbles, die heute das Prunkstück des Britischen Museums darstellen, nicht ganz gerecht beurteilt hat, gilt mittlerweile als erwiesen: Hätte Elgin die kostbaren Kunstwerke nicht unter großen persönlichen Opfern geborgen, so wären sie mit Sicherheit langsam weiter verfallen oder von türkischen Steinmetzen und griechischen Antiquitätenhändlern in alle Winde verschleppt worden.

167 *Pallas te hoc vulnere . . .*: »Dem Schwertschlag opfert ich Pallas,/ Pallas fordert und nimmt am Blut des Mörders die Sühne!« (Übers. R. A. Schröder)

169 *Langsam versinkt . . .*: Die ersten 54 Zeilen (bis »Sie zürnen, wo das Meer zu lächeln scheint«) wurden erstmals 1814 als Einleitungsstrophe zum 3. Gesang des *Korsar* gedruckt (vgl. S. 301 f.), nachdem Byron den Plan, den *Fluch der Minerva* zu veröffentlichen, aufgegeben hatte.
Idra: Insel an der Ostküste des Peloponnes, zwischen Nauplia und Ägina.
Das ihres Lehrers letzten Tag beschloß: Sokrates trank den Schierlingsbecher kurz vor Sonnenuntergang (die Zeit der Hinrichtung), obwohl seine Schüler ihn anflehten, zu warten, bis die Sonne untergegangen sei. (B.)
die Königin der Nacht: In Griechenland ist die Dämmerung viel kürzer als bei uns; die Tage sind im Winter länger, aber im Sommer kürzer. (B.)

170 *Kiosks*: Der Kiosk ist ein türkisches Sommerhaus; die Palme steht vor der heutigen Stadtmauer von Athen, unweit des Theseus-Tempels; zwischen ihm und dem Baum verläuft die Mauer. Der Fluß Cephissus ist in der Tat kümmerlich, und der Ilissus führt überhaupt kein Wasser. (B.)
Pallas: Gleichbedeutend mit (Pallas) Athene oder Minerva.

171 *Das baute Kekrops . . .*: Dies bezieht sich auf die Stadt im allgemeinen und nicht auf die Akropolis im besonderen. Der Tempel des Jupiter Olympius, nach einigen das Pantheon, wurde von Hadrian vollendet; sechzehn Säulen vom schönsten Marmor und edelster Architektur stehen noch. (B.)

172 *Schande rächt*: Der Name Seiner Lordschaft und der einer Frau, die ihn nicht mehr trägt [Elgins erste Ehe wurde 1808 geschieden], sind unübersehbar am Parthenon eingegraben; darüber, nicht weit davon entfernt, sieht man die zerstörten Reste der Basreliefs, die bei dem vergeblichen Versuch, sie abzunehmen, zertrümmert wurden. (B.) – Byron bezieht sich hier auf eine Inschrift, die jemand in eine Wand des Erechtheums eingeritzt hatte: *Quod non fecerunt Goti,/ Hoc fecerunt Scoti* (Was die Goten nicht taten, haben die Schotten getan).
Bastardland: »Irische Bastarde« nach Sir Callaghan O'Brallaghan. (B.)

173 *Zum Hehler . . . den Staat*: Die von Elgin geraubten Kunstschätze wurden 1816 kraft Parlamentsbeschluß für 35 000 Pfund erworben.
West, der alte kindische Hofierer: Als Mr. West [Maler und Präsident der Königlichen Akademie] die »Elgin-Sammlung« sah, erklärte er, er sei »nur ein Anfänger« in der Kunst. (B.)
Steinhändler: Der gute Crib war sehr bestürzt, als die Marmordenkmäler zum erstenmal im Elgin House ausgestellt wurden; er

fragte, ob dies nicht ein »Steinladen« sei. Er hatte recht: es *ist* ein Laden. (B.)

174 *Eratostratus*: Er setzte in der Nacht, als Alexander der Große geboren wurde, den Tempel der Artemis in Brand.

Ostsee: Anspielung auf die »Affäre von Kopenhagen«: Diese Stadt wurde im September 1807 von britischen Kriegsschiffen und Landtruppen überfallen.

Ganges: Welchen Vorfall Byron hier meint, ist unklar.

175 *Barosa*: Am 5. 3. 1811 eroberten englische Truppen in Spanien die Anhöhe von Barosa, während ihre spanischen Verbündeten untätig zuschauten.

Bankkredit: »Heil, Bankkredit, der du vor allen Dingen
Der Korruption verleihst die schnellsten Schwingen!«
Pope (B.)

Piraten schachern fort . . .: Die Goldexporteure in Deal und Dover. (B.)

DER WALZER

Das kleine Verspamphlet *Der Walzer (The Waltz)* entstand im Herbst 1812 im englischen Badeort Cheltenham, wo Byron zur Kur weilte, und erschien im Frühjahr 1813 unter dem Pseudonym Horace Hornem. Es wurde vom Publikum nicht sehr positiv aufgenommen, und Byron gab sich alle Mühe, seine Autorschaft zu vertuschen und abzustreiten. Wir haben es hier tatsächlich mit einer ziemlich unbedeutenden Gelegenheitsarbeit des Dichters zu tun, die allenfalls durch einige brillante Formulierungen satirischer oder sarkastischer Art besticht. Daß ausgerechnet der »Amoralist« Byron den aus Deutschland importierten Walzer so heftig attackiert, entspricht einerseits der allgemeinen Auffassung kultivierter Kreise in England, die diesen Tanz als frivol, ja obszön empfanden, ist aber andererseits auch persönlich motiviert: Wegen seines körperlichen Gebrechens litt der Dichter ganz offensichtlich darunter, daß er an der fröhlichen Ausgelassenheit, die der Walzer allenthalben auslöste, nicht unmittelbar teilhaben konnte.

179 *Qualis in Eurotae . . .*: »Wie auf den Ufern Eurotas' oder auf Cinthus' Höhen Diana den Reigen führt . . .«

182 *quam familiariter*: Mein Latein habe ich ganz vergessen, wenn man etwas vergessen kann, woran man sich nie erinnert hat; ich habe das Motto auf der Titelseite von einem katholischen Priester für eine Drei-Schilling-Scheidemünze erstanden, nachdem ich lange mit ihm gefeilscht hatte. Ich mißgönnte das Geld einem Papisten, denn ich halte es mit Perceval [der 1812 ermordete Premierminister] und dem Schlachtruf »Keine Papisterei!« und bedaure durchaus den Sturz des Papstes, weil wir ihn jetzt nicht mehr verbrennen können. (B.)

Busby: Der Komponist und Reimschmied Dr. Thomas Busby hatte anläßlich der Wiedereröffnung des Drury-Lane-Theaters im Oktober 1812 einen Prolog verfaßt, der mit den Worten begann: »Wer sich ein Kraft verleihend Thema wählt ...« Byron schrieb eine Parodie auf Busbys Prolog.

183 *mit Wellesleys Ruhm*: Mit Lord Wellesleys oder seines Neffen Ruhm wetteifernd, wie es dem Leser beliebt: Der letztere gewann eine hübsche Frau, die er verdiente, weil er sich für sie schlug; der erstere hat auf der [spanischen] Halbinsel manchen langen Tag gekämpft, ohne in diesem Land etwas zu gewinnen außer den Titel »der Große Lord« oder »der Lord« [im Englischen auch Anrede für Gott], der nach Profanierung schmeckt, denn er wurde bislang nur auf jenes Wesen angewandt, für das Tedeums nach einem Blutbad übelste Blasphemie sind. [...] (B.)

185 *Meiner*: Verfasser eines vierbändigen Werkes über die Geschichte des weiblichen Geschlechts.

Brunck: Bekannt als Herausgeber der *Anthologia Graeca* und altgriechischer Dramen.

Heyne: Herausgeber von Vergil, Pindar u. a.

186 *Almas*: Tänzerinnen, die gegen Bezahlung tun, was der Walzer umsonst tut. (B.)

187 *Genlis*: Madame Genlis äußerte sich in einer Schrift kritisch über den neumodischen Walzer und führte als Gewährsmann auch Goethes *Werther* an.

Neu war ...: Ein Anachronismus: Vom Walzer und von der Schlacht bei Austerlitz hieß es weiter oben, sie hätten den Ball gemeinsam eröffnet. Der Dichter meint (falls er überhaupt etwas meint), daß der Walzer erst recht in Mode kam, als der Regent [Georg Prinz von Wales, der spätere Georg IV.] den Höhepunkt seiner Popularität erreichte. Der Walzer, der Komet [von 1811], der Schnurrbart und die neue Regierung ließen ungefähr gleichzeitig Himmel und Erde in all ihrer Pracht erstrahlen; von all diesen ist nur der Komet verschwunden; die anderen drei können wir noch immer bewundern. *(Der Setzerlehrling)* (B.)

Die Münzen neu: Unter anderem ein neues Neunpencestück – eine soeben herauskommende vertrauenswürdige Münze, die bei vorsichtiger Berechnung ein Pfund Papiergeld wert ist. (B.) – Die genannte Münze existiert nur in einem einzigen Musterexemplar.

Jenky: Robert Banks Jenkinson, von 1809 bis 1812 Kriegsminister, danach Premierminister.

*aber ***: Der wohlwollende oder aufgebrachte Leser mag diese Lücke nach Belieben ausfüllen – es stehen ihm mehrere zweisilbige Namen zu Diensten (die auch bereits dem Regenten zu Diensten stehen); es wäre ungerecht, irgendeinen bestimmten Anfangsbuchstaben dem restlichen Alphabet vorzuziehen, da jeden Monat die hiermit freigegebene Liste länger wird. Ein vortrefflicher Konsonant gilt derzeit als Favorit, entgegen den Wünschen der Eingeweihten. (B.)

Kent . . . Gloster: Zwei Shakespeare-Gestalten.

188 *daß das Herze sei*: »Wir haben das alles geändert«, sprach der Kurpfuscher. Es ist alles verschwunden – der Teufel weiß, wohin! Schließlich kommt es nicht sehr darauf an, wie über die Herzen der Frauen verfügt wird; sie haben von Natur aus das Vorrecht, sie so albern wie nur möglich zu verteilen. Aber es gibt auch einige Männer, deren Herz so abgrundtief schlecht ist, daß es uns an bestimmte Phänomene der Naturgeschichte erinnert, beispielsweise an einen Steinbrocken, der sich nur mit Gewalt aufbrechen läßt und der nach dem Zerteilen in seiner Mitte eine Kröte freigibt, die lebendig ist und giftig sein soll. (B.)

»Folgt diesem losen Spiel denn nichts?«: In der Türkei eine gehörige, hier eine ungehörige und überflüssige Frage, die wörtlich wie im Text von einem Perser an Morier gerichtet wurde, als er in Pera einen Walzer sah. – Siehe Moriers Reisen. (B.)

Fitzpatrick: Richard F. (1747–1813) kämpfte im amerikanischen Unabhängigkeitskrieg, wurde Parlamentsabgeordneter und später Kriegsminister und spielte eine führende Rolle in der Londoner Gesellschaft. Byron sieht in ihm sowie in dem geistreichen Komödiendichter R. B. Sheridan (1751–1816) und dem notorischen Lebemann Duke of Queensberry (1724–1810) die typischen Repräsentanten des leichtlebigen und galanten 18. Jahrhunderts.

DER GIAUR

Mit dem *Giaur (The Giaour)* eröffnete Byron die fünfteilige Serie seiner türkisch-griechischen Verserzählungen. Das Werk, das im Juni 1813 erschien, geht in seinem Kern auf eine wahre, selbsterlebte Begebenheit zurück: Im Sommer 1810 traf Byron bei Athen auf eine türkische Eskorte, die in einem Sack ein junges Sklavenmädchen mit sich führte, das gegen den Buchstaben des strengen mohammedanischen Gesetzes verstoßen hatte und zur Strafe im Meer ertränkt werden sollte. Byron zwang den Anführer mit vorgehaltener Pistole, zum türkischen Gouverneur zurückzukehren, und erwirkte schließlich die Freilassung der Verurteilten. Ob Byron oder sein türkischer Diener als Liebhaber des Mädchens selber Anlaß zu der Verurteilung gegeben hatte, ist nicht sicher verbürgt, aber immerhin denkbar. Jedenfalls ist das finster überschattete Bild des Giaurs partiell als Selbstporträt des Dichters zu verstehen.

Der Erfolg der Verserzählung war gewaltig: Bis zum Jahresende 1813 erlebte sie nicht weniger als acht Auflagen, die jeweils eine erweiterte Fassung boten. Auch hier war das Publikum offensichtlich fasziniert von der fremdländisch-märchenhaften Kulisse, von der romantischen Düsternis des Geschehens und von der Verve der Darstellung, die sich diesmal eines knappen, zupackenden vierhebigen Verses, gelegentlich unterbrochen durch Fünfheber, bediente – ohne Zweifel in Anlehnung an Walter Scotts Epenstil. Andere Einflüsse gesteht der Dichter in einer Anmerkung (s. Anm. zu S. 227) selber ein, zumal die Anleihen an William Beckfords *Vathek*, eines von Byrons Lieblingsbüchern, das wesentlich zum orientalischen Kolorit des *Giaur* beitrug.

192 *Arnauten*: Albanier.
Mainoten: Ein kleines griechisches Bergvolk, das in heroischem Widerstand seine Unabhängigkeit von den Türken wahrte.
Morea: Peloponnes.

193 *des Atheners Grab*: Ein Grabmal über den Felsen des Vorgebirges, das einige für das Grab des Themistokles halten. (B.)
Colonna: Kap an der Südspitze von Attika.
Sultanin der Nachtigall: Die Anhänglichkeit der Nachtigall an die Rose ist eine wohlbekannte persische Legende. Wenn ich mich nicht irre, lautet einer ihrer Beinamen »Bülbül der tausend Geschichten«. (B.) – Bülbüls sind drosselähnliche Singvögel, die zoologisch mit der Nachtigall nichts zu tun haben. Die früher häufige Gleichsetzung von Bülbül und Nachtigall beruht also auf einem Irrtum.

195 *Der erste Schlaf des Todes liegt*: Ich hoffe, daß wenige meiner Leser jemals Gelegenheit gehabt haben, das, was ich hier zu schildern versuche, selbst zu beobachten; wer es aber gesehen hat, wird wahrscheinlich eine schmerzliche Erinnerung an jene eigentümliche Schönheit bewahren, welche, mit wenigen Ausnahmen, in den ersten Stunden nach der Flucht der Seele über die Züge der Toten sich ausbreitet. Merkwürdig ist, daß in Fällen eines gewaltsamen Todes durch Schußwunden das Gesicht auch des energischsten Mannes stets einen Ausdruck der Erschlaffung annimmt, während da, wo der Tod einer Stichwunde folgt, das Antlitz alle Zeichen der Empfindung oder der Wut und der Geist seine Bewegung bis zuletzt festhält. (B.)

197 *Sklaven eines Sklaven*: Athen ist im Besitz des Kislar Aga [Kizlaraghasi] (Sklave des Serails und Hüter der Frauen), der die Woiwoden ernennt. Ein Kuppler und Eunuch – das sind keine feinen, aber wahre Bezeichnungen – beherrscht gegenwärtig den Beherrscher Athens. (B.)
Wer kommt auf schwarzem Hengst . . .: Der Erzähler ist ein türkischer Fischer, der tagsüber im Golf von Ägina arbeitet und abends aus Angst vor den mainotischen Piraten im Hafen von Leone, dem alten Piräus, Zuflucht sucht. Er wird zum Augenzeugen der allermeisten nachfolgenden Begebenheiten und in einer sogar zum Mithandelnden.

198 *Giaur*: Ungläubiger, Nichtmohammedaner.

199 *Tophaiken*: »Tophaike« heißt die Muskete. Der Beiram [Fest zum Abschluß des Fastenmonats Ramadan] wird bei Sonnenuntergang durch Kanonenschüsse angekündigt; die Illumination der Moscheen und das Abfeuern von Flinten aller Art verkünden ihn in der Nacht. (B.)

Dscherid: Ein stumpfer türkischer Wurfspieß, der vom Pferd herab mit großer Kraft und Genauigkeit geschleudert wird. Das ist eine Lieblingsübung der Muselmanen; doch ich weiß nicht, ob man sie als *männlich* bezeichnen darf, denn die Besten in dieser Kunst sind die Schwarzen Eunuchen von Konstantinopel. Ich glaube, nach diesen war ein Mameluk in Smyrna der Geschickteste von denen, die ich selbst beobachtet habe. (B.)

200 *Simum*: Der Wüstensturm, der alles Leben vernichtet und oft in der orientalischen Dichtung erwähnt wird. (B.)

202 *das allen Zuflucht bot*: Ich brauche kaum zu bemerken, daß Mildtätigkeit und Gastfreundschaft die ersten Pflichten sind, die Mohammed verlangt, und um die Wahrheit zu sagen, sie werden von seinen Anhängern auch sehr weitgehend erfüllt. Das erste Lob, das einem hohen Herrn gespendet wird, ist ein Preis seiner Wohltätigkeit, das zweite gilt seiner Tapferkeit. (B.)

Ataghane: Der Athagan, ein langer Dolch, wird mit den Pistolen im Gürtel getragen, in einer Scheide von Metall, gewöhnlich von Silber, bei den Reichern vergoldet oder golden. (B.)

grüne Tracht: Grün ist die privilegierte Farbe der zahlreichen vorgeblichen Nachkommen des Propheten; bei diesen, wie hier, scheint der Glaube (das Familienerbteil) die Notwendigkeit guter Werke aufgehoben zu haben: Sie sind die schlechtesten einer sehr gleichgültigen Brut. (B.)

Salam: »Salam aleikum! aleikum salam!« (Friede sei mit euch! mit euch sei Friede!) – die Begrüßung, welche dem Rechtgläubigen vorbehalten ist; für einen Christen sind »Urlarula!« (Glückliche Reise!) oder »Saban hiresem! Saban serula!« (Guten Morgen! Guten Abend!) und zuweilen »Möge dein Ende glücklich sein!« die gebräuchlichsten Begrüßungen. (B.)

203 *Königin der Schmetterlinge*: Der blauflügelige Schmetterling von Kaschmir, der seltenste und schönste aller Gattungen. (B.)

204 *Skorpion*: Anspielung auf den zweifelhaften Selbstmord des Skorpions, wenn er von zartfühlenden Philosophen zum Versuch in solche Lage gebracht wird. Einige behaupten, daß die Richtung des Stachels, gegen den Kopf gewendet, bloß eine krampfhafte Bewegung sei; andere aber haben wirklich auf »Felo de se« [Selbstmord] erkannt. Die Skorpione sind gewiß an einer schnellen Entscheidung dieser Frage interessiert, da es ihnen, wenn sie einmal förmlich als Insekten-Catos anerkannt sind, wahrscheinlich erlaubt werden

wird, so lange zu leben, wie sie es für richtig halten, ohne um einer Hypothese willen gemartert zu werden. (B.)

205 *Phingari*: Der Mond. (B.)

Rubin von Istakar: Der berühmte fabelhafte Rubin des Sultans Dschemschid, des Verschönerers von Istakar; seines Glanzes wegen Schebgerag, »Die Fackel der Nacht«, auch »Der Becher der Sonne« genannt. (B.)

Al-Sirat: Die Brücke Al-Sirat – schmäler als der Faden einer ausgehungerten Spinne und spitzer als die Schneide eines Schwerts –, über welche die Muselmanen in das Paradies *schlittern* müssen, zu dem sie der einzige Zugang ist. Doch dies ist nicht das Ärgste: Der Strom darunter ist die Hölle selbst, in welche, wie zu erwarten, die Ungeschicktesten und unsicher Tretenden mit einem *facilis descensus Averni* hinabtaumeln, zu nicht sehr erfreulichem Anblick der Nachfolgenden. Für Juden und Christen gibt's einen kürzeren Weg hinunter. (B.)

schnöder Wollust Spiel und Raub: Ein verbreiteter Irrtum: Der Koran bewilligt wenigstens ein Drittel des Paradieses den Frauen von guter Aufführung; aber die bei weitem größere Zahl der Muselmanen erklärt den Text auf ihre eigene Weise und schließt ihre besseren Hälften vom Paradiese aus. Als Feinde alles Platonischen können sie nichts Angenehmes an den Seelen des anderen Geschlechtes finden, welche sie den Huris unterordnen. (B.)

206 *der Granate junger Baum*: Ein orientalisches Gleichnis, welches, obwohl ein gut angebrachtes Plagiat, dennoch *plus arabe qu'en Arabie* scheinen mag. (B.)

Des Haares hyazinthne Flut: Hyazinthenfarbig, im Arabischen »Sunbul«, eine ebenso gebräuchliche Vorstellung bei orientalischen Dichtern, wie sie es bei den Griechen war. (B.)

Frangistan: Zirkassien. (B.) – Hier allgemein auf Europa bezogen, das Land der »Franken«.

207 *Liakuri*: Parnassos.

208 *Bismillah*: »Im Namen Gottes!«: Der Anfang aller Korankapitel, von einem abgesehen, sowie der Gebete und Danksagungen. (B.)

Tschiaus: Ein türkischer Bote oder Unterführer.

Da sträubt sein Bart sich . . .: Bei zornigen Muselmanen eine nicht ungewöhnliche Erscheinung. Im Jahre 1809 geriet der Backenbart des Kapudan Pascha während einer diplomatischen Audienz vor Entrüstung in so lebhafte Bewegung wie der Bart einer Tigerkatze, zum Entsetzen aller Dragomans; der ungeheure Schnurrbart zuckte und richtete sich von selbst in die Höhe, und man erwartete jeden Augenblick, daß er auch die Farbe ändern werde; am Ende begab er sich aber doch wieder zur Ruhe, was wahrscheinlich mehr Köpfe rettete, als er selbst Haare enthielt. (B.)

»Aman«: Gnade, Pardon.

209 *böses Augenpaar*: Der »böse Blick«, ein in der Levante gewöhnlicher Aberglaube, dessen eingebildete Wirksamkeit sich jedoch sattsam an denen äußert, welche davon ergriffen werden. (B.)

210 *Palampor*: Der geblümte Schal, meistens von Personen von Rang getragen. (B.)

211 *Kalpak*: Der Kalpak ist die starke Kappe oder der innere Teil der Kopfbekleidung; der Schal ist um ihn gewunden und bildet den Turban. (B.)

212 *Turbanknauf*: Der Turban, der Pfeiler und der inschriftliche Vers verzieren die Gräber der Osmanen, auf dem Friedhof wie in der Wildnis. In den Gebirgen geht man oft an ähnlichen Mementos vorüber, und auf Nachfrage wird man belehrt, daß sie an Opfer des Aufruhrs, der Ausraubung oder der Rache erinnern. (B.)

»Alla hu!«: Die Schlußworte des Rufes zum Gebet, den der Muezzin an der Außenseite des Minaretts von der höchsten Galerie herab erschallen läßt. An einem stillen Abend, wenn der Muezzin eine angenehme Stimme hat, wie dies meistens der Fall ist, ist die Wirkung weit feierlicher und schöner als die aller Glocken der Christenheit. (B.)

die grünen Tücher wehn: Das folgende ist ein Teil eines Schlachtgesanges der Türken: »Ich sehe – ich sehe ein dunkeläugiges Mädchen des Paradieses! Sie weht mit einem Tuche und ruft laut: Komm! küsse mich! denn ich liebe dich!« (B.)

Monkir: Monkir und Nekir sind die Totenrichter, von welchen der Leichnam eine kurze Prüfung und vorbereitende Einübung zur Verdammnis zu bestehen hat. Wenn die Antworten nicht entsprechen, wird er mit einer Sense emporgerissen und mit einer glühendroten Keule niedergestampft, bis er gehörig bearbeitet ist, was mit anderen mithelfenden Prüfungen abwechselt. Das Amt dieser Engel ist keine Sinekure; es sind ihrer nur zwei, und da die Anzahl der orthodox Verstorbenen nur in geringem Verhältnis zu allen übrigen steht, so haben sie immer vollauf zu tun. (B.)

Eblis: Der orientalische Fürst der Finsternis. (B.)

Vampir: Der Vampir-Aberglaube ist noch allgemein verbreitet in der Levante. Der ehrliche Tournefort erzählt eine lange Geschichte davon, welche Southey in den Anmerkungen zu *Thalaba* für diese »Vroukolochas«, wie er sie nennt, anführt. Die romaische Benennung ist »Vardoulacho«. Ich erinnere mich einer ganzen Familie, welche, durch das Gekreisch eines Kindes erschreckt, glaubte, daß dies von einem solchen Besuch herrühren müsse. Die Griechen erwähnen dies Wort nie ohne Schauder. Ich finde, daß »Broukolokas« die echte alte hellenische Benennung ist; wenigstens wurde sie oft auf Arsenius angewendet, der nach Meinung der Griechen nach seinem Tode vom Teufel wiederbelebt wurde. Die Modernen jedoch bedienen sich des oben erwähnten Wortes. (B.)

213 *... Von deinem besten Herzblut naß*: Die Frische des Angesichts und das Triefen der Lippe von Blut sind die nie trügenden Kennzeichen eines Vampirs. Die Geschichten, welche man in Ungarn und Griechenland von diesen scheußlichen Fressern erzählt, sind sehr seltsam, und einige davon – aber höchst unglaublich – beglaubigt. (B.)

Afrit und Ghul: Dämonen.

»Wie wird der Kaloyer da genannt ...«: Diese Frage stellt offenkundig der Fischer, der Erzähler des ersten Teils, und die Antwort gibt ein Kaloyer (Mönch) des Klosters, in dem sich der Giaur die letzten sechs Jahre aufgehalten hat.

215 *Das Antlitz grinst ...*: Hier spricht offensichtlich der Dichter.

216 *»Umwallt von des Gewandes ...«*: Hier spricht der Mönch.

217 *Auch weichste Herzen ...*: Hier spricht wieder der Dichter.

218 *Pelikan*: Der Pelikan, wie ich glaube, ist ein Vogel, den man mit dieser Benennung schmäht, weil man von ihm glaubt, daß er die Jungen mit seinem Blute nähre. (B.)

»Vater, du lebtest ...«: Das Geständnis des sterbenden Giaurs vor dem Prior des Klosters.

221 *ahnend Ohr*: Diesen Aberglauben des zweiten Gehörs (denn ein richtiges zweites Gesicht ist mir im Orient nie aufgestoßen) hatte ich einmal selbst zu beobachten Gelegenheit. Während meiner dritten Reise nach Kap Colonna, im Frühjahr 1811, bemerkte ich, als wir durch einen Engpaß ritten, wie Derwisch Tahiri ein wenig vom Wege abbog und die Hand wie vor Schmerz an den Kopf hielt. Ich ritt hinzu und erkundigte mich. »Wir sind in Gefahr«, antwortete er. »Was für Gefahr? Wir sind nicht in Albanien oder in den Pässen nach Ephesus, Missolunghi oder Lepanto; wir sind zahlreich, gut bewaffnet, und die Choriaten haben nicht den Mut, um Räuber zu sein.« – »Wohl wahr, Effendi; aber trotzdem hallt der Schuß mir im Ohr.« – »Der Schuß? den ganzen Morgen ist keine Flinte abgefeuert worden.« – »Ich hör es aber doch, bum, bum, so deutlich wie deine Stimme.« – »Bah!« – »Wie es dir beliebt, Effendi; wenn es geschrieben steht, wird es geschehen.« – Ich verließ den feinhörigen Fatalisten und ritt an seinen christlichen Landsmann Basili heran, dessen Ohr zwar nicht im mindesten prophetisch war, aber die Nachricht keineswegs goutierte. Wir gelangten nach Colonna, verweilten etliche Stunden und kehrten in bequemem Schritt zurück, unter einer Fülle geistreicher Bemerkungen (in mehr Sprachen, als den Turmbau zu Babel störten) über den falschen Propheten: Romaisch, Arnautisch, Türkisch, Italienisch und Englisch ward in vielfältigen Späßen gegen den unglücklichen Muselman losgelassen. Während wir die schöne Aussicht betrachteten, machte mein Derwisch sich bei den Säulen zu schaffen. Ich dachte, er sei aus Verrücktheit Archäologe geworden, und fragte ihn, ob er ein Palaocastro-Mann ge-

worden sei. »Nein«, sagte er, »aber diese Pfeiler sind gut, um Posto zu fassen«, nebst anderen Bemerkungen, welche wenigstens bewiesen, daß er an seine störende Gabe des Voraushörens selbst glaubte. Bei unserer Rückkehr nach Athen hörten wir von Leone, einem einige Tage nachher ans Land gesetzten Gefangenen, den beabsichtigten Angriff der Mainoten, welcher mit der Ursache, weshalb er nicht stattfand, in den Anmerkungen zum Childe Harold, Gesang 2, erwähnt wird. Ich war bemüht, den Mann auszufragen, und er beschrieb Kleidung, Waffen und Abzeichen der Pferde so genau, daß wir, da noch andere Umstände dazu kamen, nicht zweifeln konnten, er sei in spitzbübischer Gesellschaft und wir seien in übler Nachbarschaft gewesen. Der Derwisch galt nun sein Leben lang als Wahrsager, und ich darf sagen, daß er jetzt mehr Musketen hört, als je abgefeuert werden sollen, zum großen Ergötzen der Arnauten von Berat und seiner heimischen Berge. – Ich erwähne noch einen Zug von dieser ungewöhnlichen Menschengattung. Im März 1811 kam ein auffallend stämmiger und eifriger Arnaut (ich glaube, der fünfzigste mit dem nämlichen Antrag), sich als Bedienter anzubieten, welches abgelehnt wurde. »Wohl, Effendi!« sprach er; »möget Ihr leben! Ihr würdet mich brauchbar gefunden haben. Morgen gehe ich aus der Stadt in die Berge; im Winter kehre ich zurück; vielleicht werdet Ihr mich dann annehmen.« Der Derwisch, welcher gegenwärtig war, bemerkte als gewöhnlich und nicht von Folgen: »Er wird indessen zu den Klephten (Räubern) stoßen«, was buchstäblich wahr gewesen. – Werden sie nicht ausgerottet, so kommen sie im Winter herab und leben unbelästigt in irgendeiner Stadt, wo sie oft ebenso bekannt sind wie ihre Taten. (B.)

224 *Heilt keines Priesters Beistand je*: Die Predigt des Mönchs ist weggeblieben. Sie scheint auf den Patienten so wenig Eindruck gemacht zu haben, daß sie von dem Leser vollends nichts zu hoffen hatte. Ich beschränke mich auf die Bemerkung, daß sie die übliche Länge hatte (wie aus den Unterbrechungen und der Ungeduld des Büßers geschlossen werden kann) und in dem näselnden Tone aller orthodoxen Prediger gesprochen ward. (B.)

226 *Symar*: Leichentuch. (B.)

227 *Wovor der Schritt des Pilgers stockt*: Der Vorfall, auf den sich diese Erzählung bezieht, ist keiner von den ungewöhnlichen in der Türkei. Vor wenigen Jahren beklagte sich die Gemahlin des Muchtar Pascha bei ihrem Vater über seines Sohnes vermeintliche Untreue; er fragte, mit wem?, und sie hatte die Grausamkeit, ihm ein Verzeichnis von zwölf der schönsten Frauen in Janina zu übergeben. Diese wurden ergriffen, in Säcke gebunden und in derselben Nacht in den See geworfen. Eine von den Wachen, die dabei gegenwärtig war, erzählte mir, daß keines der Opfer einen Schrei ausstieß oder ein Zeichen der Angst zeigte bei einem so plötzlichen »Losreißen

von allem, was wir kennen, von allem, was wir lieben«. Das Schicksal Phrosines, des schönsten dieser Opfer, ist der Gegenstand manches romaischen und arnautischen Liedes. Die Geschichte dieses Fragments wurde vor mehreren Jahren als die eines jungen Venezianers erzählt und ist jetzt beinahe vergessen. Ich hörte sie zufällig von einem Kaffeehaus-Geschichtenerzähler vortragen, deren es unzählige in der Levante gibt, die ihre Geschichten entweder singen oder erzählen. Die Zusätze und Einschübe des Übersetzers werden sich von dem übrigen durch den Mangel an orientalischer Bildlichkeit nicht unterscheiden lassen; und ich bedaure nur, daß mein Gedächtnis nur so wenige Fragmente des Originals behielt. – Den Inhalt einiger Anmerkungen verdanke ich zum Teil Herbelot, teils jener wahrhaft orientalischen und, wie Weber sie mit Recht nennt, erhabenen Erzählung, *Kalif Vathek*. Ich weiß nicht, aus welcher Quelle der Verfasser dieses einzigartigen Buches seine Materialien geschöpft haben mag; einige seiner Ereignisse sind in der *Bibliothèque orientale* zu finden; aber in Richtigkeit des Kostüms, Schönheit der Beschreibung und Gewalt der Einbildungskraft übertrifft es weit alle europäischen Nachahmungen und trägt solche Merkmale der Originalität, daß diejenigen, welche den Orient besuchten, schwer glauben werden, daß es mehr als eine Übersetzung sei. Als orientalische Erzählung muß auch Rasselas sich vor ihm beugen; sein »Glückliches Tal« hält keinen Vergleich aus mit »Eblis' Halle«. (B.)

DIE BRAUT VON ABYDOS

Seine zweite Verserzählung des türkisch-griechischen Zyklus, *Die Braut von Abydos (The Bride of Abydos)*, schrieb Byron Anfang November 1813 »in vier Nächten« (Tagebucheintrag vom 16. 11) bzw. »in einer Woche« (Brief an Gifford vom 12. 11.) nieder, gleichsam als poetische Ausflucht aus seiner unglücklichen Liebe zu Lady Frances, der Gattin seines damaligen Gastgebers James Wedderburn Webster von Aston Hall, Rotherham. »Ich glaube, die Arbeit daran hat mich am Leben erhalten – denn sie wurde geschrieben, um meine Gedanken von der Erinnerung an — abzulenken« (Tagebuch, 14. 11. 1813). Die ungenannte Dame ist offensichtlich Lady Frances, aber im Hintergrund taucht auch wieder Byrons Halbschwester Augusta auf, deren Gestalt im Grundmotiv der *Braut von Abydos*, in der schuldhaft-verhängnisvollen Liebesbeziehung zwischen den Geschwisterkindern Selim und Suleika, deutlich durchscheint.

Byron hielt nicht allzuviel von diesem schnell hingeworfenen Versgedicht, dessen uneinheitliches Metrum und unausgeglichene Sprache die Hast des Dichters verraten, aber er stellte es immerhin über den kurz zuvor erschienenen *Giaur* und bezeichnete es als »meine erste längere geschlossene Komposition«. Der Erfolg strafte seine Bedenken Lügen: Von der *Braut von Abydos*, die bereits am 29. 11. 1813 gedruckt vorlag, erschienen in den ersten beiden Monaten fünf jeweils verbesserte Neuauflagen.

231 *Kennt ihr das Land* . . .: Diese Eingangsverse wurden mit hoher Wahrscheinlichkeit durch die Anfangszeile von Goethes Gedicht »Mignon«, »Kennst du das Land, wo die Zitronen blühn . . .«, angeregt.

233 *Medschnuns Mär und Sadis Sang*: Medschnun und Leila, der Romeo und die Julia des Orients. Sadi, der moralisierende Dichter Persiens. (B.)

Tambour: Türkische Trommel, die bei Sonnenaufgang, am Mittag und am Abend ertönt. (B.)

235 *Ein Araber mir lieber ist*: Die Türken hassen die Araber (die das Kompliment hundertfach zurückgeben) sogar noch mehr als die Christen. (B.)

Musik . . . von ihrem Antlitz hauchend: Dieser Ausdruck hat Widerspruch gefunden. Ich will mich nicht auf »den Mann, der nicht Musik in seiner Seele hat«, berufen, sondern nur den Leser bitten, sich zehn Sekunden lang an die Züge desjenigen weiblichen Wesens zu erinnern, welches er für das schönste hält, und wenn er dann nicht vollständig versteht, was in der obigen Zeile nur schwach ausgedrückt ist, so bedaure ich uns beide. In dem neusten Werke der ersten Schriftstellerin dieses (vielleicht jedes) Zeitalters findet man eine beredte Stelle über die Analogie (und den unmittelbar durch diese Analogie angeregten Vergleich) zwischen Malerei und Musik (*De l'Allemagne*, III, 10). Und tritt dieser Zusammenhang in dem Original nicht stärker hervor als in der Kopie? In dem Kolorit der Natur stärker als in dem der Kunst? Am Ende ist dies mehr Sache des Gefühls als der Beschreibung; einige werden mich aber doch wohl verstehen oder würden mich wenigstens verstanden haben, wenn sie die sprechende Harmonie des Gesichtes gesehen hätten, das den Gedanken eingab. Denn diese Stelle ist nicht nach der Phantasie gemalt, sondern nach der Erinnerung, jenem Spiegel, welchen die Trauer auf die Erde schleudert, um dann in den Scherben ihr Bild nur vervielfältigt zu sehen. (B.)

236 *Karasman*: Karasman (Kara Osman) Oglu ist der erste Grundbesitzer der Türkei, er beherrscht Magnesia. Diejenigen, welche nach einer Art Lehnsystem Land gegen Kriegsdienst innehaben, heißen Timarioten; sie dienen als Spahis, nach Verhältnis ihres Gebietes, und stellen eine gewisse Anzahl Leute, meistens Reiterei, ins Feld. (B.)

Todesferman: Todesbotschaft.

den verdienten Botenlohn: Wenn ein Pascha stark genug ist, um Widerstand zu leisten, wird statt seiner der einzelne Bote, der als erster den Todesbefehl zu überbringen hat, [mit der seidenen Schnur] erdrosselt, und manchmal geschieht auf Befehl des Widerspenstigen dasselbe mit den fünf oder sechs anderen, die mit dem gleichen Auftrag zu ihm kommen. Ist er jedoch schwach oder loyal, so verneigt er sich, küßt die ehrwürdige Unterschrift des Sultans und wird in aller Form erdrosselt. Im Jahre 1810 waren in der Nische des Serailtors mehrere Köpfe von Erdrosselten ausgestellt, unter anderem der des Paschas von Bagdad, eines tapferen jungen Mannes, der nach verzweifeltem Widerstand durch Verrat sein Haupt verlor. (B.)

237 *Er klatscht dreimal*: Das Händeklatschen ruft die Diener herbei. Die Türken hassen jeden überflüssigen Stimmaufwand und haben keine Glocken. (B.)

Tschibuk: Die türkische Pfeife; ihr Bernsteinmundstück und manchmal auch der Kopf sind mit kostbaren Steinen verziert, wenn sie einem wohlhabenden Mann gehört. (B.)

Mograbi: Maurische Söldner. (B.)

Delis: Bravos, die bei der Kavallerie auf verlorenem Posten kämpfen und stets das Gefecht eröffnen. (B.)

Kislar: Oberhaupt der schwarzen Eunuchen.

... schlitzt den Schal: Ein zusammengedrehtes Stück Filz wird von den Türken bei den Säbelübungen benutzt, und kaum eine andere Waffe als die der Muselmanen vermag es mit einem einzigen Hieb zu spalten; zuweilen dient auch ein fester Turban demselben Zweck. Der Dscherid ist ein lebhaftes und anmutiges Kampfspiel, das mit stumpfen Speeren ausgetragen wird. (B.)

Er stützt das Haupt ...: Bezieht sich auf den jungen Selim.

238 *Atar-Gul*: Rosenöl; das persische ist das feinste. (B.)

Bülbül: Nachtigall (s. auch Anm. zu S. 193).

239 *Azrael*: Der Engel des Todes. (B.)

alle Schätze: Die Schätze der präadamitischen Sultane. Vgl. D'Herbelot, Artikel *Istakar*. (B.)

241 *Muslim*: Ein Gouverneur, der im Rang gleich unter einem Pascha steht; ein Woiwode ist der dritte, und dann kommen die Agas. (B.)

Egripo: Negroponte. Nach dem Sprichwort sind die Türken von Egripo, die Juden von Saloniki und die Griechen von Athen jeweils die schlimmsten ihrer Rasse. (B.)

243 *Tschokadar*: Ein Diener, der einem hohen Herrn vorausgeht. (B.)

244 *Helles Flut*: Hellespont.

blinden Greis: Homer.

245 *Mit breitem Strom*: Das Gezänk über das homerische Beiwort des Hellespont, ob es »breit« oder »grenzenlos« oder sonst etwas bedeute, hat alle Grenzen der Möglichkeit überschritten. Selbst an Ort und Stelle habe ich das Wort anfechten hören, und da ich ein baldiges Ende der Kontroverse nicht absah, unterhielt ich mich mittlerweile

mit dem Durchschwimmen des Streitobjekts, was ich vor Abschluß der Sache noch einmal wiederholen könnte. Die noch immer fortlebenden Zweifel an der Wahrheit der »göttlichen Mär von Troja« beruhen wirklich teilweise auf dem magischen Worte απειϱος; wahrscheinlich hatte Homer vom Raum ähnliche Ansichten wie eine Kokette von der Zeit; wenn er grenzenlos sagt, meint er eine halbe Meile, wie die letztere, mit analoger Kühnheit, ein Verhältnis von drei Wochen ewige Liebe nennt. (B.)

Wo Ammons Sohn den Wettlauf lief: Alexander, vor dem persischen Feldzug; er bekränzte den Altar mit Lorbeern. Sein Wettlauf wurde später von Caracalla nachgeahmt, welcher sogar einen Freund, Festus, vergiftet haben soll, um eine neue Leichenfeier des Patroklus veranstalten zu können. Auf den Gräbern des Achilles und Antilochus habe ich selbst die Schafe weiden sehen. (B.)

246 *die duft'ge Bernsteinkette*: Wenn man den Bernstein reibt, strömt er einen leichten, aber nicht unangenehmen Duft aus. (B.)

Amulett: Der Glaube an Amulette ist noch allgemein im Orient. Sie sind auf Edelsteine graviert oder bestehen aus aufgeschriebenen Koranversen in goldenen Behältern, die man um Hals, Arm oder Handgelenk trägt. Der Kuhrsi- oder Thron-Vers im zweiten Kapitel des Koran, welcher die Eigenschaften Gottes beschreibt, wird als der erhabenste und meistgeehrte Spruch auf diese Weise von den Frommen getragen. (B.)

Komboloio: Ein türkischer Rosenkranz. Die Handschriften, zumal die persischen, sind reich verziert und illuminiert. Die griechischen Frauen werden in äußerster Unwissenheit gehalten; doch viele türkische Mädchen sind hoch gebildet, wenn auch kaum geeignet für eine christliche Koterie. (B.)

Schiras: Hauptstadt der persischen Provinz Fars, berühmt für ihr Rosenöl.

247 *Darüber schweiget der Prophet*: Ein Irrtum Byrons: Nach dem Koran geht auch die Seele der Frau in den Himmel ein.

248 *Kandiot*: Kreter.

Galiondschi: Türkischer Seemann.

250 *Kains Neffen*: Man beachte, daß alle Anspielungen auf irgendwelche Dinge oder Personen des Alten Testaments, wie etwa auf die Arche oder Kain, gleichermaßen das Vorrecht des Muselmanen und des Christen sind. [. . .] (B.)

Paswans Rebellenhorden: Paswan Oglu [1758–1807], der Rebell von Widdin, der in seinen letzten Lebensjahren der gesamten Macht der Pforte trotzte. (B.)

Roßschweif: Das Banner des Propheten. (B.)

251 *Ein hast'ger Schluck*: Jaffir, Pascha von Argyrocastro oder von Skutari – ich bin nicht sicher, was von beiden zutrifft –, wurde wirklich auf die im Text beschriebene Weise von dem Albanesen Ali be-

seitigt. Einige Jahre, nachdem die Geschichte in einem Bade zu Sofia oder Adrianopel passiert war, heiratete Ali Pascha die Tochter seines Schlachtopfers, als ich im Lande war. Das Gift war in den Kaffee gemischt, den der Badewärter nach dem Ankleiden vor dem Scherbett anbietet. (B.)

Paschalik: Amt oder Bezirk eines Paschas.

253 *Brussa*: Stadt in Kleinasien, unweit des Marmarameers.

254 *ich sah sie alle*: In der Vorstellung der Türken beschränken sich fast alle Inseln auf den Archipelagus, von dem hier die Rede ist. (B.)

Lambros Schar: Lambro Canzani [Lambros Katzones], ein Grieche, der berühmt wurde durch seine Anstrengungen, die er 1789–90 für die Befreiung seines Landes machte. Von den Russen im Stich gelassen, wurde er zum Piraten, und der Archipelagus war der Schauplatz seiner Unternehmungen. Er soll noch am Leben sein und in Petersburg wohnen. Er und Riga sind die beiden bekanntesten griechischen Revolutionäre. (B.)

255 *Rajahs*: So heißen alle [Ungläubigen], welche die Kopfsteuer, den »Haratsch«, bezahlen. (B.)

Aden: »Jannat-el-Aden«, der ewige Aufenthalt, das Paradies der Muselmanen. (B.)

261 *Turbanstein*: Ein in Stein gemeißelter Turban schmückt nur die Gräber der Männer. (B.)

Wul-wulleh: Die Totenklage der türkischen Frauen. Die »schweigenden« Sklaven sind die Männer, denen die Schicklichkeit öffentliche Wehklagen verbietet. (B.)

DER KORSAR

Der *Korsar (The Corsair)*, das dritte Stück des türkisch-griechischen Epenkreises, ist das vielleicht verblüffendste Beispiel Byronscher Vers(zauber)kunst: In nur zehn Tagen, vom 18. bis 27. Dezember 1813, entstand das ziemlich umfangreiche Werk, das am 1. Februar 1814 bereits gedruckt vorlag und am Tag des Erscheinens in 10000 Exemplaren verkauft wurde!

Der außerordentliche Erfolg dieses Versgedichts erklärt sich vor allem aus der publikumswirksamen Mischung von vergleichsweise konventionellen Handlungselementen, die sich zu einem spannenden »Roman in Versen« zusammenfügen, und breiten dämonisch-tragischen Seelenschilderungen, in denen sich der von Byron geschaffene Heldentypus wiederum eindrucksvoll manifestiert. Gewiß ist viel Persönliches und Selbsterlebtes in die Gestalt des zugleich heroischen und weltschmerzlerischen Korsaren eingeflossen, aber auch mancherlei literarische Anregungen, von Miltons Satan und Schillers Karl Moor bis hinab zu den Standardfiguren drittklassiger zeitgenössischer Schauer- und Räuberromane, haben dieses Heldenporträt mitgeprägt. Eine sichere Quelle für den Handlungsablauf der Verserzählung hat sich indes nicht nachweisen lassen; er ist wohl weitgehend Byrons eigene Erfindung.

265 *I suoi pensieri . . .*: »Seine Gedanken können in ihm nicht schlafen.«

266 *Thomas Moore*: Aus Irland stammender bedeutender Dichter der englischen Romantik; Byron hatte ihn im November 1811 kennengelernt und zum Freund gewonnen.
mit der Abfassung eines Gedichts: Moores Hauptwerk, der orientalische Epenzyklus *Lalla Rookh*, der 1817 erschien.
Collins: William Collins (1721–59) hatte 1742 seine *Persian Eclogues* veröffentlicht, die 1757 unter dem Titel *Oriental Eclogues* neu erschienen. In der ersten Ausgabe waren so viele fehlerhafte Darstellungen des orientalischen Schauplatzes stehengeblieben, daß der Autor sein Werk im Scherz gern als »irische Eklogen« bezeichnete.

267 *Spenser-Stanze*: Vgl. Anm. zu S. 7.

269 *Nessun maggior dolore . . .*: »Kein größerer Schmerz, als im Elend der Zeit des Glücks zu gedenken.«
unsre Heimat: Die Zeit mag in diesem Gedicht im Verhältnis zu den Begebenheiten zu kurz erscheinen, doch alle ägäischen Inseln liegen nur wenige Segelstunden vom Festland entfernt, und der Leser muß sich freundlicherweise des Windes bedienen, wie ich es oft getan habe. (B).

281 *Ariost*: *Orlando furioso*, 10. Gesang. (B). – Anspielung auf die Episode, in der Olympia von Bireno verlassen wird.
Theseus: Theseus verließ Ariadne auf Naxos.

284 *die ihr Takt phosphorisch ritzt*: Des Nachts, zumal in warmen Breiten, folgt jedem Ruderschlag, jeder Bewegung des Bootes oder Schiffs ein Aufblitzen des Wassers, das wie ein Wetterleuchten aussieht. (B.)

285 *Conosceste i dubbiosi desiri?*: »Habt ihr erkannt die zweifelhaften Wünsche?«
Koron: Am Messenischen Golf im Süden der Peloponnes.

286 *nüchternes Getränk*: Kaffee. (B.)
Tschibuks: Pfeifen. (B.)
Almas: Tanzmädchen. (B.)

287 *Scalanova*: An der Küste Kleinasiens, südlich von Smyrna.
Saik: Orientalischer Küstensegler.

288 *Diwan*: Rat, Versammlung.

289 *meines Ordens Zwang*: Die Derwische gehören, wie die Mönche, verschiedenen Schulen und Orden an. (B.)
Satanai: Satan. (B.)

290 *Er rauft den Bart . . .*: Ein häufiges und nicht sehr originelles Zei-

chen muselmanischen Zorns. Vgl. Prinz Eugens *Mémoires*, 1811, S. 6: »Der Seraskier war am Schenkel verwundet; er riß sich den Bart mit den Wurzeln aus, weil er gezwungen war, das Feld zu räumen.« (B.)

291 *Gulnar*: Ein Frauenname; er bedeutet wörtlich soviel wie Granatapfelblüte. (B.)

297 *noch vom Schafott*: Ich erinnere an Sir Thomas More auf dem Schafott und an Anna Boleyn im Tower, welche ihren Hals mit den Fingern umspannte und meinte, er sei »zu dünn, um dem Scharfrichter viel Umstände zu machen«. Während der französischen Schrekkenszeit wurde es Mode, ein Bonmot als Vermächtnis zu hinterlassen, und eine Sammlung der damals ausgesprochenen letzten Scherzworte würde ein schauerliches Witzbuch von erheblichem Umfange liefern. (B.)

301 *Como vedi* . . .: »Wie du siehst, hat es mich noch nicht verlassen.« *Langsam versinkt* . . .: Die einleitenden Verse bis zum Abschnitt 2 haben hier vielleicht wenig zu suchen und wurden einem unveröffentlichten (obgleich gedruckten) Gedicht beigefügt; sie wurden jedoch an Ort und Stelle im Frühjahr 1811 geschrieben, und der Leser – ich weiß allerdings kaum, wieso – muß entschuldigen, daß sie hier erscheinen – sofern er dies vermag. (B.) – Vgl. die wörtlich übereinstimmenden ersten 54 Zeilen des Versgedichts *Der Fluch der Minerva* (S. 169f.) sowie die Anmerkungen dazu.

304 *Kugelschnur:* Der Komboloio oder mohammedanische Rosenkranz; er besteht aus 99 Kugeln. (B.)

317 *Blumenstrauß*: Im Morgenland ist es Sitte, den Körper der Toten mit Blumen zu bestreuen und jungen Menschen einen Strauß in die Hand zu geben. (B.)

LARA

Im August 1814 veröffentlichte Byron, nachdem er zwischendurch aus aktuellem Anlaß eine große *Ode an Napoleon Buonaparte* verfaßt hatte, seine nächste Verserzählung unter dem Titel *Lara (Lara)*, die wahrscheinlich im Mai entstanden war. Der Schauplatz ist diesmal zwar nicht der sonst stets bevorzugte »Orient«, sondern, wie Byron in seiner ersten Anmerkung betont, ein fiktives Land in einer nicht exakt bestimmbaren Zeit, aber der Zusammenhang mit den voraufgegangenen griechisch-türkischen Erzählungen ist dennoch unverkennbar. Ja, es besteht kein Zweifel, daß *Lara* als direkte Fortsetzung des *Korsaren* gedacht war: Lara ist identisch mit Conrad, Kaled mit Gulnar. Zugleich enthält die Titelgestalt wiederum manche autobiographischen Elemente, die sich, wie so oft, vornehmlich um den Komplex der dämonisch-schuldhaften Liebe gruppieren.

Insgesamt wirkt das durchgehend in Blankversen geschriebene Werk inhaltlich geschlossener und formal strenger als der *Korsar*, doch der Hang zum Melodramatischen und zum überbordenden Pathos – zum Teil sicherlich eine Konzession an den damaligen Publikumsgeschmack – bleibt auch hier spürbar.

323 *Knechte*: Der Leser sei darauf hingewiesen, daß der Name Lara zwar spanisch ist, daß aber keine Einzelheiten der Orts- und Landschaftsbeschreibung den Schauplatz oder den Helden des Gedichts auf ein bestimmtes Land oder Jahrhundert festlegen; das Wort »Knecht«, das sich auf die unteren Klassen in Spanien, die niemals Leibeigene waren, korrekterweise nicht anwenden läßt, wurde dennoch benutzt, um die Anhänger unseres fiktiven Anführers zu bezeichnen. (B.)

327 *dies fleischlose Haupt:* Totenschädel; der junge Byron hatte eine makabre Vorliebe für polierte Schädel, mit denen er in den Jahren 1808/09 sein Arbeitszimmer ausstattete.

356 *In jener Nacht ...*: Die Vorgänge in diesem Abschnitt wurden angeregt durch die Beschreibung des Todes oder vielmehr der Bestattung des Herzogs von Gandia. »Der interessanteste und ausführlichste Bericht darüber stammt von Burchard, und er lautet im wesentlichen folgendermaßen: ›Am achten Tage des Juni speisten der Kardinal von Valenza und der Herzog von Gandia, Söhne des Papstes, mit ihrer Mutter Vanozza unweit der Kirche San Pietro ad vincula, zu Nacht, in Gesellschaft mehrerer anderer Personen. Als es spät wurde, erinnerte der Kardinal seinen Bruder, daß es Zeit sei, nach dem apostolischen Palast zurückzukehren; beide bestiegen ihre Pferde oder Maultiere und ritten, von nur wenigen Dienern begleitet, zusammen bis zu dem Palaste des Kardinals Ascanio Sforza. Hier eröffnete der Herzog seinem Bruder, er habe, ehe er nach Hause gehe, noch einen kleinen Vergnügungsbesuch abzustatten, entließ alle seine Leute bis auf einen Lakaien und einen Maskierten, der ihn während des Nachtmahls aufgesucht und auch vorher, seit einem Monate etwa, beinahe täglich im apostolischen Palast ihm aufgewartet hatte, nahm diesen letzteren hinter sich aufs Maultier und begab sich in die Judengasse; dort sollte der Diener bleiben und bis zu einer bestimmten Stunde auf ihn warten; wenn er um diese Zeit nicht wiederkomme, sollte der Diener nach Hause gehen. Der Herzog ritt dann, mit dem Maskierten hinter sich, fort, wohin, weiß ich nicht; aber in dieser Nacht ward er ermordet und in den Fluß geworfen. Auch der Lakai ward angefallen und tödlich verwundet und war so zugerichtet, daß er, aller Pflege ungeachtet, über das Schicksal seines Herrn keine verständliche Auskunft zu geben vermochte. Am Morgen setzten die beunruhigten Diener den Papst von dem abendlichen Ausritt seiner Söhne in Kenntnis und meldeten

ihm, daß der Herzog nicht nach Hause gekommen sei. Dies machte dem Pontifex nicht geringe Sorge, er vermutete aber, der Herzog werde wohl die Nacht bei irgendeiner Kurtisane zugebracht haben und warte dort, um nicht bei hellem Tage das Haus zu verlassen, den Abend ab. Als aber der Abend kam und er sich in seiner Erwartung getäuscht sah, ward er sehr betrübt und ließ verschiedene Personen vorladen, um sie auszufragen. Unter diesen war ein Mann namens Giorgio Schiavoni, welcher auf dem Flusse Holz aus einem Schiff gelöscht und zur Bewachung die Nacht an Bord zugebracht hatte. Auf die Frage, ob er in voriger Nacht jemanden in den Fluß habe werfen sehn, antwortete er, er habe gesehen, wie zwei Männer zu Fuß die Straße herabgekommen seien und sich vorsichtig umgeblickt hätten. Da sie die Gegend leer fanden, seien sie weggegangen und bald darauf seien zwei andere gekommen und hätten sich in gleicher Weise umgeschaut. Als alles still blieb, hätten sie ein Zeichen gegeben, und nun sei ein Mann auf einem Schimmel erschienen, mit einem toten Körper hinter sich, dessen Beine auf der einen Seite, Kopf und Arme auf der andern Seite des Pferdes herabhingen; die beiden Männer zu Fuß hätten den Leichnam gehalten, damit er nicht hinunterfalle. So hätten sie sich an die Stelle begeben, wo gewöhnlich der Unrat der Stadt in den Fluß ausgeleert wird, hätten dort das Pferd mit dem Schweif gegen das Wasser gestellt, den Leichnam bei den Armen und Füßen gefaßt und ihn mit aller Kraft in den Fluß geworfen. Der Mann auf dem Pferde habe dann gefragt, ob sie ihn hineingeworfen hätten, worauf sie antworteten: Signor, si. Er habe darauf nach dem Flusse gesehen und, als er einen Mantel auf dem Wasser schwimmen sah, gefragt, was das Schwarze sei, worauf sie erwiderten, es sei ein Mantel, und einer von ihnen habe Steine hinauf geworfen, infolgedessen es untersank. Die päpstlichen Diener fragten Giorgio, warum er hiervon dem Gouverneur der Stadt nicht Anzeige gemacht habe, worauf er antwortete, er habe in seiner Zeit an der nämlichen Stelle hundert Leichen in den Fluß werfen sehen, ohne daß jemand danach gefragt hätte, weshalb er die Sache nicht für wichtig gehalten habe. Die Fischer und Schiffer wurden nun aufgeboten, den Fluß zu durchsuchen, und am folgenden Abend fanden sie die Leiche des Herzogs mit seiner vollständigen Kleidung und dreißig Dukaten in seiner Börse. Er war von neun Wunden durchbohrt, davon eine im Halse, die anderen im Kopf, im Leibe und in den Gliedmaßen. Kaum erfuhr der Pontifex von dem Tode seines Sohns und daß er wie Unrat in den Fluß geworfen worden sei, als er, seinem Schmerze sich hingebend, sich in seiner Kammer einschloß und bitterlich weinte. Der Kardinal von Segovia und andere vom Gefolge des Papstes gingen an die Tür und überredeten ihn, nach stundenlangen Bitten und Ermahnungen, daß er sie einließ. Vom Abend des Mittwochs bis zum folgenden Samstag genoß der

Papst keine Speise; auch schlief er nicht vom Donnerstagmorgen bis zur nämlichen Stunde des folgenden Tages. Am Ende gab er aber dem Flehen seiner Umgebung nach und begann seinen Kummer zu zügeln und zu bedenken, daß der Trauer ferner nachzuhangen seiner eignen Gesundheit Schaden tun könne.‹« – Roscoes *Life and Pontificate of Leo Tenth*, 1805, I. 265. (B.)

DIE BELAGERUNG VON KORINTH

Die der *Belagerung von Korinth (The Siege of Corinth)* zugrunde liegenden Geschehnisse des Jahres 1715 hat Byron, der sich mehrmals in dieser Stadt aufhielt, zum größten Teil aus Berichten der Urenkel der damals Belagerten erfahren. Volkstümliche Überlieferung und ausschmückende patriotische Legenden verschmelzen in der Darstellung des Dichters zu einem dramatischen Kolossalgemälde, das die banalere geschichtliche Wirklichkeit stark überhöht. Die Figur (nicht jedoch die heroische Verzweiflungstat) des venezianischen Gouverneurs Minotti, der eigentlich Minetto hieß, ist historisch verbürgt. Seine Tochter Francesca und erst recht sein Gegenspieler mit dem merkwürdigen Namen Alp (möglicherweise die Verballhornung eines alten islamischen Namens) sind hingegen frei erfunden. Alp, der von Liebe und Rachsucht besessene Renegat, ist eine eindrucksvolle neue Variante des Byronschen Heldentypus.

Das in flüssigen, oft anapästisch oder daktylisch aufgeweichten vierhebigen Versen abgefaßte Werk entstand höchstwahrscheinlich in der zweiten Jahreshälfte 1815 und erschien im Februar 1816 im Druck (zusammen mit der nachfolgenden Verserzählung *Parisina*). Es wurde wegen seiner offenkundigen sprachlichen und metrischen Mängel von der Kritik nicht sehr gut aufgenommen und hatte auch beim Publikum nicht den großen Erfolg der vorhergehenden Verserzählungen.

360 *den bedeutendsten Platz dieses Landes*: Heute ist nicht mehr Napoli di Romania der bedeutendste Platz von Morea [= Peloponnes], sondern Tripolitza [= Tripolis], wo der Pascha residiert und seine Herrschaft ausübt. Napoli liegt bei Argos. Ich habe alle drei in den Jahren 1810–11 besucht; auf meinen Reisen durch das Land habe ich seit meinem ersten Aufenthalt von 1809 auf dem Weg von Attika nach Morea den Isthmus achtmal überquert, und zwar über das Gebirge oder in der Gegenrichtung, vom Golf von Athen bis zum Golf von Lepanto. Beide Routen sind malerisch und schön, wenn auch sehr verschieden: Der Seeweg ist gleichförmiger, aber der Kurs, der stets in Sichtweite des Festlandes verläuft und oft sehr nahe an ihm vorbeiführt, eröffnet viele reizvolle Ausblicke auf die Inseln Salamis, Ägina, Poros etc. und auf die Küste des Kontinents. (B.)

361 *Im achtzehnhundertundzehnten Jahr ...*: Die einleitenden Verse

(1–45) fehlen in der Erstausgabe. Am Weihnachtstag 1815 schickte Byron diesen »Prolog« mit folgendem Begleitbrief an seinen Verleger Murray: »Ich sende Ihnen einige Verse, die ich vor einiger Zeit geschrieben und als Einleitung für die ›Belagerung von Korinth‹ vorgesehen habe. Ich hatte sie vergessen und weiß nicht recht, ob man sie nun besser weglassen sollte; darüber können Sie und ihre Synode befinden.« Der Text erschien erstmals in der Ausgabe von 1832 als Vorspann zur *Belagerung von Korinth*.

für uns gestorben war: Irrtum Byrons: gemeint ist natürlich Christi Geburt.

Rebellen in den Bergen: Die kürzlich eingetroffenen Nachrichten über Derwisch (einer der Arnauten, die mich begleiteten) besagen, daß er als Rebell in den Bergen lebt, als Anführer einer der Banden, wie sie in unruhigen Zeiten in jenem Land üblich sind. (B.)

362 *Timoleon*: Er ließ seinen Bruder Timophanes, der sich zum Tyrannen von Korinth aufschwingen wollte, im Jahre 411 v. Chr. töten.

363 *Vom dämmrigen Kithäron ...*: Das Folgende bezieht sich auf die Belagerung von Korinth durch die Türken im Jahre 1715. Die Stadt gehörte damals den Venezianern.

Turkoman: Das Leben der Turkomanen ist nomadisch und patriarchalisch; sie leben in Zelten. (B.)

365 *Kumurgi*: Ali Kumurgi, Günstling dreier Sultane und Großwesir Achmeds III., wurde, nachdem er in einem einzigen Feldzug den Venezianern den Peloponnes wieder abgewonnen hatte, in dem nächsten Krieg, gegen die Deutschen, in der Schlacht bei Peterwardein (in der Ebene von Karlowitz) in Ungarn tödlich verwundet, als er seine Garden zum Stehen zu bringen versuchte. Er starb an seinen Wunden am nächsten Tage. Seine letzte Anordnung war die Enthauptung des Generals Brenner und einiger anderer deutscher Gefangenen, und sein letztes Wort: »Oh, könnt ich doch allen Christenhunden so dienen!« – Handlung und Rede einem Caligula nicht unähnlich. Er war ein junger Mann von großem Ehrgeiz und maßlosem Hochmut: Als man ihm sagte, Prinz Eugen, sein damaliger Gegner, sei ein großer Feldherr, antwortete er: »Ich werde größer werden, und auf seine Kosten.« (B.)

366 *Lanciotto*: Alps früherer Name.

367 *Sobieski*: Jan Sobieski, König Johann III. von Polen, beteiligte sich 1683 an der Befreiung der von den Türken belagerten Stadt Wien; 1686 war Buda von Karl VII. von Lothringen zurückerobert worden; und von 1685 bis 1699 eroberten die Venezianer die gesamte Peloponnes.

372 *Nie sinkt die Ebb ...*: Der Leser braucht wohl nicht darauf hingewiesen zu werden, daß im Mittelmeer die Gezeiten kaum wahrnehmbar sind. (B.)

373 *Weiß blinkt der Schädel ...*: Dies Schauspiel habe ich, wie beschrie-

ben, unter den Mauern des Serails von Konstantinopel in den kleinen, vom Bosporus ausgewaschenen Höhlungen des Felsens gesehen, der zwischen den Mauern und dem Wasser eine schmale Terrasse bildet. Die Leichen gehörten vermutlich einigen widerspenstigen Janitscharen an. (B.)

ein einziger Zopf: Diesen Zopf oder dieses lange Haarbüschel lassen sie stehen, weil sie glauben, daß Mohammed sie daran ins Paradies ziehen werde. (B.)

375 *Kam es vom Wind ...*: Ich muß hier bekennen, daß diese zwölf Zeilen eine auffallende, wenngleich unbeabsichtigte Ähnlichkeit mit einer Stelle in einem unveröffentlichten Gedicht von Mr. Coleridge, genannt »Christabel«, aufweisen. Erst nachdem diese Verse geschrieben waren, hörte ich jenes wilde und einzigartig originale Gedicht vortragen; und die Handschrift des Werkes habe ich erst vor ganz kurzer Zeit zu Gesicht bekommen, dank der Freundlichkeit von Mr. Coleridge selber, der hoffentlich überzeugt ist, daß ich ihn nicht willentlich plagiiert habe. Der ursprüngliche Einfall stammt zweifellos von Mr. Coleridge, dessen Gedicht schon vor vierzehn Jahren verfaßt wurde. Ich schließe mit der Hoffnung, daß er nicht länger die Veröffentlichung eines Werkes hinauszögern werde, zu dessen Lob ich nur meine bescheidene Zustimmung dem Beifall weit kompetenterer Kunstrichter hinzufügen kann. (B.)

376 *der Löwe flieht ...*: Daß der Löwe sich einer reinen Jungfrau unterwerfe, ist ein alter Aberglaube, auf den bereits Spenser und Scott angespielt haben.

378 *Den Mond umgibt ein Wölkchen hell ...*: Man hat mir berichtet, daß der Gedanke, der in dieser Zeile und den fünf folgenden ausgedrückt ist, von jenen bewundert wurde, deren Anerkennung etwas bedeutet. Ich freue mich darüber; aber er ist nicht original – jedenfalls stammt er nicht von mir; er findet sich viel besser ausgedrückt auf den Seiten 182–3–4 der englischen Fassung von [William Beckfords] »Vathek« (die genaue Seite der französischen Ausgabe habe ich vergessen), einem Werk, auf das ich früher schon hingewiesen habe und das ich nie ohne erneute Befriedigung in die Hand nehme oder lese. (B.)

379 *Roßschweif*: An einer Lanze befestigte Roßschweife sind das Panier des Paschas. (B.)

383 *im Sund im blut'gen Tag*: In der Seeschlacht zwischen den Venezianern und Türken an der Mündung der Dardanellen. (B.)

390 *Schakale:* Ich glaube, ich habe mir eine poetische Freiheit erlaubt, indem ich den Schakal von Asien hierherversetzte. In Griechenland sah und hörte ich diese Tiere nie, wohl aber zu Hunderten in den Ruinen von Ephesus. Sie hausen in Ruinen und folgen den Heeren. (B.)

PARISINA

Die verhältnismäßig kurze Verserzählung *Parisina (Parisina)* erschien im Februar 1816 zusammen mit der *Belagerung von Korinth*. Die Arbeit am Manuskript wurde bereits vor der *Belagerung* begonnen, aber erst im Dezember 1815 abgeschlossen.

Was die Handlung angeht, hält sich Byron weitgehend an die historischen Quellen. Nur in zwei wichtigen Punkten weicht er ab: Erstens führt er, möglicherweise unter dem Einfluß von Schillers *Don Carlos*, zur Steigerung der Katastrophe das in den Vorlagen nicht belegte Detail ein, daß Parisina vor ihrer Vermählung mit Azo (Niccolo) schon dessen Sohn Hugo (Ugo) versprochen gewesen sei; und zweitens wählt er – wie im *Korsaren* – einen offenen Schluß, der den Leser über das weitere Schicksal der Titelheldin im unklaren läßt.

Die Aufnahme des kleinen Werkes war geteilt: Wohlwollende Kenner lobten die straffe Handlungsführung und den reifen Stil, aber die meisten Kritiker und Leser der Zeit empfanden das Thema (Ehebruch und Inzest) als schockierend. Dies kann freilich nicht der eigentliche Grund sein, warum *Parisina* bis heute nur wenig Beachtung und Anerkennung gefunden hat.

393 *... hinschmilzt vor dem Mond*: Die Verse dieses Abschnitts wurden vor einiger Zeit in Musik gesetzt und gesondert gedruckt, gehörten aber stets zu dem Gedicht, in dem sie nun erscheinen; es wurde zum größeren Teil vor *Lara* und anderen seither veröffentlichten Dichtungen verfaßt. (B.)

DER GEFANGENE VON CHILLON

Das handlungsarme, aber empfindungsreiche kleine Versepos *Der Gefangene von Chillon (The Prisoner of Chillon)* entstand sehr wahrscheinlich zwischen dem 27. und 29. Juni 1816 in Ouchy bei Lausanne, wo Byron und sein Dichterfreund Shelley »zwei Tage lang vom schlechten Wetter in einem kleinen Gasthof festgehalten wurden«, wie Thomas Moore in seiner Byron-Biographie berichtet. Zusammen mit sieben weiteren Gedichten erschien das Werk im Dezember desselben Jahres.

Die Anregung zum *Gefangenen von Chillon* verdankt der Dichter der unmittelbaren Anschauung, die seine poetische Phantasie entzündete: Vermutlich am 26. Juni besichtigte er gemeinsam mit Shelley das Schloß Chillon und dessen berüchtigte Verliese. Bei dieser Gelegenheit erfuhr er wohl einiges über François Bonivard (bei Byron François De Bonnivard), der zu den prominentesten Gefangenen des Chillon-Kerkers gehörte und den er, ohne ihn allerdings beim Namen zu nennen, in den Mittelpunkt der Erzählung stellte. Mit den Fakten verfuhr er dabei ziemlich willkürlich: Die beiden Brüder Bonivards beispielsweise sind frei erfunden, beziehungsweise möglicherweise einer bekannten Episode in Dantes *Göttlicher Komödie* (Inferno, 33. Gesang) nachgebildet, in der Graf Ugolino erzählt, wie er mit seinen Söhnen und Enkeln im Kerker den Hungertod starb. Die historische Grundlage in Gestalt eines langen Auszugs aus einem (nicht ganz zuverlässigen) Werk des Schweizer Naturforschers Senebier lieferte Byron später nach; dieser Text wurde der Erstausgabe als »Vorbemerkung« (Advertisement) vorangestellt.

412 *»François de Bonivard, der Sohn ...«*: Dieses umfangreiche Zitat entnahm Byron der *Histoire Littéraire de Genève* (1786) von Jean Senebier, und zwar in der französischen Originalfassung. Der besseren Verständlichkeit halber wurde der Text in der vorliegenden Ausgabe vom Herausgeber ins Deutsche übersetzt.

415 *Nicht eine Nacht* ...: Ludovico Sforza und andere. – Dasselbe [nämlich das Weißwerden der Haare in einer Nacht] wird von Marie Antoinette behauptet, der Gemahlin Ludwigs XVI., doch soll es nicht in ganz so kurzer Zeit geschehen sein. Gram hat angeblich die gleiche Wirkung; ihm, und nicht der Angst, soll dieser Wandel bei *ihr* zuzuschreiben sein. (B.)

424 *die weiße Stadt*: Villeneuve.
ein kleines Eiland: Zwischen der Einmündung der Rhone und Villeneuve, unweit Chillon, liegt eine ganz kleine Insel [Ile de Paix], die einzige, die ich auf meiner Fahrt um und über den See bemerken konnte. Auf ihr stehen einige wenige Bäume (ich glaube, nicht mehr als drei), und durch ihre Einzigartigkeit und Winzigkeit macht sie einen sonderbaren Eindruck. (B.)

DIE KLAGE TASSOS

Die nur knapp 250 Zeilen umfassende Blankverserzählung *Die Klage Tassos (The Lament of Tasso)* schrieb Byron im Anschluß an einen Besuch in der »Tasso-Stadt« Ferrara. Die Handschrift trägt das Datum vom 20. April 1817 und wurde drei Monate später gedruckt.

Der thematische und formale Zusammenhang mit dem gleichfalls monologisch angelegten *Gefangenen von Chillon*, der ein halbes Jahr zuvor erschienen war, ist nicht zu übersehen, ebensowenig jedoch der Fortschritt in gestalterischer und metrischer Hinsicht.

Zwei Monate später befaßte sich Byron noch einmal mit dem tragischen Schicksal Tassos, als er die Stanzen 35–39 des vierten Gesangs von *Childe Harold* schrieb (s. oben S. 121 ff.).

428 *Gerusalemme: La Gerusalemme liberta* (Das befreite Jerusalem), das 1575 vollendete Hauptwerk von Torquato Tasso (1544–95).

Pastor Fido: »Der treue Hirt«, 1590 entstandenes Schäferspiel von Gian Battista Guarini (1538–1612).

Parisina und Hugo: Vgl. Byrons Verserzählung *Parisina* (S. 391 ff.).

430 *mein teures Werk vollbracht*: Tassos Gefangenschaft im Hospital von Sant' Anna dauerte von März 1579 bis Juli 1586; sein »teures Werk« *(Das befreite Jerusalem)* hatte er also lange vorher abgeschlossen.

Leonora: Kurz nach seiner Einkerkerung hatte sich Tasso in Kanzonen an Herzog Alfons II., dem er seine Haft verdankte, und an dessen Schwestern, die Prinzessinnen Leonora und Lucrezia, gewandt. Byrons Auffassung, daß Tasso Leonora leidenschaftlich geliebt habe und daß diese Liebe ein Grund für seine Einlieferung ins »Irrenhaus« gewesen sei, entspricht nicht der Wirklichkeit.

BEPPO

In dem »komischen Heldengedicht« *Beppo (Beppo)* zeigt sich der Versepiker Byron von einer ganz anderen Seite als bisher: witzig und verspielt, heiter und von Weltschmerz unbelastet, ironisch ohne Bitterkeit. All dies ist Ausdruck der neuen Freiheit, die der Dichter nach der Trennung von seiner Frau (1816) und nach dem Abklingen des Skandals im lebensfrohen Venedig zurückgewann. Dort entstand *Beppo* zwischen dem 6. September und dem 12. Oktober 1817. Veröffentlicht wurde das Werk am 28. Februar 1818 (zunächst anonym), und am 4. Mai lag es bereits in der 5. Auflage vor!

Die Anregungen zu diesem poetischen Karnevalsscherz fand Byron in Venedig, wo er sich bereitwillig dem unbeschwerten Leben auf den Straßen und in den Salons hingab, aber den konkreten Anstoß verdankte er einer ähnlich gearteten Versgeschichte seines Landsmann John Hookham Frere *(Whistlecraft)*, die er im Sommer 1817 kennengelernt hatte und deren »ausgezeichnete Manier« er zugegebenermaßen kopierte – und bei weitem übertraf.

Das Wesentliche im *Beppo* sind nicht die dünnen, wenngleich pointierten Handlungselemente, sondern die immer wieder eingeschobenen Abschweifungen, in denen Byron, ein würdiger Nachfahre L. Sternes, sich selber und die Moral der venezianischen und Londoner Gesellschaft genüßlich ironisiert. Die unnachahmliche Mischung aus frivolem Subjektivismus, leichtfüßiger Satire und sprudelnden Einfällen ist eingefangen in einem Stil voll brillanter Formulierungen und origineller Reime, die eine Übersetzung leider nicht vollständig nachzubilden vermag.

440 *Monmouth Street*: Im 18. Jahrhundert das Zentrum der Londoner Altkleiderhändler.

442 *Plejade:* »Quae septem dici, sex tamen esse solent.« – Ovid. (B.)

443 *Cavalier servente:* »Dienstwilliger Kavalier«, Liebhaber.

447 *Kothurn und Soccus*: Hochsohliger Schuh des tragischen Schauspielers und flacher Schuh des Komödianten als Sinnbilder der (römischen) Tragödie und Komödie.

Seccatura: Schererei, lästiges Getue. Byron hatte den Ausdruck in Mailand beim Auftritt eines Improvisators gehört und bezeichnete ihn in einem Brief an Moore (6. 11. 1816) als »ein verteufelt gutes Wort«.

448 *Cortejo*: Cortejo wird Corteho ausgesprochen, also mit einem Hauchlaut, entsprechend dem arabischen Guttural. Das Wort bedeutet etwas, wofür es in England noch keine genaue Bezeichnung gibt, obwohl die Sache dort genauso verbreitet ist wie in jedem transmontanen Land. (B.)

450 *Feigenfresser*: Im Original *becaficas* (von ital. *beccafico*, eine Vogelart).

451 *in ihrem Schoß ihn sterben ließ*: Anspielung auf die Überlieferung, daß Raffael an einer Geschlechtskrankheit gestorben sei. In Wirklichkeit war wohl Malaria die Todesursache.

Solang Canovas Hand noch schafft hienieden: An diese Strophe hängte Byron als Fußnote folgende selbstironische Strophe an, die er mit »Printer's Devil« (Setzerlehrling) unterzeichnete:

> Wenn unser Autor hier so speziell
> Von Frauen redet, spricht er als Tourist,
> Als Philosoph, und nicht offiziell,
> In einer Weise, die bescheiden ist;
> Vielleicht seid ihr zu tadeln minder schnell,
> Wenn ihr bedenkt, daß, wer die Fraun vergißt
> In seinen Strophen, nur was Halbes tut,
> Halb wie ein bänderloser Damenhut.

452 *Tories*: Byron stand politisch auf seiten der Liberalen.

453 *Walkers Lexikon*: Englisches Aussprachewörterbuch von John Walker (1791).

454 *Frau Boehm*: Der Morning Chronicle berichtete am 17. 7. 1817 ausführlich über »Mrs. Boehms großes Maskenfest«.

Ridotto: Redoute.

Vauxhall: Berühmt-berüchtigter Vergnügungspark in London, der bis 1859 bestand.

455 *»Elemente«*: Wortspiel (Elemente der Natur und Elemente des Lernens). Dazu Byron in seinem Tagebuch von 1821: »Als [der führende Dandy Beau] Brummell sich nach Frankreich absetzen mußte, konnte er kein Französisch; und als er sich zum Zwecke des Studiums eine Grammatik gekauft hatte, wurde unser Freund Scrope Davies gefragt, welche Fortschritte Brummell im Französischen ge-

macht habe ... er antwortete, ›daß die *Elemente* Brummell ebenso Einhalt geboten hätten wie Buonaparte in Rußland‹. Ich habe dieses Wortspiel in meinen *Beppo* aufgenommen ...«

456 *nämlich morgen*: 10. Januar 1818. Morgen ist Sonntag und das Ridotto auf dem Höhepunkt. (B.)

457 *wie Banquos Kön'ge*: Bei der Erscheinung der acht Könige in Shakespeares *Macbeth* (IV, 1) trägt der Geist des letzten (Banquo) einen Spiegel, in dem noch viele weitere Könige zu erkennen sind. *Wilberforce und Romilly*: Zwei bekannte englische Politiker und Parlamentarier der Zeit.

458 *Botherby*: Gemeint ist der Dichter William Sotheby (1757–1833), auf den Byron schlecht zu sprechen war, weil er ihn im Verdacht hatte, einen anonymen Angriff auf den *Gefangenen von Chillon* geführt zu haben.

459 *Verdolmetscht Sprachen* ...: Sotheby übersetzte Wielands *Oberon* und die *Georgica* Vergils und verfaßte ein Versepos mit dem Titel *Saul*.

460 *Mathematik zu lernen*: Anspielung auf Byrons Frau, die sich neben anderen schöngeistigen Dingen auch der Mathematik widmete. *Reich Saturns*: Das Goldene Zeitalter.

464 *Polacke*: Zwei- oder dreimastiges Segelschiff im Mittelmeer.

465 *Kap Bon*: Rass Addar, der nördlichste Punkt Tunesiens.

MAZEPPA

Die Titelgestalt der wiederum weitgehend monologisch angelegten Versdichtung *Mazeppa (Mazeppa)* ist eine historische Persönlichkeit, der Hetman Iwan Mazepa (1652–1709), dessen bewegtes Schicksal auch andere Dichter, z. B. Victor Hugo und den »russischen Byron« Alexander Puschkin, zu künstlerischer Gestaltung angeregt hat. Historische Treue ist freilich Byrons Sache nicht. Er benutzte das geschichtliche Faktenmaterial, das er offenbar ausschließlich aus Voltaires karger und nicht sehr zuverlässiger Darstellung (s. »Vorbemerkung«) schöpfte, lediglich als vage umschriebenen Hintergrund für eine romantisch umdüsterte Porträtstudie, durch die immer wieder das Grundmuster des Byronschen Heldentypus hindurchscheint.

Mazeppa wurde im Herbst 1818 in Ravenna verfaßt und im Juni des darauffolgenden Jahres veröffentlicht.

468 *Vorbemerkung*: Die Auszüge aus Voltaires *Geschichte Karls XII.* werden von Byron im französischen Originaltext zitiert.

469 *Poltawa*: In der Schlacht von Poltawa wurden die Schweden am 8. Juli 1709 von einer vierfachen russischen Übermacht vernichtend geschlagen.

Bis einst ein Tag . . .: Gemeint ist Napoleons Rußlandfeldzug von 1812.

470 *Hetman*: Kosakenführer.

472 *Dnjepr*: König Karl wollte über diesen Fluß in die Türkei fliehen. *Kasimir*: Johann Kasimir (1609–72) wurde 1649 König von Polen.

473 *wie Salz- und Silberminen*: Dieser Vergleich mit einer Salzmine mag einem Polen vielleicht gestattet sein, da der Reichtum des Landes hauptsächlich auf den Salzbergwerken beruht. (B.)

474 *Theresas Huldgestalt*: Byron dachte hier wohl kaum an Teresa Guiccoli, die er erst nach Abfassung des Werkes wirklich kennenlernte, sondern eher an eine andere venezianische Geliebte, Marianna Segati, deren exotische Schönheit er andernorts in ähnlicher Form beschrieb.

DIE WEISSAGUNG DANTES

Das monologische Versepos *Die Weissagung Dantes (The Prophecy of Dante)* dichtete Byron im Juni 1819 in Ravenna, um seiner Geliebten, der Gräfin Guiccioli, eine Freude zu machen (s. unten, Anmerkung zu S. 494). Das Werk erschien, zusammen mit der ebenfalls im 14. Jahrhundert spielenden historischen Tragödie *Marino Faliero*, erst im April 1821 und wurde von der Kritik durchweg gelobt.

In einem Brief an seinen Verleger Murray (23. 3. 1820) nannte Byron die *Weissagung* »das Beste, was er je geschrieben habe, falls es nicht *unverständlich* sein sollte«. In der Tat erhebt und erfüllt das Werk hohe geistige und formale Ansprüche, aber der Vorwurf der Un- oder zumindest der Schwerverständlichkeit kann ihm nicht ganz erspart bleiben. Das liegt sicherlich vor allem an der komplizierten Danteschen Terzinenform (s. Anmerkung zu S. 495), einem typisch italienischen Metrum, das im Englischen (und Deutschen) fast notwendigerweise zu sprachlichen Gewaltsamkeiten und inhaltlichen Verkrampfungen führt. Byron, der unendlich Formgewandte, bezeichnet diesen poetischen Kraftakt selber als ein »Experiment«, doch man muß ihm bescheinigen, daß er sich mit Bravour und einer gewissen Unbekümmertheit der selbstgestellten Aufgabe geschickt entledigt hat.

494 *Widmung*: Das Werk ist der Gräfin Teresa Guiccioli gewidmet, die über seine Entstehung folgendes berichtet: »Bei meiner Abreise aus Venedig hatte Lord Byron mir versprochen, mich in Ravenna zu besuchen. Dantes Grab, der klassische Pinienhain, die Überreste der Antike, die sich in dieser Stadt befinden, stellten für mich einen hinreichenden Vorwand dar, ihn einzuladen, und für ihn, meine Einladung anzunehmen. Er kam im Juni 1819 und traf am Fronleich-

namstag in Ravenna ein. Da ihm damals seine Bücher, seine Pferde und all das, was ihn in Venedig beschäftigte, fehlten, bat ich ihn, mir die Freude zu machen, etwas über das Thema Dante zu schreiben; und mit seiner gewohnten Leichtigkeit und Schnelligkeit verfaßte er seine ›Weissagung‹.«

495 *terza rima*: Terzine, das Versmaß von Dantes *Göttlicher Komödie*: dreizeilige jambische Strophen, die durch das Reimschema aba, bcb, cdc usw. miteinander verbunden sind.

Lykophrons Kassandra: Ein Werk aus dem 3. Jahrhundert v. Chr., in dem Kassandra die Ereignisse vom Untergang Trojas bis zu Alexander d. Gr. vorhersagt.

Kalif Vathek: Titel des Hauptwerks von William Beckford (1760–1844).

498 *Und sprachest diesen Leib den Flammen zu*: »Ut si quis predictorum ullo tempore in fortiam dicti communis pervenerit, *talis perveniens igne comburatur, si quod moriatur.*« Zweites Urteil der Stadt Florenz gegen Dante und seine vierzehn Mitangeklagten. Das Latein ist des Spruches würdig. (B.)

501 *ihre Mutter ... die Falsche*: Diese Dame, die Gemma hieß, entstammte einer der mächtigsten Guelfenfamilien mit Namen Donati. Corso Donati war der Hauptwidersacher der Ghibellinen. Sie wird, Giannozzo Manetti zufolge, als »admodum morosa, ut de Xantippe Socratis philosophi conjuge scriptum esse legimus« beschrieben. Doch Lionardo Aretino empört sich über Boccaccio, weil dieser in seinem Leben Dantes sagt, Männer der Literatur sollten nicht heiraten. [...] (B.) – Für Byrons Behauptung, Dante sei mit Gemma Donati unglücklich verheiratet gewesen, gibt es keinerlei Beweise.

503 *die Schreckensfrist*: Siehe »Sacco di Roma«, allgemein Guicciardini zugeschrieben. Es gibt noch einen zweiten [Sacco], verfaßt von einem gewissen Jacopo Buonaparte. (B.)

504 *Eridanus*: Po.

506 *Sieger auf ferner Flut und fremdem Strand*: Alexander von Parma, Spinola, Pescara, Eugen von Savoyen, Montecuccoli. (B.)

Entdecker neuer Welten ...: Columbus, Americus Vespusius [Amerigo Vespucci], Sebastian Cabot. (B.)

507 *Denn wer ... die Halle des Tyrannen betritt*: Ein Vers aus den griechischen Tragikern, mit dem sich Pompejus von Cornelia verabschiedete, als er das Schiff betrat, auf dem er erschlagen wurde. (B.)

So ist die Mannheit halb verloren schon: Der Vers und der Gedanke sind Homer [*Odyssee*, XVII, 322–23] entnommen. (B.)

Und er, ihr Fürst ...: Petrarca. (B.)

Zwei Größre: Ariost und Tasso.

511 *Ein Dom*: Die Kuppel von St. Peter. (B.)

Hebräer: Die Statue des Moses auf dem Grabmal Julius' II. (B.) –

Gemeint ist natürlich Michelangelos Moses in der Kirche S. Pietro in Vincoli.

Ob mit dem Pinsel ... über der Verdammten Haft: Das Jüngste Gericht in der Sixtinischen Kapelle. (B.)

aus den Quellen meiner Kraft: Ich habe irgendwo gelesen (wenn ich mich nicht irre, denn ich kann mich nicht erinnern, wo), Dante sei ein solcher Liebling Michelangelos gewesen, daß dieser die ganze Göttliche Komödie gezeichnet habe; aber der ganze Band mit diesen Skizzen sei auf See verlorengegangen. (B.)

512 *stolzen Päpsten*: Siehe die Behandlung Michelangelos durch Julius II. und seine Mißachtung durch Leo X. (B.)

513 *»Was tat ich dir, mein Volk?«*: »E scrisse più volte non solamente a particolari cittadin del reggimento, ma ancora al popolo, e intra l'altre una epistola assai lunga che comincia: Populc mi, quid feci tibi?« – *Vita di Dante scritta da Lionardo Aretino.* (B.)

DIE VISION DES GERICHTS

Byrons Verssatire *Die Vision des Gerichts (The Vision of Judgement)* zählt ohne Zweifel zu den bösesten und zugleich lustigsten poetischen Pamphleten der Weltliteratur und ist, unabhängig vom aktuellen Anlaß, auch heute noch eine höchst amüsante Lektüre. Das kleine Werk wurde am 7. Mai 1821 begonnen, dann vermutlich bis September beiseite gelegt und spätestens Anfang Oktober abgeschlossen. Es wurde nicht, wie die meisten bisherigen Werke des Dichters, vom vorsichtigen John Murray verlegt, sondern erschien mit einiger Verspätung am 15. Oktober 1822 unter dem trefflich gewählten Pseudonym »Quevedo Redivivus« (s. Anmerkung zu S. 515) in der ersten Nummer von John Hunts radikaler Zeitschrift »The Liberal« – zu Byrons Verärgerung allerdings ohne das ausführliche Vorwort. Hunt, der Bruder des Dichters Leigh Hunt und ein Freund Byrons, wurde 1824 wegen »Majestätsbeleidigung« zu einer hohen Geldstrafe verurteilt.

Die Vision des Gerichts ist Byrons parodistische Erwiderung auf die hochtrabende Königseloge gleichen Titels, die der Poeta laureatus Robert Southey im April 1821 herausgebracht hatte (s. auch Anmerkung zu S. 515). Für Byron war der ältere Dichterkollege Southey, der sich längst vom romantischen Rebellen zum erzkonservativen Hofpoeten und planlosen Vielschreiber gewandelt hatte, seit den *Englischen Barden und schottischen Rezensenten* (1809) ein bevorzugtes und lohnendes Angriffsziel. Southey hat Byron wiederholt öffentlich Unmoral, Gottlosigkeit und mangelnde Staatsgesinnung vorgeworfen, und Byron schlug immer wieder zurück, im 3. Gesang des *Don Juan*, im Anhang zu *Die beiden Foscari* und am massivsten in der *Vision des Gerichts.*

Goethe, der von jeher eine Vorliebe für Byron hatte, war gerade von diesem Ausbruch Byronscher Bosheit und Spottlust besonders angetan. Zum Beweis dient eine wenig bekannte Tagebuchaufzeichnung des englischen Literaten Henry Crabb Robinson, der den 80jährigen Goethe 1829 in Weimar besuchte. Die entscheidende Passage seines Berichts lautet in deutscher Übersetzung:

»Ich las ihm [Goethe] die ›Vision des Gerichts‹ vor. Er freute sich darüber wie ein Kind, und sein kritischer Kommentar ging kaum über die Ausrufe *›Toll! Ganz grob! himmlisch! unübertrefflich!‹* [im Original deutsch] etc., etc., hinaus.

Insgesamt gefielen ihm die stärker gepfefferten Stellen am besten. Die 9. Strophe pries er wegen ihrer klaren, anschaulichen Schilderung; die 10. wiederholte er mit Nachdruck – bei den beiden letzten Zeilen wurde ihm bewußt, daß er selber achtzig war; die 13., 14. und 15. liebe ich besonders. G. stimmte in mein Lob ein. Die 24. Strophe bezeichnete er als erhaben. Die charakteristischen Reden von Wilkes und Junius fand er überaus bewundernswert. ... Er erklärte, Lord B. sei unnachahmlich. Ariost sei nicht so *keck* gewesen wie Lord B. in der ›Vision des Gerichts‹.«

515 *Quevedo Redivivus*: »Der wiedererstandene Quevedo«. Der spanische Dichter Francisco Gómez de Quevedo y Villegas (1580–1645) wurde vor allem berühmt durch seine satirischen Höllenvisionen *Los Sueños*, auf die sich Byron bei der Wahl seines Pseudonyms offensichtlich beruft.

Verfasser des »Wat Tyler«: Robert Southey (1774–1843), der seit 1813 das Amt des Hofdichters (Poeta laureatus) innehatte, schrieb 1794 ein kleines Drama mit dem Titel *Wat Tyler*, das 1817 ohne Wissen und zum großen Ärger des inzwischen konservativ gewordenen Autors veröffentlicht und wegen der in ihm enthaltenen kruden politischen Ansichten im Parlament heftig angegriffen wurde. 1821 erschien Southeys kleines Epos *Vision of Judgement (Vision des Gerichts)*, der offizielle Lobgesang des Hofdichters auf den 1820 verstorbenen Georg III., auf dessen Nachfolger Georg IV. und auf die Monarchie überhaupt. In der Einleitung zu diesem Werk äußerte sich Southey sehr abfallig über (den nicht mit Namen genannten) Byron.

»Ein Daniel ... gelehrt«: Zitat aus Shakespeares *Kaufmann von Venedig* (IV, 1).

517 *»Narren ... aufzutreten wagen«*: Zitat aus A. Popes *Essay on Criticism.*

»von ihm gesprochen ... unbändig«: Leicht verändertes Zitat aus George Farquhars Theaterstück *The Beaux' Stratagem.*

518 *Verse auf den Königsmörder Martin*: Anspielung auf ein Jugendgedicht Southeys.

»Antijakobiner«: *The Anti-Jacobin,* Titel einer vorwiegend satirischen Zeitschrift, die sich gegen die subversiven politischen und

philosophischen Strömungen am Ende des 18. Jahrhunderts wandte.
qualis ab incepto: »Wie er von Anfang an gewesen ist« (Zitat aus Horaz).

519 *Pulcis »Morgante Maggiore«*: Den 1. Gesang dieses Versepos übersetzte Byron 1822 ins Englische.
Landor: Der Dichter Walter Savage Landor (1775–1864) hatte 1820 einen Band mit lateinischen Gedichten veröffentlicht, aus dem Southey für die Vorrede seiner *Vision des Gerichts* ein lateinisches Zitat übernahm, das besagte, daß ein großer Dichter auch ein guter Mensch sein müsse.
grimmer Vorname: Savage bedeutet soviel wie »wild«.

520 *Ithyphallica* : Dreifüßige trochäische Verse.
Savagius: Latinisierte Form von Landors Vornamen Savage.

521 *»Achtundachtzig«*: Das Jahr 1788, das Ende des Ancien régime.

522 *beide Feldherrn*: Napoleon und Wellington.

523 *starb Georg der Dritte*: Am 29. Januar 1820. Byron bezeichnet das Jahr 1820 als »zweiten Freiheitsmorgen«, weil sich nach dem ersten (Französische Revolution) in Südeuropa, vor allem in Italien, revolutionäre Unruhen ankündigten.

526 *König von Frankreich*: Ludwig XVI. wurde 1793 guillotiniert.
Bartholomäus' Haut: Der heilige Bartholomäus wurde, der Legende zufolge, zuerst geschunden und dann enthauptet.

527 *Ichor*: Götterblut bei Homer.

528 *Parry*: In seinem 1819–20 erschienenen Expeditionsbericht beschrieb der Arktisforscher Sir William Edward Parry ein prachtvolles Nordlicht, das er im Melville-Sund beobachtet hatte.
Miss Southcott: Die religiöse Schwärmerin Joanna Southcott (1750–1814) schrieb ein *Book of Wonders* und behauptete, mit einem göttlichen Wesen schwanger zu gehen.

532 *ein schnöder Favorit*: John Stuart, Earl of Bute (1713–92), der großen Einfluß auf den jungen König hatte und 1762/63 Premierminister war.

533 *jener alten Lehre*: Katholizismus. Georg III. widersetzte sich immer wieder der Katholikenemanzipation.

535 *Artillerie*: In Miltons *Verlorenem Paradies* (6. Gesang) werden die Engel tatsächlich von den Teufeln mit Kanonen angegriffen.
goldnen Schlüssel: Abzeichen des Lord Chamberlain und anderer Hofbeamter.

536 *Paddy*: Spitzname des Iren.

537 *Jonathan*: Spitzname des Amerikaners.
Otaheiti: Tahiti.

538 *Jack Wilkes*: John (nicht Jack) Wilkes (1727–97), ein geistreicher, demagogisch begabter radikaler Politiker von zweifelhaftem Cha-

rakter, gehörte zu den schärfsten Gegnern Georgs III. und der Regierung. Er war wiederholt Parlamentsabgeordneter, und wurde zweimal aus dem Unterhaus ausgestoßen und verbannt.

540 *Grafton . . . Bute*: Zwei Minister Georgs III. (s. auch Anmerkung zu S. 532). Bute war ein erklärter Feind, Grafton ein unzuverlässiger Freund von Wilkes.

nach seiner eignen Bill: Ein 1795 erlassenes Gesetz zum besseren Schutz des Königs.

Junius: Bis heute nicht zweifelsfrei gelüftetes Pseudonym des Verfassers der berühmten »Juniusbriefe« (1769–71), in denen der König und seine Regierung scharf angegriffen wurden. Mehr als 50 Zeitgenossen hat man diese Briefe zugeschrieben; als wahrscheinlichster Autor gilt Sir Philip Francis, der zeitweise ein hoher Beamter im Kriegsministerium war.

542 *»Eisenmaske«*: Graf Ercole Antonio Mattioli wurde wegen Hochverrats an Ludwig XIV. verurteilt und bis zu seinem Tod (1703) unter einer eisernen oder vielmehr schwarzen Samtmaske gefangengehalten.

Nigermündung: Der Niger hat ein stark verzweigtes und unübersichtliches Delta.

543 *Nominis Umbra*: Auf der Titelseite der »Juniusbriefe« steht nur: *Letters of Junius. Stat Nominis Umbra.*

John Horne Tooke: Ein bedeutender Philologe, der ebenfalls als Verfasser der »Juniusbriefe« genannt wurde. Er war ein Gegner der Regierungspolitik und vor allem des Krieges gegen Amerika.

544 *Skiddaw*: Southey wohnte in der Nähe des Berges Skiddaw am See Derwentwater.

545 *Non Di . . .*: »Weder Götter noch Menschen«; frei zitiert nach Horaz.

Pye: Henry James Pye (1745–1813) war Southeys Vorgänger im Amt des Poeta laureatus und hatte sich durch seine miserablen Verse ständig lächerlich gemacht.

547 *Wesleys Leben*: Southey verfaßte unter anderem eine zweibändige Biographie des Methodistengründers John Wesley.

548 *wie Alfons, der König*: Als König Alfonso [X. von Kastilien] einmal über das Ptolemäische System sprach, meinte er: »Wenn ich bei der Erschaffung der Welt zu Rate gezogen worden wäre, hätte ich dem Schöpfer ein paar Ungereimtheiten erspart.« (B.)

549 *Wie Korkholz*: Ein Ertränkter liegt auf dem Grund, bis er in Fäulnis übergegangen ist; dann treibt er nach oben, wie die meisten Leute wissen. (B.)

DAS BRONZENE ZEITALTER

Die zeitkritische politische Satire *Das bronzene Zeitalter (The Age of Bronze)* entstand im Dezember 1822 und Januar 1823 und wurde am 1. April 1823 von Byrons neuem Verleger John Hunt anonym publiziert.

Das Werk stieß offenkundig nicht auf das breite Interesse, das sich der Autor erhofft hatte. Warum es die Zeitgenossen kalt ließ – und die Nachgeborenen noch kälter –, liegt sicherlich vor allem am Sujet: Der im Mittelpunkt stehende Kongreß von Verona (s. Anmerkung zu S. 562), ein müder und historisch unbedeutender Nachklang des Wiener Kongresses, war kein Thema, das den Dichter und das Publikum zu leidenschaftlicher Anteilnahme zu bewegen vermochte. Im übrigen scheint der satirische Elan, den Byron bei Attacken auf konkrete Einzelziele so oft entwickelte, auffallend zu erlahmen angesichts der selbstgewählten schwierigen Aufgabe, ein Gesamtbild der restaurativen Periode nach Napoleons Sturz und Tod zu entwerfen und große politische Zusammenhänge kritisch zu durchleuchten. Das rein Politische war Byrons Stärke eben nicht. Es bleibt vielfach bei unkoordinierten Andeutungen, denen eine gewisse Beliebigkeit anhaftet, oder unnötig verschlüsselten Invektiven, und der gewohnte Schwung der Darstellung wird weitgehend ersetzt durch Wortreichtum und bläßliche Rhetorik.

551 *Carmen seculare* [eigentlich *saeculare*] *et Annus haud mirabilis*: Jahrhundertgesang und das nicht eben wunderbare Jahr.
Impar . . .: »Der ungleiche Kampf des Achill.« Wortspiel mit *congressus*, das sowohl Treffen oder Kampf als auch »Kongreß« bedeutet.

553 *»vor dem Himmel . . . spielen«*: Zitat aus Shakespeares *Maß für Maß* (II, 2).
Ein wenig Erde trennt sie . . .: In der Westminster Abbey ruhen Pitt und Fox dicht nebeneinander.

554 *Sesostris*: Der altägyptische König S. III. eroberte Nubien.
»Narr und Meister«: Gemeint ist Napoleon. Pitt bezeichnete ihn im Parlament einmal als »child and champion of Jacobinism«.

556 *Galliens Siegessäul*: Die Colonne Vendôme in Paris, die der Schlacht von Austerlitz gewidmet ist.
in Galliens nachgeahmtem Dom: Byron hielt es für selbstverständlich, daß Napoleon im Pariser Panthéon beigesetzt würde. Tatsächlich ruhen Napoleons sterbliche Überreste seit 1840 im Invalidendom.
wie Guesclins Staub: Guesclin starb während einer Belagerung; die berannte Stadt ergab sich, und ihre Schlüssel wurden auf seine Bahre gelegt, damit es aussehe, als habe der Platz vor seiner Asche kapituliert. (B.)
wie Ziskas Trommelschlag: Der Hussitenführer Ziska verlangte auf

dem Sterbebett, man solle seine Haut für eine Trommel verwenden, die in der Schlacht vorangetragen werden sollte.

559 *Prometheus*: Ich verweise den Leser auf die erste Anrede des Prometheus bei Äschylos, nachdem er von seinen Dienern allein gelassen wurde und bevor der Chor der Meernymphen auftritt. – *Prometheus vinctus*, Zeile 88 ff. (B.)

560 *Kalpes Straße*: Straße von Gibraltar.

561 *Pelayo*: König von Asturien im 8. Jahrhundert; besiegte die arabischen Feldherren Suleiman und Manurza.

Abencerragen ... Zegri: Maurenstämme, deren Rivalenkämpfe am Ende des 15. Jahrhunderts Granadas Erde mit Blut tränkten.

»Auto«: Autodafé, Ketzerverbrennung.

562 *Kastiliens Speer*: Die Arragonier sind besonders gewandt im Gebrauch dieser Waffe, was sie vor allem in den früheren französischen Kriegen bewiesen haben. (B.)

Kongreß: Der Kongreß von Verona, der im November 1822 zusammentrat und auf dem die Besieger Napoleons die Absicht verfolgten, die freiheitlichen Bewegungen überall in Europa zu unterdrükken.

563 *Henry*: Patrick Henry (1763–99), einer der führenden Köpfe der Amerikanischen Revolution und nach Meinung von Zeitgenossen »der beste Redner, der je gelebt hatte«.

Die Frösch Äsops: Anspielung auf die Fabel von den Fröschen, die einen *toten* Klotz zum König machten.

»Can Grande«: Gemeint ist Francesco Can Grande, Dantes Gönner und Beschützer.

564 *den Gecken-Zaren*: Zar Alexander I. (1777–1825).

Pulks: Polnisch für Regiment.

Aristoteles-Laharpe: Der Schweizer Politiker Frédéric César de La Harpe (1754–1838) war der Erzieher des jungen Alexander, den er im Sinne der Aufklärung beeinflußte.

565 *doch keine Katharine*: Durch ihre Geschicklichkeit befreite Katharina Peter (höflicherweise der Große genannt), als er am Pruth von den Muselmanen eingeschlossen war. (B.)

Constant: Der Schriftsteller und Politiker Benjamin Constant (1767–1830) galt als besonders redegewaltiger Abgeordneter.

566 *der König*: Ludwig XVIII. (1755–1824). Als er 1814 nach einem luxuriösen Exilaufenthalt in England (zuletzt in Hartwell) den französischen Thron bestieg, nannten ihn seine Anhänger »le Désiré« (den »Ersehnten«).

Carbonari: »Köhler«; Name eines national-revolutionären Geheimbundes in Italien.

567 *Castlereagh*: Der von Byron wiederholt als reaktionär attackierte britische Staatsmann (seit 1812 Außenminister) beging 1822 in geistiger Verwirrung Selbstmord mit einem Federmesser.

Canning: Nachfolger Castlereaghs als Außenminister; unterstützte die Freiheitsbewegungen in Griechenland und Südamerika.

568 *Triptolem*: Demeter gab Triptolemus einen von Schlangen gezogenen Wagen und befahl ihm, Weizen über die ganze Welt zu verstreuen.

Korngesetz: 1822 erlassenes Gesetz zum Schutz der Getreidepreise.

»Land-Interesse«: Im Original *Landed Interest* = Grundbesitz, die Klasse der Grundbesitzer.

569 *Fondelhaus*: Im Original *Fundling Hospital*; Wortspiel mit *fund* (Fonds) und *foundling* (Findling).

Symplegaden: Felsen der griechischen Sage, welche die zwischen ihnen einherfahrenden Schiffe zermalmten.

»Stocks«: Aktien, Staatspapiere.

Alcina: Die Verkörperung der Sinnenlust in Ariosts *Rasendem Roland.*

Pactolus: Goldführender Fluß in Lydien.

Börse – Bank – Barone – Brüder: Anspielung auf die Rothschilds.

Columbia: Amerika.

571 *Chateaubriand*: Monsieur Chateaubriand, der im Minister den Dichter vergessen hat, empfing in Verona von einem literarischen Fürsten ein hübsches Kompliment: »Ah, Monsieur C., sind Sie verwandt mit jenem Chateaubriand, der – der – der *irgend etwas* geschrieben hat (écrit *quelque chose*)?« Der Verfasser des Atala soll einen Augenblick lang seine Legitimität [d. h. Bourbonentreue] bedauert haben. (B.)

Montmorenci: Der Duc de M. (1766–1826) wurde als Abgesandter Frankreichs durch Chateaubriand abgelöst und mußte wenig später als Außenminister zurücktreten.

572 *Des Kaisers Tochter . . .*: Marie Louise, Tochter Franz' II. von Österreich und seit 1810 Gemahlin Napoleons. Ihr Sohn war der Herzog von Reichstadt, der 1832 mit 21 Jahren starb.

Kammerherrn: 1821 heiratete Marie Louise ihren Oberhofmeister Graf Neipperg, der im Kampf ein Auge verloren hatte. Nach Napoleons Sturz war sie mit dem Herzogtum Parma abgefunden worden.

Pyrrhus' Arm: Gemeint ist offensichtlich der Herzog von Wellington.

573 *Sir William Curtis*: Curtis war Fabrikant, Abgeordneter, Lord Mayor von London und ein Freund Georgs IV. Er machte sich als Siebzigjähriger einmal vor aller Welt lächerlich, weil er zum Lever des Königs in schottischem Aufzug erschien.

ersisch: Gälisch (die Sprache des schottischen Hochlands).

DIE INSEL

Byrons letztes Versepos, die Anfang 1823 in Genua entstandene und im Juni desselben Jahres veröffentlichte *Insel (The Island)*, ist eine reine, »naive«, von satirischen und zeitkritischen Elementen völlig freie Erzählung in schlichten, paarweise gereimten Blankversen.

Den äußeren Handlungsrahmen bildet ein historisches Ereignis, die bis heute unvergessene Meuterei auf der »Bounty«. Byron stützt sich ausschließlich auf den 1790 erschienenen Bericht des betroffenen Kapitäns Bligh, dessen Darstellung er zumindest im 1. Gesang getreulich folgt. In den drei anderen Gesängen läßt er jedoch seiner dichterischen Phantasie freien Lauf. Die zentrale Liebesgeschichte Torquil-Nuha ist ebenso frei erfunden wie das Ende des Rädelsführers Christian, der sich in seinem heroischen Untergang dem Typus des Byronschen Helden nähert.

Byrons Interesse gilt offensichtlich weniger der Nachzeichnung eines tatsächlichen geschichtlichen Vorgangs als vielmehr der Schilderung einer Flucht in eine imaginäre Idylle. Die kulturferne, naturnahe »Insel« wird zum Sinnbild eines romantischen Eskapismus, in dem sich Zivilisationsüberdruß und die Sehnsucht nach Geborgenheit in einem unverdorbenen, »natürlichen« Freiheitsraum miteinander verbinden.

577 *Schiffsherr*: Der Kapitän der »Bounty« war William Bligh (1754 oder 1753–1817).

579 *Bussole*: Winkelmeßinstrument, hier: Kompaß.
Burke: Irrtum Byrons: Der Ausspruch stammt nicht von Burke, sondern von Samuel Johnson.

580 *Otaheiti*: Tahiti.
Nautilus: Ein Kopffüßer mit dünnwandigem spiraligem Gehäuse.
Mab des Ozeans: Queen Mab, eine Feekönigin, welche die Träume der Menschen lenkt. Hier gleichgesetzt mit dem Nautilus.

582 *das Brot als reife Frucht*: Die inzwischen berühmte Brotfrucht, wegen deren Verpflanzung Kapitän Blighs Expedition unternommen wurde. (B.)

583 *Süß tönet der Gesang auf Tubonai ...*: Die ersten drei Abschnitte sind einem echten Lied der Tonga-Insulaner entlehnt, von dem eine Prosaübersetzung in »Eines Seemanns Bericht über die Tonga-Inseln« enthalten ist. Tubonai gehört allerdings *nicht* zu diesen Inseln, sondern zu jenen, auf denen Christian und die Meuterer Zuflucht suchten. Ich habe manches verändert und hinzugefügt, aber so viel wie möglich vom Original bewahrt. (B.)
Bolotu: Eine imaginäre Insel, auf der nach dem Glauben der Eingeborenen die Götter wohnen und zu der die Seelen der Häuptlinge und Priester nach dem Tod emporsteigen.
Tuabäume: Ein Keulenbaum der Gattung *Casuarina*, der früher den Insulanern als heilig galt.

584 *Mua*: Der Hauptort einer der Inseln.
Marly: Malái; ein Grasplatz, auf dem die öffentlichen Zeremonien stattfinden.
Kava: Ein berauschendes Getränk, das aus einer Pfefferpflanze gewonnen wird.
585 *Liku*: So heißt das abgelegene Gebiet einer Insel.
588 *Pentlands Seen*: Der Pentland Firth, die Meerenge zwischen den Orkneys und der schottischen Nordküste.
Des tapfren Namensvetters: Der Konsul Nero, der durch seinen unvergleichlichen Marsch Hannibal täuschte und Hasdrubal besiegte und somit eine Tat vollbrachte, die in den Annalen des Krieges fast unerreicht ist. Die erste Kunde davon erhielt Hannibal durch den in sein Lager geworfenen Kopf des Hasdrubal. Als Hannibal dies sah, rief er seufzend aus, daß »Rom nunmehr die Herrin der Welt« sei. Und nur durch diesen Sieg Neros war es vielleicht möglich, daß sein kaiserlicher Namensvetter überhaupt herrschte. Doch die Schande des einen hat den Ruhm des anderen verdunkelt. Wer denkt schon beim Namen »Nero« an den Konsul? Aber so sind die Menschen! (B.)
591 *... stand neben Ida dort*: Als ich noch sehr jung, vielleicht acht Jahre alt war, brachte man mich nach einem Anfall des Scharlachfiebers auf ärztlichen Rat von Aberdeen in die Hochlande. Dort verlebte ich gelegentlich einige Sommer, und von dieser Zeit datierte ich meine Liebe zu Gebirgsländern. Ich kann nie den Eindruck vergessen, den einige Jahre später in England das einzige, was ich seit langem, auch nur in verkleinertem Maßstab, von Bergen gesehen hatte, die Malvern-Hügel auf mich machten. Seit meiner Rückkehr nach Cheltenham betrachtete ich sie jeden Nachmittag bei Sonnenuntergang mit Empfindungen, die ich nicht zu schildern vermag. Es war kindisch genug, aber ich zählte erst dreizehn Jahre, und es war in den Ferien (B.)
593 *Die Nachtigall ...*: Die mittlerweile wohlbekannte Geschichte von der Liebe zwischen Nachtigall und Rose braucht hier nur angedeutet zu werden, da sie sowohl dem westlichen als auch dem östlichen Leser hinreichend vertraut sein dürfte. (B.)
594 *summt im Muschelraum*: Wenn sich der Leser die Meeresmuschel auf seinem Kaminsims ans Ohr hält, wird er die Anspielung verstehen. Erscheint ihm der Text dunkel, so findet er denselben Gedanken in [Landors] *Gebir* in zwei Zeilen besser ausgedrückt. Ich habe das Gedicht nie gelesen, aber ich habe die Zeilen vortragen hören, von einem gründlicheren Leser – der anderer Meinung zu sein scheint als der Herausgeber der *Quarterly Review*, welcher es in einer Erwiderung auf den Kritiker seines *Juvenals* als Schund der übelsten und verrücktesten Sorte bezeichnete. An diesen Mr. Landor, den Autor des so charakteristischen *Gebir* und einiger latei-

nischer Gedichte, die es an Obszönität mit Martial oder Catull aufnehmen können, hat der untadelige Mr. Southey seinen Aufruf gegen die Unsittlichkeit gerichtet! (B.)

595 *Seemann war*: Hobbes, der Vater der Lockeschen und anderer Philosophien, war ein eingefleischter Raucher – bis zu unzählbaren Pfeifen. (B.)

Hukas: Wasserpfeifen.

597 *Christian*: Fletcher Christian war der Anführer der Meuterer.

»Das ist was für die Seesoldaten«: »Das ist was für die Seesoldaten, aber die Matrosen glauben's nicht«, ist eine alte Redensart und einer von den wenigen Überresten früherer Eifersüchteleien zwischen zwei tapferen Einheiten, welche jetzt (nur scherzweise) noch vorkommen. (B.)

599 *samt der Tapferkeit*: Der spartanische König Archidamus, dem man eine neuerfundene Maschine zum Schleudern von Steinen und Geschossen zeigte, rief aus, das sei »das Grab der Tapferkeit«. Ähnliches hat man auch von einigen Rittern (bei dem ersten Gebrauch des Schießpulvers) erzählt; aber die ursprüngliche Anekdote steht im Plutarch. (B.)

601 *»Verdammt . . . deine Augen!«*: Der weitverbreitete englische Fluch *Goddam your eyes!*

608 *Ein weiter Grottendom*: Das Original dieser Höhle (die keine Erfindung ist) wird im 9. Kapitel von »Eines Seemanns Bericht über die Tonga-Inseln« beschrieben. Ich habe mir die dichterische Freiheit genommen, sie nach Tubonai zu versetzen, der letzten Insel, auf der sich noch eindeutige Spuren von Christian und seinen Gefährten fanden. (B.)

610 *. . . am glühnden Busen barg*: Diese Legende rankt sich um die Geschichte Heloïses: Als ihre Leiche in das Grab Abälards (der seit zwanzig Jahren unter der Erde lag) hinabgesenkt wurde, öffnete er seine Arme, um sie zu empfangen. (B.)

613 *Riß er den Knopf ab . . .*: Thibault erzählt in seiner Schrift über Friedrich II. von Preußen eine sonderbare Geschichte von einem jungen Franzosen, der mit seiner Geliebten einem höheren Stande anzugehören schien. Er ließ sich anwerben und desertierte zu Schweidnitz, wurde nach verzweifelter Gegenwehr wieder ergriffen, nachdem er zuvor durch einen Schuß aus seiner mit einem *Knopf* seiner Uniform geladnen Flinte einen Offizier getötet hatte. Seine Richter interessierten sich lebhaft für ihn und wünschten seine wirkliche Lebensstellung zu erfahren; er wollte dieselbe jedoch nur dem König mitteilen und bat, diesem schreiben zu dürfen, was ihm abgeschlagen wurde. Friedrich war, entweder aus Neugier oder aus sonstigen Gründen, höchlich entrüstet, als er erfuhr, daß diese Erlaubnis verweigert worden war. (B.)

INHALT

ANHANG

 Verlegt 1977 im Winkler Verlag, München. Gesamtherstellung: Friedrich Pustet, Graphischer Großbetrieb, Regensburg. Gedruckt auf Persia-Bibeldruckpapier der Papierfabrik Schoeller & Hoesch, Gernsbach/Baden.
Printed in Germany